L'ENVOL DU PHÉNIX

Sœurs de sang T.1

L'autrice

Nicki Pau Preto vit tout près de Toronto au Canada. Après une formation en arts graphiques, une maîtrise d'histoire de l'art et un diplôme de graphiste, elle a découvert deux choses : qu'elle aimait, par-dessus tout, s'évader dans des mondes imaginaires et que c'étaient les mots, et non les images, qui l'attiraient le plus. Le tome 2 de la trilogie *Sœurs de sang* paraîtra en 2020.

Nicky Pau Preto

L'ENVOL DU PHÉNIX

Sœurs de sang T.1

Traduit de l'anglais (Canada)
par Julie Lafon et Céline Morzelle

LUMEN

Édition originale : Simon & Schuster, New York

Pour ma mère,
reine combattante aux cheveux roux
qui m'a appris non seulement à voler
mais aussi à me battre

Que firent les grands héros d'autrefois
quand le soleil tomba du ciel ?

Ils enfourchèrent ses flammes impétueuses
pour apprendre à voler

Vieux proverbe pyraéen

L'EMPIRE AURAIN
RUINES D'AURA
PYRMONT
NID D'AZUREC
GROTTES VESPÉRIENNES
Montacent
Pétratec
CHAMP DE PLUMES
Rushlea
PYRA
SEKVEIA
L'Auryss
CABANE DE VÉRONYKA
ROUTE DES PÈLERINS
Vaylé
HAUTS PLATEAUX
HAUTS PLATEAUX
Runnette
Pontcolline
Orro
VOIE DE FER
ARBORIE DU NORD
La Main des dieux
FERRO
LA CRÊTE
La Paume
Estia
PLAINES TÉNÉBREUSES
Aura Nova
Lac de Selt
Lac Corsa
ROUTE DE ROL
VOIE DE SELT
Rolène
Les Griffes
ARBORIE DU SUD
Quor
STEL
PLAINE STELLANE
Port-Stellan

J'avais une sœur, autrefois, que j'aimais de toutes mes forces. Pourtant, si j'avais su à l'époque ce que je sais maintenant, je l'aurais peut-être haïe. Mais qui a jamais pu contrôler les mouvements de son cœur ?

CHAPITRE 1
VÉRONYKA

Les deux œufs attendaient Véronyka, tapis dans les braises de l'âtre.

Fébrile, la jeune fille se hâtait donc de réunir le plus d'ossements possible pour nourrir la flambée – fémurs de chevreuil noircis à la broche ou carrés de côte bouillis et rebouillis, friables comme du bois sec. Dans sa hâte, elle fouillait d'une main tremblante les monceaux d'ordures, entre la salade avariée et les épluchures de pommes de terre, pour en extraire des arêtes de poisson pointues comme des aiguilles et les os creux, si délicats, de petits oiseaux.

Au spectacle de la dernière découverte de Véronyka, la petite chouette perchée sur son épaule poussa un hululement de dégoût. Sa maîtresse lui intima gentiment de se taire et glissa les carcasses de volatile dans son panier, avec toutes ses autres trouvailles, avant de se redresser.

Le soir tombait. L'air froid de la nuit sentait le givre. Les rues du village étaient vides et silencieuses à cette heure : personne n'aurait pu remarquer la silhouette solitaire qui décida enfin de tourner les talons pour quitter le hameau. Au-dessus de sa tête, des nuages illuminés d'une lueur grisâtre cachaient la lune et empêchaient d'y voir grand-chose. Véronyka avait donc fait appel à une chouette pour la guider dans son expédition. L'animal, dont les yeux perçaient sans mal l'obscurité, l'aidait à contourner rochers ou éboulis et à éviter les branches basses qui lui barraient le chemin. Dans sa précipitation, la jeune fille ne cessait pourtant de trébucher et de perdre l'équilibre. Val avait été très claire : il fallait faire au plus vite ou les œufs seraient perdus. Pour rien au monde Véronyka n'aurait donc pris le risque de faire attendre sa sœur.

La brume blanche de son souffle dessinait un panache dans l'air glacé. Un tourbillon d'émotions contradictoires – crainte, espoir, impatience – se bousculait en elle : l'éclosion serait-elle pour ce soir, enfin ?

Au bout d'un temps infini, la jeune fille parvint enfin en vue de la petite cabane qu'elle partageait avec Val. Quelque temps plus tôt, elles étaient tombées par hasard sur cette minuscule masure déserte. Sur la porte de la chaumière pelait une couche de peinture bleue et des volets brisés pendaient à ses fenêtres. La cahute servait sans doute de relais de chasse pendant les mois d'été, puis se voyait abandonnée l'hiver, dès l'arrivée des premières pluies. Malheureusement, les températures se réchauffaient un peu plus chaque jour : les deux sœurs n'allaient pas pouvoir rester là très longtemps. À peine le temps de s'habituer et, déjà, il leur faudrait partir, comme souvent...

Dès que Véronyka aperçut les murs de pierre de la cabane, son cœur bondit dans sa poitrine. L'épaisse colonne de fumée que crachait la cheminée au moment de son départ s'était réduite à quelques fines volutes. Arrivait-elle trop tard ?

Elle parcourut les derniers mètres en courant pour ouvrir la porte de bois à la volée et se précipiter à l'intérieur. Elle trouva la petite pièce plongée dans les ténèbres. La seule source de lumière était la lueur rougeoyante des braises. Une forte odeur de fumée saturait l'atmosphère – le goût de la cendre se fit aussitôt âcre sur la langue de la jeune fille.

Campée d'un air fiévreux devant le foyer rond qui occupait le centre de la masure, Val se retourna en entendant sa sœur entrer. D'un geste impatient, elle arracha le panier à Véronyka pour fouiller à l'intérieur puis, dépitée, le laissa retomber sur le sol de terre battue, renversant au passage la moitié de son contenu.

— C'est tout ce que tu as trouvé ? grommela-t-elle avec mépris.

— Tu m'as dit de me dépêcher ! se défendit Véronyka en examinant le brasier de plus près, surprise.

En effet, le feu reprenait de plus belle, surmonté d'une nouvelle pile d'ossements. Il ne s'agissait pas d'une carcasse noircie par le feu de la broche, mais d'os solides, couleur de nacre. Humains, à première vue.

Val, qui avait suivi son regard, répondit à la question que sa sœur n'osait pas formuler.

— Comme tu mettais trop longtemps à revenir, je suis allée faire ma propre récolte.

En dépit de la chaleur étouffante, un frisson secoua l'échine de Véronyka. Elle écarta le col du lourd manteau de laine drapé autour de ses épaules… dévoilant les plumes ébouriffées de la chouette. Dans sa précipitation, elle avait complètement oublié la présence de son guide.

La jeune fille se figea, pétrifiée par la crainte, dans l'attente de la réaction de son aînée. Sa sœur allait-elle perdre patience, comme souvent, ou bien lui pardonner la présence de l'animal ?

Mal à l'aise, le volatile se dandina sous le regard acéré de Val et, malgré les efforts de sa maîtresse pour le rassurer, finit par prendre son envol sans bruit, disparaissant par la porte encore grand ouverte.

Véronyka alla refermer le battant, le cœur serré, avant de revenir s'agenouiller devant l'âtre.

— L'amour que tu leur portes est une preuve de faiblesse, tu le sais… commenta sa compagne d'une voix acerbe.

Comme elle, Val était douée d'animagie, et donc capable de communiquer avec les animaux, mais l'usage que les deux sœurs faisaient de leurs pouvoirs était aux antipodes l'un de l'autre. Depuis toujours, si l'une voulait apprivoiser les bêtes et s'en faire des compagnons fidèles, l'autre n'avait qu'un seul credo : les plier à sa volonté, par la contrainte s'il le fallait.

Val empoigna de nouveau le panier pour ajouter au brasier certains des os qu'il contenait. Elle disposa les plus petits avec soin tout autour de deux gros œufs gris, nichés au creux d'un nid d'ossements et de braises rougeoyantes.

Les flammes léchaient sans relâche leur coquille lisse, noircie par la chaleur et la suie.

Véronyka soupira, exaspérée : même sans voir le visage de sa sœur, elle savait qu'une ferveur presque mystique illuminait le regard de Val. Cette conversation, elles l'avaient eue des dizaines de fois déjà.

— Les Dresseurs eux-mêmes ne traitaient pas leur monture comme un simple animal de compagnie… insista l'aînée. Les *phoenixaeres* n'étaient pas unis à ces créatures légendaires par l'affection, mais par le sens du devoir et de l'honneur. C'étaient, avant tout, des guerriers.

Un *phoenixaeris*… Un Dresseur de phénix, dans la langue de leurs ancêtres. Ou, plus exactement, son Maître – une distinction de sens que Val ne se privait jamais de lui rappeler. Autrement dit, un animage uni à sa monture par un lien indéfectible, que même la mort ne pouvait briser.

Le sang de Véronyka se mit à battre plus fort à ses tempes. Elle n'avait jamais désiré autre chose que chevaucher l'un de ces animaux majestueux, comme les reines guerrières d'autrefois. Elle aurait donné n'importe quoi pour fendre les airs à dos de phénix, aussi indomptable que Lyra la Protectrice ou Avalkyra Pyromaque, la Reine couronnée de plumes.

Mais aucun Dresseur n'avait plus sillonné les cieux de l'empire depuis près de seize ans. La plupart avaient péri dans la guerre de Sang – la lutte à mort que s'étaient livrées Avalkyra et sa sœur Phéronia pour le trône. Considérés comme des traîtres à la couronne, les autres s'étaient vus poursuivre et exécuter sans merci au cours des années suivantes. Il était devenu illégal de pratiquer la magie sans déclarer cette activité et s'acquitter au préalable d'un impôt exorbitant. Les animages s'étaient donc retrouvés contraints de vivre dans la clandestinité et le dénuement le plus total, de cacher leurs pouvoirs, par crainte d'être capturés et réduits en esclavage.

Du temps de leur splendeur, les Dresseurs de phénix protégeaient l'empire. Aux yeux de Véronyka, enfant, ils incarnaient l'espoir. À la moindre mention d'eux, son regard se mettait à briller. Sa grand-mère lui répétait qu'un jour, ces héros de légende reviendraient – qu'il serait de nouveau possible d'exercer sa magie au grand jour sans payer le prix fort. Alors, à la mort de la vieille femme, Véronyka s'était juré de devenir Dresseuse de phénix – une lueur dans l'obscurité pour tous les animages contraints de vivre cachés. Elle qui n'avait pas eu la force de protéger sa grand-mère voulait consacrer sa vie à défendre ceux qui souffraient des persécutions de l'empire.

Car, si les *phoenixaeres* n'étaient plus les bienvenus dans l'armée, au fond, il suffisait de deux choses seulement pour devenir l'un de ces combattants de légende : une bonne dose d'animagie et un phénix.

Emportée par le flot furieux de ses pensées, Véronyka secoua la tête comme pour chasser un mauvais rêve et reporta toute son attention sur le brasier. Chacun des œufs faisait à peu près la taille de ses mains en coupe. La couleur et la texture de leur coquille rappelaient celles de la pierre – un mécanisme de défense, selon Val. Un phénix pouvait donc pondre son œuf en secret et le laisser des années entières bien à l'abri, sans surveillance particulière, avant de revenir le faire éclore le moment venu. La tradition était la même chez les Dresseurs : des décennies durant, ils avaient dissimulé des œufs dans des forteresses ou des lieux de culte – parfois même à l'intérieur de statues ou de coffres – afin de les protéger de l'ennemi. Peine perdue… L'empire en avait détruit des centaines pendant et après la guerre.

Des œufs de phénix, les deux jeunes filles avaient passé des mois à en chercher en Pyra, dans tous les temples en ruine, tous les postes avancés qu'elles avaient pu croiser sur leur chemin. Quand elles n'échangeaient pas leurs maigres provisions contre la moindre bribe d'information, elles vendaient le produit de leurs larcins pour s'offrir un trajet en chariot d'une province à l'autre… et Val s'était sans doute livrée à d'autres manigances plus contestables encore, dont Véronyka ignorait tout car elle n'y avait pas assisté. Après la mort de leur grand-mère, l'aînée des deux sœurs n'avait plus eu qu'un seul objectif : leur faire quitter la capitale de l'empire, Aura Nova, pour rallier Pyra, la patrie de leurs parents. Mais la tâche n'avait pas été aisée. Depuis la fin du conflit, les frontières étaient sous surveillance constante car trop d'anciens alliés d'Avalkyra Pyromaque tentaient de fuir les persécutions de l'empire. Craignant d'être réduits en esclavage ou contraints à la mendicité, beaucoup d'animages avaient essayé de faire de même. Pyra, autrefois l'une des cinq provinces du pays, avait proclamé son indépendance sous la férule d'Avalkyra. Depuis la mort de sa Reine couronnée de plumes, c'était une contrée sans foi ni loi, assez dangereuse à traverser mais toujours plus accueillante pour les animages que l'empire lui-même.

Sans laissez-passer, les deux sœurs n'avaient pas pu franchir tout de suite la frontière – d'autant que si on avait découvert leurs pouvoirs, elles auraient aussitôt été réduites en esclavage. Elles avaient donc été contraintes de sillonner l'empire aurain pendant plusieurs années, Val devant et Véronyka derrière, dormant dans des fossés ou sur des toits, cheminant sous l'averse ou sous une chaleur écrasante. L'aînée se volatilisait parfois des jours entiers pour réapparaître tout à coup, les vêtements tachés de sang, une bourse de pièces d'or entre les mains.

Elles avaient fini par graisser la patte du chef d'une caravane pour pouvoir entrer clandestinement en Pyra. Certaine que la chance avait enfin tourné, Véronyka n'avait pas tardé à voir son intuition se confirmer : au bout de quelques mois, la fortune, miraculeusement, leur avait souri.

C'était Val qui avait trouvé les deux œufs de phénix, cachés dans un temple décrépit au fin fond des forêts sauvages du Pyrmont. Un pour chacune d'elles.

Il suffisait à la cadette de repenser à ce jour béni pour que ses yeux se remplissent de larmes. Elle réprima tant bien que mal son émotion, car à chaque fois que sa compagne remarquait ses sourires euphoriques, elle se retrouvait bombardée de mises en garde… Il fallait garder la tête froide, insistait sa sœur : parfois, sans explication, un œuf n'atteignait jamais le stade de l'éclosion. Parfois, le phénix choisissait de ne pas s'unir à un Dresseur – ou bien il mourait durant la couvaison.

Même en cet instant, alors qu'elles touchaient enfin au but, nul sourire, nulle marque de joie ne se lisait sur le visage de Val au spectacle des œufs qui crépitaient dans le foyer. Avec elle, le processus d'incubation semblait plus lugubre qu'un bûcher funéraire.

Un os craqua soudain dans l'âtre, où s'éleva un petit nuage de cendre. Écœurée à l'idée d'inhaler des restes humains, Véronyka retint son souffle en dessinant, du bout des doigts, un petit cercle sur son front. Sa sœur écarta sa main d'un geste sec.

— Arrête un peu ces simagrées ! jeta vertement l'aînée, son beau visage à la peau brune figé en un masque sévère où la lumière du feu accrochait des ombres noires et des lueurs rougeoyantes. L'œil d'Axura ne devrait pas être utilisé par superstition, pour repousser de simples fantômes ! Ça, c'est bon pour les paysans et les pêcheurs, pas pour toi !

Certes, Val n'avait jamais été très férue de religion, mais Axura était le plus sacré des dieux pyraéens, un symbole essentiel aux yeux des Dresseurs de phénix. Elle laissait donc en général Véronyka réciter ses prières et marmonner ses actions de grâce sans trop protester. Cependant, Val détestait toutes les superstitions des petites gens et faisait invariablement la fine bouche quand elle en était témoin. Elle s'entêtait à prétendre que sa cadette et elle étaient, pour une raison mystérieuse, au-dessus des pauvres villageois, des simples artisans parmi lesquels elles avaient vécu toute leur vie. Pourtant, les deux sœurs n'avaient pas eu de foyer digne de ce nom depuis l'enfance – et, même alors, il s'agissait d'un pauvre taudis niché dans les Bas-fonds, le quartier le plus pauvre d'Aura Nova. Véronyka poussa un profond soupir. Même en cet instant, elles étaient agenouillées sur le sol de terre battue d'une cabane abandonnée… Quelles illusions de grandeur entretenait donc son aînée ?

— Tu as mangé quelque chose ? finit-elle par demander pour changer de sujet.

L'expression teintée de fanatisme de Val, les cernes sombres et inquiétants qui soulignaient ses yeux, elle les connaissait par cœur. L'épuisement la faisait paraître bien plus âgée que ses dix-sept ans à peine. Sans bruit, Véronyka alla fouiller dans leurs réserves de victuailles, qui se réduisaient à une vitesse inquiétante. D'une voix rêveuse et distante, comme toujours lorsqu'elle passait trop de temps le regard fixé sur le feu, sa sœur finit par lui répondre :

— Un peu de poisson séché…

Silence.

— On n'en a plus depuis deux jours déjà, Val.

L'intéressée haussa les épaules avec désinvolture. À vrai dire, elle n'avait rien avalé depuis qu'elle avait découvert les œufs. Malgré son intelligence bien au-dessus de la moyenne, elle avait tendance, de temps à autre, à perdre le fil des événements et semblait parfois incapable de se concentrer sur les activités triviales du quotidien. Si l'aînée faisait toujours en sorte de leur procurer de l'argent et des vivres, c'était donc la cadette qui cuisinait leurs repas, reprisait leurs vêtements et faisait le ménage, qui veillait à ce que sa sœur dorme et s'alimente à heures fixes. Quand elle avait l'esprit ailleurs, Val pouvait s'appesantir des heures entières sur des êtres et des lieux disparus depuis des lustres, sur des rêves lointains et des futurs improbables.

S'acharnant à fureter parmi leurs maigres provisions, Véronyka finit par mettre la main sur un sac de riz presque vide. À défaut de trouver quelque chose à troquer au village voisin le lendemain, la faim leur tenaillerait vite l'estomac.

— Tu sais bien que ça n'arrivera pas, intervint sa sœur, toujours plongée dans la contemplation des flammes.

Comprenant aussitôt son erreur, Véronyka ferma les yeux. Rongée par l'inquiétude, elle avait fini par baisser sa garde, par laisser ses pensées et ses angoisses filtrer au grand jour, vulnérables, à disposition de sa sœur, qui ne s'était pas gênée pour les saisir au vol et les examiner.

Car, si savoir parler aux animaux était un talent assez répandu – un habitant de l'empire sur dix le possédait, selon Val, et ils étaient encore plus nombreux en Pyra –, la capacité de communiquer par l'esprit avec des êtres humains était, elle, un don plus rare encore que les œufs de phénix. Alors deux sœurs douées de ce pouvoir, l'ombremagie… voilà qui était encore plus exceptionnel. Car, contrairement à l'animagie, il n'était pas héréditaire. Du fait de sa rareté, c'était même un mythe aux yeux de la plupart des sujets de l'empire. On en parlait surtout, dans les légendes et les épopées, comme d'un talent réservé aux reines pyraéennes et aux héros d'autrefois.

Même dans une contrée aussi tolérante que Pyra, la pratique de l'ombremagie était en général synonyme de prison. Les deux sœurs devaient donc déployer d'infinis trésors de précaution pour ne jamais se trahir et révéler par erreur leurs pouvoirs à la face du monde. Car, dans les contes, pour chaque reine guerrière héroïque prompte à démêler le vrai du faux sans jamais se tromper, on comptait deux sorcières malveillantes capables de corrompre les âmes et de contrôler les esprits. Il était si facile de rejeter ce qu'on ne comprenait pas… Bref, pour les deux jeunes ombremages, cacher leurs talents revêtait la plus haute importance.

Ce qui n'empêchait pas, bien sûr, Val d'utiliser ses pouvoirs sur sa sœur à volonté :

N'oublie pas de fermer ton esprit en toutes circonstances... murmura-t-elle directement dans l'esprit de Véronyka, qui frissonna. Ces mots contenaient une menace à peine voilée. Si seulement l'ombremagie n'avait servi qu'à communiquer par la pensée ! Mais elle permettait aussi de soumettre autrui à son influence, de lui imposer sa volonté. Voilà d'ailleurs comment Val, la plupart du temps, parvenait à leur trouver des vivres, des vêtements ou un abri pour la nuit. Heureusement, jamais jusque-là elle n'avait retourné son don contre sa sœur. Mais la cadette n'était pas dupe : à chaque refus d'obéir, à chaque nouvelle incartade de sa part, l'aînée semblait tentée d'aller plus loin. Que ferait Véronyka, si cette limite était un jour franchie ? Elle n'osait y penser.

Elle ramena en elle toutes ses réflexions et ses émotions, autour desquelles elle érigea un mur mental impénétrable comme Val le lui avait appris. Deux jours, déjà, qu'elles attisaient le brasier sans relâche : avec l'épuisement, Véronyka avait relâché sa vigilance. D'autant que plus le moment fatidique de l'éclosion approchait, plus la peur l'envahissait. Et si elles avaient fait tout cela pour rien ? Dire que leur avenir reposait sur ces deux masses rondes nichées là-bas, dans l'âtre...

— Bon, je prépare le dîner, annonça-t-elle à voix haute du ton le plus léger possible.

Son sac de riz sous le bras, elle hissait la lourde marmite en céramique sur la margelle de l'âtre quand elle remarqua une odeur de tissu calciné et tourna aussitôt les yeux vers sa sœur. Agenouillée si près des flammes que l'ourlet de sa tunique fumait, Val se tenait pourtant aussi immobile qu'une statue, insensible à la chaleur brûlante. Deux traînées de larmes dessinaient des traces plus claires sur la peau tachée de suie de ses joues.

Le cœur de Véronyka bondit dans sa poitrine. Elle se retourna brusquement vers les flammes, sûre, tout à coup, que l'expérience avait échoué. Mais non, bien au contraire : elle vit l'un des deux œufs frémir et l'entendit émettre un léger craquement. Elle retint son souffle… Un infime grattement s'éleva au milieu du crépitement des flammes.

Un espoir plus pur et plus puissant que tout ce qu'elle avait jamais ressenti enfla soudain dans sa poitrine. Presque suppliante, elle interrogea sa sœur du regard. Val confirma ses soupçons d'un signe de tête en soufflant d'une voix presque inaudible :

— Le moment est venu.

Au commencement, il y avait la lumière et l'obscurité, le soleil et la lune – Axura et sa sœur, Nox.

Axura régnait sur le jour, Nox sur la nuit et, ensemble, elles garantissaient l'équilibre de l'univers.

Mais Nox, infiniment vorace, en voulait toujours plus. Elle commença peu à peu à envahir le ciel alors qu'il faisait encore jour et lâcha ses enfants, les stryges, sur le monde où elles répandirent leurs ombres.

Pour contrer les appétits de sa sœur, Axura jeta à son tour sa progéniture, les phénix, dans la bataille. Seule la lumière peut défaire l'obscurité, et c'est ce qu'ils firent, repoussant les stryges encore et encore.

De ce conflit, qui dura des siècles, le monde souffrit terriblement. Mais Axura était pleine de sagesse et, en l'humanité, elle vit non pas des êtres inférieurs, à asservir et à dominer, mais des alliés possibles dans la bataille.

Au sommet du pic le plus élevé du Pyrmont, elle prit la forme d'un phénix pour s'adresser aux tribus pyraéennes qui vivaient là.

« Qui, parmi vous, est courageux et sans peur ? » demanda-t-elle.

« Il n'est pas de courage sans peur », répondit Nefyra, la cheffe de sa tribu.

Satisfaite de cette réponse, Axura lui proposa une épreuve destinée à prouver sa valeur. Pour tester sa foi, la déesse alluma un feu qui s'élevait plus haut que le plus haut des arbres et demanda à Nefyra de pénétrer dans la fournaise.

La guerrière obéit et mourut dans le brasier. Mais sa mort n'était pas la fin.

Elle entra dans les flammes cheffe de tribu et en ressortit animage, ombremage et la Première des Reines Dresseuses.

« Nefyra et les Premiers Dresseurs », dans *L'Épopée pyraéenne*, volume I, vers 460 av. E.

Je suis fille de la mort. J'ai tué ma mère en sortant de son ventre. J'ai pu renaître de mes cendres, comme le phénix qui se dresse soudain sur le bûcher.

CHAPITRE 2

VÉRONYKA

Agenouillées devant le feu, Véronyka et Val regardèrent une minuscule fissure se dessiner sur l'œuf. Au bout de quelques secondes, elle s'allongea encore, se faisant plus large et plus complexe à chaque instant qui passait. Elle se divisa en un réseau plus inextricable que la toile d'une araignée, jusqu'à ce que les fragments de coquille ne soient plus reliés ensemble que par une fine membrane blanche. L'orbe grisâtre enflait et se contractait comme un cœur battant. À chaque fois, on voyait poindre, fugitivement, un plumage écarlate par les ouvertures béantes. Tout à coup, l'œuf fut secoué d'un frisson… et un petit bec doré surgit.

Soulevée par un incroyable enthousiasme, Véronyka fut soudain prise d'une furieuse envie de sauter de joie. Elle lutta contre cet élan, se contraignant à rester parfaitement immobile, le corps rigide. Elle n'osait respirer ou cligner des yeux, de peur de manquer une seule seconde de ce miracle. Un tintement sonnait à ses oreilles, un grondement qui noyait dans le néant tout ce qui l'entourait : ses sens étaient concentrés sur le brasier, à l'exclusion de tout le reste.

Combien de temps les deux sœurs observèrent-elles la scène ? Plusieurs minutes, plusieurs heures ? Impossible de le dire. Mais l'œuf finit par éclore et le phénix tomba sur le flanc parmi les braises brûlantes. Son plumage rouge vif étincelait – jamais de sa vie Véronyka n'avait vu une telle nuance de couleur, plus lumineuse que celle d'un joyau, plus exquise que le chatoiement d'une soierie.

La jeune fille contempla l'animal, médusée. En elle, la jubilation le disputait à l'étonnement le plus absolu… Elles y étaient enfin parvenues ! Après tout ce temps, elles avaient réussi à faire éclore un phénix.

L'oiseau se redressa péniblement : son duvet humide se mit à grésiller et fumer, là où il touchait le charbon de bois.

Affolée, la jeune fille tendit la main par réflexe vers la bête, oubliant qu'il s'agissait d'un phénix et que nulle flamme ne pouvait consumer une telle créature, née du feu et de la cendre. Val arrêta son bras, laissant quelques secondes à Véronyka pour prendre conscience de son erreur.

Parfaitement insensible à la chaleur, le phénix trébucha sur les débris de coquille brisée avant de finir par trouver son équilibre. Puis il se tourna lentement vers les deux sœurs. On eût dit n'importe quel oisillon nouveau-né – les pattes tremblantes, la démarche mal assurée, des ailes minuscules, encore, et un long cou tout déplumé qui peinait à soutenir sa grosse tête. Mais ses yeux, eux… ses yeux immenses brillaient d'intelligence.

Son regard se posa droit sur Véronyka.

Son souffle, lentement, quitta la jeune fille. Le soupir qui franchit ses lèvres présageait la fin de son ancienne vie, une vie sans grande envergure, sans but précis. L'inspiration qui suivit marqua le début d'une nouvelle existence faite de cieux à perte de vue, de brasiers plus brûlants que le soleil et de vent dans sa chevelure. Les doigts parcourus de picotements, tous ses sens aiguisés à l'extrême, Véronyka se rendit compte que le monde qui l'entourait ne lui avait jamais paru aussi bouillonnant de vie. Ses pouvoirs bourdonnaient en elle, comme un deuxième cœur battant – à moins que ce ne soit le pouls de cette créature qui cognait dans sa poitrine au même rythme que le sien.

En cet instant, elle sut que Val avait raison : le lien qui unissait un Dresseur et son animal ne se résumait pas simplement à de l'amour. Un si petit mot ne pouvait suffire à décrire les sommets de respect et de dévouement, de confiance et de vénération qui reliaient mutuellement l'animage et son phénix. Cette alliance sacrée était inscrite au firmament, plus vénérable que l'empire, la plaine et les montagnes, plus ancestrale encore que les dieux – et même la mort n'aurait su la défaire. Elle était infinie, sans limites, intemporelle… Le destin de la jeune fille était désormais intimement mêlé à celui de la bête : toutes deux ne feraient plus qu'une pour l'éternité.

Elles étaient liées à tout jamais.

Sentant une brise fraîche effleurer sa peau, Véronyka, surprise, tourna la tête. La nuit entière était passée.

La cabane luisait dans la lumière pâle de l'aube qui se déversait par la porte grande ouverte.

Nulle part elle ne vit de trace de Val.

Sa sœur rentra plusieurs heures après, le visage figé en un masque d'indifférence. Elle apportait un nouveau sac de riz, un peu de farine de maïs, du poisson et de la viande de chevreuil séchés, mais aussi un petit pot de céramique rempli de miel et, surtout, un sac de dattes. Ces fruits étaient des mets rares, coûteux, uniquement cultivés dans la province de Stel. Le maïs, lui aussi, était difficile à trouver dans les montagnes : dans la région, seuls les quelques fermiers qui exploitaient les hauts plateaux en produisaient.

Véronyka se releva, reposant à terre le phénix qu'elle serrait jusque-là contre elle, et essuya ses mains pleines de sueur sur son pantalon. Quand Val entrait dans une de ses colères, il n'était pas rare qu'elle disparaisse sans crier gare. Elle se volatilisait pendant des heures, voire des jours, sans jamais fournir, ensuite, la moindre explication. Pire encore, parfois, au lieu de s'apaiser dans l'intervalle, la rage qui l'habitait se faisait au contraire plus rance et plus impétueuse en son absence.

Si, la plupart du temps, Véronyka n'avait pas le moindre indice de ce qui avait pu provoquer le courroux de sa sœur, cette fois, en revanche, elle avait sa petite idée… Le premier phénix aurait dû choisir Val, bien sûr. Après tout, c'était elle, l'aînée. C'était aussi elle qui avait trouvé les œufs. Taraudée par la culpabilité, la cadette lutta farouchement pour ne pas laisser un imbroglio d'émotions contradictoires gâcher le plus beau moment de sa courte vie. *Tout se terminera bien*, se jura-t-elle. Il leur suffisait d'attendre l'éclosion du deuxième œuf.

Le phénix gazouillait à mi-voix en fouillant le sol du bec autour de l'âtre. La flambée avait fini par sécher son duvet rouge sang, désormais doux et gonflé d'air chaud. Son bec et ses pattes étaient aussi dorés que les statues de phénix que Véronyka avait vues, enfant, sur l'esplanade des Dieux à Aura Nova, avant qu'on ne les abatte. Depuis l'échec de la rébellion menée par Avalkyra Pyromaque, l'empire avait peu à peu détruit tout ce qui se rapportait aux Dresseurs et à leurs légendaires montures.

Ce n'était pas une tâche aisée, car ces animaux mythiques faisaient partie intégrante du panthéon impérial – cette nation avait d'ailleurs autrefois été fondée par nulle autre qu'une Dresseuse... Quand les deux sœurs avaient enfin réussi à quitter l'empire, quelques mois plus tôt, il y restait encore de nombreuses traces de leur gloire passée : fresques mal recouvertes par une mince couche de peinture ou mosaïques affleurant sous un enduit à moitié décrépit.

Véronyka aurait donné cher pour pouvoir retourner là-bas à dos de phénix afin de nettoyer les murs, d'exposer au grand jour la véritable histoire du pays. Et la première partie de ce rêve était désormais à portée de main, puisqu'un authentique spécimen de ces oiseaux légendaires picorait le sol à quelques mètres de là !

La jeune fille regarda avec méfiance sa sœur aînée ranger méthodiquement leurs provisions, puis ouvrir d'un coup de dent le sac de farine de maïs pour en verser une petite quantité dans un bol où elle ajouta quelques gouttes de miel afin de préparer une pâte épaisse à la texture granuleuse. Val finit par déclarer, en jetant au phénix un regard peu amène :

— Tiens, c'est pour ton animal. Plus tard, il pourra manger des dattes et des fruits frais… À condition qu'on parvienne à s'en procurer, bien sûr.

Si Val savait absolument tout sur les phénix, c'était en grande partie grâce à leur *maiora*, qui avait été Dresseuse autrefois – c'était l'une des rares à avoir échappé à la vigilance de l'empire, les premiers temps du moins. Leur grand-mère adorait parler, raconter des histoires. Et là où la cadette réclamait sans cesse des récits de batailles épiques, l'aînée, elle, assaillait la vieille femme de questions sur des sujets plus pratiques, à commencer par l'élevage des phénix.

Inquiète de constater que Val s'obstinait à éviter son regard, Véronyka accepta le bol qu'elle plaça devant l'âtre, en face de l'oisillon. L'animal examina le mélange l'espace d'un instant avant de plonger le bec dans l'onctueuse préparation sucrée.

— L'autre, il va pas tarder à éclore, non ? finit-elle par demander, incapable de se taire plus longtemps.

Après un bref coup d'œil au deuxième œuf, toujours niché parmi les braises incandescentes, Val préféra faire la sourde oreille, se contentant de corriger la formulation employée par sa sœur :

— L'autre *ne* va pas tarder à éclore, maugréa-t-elle en allant refermer les volets de l'unique fenêtre.

Ce bruit sourd fit lever la tête au phénix, qui ne tarda pas, cependant, à retourner à son repas. La cabane se retrouva de nouveau plongée dans la pénombre, alors que la matinée touchait à peine à sa fin. Seule la lueur rougeoyante du feu venait percer l'obscurité.

Comme c'était étrange pour Véronyka et Val, qui avaient vécu seules une bonne partie de leur vie, d'accueillir un nouveau membre dans leur tribu ! Elles avaient perdu leurs parents dans les derniers soubresauts de la guerre de Sang. Puis leur grand-mère, qui les avait élevées, avait été battue à mort par une foule en furie une dizaine d'années plus tard.

Même si, avec la fin du conflit, le gros de l'orage était passé, la période de paix qui suivit avait été marquée par de nombreux incidents : procès de Dresseurs traqués par l'armée, arrestation et exécution de petits groupes de rebelles ou de dissidents... Le conseil – l'assemblée qui régnait sur le pays et comptait dans ses rangs les gouverneurs des quatre provinces de l'empire, ainsi qu'une sélection de législateurs, d'argentiers et de grands propriétaires terriens – prenait toujours soin de faire des résistants des exemples en distribuant des châtiments pour le moins sévères. Un climat de peur s'était vite installé chez les animages : le petit peuple, mal remis du conflit, soutenait le pouvoir dans sa chasse aux sorcières et faisait même parfois justice lui-même.

C'était l'une de ces émeutes qui avait coûté la vie à leur grand-mère. Les troubles avaient commencé devant un des tribunaux de la capitale, à la fin d'un procès particulièrement houleux, avant de se répandre comme une traînée de poudre. La foule avait déferlé sur les Bas-fonds où, selon la rumeur, de nombreux animages vivaient dans la clandestinité.

En entendant la marée humaine arriver, leur *maiora* leur avait ordonné de fuir, de l'abandonner dans le petit taudis qu'elles partageaient toutes les trois. Les deux gamines étaient petites et agiles : contrairement à l'ancienne, elles sauraient se glisser par la lucarne à l'arrière de leur modeste demeure et filer dans le dédale de ruelles des quartiers pauvres.

Véronyka avait refusé, agrippée à la main ravinée de sa grand-mère. Quand la porte s'était ouverte à la volée, la vieille femme s'était tournée vers elle, calme et rassurante dans l'œil du cyclone qui s'apprêtait à les submerger.

— Veillez toujours l'une sur l'autre, avait-elle murmuré à l'oreille de sa petite-fille avant que des dizaines de mains avides ne l'arrachent à l'étreinte de l'enfant pour la traîner vers la rue.

Val avait enserré d'un bras la taille de sa cadette pour la contraindre à reculer, la portant à moitié, mais Véronyka se refusait absolument à abandonner l'ancienne. Bien décidée à ne pas se laisser faire, elle avait multiplié les cris et les coups de pied, allant même jusqu'à mordre la main de sa sœur – en vain. Elle avait été forcée de regarder, les yeux écarquillés, frissonnante d'effroi, sa grand-mère être avalée par le bouillonnement de la foule. Elle ignorait comment ils l'avaient trouvée, quel détail avait pu trahir leur présence dans cette petite masure, mais le peuple semblait pris de folie. Tenter de raisonner les émeutiers n'aurait servi à rien.

Val l'avait traînée dehors par la petite lucarne placée au fond de la pièce, échappant de peu aux griffes crochues de la horde en colère. Tandis que les deux enfants filaient par les rues étroites, loin du chaos, les mots chuchotés par la vieille femme résonnaient encore et encore dans la tête de Véronyka. *« Veillez toujours l'une sur l'autre… »*

À l'époque, le sens de ces paroles lui avait semblé limpide : sa sœur et elle devaient se soutenir dans l'adversité.

Mais, plus elle y pensait, plus elle soupçonnait que la phrase de sa grand-mère avait une autre signification, un sens caché. Face à ce torrent de haine, de peur et de mort, dans les dernières minutes, peut-être, de son existence, sa *maiora* avait choisi de parler d'amour et de protection.

Et, aux yeux de Véronyka, désormais, ce principe de vie était incarné par les Dresseurs de phénix. Gardienne, protectrice : voilà ce que la jeune fille avait décidé de devenir un jour. Il lui semblait qu'ainsi, elle saurait se montrer digne de l'ancienne, entretenir comme il se devait la flamme de son souvenir.

Mais, malgré tous ses efforts, elle ne parvenait pas à oublier avec quelle facilité, ce jour-là, sa sœur avait abandonné leur grand-mère, presque sans le moindre scrupule. Val était partie sans se retourner. En cet instant, saisie d'une fureur aveugle, Véronyka l'avait haïe de toutes ses forces. Elle avait peut-être eu tort de se débattre comme un beau diable, de refuser le sort qui les frappait... Mais le calme et l'indifférence de son aînée lui avaient glacé le sang.

Le temps passant, elle avait bien dû avouer que, sans sa sœur, elle aussi serait morte. Les larmes et l'affolement de Véronyka ne leur avaient pas été d'un grand secours. C'était grâce au sang-froid, à l'absence d'états d'âme de Val que leur fuite avait été rendue possible. Et pourtant, l'aînée n'avait que onze ans quand leur *maiora* était morte – un an de plus à peine que sa cadette. Depuis ce jour-là, elle avait endossé la responsabilité d'assurer leur survie. Certes, elle n'avait pas la patience de veiller à chaque détail de leur quotidien, mais c'était elle qui, chaque jour, faisait en sorte qu'il y ait quelque chose dans leur assiette.

Le cœur serré, sa cadette la regarda s'allonger, visiblement épuisée par leur nuit blanche, sur la couche placée au fond de leur petite cabane. Val avait tant fait pour elle, tout au long de ces années... Véronyka lui devait déjà une dette immense, qui jamais ne saurait être remboursée. Et voilà que sa sœur venait, en plus, de lui faire le plus grand des cadeaux : ce phénix, désormais lié à elle pour toujours, c'était à Val qu'elle le devait...

Après une brève hésitation, la jeune fille s'éloigna de l'oiseau (pourtant, le simple fait de mettre une certaine distance entre elle et l'animal lui procurait une souffrance presque physique) pour s'approcher de la silhouette étendue sur le matelas de paille. Si les deux voyageuses dormaient toujours ensemble, c'était par nécessité – pour se tenir chaud et parce que l'espace manquait –, mais aussi pour se réconforter mutuellement, même si Val aurait préféré mourir que de l'admettre.

Véronyka s'allongea à côté de sa sœur. Elle sentit la sourde inquiétude qui la taraudait depuis que son aînée avait disparu au petit matin la quitter peu à peu. *« Veillez toujours l'une sur l'autre... »* Quoi qu'il se passe, elle n'avait jamais dérogé à cette injonction et ne l'enfreindrait jamais. Val était... un être complexe. Capable d'une froideur et d'une cruauté qui déroutaient souvent Véronyka. Mais c'était aussi sa seule famille, l'être qu'elle aimait, respectait et – puisqu'il fallait bien le reconnaître – craignait le plus au monde. Les deux jeunes filles se sortiraient de ce mauvais pas ensemble... Elles le surmonteraient comme elles avaient affronté toutes les épreuves de leur vie : main dans la main.

Val s'était tournée vers le mur. Véronyka contempla les longs cheveux brun roux qui se déversaient en cascade sur le matelas entre elles. C'était une couleur rarissime chez les Pyraéens à la peau brune, qui rappelait évidemment le plumage flamboyant de leur animal sacré, le phénix. Parmi les mèches luisantes, des dizaines de tresses nouées de perles et de fils de couleur scintillaient à la lumière du feu. Ce type de coiffure, traditionnel en Pyra, remontait au règne des Reines : hommes et femmes décoraient leur chevelure de joyaux ou de petits objets commémoratifs afin de perpétuer le souvenir de certains événements.

Quand l'une de ces reines guerrières avait enfin fondé l'empire, près de deux cents ans auparavant, Pyra avait été reléguée au rang de simple province. Mais Dresseurs et Dresseuses, désormais incorporés dans l'armée impériale, avaient continué à glisser plumes de phénix et morceaux d'obsidienne dans leurs cheveux pour célébrer victoires au combat et actes de bravoure. On disait qu'Avalkyra Pyromaque en avait tant et tant qu'elles lui entaillaient la peau des épaules à chaque pas.

Bien sûr, ce genre de coiffure était désormais interdit, mais Val avait catégoriquement refusé de renoncer à la tradition, même si ni elle ni sa cadette n'étaient vraiment des Dresseuses : les deux sœurs cachaient donc leur chevelure sous un carré de tissu.

Véronyka glissa les doigts dans les mèches rousses de son aînée. Elles étaient en bien piteux état – emmêlées, pleines de nœuds, ponctuées de tresses trop lâches sur le point de se défaire. Un bon bain et une généreuse quantité de cire ou d'huile, voilà ce qu'il leur fallait. Mais Val se moquait des apparences et ne la laissait pas souvent prendre soin de cette flamboyante crinière.

Véronyka, elle, avait les cheveux bruns comme la plupart de leurs concitoyens, noués, eux aussi, de perles ou de fils de couleur. Ornées des mêmes décorations, certaines nattes étaient d'ailleurs identiques chez les deux jeunes filles. Parfois, quand le comportement de Val la déroutait trop, elle cherchait dans sa chevelure ces tresses si semblables, afin de se rappeler ce qui les rapprochait plutôt que ce qui les séparait.

Sa main se referma sur le coquillage nacré qui rappelait le jour où les deux petites filles, à sept ou huit ans à peine, avaient enfin appris à nager. Elles s'étaient longtemps exercées avec leur *maiora* dans l'eau claire des Griffes, les bras du fleuve qui serpentaient le long de la capitale et dont les flots transparents descendaient tout droit des sommets du Pyrmont. Les Pyraéens devaient, par tradition, apprendre à nager dans l'Aurys, le principal cours d'eau de leur pays natal. La vieille femme avait décrété en soupirant que les eaux des Griffes, en aval, étaient ce qu'elles pouvaient faire de mieux, au vu des circonstances.

Après des semaines de pratique, les deux enfants, le cœur plein de détermination, étaient enfin parvenues à nager jusqu'à la rive opposée du plus large des bras du fleuve. Là, elles avaient choisi parmi les galets de la berge un coquillage qu'elles avaient rapporté à la nage à leur point de départ. Pour une fois, Val ne s'était pas vantée de s'être montrée, comme souvent, plus rapide que sa sœur. Elles étaient restées assises en claquant des dents sur la rive de longues minutes, le visage radieux, pendant que leur grand-mère nouait les coquillages dans leurs cheveux.

Véronyka poussa un profond soupir avant de mettre la première natte de côté. Elle caressa ensuite les perles de bois que les deux jeunes filles avaient sculptées et peintes à la main, le premier matin, en arrivant en Pyra. Puis elle effleura les bandelettes de coton, trempées dans l'encre et la cendre, qu'elles avaient nouées dans leurs cheveux pour commémorer la mort de leur grand-mère.

Chacune de ces tresses célébrait un des moments de leur vie ensemble, comme une tapisserie vivante qui les unissait l'une à l'autre.

Quand la respiration de Val se fit plus régulière, Véronyka lâcha ses longs cheveux et se redressa. Elle s'approcha du feu à pas de loup. Sous le regard curieux du petit phénix, elle se mit à fouiller sur tout le pourtour de l'âtre, parmi les cendres refroidies… Au travers du lien qui les unissait, la jeune fille avait droit à de fugitifs aperçus de ce qui occupait l'esprit de l'animal – une série d'images, de sons et de sensations qui rendaient plus lumineux, plus fascinant encore le monde qui les entourait. L'oiseau était trop jeune encore pour pouvoir formuler de véritables pensées mais, déjà, sa présence rassurait sa maîtresse.

Quand elle finit par trouver ce qu'elle cherchait – des fragments anguleux de la coquille de l'œuf –, Véronyka choisit avec soin l'éclat le moins coupant. Elle alla chercher la petite boîte où elle conservait la cire et les fils de couleur qu'elle utilisait pour entretenir sa chevelure et celle de sa sœur. À l'intérieur de l'écrin étaient aussi glissés un peigne de bois, de la ficelle, des aiguilles et, parmi d'autres instruments, une petite lime. La jeune fille s'en servit pour polir les angles pointus de la coquille, nettement plus épaisse que celle des œufs d'autres oiseaux.

Puis, à l'aide d'une aiguille, elle ménagea un trou dans la partie la plus solide du fragment – exactement comme elle avait vu sa grand-mère, tant d'années auparavant, percer délicatement les deux petits coquillages tirés du fleuve.

Pour finir, elle choisit sur sa nuque une mèche de cheveux libre. Elle n'essayait pas vraiment de la cacher, mais préférait tout de même éviter que la tresse ne soit trop visible, afin de ne pas s'attirer vainement les foudres de sa sœur, qui ne goûterait sans doute que fort peu ce rappel de la triste vérité : Véronyka avait un phénix, et pas elle.

Du moins, pas pour l'instant.

À en croire Val, un phénix commençait à choisir son âme sœur avant même son éclosion – c'était pourquoi il était si crucial de ne pas s'éloigner de l'œuf pendant tout le processus d'incubation. Les phénix choisissaient leur Dresseur bien avant de venir au monde : une affinité d'ordre magique s'établissait entre eux avant même que ne se crée un lien physique. Et, pour une raison mystérieuse, c'était Véronyka que l'oiseau avait élue.

La jeune fille réchauffa la cire dans sa paume pour en enduire la mèche de cheveux choisie avant de commencer le tressage. Le rythme si familier de ces mouvements rituels apaisa un peu les remords qui la taraudaient.

Val finirait par lui pardonner, comme toujours ! Bientôt, le deuxième œuf allait éclore et tout s'arrangerait. Les deux sœurs élèveraient leur phénix ensemble. Elles deviendraient Dresseuses, tout comme leurs parents et leur grand-mère.

Un enthousiasme fiévreux gonfla soudain la poitrine de Véronyka… Il leur faudrait se montrer prudentes, bien sûr – voyager de nuit par exemple – mais, en sillonnant l'empire, elles ne tarderaient pas à débusquer d'autres *phoenixaeres* entrés dans la clandestinité. Ils étaient des centaines et des centaines, autrefois – il en restait forcément quelques-uns ! Un travail immense les attendait mais, ensemble, ils parviendraient à rebâtir leur ordre déchu. Un jour, enfin, ils n'auraient plus à vivre dans la peur.

Et, cette fois, si quelqu'un osait forcer sa porte et tenter de lui enlever l'un des siens, Véronyka saurait s'interposer. Plus jamais ce qui s'était passé avec sa grand-mère ne se reproduirait.

La natte terminée, la jeune fille utilisa un peu de ficelle pour en nouer l'extrémité. Elle contempla le fragment de coquille, puis le phénix qui picorait le sol à ses pieds. Et pas n'importe lequel, non – son phénix à elle.

Un petit sourire aux lèvres, Véronyka prit la bête dans ses bras et retourna se glisser sous les couvertures. Elle se rendit vite compte que l'oiseau lui apportait plus qu'un réconfort physique : un grand calme descendit sur elle comme un drap de soie bien chaud et le sommeil l'emporta enfin.

Elle était assise dans une pièce baignée de soleil aux murs percés d'alcôves renfermant de précieux parchemins, décorée de tapis moelleux et de beaux meubles de bois finement sculpté… Une bibliothèque. Véronyka n'avait jamais mis les pieds dans une salle aussi belle mais, dans son rêve, l'endroit lui semblait familier, et elle s'y sentait chez elle.

De l'autre côté d'une immense table était installée une jeune fille. Véronyka ne savait pas de qui il s'agissait, même si elle reconnaissait son visage, pour l'avoir déjà vu en songe.

Les cheveux bruns de l'adolescente étaient tressés de perles délicates et de pierres scintillantes. Sourcils froncés, bouche crispée par la concentration, elle s'efforçait de déchiffrer le parchemin posé devant elle.

Cette enfant, la Véronyka du rêve l'adorait. Son cœur se gonfla soudain d'affection et une bouffée de tendresse amusée l'envahit – c'était presque à croire que ses émotions ne lui appartenaient plus. C'était une vie étrangère à laquelle la dormeuse assistait, le corps d'une autre qu'elle habitait.

—Qu'est-ce que ça veut dire, « phoenovo *» ? s'enquit l'adolescente d'un ton exaspéré. Ça ressemble à « phénix », mais avec d'autres lettres à la fin.*

—Pense à l'étymologie du mot, se surprit à répondre Véronyka d'un ton patient, où ne perçait qu'une très légère réprobation. Si la première moitié du mot ressemble à « phénix », à quoi ressemble la seconde ?

Son interlocutrice réfléchit quelques instants en se mordillant les lèvres.

—Ovo… ovo… *Œuf ! murmura-t-elle, le regard soudain illuminé d'une lueur de triomphe. Alors c'est… un œuf de phénix ?*

Satisfaite, Véronyka le lui confirma d'un signe de tête.

—Ils sont extrêmement rares et difficiles à faire éclore. Ils symbolisent la vie mais aussi la mort… bref, le cycle de l'existence. D'où leur capacité à renaître : c'est la mort qui leur donne la vie. Donc, à moins d'être incubés avec le plus grand soin dans les cendres des disparus – hommes ou bêtes –, ils puisent leur énergie ailleurs, y compris chez leurs frères et sœurs, si nécessaire.

À ces mots, l'inconnue se rembrunit et, autour d'elles, l'atmosphère s'assombrit, comme s'il faisait tout à coup plus froid.

— Alors… ils s'entretuent ? murmura-t-elle. Au sein d'une même famille !

Véronyka se contenta de hausser les épaules. Elle avait la nette impression que ce n'était pas seulement de phénix qu'il était question.

— Ils s'annulent. Une mort pour une vie. C'est ce qu'on appelle l'équilibre, xe xie.

« Xe xie » *était un terme d'affection pyraéen qui pouvait se traduire par « ma douce » ou « ma chérie ». Véronyka en déduisit que toutes deux étaient sans doute de la même famille. Des sœurs, peut-être.*

Des bruits de pas résonnèrent dans le couloir et les jeunes filles se tournèrent vers la porte. Leur après-midi ensemble touchait à sa fin…

Le songe s'effaça peu à peu. La dormeuse ouvrit les yeux dans l'obscurité glaciale de la cabane, l'estomac noué par l'angoisse.

Ce type de vision lui empoisonnait la vie depuis toujours. D'après Val, c'était un symptôme de ses pouvoirs d'ombremage. Véronyka devait donc surveiller son esprit en permanence, même pendant son sommeil. Les idées et les émotions d'autrui flottaient dans l'air comme les aigrettes d'un pissenlit, prêtes à parasiter un esprit peu méfiant comme le sien ou à être cueillies au vol par une intelligence plus affûtée, comme celle de Val. Et, pour Véronyka, qui avait du mal à verrouiller ses pensées la nuit, ces réflexions vagabondes prenaient la forme de rêves étranges.

Autrefois, à Aura Nova, du fait de la multitude d'habitants qu'abritait la cité, les songes étaient beaucoup plus fréquents. Mais le tumulte permanent de la grande ville s'était calmé depuis leur arrivée dans les montagnes. Seule Val, désormais, lui tenait compagnie. Mais, à en croire sa sœur, l'esprit était un puits sans fond où pensées et souvenirs pouvaient subsister indéfiniment et refaire surface, inopinément, des années plus tard. C'était sans doute pour cette raison que Véronyka revoyait sans cesse les mêmes personnages dans ses rêves, comme s'ils s'étaient frayé un chemin jusqu'à sa conscience et refusaient d'en sortir.

D'où qu'il vienne, cependant, ce rêve-là lui avait glacé le sang.

Val lui parlait souvent d'équilibre. Un phénix ne pouvait pas naître de rien : soit il mourait et renaissait de ses cendres, soit, à l'état d'œuf, il devait être couvé dans les cendres d'un autre. Dans la nature, les mères devaient mourir pour donner vie à leur petit et ne pouvaient pondre qu'un seul œuf à la fois. Mais les premiers animages du Pyrmont avaient découvert qu'en brûlant des ossements – animaux ou humains – pendant l'incubation, on pouvait parvenir au même résultat. Les phénix purent ainsi vivre plus longtemps et furent, dès lors, plus nombreux à prospérer.

Quand la jeune fille avait demandé ce qui se passerait si elles tentaient d'incuber un œuf de phénix dans un feu ordinaire, Val lui avait fourni cette réponse laconique : « La mort et non la vie. »

Prise d'une subite inspiration, Véronyka comprit soudain pourquoi un seul des deux oiseaux était venu au monde… Pire encore, Val, elle aussi, le savait : comme elles n'avaient pas rassemblé assez d'ossements pour les deux phénix, l'oiseau avait dû puiser ailleurs l'énergie d'éclore… dans l'autre œuf, en l'occurrence.

La jeune fille s'apprêtait à se lever, rongée par l'inquiétude, quand elle découvrit sa sœur debout près du lit. À la main, négligemment, Val tenait une petite hache.

La vue de cette arme rappela à Véronyka, comme toujours, leur premier soir en Pyra. Une fois la frontière passée, le chariot au fond duquel elles se cachaient s'était arrêté dans une auberge pour la nuit. Elles avaient été contraintes de dormir dans une remise à bois. Quand un villageois pris de boisson avait fait irruption dans la petite cabane en les lorgnant d'un air lubrique, Val avait brandi cette hache dans sa direction.

L'homme avait reculé en titubant avant de s'enfuir à toutes jambes, mais la jeune fille s'était élancée à sa poursuite dans l'obscurité.

Bien qu'il fasse encore très sombre, sa sœur l'avait vue, à son retour, essuyer la lame sur un tablier pendu à une patère. Le lendemain matin, l'arme et le bout d'étoffe avaient tout simplement disparu, au point que Véronyka s'était demandé si elle n'avait pas imaginé la scène… Mais non : Val possédait désormais un canif flambant neuf et une poignée de piécettes avaient fait leur apparition dans sa bourse. Avec cet argent, elles s'étaient offert un petit déjeuner bien chaud au comptoir de l'auberge. Toutes deux s'étaient même servies du canif pour sculpter les fameuses perles de bois pyraéen qu'elles avaient ensuite nouées dans leur chevelure.

En y repensant, Véronyka se demanda quel événement ces décorations célébraient vraiment.

Petite mais extrêmement tranchante, la hachette que Val tenait à la main étincelait dans les ténèbres. Le feu s'étant finalement éteint, la cabane était désormais aussi froide que le deuxième œuf, qui reposait toujours, solitaire, parmi les cendres. Véronyka chercha quelque chose à dire, en vain : sa sœur lui avait déjà tourné le dos. Sans laisser le temps à sa cadette de réagir, Val assena un violent coup de hache sur l'orbe gris, qui fut brisé en deux.

Le jeune phénix releva brusquement la tête, surpris. La coquille avait volé en éclats dans un craquement sonore, noyant l'exclamation de surprise de Véronyka. Glacée jusqu'à la moelle, elle ne put s'empêcher de s'avancer d'un pas vers l'âtre pour mieux voir. Elle ne savait pas trop à quoi s'attendre – les restes calcinés d'un oiseau, peut-être ? – mais elle ne distingua rien de particulier. On eût dit un simple rocher éventré, ni plus ni moins. C'était à se demander si l'œuf avait, un jour, été autre chose que de la pierre.

Val revint se planter devant elle et désigna d'un signe de tête le phénix lové à ses pieds, sans même le regarder en face.

— Il faut trouver un nom à cet animal.

— C'est une femelle, annonça Véronyka.

Elle ignorait comment elle le savait, mais elle était soudain sûre de son fait. La créature émit un petit pépiement : un flot d'images et d'idées vint soudain assaillir la jeune fille par le truchement du lien qui les unissait. C'était comme si l'esprit de l'oiseau s'était développé de manière phénoménale pendant la nuit par la grâce de la magie qui les reliait. Si les pensées du phénix étaient loin, encore, des concepts très aboutis habituellement manipulés par l'esprit humain, elles ne ressemblaient pas non plus aux impressions simples et immédiates observables chez la plupart des bêtes. Certes, les animages ne pouvaient se lier pleinement qu'à des phénix, mais leurs interactions répétées avec des créatures ordinaires avaient aussi un impact sur ces animaux. Les chevaux et les chiens en contact régulier avec des animages, par exemple, voyaient se développer leur « intelligence », au sens humain du terme, et, d'ailleurs, ils s'avéraient souvent beaucoup plus faciles à dresser.

— Rien d'étonnant à ça, répondit Val. Les phénix femelles sont souvent attirés par les femmes, et inversement. D'ailleurs, c'est pendant l'incubation qu'ils adoptent leur sexe définitif, souvent en fonction de celui de leur Dresseur.

Véronyka considéra la question en caressant du pouce la tête duveteuse de l'animal.

— Je pense que je vais l'appeler Xéphyra.

Val posa un regard pénétrant sur sa cadette, qu'elle observa longuement avant de croiser les bras, l'air pensif.

— *Pyr* signifie « feu » ou « flamme » en pyraéen. Associé au préfixe *xe*, ça donne…

— « Douce flamme », conclut Véronyka sans cesser de caresser les plumes soyeuses du phénix qui commençait à se rendormir.

— Ou « Sœur de flamme », la reprit Val, car ce préfixe signifiait aussi « frère » ou « sœur », en fonction du genre du nom auquel il était associé.

C'était de son aînée et de sa grand-mère que Véronyka tenait tout ce qu'elle savait sur le langage, les étoiles,

les saisons et l'histoire. C'était aussi Val qui lui avait appris à lire et à écrire.

En somme, Véronyka lui devait tout ou presque. Consternée, la cadette retint son souffle : si sa sœur déduisait du choix de ce nom l'idée que l'oiseau comptait désormais, dans son cœur, au moins autant qu'elle…

Val reprit enfin la parole.

— C'est un nom digne d'une reine pyraéenne, déclara-t-elle, les yeux étincelants, comme si, dans sa bouche, il s'agissait du plus beau des compliments.

Cette marque d'approbation remplit aussitôt Véronyka de fierté. Pourtant, elle craignait que la prédiction de Val ne se révèle vraie dans tous les sens du terme, et que son phénix ne connaisse le même sort que les souveraines en question : l'incandescence des flammes, une gloire passagère… et la mort.

Après tout, hors des frontières de Pyra, rares étaient ceux qui souhaitaient voir les phénix retrouver leur splendeur passée.

En Pyra, on célébrait la mort au même titre que la vie. Car, sans fin, nul commencement n'était possible. C'était là l'enseignement prodigué par les phénix. Ce fut aussi la leçon la plus importante de ma propre vie.

CHAPITRE 3
SEV

Sev gardait en permanence les yeux fixés sur ses pieds. C'était une tactique de survie, un mécanisme de défense… et un moyen sûr d'éviter de marcher dans un énième tas fumant de crottin de lama.

Au cours des six mois précédents, il avait peiné à s'adapter à sa misérable vie de fantassin à la solde de l'empire aurain. Il faut bien dire qu'il n'avait choisi cette voie que contraint et forcé. L'armée… Pour être franc, elle lui répugnait, cette horde disparate d'escrocs à la petite semaine, d'assassins et d'enfants trop pauvres pour pouvoir envisager une autre carrière dans l'existence.

Sans doute parce qu'ils lui rappelaient précisément tout ce qu'il était lui-même : un voleur sans le sou, un meurtrier.

Quant à la compagnie des serfs de l'empire, elle l'enchantait encore moins, si c'était possible. Car, loin de le renvoyer aux facettes les plus sombres de sa personnalité, ils lui rappelaient au contraire la bonne part de lui-même, celle qu'il s'était justement juré d'oublier. Sev avait fait un choix : certes, il était, comme eux, un animage, mais il se refusait pour autant à être traité comme un esclave jusqu'à la fin de ses jours.

Il se refusait aussi à mourir, comme ses parents autrefois, en abandonnant derrière lui les siens, tous ceux qui comptaient sur lui. Il avait donc pris grand soin de s'assurer que personne, jamais, n'aurait besoin de lui. Tout en gravissant une pente boueuse, Sev se fit la réflexion que, quand le monde s'était écroulé autour de lui, enfant, l'idée lui avait paru excellente. Ne s'attacher à personne et ne laisser personne s'attacher à lui, c'était le meilleur moyen de s'éviter beaucoup de souffrances. Résultat, il pouvait mourir le lendemain sans qu'une seule âme sur cette terre n'en éprouve le moindre chagrin…

Il poussa un profond soupir. À présent qu'il crapahutait à l'autre bout du pays sans qu'un seul être cher sache seulement où il se trouvait, il avait le plus grand mal à se rappeler pourquoi cette idée lui avait un jour paru bonne.

Comme la colonne ralentissait peu à peu, Sev se risqua à relever la tête. Son unité, composée de dix soldats et d'une douzaine de serfs, devait ramener au campement du régiment trente lamas achetés à un éleveur installé sur les hauts plateaux du Pyrmont, le massif montagneux qui constituait la majeure partie de Pyra, la patrie de ses parents.

Revenir enfin au pays, au bout de tant d'années, si près, et pourtant si loin, de la ferme de son enfance... Pour Sev, c'était une terrible ironie. Il avait si souvent rêvé de laisser Aura Nova derrière lui, mais n'aurait jamais imaginé rentrer dans ces conditions – enrôlé de force par l'ennemi qu'il haïssait.

Car si Pyra était désormais une terre maudite, ses habitants condamnés à la pauvreté, c'était la faute de l'empire. Que de morts dans cette lutte futile pour l'indépendance, à commencer par Avalkyra Pyromaque, la prétendante au trône, et la sœur qui l'avait défiée.

Et, bien sûr, les propres parents de Sev.

Son pays natal n'était plus qu'un refuge pour Dresseurs sans phénix, pour tous les animages réduits à la misère par la magelle, la taxe qui leur était destinée. Pyra n'avait plus ni gouverneurs, ni lois, ni impôts, ni même de soldats pour défendre son territoire. Près de la frontière, les pillages étaient fréquents. Voilà d'ailleurs pourquoi Sev et ses compagnons de voyage avaient opté pour des tenues de combat de bric et de broc, plus haillons qu'uniformes : ils cherchaient à passer inaperçus.

Ils faisaient partie d'un contingent de deux cents soldats installé pour la nuit au fond des bois, le long de la route des Pèlerins, la principale voie de communication qui traversait Pyra. Sev et sa petite unité avaient reçu l'ordre d'aller échanger leurs chariots (bientôt inutiles sur les chemins escarpés qu'ils comptaient emprunter) contre des lamas, ces bêtes de trait réputées pour leur docilité et capables de porter de lourdes charges sur les pentes abruptes du Pyrmont – ces animaux n'avaient que des qualités, leur crottin particulièrement collant mis à part.

Si le petit groupe était censé rejoindre le reste du régiment avant la tombée de la nuit, ils n'étaient, à vrai dire, pas particulièrement en avance sur leur programme.

Alors pourquoi s'étaient-ils arrêtés ?

Le cou tendu pour mieux voir, Sev fit un pas en avant. Mal lui en prit : le talon de sa botte s'enfonça dans un tas d'excréments encore tièdes.

— Par Teyke ! grommela-t-il, persuadé que le dieu de la chance s'acharnait sur lui.

Quand il parvint enfin à déloger sa botte dans un grand bruit de succion, il remarqua que le serf debout à côté de lui le regardait se débattre avec, sur le visage, un étrange mélange de curiosité et d'irritation. Si les traits de l'homme lui étaient familiers, c'était qu'il n'était pas rare pour ce serviteur de l'observer à la dérobée, en particulier quand le jeune soldat se trouvait en difficulté. Grand et large d'épaules, la peau brune et les cheveux noirs coupés ras, le serf devait avoir à peu près le même âge que Sev. Il portait autour du cou une chaîne ornée d'un simple médaillon où figuraient son nom, le crime qu'il avait commis et la durée de sa peine.

Il semblait à la fois hostile et intrigué, comme s'il se trouvait face à une énigme indéchiffrable mais, comme à chaque fois que leurs regards se croisaient, son expression se fit aussitôt méfiante, pleine de défi.

Bien sûr, la haine entre serfs et soldats était réciproque. Les militaires de carrière, le corps souvent marqué de terribles brûlures, avaient passé des années à combattre les Dresseurs de phénix. Quant aux jeunes recrues, c'étaient souvent des orphelins de guerre pour qui séparatistes pyraéens et simples animages étaient, en fait, la même engeance : des êtres méprisables qui les avaient privés trop tôt de leurs parents.

Le mépris des militaires pour les serfs était donc tangible. S'ils étaient incapables de s'acquitter de taxes ruineuses, les animages se retrouvaient contraints de s'acquitter de leur dette envers l'empire en effectuant des travaux forcés. Esclaves, ni plus ni moins, plusieurs années ou toute une vie, suivant la gravité de leur crime. Basse main-d'œuvre ou vulgaires criminels, qu'ils aient utilisé clandestinement leur magie ou servi Avalkyra Pyromaque pendant la guerre de Sang, peu importait, aux yeux des soldats. L'ironie, c'était qu'une bonne moitié des militaires étaient eux aussi des criminels. Simplement, comme Sev, on leur avait pardonné leurs méfaits le jour où ils s'étaient enrôlés.

Sev, quant à lui, se sentait, comme souvent, pris entre deux feux. Pour son plus grand malheur, il avait presque autant de points communs avec les serfs qu'avec les soldats.

Après tout, ses parents étaient autrefois des Dresseurs de phénix et, aujourd'hui encore, la même magie coulait dans ses propres veines.

Mais, toute sa vie ou presque, la crainte de l'empire l'avait contraint à dissimuler sa véritable nature. De jour comme de nuit, il vivait dans la peur que ses frères d'armes ne percent à jour son secret. Car si l'on découvrait ses pouvoirs d'animage, on lui passerait une chaîne autour du cou : compte tenu de son passé criminel, il serait condamné à perpétuité.

À vrai dire, Sev n'avait pas non plus beaucoup d'affection pour les Dresseurs de phénix. La guerre insensée menée par une reine à l'ambition démesurée avait coûté la vie à ses parents. Elle avait fait de lui un orphelin condamné à errer dans les rues d'Aura Nova, sans famille et sans avenir. Le jeune homme, depuis, se sentait comme déraciné – une brebis sans berger.

Il poussa un profond soupir et, puisque la colonne n'avançait plus, prit le temps d'évaluer les dégâts. Jetant un sourire piteux au serf qui l'observait toujours, il entreprit de nettoyer sa botte dans l'herbe. L'animage secoua la tête, détourna les yeux en se raclant la gorge puis, voyant que Sev se débattait toujours vainement, tapota sa ceinture d'un geste agacé. Le soldat le considéra d'abord avec perplexité avant de finir par comprendre : le serf s'efforçait d'attirer l'attention sur son ceinturon, où pendait une outre remplie d'eau. Les joues cramoisies, Sev le remercia d'un signe de tête et dévissa le bouchon de sa propre gourde pour nettoyer sa botte en toute hâte.

Sa tâche terminée, il jeta un regard autour de lui. La petite procession avait fait halte dans une clairière ensoleillée, où se dressait une cabane percée d'une porte peinte en bleu.

De forme arrondie avec un toit en dôme – un style populaire en Pyra –, cette maisonnette à l'écart de tout était sans doute un relais de chasse ou la masure d'un vieil ermite.

Or, en quittant le campement le matin même, leur unité n'avait reçu que deux ordres de la part du capitaine Belden, le chef de leur régiment : rentrer avant le coucher du soleil et ne pas se faire repérer. Aucun soldat de l'empire n'était le bienvenu en Pyra et leurs déguisements de pillards ne résisteraient pas à un examen minutieux.

Sev vit des remous en tête de colonne et crut d'abord que la troupe se remettait en mouvement, sans doute pour encercler la cabane et la fouiller afin de débusquer d'éventuels occupants. À première vue, elle semblait vide, mais pas abandonnée pour autant : du bois de chauffage s'empilait contre un mur, l'allée qui menait à la porte avait été désherbée et un pâle ruban de fumée s'échappait de la cheminée.

— Eh, la bleusaille ! jeta soudain une voix cinglante, arrachant Sev à ses réflexions.

En levant les yeux, le jeune homme vit Ott remonter la file dans sa direction. Ce militaire à la silhouette trapue et à la respiration bruyante lui rappelait le personnage du Bouffon dans les comédies arboriennes. Même la tunique en patchwork du soudard ajoutait à cette impression : il ne lui manquait plus qu'un chapeau pointu et des clochettes aux pieds. Son teint d'ordinaire jaunâtre avait rougi au soleil et des gouttes de sueur perlaient à ses tempes et à son front dégarni.

— Oui, chef ! beugla Sev en se mettant au garde-à-vous.

Ce faisant, il veilla bien à ne pas s'exécuter trop vite. Il s'assurait toujours de ne manifester ni vivacité d'esprit, ni vitalité physique. Ce genre de détail avait tendance à attirer l'attention et, justement, Sev n'avait aucune envie de se faire remarquer. La plupart des autres soldats le croyaient plus émoussé qu'une vieille rapière, ennuyeux à mourir, et il faisait de son mieux pour encourager cette impression. Il s'appliquait à rester dans la moyenne, à n'accomplir que le strict minimum, se contentant de faire son travail, pas si mal au point qu'on remarque son incompétence, mais pas si bien qu'on risque de trop lui en demander.

— Toi, tu restes là ! lui ordonna Ott en désignant le sol à ses pieds au cas où Sev aurait mal compris le sens de ses instructions. Les animaux vont reprendre la route mais, toi, tu seras nos yeux, ajouta-t-il avant de pointer, cette fois, deux gros doigts boudinés vers ses globes oculaires. Assure-toi que personne ne nous tombe dessus sans prévenir. Jotham et moi, on va jeter un coup d'œil à l'intérieur.

Et le joyeux drille de remonter son pantalon d'un air important, comme s'il se préparait à prendre d'assaut les lignes ennemies. Jotham, son éternel complice, vint se poster derrière lui tandis que la colonne de lamas repartait.

Jeter un coup d'œil, tu parles… pensa Sev, qui n'était pas né de la dernière pluie. Même si l'empire leur avait pardonné leurs malversations pour leur permettre de servir dans l'armée, Ott et Jotham étaient ni plus ni moins des criminels de carrière. Pour eux, enfreindre la loi n'était pas une simple question de survie mais bien un plaisir, un passe-temps et un bon moyen d'augmenter leur maigre solde. Leur passé délictueux effacé, leurs fautes oubliées, ils étaient désormais réputés innocents. Des milliers d'hommes de leur acabit occupaient les rangs de l'armée : tant qu'ils ne détroussaient pas leurs supérieurs ou leurs compagnons d'armes, ils étaient libres d'agir à leur guise. Bien sûr, ces crapules mettaient un point d'honneur à choisir des soldats inexpérimentés comme Sev pour leur servir de guetteurs et couvrir leurs méfaits : comme s'ils étaient trop bêtes pour comprendre ce qui se tramait vraiment !

En ancien gamin des rues, le petit nouveau n'avait rien, au fond, contre le vol, mais entre délester un riche marchand de sa bourse et mettre à sac une vieille maisonnette aux volets cassés, il y avait un monde. Le pauvre hère qui habitait ces lieux manquait à l'évidence de tout.

Pire encore, et si la cabane n'était pas vide comme ils le pensaient ? Sev connaissait la suite. Leur unité avait des ordres stricts : elle ne pouvait pas laisser de témoins vivants de son passage.

— Toi, le magesclave ! aboya Ott en se tournant vers le serf le plus proche, celui qui avait assisté à la mésaventure de Sev.

Ce seul mot avait le don de faire frémir le jeune soldat – il faut dire que le terme était particulièrement insultant. Il se risqua à couler un regard vers l'animage, qui ne trahit pourtant aucune réaction hormis une légère crispation des épaules. Le vétéran ne remarqua rien :

— Allez, file, tu fermeras la marche ! jeta-t-il. Je ne veux voir aucun retardataire, tu entends ?

Sev fit la grimace. Ott ne voulait pas de témoins, surtout… Jotham se joignit à son camarade sans perdre un instant et les deux brutes disparurent derrière les arbres. Mal à l'aise, leur sentinelle hésita avant de se tourner vers son compagnon.

— Désolé… marmonna-t-il.

— Quoi ? s'étonna son interlocuteur.

C'était la première fois que Sev entendait sa voix au timbre grave et rocailleux, qui semblait monter des tréfonds de sa poitrine.

— Je… Ils ne devraient pas employer ce mot-là.

Le serf le dévisagea en silence comme s'il essayait de déchiffrer le véritable sens de cette déclaration. Sev était-il sincère ou se moquait-il de lui ? La plupart des soldats n'adressaient que rarement la parole aux serviteurs et aucun d'entre eux ne se serait abaissé à leur présenter des excuses.

Pour finir, le jeune homme siffla entre ses dents, d'un air à la fois méprisant et incrédule, avant de secouer la tête.

— Le vocabulaire importe peu, soldat. « Esclave » ou « Votre Altesse », ce n'est pas ça, le problème. Le problème, c'est ce que je suis.

Il avait raison, bien sûr. La seule différence entre Sev et lui, c'est que l'un s'était fait prendre en train de se servir de ses pouvoirs et pas l'autre. Or la magie avait toujours eu cours au sein de l'empire. Certains pratiquaient cet art aussi facilement qu'ils respiraient. Et voilà que, du jour au lendemain, leur existence même était devenue un crime. Comment pouvait-on reprocher à quelqu'un le simple fait d'être vivant ? C'était injuste, abominable et, en restant dans l'armée, Sev se faisait le complice de cette infamie.

Ne sachant quoi répondre, le jeune soldat, qui n'avait pas oublié les ordres d'Ott, préféra ravaler sa culpabilité, franchir la ligne des arbres et aller se poster en bordure de la clairière, sur le flanc gauche de la maisonnette. À bonne distance de la porte, car il n'avait aucune envie de voir ce qui allait se passer à l'intérieur.

La chaleur, suffocante, l'accablait. Une vague odeur de feu de bois, à laquelle se mêlaient d'autres effluves, âcres et mystérieux, flottait dans l'air. Un voile de sueur luisait sur le front de Sev, dont la tunique rembourrée de cuir collait à son dos moite.

À mesure que Jotham et Ott se rapprochaient de la cabane, le silence s'épaississait un peu plus : on eût dit que la forêt retenait son souffle en les regardant passer. Ce calme n'avait rien de naturel. Depuis que le régiment avait franchi la frontière entre Pyra et l'empire, une semaine plus tôt, les sens de Sev étaient assaillis par les sons mélodieux de la nature, plus sauvage à mesure que la troupe se rapprochait des montagnes. Bercé, d'habitude, par le vacarme incessant d'une capitale saturée de brouhaha, de cris et du grincement des roues de chariots, il devait s'avouer surpris : là, en Pyra, au cœur des Terres franches comme les Pyraéens aimaient à les nommer, difficile de parler de bruits ambiants. C'était, au contraire, une rumeur presque musicale, à la fois lyrique et harmonieuse, dont le rythme lui apaisait l'esprit et réconfortait son âme fatiguée sans qu'il sache trop pourquoi. Elle lui rappelait son enfance à la ferme, le temps béni où sa vie était à taille humaine, simple et rassurante.

Comme cette existence-là lui manquait !

Une matière duveteuse frôla soudain la pulpe de ses doigts. Sev fit volte-face : l'un des lamas s'était avancé jusqu'à lui pour le consoler en poussant la tête contre sa main. Deux autres de ses congénères attendaient non loin de là, en compagnie du même serf – qui avait, semblait-il, choisi de contrevenir aux ordres en suivant Sev dans la clairière plutôt que de s'éloigner avec le convoi.

Le fantassin repoussa le museau du lama avec plus de rudesse qu'il ne l'aurait voulu. Il s'efforçait toujours de ne manifester qu'indifférence à l'endroit des bêtes de somme et autres chiens de chasse qui accompagnaient le régiment. Ces derniers temps, on se retrouvait parfois accusé de pratiquer l'animagie pour la plus banale des démonstrations d'affection envers le premier animal de compagnie venu. Le militaire devait donc à tout prix se maîtriser.

Le serf l'épiait d'un œil soupçonneux. Avait-il senti l'attraction exercée malgré lui par Sev sur le lama ? Par moments, le soldat perdait le contrôle sur ses maigres pouvoirs, en particulier quand il était distrait ou contrarié. Aussitôt, un oiseau venait se percher sur son épaule ou un chat se frotter contre sa jambe, attiré à lui par accident.

— Qu'est-ce que tu fais encore là ? s'étonna Sev d'une voix que l'inquiétude rendait acerbe.

— Je te retourne la question, soldat ! rétorqua l'intéressé d'un ton plus incisif encore, en regardant par-dessus l'épaule de son interlocuteur les deux vétérans s'avancer à pas de loup vers la porte de la cabane. Pourquoi t'excuser des paroles blessantes de ce soudard sans foi ni loi, si c'est pour le laisser ensuite détrousser et assassiner des innocents ?

Sev se rembrunit.

— Si tu crois qu'ils accepteraient de m'écouter, tu te trompes… protesta-t-il avec un vague geste de la main vers les deux hommes. Et, désolé de te l'apprendre, mais ils feront bien pire avant qu'on ait quitté ces montagnes.

L'empire n'avait pas envoyé un détachement aussi important, incognito, traverser tout Pyra simplement pour mener des négociations de paix. Sev ignorait le motif exact de leur présence mais, quel qu'il soit, le résultat ne serait pas beau à voir.

L'animage le toisa des pieds à la tête sans cacher son écœurement.

— Et ça ne te dérange pas ?

Sev examina les yeux brillants de défi de son interlocuteur. Le jeune soldat avait subi son lot de rebuffades dans l'existence mais, depuis son incorporation dans l'armée, il n'avait jamais vu un serf oser ne serait-ce que s'adresser à lui. Or, voilà que celui-là lui parlait sans peur ni hésitation.

— Mon avis ne compte pas, finit-il par répondre. Je n'ai pas le choix.

Un rictus de mépris déforma la bouche de l'animage, comme si Sev ne valait pas mieux que les excréments qui souillaient ses semelles.

— On a toujours le choix.

C'est faux, pensa le militaire, désabusé. Lui n'avait pas *choisi* d'être abandonné par ses parents à l'âge de quatre ans pour une cause qui le dépassait. Ni de vivre après la guerre dans un orphelinat surpeuplé en proie à la faim et à la maladie. Où, pour ne pas se voir réduit en esclavage, il avait dû apprendre à cacher ses dons d'animage avant même de savoir nouer ses lacets. Quand, à peine sorti de l'enfance, il avait causé par accident la mort d'un soldat, il n'avait pas plus *choisi* de rejoindre les rangs de la grande persécutrice, l'armée, celle-là même qu'il avait pourtant passé sa vie entière à fuir. Non, il y avait été contraint par la menace. Ce prétendu choix n'était qu'une illusion. On ne se tenait jamais à un véritable carrefour de sa vie que dans les bons romans d'aventures. Dans le monde réel, on ne choisissait pas – du moins pas sans conséquences dramatiques.

Si, par miracle, il était donné à Sev de décider de son destin ne serait-ce qu'une seule fois… alors, il le savait, il prendrait le parti de fuir la mort et ceux qui la donnaient, et certainement pas de courir au-devant d'elle.

Un tel silence régnait à présent dans la forêt que plus un souffle de vent n'agitait les frondaisons.

Et soudain, tel un coup de tonnerre dans un ciel limpide, Jotham enfonça la porte d'un coup de pied.

Le décès de notre père sonna le glas
d'une dynastie vieille d'un millénaire.
Mais, pour nous, ce n'était pas la fin.

CHAPITRE 4
VÉRONYKA

Agenouillée dans l'herbe fraîche, les doigts couverts de terre et les genoux humides de rosée, Véronyka agrippa fermement la racine d'un oignon sauvage qu'elle arracha d'un geste brusque. Elle jeta le légume dans son panier et se penchait pour en ramasser un autre quand elle sentit ses cheveux se hérisser sur sa nuque.

Elle venait d'entendre un bruit – ou plutôt, de le sentir résonner : au lieu de retentir à ses oreilles, il s'était manifesté par le truchement de sa magie.

La gorge serrée, Véronyka fit volte-face... pour se retrouver nez à nez avec Xéphyra. Elle sourit. Même s'il n'était pas censé se montrer au grand jour, la présence de son phénix lui réchauffait toujours le cœur.

—Je t'avais pourtant bien dit de rester dans la cabane ! le réprimanda-t-elle, bien que les mots soient inutiles du fait de la nature de leur lien.

On aurait pu te voir, ajouta-t-elle en silence.

Xéphyra lui lança un regard à la fois candide et intrigué, avant de gober un papillon qui passait par là.

Véronyka poussa un soupir. Elles avaient beau se trouver en Pyra, hors d'atteinte de l'empire *a priori*, il restait tout de même souvent dangereux pour un animage de révéler sa présence. Et pour un phénix, c'était une question de vie ou de mort. D'autant que leur cabane était nichée non loin des Contreforts : les incursions de pilleurs dans les hameaux voisins n'étaient pas rares. Si elles se faisaient prendre lors d'une de ces attaques, Véronyka serait, au mieux, réduite en esclavage et Xéphyra, exécutée.

Au moins, il n'y avait pas de trace de la présence de Val. Elle était partie à l'aube « marchander » au marché de Runnette pour reconstituer leurs réserves – en d'autres termes, convaincre à coup d'ombremagie de pauvres négociants sans défense de lui offrir leur marchandise sans aucune contrepartie. Afin de se rendre utile, Véronyka était sortie peu après le départ de sa sœur ramasser des oignons et de l'ail sauvage ainsi que des racines comestibles. Xéphyra, elle, était censée rester cachée à l'intérieur de leur petite masure.

Depuis l'instant où, près de deux semaines plus tôt, le phénix s'était envolé pour la première fois, l'animal s'était vu interdire de quitter la cabane quand Val en personne n'était pas là pour monter la garde. Les occasions de se dégourdir les ailes s'étaient donc faites bien rares pour la pauvre bête. Et si l'aînée des deux sœurs avait toujours traité avec mépris les amis à deux ou quatre pattes de sa cadette, son aversion pour le jeune phénix se faisait chaque jour un peu plus flagrante. Véronyka savait bien que c'était par jalousie, que Val se sentait blessée et mise à l'écart mais, plus elle s'efforçait de combler le fossé qui s'était creusé entre elles, plus l'intéressée devenait morose. À chaque compliment formulé par la jeune fille à l'endroit de son phénix, à chaque marque d'affection supplémentaire, sa sœur édictait une nouvelle salve de règles et de mises en garde, pérorant sans fin sur les prétendus dangers de leur lien magique.

Il ne fallait pas choyer Xéphyra, sous peine d'en faire une créature molle et imbue d'elle-même. Il ne fallait surtout tolérer aucune désobéissance de sa part, car c'eût été un signe de faiblesse qui risquait de coûter à Véronyka tout son ascendant sur la bête.

Leur lien réciproque devait avant tout être un rapport de domination : l'une était la maîtresse, l'autre la servante. Elles n'étaient pas liées par le sang, contrairement à des sœurs. L'obstination que mettait Véronyka à traiter l'oiseau comme un ami et un égal les mènerait toutes deux à leur perte.

La cadette s'efforçait d'écouter ces conseils mais, toute sa vie, elle s'était sentie infiniment proche des animaux et avait toujours obtenu d'eux ce qu'elle souhaitait sans avoir à employer la force. Parfois, les mots de Val sonnaient comme autant de perles de sagesse. À d'autres moments, on aurait dit autant de mauvais prétextes destinés à éloigner Véronyka de son âme sœur.

Et, comme à chaque fois qu'on s'opposait ouvertement à ses principes, Val entrait dans des colères noires. Il en avait toujours été ainsi.

— C'est dans son caractère, répétait leur grand-mère à Véronyka chaque fois que l'aînée se montrait cruelle ou autoritaire. Val est comme le feu, elle dévore.

— Et moi, je suis comment, *maiora* ?

— Comme le feu, toi aussi : tu éclaires le chemin.

La jeune fille sentit un sourire étirer ses lèvres – comme à chaque fois qu'elle pensait à la vieille femme – malgré les circonstances terribles de sa disparition, malgré, aussi, le vide immense que sa mort avait laissé, et qui s'était fait plus sensible encore depuis que Xéphyra était venue au monde. Les conseils de sa *maiora* auraient sans doute aidé à nuancer ceux de sa sœur et à ramener la paix entre elles. Aux yeux de Val, leurs différences étaient une difficulté à surmonter, un problème à résoudre. Et, bien entendu, c'était à Véronyka de changer, et jamais l'inverse. Mais leur grand-mère trouvait toujours un moyen de souligner leurs ressemblances – en les comparant l'une comme l'autre au feu, par exemple – afin de les aider à comprendre qu'elles étaient les deux faces d'une même médaille : aux antipodes l'une de l'autre et pourtant toujours liées.

Véronyka avait le droit d'être différente de sa sœur et plus vite Val le comprendrait enfin, mieux toutes deux s'en porteraient.

À mesure qu'elle approchait de la cabane, la jeune fille sentait pourtant ses certitudes vaciller un peu plus à chaque pas. Depuis quelque temps, Val et elle étaient vraiment à couteaux tirés. Elle redoutait tout simplement une autre querelle stérile. D'autant que la mauvaise humeur de sa sœur commençait à lui porter sur les nerfs. En se dépêchant un peu, Xéphyra et elle pouvaient regagner la masure les premières, et ainsi s'épargner une confrontation. Elle décida donc de couper à travers bois.

Le phénix prit la tête, voletant de branche en branche pour picorer çà et là un ver ou une larve et lancer de mélodieux trilles dès qu'il croisait le chemin d'un autre oiseau. À l'image d'un enfant précoce, il était curieux, intelligent et parfois impulsif, mais il manquait encore de maturité et d'une compréhension approfondie du monde. Depuis le jour de sa naissance, la communication entre la jeune fille et la bête s'était considérablement enrichie, passant de simples images et d'impressions fugitives à des réflexions plus construites – voire, de temps à autre, à un mot ou une phrase. Il faudrait malgré tout encore des mois à Xéphyra pour acquérir le vocabulaire et la compréhension indispensables à une véritable conversation. Cependant, chacune avait commencé à anticiper les pensées et les actions de l'autre. Elles effectuaient désormais leurs corvées quotidiennes comme si elles étaient reliées par un fil invisible.

Si l'oiseau évoluait à une vitesse impressionnante, Véronyka, elle aussi, voyait son propre esprit se renforcer à mesure qu'il s'ouvrait plus facilement aux indications sensorielles transmises par son phénix. Des bruits, des odeurs, des images qui n'avaient jamais retenu l'attention de la jeune fille devenaient d'incroyables sujets d'étude pour l'animal. Les pouvoirs de Véronyka s'en trouvaient eux aussi peu à peu affectés. Depuis qu'elles étaient liées l'une à l'autre, ses talents d'animage – en particulier, leur puissance et leur portée – avaient quasiment doublé. Leur lien rendait le monde qui l'entourait plus chatoyant, plus saisissant que jamais.

Et, déjà, Xéphyra avait atteint la taille d'un grand aigle. Son duvet avait laissé place à des plumes soyeuses, iridescentes, plus longues et plus sombres sur la queue et autour de la crête naissante au sommet de son crâne.

Les plumes de la tête et du croupion étaient violettes chez les femelles, jaune mordoré chez les mâles. À en croire Val, Xéphyra était grande pour son âge et, à deux mois révolus, elle serait peut-être déjà prête à porter un Dresseur sur son dos. À de rares exceptions près, la vaste majorité des phénix atteignaient leur taille adulte entre trois et six mois.

Ces animaux de légende se développaient vite, aussi bien mentalement que physiquement. Leur cycle de croissance accéléré leur donnait une capacité de guérison extrêmement rapide et une intelligence redoutable. Xéphyra avait une immense soif de savoir… Il était d'autant plus difficile de la tenir enfermée entre quatre murs ! Sans compter qu'elle semblait déterminée à trouver d'autres membres de son espèce – des « frères et sœurs de feu » comme elle les surnommait en pensée. Les phénix n'étaient pas des créatures solitaires : ils gardaient le même partenaire toute leur vie et vivaient généralement en groupe, cherchant leur nourriture et défendant leur territoire de concert.

Sa jeune maîtresse le savait : Xéphyra demanderait bientôt à partir en quête de ses semblables, ce n'était plus qu'une question de temps. À raison, d'ailleurs, car, pour arriver à maturité, les conseils éclairés d'autres phénix lui seraient indispensables. Véronyka, elle aussi, brûlait de connaître l'avis de Dresseurs plus expérimentés. Elle aimait l'idée de partir à l'aventure avec son âme sœur, même si elle osait à peine se l'imaginer. C'était une étape logique, bien sûr, mais ce n'était pas tout, loin de là : à l'idée de trouver sa place parmi d'autres animages et leurs montures, de pouvoir nouer des amitiés et se sentir enfin un peu chez elle, la jeune fille éprouvait une joie et un réconfort immenses. Elle priait donc avec ferveur pour que, quelque part en Pyra, existe vraiment un sanctuaire où Dresseurs et phénix vivaient encore.

Mais l'inquiétude la taraudait : Val accepterait-elle de venir ? En aurait-elle même le droit ? Car sa sœur, après tout, n'avait pas de phénix…

Distraite par le spectacle de Xéphyra plongée dans la contemplation d'une toile d'araignée, Véronyka sursauta en entendant un bruit sourd, tel un coup de tonnerre, résonner dans toute la forêt. Il semblait venir de la direction de la cabane.

Elle se raidit, affolée. On aurait dit le bruit d'une porte ouverte à la volée.

Val…

Sa sœur avait dû rentrer avec un peu d'avance ! Véronyka pressa le pas, soufflant à Xéphyra d'en faire autant. À condition de se hâter, elle parviendrait peut-être en vue de la cabane assez tôt pour pouvoir prétendre n'avoir jamais vraiment quitté la relative sécurité de la petite clairière.

Tout en répétant mentalement cette ébauche de plan, la jeune fille se baissa à moitié pour éviter une grosse branche dont la sève collante vint se prendre dans ses cheveux et lui poisser les doigts. Lorsqu'elle relâcha la ramure, la masure apparut dans son champ de vision, nimbée des rayons cuivrés du soleil de la fin de l'après-midi.

La scène semblait paisible, presque idyllique. On aurait dit la maisonnette d'une *maiora* sortie d'un conte populaire.

Mais nulle petite vieille au grand cœur ne s'avançait vers elle pour lui raconter une histoire, les mains pleines de sucreries. Pas de Val en vue non plus, bras croisés et lèvres pincées de colère.

Non : c'était un pillard. Les yeux fixés sur elle, il l'attendait.

Unies par le même chagrin,
nous nous cramponnions l'une à l'autre.
Sa souffrance était la mienne.
Sa douleur était la mienne.

Chapitre 5
SEV

D'un geste machinal, Sev porta la main au couteau glissé à sa ceinture. Ce réflexe le surprit. Les mois d'entraînement au combat avaient-ils donc fini par porter leurs fruits ?

Malgré tout, il ne s'était jamais battu contre une fille, encore moins désarmée, d'autant que celle-là venait de surgir de la forêt telle une biche aux abois. Les yeux de la nouvelle venue se posèrent sur lui, puis sur la cabane. Ce devait être son logis. Or, il semblait déterminé à lui barrer la route et il était armé.

Sans avoir l'air beaucoup plus jeune que lui, l'inconnue dégageait encore quelque chose d'enfantin. Sa peau d'un beau brun doré luisait comme du bronze au soleil. Ses cheveux noirs étaient coiffés en tresses, tantôt fines tantôt épaisses, agrémentées de perles et d'objets scintillants ou encore entremêlées de fils colorés. Elle allait pieds nus : cette vulnérabilité laissait imaginer qu'elle se sentait en sécurité dans ces bois, du moins assez pour quitter sa masure sans craindre de devoir l'abandonner à jamais. Était-ce ce sentiment d'invincibilité, cette certitude que rien ne pouvait lui arriver qui lui donnait cette allure juvénile ? Sev, de son côté, n'avait pas éprouvé une telle confiance depuis une éternité.

Dès que la jeune fille aperçut le couteau, elle se figea comme un animal sans défense qui viendrait de flairer un prédateur. La bouche sèche, le soldat avala sa salive. Que faire ? Si Jotham et Ott découvraient l'existence de cette intruse, ils s'empresseraient de la réduire au silence.

Un bruit de verre brisé en provenance de la cabane arracha Sev à sa stupeur. L'inconnue tourna la tête vers la masure, comprenant soudain que le militaire n'était pas seul.

— Personne, maugréa la voix de Jotham, dangereusement proche.

Le cœur du garçon se mit à battre plus vite. En risquant un coup d'œil derrière lui, il constata avec un certain soulagement que les deux brutes se trouvaient toujours à l'intérieur.

— Et pas un seul objet de valeur, renchérit la voix d'Ott.

Sev sentit sa panique monter d'un cran. S'il n'y avait rien à voler, ils allaient ressortir d'un instant à l'autre.

Il se tourna vers la jeune fille.

— Déguerpis, lui ordonna-t-il en agitant la main vers les arbres.

L'intéressée fronça les sourcils, confuse. Un pillard avec un couteau à la main lui conseillait de s'enfuir ?

C'était sûrement une ruse… Du regard, elle balaya les arbres alentour et aperçut le serf, tapi dans l'ombre derrière l'intrus. Effrayée, elle fit quelques pas dans la clairière pour creuser un peu la distance qui la séparait des deux hommes. Mauvaise idée.

—Non, attends, je… nous…

Sev se désigna d'un geste vague avant de montrer le serviteur.

—Nous ne te voulons aucun mal. Eux par contre… si, ajouta-t-il en pointant du doigt la cabane après avoir rengainé son poignard.

Une fois encore, la jeune fille hésita. Ses yeux se posèrent tour à tour sur le militaire, le serf et la masure. Pendant ce temps, d'autres bruits leur parvinrent de l'intérieur : un vacarme d'objets jetés sans ménagement sur le sol, suivi de jurons et de grommellements incompréhensibles.

Avant que quiconque ait pu esquisser le moindre geste, quelque chose attira l'attention de Sev. Du coin de l'œil, il avait cru déceler du mouvement, à moins qu'il ne s'agisse d'une vague d'énergie. Un animal ? Peut-être. Le jeune soldat n'eut de toute façon pas le temps de se questionner davantage qu'un craquement de branches se fit entendre à la droite de l'inconnue. Une créature surgit des bois dans un battement d'ailes et vint se poser sur l'épaule de sa maîtresse.

C'était un oiseau rouge vif, doté d'une longue queue et d'une crête de plumes naissante au sommet du crâne. Dans la pénombre des arbres, il ressortait telle une flamme, avec autant d'intensité que la pleine lune par une nuit claire. Il ne s'agissait pas d'un animal ordinaire : Sev eut tout de suite conscience de se trouver face à une créature magique, dont la seule présence suffisait à lui donner des frissons.

Un phénix.

Le serf bouscula le soldat, puis s'avança, les yeux rivés sur l'oiseau. Il fit quelques pas avant de s'arrêter face à la jeune fille, la main sur le cœur, et d'incliner cérémonieusement la tête. D'un seul coup d'œil à la lourde chaîne qui pendait autour de son cou, elle comprit ce qu'il était. Aussitôt, une complicité muette se noua entre eux. Ils étaient tous deux des animages : seul un être doué de pouvoirs était capable de faire éclore un œuf de phénix – il n'y avait aussi qu'eux qui soient réduits en esclavage au sein de l'empire. Le lien invisible qui unissait désormais le serf et la jeune fille mettait Sev à l'écart en dépit de son propre don.

L'inconnue caressa la tête du phénix, toujours perché sur son épaule, et invita du regard le serviteur à imiter son geste. Il fit un nouveau pas dans sa direction, la main tendue, mais un claquement de porte le ramena soudain à la réalité.

— On va se faire botter les fesses par le capitaine si on ne se remet pas vite en route, lança Ott.

En entendant la porte s'ouvrir une seconde fois, Sev comprit que Jotham suivait son comparse de près, comme d'habitude. Les deux soudards seraient là d'un instant à l'autre.

Le jeune soldat était en proie à une telle panique qu'il n'arrivait ni à démêler l'écheveau de ses pensées ni à former des mots intelligibles.

— Les fourrés, bredouilla-t-il.

À grand renfort de gestes frénétiques, il incita la jeune fille et son phénix à se dissimuler au milieu de la végétation.

Mais ses mouvements brusques effrayèrent l'oiseau, qui lâcha un cri et battit des ailes. Par bonheur, ce fut à ce moment précis que Ott choisit de reprendre la parole.

—Hé, petit ! cria-t-il en faisant craquer les feuilles mortes sous son pas lourd. T'es où ?

La jeune animage échangea un regard avec le serf – qui de toute évidence avait gagné sa confiance –, puis, rassurée, plongea derrière un arbre, son phénix sur les talons. Après avoir vérifié que bête et maîtresse n'étaient plus visibles, Sev se tourna vers les deux pillards qui s'avançaient vers lui. Si Jotham affichait son air stoïque habituel., le visage rond et grêlé d'Ott trahissait, lui, un agacement certain.

—Qu'est-ce qu'il fait là, celui-là ? fulmina-t-il en désignant le serf de son arbalète.

Les pensées de Sev se bousculaient toujours dans sa tête. Quant à son cœur, il tambourinait si fort dans sa poitrine qu'il l'empêchait de se concentrer.

—Il…

—J'avais perdu ça, répondit le serviteur en avançant d'un pas.

Il tendit la paume pour montrer un bout de métal tordu ressemblant à une attache.

—Il était tombé d'une selle.

Ott plissa les yeux avant de se retourner pour scruter les arbres. Avait-il aperçu la jeune fille ou bien cherchait-il du regard la queue du convoi de lamas ?

Le pillard vint se planter à deux centimètres du serf, au risque de souligner leur considérable différence de taille.

—Écoute-moi bien, magesclave, cracha-t-il. Les soldats, ici, c'est nous. (Il montra tour à tour Sev et Jotham.) Toi, tu n'es qu'un serviteur, compris ? La prochaine fois, tu suivras mes ordres à la lettre ou tu tâteras de mon arbalète. Et crois-moi, les corbeaux s'occuperont de toi.

Le serf courba l'échine en signe de soumission, mais Sev pouvait presque sentir la haine qui émanait de lui. Berné par sa posture servile, Ott sourit, trop imbu de sa supériorité pour remarquer quoi que ce soit.

— Maintenant, file ! Et tâche de réparer cette selle cassée, lui ordonna-t-il avant de lui tourner le dos.

Le serviteur s'exécuta, non sans un bref échange de regards avec le jeune soldat et un dernier coup d'œil vers l'endroit où la fille et son phénix avaient disparu.

C'était à Sev de jouer désormais.

— Si tu veux te faire respecter, il faut faire preuve d'un peu d'autorité de temps en temps, reprit Ott d'une voix suave.

Il passa le bras autour des épaules du jeune homme, qui retenait son souffle pour ne pas respirer l'odeur aigre de transpiration du soudard.

— Et s'ils ne te respectent pas, poursuivit-il, au moins ils te craindront. Pas vrai, Jotham ?

Son camarade opina complaisamment du chef tout en récurant ses ongles crasseux. Ott partit d'un rire gras et bouscula Sev sans ménagement pour mieux balayer les environs du regard. Tout le temps que la brute scruta la forêt, le jeune homme ne bougea pas d'un pouce, priant pour que son immobilité inspire la fugitive toute proche.

— Qu'est-ce que c'est que ce truc ? lâcha soudain Ott en plissant les yeux.

Il fixait un point juste derrière Sev, qui se retourna avec lenteur, tout en s'efforçant de prendre un air aussi impassible que possible, malgré la peur qui lui nouait l'estomac. Ott l'écarta avec rudesse et ramassa un panier qui gisait dans l'herbe, près d'un petit tas d'oignons sauvages. La jeune fille avait dû le laisser tomber à son arrivée dans la clairière.

Pour toute réponse, Sev haussa les épaules. Bien qu'il soit assez bon menteur, le silence était parfois préférable. En feignant la bêtise, on s'épargnait souvent des explications oiseuses.

Ott jeta un coup d'œil autour de lui, puis reporta son attention sur le panier qu'il laissa tomber par terre d'un geste dédaigneux.

— Tu parles d'un guetteur ! ricana-t-il. Tu ne verrais pas un nid de guêpes même si tu t'asseyais dessus !

— Il est temps de se remettre en route, annonça Jotham d'un ton morne.

Quand Ott prononçait dix mots, son comparse en lâchait deux. Ils rappelaient à Sev les personnages d'une pièce de théâtre de son enfance : le premier lui faisait penser au Bouffon par sa corpulence et son tempérament braillard et le second à l'Épouvantail, son pendant silencieux et dégingandé. Des traits émaciés, de longs cheveux gras et une peau couturée de cicatrices complétaient le tableau.

Quand Sev était petit, *Le Bouffon et l'Épouvantail* était l'un de ses spectacles préférés avec *La Princesse à la perle* et *Le Pari du charlatan*. À chaque représentation sur le boulevard des Baladins, le petit garçon se faufilait parmi la foule pour voir les acteurs jouer sur les planches. Désormais, si la plupart des comédies arboriennes restaient autorisées, épopées et tragédies, pourtant très populaires, avaient été bannies après la guerre en raison de leurs messages polémiques. En effet, elles mettaient en scène nombre de guerriers et personnages célèbres dans l'histoire des Dresseurs de phénix. Le bruit courait même que dans certains théâtres clandestins et maisons de jeu d'Aura Nova, les comédiens touchaient un double cachet, en dédommagement des risques encourus, pour jouer après les heures d'ouverture devant un public prêt à payer le prix fort.

Quand Jotham se remit en marche, Ott se tourna vers Sev.

— Puisque tu ne vaux rien pour monter la garde, rends-toi utile et porte-moi ça, aboya-t-il.

Il jeta son arbalète dans la poussière avec un sourire suffisant, avant d'emboîter le pas à son compère. Sev regarda les deux complices s'éloigner en retenant son souffle jusqu'à ce que la forêt ait étouffé le bruit de leurs pas.

Ne sachant comment réagir, il se contenta d'un soupir lorsque la jeune fille émergea de sa cachette. Sans doute avait-elle entendu leur conversation et en avait conclu qu'il n'était pas un pillard, mais un simple soldat. Au contraire de sa maîtresse, le phénix resta caché. Tout danger désormais écarté, Sev se sentait enfin libre de réfléchir aux implications de l'existence d'un tel oiseau.

Ces créatures étaient censées appartenir au passé. Leur race aurait dû s'éteindre avec la rébellion qu'elles avaient incarnée. À la fin du conflit, les gouverneurs de l'empire les avaient jugées à la fois trop dangereuses pour être tolérées et trop loyales envers les animages pour être dignes de confiance. Dès les premières années de l'après-guerre, des braconniers les avaient donc pourchassées jusqu'aux confins de l'empire, et même jusqu'en Pyra. Car si les lois impériales n'avaient pas cours dans les Terres franches, il n'y avait plus personne après la chute d'Avalkyra Pyromaque pour défendre les phénix sur un territoire désormais indépendant, sans gouvernement ni armée ni même infrastructures. À présent gérés de manière autonome, les villages ne disposaient pas de la population ni des ressources suffisantes pour s'unir sous une bannière ou un objectif communs. Être affranchis des lois de l'empire supposait pour les habitants qu'ils allaient devoir se passer de sa protection.

Sev s'était souvent interrogé sur les raisons qui avaient poussé l'ennemi à ne pas rassembler son armée pour marcher sur Pyra et récupérer sa province perdue mais, d'après certaines rumeurs, la réponse était simple : cette contrée n'en valait pas la peine. Ces terres trop vastes et trop sauvages auraient contraint le pouvoir impérial à disperser ses troupes. En outre, Pyra n'était pas bien riche. Son économie avait été totalement ruinée par la guerre, à une époque où les voyages et le commerce étaient devenus trop dangereux… Le coût de la reconstruction s'annonçait faramineux.

Pourtant, une question continuait de tarauder le jeune homme : puisqu'il n'y avait rien d'intéressant en Pyra pour l'empire, que faisaient-ils là, lui et les autres soldats ?

Il observa de nouveau l'inconnue. Ainsi donc, les Dresseurs n'avaient pas tous disparu. Et s'ils étaient la raison de la présence de l'armée dans les parages ?

— C'est un… Tu es une Dresseuse de phénix ? demanda-t-il à mi-voix.

Depuis la mort de ses parents, ces trois mots n'avaient pas franchi ses lèvres. Et si cette fille était partie prenante d'une nouvelle rébellion ?

Pour toute réponse, elle se contenta de croiser les bras, impassible. Il avait beau lui avoir évité de se faire repérer, il n'en restait pas moins un soldat qui l'empêchait de rentrer chez elle.

Soudain, le phénix se mit à chanter, un peu plus loin dans la forêt. Aussitôt, le visage de la jeune animage se radoucit. Elle s'agenouilla pour ramasser un des oignons tombés par terre et le jeta vers les arbres. Un craquement se fit entendre, puis un bruissement de feuilles au moment où le phénix se jetait sur sa récompense.

Elle sourit, et Sev lui rendit son sourire. Pendant un bref instant de complicité, la tension retomba. Mais tout à coup, les yeux de l'inconnue s'écarquillèrent.

Le jeune homme mit une seconde avant de comprendre ce qui se passait. Une seconde de trop, pendant laquelle il sentit un mouvement dans son dos. Son sang se glaça et avant qu'il ne puisse esquisser le moindre geste, il sentit une pression sur sa hanche. Puis, une main l'agrippa brusquement par le menton en même temps qu'une autre pointait la lame d'un couteau – le sien ! – sur sa gorge à découvert.

Je lui avais promis que le trône
ne viendrait pas s'immiscer entre nous.
Que rien ne nous séparerait. Comme
l'insouciance de la jeunesse me manque !

CHAPITRE 6
VÉRONYKA

Val tenait le couteau d'une main ferme, un sourire carnassier sur les lèvres. Dans ses yeux brillait une lueur féroce.

Avec ses longs cheveux cuivrés agités par la brise, elle ressemblait à une Servante maléfique, ces créatures chargées par Nox de guider les morts vers les royaumes obscurs. Le pauvre soldat semblait pris au piège, telle une âme perdue sur un champ de bataille.

— Non, Val, attends, lança Véronyka. Arrête.

Sa sœur s'immobilisa sans pour autant ranger le poignard, puis flaira ostensiblement l'air.

— Ce gars-là empeste l'empire à plein nez.

— Il m'a sauvé la vie ! protesta Véronyka en se rapprochant.

La situation lui apparut dans toute sa gravité quand elle se souvint que Xéphyra se trouvait encore quelque part dans la forêt. Val fulminait déjà, mais elle entrerait dans une colère noire en apprenant que le phénix était sorti. Et si, en prime, elle découvrait que le serf et le soldat l'avaient vu...

En recourant à l'ombremagie pour interroger le jeune homme, elle apprendrait la vérité mais il ne s'en sortirait pas vivant. Et il avait beau être un soldat de l'empire, Véronyka n'avait aucune envie de le voir mourir à cause d'elle.

Une seule solution s'offrait à elle : détourner l'attention de sa sœur.

— Il est venu ici avec trois autres hommes, s'empressa-t-elle d'ajouter pour garder la main.

Après sa longue journée au village, Val devait être épuisée. Elle avait probablement abusé de ses pouvoirs et repoussé ses limites. Si Véronyka s'en tenait aux faits en passant sous silence les détails compromettants, son aînée n'irait pas chercher la petite bête. En y mettant du sien, la jeune fille était capable de lui mentir, à condition de rester concentrée. La plupart du temps, elle finissait par être démasquée, mais si elle parvenait à garder son calme, elle pourrait peut-être sauver ce garçon.

— Ils étaient armés et ils ont fouillé la maison, déclara-t-elle. Lui m'a aidée à me cacher dans les buissons et il ne m'a pas dénoncée. Sans son intervention, je serais morte.

Val réfléchit quelques instants.

— Mais il nous a volées.

— Tu sais bien que nous n'avons pas un seul objet de valeur, protesta sa cadette en reprenant les paroles des pillards.

Quand le jeune homme risqua un coup d'œil dans sa direction, l'aînée s'arracha à la contemplation de Véronyka pour le jauger du regard.

— Je sens d'ici ta lâcheté, murmura-t-elle en promenant d'un geste expert la pointe de sa lame sur la gorge de son prisonnier, presque comme une caresse.

Il déglutit péniblement et le couteau lui mordit la chair.

— Elle est jeune et innocente, reprit Val, les yeux fixés sur sa sœur. Toute seule dans la forêt, où personne ne peut l'entendre crier…

Véronyka étouffa un grognement en constatant que ses insinuations avaient pris un sens bien différent dans l'esprit tordu de son aînée. Voilà qu'elle inventait des problèmes. Tous les prétextes étaient bons pour s'en prendre au soldat !

— Val, les autres… balbutia la jeune fille. Ils l'attendent. Si tu le tues, ils reviendront sur leurs pas… et qui sait combien ils seront cette fois. Tu ne pourras pas tous les vaincre.

— Qui sait ? chuchota sa sœur, mais un pli d'inquiétude lui barrait désormais le front.

Son expression féroce se radoucit enfin.

— Il ne m'a même pas touchée. Il ne nous veut aucun mal… Si ? demanda Véronyka au jeune homme.

La frayeur déformait ses traits. Son visage au teint olivâtre avait blêmi. Enfin, Val desserra son étreinte, et il secoua lentement la tête. Mais soudain lasse, elle le poussa brusquement devant elle. Il trébucha, puis se frotta le cou, ce qui eut pour effet d'étaler le sang qui s'écoulait de la petite entaille pratiquée par la lame.

Avec un sourire aussi beau que terrifiant, elle pointa de nouveau son arme vers lui.

— Si jamais nos chemins se recroisent, il n'y aura pas de discussion. C'est ce couteau qui parlera pour moi. Là encore, tu ne verras pas le coup venir et cette fois, les gentilles fadaises de ma sœur ne pourront rien pour toi, je te le jure.

Le garçon hocha la tête, trébucha de nouveau et chercha des yeux l'arbalète que son compagnon avait laissée derrière lui. Après l'avoir ramassée, il battit en retraite vers les arbres, le doigt volontairement posé loin de la détente. Il marchait d'un pas lourd, inégal, en jetant des regards furtifs derrière lui.

Quelques instants plus tard, la forêt retrouvait son calme habituel. Val glissa le couteau du jeune soldat dans sa ceinture.

La cabane avait le même aspect qu'avant leur départ, à quelques détails près : le coffre contenant leurs réserves de nourriture était ouvert, leur paillasse retournée et la marmite en céramique gisait par terre, le couvercle fêlé. Les soldats avaient raison : entre ces murs, rien ne valait le coup d'être volé.

Val se mit à ranger les provisions qu'elle avait rapportées de Runnette. Le village, situé plus au sud, sur les Contreforts, à quelques heures de marche de la forêt, était une étape prisée des marchands de la plaine. Son panier à la main, Véronyka observait sa sœur depuis le seuil. Les événements de l'après-midi s'étaient enfin frayé un chemin jusqu'à son cerveau et ses mains tremblaient. Depuis que le déluge d'émotions – surprise, peur, panique – éprouvé plus tôt s'était apaisé, elle se sentait vidée. Pourtant, son intuition lui soufflait que le pire restait à venir.

Val était sans doute furieuse et, à coup sûr, mourait d'envie de la réprimander. Malgré tout, elle se contenta de remuer en silence les braises fumantes avant de prendre des bûches dans le panier près de l'âtre et de les poser dessus. Puis, elle ramassa la marmite ébréchée.

— Ferme la porte, Véronyka, décréta-t-elle sans regarder sa sœur.

Ces mots pourtant banals glacèrent le sang de leur destinataire. Néanmoins, elle ne se pressa pas. Dans un premier temps, elle appela Xéphyra par la pensée. Val semblait si préoccupée qu'avec un peu de chance, le retour du phénix passerait inaperçu. Dès l'instant où l'oiseau eut franchi le seuil, Véronyka se sentit libérée d'un poids. Le sentiment de sécurité qu'elle avait éprouvé jusque-là avait volé en éclats, mais tant que Xéphyra et elle resteraient ensemble, tout irait bien.

La jeune fille referma la porte derrière l'animal, qui, après s'être posé dans un bruissement d'ailes, entreprit d'inspecter du bec les réserves de nourriture.

Impassible, Val observa le jeune oiseau quelques instants avant de tirer de sa ceinture le couteau du soldat, qu'elle tendit à sa sœur. Cette dernière fronça les sourcils, perplexe. Elle ne comprit où son aînée voulait en venir que quand celle-ci désigna le panier de légumes ramassés dans la forêt.

— Fais attention, dit Val au moment où sa cadette refermait les doigts sur le manche. Il est bien affûté.

Était-ce dû à la tension suscitée par la confrontation avec le jeune soldat ? Ces mots sonnèrent davantage comme une menace qu'une mise en garde aux oreilles de Véronyka. Elle contempla la lame étincelante du poignard, dont le tranchant reflétait la lumière déclinante du jour filtrant à travers les volets, et découvrit avec stupéfaction qu'il était marqué d'un poinçon représentant deux dagues en sautoir. Le symbole de l'acier ferronais, le meilleur et le plus cher, très rare dans ces montagnes. Les forgerons les plus doués étaient originaires de la province de Ferro, où on extrayait le fer nécessaire à la fabrication de l'acier. Ce type d'arme, plus digne d'un officier haut gradé que d'un simple fantassin, n'était certainement pas destiné à l'épluchage de légumes. C'était comme se servir d'une pelle pour mélanger la soupe.

Les deux sœurs préparèrent le repas en silence. À un moment ou un autre, il faudrait parler du soldat, mais Véronyka n'était pas pressée d'aborder le sujet. Elle serait en effet contrainte d'avouer que Xéphyra et elle étaient sorties de la cabane malgré l'interdiction de Val. Un combat perdu d'avance. Qu'elles soient sœurs – et donc égales, en théorie – n'y changeait rien : l'aînée prenait les décisions et la cadette n'avait d'autre choix que d'obéir, qu'elle le veuille ou non.

Malgré tout, ce silence mettait Véronyka mal à l'aise. Si Val ne parlait pas, c'est qu'elle manigançait quelque chose.

— Je vais m'absenter un jour ou deux, annonça soudain l'aînée en remuant le contenu de la marmite, d'où s'échappa un nuage de vapeur.

— Pour quoi faire ?

Véronyka reposa le couteau et s'empara d'une pleine poignée de légumes qu'elle jeta dans le récipient. Près d'elle,

Xéphyra picora une épluchure de pomme de terre, la recracha aussitôt et s'attaqua à une nouvelle rognure.

— Chercher un autre œuf. Il y a un poste avancé à l'entrée de Vaylé. Il est abandonné depuis que la cour s'est déplacée à Hautetour, de l'autre côté de la rivière, pendant le règne de la Sagesse.

— Mais… c'était il y a presque un siècle. Tu penses vraiment qu'il y a encore des œufs là-bas ?

Val haussa les épaules.

— Il n'y a qu'un seul moyen de le savoir.

— Laisse-nous t'accompagner, proposa sa sœur, le cœur battant à l'idée d'entreprendre un voyage, même court.

— Toi, tu peux venir, mais pas ton phénix. Contrairement à toi, je n'ai aucune envie de compromettre notre sécurité.

Véronyka contempla ses mains. Voilà, on abordait le vrai problème : sa désobéissance et celle de Xéphyra. Plutôt que d'attendre la diatribe de Val, elle s'empressa de changer de sujet.

— De toute façon, il est peut-être temps de changer de décor, lança-t-elle d'une voix hésitante.

Si elle acceptait de s'en remettre à son aînée et la laissait prendre la plupart des décisions les concernant, elle n'en avait pas moins un cerveau, elle aussi, ainsi que des opinions, des idées et des projets personnels. Les deux sœurs s'étaient toujours promis de partir à la recherche d'autres animages une fois arrivées en Pyra, des amis et des alliés. À présent qu'elles avaient un phénix à protéger, de telles amitiés leur seraient plus que jamais nécessaires.

— Le propriétaire de la cabane peut revenir d'un moment à l'autre, poursuivit la jeune fille. Xéphyra est encore petite, mais elle va grandir. Avec ces soldats dans les parages… Nous ne sommes plus en sécurité ici.

— Je nous protégerai, déclara Val. Je l'ai toujours fait, non ?

Elle avait parlé d'un ton sec, comme si elle mettait sa cadette au défi de la contredire.

— Sauf que si tu n'es pas là…

Ses yeux étincelèrent.

— Si tu étais restée à l'intérieur comme je te l'avais demandé…

— Je serais sans doute morte ! se récria Véronyka.

Les deux sœurs se défièrent du regard, mais Val ne répondit pas.

— Rien ne nous oblige à continuer toutes seules, murmura la cadette en s'efforçant de maîtriser le tremblement de sa voix. On pourrait chercher d'autres animages, des Dresseurs de phénix, même.

— Des Dresseurs de phénix ? répéta Val d'un ton morne. Il n'y en a plus, Véronyka, ils ont tous été massacrés par l'empire !

— Les Dresseurs, peut-être, mais pas les animages. Si nous, on a réussi à trouver des œufs et à les faire éclore, d'autres y sont forcément arrivés, non ? Il faudrait s'enfoncer un peu plus loin dans le Pyrmont. Plus on s'éloigne de l'empire, mieux ça vaut pour nous.

— L'empire est partout, pas seulement dans la plaine et sur les hauts plateaux. On ne peut se fier qu'à nous-mêmes.

Véronyka se mordit la lèvre, dépitée. Décidément, rien ne changerait jamais. De toute sa vie, elle n'avait pas eu le droit de se faire des amis, d'assister à des fêtes ou de se promener seule en ville. Et la situation avait encore empiré après le décès de leur grand-mère, malgré le deuil qui lui avait donné encore plus envie de nouer des relations. Val avait beau prétendre agir au nom de leur sécurité à toutes les deux, sa sœur savait bien que c'était surtout une histoire de contrôle. Or Véronyka en avait assez de se plier à tous les caprices de son aînée.

Oui, l'empire était partout et les événements de la journée venaient d'en apporter la preuve. Pour autant, tout sujet de l'empire n'était pas forcément mauvais. En dépit de leurs origines pyraéennes, les deux sœurs avaient d'ailleurs vu le jour sur les terres impériales, de même que leur *maiora*. Et si, avant de mourir, l'ancienne leur avait fait promettre de veiller l'une sur l'autre, rien ne les obligeait à vivre en recluses et à se méfier de tout le monde.

Avoir fait confiance au jeune soldat avait sauvé la vie de Véronyka. Si elle avait suivi les enseignements de Val, si encline à éliminer le premier suspect venu… elle serait morte, à n'en point douter.

La confiance et la solidarité représentaient aussi une force. Ce dont elles avaient besoin, c'était de trouver un lieu où elles pourraient vivre en paix quels que soient leurs pouvoirs. Et si un tel endroit n'existait pas, il leur faudrait le créer de toutes pièces.

— Appelle-la, lui demanda soudain Val, interrompant les pensées de Véronyka.

D'un mouvement de tête, elle désigna Xéphyra qui farfouillait du bec dans un tas d'épluchures.

— Hein… pourquoi ? Ce sont juste des ordures.

— La question n'est pas là, aboya l'aînée en s'emparant du couteau sur la pierre à aiguiser.

Un silence pesant tomba sur la masure.

— Elle t'a suivie dehors, poursuivit-elle. Elle est sortie de la cabane alors que tu le lui avais interdit.

— Enfin, Val, il n'est rien arrivé ! mentit Véronyka, la gorge serrée par l'angoisse.

Elle chercha quelque chose à dire pour calmer sa sœur, qui bouillonnait de rage, mais rien ne lui vint à l'esprit.

— Elle est encore jeune et curieuse et…

— Elle est quasiment prête pour l'entraînement, Véronyka ! Ce n'est plus un oisillon. Regarde comme elle grandit vite, comme elle prend des forces chaque jour qui passe ! Elle a besoin d'être dressée. Le jour où son obéissance te sera vitale, tu ne pourras pas lui demander son aide gentiment. Il faudra que tu lui donnes des ordres… et qu'elle t'obéisse.

De sa main libre, l'aînée des deux sœurs fouilla dans sa poche et en sortit une datte – la friandise favorite de Xéphyra. Aussitôt, l'animal releva la tête, les yeux rivés sur le fruit que la jeune fille tenait dans le creux de sa paume.

— Val, protesta Véronyka, indignée, en faisant mine de se lever.

L'interpellée recula d'un pas pour ajouter un peu de distance entre elles. Le phénix la suivit.

Envahie par un sentiment d'impuissance, la cadette avait l'impression que son corps se transformait en plomb. Xéphyra se trouvait tout près d'elle et pourtant, elle lui semblait être de l'autre côté de la plaine. Bien que son attention soit tournée vers Val, le jeune phénix ne tarda pas à percevoir la détresse qui gagnait sa maîtresse. Les yeux noirs de l'oiseau étincelèrent, passant tour à tour de la friandise à Véronyka.

— Appelle-la, ordonna de nouveau l'aînée dans le plus grand des calmes, avant de se pencher pour offrir la datte au phénix.

La cadette n'arrivait pas à détacher le regard du couteau que sa sœur tenait toujours à la main. De sinistres souvenirs défilèrent dans son esprit : Val traînant le cadavre de leur logeur après plusieurs mois de loyers impayés. Val, triomphante et les mains couvertes de sang, face à trois hommes qui avaient eu le malheur de convoiter leur argent… et même un peu plus.

— Je fais de mon mieux, finit par rétorquer la jeune fille d'une voix étranglée.

Elle s'évertua à faire barrage aux images qui l'assaillaient pour se calmer et se concentrer sur son phénix. D'abord, elle ralentit son souffle, puis s'efforça d'entrer en communication avec la créature afin de lui apprendre le concept de danger. Les yeux brillants, Xéphyra la rassura : elle avait déjà mangé des dattes. Ces fruits sucrés étaient délicieux. Elle avait aussi l'habitude de Val, de son odeur, des sons qu'elle émettait.

— N'essaie pas de lui expliquer, bougonna cette dernière au moment où l'oiseau faisait un pas supplémentaire. Ordonne-lui de revenir vers toi.

Sous l'emprise de la terreur, Véronyka eut beau s'escrimer, elle sentait qu'elle s'y prenait mal. Au bord des larmes, elle ne commandait pas : elle suppliait. Désarçonné par ce flot d'émotions incontrôlables, le jeune phénix dodelina de la tête et se rapprocha encore un peu de l'aînée.

— Je n'y arrive pas ! s'écria la cadette, oubliant sa certitude que sa sœur ne lui ferait jamais aucun mal. S'il te plaît, Val… Je n'y arrive pas, je…

— Ordonne-lui !

Les paroles que l'aînée venait de prononcer n'étaient pas de simples mots, elles recelaient un grand pouvoir. Elle venait de se servir de l'ombremagie sur sa sœur, ce qu'elle n'avait encore jamais osé faire. L'espace d'un instant, Véronyka crut que son corps allait se plier à la volonté de Val. Puis, soudain, elle tomba à genoux et fondit en larmes.

L'aînée se redressa avec un soupir. Dans son regard se lisait une immense déception. Elle reposa brusquement le couteau sur la pierre à aiguiser et jeta la datte à ses pieds. Aussitôt, Xéphyra franchit la mince distance qui les séparait pour picorer la friandise.

Véronyka sentit un nœud se desserrer dans sa poitrine.

— Val… balbutia-t-elle avant d'être interrompue par un croassement étranglé.

L'instant d'après, une panique terrible s'immisça dans ses pensées à travers le lien qui l'unissait à son phénix. Elle se précipita vers Xéphyra, mais sa sœur s'interposa en la bousculant. Le jeune oiseau s'étouffait. Il ouvrait et refermait le bec dans un effort intense pour recracher la datte. Ses pensées étaient si erratiques et violentes que Véronyka n'arrivait pas à les démêler des siennes. Tout en s'efforçant de repousser Val, elle tenta de mettre de l'ordre dans son esprit brumeux. Enfin, elle commença à comprendre ce qui se passait. Le fruit ne s'était pas coincé dans la gorge de Xéphyra, puisqu'elle l'avait avalé. Mais alors, pourquoi avait-elle du mal à respirer ?

— Tu l'as empoisonnée ! hoqueta la jeune fille.

Les yeux écarquillés, elle regarda, incrédule, sa sœur aînée, sa protectrice, son amie.

—*Xe* Nyka, susurra cette dernière.

« Nyka », c'était le surnom de Véronyka en pyraéen. Quand Val s'exprimait dans cette langue, sa voix se faisait plus douce, au point que ce diminutif en prenait des sonorités presque réconfortantes. Mais, cette fois, la cadette ne voulut rien entendre. Elle bouscula sa sœur, qui tomba à la renverse sur le sol de la cabane, et se précipita auprès de son phénix. Xéphyra posa sur elle des yeux révulsés, déjà recouverts d'un voile. L'estomac du jeune oiseau se contractait sous le coup de la douleur et ses pensées, ses émotions s'éloignaient peu à peu.

Au moment où Véronyka tentait de renouer le lien avec son phénix, son aînée surgit et la tira en arrière. Elle se débattit furieusement, mais Val la maintenait d'une poigne de fer. Horrifiée, elle ne put que regarder Xéphyra s'effondrer dans un ultime soubresaut avec un petit cri aigu.

Puis le silence se fit dans l'esprit de la jeune fille.

Le lien qui l'unissait à son phénix venait de se rompre brutalement.

Si la magie existe, c'est grâce aux phénix. Afin de permettre aux flamboyants guerriers de lumière d'Azurec de communiquer avec le genre humain, et inversement, Nefyra et les Premières Dresseuses reçurent un don : l'animagie.

De leur origine pyraéenne nous vient la croyance que ces pouvoirs tirent leur source du peuple de Pyra, que ce peuple les a apportés dans la plaine à l'époque où Elysia a conquis ces terres. Mais, bien sûr, la guerrière n'est pas venue seule : elle était accompagnée des phénix.

Azurec est en fait la véritable source de magie et ces oiseaux sont ses intermédiaires. Leur rôle est de réveiller les pouvoirs qui sommeillent chez certains habitants de la plaine.

Il va donc de soi que si les phénix venaient à disparaître de l'empire, ces capacités uniques ne tarderaient pas à connaître le même sort.

« Origines de la magie », extrait des *Sermons du Solstice* de Friya, grande prêtresse d'Azurec, publié en III ap. E.

Un mal infectait l'empire,
prenait racine dans des lieux secrets qui
échappaient à tout contrôle... À défaut
d'en déterrer les graines, je pouvais au
moins l'éradiquer en surface.

CHAPITRE 7
SEV

Sev reprit le chemin du campement dans un état second. Il voyait encore la fille et l'oiseau de feu danser devant ses yeux, sentait la morsure glacée de la lame sur son cou. Il toucha la plaie : quoique superficielle, sa présence lui rappela qu'il avait frôlé la mort.

Mais ce n'était pas ce qui le tracassait. La mort, il l'avait déjà affrontée tant de fois ! Non, ce qui l'obsédait, c'était ce maudit phénix.

Qu'était-il censé faire à présent ? S'il avait toujours eu le sentiment de n'être pas fait pour la vie de soldat, il n'y avait désormais plus l'ombre d'un doute à ce sujet. Il tremblait à l'idée de tomber sur d'autres Dresseurs comme elle et que, ce coup-là, la rencontre tourne mal. Il avait eu de la chance, et la fille aussi, mais ce ne serait peut-être pas toujours le cas.

La prochaine fois, Sev pourrait bien avoir le sang d'un animage innocent sur les mains. Il lui fallait trouver un moyen de se tirer d'embarras.

Après avoir rejoint Jotham et Ott, il garda ses distances pour ne pas attirer l'attention sur sa blessure. La nuit tombait quand ils croisèrent des sentinelles en patrouille. Bientôt, ils aperçurent des silhouettes entre les arbres, accompagnées d'un brouhaha de conversations : ils étaient arrivés au camp. À cet endroit, la forêt se faisait plus dense et, bien que l'obscurité s'accentuât à chacun de leur pas, aucune torche n'éclairait le chemin. Par souci de discrétion, les feux étaient interdits la nuit.

Les soldats sur place étaient occupés à nettoyer leurs armes et à monter les tentes. Les serfs nourrissaient les bêtes de trait récemment acquises et prenaient soin des pigeons voyageurs. Les cuisiniers et les aides de camp préparaient déjà le dîner, découpant des tranches de viande fumée et tartinant de miel le pain d'orge. La seule vue de ces galettes rondes et dures comme du bois souleva le cœur de Sev. Bien qu'il ait souvent souffert de la faim dans son existence, il avait du mal à supporter cette nourriture insipide et bourrative qui constituait le quotidien des soldats de l'empire.

C'est toujours meilleur que le ragoût noir, se consola-t-il en pensée. Une opinion répandue parmi les soldats de son entourage qui avaient comme lui commencé leur carrière dans les régions les plus pauvres de l'empire. Ils cheminaient alors des journées entières dans les Bas-fonds ou le Faubourg de la perdition en échange d'une louche de ce gruau noirâtre et pâteux servi par les acolytes de Miseriya, la déesse des pauvres et des désespérés.

Soudain, devant lui, la voix furieuse d'Ott se fit entendre au milieu du brouhaha ordinaire du camp.

— Comment ça, le capitaine est parti ? demandait-il. Pourquoi on s'est dépêchés, alors ?

— Parce que ton supérieur te l'a ordonné, répliqua sèchement son interlocutrice.

C'était Yara, l'adjudante du capitaine Belden, une ancienne combattante de la guerre de Sang au visage et aux mains constellés de cicatrices et de traces de brûlure. Elle comptait parmi les rares femmes de leur groupe – souvenir d'une époque où on les encourageait à s'enrôler dans l'armée. Du temps des Dresseuses de phénix, femmes et hommes combattaient côte à côte, mais après leur défection, les gouverneurs de l'empire n'avaient eu de cesse de vouloir éliminer leur influence – depuis la destruction des statues et l'interdiction des chansons jusqu'à un bouleversement des lois et des coutumes. D'après ce que Sev en savait, le droit des femmes à intégrer l'armée n'avait pas été remis en cause, mais le phénomène était bien moins courant.

Bien que pyraéenne, Yara ne possédait pas le don d'animagie et était donc restée fidèle à l'empire. Elle avait décroché son grade au combat et bataillé ferme pour obtenir le respect de ses pairs. C'était une femme sévère et réfléchie qui dirigeait d'une main de fer les opérations quotidiennes de leur compagnie.

— Il avait une affaire urgente à régler, poursuivit l'adjudante. C'est donc à moi que vous remettrez votre rapport.

Après avoir marmonné quelques paroles incompréhensibles, Ott entreprit de raconter les événements de la journée, en prenant bien soin d'omettre leur passage par le relais de chasse.

Sev l'écoutait d'une oreille distraite, l'esprit encore occupé par les paroles de sa supérieure. Le capitaine Belden avait une affaire urgente à régler – ce qui impliquait un changement dans la routine du camp. Un nouveau champ de possibilités s'ouvrait au jeune animage…

Il ferma les yeux et se repassa mentalement la répartition des postes, à laquelle il avait assisté le matin même. Il était doté d'une excellente mémoire et mettait en général à profit son cerveau hyperactif afin d'étudier ses pairs et son environnement, avant de les classer dans son esprit. Il avait acquis cette habitude dans les rues d'Aura Nova. Il savait à qui s'adresser pour obtenir de l'argent ou un morceau de pain et connaissait les ruelles à éviter pour ne pas tomber sur une bande de voyous, de même que les meilleurs raccourcis pour s'échapper.

Après avoir rejoint l'armée, il avait dû tout recommencer et apprendre à distinguer les soldats pernicieux – à l'instar de Jotham et Ott – de ceux qui avaient peut-être un bon fond. Il avait noté leurs horaires, leurs préférences, leurs obligations et leurs compétences. La plupart du temps, ces connaissances lui étaient parfaitement inutiles, mais il arrivait qu'elles se révèlent précieuses.

Ce soir-là en fut l'illustration parfaite.

Les deux hommes chargés de la garde rapprochée du capitaine Belden faisaient d'ordinaire partie des cinq sentinelles qui surveillaient le camp la nuit. Or, l'officier les ayant emmenés, deux autres militaires avaient été réquisitionnés pour les remplacer. Le détail pouvait sembler anodin, mais Sev tenait peut-être là l'occasion qu'il attendait.

À la seconde où il était devenu soldat, le jeune homme avait cherché un moyen de prendre la tangente. Or, il ne lui avait pas fallu longtemps pour comprendre qu'il était quasiment impossible de déserter l'armée impériale, avec ses camps d'entraînement étroitement gardés et ses murs d'enceinte infranchissables. Puis, un beau jour, on l'avait envoyé en mission à l'extérieur de l'empire – une aubaine ! Ayant compris que le plus dur était fait, il attendait patiemment son heure depuis.

Sev s'avança vers sa supérieure en traînant les pieds.

— Excusez-moi… adjudante ? lança-t-il au moment où Jotham et Ott prenaient congé.

Yara l'observait avec insistance, comme si elle cherchait à se rappeler son nom.

— Oui… soldat ?

— Vous savez si Garret est déjà à son poste ? Il m'a dit que c'était mon tour de leur apporter le dîner, à lui et Arro, et…

La gradée se rembrunit. Elle savait parfaitement que le jeune homme n'avait pas à s'occuper du repas de ses camarades. Aussi supposa-t-elle sans doute qu'il s'agissait d'une forme de bizutage exercé par les militaires sur les jeunes recrues – comme lorsque Ott avait demandé à Sev de lui porter son arbalète.

— Garret et Arro sont partis avec le capitaine Belden. Rian et Heller les remplacent, mais tu n'as aucune obligation envers eux concernant leur dîner, je t'assure.

L'animage hocha la tête, reconnaissant, avant de tourner les talons en réprimant un sourire, pour remettre l'arbalète d'Ott au maître d'armes. Si Rian passait pour un bon soldat, Heller, lui, n'était plus très fringant malgré son expérience, en raison de la souffrance que lui causaient de vieilles blessures. Il n'entendait pas bien de l'oreille gauche, en dépit de tous ses efforts pour le cacher. Sev s'en était aperçu quelques semaines plus tôt, en voyant le vétéran pencher la tête quand on s'adressait à lui. Par la suite, le jeune homme avait éprouvé cette théorie à plusieurs reprises en surgissant sans crier gare à la gauche du soldat. Il en avait récolté une bonne tape sur le crâne, mais elle en avait valu la peine.

Ce n'était qu'un maigre avantage, mais peut-être suffirait-il.

Le dernier tour de garde débutait à l'aube, au moment de lever le camp. Pour Sev, il était indispensable de passer à l'action avant.

Le jeune homme sentit l'excitation monter à mesure que les soldats se préparaient pour la nuit. Comme à l'accoutumée, il fit mine de chercher un endroit où s'installer, mais en réalité, il passait mentalement en revue les noms, les visages et les habitudes de ses camarades.

Après s'être assuré que personne ne l'observait et que tous les soldats susceptibles de lui poser problème étaient occupés à boire ou à dormir, il serra sa couverture contre lui pour dissimuler son sac, qui contenait l'eau et les provisions dont il aurait besoin, et s'enfonça dans l'obscurité avant de se glisser entre les arbres.

Il lui fallait avancer avec prudence au milieu des ténèbres pour ne pas trébucher sur une racine ou s'affaler dans un buisson de ronces. Les sentinelles se déployaient toujours aux mêmes endroits et, d'après ses souvenirs de la répartition des postes, Garret et Arro avaient été envoyés au sud-ouest. Il était donc probable que Rian et Heller s'y trouvent en cet instant.

Sev progressa sur la pointe des pieds dans cette direction et sourit en apercevant entre les troncs la silhouette voûtée de Heller. Les jambes flageolantes, le jeune homme s'arrêta pour rassembler son courage. Il jouait là son va-tout. S'il se faisait prendre, il ne pourrait donner aucune raison valable de se trouver aussi loin du camp. Il fouilla son sac jusqu'à trouver la bouteille qu'il avait dérobée à Ott et but une lampée d'alcool. Dans le pire des cas, il pourrait toujours jouer les ivrognes.

Les dents serrées, il ferma les yeux et sonda les environs, tous ses sens aux aguets…

Enfin, il trouva ce qu'il cherchait : un petit groupe de chauves-souris perchées sur une branche voisine. Parfait. Il avait prévu de les envoyer à droite de Heller afin de le distraire, puis de se glisser sur sa gauche, dans la direction opposée. Personne ne songerait à le chercher avant le lever du soleil. Il disposerait donc de quelques heures pour filer au sud, vers les Contreforts, et demander le chemin de la ferme de ses parents – ou du moins ce qu'il en restait.

Dans son souvenir, c'était un bel endroit. Sev était né dans une famille de bergers. La nuit, il lui suffisait de fermer les yeux pour voir les prés vallonnés et le ciel qui s'étendait à perte de vue.

Quand la guerre avait éclaté, la frontière pyraéenne s'était retrouvée en première ligne des combats et un grand nombre d'animages avait fui dans les montagnes. D'autres, à l'instar des parents du garçon, avaient été recrutés pour se battre. Ils recevaient des armes de fortune et des œufs de phénix, puis on les envoyait repousser les fantassins de l'empire.

Pour autant, ils ne s'en plaignaient pas. À leurs yeux, servir une Reine Dresseuse était un honneur et Avalkyra Pyromaque la juste prétendante du trône. À sa naissance, sa mère était reine, ce qui faisait d'Avalkyra la véritable héritière. Sa sœur, de son côté, n'avait été légitimée que par la suite. Les habitants de Pyra étaient fiers d'endosser l'armure pour leur souveraine et à chaque bataille victorieuse, ils tressaient dans leurs cheveux un fragment d'obsidienne.

À la vue de ces hommes et de ces femmes en route pour affronter les soldats de l'empire, Sev avait senti son cœur se gonfler d'orgueil.

Quelle folie !

Il avait cru ses parents invincibles, mais bien sûr, il se trompait. Personne n'est invulnérable. Si l'animage leur en voulait parfois d'être morts et de l'avoir abandonné à son triste sort, il avait retenu la leçon : il ne commettrait pas les mêmes erreurs.

Une fois loin du camp, il disparaîtrait dans la nature. Adieu Jotham et Ott, adieu serfs méprisants et filles vengeresses armées de couteaux ! Il ne voulait pas de ce destin qu'il n'avait pas choisi. Le temps était venu pour lui de reprendre sa vie en main.

Avec une détermination fébrile, il ordonna aux chauves-souris de voler vers Heller, mais les bestioles résistèrent. Rien d'étonnant. Sev était un animage médiocre : après toutes ces années de clandestinité, ses pouvoirs s'étaient étiolés. Les créatures se contentèrent de pousser de petits cris en s'agitant sur leur branche.

Quand sa cible leva les yeux vers les animaux nocturnes, Sev sentit son sang se glacer. Au désespoir, il se concentra de toutes ses forces. Enfin, les chauves-souris prirent leur envol dans un bruissement de feuilles.

Heller poussa un juron et se redressa d'un bond, le regard tourné vers le ciel.

On y est, songea le jeune homme.

— À ta place, je me montrerais plus prudent, lança soudain une voix derrière lui.

Sev fit volte-face, le cœur battant. Une silhouette menue se tenait à quelques pas de lui – une vieille serve ridée, au visage blafard encadré d'une chevelure clairsemée dont la blancheur reflétait un pâle rayon de lune. Elle avait déjà attiré son attention, quelque temps auparavant, car elle riait toute seule et marmonnait dans son sommeil. À son cou pendait une chaîne dont les maillons étincelaient dans l'obscurité.

— Comment ça, prudent ? grommela le jeune homme tout en cherchant Heller des yeux. Allez, du balai, la vieille !

Il prit son élan, prêt à s'élancer – et tant pis pour le bruit !

— Tu sais, dit l'ancienne d'une voix bien trop forte tout en s'adossant tranquillement à un arbre, si tu étais plus malin, tu suivrais mes conseils à la lettre… Autrement, tu le regretteras.

Ces mots donnèrent au garçon une furieuse envie de lui tordre le cou. Avec tout ça, il avait perdu de vue Heller. En revanche, les chauves-souris faisaient un boucan de tous les diables. Mais au moment où Sev se décida à mettre les voiles en faisant fi de toute prudence, une autre voix résonna dans l'obscurité.

— Heller, tu es là ?

C'était Rian, qui avait déserté son poste plus au sud pour rejoindre son camarade. Les chauves-souris avaient-elles attiré son attention ? À moins que les gardes ne se rendent visite pendant leur faction ?

Impossible de voir la sentinelle pour le moment, mais elle n'allait sans doute pas tarder. Le fugitif jeta un regard désespéré à la vieille femme.

— Grimpe là-haut, lui dit-elle en désignant les branches basses de l'arbre le plus proche avant de lui prendre d'autorité son sac pour le dissimuler.

Sans chercher à savoir pourquoi elle lui apportait son aide, ni comment elle justifierait sa présence aussi loin du camp au beau milieu de la nuit, le jeune homme s'exécuta. Il venait de s'accroupir sur une grosse branche quand la serve se mit à crier.

— À l'aide, à l'aide, par ici ! brailla-t-elle dans le noir.

Sev faillit tomber de son perchoir : par Noct, qu'est-ce qui lui prenait, à cette vieille folle ?

Malgré l'obscurité, Rian se dirigea droit vers la semeuse de troubles, couteau brandi. Dans la lumière blafarde de la lune, le jeune animage distinguait depuis son poste d'observation le visage renfrogné de la sentinelle.

— Oh, que les dieux et leurs servantes soient loués ! s'exclama la serve, essoufflée, en voyant Heller surgir à son tour.

— Tu vas ameuter tout le camp avec tes cris, aboya Rian en soufflant comme un bœuf. Qu'est-ce qui t'arrive ?

Sev retint sa respiration.

— Je… enfin nous… On a besoin de votre aide.

Et au grand dam du fuyard, qui attendait, perché sur sa branche comme un gros oiseau, la vieille femme pointa le doigt dans sa direction.

— Qu'est-ce que tu fabriques là-haut, toi ? demanda Rian en levant les yeux vers lui.

— Un de mes pigeons est tombé malade, s'empressa d'expliquer la serve. Il s'est envolé quand j'ai voulu le soigner, puis il s'est réfugié dans cet arbre. Et maintenant, il refuse d'en partir. J'ai tout tenté pour l'amadouer, mais rien n'y fait. Vous connaissez ces bestioles, elles ont l'esprit un peu confus… Et voilà, il recommence.

Une substance tiède et visqueuse atterrit sur le crâne de Sev, qui devina sans mal de quoi il s'agissait. Il leva les yeux et ne fut pas étonné – mais pas moins fâché pour autant – de découvrir un pigeon qui roucoulait tranquillement après s'être soulagé sur lui. Et dire que le jeune homme croyait avoir eu son lot d'excréments pour la journée !

— Le gamin a bien essayé de m'aider à récupérer cette pauvre créature, mais il n'est pas très doué pour la grimpette et n'arrive plus à redescendre de l'arbre.

Sev foudroya du regard la vieille femme, qui se contentait de l'observer d'un air soucieux. L'espace d'un instant, il envisagea de contester sa version ô combien ridicule. Mais ce n'était pas comme s'il avait vraiment le choix. Il suivit donc les instructions de Heller et de Rian avec un soupir et attrapa le pigeon avant d'attendre que la plus jeune des sentinelles escalade les premières branches pour l'aider à en redescendre.

Quelle honte d'être à moitié porté par cet homme, tel un enfant pris de vertige une fois en haut de l'arbre !

Dès qu'il eut regagné la terre ferme, le pigeon toujours serré contre sa poitrine et les cheveux couverts de fiente, Sev devina au sourire de la vieille femme qu'elle s'amusait comme une folle. Rian et Heller leur ayant donné l'ordre de regagner le camp, il lui emboîta donc le pas sans savoir s'il devait la remercier ou l'étrangler.

Car malgré tout, elle l'avait aidé. Certes de façon détournée, mais sans son intervention, il aurait sans doute foncé droit sur Rian en tentant de s'échapper. Et si par miracle il l'avait évité, les chauves-souris faisaient de toute façon un tel raffut qu'elles auraient fini par attirer à lui les deux sentinelles. Il aurait toujours pu feindre l'ébriété, comme il l'avait prévu, mais il doutait franchement de l'efficacité d'une telle stratégie.

Quand ils furent hors de portée de voix, Sev observa la vieille serve du coin de l'œil.

—De rien, dit-elle d'un ton jovial.

Le jeune homme se renfrogna.

—Ah oui, c'est vrai : merci de m'avoir fait passer pour un imbécile, grommela-t-il.

—Comme si tu avais besoin de moi pour ça ! J'ai vu ta petite… démonstration avec les chauves-souris. Tu cherches à te faire repérer, ou quoi ? Ils te mettront aux fers en moins de temps qu'il n'en faut pour prononcer le mot « phénix » !

Le sang de Sev ne fit qu'un tour : la serve l'avait surpris en train d'utiliser ses pouvoirs. Malgré sa silhouette frêle et ses airs de grand-mère, elle n'avait donc rien d'une vieillarde sénile. Derrière ses mèches hirsutes, ses yeux étincelaient d'intelligence.

Le jeune homme s'éclaircit la voix et ouvrit la bouche pour parler, mais se contenta finalement de hausser les épaules avec toute la nonchalance que lui permettait le pigeon, qu'il tenait toujours serré contre lui. Enfin, il tendit le volatile à son interlocutrice.

—Je ne vois pas du tout de quoi tu parles, rétorqua-t-il.

Mieux valait jouer les idiots. D'autant qu'il était très doué à ce petit jeu.

—Oh, je crois que si, répondit la vieille femme en récupérant l'oiseau. Un animage qui vit et travaille parmi les soldats de l'empire... Quel secret lourd à porter !

Elle inclina la tête vers le pigeon qu'elle tenait dans ses mains et lui murmura quelques mots avant de le relâcher. Il s'envola à tire d'ailes avec la grâce d'un aigle. Sev fronça les sourcils : l'oiseau semblait en parfaite santé. Le jeune homme venait-il de tomber dans un piège ?

—Serait-ce ce fardeau qui t'a poussé à t'enfuir au beau milieu de la nuit avec un sac bien rempli et une poignée d'or volé ? poursuivit la serve avec un soupir las, comme s'il s'agissait d'une terrible tragédie.

Le soldat la dévisagea avec stupéfaction : qu'elle l'ait percé à jour ne l'étonnait pas tant que ça. En revanche, ses dernières paroles l'avaient pris de court.

—De l'or ? Mais que...

Avec un sourire satisfait, elle lui rendit son sac, comme pour l'inviter à en examiner le contenu. Interloqué, Sev s'exécuta et en sortit une bourse qui ne s'y trouvait pas auparavant. Les initiales du capitaine Belden y étaient brodées au fil d'or.

—Qu'est-ce que tu... Je n'aurais jamais... Comment... balbutia le jeune homme.

Rapide comme l'éclair, et sans cesser de sourire, son interlocutrice lui arracha la bourse des mains avant de la faire disparaître à nouveau.

— Ce serait vraiment terrible d'être obligée de te dénoncer, susurra-t-elle, faussement affligée.

— Personne ne te croira, protesta-t-il sans conviction.

Après tout, il était un soldat, un des serviteurs les plus célébrés de l'empire, même s'il se trouvait tout en bas de l'échelle sociale. Cette femme, elle, n'était qu'une serve, une criminelle.

De toute évidence, elle avait suivi le fil de ses pensées, car elle déclara :

— Qu'ils me croient ou non, les faits parlent d'eux-mêmes, mon pauvre garçon. Tu voles les affaires personnelles du capitaine et, en plus, tu manifestes un peu trop d'affection à l'égard des animaux malades coincés dans les arbres ! (Sev sentit la fureur l'envahir.) Sans oublier que les autres bêtes de la forêt sont naturellement attirées par toi.

— N'importe quoi ! objecta-t-il sans réfléchir, bien qu'il ait parfaitement compris la menace.

— Ce n'est pas encore arrivé, c'est vrai.

Le soldat s'arrêta net. Il n'y comprenait plus rien.

— Pourquoi tu fais ça ? demanda-t-il.

— Je te propose un marché. Tu me donnes ce que je veux et en échange je t'offre ce que tu désires : une échappatoire.

— Ah, te voilà, lança soudain une voix dans l'obscurité.

Surpris, Sev vit s'avancer vers eux le serf à qui il avait eu affaire un peu plus tôt dans la journée. En l'apercevant, le nouveau venu fronça les sourcils.

— Qu'est-ce qu'il fait là, lui ? Et qu'est-ce que…

Il s'interrompit, les yeux fixés sur les cheveux poisseux du soldat.

— On discutait, répondit ce dernier, laconique, en sortant un mouchoir pour s'essuyer la tête d'un geste furieux. Moi et… euh…

— Tout le monde m'appelle Thya, répondit la vieille femme. Mais je m'en suis lassée. J'aimerais quelque chose qui ait un peu plus de panache.

Un silence s'ensuivit. Sev crut un instant qu'elle allait reprendre la parole, mais elle n'en fit rien.

— Comme quoi ? finit-il par demander.

Elle fit la moue.

— Je ne sais pas encore. C'est tellement important, un nom… Comment tu t'appelles, déjà, mon garçon ? Seb, c'est ça ?

— Sev, la corrigea-t-il.

— Sev. Un prénom unique en son genre. C'est ferronais, non ? Un diminutif de Sevro ?

Il ne put s'empêcher d'être surpris. Sans être réellement unique, Sevro était un prénom peu répandu, même en Ferro, sa province natale, d'où venait aussi son père. Peu de gens avaient conscience de ses origines ferronaises, car il avait hérité des cheveux raides et de la peau brune de sa mère, pyraéenne de naissance. Cependant, il fallait bien admettre que l'hiver, il était un peu plus pâle, or on était au début du printemps.

Il acquiesça d'un signe de tête et la vieille serve sourit.

— C'est bien ce que je pensais… Tu as le teint olivâtre des Ferronais et les yeux mordorés du chat de Teyke. Tu es plutôt pas mal pour un soldat, pas vrai, Kade ?

L'intéressé se rembrunit et Sev, qui se sentait rougir sous les regards appuyés de ses deux interlocuteurs, s'empressa de répondre avant lui :

— Écoute, je me fiche bien de savoir comment tu veux qu'on t'appelle, cracha-t-il en s'efforçant tant bien que mal de changer de sujet. Donne-moi juste…

— Trix, annonça-t-elle.

Le militaire parut hésiter.

— Bon… va pour Trix.

— Ou Trixie ? Non, trop nunuche. Trix, c'est mieux.

— Ça suffit, grogna Kade, qui semblait aussi agacé que Sev. Il faut que je te parle.

— Moi aussi, renchérit le soldat en faisant un pas vers la vieille femme.

Le serf lui lança un regard noir et s'interposa en bombant le torse. Le jeune soldat se situait peut-être à un niveau supérieur dans l'échelle sociale – et encore, de peu –, cette différence ne signifiait plus grand-chose face à face dans l'obscurité, sans officiers dans les parages pour les faire rentrer dans le rang. Kade avait bien compris que son adversaire était un bleu dépourvu d'expérience, bien plus impressionnable qu'un militaire de la trempe d'Ott. Mais Sev n'allait pas se laisser intimider pour autant. La vieille femme venait de lui lancer un ultimatum – qui ressemblait à s'y méprendre à une menace… Comprendre dans quoi il venait de mettre les pieds lui était crucial.

— Il n'y a pas à dire, je pourrais m'habituer à ce genre de situation ! gloussa Trix, les yeux pétillants de malice. Venez, les garçons, allons nous promener au clair de lune.

À ces mots, elle s'enfonça sous le couvert des arbres, à bonne distance du campement endormi, sans pour autant trop se rapprocher des sentinelles. Nulle trace de son prétendu clair de lune sous cet épais feuillage.

— C'est à propos de la fille, annonça Kade.

Il avait parlé à mi-voix, sans doute dans le but d'exclure Sev – qui ne se trouvait pourtant qu'à quelques pas de lui – de la conversation.

— Quelle fille ? demanda le militaire. Celle de la cabane ?

— T'occupe, soldat.

Avec un soupir, Trix s'arrêta près d'un gros arbre noueux et s'assit sur une de ses épaisses racines.

— Ça suffit, Kade. Il travaille avec nous maintenant.

— Ah bon ? répondirent en chœur les deux hommes.

— Pas vrai, mon garçon ? insista la vieille femme en époussetant avec dignité les plis de sa tunique élimée.

« Tu me donnes ce que je veux et en échange je t'offre ce que tu désires. » Mais que pouvait bien signifier d'intégrer une telle équipe ? Cherchaient-ils de l'aide pour leurs corvées ?

— Je n'ai pas le temps pour tes petits jeux, Thya, lança Kade, visiblement agacé.

— Trix. Je voudrais qu'on m'appelle Trix.

— Le capitaine s'est absenté, grommela le serf avec un drôle de grognement. On tient là une chance unique. Cette fille n'a rien d'ordinaire et elle est en danger.

— Elle sera dans une situation encore plus délicate si tu y retournes, rétorqua la vieille femme d'un ton pensif.

— La fille de la cabane ? C'est d'elle que vous parlez, n'est-ce pas ? intervint Sev. Celle avec le...

— Tiens ta langue, soldat, siffla Kade en jetant un regard affolé autour de lui.

Il resta silencieux quelques secondes avant de se tourner vers Trix.

— C'est le moment ou jamais. Il faut l'aider.

— L'aider comment, Kade ? Mieux vaut la laisser tranquille que la mener tout droit… à sa perte.

— Mais elle est tellement vulnérable !

— Ah ça non, assura Sev d'une voix tranquille au souvenir de la sœur de la jeune fille et de son adresse au couteau.

— C'est elle qui t'a infligé cette blessure au cou ? demanda Kade en se tournant vers lui.

Quand avait-il remarqué l'entaille ? Impossible qu'il vienne de la voir. Dans les ténèbres, le soldat distinguait à peine les traits de ses comparses.

— Qu'est-ce que tu lui as fait après mon départ ? gronda le serf.

Trix le rappela aussitôt à l'ordre. Et à la grande surprise de Sev, l'intéressé se calma sur-le-champ.

— Rien de plus que de lui sauver la vie, s'offusqua le militaire.

Si la vieille femme sourit à ces mots, Kade, lui, resta de marbre.

— Elle va bien, je le jure, ajouta Sev à mi-voix.

— Tu vois ? Inutile de se tracasser, lança gaiement l'ancienne, avant de reprendre son sérieux. Je ne vais pas sacrifier notre mission et le destin des Dresseurs de phénix pour une simple montagnarde !

À cet instant, le soldat eut la nette impression que le sol se dérobait sous ses pieds.

— Quels Dresseurs de phénix ? murmura-t-il d'une voix enrouée.

Éberlué, il dévisageait Trix. De son côté, Kade décocha un coup d'œil assassin à la vieille femme. De toute évidence, il ne digérait ni ses révélations ni son refus de suivre le plan qu'il proposait. Sev ignorait ce qui l'étonnait le plus : qu'elle ait l'audace de donner des ordres au jeune serf ou que ce dernier se plie à ses décisions.

— Ceux qui se trouvent dans ces montagnes, soldat. Si ton capitaine vous a traînés jusqu'ici, c'est pour éradiquer le dernier bastion de Dresseurs. En ce moment même, il doit s'entretenir avec cette fouine d'informateur.

Sev se sentit soudain nauséeux. Il aurait dû s'en douter. À vrai dire, il le savait déjà au fond de lui. C'était d'ailleurs sûrement pour cette raison que la découverte de cette fille l'avait tant ébranlé. Et peut-être aussi ce qui l'avait, malgré lui, poussé à vouloir s'échapper.

— Le couvert des arbres, marmonna-t-il comme pour lui-même en désignant le feuillage au-dessus de leurs têtes. L'interdiction d'allumer des feux. Ce ne sont pas les villageois des environs qui l'inquiètent. Il ne veut pas qu'on nous voie du ciel. Les Dresseurs…

Son cœur se gonfla de joie à l'idée qu'il y ait encore des Dresseurs de phénix vivant dans la clandestinité. Pourtant, il refréna bien vite son enthousiasme. Il n'y avait pas de quoi se réjouir. Aucune chance que ces quelques rebelles puissent résister à l'empire ! Déjà à l'époque où ils se comptaient par centaines, avec comme guide une reine guerrière au tempérament de feu, ils n'avaient pas été de taille. Alors à présent, sans la moindre héritière en vue et au bord de l'extinction, comment pourraient-ils l'emporter ?

Trix gratifia Sev d'un grand sourire.

—Je t'avais bien dit qu'il n'était pas aussi nigaud qu'il en a l'air, lança-t-elle à l'intention de Kade.

Le stratagème du soldat fonctionnait donc, même si l'ancienne avait réussi à le percer à jour. Un peu surpris, le serf détailla le militaire, comme s'il avait vraiment pensé avoir affaire à un simple d'esprit.

—Qu'est-ce que ça peut te faire que je sois futé ou pas ? s'offusqua Sev. Qu'attends-tu de moi ?

La vieille femme eut une moue pensive.

—Ma foi, un soldat pourrait m'être utile.

—Ah oui ? Et à quoi te servirait-il ?

—Difficile pour un serf d'aller où ça lui chante... Certains accès nous sont refusés.

Le militaire se fit méfiant.

—De quoi tu parles ?

—Eh bien, de postes, par exemple, de listes de matériel, d'armes... répondit Trix avec un geste vague de la main.

—Et si je refuse ?

—Laisse-nous une minute, Kade, tu veux bien ? demanda-t-elle gentiment.

Après une brève hésitation, le serf s'éloigna dans l'obscurité.

—Je pensais avoir été claire, soldat, reprit la vieille femme. Que tu sois animage ou pas, je peux très bien te faire passer pour l'un d'eux. Si tu me cherches, sois certain que je vais te mettre toutes les bestioles de cette forêt sur le dos. J'irai jusqu'à faire ronronner ces lamas rien que pour toi. Quels superstitieux, ces soldats ! Tu ne serais pas le premier à être réduit en esclavage sans véritable preuve.

Et quand ils viendront te chercher, je veillerai à ce qu'ils trouvent l'or du capitaine sur toi… juste pour être sûre.

Sev serra les poings. Son cœur tambourinait dans ses oreilles.

— De toute manière, tu voulais t'échapper et je suis ta seule chance, ajouta son interlocutrice d'une voix suave. Aide-moi et je t'aiderai. Je t'en fais la promesse, Sevro.

Le jeune homme ne doutait pas que Trix mettrait ses menaces à exécution : elle lui avait déjà montré de quoi elle était capable. Par ailleurs, les soldats qu'il côtoyait au camp se montraient plutôt enclins à agir d'abord et à réfléchir ensuite. S'ils avaient le moindre soupçon à son sujet, aucun retour en arrière ne serait possible. Pour peu qu'ils trouvent en plus l'or du capitaine en sa possession…

Et puis, son désir le plus cher restait de s'enfuir, quoi qu'il lui en coûte. Il n'éprouvait ni loyauté ni estime pour l'empire ou pour sa cause. Malgré tout, il ne voyait pas comment cette femme aurait pu l'aider à s'en délivrer. À moins que…

— T'aider comment ? demanda-t-il avec anxiété. Qu'est-ce que tu cherches à faire, exactement ?

— Attaquer de l'intérieur ces infâmes assassins de l'empire, bien sûr, lui répondit Trix avec un grand sourire.

C'est la mort de sa mère qui a signé notre perte. Ou plutôt celle de la régente, l'usurpatrice, cette mère maquerelle coupable de régicide.

Chapitre 8
VÉRONYKA

Véronyka s'affaissa dans les bras de sa sœur.

Xéphyra était morte.

— Je l'ai fait pour ton bien, dit Val, un peu essoufflée par l'effort qu'elle avait dû fournir pour tenir sa cadette éloignée du phénix. On va tout recommencer à zéro, tu verras. On trouvera deux autres œufs et cette fois, on les élèvera ensemble, pour que je puisse te guider correctement. Tu n'étais pas prête… Ce n'est pas ta faute si ça s'est mal passé.

Véronyka s'écarta brusquement. Le silence assourdissant laissé par le lien rompu avec son phénix résonnait à l'intérieur de son crâne. Dans son cœur, un vide glacé avait remplacé la présence flamboyante de Xéphyra. À chaque respiration, la jeune fille sentait un nœud se resserrer dans sa poitrine, jusqu'à ce qu'elle se sente au bord de la suffocation.

— Tu as raison, dit-elle d'une voix éteinte, aussi froide que son phénix.

Satisfaite, Val ouvrit la bouche pour lui répondre, mais sa sœur la devança :

— C'est ta faute à toi ! Tu l'as assassinée !

Xéphyra est morte. Xéphyra est morte.

Et c'était Val qui l'avait tuée.

La gorgée nouée par des larmes qui ne venaient pas, Véronyka ajouta :

— Jamais je ne te le pardonnerai.

Ses mains tremblaient. Une envie folle de frapper sa sœur, de lui faire du mal la traversa, mais elle se détourna, soudain prise d'un haut-le-cœur, le corps secoué de spasmes. Aussitôt, Val passa un bras autour de ses épaules pour la réconforter.

— Autrefois, des phénix mouraient tous les jours en Pyra, tu sais, dit-elle d'une voix douce. À l'entraînement, à la guerre ou lors du sacrifice ultime, quand ils se jetaient en flammes sur une ville pour l'incendier. C'est l'animage, le Dresseur qui compte. Ce n'était qu'un animal.

Véronyka fut tentée de se retourner pour lui cracher au visage, mais son corps demeurait cloué sur place. Xéphyra était bien plus qu'un animal. Elle représentait à elle seule son avenir, son univers… celui qui venait de voler en éclats en un instant.

La dernière fois que sa sœur avait tenté de la « réconforter », c'était après le meurtre de leur *maiora*. Toutes deux avaient couru dans les ruelles étroites et sur les toits des bâtiments de la ville jusqu'à ce que les cris de la foule se réduisent à un murmure. Véronyka s'était alors libérée de l'étreinte de Val :

— Où est-ce qu'ils l'emmènent ? lui avait-elle demandé.

— Là-haut dans les étoiles, avait répondu son aînée, les yeux fixés sur l'immensité bleue, où ne brillait qu'un beau soleil.

Entendre ces mots dans la bouche de sa sœur avait semblé curieux à Véronyka : c'était justement sa *maiora* qui lui avait raconté qu'après la mort, l'âme s'élevait dans le ciel pour devenir un astre parmi les astres et incarner la lumière d'Axura dans l'obscurité de la nuit, où elle ne pouvait briller.

— Est-ce que ça signifie que… qu'elle… avait balbutié la cadette.

Elle refusait de comprendre la vérité tout en ayant besoin de l'entendre malgré tout.

— Elle est morte, *xe* Nyka.

— Tu en es sûre ? avait-elle murmuré, les yeux embués de larmes, mortifiée d'avoir abandonné sa grand-mère à son destin.

Comme Val ne répondait pas, Véronyka avait pris son silence pour une confirmation.

— Mais qui brûlera son corps ? avait-elle insisté.

Son aînée s'était agenouillée devant elle.

— Ne pleure pas pour les morts, avait-elle lancé avec son stoïcisme habituel, tout en essuyant les larmes de sa sœur. Pleure pour les vivants, pour nous deux. Dorénavant, tout sera beaucoup plus difficile.

— Mais…

— Les soldats meurent tout le temps, Nyka, et ta *maiora* en était un, même si elle se plaisait à jouer les nourrices. On a survécu, c'est tout ce qui compte. C'est ce qu'elle aurait voulu.

Des années plus tard, dans le froid glacial de la cabane, Véronyka se sentit soudain bouillir de rage. Val avait beau connaître par cœur les gestes et les mots qu'on attendait d'elle en pareilles circonstances, elle les exécutait à la manière d'une mauvaise actrice récitant un poème épique, avec des mouvements trop étudiés et artificiels.

Elle n'avait jamais versé une larme ni récité une prière, ni même eu un mot gentil pour leur grand-mère. La cadette s'interrogeait parfois : cette froideur avait-elle un lien avec le fait qu'elles et la vieille femme n'aient pas été vraiment parentes ? Leur *maiora* n'avait en fait été qu'un mentor pour leur mère et sa plus proche amie. Quand le conflit s'était aggravé, elle lui avait promis que si le pire survenait, elle veillerait sur ses enfants. Et le pire était arrivé : les parents des fillettes avaient tous deux péri au cours de la Dernière Bataille, pendant la guerre de Sang.

À d'autres moments, Véronyka se répétait que si Val se montrait froide et distante, ce n'était pas par manque d'empathie, mais, au contraire, parce que cacher ses émotions relevait chez elle de la survie.

Tu parles ! songea la plus jeune des sœurs. Son aînée n'avait que des mots durs à la bouche et ne savait agir qu'avec cruauté. Elle était plus glacée que l'Aurys ! Pas étonnant que le deuxième œuf n'ait pas éclos et que Xéphyra ait choisi Véronyka, et non sa sœur. Cette dernière n'était qu'une coquille vide au cœur sec.

Pour la première fois, sa cadette la voyait telle qu'elle était vraiment. Après l'avoir repoussée, elle se rua vers la porte sans lui accorder un regard. De même, elle ignora la dépouille de l'oiseau. Le seul fait d'y penser lui donnait le vertige. Or, en cet instant, elle avait besoin de toutes ses forces.

Val la suivit jusque derrière la cabane, l'appelant d'une voix tremblante :

— Véronyka ! Véronyka, arrête ! Qu'est-ce que tu…

Silencieuse, l'interpellée attrapa quelques bûches dans le tas adossé à la cloison avant de revenir sur ses pas, non sans bousculer son aînée au passage. Elle s'approcha de la porte, puis ralentit, les lèvres tremblantes, avant de se ressaisir et de l'ouvrir d'un coup de pied.

La vue brouillée par les larmes, elle observa le cadavre qui gisait au sol.

Xéphyra… Elle n'avait rien perdu de son éclat, avec ses plumes rouge vif et son bec d'un brun cuivré. Cependant, la mort la faisait paraître plus petite. Véronyka contourna la dépouille et jeta les bûches dans l'âtre. Une pluie d'étincelles s'éleva, accompagnée d'un nuage de cendres. La jeune fille prit une profonde inspiration.

Ce n'est pas fini.

Sans prêter la moindre attention à l'agitation dans son dos, elle tisonna le feu pour le raviver. Entre autres choses, sa *maiora* lui avait parlé de la résurrection des phénix. À moins d'une blessure mortelle, ces majestueuses créatures avaient la capacité de vivre éternellement. Malgré tout, si elles se lassaient du monde, elles pouvaient aussi choisir de s'embraser et de mourir – ou bien de ressusciter.

À en croire la grand-mère de Véronyka, le plus vieux phénix femelle encore en vie était âgé d'au moins deux siècles.

— Elle est peut-être même bien plus vieille que ça ! s'était-elle exclamée un jour. Elle a surgi un matin, l'esprit fermé à double tour, sans connaître son nom ni celui de son âme sœur. Les plumes de sa queue étaient les plus longues qu'on ait jamais vues ! Impossible de lui donner un âge précis. Notre seule certitude, c'est qu'elle était plus âgée que l'empire. Imaginez un peu tout ce qu'elle a dû traverser, tout ce qu'elle a vu ! Peut-être se souvient-elle des Jours sombres, l'ère précédant le reinaume, l'aube des temps, l'époque où Azurec a fait venir les premiers phénix pour vaincre Noct et la nuit éternelle… et éclairer le monde.

—Axura et Nox, l'avait corrigé Val, qui avait quitté le coin sombre qu'elle occupait pour se joindre à elles près du feu.

Leur *maiora* racontait toujours des histoires à la nuit tombée, une fois le calme revenu. Comme elle avait des talents de guérisseuse, il était courant que dans la journée, quelqu'un fasse irruption par la porte de derrière pour colporter des ragots ou bien acheter quelque onguent ou infusion.

—Tes origines paysannes te trahissent, l'ancienne, avait lancé Val d'un ton dédaigneux. Les nobles de la plaine nous ont volé nos déesses. Ils en ont fait des hommes pour satisfaire leurs intérêts. Axura n'est autre que le soleil dans le ciel, la lumière et la vie, les ailes et le feu… les phénix sont ses enfants terrestres.

Après s'être emparée d'un pichet d'eau posé sur le rebord de la fenêtre, elle en avait vidé le contenu sur le feu, qui s'était éteint dans un sifflement.

—Nox représente bien plus que la nuit et l'obscurité, avait-elle conclu. Elle est le vide, la mort… La fin de tout.

— Qu'est-ce qui est arrivé au vieux phénix ? avait demandé Véronyka à voix basse un peu plus tard, après que Val eut décidé d'aller bouder seule dans son coin.

Leur *maiora*, qui n'avait pas répliqué aux sarcasmes de la plus âgée des filles, s'était aussitôt animée.

— Son âme sœur est morte jeune, d'après ce qu'on raconte, aussi consacra-t-elle tout son amour à ses oisillons. Quand la guerre de Sang éclata, bon nombre de ses protégés furent massacrés. Elle eut beau se battre de toutes ses forces pour les défendre, elle ne parvint pas à tous les sauver. Ensuite, elle disparut et on ne la revit plus jamais.

— Elle est morte ? avait demandé la petite, visiblement déçue par cette triste fin.

— Ou ressuscitée, avait répondu sa grand-mère sur un ton énigmatique. Tout est possible, à condition de le vouloir, Véronyka. Ne l'oublie jamais.

Si presque toutes les connaissances de la jeune fille en matière de renaissance lui venaient de mythes – à l'instar de celui du vieux phénix dévoué à sa progéniture –, quelle que soit l'histoire, les résurrections se déroulaient de manière identique : de même qu'ils naissaient du feu et de la cendre, ces oiseaux de légende reprenaient vie au cœur des flammes. Véronyka comprenait le principe de base, le concept d'équilibre qui avait tant hanté ses rêves, ces derniers temps.

« Une mort pour une vie. »

Les phénix avaient la capacité de renaître, ils se servaient de leur propre mort pour alimenter leur bûcher funéraire… et leur nouvelle existence. Mais en général, ils étaient bel et bien en vie lors de cette étape. Or Xéphyra, elle, était déjà morte…

« Ce n'est pas fini. »

Dans un premier temps, Véronyka devrait elle-même rallumer le feu et l'alimenter tout au long de la nuit. Pour achever le processus d'incubation, il fallait compter au moins douze heures de flammes ardentes par œuf. La jeune fille espérait juste que cette règle s'applique aussi aux bûchers funéraires.

Elle plaça toute leur réserve de bois dans l'âtre, puis se mit à chercher autour d'elle d'autres objets à faire brûler. Elle ajouta d'abord au brasier son panier en osier, leur paillasse et même les volets de la cabane. Elle traîna ensuite la lourde marmite à l'extérieur et vida près de la porte le ragoût de légumes qui s'y trouvait. Puis elle ramassa le bout de viande que Val y avait mis pour donner du goût au bouillon et retourna à l'intérieur pour le jeter dans les flammes, se brûlant les doigts au passage. Elle y ajouta enfin ce qu'il restait des ossements qu'elle avait rassemblés la nuit de la naissance de Xéphyra – les débris que sa sœur avait jugés indignes de leur feu – et les morceaux de coquille de l'œuf qui n'avait pas éclos. Val lui avait ordonné de s'en débarrasser, mais dans un accès de sentimentalisme, Véronyka les avait enveloppés dans un linge avant de les cacher sur le rebord de la fenêtre, derrière les volets cassés. À force de travail, son visage s'échauffait. La sueur lui collait les cheveux à la nuque.

Elle souleva ses lourdes tresses pour en dénouer la plus récente et, consciente d'agir sous le regard de sa sœur, se saisit du couteau du soldat pour la trancher d'un geste rageur. Elle la jeta ensuite au feu avec le dernier bout de coquille qui lui restait. Le dernier fragment de vie.

Sa plus grande crainte était que tous ses efforts restent insuffisants, même si la logique lui soufflait que le corps de Xéphyra aurait dû se suffire à lui-même.

« Une mort pour une vie. »

Certes, les deux jeunes filles avaient eu beau faire brûler des dizaines d'ossements pour procéder à l'incubation de leurs œufs, un seul avait éclos. Malgré tout, le temps qui s'écoulait offrait à Véronyka un sujet d'inquiétude encore plus grand : plus le corps de son phénix demeurait froid et immobile, plus ses chances de le ranimer s'amoindrissaient.

Il fallait que ça marche !

Déposer le corps sans vie de Xéphyra dans les flammes fut intolérable pour sa maîtresse. Elle repensa à l'instant où l'oisillon avait émergé des braises, sans la moindre trace de brûlure sur son plumage. Cette fois, la dépouille du phénix se redressa sur-le-champ, comme un bout de papier soufflé par le feu. Les flammes léchèrent les ailes déployées, puis les serres repliées. Le désespoir envahit alors Véronyka.

Xéphyra était son âme sœur. En toute logique, la jeune fille aurait donc dû percevoir sa souffrance, mais l'angoisse terrible qui l'étreignait n'appartenait qu'à elle seule.

Adossée au mur, Val observa sa sœur en silence, s'abstenant pour une fois de lui poser des questions ou de souligner d'éventuelles erreurs. Tant mieux. Véronyka ne voulait plus de ses conseils.

Les yeux fixés sur le brasier, elle s'agenouilla devant l'âtre.

Ce n'est pas fini.

*

La nuit tomba, puis l'aube vint à son tour et laissa place au jour. Des ombres se mouvaient à présent sur le sol et le ciel au dehors commençait à s'assombrir avec le soir.

Véronyka avait entretenu le feu vingt-quatre heures durant, utilisant jusqu'à la dernière bûche de leur réserve, mais son espoir s'amenuisait à mesure que les flammes se faisaient moins vives. Le froid lui glaçait les os. La fièvre qui l'avait réchauffée tout ce temps était redescendue, et le feu se réduisait à présent à un tas de cendres qu'agitait doucement la brise du soir.

Ses larmes avaient cessé de couler. Ses yeux étaient si secs qu'elle doutait de pouvoir pleurer de nouveau. Malgré ses paupières gonflées et lourdes de sommeil, elle continuait de veiller.

Elle ne quitta pas le feu du regard jusqu'à ce que la dernière braise ait fini de se consumer. Avec elle, venait de s'éteindre au fond de son âme une lueur qui ne se rallumerait jamais.

C'est donc à ça que ressemble la fin ?

Pendant tout le temps qu'avait duré le cérémonial, Val avait épié Véronyka avec une égale intensité. Au moment où elle s'avança pour poser une main sur son épaule et ouvrit la bouche pour parler, la cadette se dégagea d'un mouvement brusque et rassembla ses affaires. Elle se sentait déconnectée du reste du monde. Tout son corps lui paraissait engourdi, non pas en raison du froid qui régnait au dehors, mais du vide qu'elle éprouvait à l'intérieur.

— Véronyka, l'appela Val d'un ton conciliant. Dis quelque chose.

Sans prêter attention à son aînée, la jeune fille enfila ses grosses bottes de cuir et attrapa son manteau suspendu à une patère près de la porte.

— *Xe* Nyka, tu as besoin de moi. Ne fais pas de bêtises.

— Je me débrouillerai très bien sans toi ! répliqua-t-elle sèchement d'une voix enrouée par la fumée.

— Ah oui ? s'emporta Val. Cette cabane, cette nourriture, même les vêtements que tu portes… Tout ça, tu me les dois !

Véronyka la foudroya du regard. Malgré le ton cinglant qu'elle venait d'employer, sa sœur avait les yeux remplis de larmes. Comment osait-elle être triste après ce qu'elle avait fait ?

— Très bien, tu l'auras voulu, marmonna la cadette.

Se délestant de tout ce qu'elle avait hérité de Val, elle ôta ses bottes d'un coup de pied et jeta son manteau par terre. Elle n'avait désormais plus pour seuls vêtements que la tunique grossière et le pantalon élimé cousus par ses soins qu'elle avait enfilés la veille. Ses « haillons de paysannes », comme les appelait Val avec dédain. Elle détestait les tenues pratiques, leur préférant des robes en soie ornées de broderies fanées, aussi sales et usées soient-elles.

— Véronyka, tu vas mourir de froid.

— Je m'en moque, rétorqua l'intéressée en s'approchant de l'âtre refroidi pour ramasser le couteau du soldat sur le sol de terre battue. Ça, ce n'est pas à toi.

Elle brandit la lame en direction de sa sœur, qui se figea aussitôt.

— Tu ne sais pas ce que tu fais ! cria Val en la voyant se diriger de nouveau vers la porte.

— Oh que si, cracha Véronyka avant de se retourner pour lui faire face une dernière fois.

Debout sur le seuil de la cabane, son aînée lui sembla tout à coup étrangement petite et lointaine.

— Je m'en vais, reprit Véronyka d'une voix où perçait le dégoût. Aussi loin que je peux, et le plus vite possible. Plutôt mourir que rester une seconde de plus avec toi.

— Et où iras-tu ? hurla Val, le visage déformé par la colère. Chercher d'autres Dresseurs de phénix ? Ils sont tous morts, tu m'entends ! Ton espoir ridicule n'y changera rien !

— L'espoir n'a rien de ridicule, objecta calmement sa petite sœur.

Val avait beau posséder une détermination confinant à l'obsession, elle était en revanche dépourvue de la moindre imagination. Et si Véronyka ne pouvait pas voir le bout du long chemin tortueux qui l'attendait, elle en distinguait clairement la première étape. Pour le reste, elle aviserait en temps et en heure.

— Si ce sont des œufs que tu cherches, tu n'en trouveras jamais sans moi ! cria son aînée dans une ultime tentative pour la ralentir ou la pousser à se retourner.

Tu te trompes sur toute la ligne, songea Véronyka en pressant le pas.

Elle se rendrait d'abord à Vaylé, au vieux poste avancé de Malka la Sage. Val n'aurait pas dû lui expliquer où trouver un œuf si elle ne voulait pas que sa sœur s'en procure un.

Et après… Après, Véronyka partirait en quête d'autres Dresseurs de phénix. Elle ne savait ni où ni comment elle s'y prendrait, mais elle s'y consacrerait sans relâche, jusqu'à son dernier souffle.

*Le jour où sa défaite devint
ma victoire, tout changea entre nous.*

CHAPITRE 9
TRISTAN

Tristan s'approcha du bord de la falaise pour scruter le fond du précipice. Le ciel, cette immensité bleue qu'aucun nuage ne venait troubler, s'étendait à perte de vue au-dessus de sa tête. En bas, les ailes rouges de son phénix étaient la seule touche de couleur dans un océan de pierre grise.

Derrière le jeune homme, les autres Apprentis Dresseurs attendaient leur tour au côté de leur instructeur.

Tristan rassembla son courage. Sauter dans l'abîme au bon moment, de manière à atterrir sur le dos de l'oiseau quand il s'élèverait de nouveau vers le ciel n'avait rien d'évident. Malgré tout, et bien que ce soit difficile à croire, il s'agissait à ses yeux de la partie la plus facile. Le plus dur ? Rex, son phénix, était censé s'embraser au moment précis où le jeune homme prendrait son élan.

Il n'y avait vraiment rien de pire que d'être Dresseur de phénix et terrorisé par le feu...

À part avoir peur du vide, peut-être, songea Tristan avec aigreur en s'efforçant de maîtriser le tremblement de ses jambes. Il savait pourtant qu'il ne risquait pas d'être blessé – en tout cas, pas par les flammes de sa propre monture : leur connexion le protégeait. Un animage lié à un phénix bénéficiait d'une plus grande tolérance au feu. Le problème ? Le Dresseur allait à présent devoir passer de la théorie à la pratique. Mais s'il s'écoutait, jamais il ne franchirait le pas.

Il ferma les yeux pour mieux se concentrer. Les flammes de Rex ne pouvaient pas l'atteindre, c'était ce qu'il devait retenir. Lorsqu'un animage et un phénix se connectaient l'un à l'autre, leurs pouvoirs s'entremêlaient et leurs émotions se confondaient, si bien qu'à chaque fois que Tristan ressentait de la tristesse ou de la colère, Rex était affecté lui aussi. Il en allait de même pour certaines aptitudes. La résistance au feu de l'oiseau s'étendait au jeune homme et la maîtrise du langage de l'humain permettait au phénix de développer son esprit bien au-delà de ce dont il aurait été capable par lui-même.

Tristan se répétait des paroles rassurantes, convoquant pragmatisme et faits ancestraux dans l'espoir d'apaiser ses craintes. Peine perdue. D'expérience, il savait que la peur ne laissait pas de place à la logique. À vrai dire, elle ne laissait de place à rien, sinon aux erreurs.

« La peur est un luxe. »

C'était l'une des maximes préférées de son père, tirée d'un vieux poème pyraéen. Quand Tristan pensait au luxe, il s'imaginait des soies coûteuses, du vin de miel arborien de qualité supérieure et des meubles recouverts de dorures, non une ridicule phobie du feu. Pourtant, s'il n'avait déjà pas les moyens de s'offrir toutes ces folies hors de prix, il pouvait encore moins se permettre d'avoir peur.

Évidemment, Rex était tout disposé à l'aider mais, bien que le lien qui les unissait facilite la synchronisation de leurs mouvements, il lui serait impossible de s'immobiliser en plein vol si les muscles de Tristan se montraient récalcitrants. En revanche, le phénix, lui, ressentirait bel et bien la terreur de l'apprenti avant qu'il n'effectue son plongeon dans le vide.

« Aussi serein que les montagnes », songea le jeune homme, se répétant les mots que lui disait sa mère quand, dans son enfance, il boudait ou se mettait en colère. Elle lui demandait alors de contempler le Pyrmont et de s'imaginer être une pierre, aussi silencieuse qu'immobile. Il s'efforça de suivre ce conseil, les deux pieds bien campés dans le sol.

— C'est quand tu veux, Tristan, le pressa Fallon, d'une voix qui parut très lointaine au principal concerné.

Leur instructeur était le plus jeune des Maîtres Dresseurs à avoir survécu à la guerre, et aux yeux de nombre d'apprentis, il avait l'étoffe d'un héros. Il possédait à la fois la jeunesse et l'expérience – bien qu'il n'ait pas encore eu l'âge de se battre pendant la guerre de Sang – et Tristan n'avait aucune envie de se ridiculiser devant lui.

Personne ne soupçonnait la phobie du malheureux. Ses camarades s'imaginaient sans doute qu'il cherchait à se mettre en scène ou à surpasser la démonstration de Fallon. Un tel comportement n'était pas dans le style de Tristan mais, comme son père était un Maître Dresseur intrépide et sûr de lui, avec des attentes très élevées à l'égard de ses élèves en général et de son fils en particulier, la plupart des apprentis pensaient que leur compagnon était, à l'image de son illustre ascendant, un perfectionniste obstiné qui se prenait beaucoup trop au sérieux.

—Allez, vas-y, Tristan, avant qu'il nous pousse des cheveux blancs ! cria Anders derrière lui.

Quelques rires fusèrent. Le jeune homme serra les poings. Il avait beau savoir que les autres apprentis voulaient juste le taquiner et qu'ils n'avaient aucune idée de ce qu'il traversait, leurs plaisanteries ne lui facilitaient pas la tâche. Il carra les épaules, les yeux baissés vers le précipice mais, soudain, sa vue se brouilla.

Ça ne fait même pas mal ! tenta-t-il de se raisonner, au moment où Rex redescendait en piqué et emmagasinait de la chaleur pour se préparer au saut de son maître. En effet, même quand l'oiseau s'embrasait et que les flammes crépitaient sur ses plumes, Tristan n'éprouvait rien de plus qu'un vague picotement un peu étrange, parfois inconfortable, mais indolore. Alors de quoi avait-il peur, bon sang ?

La majestueuse créature amorça son approche finale. Sa concentration et sa détermination aidaient son maître à éloigner la terreur qui s'emparait peu à peu de lui. Sentant que Rex le pensait capable de surmonter sa peur, le jeune homme s'en convainquit aussi.

Seulement, son assurance s'effrita vite : il se passa exactement la même chose que lors de ses rêves de bataille. Il se trouvait au milieu de la mêlée quand la peur prenait tout à coup le contrôle. Il se figeait, incapable d'esquisser le moindre geste, même pour sauver sa peau. Paralysé, le cœur battant la chamade, il regardait, immobile, le monde s'embraser autour de lui.

Conscient que la détermination de son maître faiblissait, Rex ouvrit grand les ailes pour freiner au maximum. En pure perte. Le temps lui-même semblait s'être figé. Tristan regarda son phénix passer sous lui au ralenti, sans bouger le petit doigt.

Seule une légère brise vint troubler son immobilité, lui ébouriffant les cheveux. Elle charriait avec elle une odeur de fumée, de cendre et de défaite.

Le cœur lourd, l'Apprenti Dresseur se tourna lentement vers ses camarades en feignant de ne pas remarquer leurs messes basses. Fallon l'applaudit pour l'encourager et déclara qu'il ferait mieux la prochaine fois, mais Tristan l'entendit à peine. Il venait d'apercevoir son père, debout près de l'instructeur, les bras croisés et le visage impassible.

Son estomac se noua. Le commandant, sans doute arrivé pendant que le jeune homme avait le dos tourné, venait d'assister à son échec. Or l'échec, tout comme la peur, n'était pas tolérable aux yeux de Cassian.

Depuis des années, leur groupe luttait pour le retour des Dresseurs de phénix dans l'histoire. Après la guerre, ceux qui avaient échappé à la mort et à l'esclavage avaient pris la décision d'entrer dans la clandestinité. Avec d'autres survivants, ils avaient dû chercher un endroit sûr, trouver des fonds, des ressources, recruter de nouveaux Dresseurs, le tout sans attirer l'attention de l'empire. Il leur avait fallu dix ans pour rassembler deux douzaines d'hommes qui n'avaient d'autre choix que de se terrer dans la région la plus sauvage du Pyrmont. Et ils n'étaient pas au bout de leurs peines.

Oui, ce n'est que le début, songea Tristan, quelque peu abattu. Ils auraient besoin d'une armée de Dresseurs puissante pour défendre leurs terres et protéger leur peuple. Lui non plus n'avait pas d'autre choix : il allait devoir s'améliorer.

Pendant que ses camarades avaient le dos tourné, le jeune homme arracha ses protections d'avant-bras, les jeta par terre, puis fit de même avec son plastron. Pièce par pièce, il se débarrassa de l'armure ignifugée dont il n'avait pas eu besoin puisqu'il n'avait pas sauté, et s'assit par terre, les yeux baissés sur ses poings serrés.

Aucune histoire traumatisante ni événement horrible n'était susceptible d'expliquer sa phobie, hormis peut-être un incident dérisoire qui remontait à son enfance. Tristan devait avoir cinq ou six ans et jouait dans la bibliothèque paternelle. L'accès lui en était interdit, bien sûr : cette pièce, qui ressemblait à un musée, était tapissée de coûteux tissus et regorgeait d'œuvres d'art rarissimes et de meubles hors de prix. Le garçon jouait avec une statuette en onyx représentant Damian – le premier roi consort de l'empire aurain, un lointain ancêtre de sa famille –, quand il avait renversé une chandelle qui avait atterri sur un tapis. Le feu s'était propagé en quelques secondes.

En voyant les flammes progresser vers lui, le jeune Tristan avait été saisi d'une étrange terreur. Il avait peur pour lui, bien sûr, mais aussi pour le tapis, les livres et les parchemins rangés sur les belles étagères de bois. Il n'était pas censé se trouver là et, pendant un bref instant, il avait imaginé la pièce s'embraser tout entière, avec lui coincé à l'intérieur.

Il n'en fut rien. Un serviteur s'était précipité dans la bibliothèque pour l'éloigner du danger, puis avait piétiné les flammes pour les éteindre. Le tapis avait été roulé dans un coin avant d'être remplacé, et on n'avait plus jamais reparlé de cette histoire.

Quelque temps plus tard, suite à la confiscation de leurs biens et à leur bannissement de l'empire, la famille avait dû quitter la maison située dans la campagne ferronaise. C'était juste après la mort de la mère de Tristan. Cette histoire de chandelle était le dernier souvenir précis qu'il gardait de cette vie-là, quand tout avait encore un sens. Par la suite, Cassian s'était montré toujours plus distant, s'enfermant dans sa chambre quand il n'était pas en voyage d'affaires et laissant son fils passer des journées entières seul avec les domestiques.

Pour une raison mystérieuse, l'incident de la bibliothèque s'était gravé dans l'esprit du garçon, associé à une terrible frayeur – peur du tapis en train de se consumer à ses pieds, peur de la colère de son père, peur des flammes dévorantes…

Il n'éprouvait aucune crainte des cheminées, des lanternes ou des chandeliers. Il était même capable de tirer une flèche enflammée… mais il y avait toujours une once d'hésitation, de flottement, un instant où son corps refusait de lui obéir. Et quand le feu se déchaînait – qu'il consume des broussailles lors d'un incendie de forêt ou lèche les plumes rouges de Rex – un brasier se déchaînait aussi dans l'esprit du jeune homme, une terreur qu'il devait encore apprendre à dompter.

Son phénix tenta de réconforter Tristan tout en décrivant des cercles au-dessus de sa tête, avant d'aller se percher à côté des autres oiseaux sur un promontoire rocheux à proximité, mais l'apprenti n'était pas d'humeur à se laisser consoler. Comment son âme sœur aurait-elle pu comprendre son dilemme ? C'était un oiseau de feu. La chaleur et les flammes faisaient partie intégrante de son être. Chaque fois qu'il bouillait de fureur ou d'excitation, Rex s'échauffait, un peu comme un humain qui rougissait ou sentait le sang battre à ses tempes. Le feu n'était autre que l'élément vital des phénix, leur plus grande arme.

Or, pour Tristan, c'était le frein le plus puissant.

Il lança un coup d'œil à son père dans l'espoir d'obtenir une parole d'encouragement ou de réconfort après sa piètre performance, mais le Maître Dresseur semblait avoir oublié la présence du jeune homme.

L'apprenti lâcha un soupir, avant de regarder un camarade entamer l'exercice. Après tout, peut-être son problème n'était-il pas sa phobie du feu, mais la peur que lui inspirait son père.

Elle avait changé, mais moi aussi. La vengeance sanguinaire et le meurtre, aussi légitimes soient-ils, métamorphosent les êtres.

CHAPITRE 10
VÉRONYKA

Seule la perspective de trouver un autre œuf permit à Véronyka de ne pas sombrer au cours de sa longue marche nocturne. Malgré les efforts qu'elle déployait pour ne pas penser à son phénix, de temps à autre, son corps faiblissait, se voûtait et un hoquet de chagrin franchissait sa gorge. Elle sentait un abîme se creuser au fond de son être – une impression qui s'amplifiait à mesure que la nuit s'épaississait. Un silence assourdissant régnait à présent sur ses pensées. Xéphyra avait fini par faire corps avec la jeune fille, contribuer à son expérience du monde. Depuis la mort de son âme sœur, Véronyka se sentait aveugle, vulnérable et coupée de ses sensations. Sans doute aurait-elle dû appeler une chouette ou une autre créature nocturne pour l'aider à s'orienter, mais elle n'avait plus la force d'utiliser ses pouvoirs.

L'idée de recommencer, de se mettre en quête d'un autre phénix alors que son premier compagnon venait tout juste de mourir la rendait malade. Et pourtant, à quoi d'autre aurait-elle pu se raccrocher ? Sans cet espoir, il ne lui restait plus qu'à s'allonger dans un fossé et à se laisser mourir. Pourtant, chaque fois qu'elle se remémorait les paroles de sa *maiora*, elle trouvait la force de continuer.

« Tout est possible, à condition de le vouloir. »

Or Véronyka voulait devenir Dresseuse. Pour elle, ce souhait était même vital. Elle n'avait cependant aucune envie de se couper du monde comme le préconisait Val. Elle rêvait au contraire de voler dans le ciel à dos de phénix parmi des dizaines, des centaines d'autres Dresseurs. Ensemble, ils répareraient les torts causés à leur peuple depuis la guerre. Si elle n'avait pas le pouvoir de ressusciter sa *maiora* et les innombrables victimes de l'empire, elle pouvait contribuer à rendre le monde plus sûr.

Elle traversa le pont qui menait à Vaylé juste avant l'aube, les jambes fourbues et la gorge sèche. Les villageois, qui vaquaient déjà à leurs occupations, passaient devant le fournil aux lumières allumées. Un peu plus loin, des pêcheurs préparaient leurs filets et leurs embarcations.

La jeune fille avait beau tomber de sommeil, elle ne voulait pas perdre son avance. Sa sœur finirait par deviner la route que Véronyka avait prise et se lancerait à sa poursuite. La fugitive ne cessait de jeter des coups d'œil par-dessus son épaule, s'attendant presque à voir Val surgir des buissons et l'emmener de force en lui reprochant sa bêtise. Des ombres se mouvaient dans son dos, le vent faisait bruisser les feuilles des arbres, mais aucune trace de son aînée.

Véronyka déambula dans les ruelles tranquilles. Le jour commençait à poindre sur les habitations. Les postes avancés se trouvaient toujours en hauteur et Vaylé ne dérogeait pas à la règle : le village était perché sur un promontoire rocheux, avec des rues en pente. Se fiant au bruit de la rivière pour éviter de se perdre, la jeune fille finit par atteindre la rue la plus haute de la paroisse. En contrebas, les remous s'engouffraient sous le pont avant de disparaître derrière le flanc de la montagne.

L'animage s'arrêta pour reprendre son souffle et regarda autour d'elle. Son poste d'observation offrait un beau point de vue sur le paysage rocailleux parsemé d'arbres du Pyrmont. L'espace d'un bref instant, elle eut même l'impression de distinguer au loin la clairière où se trouvait leur cabane… La fatigue, sans doute.

Résolue, Véronyka tourna le dos à la forêt. L'envie de regarder en arrière l'avait abandonnée. Il lui fallait aller de l'avant désormais. Face à elle se dressait une rangée d'habitations coquettes, plus grosses que la plupart des maisons du village. Aux fenêtres, des bacs débordaient de fleurs et les volets semblaient fraîchement repeints. Dans l'aube naissante, tout se teintait de gris, mais à la pleine lumière du jour, nul doute que leurs teintes pastel paraîtraient éclatantes. Juste derrière, un bosquet d'arbres dominait les bâtisses de toute sa hauteur. La jeune fille chercha des yeux une tour de pierre, mais la végétation était trop dense.

La voyageuse reprit donc son ascension et, au moment où elle atteignait le sommet de la colline en se traînant un peu sur ses jambes lourdes, le soleil franchit la crête des montagnes. Des rayons d'un blanc poussiéreux léchèrent la campagne. Véronyka venait enfin d'arriver devant le poste avancé de Malka – ou plutôt, ce qu'il en restait.

De la tour de garde ne subsistait qu'un éboulis de pierres, qui en marquait la base circulaire. De grosses touffes d'herbe et quelques arbustes étiques émergeaient çà et là entre les ruines. Les vestiges d'un escalier en spirale s'élevaient parmi les débris de murs et de statues.

—Non, murmura la jeune fille d'une voix que la fatigue réduisait à un souffle. Non…

Elle tomba à genoux, les yeux fermés, et s'efforça de réfléchir. Ce triste spectacle ne devait rien à la guerre, ni même à un pillage : aucune grande bataille n'avait eu lieu aussi haut dans le Pyrmont, et de simples bandits ou voleurs ne disposaient pas du matériel nécessaire à la destruction d'une telle place forte. Sans doute avait-elle été démantelée peu à peu, à la seule fin d'en récupérer les pierres – à moins que la tour n'ait pas résisté au temps. D'ordinaire, les œufs de phénix étaient dissimulés au point culminant de ce type de structures, de préférence dans une partie uniquement accessible aux oiseaux. Par conséquent, si des œufs y avaient été cachés, ils avaient disparu depuis longtemps.

Véronyka se mit malgré tout à fouiller les ruines, déplaçant les lourdes pierres et creusant le sol à mains nues. Elle alla même jusqu'à gratter le mortier pour inspecter la moindre fissure, quitte à s'y ruiner les ongles.

La jeune fille se sentit soudain la proie d'une grande détresse. Elle n'aurait su dire quand elle avait commencé à pleurer mais bientôt, les larmes l'aveuglèrent tant qu'elle dut renoncer à ses recherches. Elle se laissa choir lourdement contre un pan du mur de granite.

Sa souffrance lui était insupportable. Ce n'était pas juste Xéphyra qui lui manquait, mais aussi le lien qui les unissait, disparu à jamais. Accablée, elle se laissa consumer par cette envahissante sensation de vide. La fatigue que Véronyka avait combattue depuis son départ de la cabane finit de la submerger et la jeune fille s'allongea dans l'herbe.

Elle s'endormit avant même que sa tête ne touche le sol.

Quand elle se réveilla, une lumière de fin d'après-midi lui chauffait les joues… et une lame d'obsidienne lui caressait la gorge.

Elle lutta contre l'envie de se redresser et cligna rageusement des yeux face au soleil aveuglant. Son regard se posa sur la hampe grossière d'une lance avant de s'arrêter sur une gamine. Véronyka se détendit malgré elle, mais aussitôt, la fillette fit glisser son arme le long de la mâchoire de sa prisonnière d'un geste expert, la contraignant ainsi à s'agenouiller.

—Qu'est-ce que tu fais là ? demanda l'inconnue d'une voix étonnamment rauque, mais pleine d'assurance juvénile.

—Je dors, répondit Véronyka sans parvenir à cacher son agacement.

La fillette pencha la tête sur le côté, les yeux rivés sur un point à l'horizon.

—Dans des latrines ?

Véronyka recula d'un bond, horrifiée, avant de balayer le sol du regard. Elle n'y vit que des tas de pierres et rien qui puisse suggérer que l'endroit était utilisé comme lieu d'aisances.

— Je ne... Ce n'est... balbutia-t-elle.

Son interlocutrice eut un sourire espiègle qui, une fois de plus, souligna sa jeunesse. Le soleil donnait à ses cheveux blonds ébouriffés des reflets de miel, et bien que Véronyka y distingue quelques minuscules éléments, elle était à peu près certaine que ces objets s'étaient retrouvés là par hasard et qu'ils n'avaient pas été tressés consciencieusement à sa chevelure. Les soupçons de la voyageuse furent confirmés quand elle aperçut un écheveau de toiles d'araignée près de l'oreille droite de la fillette et un moineau bien vivant perché sur son épaule gauche. À coup sûr, cette drôle de diablesse était une animage.

L'inconnue se redressa, puis laissa négligemment son arme pendre dans sa main.

— Ce ne sont plus des latrines, dit-elle avec un haussement d'épaules. Mais tout de même, c'est un endroit curieux pour dormir.

D'un signe de tête, elle désigna le mur juste derrière Véronyka, qui hésita un peu avant de se retourner. Un visage gravé dans la pierre ornait la paroi, à demi dissimulé par le lierre et des décennies de saleté. Elle l'avait bien remarqué lors de son inspection éperdue des ruines, sans pour autant s'y arrêter. À présent, elle distinguait une tête de femme à l'envers qui tenait dans ses bras un récipient rond. Sans doute s'agissait-il d'une divinité aquatique, souvent représentée avec un bol ou une jarre entre les mains. L'inscription qui l'accompagnait s'était effacée au fil des siècles, mais des fragments de verre coloré recouvraient le sol aux pieds de Véronyka, évoquant le type de carrelage utilisé dans des thermes.

La voyageuse se remit lentement sur pied et fit face à l'inconnue qui mesurait une tête de moins qu'elle. Sa peau claire était constellée de taches de rousseur et de crasse. De toute évidence, elle avait fabriqué elle-même sa lance : une branche noueuse et légèrement incurvée en formait la hampe, et la pointe d'obsidienne fichée à son bout, retenue par un lacet de cuir cireux, semblait aiguisée comme un rasoir.

— Je ne te veux aucun mal, annonça-t-elle.

Elle affichait un sourire amusé, à croire qu'elle trouvait Véronyka un peu trop suspicieuse, en dépit de ce réveil brutal, une lame appuyée contre la gorge.

Soudain, le passereau perché sur son épaule émit un gazouillis, et elle hocha la tête, comme si elle venait de se rappeler quelque chose.

— Comment tu t'appelles ? demanda-t-elle.

L'intéressée hésita, comme si la seule évocation de son nom risquait d'attirer Val.

— Véronyka, finit-elle par répondre dans un souffle.

La fillette pointa un index sur sa poitrine.

— Moi, c'est Mésange, et voici Tchip.

Lorsque l'oiseau se remit à chanter, la fugitive comprit qu'elle avait vu juste au sujet de l'inconnue : c'était bel et bien une animage. Rares étaient ceux qui s'entouraient d'animaux de compagnie, mais ceux-là se montraient parfois aussi dévoués que les phénix avec leur Dresseur, le lien magique en moins.

Comme Véronyka s'avançait pour lui serrer la main, Mésange demeura immobile, les yeux toujours rivés sur un point vers la gauche. Cette passivité interrogea son interlocutrice. La petite fille au moineau cligna des yeux, pencha la tête sur le côté, et soudain, Tchip s'arracha à son épaule pour aller se poser sur le bras tendu de la voyageuse.

Alors seulement, le visage de Mésange se détendit et elle serra la main qu'on lui présentait.

La lumière se fit tout à coup dans l'esprit de Véronyka. Son interlocutrice était aveugle ! Tchip remonta le long de son bras en sautillant avant de se percher sur son épaule et de l'observer de ses yeux noirs étincelants. Le passereau devait servir de guide à sa maîtresse, tout comme les chouettes et d'autres créatures nocturnes aidaient parfois Véronyka à s'orienter dans l'obscurité.

Avec maladresse, elle tenta d'entrer en contact avec l'oiseau. À peine avait-elle effleuré l'esprit de la créature que Mésange poussa un petit cri de joie.

— Tu es une animage ! s'exclama-t-elle, euphorique.

Tchip revint se poser sur l'épaule de sa maîtresse et, ensemble, ils penchèrent la tête, comme pour mieux examiner leur interlocutrice. Enfin, Mésange passa en revue les environs... grâce à sa magie, bien entendu.

— Mais... Tu es seule ?

Val n'avait jamais autorisé Véronyka à adopter un animal. Même les créatures qui l'aidaient de temps en temps subissaient le mépris de sa sœur aînée. Aux yeux de cette dernière, seul un phénix était digne d'elles – les animages qui s'entichaient de chats ou de chiens ne faisaient que se consoler avec une pâle imitation d'un véritable lien.

Véronyka répondit d'un signe de tête avant de se rappeler que la fillette était aveugle :

— Oui, je suis seule.

Ces mots lui nouèrent la gorge. En un jour à peine, elle avait perdu sa sœur et son phénix. Malgré tout, si le chagrin causé par la mort de Xéphyra lui consumait encore le cœur, elle refusait de s'émouvoir à propos de son aînée. Val seule était responsable de leur dispute. C'était elle qui avait détruit en toute conscience l'être qui comptait le plus pour sa cadette, sans manifester le moindre remords.

— Pour l'instant, ajouta Véronyka.

— Pour l'instant, répéta Mésange, comme si ces paroles recelaient une immense sagesse. Parfois, la solitude est nécessaire. Je dis bien parfois. Et puis regarde, tu es avec moi, maintenant. Tu n'es plus seule.

La voyageuse soupira, soulagée que la tension des premiers instants soit retombée à présent qu'elles avaient fait connaissance. Les sourcils froncés, elle examina de nouveau la clairière. Val savait-elle que cet endroit était en ruine ? L'avait-elle délibérément envoyée là ou menti sur sa véritable destination pour s'assurer que sa sœur ne la suivrait pas ?

— Mésange, je…

Avant qu'elle ait pu finir sa phrase, la jeune aveugle la saisit par le bras et l'entraîna à l'abri derrière le mur orné de la déesse aquatique. Véronyka se laissa guider, perplexe. Mais son étonnement fut de courte durée : un brouhaha de voix s'éleva soudain en provenance des arbres, bientôt suivi d'un grincement de roues.

Aussitôt, elle pensa aux pillards et aux soldats qu'elle avait trouvés devant la porte de sa cabane. Risquant un coup d'œil de l'autre côté du mur, elle vit des silhouettes émerger de la végétation.

Un homme âgé d'une cinquantaine d'années et un adolescent étaient assis à l'avant d'une charrette tirée par deux robustes chevaux de montagne. Ils portaient de simples tuniques et des pantalons courts, à la manière des villageois locaux. À leur ceinture, Véronyka distingua le manche d'un couteau. À première vue, rien d'alarmant : être armé en voyage était plutôt courant. Reste que le plus jeune des deux passagers portait en plus une arbalète, sanglée dans le dos. Si son compagnon ressemblait aux habitants de la région, lui arborait une carnation plus pâle, semblable à celle de Mésange, et ses cheveux châtains s'éclairaient de reflets dorés au soleil.

Quand l'homme plus âgé prit la parole d'une voix à peine audible, Mésange se détendit.

— C'est l'intendant, dit-elle, sans pour autant faire mine de sortir de sa cachette pour saluer les deux voyageurs.

Une attitude sûrement raisonnable, compte tenu de l'air méfiant du garçon et de son arbalète. Peut-être s'agissait-il d'un garde du corps ?

— L'intendant de qui ? s'enquit Véronyka.

D'après ce qu'elle en savait, les gens de cette position géraient les propriétés de seigneurs et de marchands fortunés, comme ceux installés le long du cours de Marbre, la rue la plus prospère d'Aura Nova. Elle se rappelait en avoir croisé au marché, en train d'acheter les meilleurs vins et les étoffes les plus raffinées pour le compte de leur maître. Mais en Pyra, les demeures entretenues par une armée de domestiques n'existaient pas. Les fermiers et les commerçants les plus riches de la province n'employaient qu'un personnel restreint : un cuisinier, un animage ou un gardien de troupeau et, dans certains cas, une personne chargée de l'entretien de la maison.

Mésange s'adossa contre le mur.

— Du gouverneur en exil. Un vieil ermite, de ce qu'on dit. À ce qui paraît, il vit terré dans sa propriété de campagne et envoie son intendant au village tous les mois. Parfois, il recrute des garçons d'écurie ou…

Mais Véronyka ne l'écoutait plus. L'intendant venait d'élever la voix et elle constata avec stupéfaction qu'il s'exprimait en vieux pyraéen, un idiome presque disparu depuis au moins un siècle au profit de la langue commune.

Elle la connaissait bien, cette langue qu'on enseignait encore aux enfants des classes aisées. Sa *maiora* l'avait apprise grâce à son statut de Dresseuse qui, en dépit de ses origines modestes, lui avait permis, à une certaine époque, de gravir les échelons de la société.

Il fallut un moment à Véronyka pour comprendre de quoi parlaient les deux hommes sur la charrette. Bien qu'elle n'ait pas beaucoup entendu cette langue depuis la mort de sa grand-mère, un mot restait gravé dans sa mémoire – Val s'en était assurée.

Phoenixaeres. « Dresseurs de phénix. »

Véronyka se leva d'un bond dans l'espoir de mieux entendre la conversation, qui se poursuivait en pyraéen. Le fait de voir remuer les lèvres des deux interlocuteurs l'aida à saisir ce qu'ils se disaient.

— « Assez pour tout le monde, y compris les cadets. On s'est retrouvés à court le mois dernier ».

Le cœur de la jeune fille bondit dans sa poitrine. Les « cadets » étaient des Apprentis Dresseurs. Mais la charrette disparut au détour du sentier avant que Véronyka ait pu en apprendre davantage.

— Il va toujours au marché de Vaylé, annonça Mésange en se levant à son tour.

— Le marché... marmonna sa camarade, le regard rivé au bas de la colline. Où...

— Viens, je vais te montrer.

Tchip trilla bruyamment pour manifester son accord, avant de s'envoler à tire-d'aile afin d'ouvrir la voie.

La jeune aveugle coupa à travers bois, dévalant la pente à toute allure. Soit sa connexion avec le passereau qui la devançait était parfaite, soit la fillette connaissait si bien les alentours qu'elle n'avait pas besoin de guide. Elle se servait de sa lance comme d'un bâton de marche, écartant les ronces devant elle et enjambant les souches en décomposition.

Véronyka faisait de son mieux pour la suivre. Elle trébuchait sur les racines noueuses des arbres et s'accrochait les cheveux aux branches. Dans sa tête, les pensées se bousculaient. Les paroles de l'intendant avaient ravivé son espoir et lui offraient un nouvel objectif. Tout n'était peut-être pas perdu. L'homme avait mentionné les Dresseurs de phénix. Peut-être le seigneur en exil qu'il servait était-il l'un d'eux et formait-il des apprentis.

Et peut-être accepteraient-ils de l'emmener à leur retour du marché. Cette pensée réchauffa le cœur de la jeune fille... Mais d'un autre côté, ces hommes ne communiquaient pas en vieux pyraéen ni ne se faisaient passer pour de simples domestiques par hasard. Sans doute avaient-ils une bonne raison d'agir ainsi : celle de dissimuler leur qualité de Dresseurs.

Une sage décision, surtout dans un endroit aussi proche de la frontière avec l'empire. Véronyka serait-elle bien accueillie si elle leur avouait avoir découvert leur secret ? Ne lui reprocheraient-ils pas de les avoir espionnés ?

— Qu'est-ce que tu disais tout à l'heure au sujet de garçons d'écurie ? demanda-t-elle à Mésange, en repensant à la conversation qu'elles avaient eue un peu plus tôt.

— La plupart du temps, l'intendant se contente d'acheter des provisions, comme des sacs de dattes ou une barrique de vin de miel, répondit la jeune aveugle. Mais, parfois, il cherche aussi de l'aide pour les chiens et les chevaux, de la main-d'œuvre, qui repart avec lui.

« Garçon d'écurie »... probablement un nom de code pour permettre aux Dresseurs de recruter du monde sans attirer l'attention.

— Des animages ? voulut s'assurer Véronyka.

Mésange acquiesça.

— Uniquement des garçons.

— Et pourquoi pas des filles ?

Depuis la nuit des temps, on trouvait aussi bien des hommes que des femmes parmi les Dresseurs de phénix. Comme leur nom le laissait supposer, les Premières Dresseuses étaient même toutes des femmes, choisies par Azurec elle-même – *Axura*, se corrigea Véronyka, pensant aussitôt à Val. Furieuse, elle s'efforça de ravaler sa colère : pas question que sa sœur continue d'occuper ses pensées. Dans les anciennes tribus pyraéennes, les femmes étaient des guerrières et des chasseresses, choisies par Axura pour l'aider dans son combat contre les ténèbres et ramener l'équilibre dans le monde. Il avait fallu attendre la deuxième génération pour que les fils aient le droit de rejoindre leurs sœurs. Même à l'âge d'or des Dresseurs de phénix au sein de l'empire, on dénombrait parmi eux plus de femmes que d'hommes.

Peut-être l'intendant avait-il vraiment besoin d'aide aux écuries. *Mais pourquoi prendre seulement des garçons, dans ce cas ?* se demanda Véronyka avec une pointe d'agacement.

— Une histoire de couchages, apparemment, répondit Mésange, sceptique. Comme si les filles et les garçons ne pouvaient pas dormir côte à côte sans en venir aux mains.

Sa compagne lui jeta un regard en coin. S'agissait-il d'un sous-entendu ou la fillette pensait-elle vraiment que c'était ce genre de problèmes qui inquiétaient l'intendant ?

Quoi qu'il en soit, l'idée faisait son chemin dans l'esprit de Véronyka. Cette histoire de « couchages » était-elle vraie ? Venait-elle vraiment d'apprendre que des Dresseurs de phénix se rassemblaient dans le Pyrmont pour qu'en fin de compte, elle ne puisse les rejoindre ?

Elle allait devoir leur parler et les convaincre que sa place était auprès d'eux.

Enfin, les deux camarades rejoignirent le sentier. Tout au long du chemin, Mésange désigna des habitations et des commerces, précisant à chaque fois qui y vivait ou ce qui s'y vendait. Elle connaissait toutes les histoires du village, des vieilles rancunes jusqu'aux idylles naissantes, et quand elle avait un doute sur l'endroit où elle se trouvait, un signal de Tchip la remettait en selle.

Les maisons étaient construites avec de grosses pierres typiques de la région et des volets de bois peints dans des tons de bleu, de jaune et de rouge délavés par le soleil. Des carillons et des fleurs ajoutaient un peu de fantaisie à la grisaille des murs.

Pyra avait beau faire partie de l'empire depuis presque deux cents ans, les innombrables dieux du panthéon impérial n'avaient jamais réussi à s'y implanter. Parfois, on y priait Teyke le Charlatan, le dieu de la chance, ou Miseriya, la déesse de la miséricorde. Mais ces divinités venaient de la plaine et leur culte relevait davantage de la superstition que d'un véritable élan de piété. En théorie, les Pyraéens vénéraient deux divinités, Axura et Nox, mais dans la réalité, on ne vouait aucun véritable culte à la déesse de la mort et de l'obscurité. On se contentait de brûler de l'encens lors des funérailles et de porter un voile noir en signe de deuil. Les autres traditions concernaient toutes Axura, qu'il s'agisse de peindre l'Œil de la déesse sur le seuil des maisons pour les protéger des esprits égarés ou de suspendre aux fenêtres des phénix miniatures, fabriqués avec des plumes de colombe teintes en rouge.

Si Mésange semblait bien connaître les habitants, Véronyka s'étonna de leur froideur à l'égard de la fillette. Ils la regardaient comme un insecte nuisible qu'ils auraient volontiers chassé d'une pichenette. N'avait-elle pas de famille ou d'amis au village ? Et d'ailleurs, était-elle originaire de Vaylé ? Physiquement, on aurait pu la croire stellanne ou d'Arborie du Sud : ces derniers temps, beaucoup d'étrangers séjournaient en Pyra – parfois clandestinement. La solitude de Mésange émut sa camarade, qui ne la lâcha pas d'une semelle lors de leurs déambulations dans les rues animées du village.

Quand, enfin, elles retrouvèrent l'intendant et son compagnon, le marché était trop bondé pour que Véronyka puisse entendre leur conversation. Du reste, elle appréhendait de leur adresser la parole. S'ils parlaient en vieux pyraéen pour protéger leurs secrets, ils n'apprécieraient sans doute pas d'être abordés au beau milieu de la foule.

— Tu les épies, dit Mésange.

Ce n'était pas une question. Néanmoins, à en juger par ses sourcils froncés et sa tête penchée, Véronyka comprit que la jeune aveugle cherchait à se repérer dans la cacophonie ambiante.

— Euh… oui, c'est vrai, admit-elle à voix basse en faisant mine d'examiner un stand de foulards.

La vendeuse leur jeta un regard suspicieux, car toutes deux étaient sales et marchaient pieds nus. Comme Mésange tâtait les étoffes avec enthousiasme, la commerçante lui donna une tape sur la main.

— Pourquoi ?

La fillette avait posé la question sans s'émouvoir du châtiment qu'elle venait de recevoir, avant de se détourner en agitant sa lance. Les badauds qui passaient près d'elle s'écartèrent brusquement.

Véronyka jeta un coup d'œil alentour. L'arme de sa compagne tenait en respect les éventuels curieux.

— Je… je pense que ce sont des Dresseurs de phénix.

Elle ignorait ce qui l'avait poussée à confier ses soupçons à Mésange. Malgré tout, elle en était arrivée à la conclusion que toute aide serait la bienvenue.

— Des Dresseurs de phénix ? chuchota la jeune aveugle, les yeux brillants.

Ses mains s'immobilisèrent et la hampe de sa lance retomba sur le sol dans un bruit mat.

— Comme Lyra la Protectrice, tu veux dire ? poursuivit-elle. Et aussi Malka la Sage et Thrax. Aurelia la reine d'Or…

— Est-ce que tu as entendu parler d'eux récemment ?

La fillette secoua la tête.

— Je vais dresser l'oreille.

Et, sans préambule, elle se rua vers la charrette.

— Mésange ! siffla Véronyka en se précipitant à ses trousses.

Après avoir évité de justesse une voiture à cheval et les bras gesticulants d'un poissonnier qui vantait la pêche du jour, elle s'arrêta à quelques pas de la charrette qui les intéressait. Elle allait protester qu'on risquait de les surprendre quand Mésange la bâillonna de sa petite main moite et l'obligea à s'accroupir près du véhicule. La voix de l'intendant leur parvint de l'autre côté :

— C'est bon, les chambres sont réservées.

Un grognement suivit ces paroles, ainsi que le bruit d'un lourd chargement qu'on poussait à l'arrière de la charrette.

— Nous partirons juste avant l'aube, poursuivit-il. Première étape, Rushlea, puis on file à Pétratec. Tu as l'intention de passer la voir ?

— Si vous n'y voyez pas d'inconvénient, maître Beryk, répondit le garçon d'une voix crispée par l'inquiétude.

Maître Beryk ? Comme dans « Maître Dresseur », l'expression désignant un Dresseur de phénix accompli ? Si n'importe quelle personne montée sur un phénix pouvait se targuer de ce titre, la tradition militaire divisait les Dresseurs en deux groupes : les Maîtres et les apprentis.

— Rappelle-toi, Elliot. Ici, pas de formalités.

— Bien sûr... pardon.

— Prends ton temps, mais sois rentré avant le lever du soleil.

— Entendu.

Beryk soupira.

— Si seulement le commandant n'était pas aussi strict... Tu aurais pu l'emmener. Ta sœur aussi est animage, n'est-ce pas ?

— Oui, comme tout le monde dans la famille. Elle m'aurait accompagné s'il l'avait acceptée. (La voix du garçon trembla comme s'il s'efforçait de masquer son amertume.) C'est son vœu le plus cher de devenir Dresseuse.

Lorsque l'intendant s'éclaircit la voix, le cœur de Véronyka battait si fort la chamade qu'elle craignit un instant qu'il ne l'entende de l'autre côté de la charrette.

— En tout cas, tu as de la chance qu'elle soit de visite dans les parages. Tu vas enfin pouvoir la voir.

— Ça, c'est bien vrai. Je me mets en route de ce pas.

Entendant soudain des pas se rapprocher, Véronyka comprit aussitôt ce qui se passait. Elle se redressa, tentant d'entraîner Mésange dans sa fuite.

Elliot, le jeune compagnon de l'intendant, contourna la charrette à ce moment précis et les aperçut, tapies derrière la bâche qui protégeait les provisions. Son regard se posa d'abord sur Mésange. À l'instar de la vendeuse de foulards, il lui avait suffi d'un seul coup d'œil aux vêtements sales de la fillette et à ses cheveux ébouriffés pour la ranger dans la catégorie des moins-que-rien.

— Hé, toi ! cria-t-il. Fiche le camp, petite voleuse !

Comme il s'avançait vers elle en agitant les bras pour la chasser, Véronyka s'interposa sans trop réfléchir. Outre le fait qu'elle ne voulait pas qu'on s'en prenne à sa nouvelle amie, le mépris qu'on lui témoignait la révoltait.

— Ce n'est pas une voleuse ! s'exclama-t-elle, furieuse, contente de constater que sa voix était bien plus assurée qu'elle-même ne l'était en réalité.

Dans un geste protecteur, elle prit le bras de Mésange et Tchip se mit à siffler, décrivant de larges cercles dans les airs. L'espace de quelques secondes, leurs efforts combinés suffirent à tenir Elliot en respect.

Le garçon regarda le moineau, puis Véronyka, qui comprit qu'elle ne devait pas avoir meilleure allure que sa compagne.

— Que se passe-t-il ? lança Beryk en contournant la charrette à son tour.

Véronyka se pétrifia. Poussée par son désir de protéger son amie, elle s'était interposée sans réfléchir. Pas question pour autant de passer pour une voleuse ou une fauteuse de troubles aux yeux de l'homme qui pouvait l'aider à réaliser son rêve.

Sans un mot, elle tira Mésange par le bras et la guida parmi la foule du marché, Tchip dans leur sillage. Tout en s'éloignant, elle jeta un coup d'œil par-dessus son épaule, mais personne ne les poursuivait. Sans sac ni rien dans les mains, il n'était pas difficile de conclure qu'elles n'avaient rien chapardé. Pourtant, Véronyka avait l'estomac noué. Avait-elle gâché son unique chance de convaincre ces hommes de la prendre avec eux ?

— Tu m'as défendue, lâcha la jeune aveugle une fois qu'elles eurent quitté le marché.

D'un geste machinal, elle rappela son passereau qui vint se poser dans sa main. Elle lui caressa la tête, les sourcils froncés.

— D'habitude, personne ne prend la défense de Mésange et de Tchip.

Les paroles de sa camarade étaient un tel cri du cœur que Véronyka en fut tout émue.

— Oh, ce n'est rien, dit-elle. Tu t'es montrée tellement gentille et serviable. Tchip aussi.

Le visage de la fillette s'éclaira.

— L'intendant passe la nuit à l'auberge, annonça-t-elle, manifestement désireuse de se rendre encore utile.

Elle montrait du doigt quelque chose derrière Véronyka, qui se retourna et vit Beryk confier sa charrette à un valet d'écurie. Quant à Elliot, sans doute était-il déjà parti retrouver sa sœur et les parents chez qui elle séjournait.

— Tu veux que je m'introduise dans sa chambre ? Je connais les couloirs comme ma poche.

— Non, s'empressa de répondre son amie, effrayée à l'idée que Mésange lui crée davantage d'ennuis.

Aller déranger le repos de Beryk, comme le suggérait la petite, était bien la dernière chose à faire. Du reste, l'intendant avait indiqué qu'ils partiraient à l'aube. Il suffirait donc que Véronyka aille à sa rencontre à ce moment-là. Elle était bien décidée à ne pas le laisser quitter le village sans avoir obtenu des réponses à ses questions.

— J'attendrai demain matin, ajouta-t-elle.

À son grand étonnement, Mésange décida de lui tenir compagnie.

Au coucher du soleil, une fois le marché terminé, la jeune aveugle alla mendier pour elles un repas à la porte des cuisines. Le panache de fumée qui s'échappait du toit fit resurgir dans l'esprit de Véronyka les images du bûcher de Xéphyra. Soudain, des souvenirs désagréables affluèrent en nombre : la lueur malveillante dans le regard de Val, l'odeur omniprésente de légumes bouillis, le dernier cri étranglé du phénix, son corps immobile et la vitesse à laquelle il s'était embrasé.

Le souvenir de l'oiseau la bouleversa tant qu'une grande inspiration lui fut nécessaire pour s'éclaircir les idées. Malgré tout, elle ne pouvait pas s'effondrer chaque fois que Xéphyra s'insinuait dans ses pensées. Et puis, elle refusait de donner raison à sa sœur, qui la jugeait incapable d'aller de l'avant et de survivre seule.

Elle savait désormais ce qu'il lui restait à faire, même si sa décision s'apparentait à une trahison. Son phénix avait été une source de vitalité, une part d'elle-même. Désormais, à sa seule évocation, Véronyka sombrait dans le désespoir. Comment pourrait-elle continuer à avancer si elle portait sans cesse le poids de sa mort ?

La jeune fille ferma les yeux et s'efforça de réguler son souffle. Si elle n'avait aucune intention d'oublier Xéphyra, elle devait faire en sorte que son souvenir soit moins accessible. Elle tenait cette technique de Val, ou plutôt elle l'avait peaufinée à cause de son aînée. Pas facile de garder un secret avec une sœur pareille, mais Véronyka avait plus d'un tour dans son sac. Elle avait ainsi trouvé le moyen d'isoler certaines pensées et de les dissimuler pour éviter que Val, qui pratiquait l'ombremagie, puisse y accéder sans difficulté.

La jeune fille chercha à visualiser le coin le plus reculé et le plus poussiéreux de son esprit afin d'y cacher le souvenir de Xéphyra. *Provisoirement*, voulut-elle se rassurer, car elle haïssait le détachement qu'impliquait cette démarche – il lui rappelait trop sa sœur.

Avec la délicatesse d'un collectionneur manipulant ses possessions les plus précieuses, Véronyka rassembla tous les souvenirs heureux qu'elle gardait de son phénix : l'éclosion de l'oisillon, son premier envol, la chaleur réconfortante de ses plumes. La jeune fille revécut chacun de ces moments de bonheur une dernière fois, avant de les ranger dans l'obscur recoin qu'elle avait déniché. Elle se le représenta comme un refuge secret logé au fin fond de son cerveau, éloigné mais présent. Xéphyra ferait encore partie d'elle. Elle serait toujours là.

À mesure que le souvenir de son phénix s'effaçait, Véronyka se sentit délestée d'un poids énorme. À la place du vide qu'elle avait ressenti après la mort de son âme sœur, elle visualisait désormais une mer calme, malgré les remous sous la surface.

Plus tard, lorsqu'elle aurait repris le contrôle de son existence, elle prendrait le temps de faire correctement son deuil.

— S'ils sont d'accord, tu partiras avec eux pour devenir une célèbre guerrière, comme Avalkyra Pyromaque ? lui demanda Mésange peu après.

La fillette jouait à capturer et à relâcher un papillon de nuit tout en lui murmurant des éloges et des paroles d'encouragement. En temps normal, il était presque impossible de communiquer avec les insectes. Leurs pensées étaient à la fois trop infimes et trop lointaines pour qu'un animage puisse les intercepter. Pourtant, Véronyka n'aurait pas été étonnée d'apprendre que Mésange réussissait à entrer en contact avec ces invertébrés.

— Je l'espère, répondit-elle avec un sourire. Et toi, qu'est-ce que tu comptes faire ?

Elle ignorait tout de la fillette, de ses origines et du but de ses errances – mais peut-elle la petite n'en avait-elle aucun.

— Ça fait longtemps qu'on n'a pas mis les pieds à Runnette, déclara la jeune aveugle dans un soupir, en regardant le papillon s'envoler. Ce sera sans doute notre prochaine étape.

Tchip manifesta son accord avec force piaillements, ne laissant planer aucun doute sur le sens de ce « on ».

Mésange ne mit pas longtemps à s'endormir. De son côté, Véronyka somnola par intermittence, inquiète à l'idée de manquer le départ de l'intendant. Elle eut tout le loisir de voir les pêcheurs rejoindre leurs barques et de sentir les premiers effluves s'échapper du fournil. Elliot revint juste avant l'aube, les épaules voûtées pour lutter contre le froid – à moins que ce ne soit la perspective de quitter sa famille qui n'en fut la cause.

Quand la charrette quitta l'écurie avec les premiers rayons du matin, Véronyka attendait près de la grille.

— Excusez-moi ! lança-t-elle.

Beryk, qui fouillait dans une liasse de papiers, sursauta. Quant à Elliot, il eut beau ne pas l'entendre, tout occupé qu'il était à rajuster la bâche, il n'en fronça pas moins les sourcils en la reconnaissant.

— Oui ? fit l'intendant d'un ton vaguement poli.

Véronyka déglutit avec difficulté.

—J'ai entendu… Je sais que vous êtes des… *phoenixaeres*, chuchota-t-elle.

Beryk, qui s'était penché pour mieux entendre, se redressa brusquement.

—Désolé, jeune fille, mais je ne parle pas le vieux pyraéen, répliqua-t-il sèchement.

—S'il vous plaît, l'implora Véronyka en faisant un pas vers lui au moment où il se détournait.

Elle devait vraiment faire peine à voir, car après l'avoir observée quelques secondes, l'homme sembla se raviser.

—Je veux partir avec vous, poursuivit-elle. Je suis animage et…

—Tu dois faire erreur. Je suis l'intendant d'un domaine, et voici mon assistant.

—Votre cadet ? insista Véronyka.

Beryk eut un petit sourire crispé. Au moment où Elliot fit mine de s'avancer vers eux, son supérieur lui indiqua d'un geste de monter dans la charrette.

—Écoute-moi bien, petite, dit-il dans un souffle. J'ignore ce que tu as entendu, mais tu ferais mieux de l'oublier. Crois-moi, c'est pour ton bien. Même si je recrutais des animages, et ce n'est pas le cas, tu ne corresponds pas à nos critères, j'en ai bien peur.

—Parce que je ne suis pas un garçon ? demanda Véronyka du tac au tac.

L'intendant afficha un air désolé, comme si ce n'était pas la première fois qu'il refusait des candidates, et que ça ne lui plaisait guère.

—Je sais, ça peut paraître injuste, mais il a ses raisons.

« Il », sans doute le commandant que Beryk avait mentionné la veille. Avant que Véronyka ne puisse protester davantage, Beryk lui donna une tape sur l'épaule et grimpa dans la charrette.

Elle la regarda s'éloigner, en proie à un déluge d'émotions contraires. Elle avait beau être déçue, cet homme avait plus ou moins admis être Dresseur... Or, le fait qu'il en existe ne serait-ce qu'un seul dans le Pyrmont était déjà une raison de se réjouir.

— Alors ?

Elle sursauta, surprise de voir surgir Mésange non loin. Jusqu'à présent tapie dans la pénombre de l'auberge, la fillette avait attendu le départ de Beryk pour se glisser auprès de sa nouvelle amie.

— Tu avais raison : ils ne prennent que des garçons... marmonna Véronyka, qui s'efforçait encore de comprendre la signification de son bref échange avec Beryk : à l'avenir, n'y aurait-il que des Dresseurs de phénix hommes ?

Mésange haussa les épaules.

— Eh bien, tu n'as qu'à te faire passer pour l'un d'eux.

Véronyka se figea avant de lever vers sa compagne un regard ébahi.

Se faire passer pour un garçon.

L'idée était aussi simple que brillante. Elle l'adopta aussitôt.

Aura, à l'origine capitale du royaume de Pyra, fut bâtie sur le plus haut sommet du Pyrmont, autour de la Flamme éternelle, un immense gouffre rempli du feu divin qui servit à mettre Nefyra à l'épreuve, il y a plus d'un millénaire. Une fois l'épreuve passée, il continua de brûler, alimenté en permanence par les gaz qui s'échappaient des fissures de la montagne.

De la pierre veinée de métaux précieux bordait la Flamme éternelle. C'est à partir de cette roche vivante que les Pyraéens édifièrent des temples et des statues. Les fissures remplies d'or reflétaient la lumière du feu, nimbant chaque surface d'un halo étincelant : c'est de là qu'Aura, la Cité dorée, tient son nom.

Les Pyraéens, qui pouvaient vivre dans des lieux dont l'accès était réservé aux seuls phénix, s'établirent peu à peu sur les plus hauts sommets du massif montagneux. Ce n'est qu'après l'extinction de la Flamme éternelle qu'ils se mirent à la recherche de terres nouvelles. Bon nombre d'entre eux virent dans ce tarissement le signe du mécontentement d'Axura : ils étaient tombés en disgrâce ! Jusqu'à cette date, on faisait éclore les œufs de phénix dans la Flamme éternelle, qui faisait partie du quotidien des anciens Dresseurs. Dans ce feu divin, on donnait la vie et on incinérait les morts. Réjouissances, mariages, cérémonies, les rituels se déroulaient dans sa lumière sacrée.

La reine Elysia, récemment montée sur le trône, n'ignorait pas que son peuple cherchait davantage qu'une nouvelle terre où s'établir... Il était également en quête d'un nouveau départ. Après des années consacrées au maintien et à la défense des frontières de Pyra – qui englobait désormais tout le Pyrmont et les Contreforts – Elysia décida de se vouer à l'expansion de son reinaume et à l'exploration des terres situées au-delà. Toujours, elle martela que son unique objectif était de répandre la lumière d'Axura aux quatre coins du monde.

Il y eut des guerres et des alliances, des traités et de nouvelles frontières. Bientôt, des reines pyraéennes épousèrent des rois de la plaine. Ainsi naquit l'empire aurain, et jamais les souveraines ne regagnèrent leurs chères montagnes.

Mythes et légendes de l'empire aurain et au-delà,
compilation de récits et de légendes,
Archives moriennes, 101 ap. E.

À ses yeux, il s'agissait d'une trahison.
Aux miens, d'une question de justice.
Une vie pour une vie. Une reine pour
un roi.

CHAPITRE 11
SEV

Sev en vint très vite à regretter l'accord qu'il avait passé avec Trix – enfin, accord, c'était un bien grand mot. En réalité, on était plus proche du chantage. Il envisagea plusieurs fois de dénoncer la vieille serve, mais il était certain qu'elle n'hésiterait pas à mettre ses menaces à exécution. Le jeune homme ne suscitait aucune sympathie parmi les autres soldats et savait d'expérience que Trix, de son côté, saurait se montrer extrêmement persuasive.

Tout le nœud du problème était là : il avait affaire à une femme plus intelligente que lui et n'avait aucun intérêt à s'en attirer les foudres. À présent qu'elle connaissait ses désirs d'évasion, elle allait le tenir à l'œil après la tombée de la nuit pour s'assurer qu'il ne tenterait pas de s'échapper de nouveau. S'il refusait de l'aider, elle révélerait son secret et il finirait esclave, voire pire. Être animage clandestin n'était déjà pas simple, mais se cacher parmi les sacro-saints soldats de l'empire relevait du défi… La plupart des serfs étaient contraints de rester jusqu'à ce qu'ils aient « réglé leur dette à l'empire », ou pour le dire plus clairement, toutes les taxes impayées. Ils étaient en général condamnés à dix ans de servage, au moins, en fonction de leur âge et du chef d'accusation. Si la magie leur avait permis de développer une affaire florissante – un élevage de chevaux stellans ou de faucons destinés à la chasse – sans qu'ils s'acquittent de la magelle, leur peine était alourdie afin de compenser le manque à gagner pour l'empire. Les enfants et les pauvres servaient moins longtemps, bien que souvent, leur famille souffre de leur absence. Et une fois libérés, tous payaient deux fois plus d'impôts, à perpétuité.

Quant aux traîtres capturés après la guerre de Sang – des animages ayant soutenu Avalkyra Pyromaque –, ils avaient été condamnés au servage à vie voire, pour ceux jugés trop dangereux, à la peine capitale. C'était sans doute le même sort qui attendait Sev s'il était démasqué, à moins que son crime ne soit pas jugé assez grave pour lui valoir une exécution. Mais l'empire prenait son armée très au sérieux et le capitaine Belden n'était pas un homme compréhensif. Le jeune soldat ayant déjà été condamné pour meurtre avant d'être enrôlé, on ne lui pardonnerait peut-être pas sa trahison et il serait alors décapité en place publique.

Il était coincé, il le savait, et Trix le savait aussi. Pour le meilleur ou pour le pire, il se faisait donc le complice de la vieille femme. Et si elle tenait parole et le libérait de ses obligations de soldat, leurs intérêts convergeaient pour le moment.

Malgré tout, sa propre promesse de l'aider à « attaquer de l'intérieur ces infâmes assassins de l'empire » allait à l'encontre de tout ce qu'il avait appris en termes de survie. L'héroïsme, c'était bon pour les imbéciles, et qu'y avait-il de plus héroïque – ou de plus idiot – qu'une poignée de serviteurs cherchant à vaincre une compagnie de deux cents soldats ?

Trix peaufinait pourtant son plan depuis des semaines et Sev n'était qu'un des nombreux pions de son échiquier. Comme l'intrigante s'occupait des pigeons voyageurs, le soldat était certain qu'elle lisait le courrier du capitaine. Des cuisiniers aux artisans, en passant par les jeunes messagers et les vieilles lavandières, elle avait des agents à chaque poste dans le camp – y compris l'ordonnance du capitaine Belden – et tous lui faisaient leur rapport. Grâce à ces informations, Trix tissait patiemment sa toile, telle Anyanke, la déesse du destin.

— Qu'est-ce qui te fait croire que ça va marcher ? lui avait demandé Sev quelques jours après son recrutement.

Les seuls moments où il lui était possible d'adresser la parole à sa complice étaient à une heure avancée de la nuit, une fois les corvées finies. Alors, les soldats étaient soit profondément endormis, soit tellement ivres qu'ils n'auraient pas trouvé étrange qu'un des leurs sympathise avec une serve.

Les feux étant toujours interdits, les serviteurs avaient grossièrement disposé des rondins en cercle pour s'asseoir, et travaillaient à la lueur de la lune qui filtrait à travers les arbres. Trix fredonnait un air pour elle-même, assise près de Kade, occupé à réparer un harnais. Malgré leur taille, les mains du jeune serf s'agitaient avec grâce et s'avéraient capables d'accomplir un travail délicat. La tête baissée sur son ouvrage, il démontait la boucle de la lanière avec soin, un outil serré entre les dents.

Bien que pleinement absorbé par sa tâche, il ricana en entendant la question de Sev.

— Qu'est-ce qui te fait croire le contraire ? répliqua Trix avec un petit sourire.

Le soldat lui jeta un regard en coin, détaillant la silhouette grise et voûtée de la vieille femme dans les moindres détails. Vu comme ça, elle était loin d'être intimidante. Certes, elle savait écouter aux portes, mais entre rassembler des informations et passer à l'acte, il y avait un monde.

En toute tranquillité, l'ancienne tapota le rondin près d'elle pour inviter le militaire à s'asseoir.

— Toutes les batailles ne se gagnent pas à coups de hache et d'épées. Pour certains, la guerre s'est achevée il y a seize ans, avec la mort des deux reines sœurs. Pas pour moi. Je n'ai jamais cessé de me battre. Ceci me sert d'armure, ajouta-t-elle en touchant la chaîne en métal autour de son cou. Et voici mon champ de bataille.

D'un grand geste, elle balaya le campement silencieux. Un frisson parcourut Sev. Promenant son regard sur les soldats allongés, il les imagina non endormis, mais morts.

— Seize ans ? s'exclama-t-il. Tu es serve depuis tout ce temps-là ?

— Non, seulement depuis six ans.

Elle frémit à son tour, de sorte que le militaire renonça à lui demander des précisions sur la période qui avait précédé. Avait-elle vécu comme une fugitive ? Fait chanter d'autres soldats de l'empire eux aussi un peu trop négligents ? Le savoir n'avait pas d'importance. Quoi que cette femme ait pu faire, personne ne méritait d'être réduit en esclavage.

— Tu as fait la guerre ? À quel titre ? Tu étais une guerrière ? Une Dresseuse de phénix ?

Il n'avait pu s'empêcher de buter sur ces trois derniers mots. Était-ce la peur ou l'excitation qui le faisait bredouiller ? Il n'aurait su le dire.

— Ça t'étonne ? On n'est pas tous destinés à figurer sur les fresques des palais et les mosaïques des temples, comme Avalkyra Pyromaque et sa couronne de plumes. Certains d'entre nous sont davantage faits pour rester dans l'ombre.

— Tu as rencontré Avalkyra Pyromaque ?

— Je l'ai fréquentée, oui, répondit Trix avec désinvolture.

Stupéfait, Sev ouvrit de grands yeux et considéra son interlocutrice avec un respect renouvelé. Qu'elle ait rencontré la reine ne pouvait signifier qu'une chose : elle avait été plus qu'une simple conscrite, comme les parents du garçon.

— Est-ce que ça veut dire… Tu étais membre de sa patrouille ? Serais-tu une célèbre Dresseuse de phénix, toi aussi ?

— Non. C'était tout l'intérêt, d'ailleurs.

Sev fronça les sourcils.

— Comment ça ?

— Assez de questions, soldat, intervint Kade.

Mais l'ancienne le fit taire d'un geste.

— J'étais sa conseillère, en quelque sorte.

— Toi, tu as donné des conseils à Avalkyra Pyromaque ? s'exclama le militaire, incrédule.

S'être battue à ses côtés était déjà remarquable, mais là !

Le jeune homme reprit en baissant la voix :

— Comment la conseillère de la Reine couronnée de plumes a-t-elle pu échouer ici, au service du capitaine Belden, dont la mission est d'anéantir tout ce qui reste des Dresseurs de phénix ?

Une nouvelle fois, Kade bondit.

— Ce ne sont pas tes aff...

— Ils n'ont pas la moindre idée du rôle que j'ai pu jouer pendant la guerre, le coupa la vieille femme d'une voix dédaigneuse, tout en désignant la tente de l'intéressé d'un signe de tête. Pour eux, je ne suis qu'une vieille animage un peu toquée.

— Ça n'explique toujours pas comment tu t'es retrouvée conseillère de la reine. Coup de chance ? Heureuse coïncidence ?

— Tu es trop curieux, mon garçon, répondit l'ancienne d'un ton pensif.

Kade hocha la tête, en attente d'une réprimande, au lieu de quoi, elle ajouta :

— Et c'est justement pour ça que j'ai besoin de toi.

— Pour quoi faire ?

Sev espérait une réponse précise. Il n'avait aucune intention de prendre part à une quelconque rébellion ou à de stupides actes d'héroïsme qui le conduiraient tout droit à sa mort.

— Je t'en prie ! insista-t-il. Explique-moi ce dont tu as besoin et je m'en occupe, qu'on soit quittes une bonne fois pour toutes !

Kade le dévisagea, les sourcils froncés. Le jeune soldat crut lire de la déception dans son regard mais se hâta de ne plus y penser. Il n'avait aucune envie de participer à leur petite révolte, mais Trix ne lui laissait pas le choix. Lui, ce qu'il voulait, c'était s'échapper, rien de plus. Le plus tôt serait le mieux.

— Porte-toi volontaire pour la surveillance des bêtes de somme, lui dit l'ancienne.

— Je… quoi ? fit le militaire, les yeux rivés sur Kade.

Il faisait partie de la douzaine de serfs chargés de veiller sur les lamas récemment acquis. Si Sev les rejoignait, il devrait faire équipe avec lui.

— Pour quoi faire ? protesta l'intéressé en se levant. Je n'ai pas besoin de lui.

— Ai-je prétendu le contraire ?

— Pendant combien de temps ? s'enquit Sev.

— Je te tiendrai au courant, lui répondit Trix.

— Quoi ? Pourquoi ne pas me le dire tout de suite ?

— Parfois, mieux vaut garder le secret jusqu'au dernier moment.

Les deux hommes foudroyèrent la vieille femme du regard, mais elle ne sembla pas s'en émouvoir.

— Soit, capitula le soldat, l'air perplexe. Et qu'est-ce que tu attends de moi ? Pas que je m'acquitte des corvées quotidiennes, j'imagine.

Trix se contenta de sourire.

— Considère que moins tu en sauras, mieux ça vaudra, mon garçon. Bref, dans l'immédiat, cette information est…

— Laisse-moi deviner, marmonna Sev, résigné. C'est confidentiel, ça aussi ?

— C'est bien le problème avec les secrets : on n'en voit jamais le bout. Quand l'un part en fumée, un autre vient aussitôt le remplacer.

Elle connaissait mon côté obscur mieux que quiconque et, toujours, m'avait pardonné. Toujours, elle avait vu le bon en moi. Jusqu'à ce qu'elle n'en soit plus capable.

CHAPITRE 12
TRISTAN

Ce que Tristan préférait, c'était parcourir le ciel sur le dos de son phénix – tant que ce dernier ne s'embrasait pas, bien sûr.

Le battement puissant des ailes de Rex sous ses cuisses, le vent chaud montant de la terre et le paysage de montagnes, de rivières et d'arbres à perte de vue. Enfin, quand il ne gardait pas les yeux rivés sur le cou de sa monture…

Car, contrairement à d'habitude, l'Apprenti Dresseur ne scrutait pas le sol à ses pieds, à l'affût du moindre danger, comme on le lui avait ordonné. Il ne regardait pas non plus la chaîne montagneuse qui ceignait au loin la vallée comme un indestructible mur de pierre. Il ne cherchait même pas à apercevoir son ancienne demeure à Ferro – ce qui était de toute façon impossible à cette distance, même s'il y pensait chaque fois qu'il chevauchait Rex.

Non, au lieu de décrire de grands arcs gracieux dans le vide, Tristan se tenait voûté sur sa selle, les muscles figés, les mains crispées sur les rênes, comme s'il montait un cheval indompté. Incapable de profiter du moment, il fixait les plumes de Rex d'un regard torve et ruminait des pensées inquiètes.

Le phénix tourna soudain la tête, gagné par l'anxiété de son maître – l'une des conséquences négatives du lien qui les unissait – et piqua vers le sol dans un furieux battement d'ailes. L'apprenti émergea brusquement de sa désagréable rêverie et s'aperçut que sa posture rigide était aussi inconfortable pour son oiseau que pour lui.

— Pardon, Rex, murmura-t-il en se repositionnant sur sa selle.

Avec un gros soupir, le jeune homme tourna la tête d'un côté puis de l'autre pour dénouer sa nuque et, tout en embrassant du regard le paysage familier qui s'étendait sous lui, caressa doucement les plumes soyeuses du cou de son âme sœur, dont la chaleur traversait le tissu de ses gants.

Il portait la tenue complète du Dresseur : tunique ajustée, gants et protège-avant-bras en cuir, plastron volumineux et pantalon rembourré rentré dans des bottes, le tout recouvert d'une résine ignifuge. Toutes ces épaisseurs lui donnaient chaud et il préférait de loin voler dans ses vêtements ordinaires, mais la sortie prévue ce jour-là n'avait rien d'une promenade d'agrément. Avec les Maîtres Dresseurs et les apprentis les plus expérimentés, il était censé prendre part à une patrouille.

Cette perspective aurait dû le transporter de joie – il avait d'ailleurs été vraiment heureux en apprenant la nouvelle. Tristan avait supplié sans cesse pour qu'on lui laisse sa chance et, enfin, l'ordre était tombé. Après des mois de suppliques, il tenait là l'occasion de montrer à tous les Maîtres – son père y compris – qu'il était prêt à devenir l'un d'eux et méritait d'intégrer leurs rangs.

Il aurait dû s'en douter...

On lui avait assigné le secteur le plus facile à surveiller : une zone un peu à l'écart, si tranquille qu'on n'y patrouillait même pas d'habitude. L'opportunité qu'il attendait depuis si longtemps avait viré à l'humiliation. Sa mission n'avait aucune utilité. Très vite, Tristan avait compris que son père se cachait derrière cette supercherie.

À partir du jour fatidique où, deux semaines plus tôt, il n'avait pas eu le courage de sauter du haut de la falaise, l'apprenti s'était attendu à ce que son erreur se retourne contre lui. Et peu importait que depuis, il ait réussi l'exercice plus d'une dizaine de fois : il savait que cet unique faux pas reviendrait le hanter. Il ne s'était pas trompé.

Tristan avait bien vu la tête de ses camarades à l'annonce de son affectation : la plupart avaient semblé désolés pour lui. Quelques-uns avaient quand même ébauché un sourire narquois, satisfaits de cette décision qui avait sans doute pour but de faire dégonfler son ego démesuré. La réaction la plus humiliante restait néanmoins celle des Maîtres Dresseurs : ils avaient regardé tour à tour le commandant et son fils d'un air méfiant, comme s'ils soupçonnaient Cassian de vouloir favoriser le jeune homme en lui confiant une mission trop facile. C'était mal le connaître.

Tristan chassa ces pensées de son esprit, s'imaginant le vent qui lui fouettait le visage les emporter loin de lui. Il s'efforça ensuite de se concentrer sur sa tâche en rappelant à son phénix la nécessité de quadriller la zone à surveiller comme on le leur avait appris, mais il n'y avait rien à signaler.

Conformément au règlement, ils volèrent en altitude afin de ne pas attirer l'attention d'envoyés de l'empire ou des villageois installés sur les hauts plateaux. Ainsi, même en plein jour, il était facile depuis le sol de les confondre avec un aigle ou un faucon de grande taille. Les autres patrouilles se faisaient de nuit : dans ces cas-là, il était permis de voler plus bas, même s'il était bien sûr plus difficile de distinguer quoi que ce soit dans l'obscurité, malgré la vue perçante des phénix. En conséquence, une grande partie de ce qui se passait en Pyra et au-delà leur échappait souvent.

C'était d'ailleurs précisément pour cette raison que Tristan préconisait davantage de surveillances à cheval. Il militait aussi pour accélérer le programme d'apprentissage des nouveaux afin de créer une troisième patrouille. Mais ses deux propositions avaient été rejetées.

Et voilà qu'au moment où il croyait qu'un changement s'amorçait enfin pour lui, on l'envoyait survoler la route des Pèlerins comme un vulgaire cerf-volant le jour de la fête d'Azurec !

Sur un ordre silencieux de sa part, Rex mit le cap à l'est. Tristan avait depuis longtemps mémorisé leurs zones de patrouille et en connaissait bien les failles. Inutile de se concentrer sur la route, mieux valait surveiller la forêt.

Dès l'instant où il prit la décision de désobéir aux ordres, il se sentit gagné par un sentiment d'euphorie. Il survolait désormais la terre de ses ancêtres pyraéens, qu'il avait l'impression de se réapproprier. Il aurait voulu en percer tous les secrets, en connaître les montagnes mieux que les natifs. Quand Tristan parcourait le ciel, il n'était plus le fils d'un gouverneur en exil, mais un Dresseur de phénix, à l'instar des guerriers légendaires des temps anciens.

En chemin, il repéra quelques éléments familiers du paysage. Les toits en dôme de Montacent, le dernier village encore habité au pied du massif abritant les ruines d'Aura. Les méandres de l'Aurys qui serpentait à travers la montagne. Les statues de phénix disposées à intervalles réguliers le long de la route menant au village de Pétratec. Et… une silhouette solitaire coupant à travers les herbes hautes qui séparaient le village de la rivière, en direction du pont qui conduisait à leur repaire caché.

Tristan manqua en tomber dans le vide. À peine Rex s'était-il mis à descendre en piqué vers le rôdeur, que le jeune homme soufflait déjà dans son cor pour sonner l'alerte. Le vacarme attira aussitôt l'attention de l'intrus sans pour autant l'inciter à prendre la fuite. Il se contenta de rester figé, la bouche entrouverte et la tête levée vers le ciel.

Dès que son phénix eut atterri, l'apprenti sauta à terre, sa lance braquée sur le rôdeur. Mais lorsque leurs regards se croisèrent, Tristan sentit le sol se dérober sous ses pieds.

L'ennemi qui lui faisait face n'était qu'un gamin maigrichon vêtu de guenilles, à peine entré dans l'adolescence. Sans doute un Pyraéen, comme ses sourcils sombres et ses yeux enfoncés semblaient l'indiquer. Coupés de façon irrégulière, ses cheveux noirs encadraient un visage brun maculé de poussière et de crasse.

Les deux garçons se dévisagèrent en silence jusqu'à ce qu'un battement d'ailes au-dessus de leurs têtes ne les arrache à leur hébétude. Tristan ferma les yeux. Les patrouilleurs les plus proches avaient répondu à son appel... Ils n'allaient pas tarder à découvrir qu'il n'avait sonné l'alerte que pour un enfant, ce n'était plus qu'une question de secondes à présent. Et, bien entendu, il fallait que le commandant en personne soit de la partie ! La peur au ventre, le jeune homme garda les yeux rivés sur le vagabond au moment où les phénix des autres Dresseurs, dont ceux d'Elliot et Ronyn, deux apprentis, se posaient dans les herbes hautes.

Après avoir secoué ses ailes, Rex se rapprocha de Tristan en bombant le poitrail pour asseoir sa domination sur ses congénères. Ils étaient désormais huit – soit une patrouille entière sans compter les oiseaux des autres apprentis. Les plumes hérissées, la tête levée, les phénix avaient conservé leur position de vol et formaient donc un grand V plus ou moins net. Quant aux cavaliers, ils étaient tous armés d'un arc ou d'une lance. Ils regardèrent autour d'eux, prêts à en découdre, mais ne remarquèrent pas tout de suite le garçon que Tristan venait d'appréhender.

En tant que chef de patrouille et des Dresseurs, Cassian fit signe à ses hommes de baisser leur arme, les lèvres pincées. Tous s'exécutèrent avant de descendre de leurs montures qui, elles aussi, semblèrent se détendre. Seul Cassian ne mit pas pied à terre. Il se contenta de se tourner vers Tristan.

— Mon commandant, le salua l'apprenti, la tête légèrement inclinée.

L'intéressé offrait un visage impassible, mais le jeune homme comprit en l'observant de plus près que son père était bien plus énervé qu'il ne le laissait paraître. L'apprenti s'efforça de se redresser pour se donner meilleure contenance, malgré tout, il rechignait à soutenir le regard du commandant.

Certes, il avait désobéi aux ordres. Mais il avait aussi repéré un étranger plutôt louche qui se dirigeait vers la forteresse… la preuve même que les ordres étaient discutables. L'intrus avait beau être un gamin désarmé, mieux valait pécher par excès de prudence qu'être pris de court par une attaque.

— Félicitations, tu as capturé un enfant, lança le commandant en posant un regard impérieux sur le vagabond.

— C'est un intrus, protesta Tristan, qui se sentait un peu ridicule d'être le seul à brandir encore sa lance, comme s'il avait peur du vagabond. Je me suis contenté de suivre le protocole.

— Le protocole ? répéta son père d'un ton cinglant. Si tu t'étais contenté de suivre le protocole, tu serais en train de patrouiller dans le secteur neuf, comme on te l'a demandé, plutôt que de donner l'alerte pour un gamin inoffensif.

Un murmure se propagea parmi les Dresseurs, qui s'étaient placés en demi-cercle devant leurs montures. Au milieu d'eux, le vagabond se recroquevilla légèrement. Tristan, lui, reposa la hampe de sa lance par terre.

— J'ai sonné le cor avant d'atterrir, je ne savais pas…

— Oui, c'est bien là le problème, répliqua le commandant, transperçant l'orgueil déjà mis à mal de Tristan comme autant de flèches. Tu ne savais pas et pourtant tu as décidé d'agir. Si on s'alarmait chaque fois qu'on croise un voyageur, on ne dormirait jamais.

Le rouge monta aux joues de l'apprenti et Rex claqua du bec en direction d'un de ses congénères. Les autres membres de la patrouille contemplaient leurs bottes ou les sangles de leur selle.

Cassian descendit enfin de sa monture et ajouta à mi-voix en passant près de Tristan :

— Le secret est notre arme principale... et notre meilleure défense. En nous appelant ici, tu as compromis ces deux atouts.

Avant que le jeune homme ait pu répondre – mais qu'aurait-il pu bien dire ? –, Beryk, intendant et bras droit du commandant, s'avança vers le devant du groupe, les sourcils froncés.

— On s'est déjà rencontrés, non ? demanda-t-il en scrutant le jeune vagabond.

— À Vaylé, maître, intervint son cadet d'un ton grave.

Elliot rêvait de devenir un jour intendant à son tour. La plupart du temps, il suivait donc Beryk comme son ombre et ne se mélangeait pas beaucoup aux autres apprentis. Toujours missionné à droite et à gauche ou en réunion avec son supérieur, il avait la réputation d'être un peu hautain. Malgré tout, Tristan n'avait rien contre lui, bien au contraire. Cassian avait toujours encouragé son fils à devenir intendant, sans doute pour le mettre à l'abri, quitte à l'ensevelir sous la paperasse à vie. Par chance, Elliot avait tant insisté pour qu'on lui confie ce poste que, grâce à lui, son camarade avait échappé à une existence confinée derrière un bureau. Néanmoins, que le commandant ait jugé Tristan plus apte aux tâches administratives qu'au combat l'avait terriblement blessé.

— Vous le connaissez, Beryk ? s'enquit Cassian, un peu surpris.

— Je... vous avez dû rencontrer ma sœur, répondit le garçon d'une voix aiguë qui confirmait sa jeunesse... et sa vulnérabilité. Elle vous a abordé devant l'auberge de Vaylé, il y a environ une semaine, non ?

— Oui, c'est ça, acquiesça l'intendant malgré son trouble persistant. Tu es bien loin de chez toi, mon garçon.

— Comment t'appelles-tu ? demanda le commandant, coupant court à la discussion.

— Nyk, bredouilla l'adolescent.

Il semblait, non pas effrayé mais impressionné par le groupe qui l'entourait. De toute évidence, il n'avait encore jamais vu de phénix.

Cassian poursuivit son interrogatoire :

— Et où allais-tu, Nyk ? Montacent se trouve plus au nord et Pétratec est derrière toi.

— À vrai dire, je suis venu vous parler, monsieur. Je cherchais Beryk et le maître qu'il sert. Je voulais trouver les Dresseurs de phénix.

Un silence assourdissant accueillit cette déclaration.

Le commandant jeta un coup d'œil vers son intendant, qui leva les mains en signe d'impuissance.

— Sa sœur est venue me voir... Elle a demandé à entrer à notre service, car elle nous avait entendus parler pyraéen. Je l'ai congédiée du mieux que j'ai pu...

À court d'arguments, il haussa les épaules. Le commandant lâcha un soupir. Le secret était peut-être leur meilleure défense au départ, mais les nouvelles circulaient vite dans la montagne, malgré la prudence dont ils faisaient preuve. Beryk devait bien assurer leur approvisionnement et, de toute façon, des voyageurs ou des marchands égarés se présentaient parfois d'eux-mêmes… Sans parler des serviteurs et des gardes qui travaillaient au repaire. Il y avait trop d'angles morts, de variables à surveiller. Bientôt, tous les habitants de la région seraient au fait de leur présence. Puis, ce serait au tour de l'empire d'en avoir vent – ce n'était qu'une question de temps ! Dès lors, le conseil n'aurait de cesse de chercher un moyen de se débarrasser une bonne fois pour toutes des Dresseurs de phénix, ces soi-disant rebelles. Ce dernier bastion de révolte anéanti, plus personne n'oserait s'opposer à la loi des gouverneurs ou à mettre un terme à la magelle et à la persécution de tout un peuple.

Tristan n'en démordait pas : augmenter les patrouilles devenait indispensable, s'ils ne voulaient pas faire figure de proies faciles.

—J'ignore ce que ta sœur t'a raconté ou ce que tu as cru deviner tout seul, mais nous ne sommes pas les Dresseurs de phénix dont tes parents t'ont parlé. Je ne suis qu'un homme libre, et ces gens sont ma garde personnelle. Nous sommes bien loin de la faction militaire financée par un gouvernement quelconque que tu sembles chercher.

—Attendez… balbutia Nyk en rattrapant par le bras le commandant qui se détournait de lui. Je peux payer pour ma nourriture et mon apprentissage…

Les Dresseurs se raidirent, comme s'ils percevaient soudain une menace. Tristan ne comprit pas tout de suite la raison de leur inquiétude… jusqu'à ce qu'il voie étinceler l'éclat d'une lame : le vagabond venait de dégainer un couteau. Il était donc armé, en fin de compte.

Comprenant son erreur, Nyk lâcha le bras du commandant et recula, tout en montrant à voir l'arme dans sa paume ouverte. C'était une dague, petite mais finement ouvragée.

— Je voulais juste… Est-ce que si je l'échangeais contre un peu d'or, ça suffirait à vous convaincre de me laisser me joindre à vous ?

Tous les regards convergèrent vers la lame. Il ne s'agissait pas d'une arme ordinaire : elle était en d'acier ferronais. Le poinçon bien visible en attestait l'origine et l'authenticité. Elle avait donc de la valeur, oui, même si son prix ne suffirait pas à couvrir les frais de formation d'un Dresseur. Toutefois, ce n'était pas tant ce détail qui posait problème que l'origine modeste de son propriétaire. Comment cet enfant s'était-il procuré une telle arme ? L'avait-il volée ? S'agissait-il d'un serf en fuite ou d'un espion de l'empire ?

— Fouillez-le, ordonna le commandant Cassian.

Après avoir confisqué la dague pour la remettre à son supérieur et le laisser l'examiner de plus près, Beryk s'empara du baluchon que Nyk avait jeté sur son épaule. Elliot, lui, s'avança pour effectuer une fouille au corps, au cas où le vagabond aurait d'autres armes cachées sur lui. L'intrus garda les dents serrées pendant toute l'opération et quand ce fut enfin terminé, regarda, impuissant, l'intendant tendre son sac au commandant.

Le bagage ne contenait que quelques baies, des racines, de la viande séchée et une casserole en étain. Plutôt que de dissiper les soupçons des Dresseurs, ces maigres possessions les renforcèrent. Cassian jeta un coup d'œil au manche de l'arme, dans l'espoir d'y trouver une marque de fabrication quelconque qui aurait permis de remonter jusqu'à un ferronnier ou à son propriétaire, avant de la tendre à Beryk.

— Où as-tu dégoté cette dague ? demanda-t-il au garçon.

Devant l'hésitation de Nyk, Tristan songea qu'il avait dû la voler ou qu'il mentait quand il prétendait venir de Vaylé. Même sur les hauts plateaux, où le commerce était plus répandu, aucun enfant originaire des montagnes n'avait les moyens de s'offrir une arme aussi prestigieuse.

— Je l'ai trouvée, répondit le vagabond, peu sûr de lui.

Tristan était tiraillé entre une étrange compassion pour l'inconnu et un profond sentiment de satisfaction. Finalement, sonner le cor même n'avait peut-être pas été une si mauvaise idée.

— Sa sœur a tenté de nous détrousser ! s'exclama soudain Elliot d'un ton triomphant. Ils font sûrement équipe : l'un fait diversion pendant que l'autre...

— Ma sœur n'est pas une voleuse ! protesta le garçon avec colère. Et moi non plus.

Le commandant jeta un coup d'œil au ciel, qui commençait à s'assombrir, avant de reporter son regard sur Nyk.

— Emmenez-le, dit-il à Beryk et Elliot avant de remonter sur son phénix. Je veux que Morra le voie.

— Mais... mon commandant ! s'écria Tristan avant que son père ne s'éloigne. Je... Ne serait-ce pas à moi d'escorter le prisonnier puisque c'est moi qui l'ai capturé ?

— Dois-je te rappeler que tu es sorti de ta zone de patrouille ? Je préfère m'adresser à un Dresseur qui suit mes ordres qu'à un apprenti qui n'en fait qu'à sa tête.

Douzième jour, deuxième lune, 169 ap. E.

Ma douce Phéronia,

J'ai détesté devoir partir sans te dire au revoir, mais j'ai été tirée du lit au beau milieu de la nuit. Il se peut que tu en sois déjà informée. Il se peut, même, que ce soit toi qui aies donné l'ordre de me pourchasser.

Sache que si je ne regrette en rien mes actes, je suis désolée que tu en souffres. Il m'a fallu du temps pour m'installer, mais je suis à présent en sécurité. Et je suis prête. Laissons nos différends derrière nous.

Nous avons un empire à gouverner.

Ta sœur, Avalkyra

Dans n'importe quel tournoi, le vainqueur est celui qui montre la plus grande détermination à aller le plus loin possible et à se donner tous les moyens de l'emporter. Et cette personne, c'est moi.

CHAPITRE 13
VÉRONYKA

« *Le prisonnier.* »

Les mots étaient tombés comme un couperet, faisant resurgir les peurs enfouies de Véronyka.

Le premier signe d'inquiétude avait été le son du cor. Le deuxième, la lance étincelante du jeune Dresseur. Ensuite, tout s'était enchaîné : la terreur qui grandissait, l'attente d'être relâchée. Tous ces visages indifférents tournés vers elle, ces hommes vêtus comme des fantassins et non comme des Dresseurs de phénix. Les questions brutales du commandant, son rejet désinvolte. La dague. Ces mains qui la fouillaient sans ménagement, sa peur qu'on découvre qu'elle s'était bandé la poitrine. Durant tout ce temps, la jeune fille avait retenu son souffle, de peur que sa poitrine, en se soulevant, ne laisse place à un déluge d'émotions, ou qu'elle n'attire l'attention sous les bandes de tissu. La présence des phénix, avec leur cœur indomptable et leur esprit fougueux, n'arrangeait rien. Malgré tout, son secret n'avait pas été découvert. Pour le moment.

Il ne serait jamais venu à l'esprit de Véronyka qu'un simple couteau éveillerait autant de soupçons. Entre cette histoire de dague, ses vagues explications visant à se faire passer pour le frère de la miséreuse qui avait espionné Beryk à Vaylé et les accusations d'Elliot, son récit était loin d'être parfait. La jeune fille ne s'attendait pas à subir un interrogatoire aussi poussé : les quelques secondes nécessaires pour décider ce qu'il fallait dire ou non lui avaient été fatales. Et voilà qu'ils l'emmenaient, mais en tant que prisonnière ! À ses yeux, c'était déjà un échec, une condamnation irrévocable.

La mort dans l'âme, elle regarda le gros de la troupe s'envoler, la laissant seule avec Elliot et Beryk. Le garçon qui l'avait repérée fut le dernier à partir et, au vu de son air maussade, elle s'était déjà fait un ennemi – même si elle ignorait comment. Quand il avait atterri devant elle sur le dos de son phénix, sa lance étincelant dans le soleil couchant, il ressemblait à un héros tout droit sorti d'une épopée pyraéenne. Puis, il était descendu de sa monture, son arme pointée sur elle, et l'illusion avait volé en éclats.

Perdue dans ses pensées, Véronyka sursauta lorsqu'elle vit Beryk s'approcher d'elle.

— Vous êtes jumeaux ? s'enquit-il d'une voix bourrue mais dépourvue d'hostilité.

— P… pardon ?

— Ta sœur et toi. Vous êtes jumeaux ?

— Non, monsieur, répondit-elle en évitant son regard.

Quand l'homme se détourna, elle passa timidement la main dans ses cheveux courts. Au début, le sacrifice des longues tresses qu'elle avait portées toute sa vie l'avait rendue triste, mais elle n'allait pas laisser un détail aussi insignifiant – comme le fait d'être une fille – l'empêcher de devenir Dresseuse. Or si de nombreux garçons de Pyra arboraient eux aussi des nattes, il ne lui avait pas échappé que Beryk – dont la peau brune trahissait les origines pyraéennes – avait, lui, une coupe courte.

Véronyka savait par ailleurs de sa *maiora* que la tradition exigeait des Dresseurs de phénix qu'ils se taillent les cheveux avant de débuter leur entraînement, en signe de nouveau départ. Il s'agissait aussi d'un clin d'œil aux autres ordres militaires de l'empire, où les cheveux ras étaient de rigueur. Au fil du temps, les tresses étaient devenues une marque de statut, un privilège accordé seulement après plusieurs années d'entraînement.

Quand Mésange avait suggéré à Véronyka de se faire passer pour un garçon, c'était d'ailleurs le premier détail qui lui était venu à l'esprit. Si la jeune ombremage devait se travestir et repartir de zéro, pourquoi ne pas jouer le jeu jusqu'au bout ? Et puis, tout ce qui pouvait l'aider à se fondre dans la masse était bon à prendre. Les cheveux courts lui donneraient un air plus masculin, tout en mettant en valeur sa mâchoire volontaire et ses pommettes saillantes. Il lui suffirait ensuite de se bander la poitrine pour que l'illusion soit complète.

Sa chevelure ne revêtait que peu d'importance à ses yeux mais il en était autrement pour les perles et les colifichets qu'elle y avait ajoutés au fil des ans. Après avoir sacrifié ses mèches, elle avait donc glissé les précieuses babioles dans une poche secrète, à l'intérieur de son pantalon. Ce compartiment, elle l'avait cousu des années auparavant pour y cacher des pièces de monnaie et d'autres menus objets de valeur, histoire de les soustraire aux voleurs ou, comme ce jour-là, aux fouilles au corps.

Tant qu'elle empêcherait sa voix de monter dans les aigus, tout irait bien. Désormais, elle s'appellerait Nyk – Véronyka n'était plus qu'un nouveau chapitre de son passé à oublier.

— Bon, on ferait mieux d'y aller, annonça Beryk. On n'est pas très loin, allons-y à pied. Les phénix connaissent le chemin.

À ces mots, les deux dernières montures s'envolèrent, abandonnant sur place leur cavalier.

Le chef de leur groupe prit la tête du trio, la dague et le baluchon de Véronyka à la main. Elliot laissa passer la prisonnière devant lui. Le garçon semblait méfiant, visiblement tendu, comme s'il s'attendait à la voir prendre ses jambes à son cou. La jeune fille faillit éclater de rire : elle pouvait à peine mettre un pied devant l'autre, alors s'enfuir…

Étrangement, elle se sentait presque soulagée de s'en remettre complètement à ses gardes, après une semaine environ de ce voyage éreintant. Depuis son départ de Vaylé, elle avait maintes fois craint de se perdre et souvent lutté contre la faim et la soif.

Le temps qu'elle se procure un accoutrement de garçon au village, la charrette de Beryk avait depuis longtemps disparu à l'horizon. Elle avait hésité à les poursuivre avant de prendre conscience que le temps pourrait jouer en sa faveur. Si elle avait rattrapé l'intendant dès cette nuit-là, il aurait sans doute nourri des soupçons à son encontre : le souvenir du visage de Véronyka, vu dans la matinée, en plein jour, aurait été trop frais. En revanche, si elle croisait leur route à Rushlea ou à Pétratec – les endroits où il avait parlé de se rendre par la suite – elle augmenterait ses chances de passer pour un garçon qui cherchait à se faire recruter. Consciente que Beryk risquait malgré tout de faire le rapprochement avec la vagabonde de Vaylé, la jeune fille avait eu l'idée de s'inventer une sœur. Ce n'était d'ailleurs pas vraiment un mensonge, puisqu'elle en avait bien une, même si s'en souvenir était douloureux.

Au cours des préparatifs de son voyage, qui durerait plusieurs jours, Mésange s'était avérée précieuse. La petite aveugle l'avait aidée à rassembler des provisions en allant mendier du pain rassis chez le boulanger, quelques morceaux d'anguille fumée chez le poissonnier ainsi que des restes de gibier séché auprès d'un chasseur de passage au village. Après quoi, elle lui avait donné un sac et une vieille casserole en étain prélevée dans la réserve qu'elle cachait au creux d'un arbre. Quand Véronyka avait parlé à son amie de sa dague en acier ferronais, la jeune aveugle avait ouvert de grands yeux.

— *Tu en tirerais une belle somme si tu voulais t'en séparer. Et après, tu pourrais te fabriquer une arme, comme moi*, avait dit la fillette en montrant sa lance.

— *Je préfère la garder en cas d'urgence*, avait répondu Véronyka.

Elle n'avait pas oublié les paroles de sa grand-mère : apparemment, il existait des professeurs particuliers chez les Dresseurs de phénix. Le plus souvent âgés, ils étaient rémunérés par de riches seigneurs de la plaine pour instruire leurs enfants animages, dans le but de leur garantir un poste haut placé dans l'armée. La *maiora* de la jeune fille y voyait là une tricherie, affirmant même que personne ne devrait avoir à payer pour son apprentissage. Mais au contraire des soldats de l'armée impériale, les Dresseurs ne touchaient aucun subside et quoi qu'il en soit, Véronyka avait besoin de s'entraîner. S'il s'avérait qu'elle doive payer pour exaucer son rêve, elle avait tout intérêt à conserver l'objet le plus précieux qu'elle avait en sa possession.

Au moment de se séparer, sur les berges de l'Aurys, la jeune fille avait remercié chaleureusement Mésange. Malgré son impatience à se mettre en route – Ruthlea se trouvait à deux jours de marche et elle avait du retard à rattraper sur les Dresseurs –, la perspective de se retrouver à nouveau seule lui serrait le cœur.

—*J'espère qu'on se reverra*, avait-elle ajouté.

La jeune aveugle avait affiché une mine perplexe, comme si elle n'était pas coutumière de ce genre d'amabilités, puis son visage s'était éclairé.

—*Je suis sûre que tu vas réussir à rouler l'intendant dans la farine ! Qui sait ? Peut-être que moi aussi, je tenterai ma chance la prochaine fois qu'il viendra au village.*

Et sur ces mots, elle avait disparu de la vie de Véronyka aussi vite qu'elle y était entrée. Tout en regardant Mésange s'éloigner – la petite parlait avec animation à Tchip et faisait tourner sa lance –, la jeune fille avait eu une pensée pour sa sœur, Val, qui n'hésitait pas à se servir de l'ombremagie pour obliger les autres à l'épauler. Pourtant, il ne s'avérait pas toujours nécessaire de manipuler les autres pour obtenir leur aide. Parfois, il n'y avait même pas besoin de demander.

Malheureusement le plan échafaudé par Véronyka n'avait pas tardé pas à tomber à l'eau. Son voyage lui avait pris en effet beaucoup plus de temps que prévu, en raison de ses muscles fatigués et du manque de sommeil des deux premières nuits. Elle avait d'abord manqué Beryk et sa charrette à Rushlea, avant de se perdre à deux reprises sur le chemin vers Pétratec. Si bien que le jeune Dresseur qui l'avait repérée depuis le ciel lui était davantage apparu comme un sauveur que comme une présence hostile. Et désormais, elle faisait route vers leur repaire.

Ils atteignirent bientôt la rivière, qu'ils franchirent sur un pont de cordes branlant, suspendu telle une toile d'araignée au-dessus des rapides. Il faisait déjà nuit, mais le clair de lune peignait des dégradés de gris sur le flanc de la montagne. Les cheveux courts de Véronyka étaient constellés de gouttelettes d'eau et le rugissement de l'Aurys couvrait tous les bruits environnants.

Une fois parvenue sur la rive opposée, la jeune fille distingua au loin une grande voie pavée – la route des Pèlerins – qui traversait une immense étendue d'herbe. La route menait tout droit vers un amas de constructions éclairées par des lanternes, agglutinées contre le flanc d'un pic rocheux qui se détachait sur le ciel constellé d'étoiles. Peu à peu, Véronyka discerna une écurie, un puits et un bâtiment plus vaste ressemblant à une auberge ou à un refuge pour voyageurs épuisés. Comme ils se rapprochaient, elle aperçut aussi un escalier étroit taillé à même la roche, qui zigzaguait vers le sommet de la montagne et se perdait dans l'obscurité.

La lumière se fit dans l'esprit de la jeune fille. Ils arrivaient au bout de la route des Pèlerins, ce qui signifiait qu'ils se trouvaient désormais dans le Champ de plumes, l'endroit où Lyra la Protectrice avait rallié les Dresseurs de phénix lors de l'invasion des Basses Terres. Des siècles plus tôt, une tribu installée sur les Contreforts avait tenté de conquérir le Pyrmont. Sous le règne de Lyra, la totalité des Dresseurs de phénix de Pyra, rebaptisés la « Horde écarlate », s'étaient rassemblés pour repousser l'invasion. Selon la tradition, les Dresseurs vivaient dans des villages dispersés sur les hauteurs du Pyrmont, uniquement accessibles à dos de phénix. Ce n'est qu'après la victoire de la reine Lyra sur le peuple des Basses Terres qu'ils s'étaient établis sur les hauts plateaux et les Contreforts et que les actuelles frontières de Pyra avaient été tracées.

Leur destination n'était donc pas la demeure d'un gouverneur en exil. S'ils se trouvaient bien dans le Champ de plumes, cet escalier ne pouvait mener qu'au…

— Voici le Nid d'Azurec, annonça Beryk.

Ayant suivi le regard de Véronyka, il pointait du doigt le sommet qui se dressait devant eux. D'où elle se trouvait, on ne voyait rien de spécial… et c'était tout l'intérêt, justement.

Après la défaite du peuple des Basses Terres, la forteresse bâtie au sommet de la montagne – qui serait baptisée quelques siècles plus tard le « Nid d'Azurec » – était devenue sous le Règne des Reines l'un des plus gros avant-postes militaires. Elle incluait un temple édifié en l'honneur d'Axura, ainsi que des habitations et des lieux dédiés à l'apprentissage des Dresseurs. Le lieu n'avait pas été choisi au hasard. L'édifice religieux avait été construit à l'endroit précis où, selon la légende, les phénix d'Axura avaient remporté leur première bataille contre Nox, pour commémorer cette victoire.

Après l'annexion de Pyra à l'empire, la plupart des centres d'apprentissage avaient été déplacés vers la plaine et le Nid d'Azurec était tombé en désuétude. Puis, à l'époque de Justyn le Pieux, la forteresse avait été reconvertie en site religieux et la construction de la route des Pèlerins engagée. Ce projet grandiose n'avait été achevé que vers la fin du règne du souverain, mais l'essor du commerce et du tourisme qui en avait résulté avait contribué à la prospérité économique de Pyra tout en encourageant les déplacements dans le massif montagneux. Plus tard, quand Avalkyra Pyromaque avait proclamé la scission de la province avec l'empire, nombre d'auberges accueillant les voyageurs avaient périclité et le Nid d'Azurec avait bientôt été laissé à l'abandon, sans argent ni responsables pour en assurer l'entretien.

Jusqu'à ces dernières années, visiblement.

À cette altitude, on voyait les plus hautes cimes du Pyrmont se dresser à l'horizon. Aucune route ne menait jusque-là. Leurs anciens habitants, qui se déplaçaient à dos de phénix, n'en avaient pas besoin.

Le trio dépassa le refuge et s'arrêta au pied de l'escalier. Après avoir resserré leurs sacs, ils entamèrent l'ascension. Bien que ses jambes ne la portent plus, Véronyka mit un point d'honneur à ne pas réclamer de pause et s'efforça de se concentrer sur le nombre de marches qui la séparaient encore du sommet.

Ils franchirent un tunnel de végétation – du lierre et des arbres noueux qui semblaient défier la gravité –, puis l'escalier contourna une avancée rocheuse, si bien que la jeune fille se retrouva comme suspendue au-dessus du vide. Risquant un œil en bas, elle se sentit soudain minuscule. L'endroit où elle se tenait offrait un panorama impressionnant sur les montagnes environnantes aux cimes couronnées de nuages. De là, elle ne pouvait bien sûr pas distinguer les villages disséminés au bord de la route, pourtant, durant un bref instant, elle prit la mesure de tout le chemin parcouru et de la distance qui la séparait de Val.

Dans ses poumons, l'air semblait se raréfier, aussi s'obligea-t-elle à ne regarder que les marches où elle posait le pied. Pour être aspirant Dresseur, il ne fallait vraiment pas avoir le vertige !

Deux cent vingt et une marches plus tard, Véronyka atteignait enfin le sommet de l'escalier, hors d'haleine. Pendant qu'Elliot et Beryk discutaient à voix basse des informations essentielles à rapporter au commandant, elle se laissa tomba au sol, le temps de reprendre son souffle. Ils se trouvaient désormais au bord d'un terrain légèrement vallonné, cerné de tous côtés par des aiguilles rocheuses qui le rendaient invisible pour un observateur situé plus bas, sur les hauts plateaux. On aurait dit qu'un petit bout de campagne pyraéenne avait été transporté dans un écrin de roche dentelée. Sous le ciel piqué d'étoiles, la brise agitait les herbes hautes d'une prairie. À l'autre extrémité s'élevait un petit village de pierres aux jardins en terrasse soigneusement entretenus, abrité par un mur d'enceinte. Lui-même était surplombé d'une citadelle, elle aussi protégée par des fortifications, plus hautes et plus épaisses que celles du village, éclairées par des lanternes disposées à intervalles réguliers, qui jetaient des ombres dansantes sur les bâtiments et les passants.

Au-delà des remparts se dressait un temple de toute beauté, haut d'au moins dix étages et couronné d'un phénix d'or aux ailes déployées qui semblait s'apprêter à prendre son envol. Véronyka resta agenouillée quelques instants de plus : devant un tel spectacle, sa posture de prière lui paraissait de mise. Toute sa vie, la gloire et le pouvoir des Dresseurs de phénix lui étaient apparus comme une histoire depuis longtemps oubliée, qu'on se racontait à voix basse. Et voilà que cette légende prenait vie sous ses yeux. Enfin, la jeune fille avait retrouvé son peuple, et elle était prête.

Toujours sous bonne escorte, Véronyka traversa la cour de la citadelle, longea les écuries, les cuisines, la grande salle et contourna le temple. Derrière l'immense édifice s'élevait une succession de bâtiments de pierre ainsi que des constructions de bois plus petites qui devaient servir de granges. Au fond de la cour, un large escalier conduisait à un porche. La jeune fille ne distinguait rien dans l'obscurité qui s'étendait au-delà, mais perçut néanmoins la magie qui régnait en ces lieux.

À coup sûr, des phénix vivaient là, à l'écart de la forteresse. Véronyka se sentit envahie d'une énergie nouvelle et en oublia complètement sa fatigue. L'immense arche et ce qui se trouvait au-delà semblaient l'appeler, or elle mourait d'envie de répondre à cet appel.

— Par ici, lança Beryk en la guidant vers le plus grand des bâtiments.

Si de l'extérieur, il présentait la même façade grise et dépourvue d'ornements que le reste de la citadelle, à l'intérieur, il en allait tout autrement.

Un domestique les accueillit et leur fit traverser une succession de pièces aux sols recouverts de tapis somptueux et aux murs ornés de tapisseries aux couleurs vives. Des tables de bois et des étagères remplies de parchemins complétaient le décor – Véronyka avait l'impression de progresser en plein rêve !

Enfin, ils pénétrèrent dans une grande salle, baignée d'une douce lumière, diffusée par des chandeliers fixés aux murs. Une longue table étroite de bois massif occupait la plus grande partie de l'espace. La jeune fille n'avait jamais rien vu d'aussi beau : à la lueur des bougies, les aspérités du bois ressortaient, contrastant avec les pieds délicatement ouvragés de la table – sans doute l'œuvre d'un artisan arborien, une province célèbre pour ses forêts et ses ébénistes. Une douzaine de chaises étaient disposées tout autour, dont une seule était occupée.

Le commandant lui-même y siégeait. Derrière lui, les Dresseurs aperçus un peu plus tôt se tenaient debout. Et parmi eux, le garçon qui avait arrêté Véronyka. Son humeur ne semblait pas s'être améliorée : quand la jeune fille pénétra dans la salle, il lui jeta un regard amer.

Les yeux baissés, elle s'efforça de se tenir droite et de ne pas bouger pendant que Beryk faisait à son supérieur un compte rendu de leur trajet retour. Malgré la fatigue qui refaisait surface, elle se sentait extrêmement nerveuse.

— Il a besoin d'une nuit de sommeil et d'un bon repas, mon commandant, conclut l'intendant. Je peux appeler Morra demain dès la prem…

— Qu'elle vienne sur-le-champ. (Le commandant se tourna vers Véronyka.) Réponds à nos questions et jure de dire la vérité. Il ne tient qu'à toi de dormir dans une des chambres réservées à nos visiteurs… ou dans une cellule. C'est compris ?

— Oui, mon commandant.

— Mentir ne te sera d'aucun secours, crois-moi, ajouta-t-il d'un ton qui glaça le sang de la jeune fille.

Beryk sortit, très vite imité par les autres Dresseurs. Bientôt, il ne resta plus dans la pièce que l'intruse, le commandant et le jeune Dresseur qui l'avait repérée. Il projetait vers elle sa colère et sa frustration avec une telle force qu'elles se cognaient contre les défenses psychiques de la jeune fille. Val éprouvait-elle la même sensation quand Véronyka ne contrôlait plus ses émotions ?

Dans la salle silencieuse, elle ne savait où poser le regard ni quoi faire de ses mains. Le charisme du commandant occupait tout l'espace, si bien qu'elle se sentait minuscule en comparaison. Il était certes très grand – il devait dépasser allégrement le mètre quatre-vingts –, avec des mains et des épaules larges, mais il en imposait surtout par son attitude. Et s'il exsudait l'assurance et la force, c'était avec élégance et sans brutalité. Le teint mat, des cheveux bouclés poivre et sel un peu dégarnis sur le front, il avait troqué son plastron de cuir contre une magnifique tunique brodée au fil d'argent d'un motif ferronais représentant deux dagues croisées, et plusieurs bagues en or paraient ses mains jointes. Physiquement, il présentait toutes les caractéristiques d'un gouverneur impérial, exilé ou non. Il rappelait à Véronyka les riches marchands qui se déplaçaient en chaise à porteurs dans les ruelles d'Aura Nova.

Quant au garçon, il se tenait bien campé sur ses deux jambes, les bras croisés comme pour rassembler son courage avant une épreuve. Sa posture rigide contrastait avec son regard nerveux qui balayait la salle sans jamais se poser. Ses traits trahissaient des origines pyraéennes, malgré ses cheveux bouclés et son teint mat aux reflets dorés.

Véronyka ne comprenait pas la raison de sa présence : avait-il choisi d'assister à son interrogatoire ou était-ce une forme de punition ? Peut-être espérait-il qu'elle soit reconnue coupable afin d'être lavé de toute faute. Visiblement, les conséquences de cet entretien risquaient de l'affecter presque autant qu'elle. Si elle s'avérait une menace, on pardonnerait au jeune homme sa désobéissance. Si, au contraire, on la jugeait inoffensive, il passerait pour un imbécile. Une issue heureuse pour elle entraînerait donc forcément un sentiment d'échec pour lui. La dichotomie de cette situation la frustrait au plus haut point.

Dans ces conditions, l'entrée de la dénommée Morra procura un étrange soulagement à Véronyka. Elle qui s'attendait à la visite d'une dame au visage altier et à la tenue raffinée s'étonna de voir s'avancer une petite femme robuste aux bras musclés et aux traits quelconques, qui laissait dans son sillage une odeur réconfortante d'épices et de pain frit. Elle avait des mains calleuses et boursouflées de cloques. Quant à ses avant-bras, ils étaient couturés de cicatrices qu'elle ne s'était certainement pas faites dans une cuisine. Son origine pyraéenne ne laissait aucun doute : ses cheveux tressés rassemblés en chignon au creux de sa nuque étaient ornés de perles, de plumes et de fragments d'obsidienne qui tintaient à chacun de ses mouvements.

Une guerrière. Une Dresseuse de phénix. Le cœur de Véronyka bondit dans sa poitrine. Enfin, une femme !

Puis, la jeune fille remarqua que la nouvelle venue avait été amputée jusqu'au genou gauche et s'appuyait lourdement sur une béquille pour marcher. Quand Morra passa près d'elle, elle vit aussi que ses plumes étaient noires à l'extrémité, signe qu'elles avaient été trempées dans l'encre et la cendre en hommage à un phénix disparu.

Véronyka sentit son estomac se nouer. En abandonnant ses tresses, elle avait aussi renoncé à la possibilité de commémorer le souvenir de Xéphyra, qui n'avait de toute façon pas vécu assez longtemps pour lui faire l'offrande d'une plume.

Petite de taille, Morra n'en toisa pas moins la jeune fille, la détaillant de la tête aux pieds. En dépit de l'apparence modeste de la Dresseuse, le commandant Cassian se précipita pour lui offrir son siège et alla se poster à côté du garçon.

Une fois installée, la guerrière fit signe à Véronyka de prendre place en face d'elle. La jeune fille s'assit au bord de sa chaise, les mains nouées sur ses genoux. L'espace de quelques secondes, le silence s'étira, interminable. Qui était donc cette femme et pourquoi allait-elle mener l'interrogatoire à la place du commandant ?

Un instant plus tard, Véronyka obtint sa réponse.

Une présence magique venait de s'introduire dans son esprit pour en tester les barrières naturelles. Le sang de la jeunc fillc sc glaça.

Morra était une ombremage.

On me surnommait la Reine couronnée de plumes. Mon front était orné de plumes de phénix et ma légitimité de monarque inscrite en lettres de feu dans le ciel étoilé. Quant à ma sœur, on l'appelait la reine du Conseil, car elle n'était rien de plus que leur pantin.

CHAPITRE 14
VÉRONYKA

Véronyka ravala sa panique et s'efforça d'arborer le même masque d'impassibilité que Val. De tous les secrets qu'elle comptait bien garder pour elle, le don d'ombremagie figurait en tête de la liste. Vu le peu de confiance que lui accordaient les Dresseurs de la citadelle, elle n'osait pas imaginer leur réaction s'ils apprenaient qu'elle avait le pouvoir de lire dans les pensées et de manipuler les esprits.

Morra ne farfouillait pas vraiment dans son cerveau. Pas encore, du moins. Elle s'était contentée d'y jeter un bref coup d'œil et se retirait déjà, réfléchissant sans doute au prochain assaut. La pression exercée par le pouvoir de l'ancienne Dresseuse n'avait rien à voir avec ce que Val avait fait subir à sa sœur par le passé, ce qui signifiait sans doute qu'il était moins puissant… ou moins affûté. Et pour cause : ce don était si rare que même pendant l'âge d'or des Dresseurs de phénix, on n'avait pas eu l'idée de l'enseigner. Avec du recul, Val devait être vraiment douée, car elle l'utilisait en permanence : vouloir tout contrôler était dans sa nature. Heureusement qu'elle avait appris à sa sœur à se défendre contre ce type de magie !

Si elle redoublait de prudence, Véronyka pouvait en montrer assez à Morra pour prouver que ses réponses étaient sincères, sans lui ouvrir entièrement son esprit. Puisque ce stratagème avait marché avec Val, il y avait des chances qu'il fonctionne aussi avec cette femme.

La jeune fille prit une grande inspiration pour se concentrer. Elle se représentait souvent ses défenses psychiques comme un barrage de pierres que venait percuter un torrent tumultueux. Chaque fois que sa sœur lui recommandait de surveiller ses pensées, Véronyka s'imaginait renforcer l'obstacle et en combler les brèches avec de petits galets.

Quand ses défenses étaient à leur maximum, le mur devenait complètement étanche. Toutefois, montrer un esprit parfaitement verrouillé éveillerait les soupçons de Morra. Il fallait donc laisser quelques brèches, çà et là, comme lorsque son esprit était dans son état naturel. La jeune fille s'ouvrit donc à l'influence extérieure. Aussitôt, elle eut l'impression que de l'eau s'engouffrait dans les interstices de son cerveau. En réalité, bien sûr, il ne s'agissait que des pensées des ceux qui l'entouraient.

Elle s'efforça d'ignorer cet afflux d'informations – que ce soit la froide indifférence du commandant, l'amertume de l'apprenti ou la chaleur lointaine émanant sans doute des phénix – pour se recentrer sur son être profond, tout en se laissant envahir par des pensées positives et paisibles, des demi-vérités qui viendraient confirmer ses réponses.

Véronyka les laissa ensuite flotter à la surface de sa conscience avant de reporter son attention vers la zone obscure où elle avait construit son refuge impénétrable. Là, mêlée aux souvenirs de Xéphyra, elle pourrait cacher la vérité sur son véritable sexe, son don d'ombremagie et l'origine de la dague. Y enfouissant toutes ses pensées compromettantes, elle renforça les barrières qui protégeaient le refuge, afin de l'isoler du reste de son esprit.

— Je m'appelle Morra et je gère les cuisines, annonça la femme, ramenant soudain Véronyka à l'instant présent. Comment t'appelles-tu ?

Tout en parlant, l'ancienne guerrière était repartie à l'assaut de l'esprit de son interlocutrice avec une intensité redoublée. La jeune fille réprima l'envie subite de se replier sur elle-même et se rassura sur la solidité de son refuge : il tiendrait le coup.

L'ombremagie ne dévoilant que les pensées et les émotions conscientes, Morra ne pouvait donc pas s'immiscer dans les souvenirs refoulés. L'accès d'un ombremage à l'esprit d'une personne se limitait à sa surface, à ses préoccupations présentes. Raison pour laquelle la cuisinière interrogeait Véronyka plutôt que de se contenter de récolter les informations qui l'intéressaient directement dans sa tête.

— Nyk, murmura la jeune fille d'une voix tendue.

Aussi longtemps que Morra trouverait les vérités qu'elle cherchait, elle n'aurait aucune raison de soupçonner une supercherie. Véronyka était donc Nyk, point, et elle laissa cette vérité s'imposer à elle, sans s'appuyer sur l'idée que « Nyk » n'était qu'un diminutif de son prénom : cette précision n'avait pas vraiment d'importance.

Visiblement satisfaite de la réponse, l'ancienne Dresseuse poursuivit :

— Quel âge as-tu ? Douze, treize ans ?

— J'ai seize ans, corrigea l'intéressée d'un air offensé.

Habituée à ce qu'on la juge plus jeune que son âge, elle avait tendance à rétablir machinalement la vérité – avec une pointe d'agacement, le plus souvent. Dans les circonstances présentes, elle regretta aussitôt sa réaction. Se faire passer pour un garçon pas encore sorti de l'enfance aurait sans doute été plus facile que prétendre être un jeune homme.

L'apprenti, qui se tenait désormais dans un coin de la pièce, laissa s'exprimer son incrédulité, preuve que Véronyka avait vu juste à son sujet.

— Et d'où viens-tu, Nyk ? demanda Morra.

— Des hauts plateaux, madame. J'habite pas loin de Vaylé.

Une fois encore, la jeune fille ne s'éloignait pas trop de la vérité, même si elle avait omis de préciser qu'elle était née dans la plaine, à Aura Nova. Ce détail-là, elle l'avait enfoui dans son refuge mental, de peur que la simple mention de l'empire ou de la plaine suffise à compromettre ses chances de passer l'interrogatoire avec succès.

— Dans ce cas, pourquoi n'as-tu pas l'accent pyraéen ?

Véronyka hésita.

—Je...

—Les Pyraéens de cette partie-là des montagnes ont une intonation particulière, poursuivit Morra d'un air pensif. Et ils ont tendance à traîner sur les voyelles. C'est un accent très identifiable. Bien sûr, les étrangers sont de plus en plus nombreux en Pyra. On y trouve des commerçants, des voyageurs, des réfugiés... des espions.

La jeune fille serra les poings. Sa *maiora* avait l'accent des Bas-fonds, et des années d'apprentissage aux côtés des Dresseurs ne l'avaient en rien atténué. Val avait donc beaucoup insisté pour que sa cadette s'exprime correctement, dans la langue des classes supérieures de l'empire, sans accent ni termes de dialecte. Il ne serait jamais venu à l'esprit de Véronyka qu'un jour, cette lubie pourrait jouer en sa défaveur. Une centaine de justifications lui traversèrent l'esprit mais, de crainte qu'une histoire fabriquée de toutes pièces n'éveille encore davantage les soupçons, la jeune fille opta pour la vérité.

—J'ai été élevé par ma grand-mère, qui a grandi à Aura Nova.

Elle ne mentait pas : sa *maiora* lui avait bien appris à lire et à écrire, même si c'était Val qui corrigeait sa prononciation et sa syntaxe de manière systématique pour pallier les erreurs de leur tutrice.

—Ta grand-mère est-elle toujours de ce monde ?

—Non, répondit Véronyka d'une voix tremblante.

—Est-ce qu'il te reste de la famille ?

La jeune fille refoula son émotion.

—Juste ma sœur.

— Ah oui, ta sœur. Beryk prétend que vous vous ressemblez comme deux gouttes d'eau. Vous êtes jumeaux ?

— Non. On a un an d'écart.

Véronyka s'assura que les pensées et les souvenirs concernant Val demeuraient aussi vagues que possible, afin de ne dévoiler ni son visage ni les sentiments qu'elle éprouvait à son égard. Il était vrai que s'inventer une sœur jumelle aurait sans doute mieux expliqué sa ressemblance frappante avec l'adolescente qui avait abordé Beryk, mais la jeune fille préférait ne recourir au mensonge qu'en cas d'extrême nécessité. En outre, si par malheur, le souvenir de Val venait faire irruption dans son esprit et que Morra le voyait, cela ne lui semblerait pas contradictoire.

— Ta sœur… C'est elle qui t'a demandé de venir ici ? Pourquoi ?

— Elle a entendu l'intendant – maître Beryk – parler en vieux pyraéen et…

— Il ment ! s'écria soudain l'apprenti en s'avançant, un doigt accusateur pointé sur Véronyka. Comment une paysanne de Vaylé pourrait-elle connaître le vieux pyraéen ? On ne parle plus cette langue depuis le règne de la Sagesse. Il n'y a guère que chez les nobles de l'empire qu'on l'enseigne encore.

De toute évidence, il souhaitait la voir prise en faute, afin de justifier ses propres actions. Mais peu importait la compassion qu'elle ne pouvait s'empêcher de ressentir pour le jeune homme, elle était bien décidée à se sortir indemne de cet interrogatoire.

— C'est ma *maiora* qui m'a appris cette langue. Comme je vous l'ai dit, elle a grandi à Aura Nova, où elle a reçu son instruction, répéta-t-elle en employant à dessein le terme pyraéen pour désigner sa grand-mère.

La plupart des Pyraéens ne connaissaient qu'une poignée de mots de cet idiome, désormais considéré comme une langue morte. Seuls l'apprenaient encore les prêtres de Mori – le dieu de la connaissance et de la mémoire – pour étudier les textes anciens, et les classes supérieures de l'empire afin de parfaire leur instruction. Les Dresseurs de phénix l'utilisaient eux aussi, car un grand nombre de techniques d'entraînement et de messages codés reposaient sur la compréhension de cette langue.

—Tristan, le rabroua Cassian d'une voix menaçante. Laisse Morra mener son interrogatoire.

Aussitôt, le jeune homme s'écarta de la table comme s'il venait de se brûler.

—Et que t'a raconté ta sœur ? reprit l'ancienne Dresseuse une fois que le commandant l'eut encouragée à poursuivre d'un signe de tête.

—Qu'ils avaient mentionné des Dresseurs de phénix. Quand elle en a parlé à l'intendant, il a nié, puis il a précisé que de toute façon, il ne recrutait que des garçons. Elle s'est donc dit que j'aurais plus de chances qu'elle.

—Tu en as fait, du chemin, sur la base d'une aussi maigre information !

—Ma sœur et moi, on ne possède pas grand-chose, admit la jeune fille en toute honnêteté. Je veux devenir Dresseur de phénix. C'est tout ce que j'ai toujours souhaité. Le reste ne m'intéresse pas.

Surprise de sa propre audace, elle baissa les yeux pour éviter le regard inquisiteur de Morra, le temps de retrouver une contenance. Dans son esprit, Xéphyra se jetait contre les murs de son refuge mental dans l'espoir de s'échapper, mais Véronyka ne pouvait pas la laisser sortir. Si elle parlait de son âme sœur, il faudrait aussi expliquer ce qui lui était arrivé. Quel être sain d'esprit aurait confié une autre de ces précieuses créatures à quelqu'un qui avait laissé sa propre sœur assassiner son phénix ?

— Tu es pauvre, mais tu possèdes une dague en acier ferronais ? intervint Tristan, incapable de se retenir.

— Je l'ai trouvée, rétorqua Véronyka d'un ton plus assuré que lorsque le commandant lui avait posé la question.

Bien qu'agacée par l'agressivité de l'apprenti, elle se sentait soulagée d'aborder enfin le cœur du sujet. Elle avait beau mentir sur certains points, elle n'était pas une espionne pour autant. Elle se concentra sur l'image d'un couteau abandonné par terre, près de la cabane, en excluant de son esprit Val, Xéphyra, le jeune soldat et tous les événements qui avait précédé.

— Il ment, répéta Tristan en regardant tour à tour Morra et le commandant.

Son ton ne laissait aucun doute quant à l'opinion qu'il se faisait des menteurs.

— C'est une dague de soldat, insista-t-il. Regardez le manche : il y a un numéro de matricule.

Véronyka fronça les sourcils, les yeux fixés sur l'arme posée sur la table. En effet, des chiffres étaient gravés sur le manche.

— Je ne crois pas une seule seconde qu'il l'ait trouvée, s'emporta Tristan. Au mieux, il l'a volée : cette dague vaut sans doute plus que sa propre maison.

À peine avait-il prononcé ces mots qu'il détourna le regard, comme s'il avait conscience de la dureté de ses paroles, malgré la vérité qu'elles recelaient sans doute.

— C'est exact, reconnut Véronyka d'une voix tremblante, les yeux toujours rivés sur la dague. J'aurais pu la troquer contre de l'or ou de quoi nous nourrir, ma sœur et moi, pendant deux ou trois mois. Mais j'ai décidé de la garder dans l'espoir qu'elle vaudrait assez pour m'acheter une place chez vous. Je me trompais, apparemment.

Elle se rendait bien compte qu'elle forçait le trait, mais elle n'avait pas le choix : il lui fallait à tout prix les convaincre. Quand elle releva la tête, elle lut de la compassion dans le regard de ses interlocuteurs, voire, dans le cas de Tristan, du regret. Elle avait beau avoir horreur de paraître vulnérable, elle sentait que sa prétendue faiblesse plaidait sa cause.

Qu'ils la plaignent, donc ! Et pourvu que ses petits mensonges suffisent.

— Tu oublies tes racines, Tristan, marmonna Morra, l'air déçu.

— Laisse-nous, ordonna le commandant au garçon d'un ton beaucoup moins conciliant.

Le jeune homme semblait à deux doigts de répondre avec insolence. L'espace d'un instant, une grimace tordit ses traits.

— Oui, mon commandant, finit-il pourtant par marmonner entre ses dents.

Puis il se dirigea au pas de charge vers la porte, qu'il claqua derrière lui.

Aussitôt, l'atmosphère se fit moins lourde et la présence de Morra dans l'esprit de Véronyka reflua. Lorsque l'ancienne Dresseuse échangea un regard entendu avec

Cassian, la jeune fille comprit qu'elle avait passé l'épreuve de l'interrogatoire.

— Merci, Morra, dit le commandant après un silence.

L'intéressée adressa un signe de tête à Véronyka, se leva puis sortit à son tour de la pièce. Le commandant se rassit à sa place. Tous deux étaient à présent face à face.

— Dans ma jeunesse, commença Cassian en s'installant confortablement, on était Dresseur de père en fils. C'est un honneur dont j'ai hérité, à l'instar de mon titre de gouverneur et de mes terres.

Le tour que prenait la conversation surprit Véronyka. Toutefois, elle s'efforça de n'en rien laisser paraître et écouta attentivement le commandant, qui poursuivait :

— J'ai servi pendant des années. Notre mission était simple : protéger l'empire et son peuple. Mais avec la guerre de Sang, notre tâche a vite perdu tout son sens. Au cours de ma vie, j'ai connu l'administration militaire, elle-même aux ordres d'un gouvernement, puis la rébellion, avant de rejoindre les rangs de ce qu'on pourrait considérer comme une milice privée. Sous le règne d'Avalkyra Pyromaque, nous servions les ambitions de la souveraine, ses objectifs et rien d'autre. À sa mort, les survivants se sont battus pour trouver une place dans le nouvel ordre du monde. Depuis, j'ai compris que notre mission, notre but ne pouvait se limiter à un individu, un pays ou même une province. Elle doit concerner tout le monde, et en priorité nos camarades animages. Notre union ne s'appuie pas sur des frontières politiques ou sur un héritage culturel, mais sur la magie. Nous sommes partout, et pourtant nous n'avons ni refuge ni patrie. Enfin presque, le Nid d'Azurec est un bon début.

À ces mots, le cœur de Véronyka se gonfla d'espoir. Le commandant avait raison : les Dresseurs de phénix qui avaient servi l'empire pendant près de deux siècles n'existaient plus. Ils avaient désormais besoin de se rassembler autour d'un nouvel objectif.

— Cela dit, poursuivit Cassian, nous sommes encore très peu nombreux et je dois me montrer prudent. Nous avons besoin de temps pour reconstruire nos effectifs et il nous faut faire preuve de la plus grande méfiance. Au début, j'étais seul avec Beryk. Pendant la guerre, nous avons combattu ensemble et je savais où il se cachait. Retrouver Fallon, un jeune Dresseur qui n'avait pas participé aux combats, nous a ensuite pris des années – pourtant, le hasard nous a bien aidés. Il y en a sûrement d'autres qui se terrent un peu partout dans l'empire, voire au-delà, mais ce serait une erreur de nous lancer aveuglément à leur recherche en risquant d'attirer l'attention sur nous comme sur eux. Je n'ose imaginer la réaction de l'empire s'il apprenait que des Dresseurs se rassemblent dans le Pyrmont. Même si Pyra ne les intéresse pas beaucoup, nos ennemis seraient ravis de nous anéantir.

— Mais je ne… Jamais je… balbutia Véronyka, décontenancée.

Elle pensait pourtant les avoir convaincus qu'elle ne représentait aucune menace.

D'un geste désinvolte, le commandant l'invita à se taire.

— Ce que je veux dire par là, c'est qu'il nous est très difficile de recruter. Il est vrai qu'un grand nombre d'aspirants Dresseurs ont le don d'animagie, mais rares sont ceux qui possèdent de quoi financer leur apprentissage. Former, héberger, nourrir les phénix… tout ça coûte beaucoup d'argent, Nyk. Et cet argent, c'est le mien. Ajoutons à cela le prix d'un cheval, d'une selle, d'un harnais, d'armes et d'une armure ignifugée. Sans compter qu'il faut nourrir les serviteurs et les gardes, payer leurs gages et financer les réparations en tout genre… or ma fortune s'amenuise. (Il s'empara de la dague abandonnée sur la table, avant de la retourner dans ses mains puis de la rendre à la jeune fille.) Les phénix sont des créatures trop rares et trop précieuses pour les laisser se lier à de pauvres garçons de ferme, surtout s'ils n'ont pas les moyens de financer un apprentissage digne de ce nom. Je regrette…

Au désespoir, Véronyka agrippa le manche de l'arme. Le dressage de phénix serait donc désormais réservé aux riches ? Les Premières Dresseuses ne possédaient pourtant pas de coffres remplis d'or. Leur phénix était leur unique richesse, la seule dont elles aient vraiment besoin.

Ravalant sa colère, la jeune fille fit de son mieux pour répondre d'une voix sereine :

— Il doit bien exister d'autres moyens de gagner sa place…

— Oui, concéda le commandant, il y en a. Lors des phases de recrutement, les Dresseurs peuvent décider de prendre un nouvel aspirant sous leur aile. Un certain nombre de nos apprentis sont ainsi parrainés par des Maîtres Dresseurs : ce sont nos cadets, ainsi que nous les appelons.

— Donc, dès que de nouvelles places seront à pourvoir, je pourrai postuler… à condition que je me sois trouvé un parrain, c'est bien ça ? demanda Véronyka, qui reprenait un peu espoir.

Cassian semblait mal à l'aise.

— Parrainer un cadet n'est pas à la portée de tout le monde, Nyk. Ceux qui ont les moyens de financer un apprentissage ont tendance à en faire profiter un membre de leur famille ou leurs amis... Pas un étranger.

— Mais je peux tout de même tenter le coup, insista la jeune fille.

— Absolument, reconnut le commandant, résigné, mais il n'y a pas de recrutement prévu prochainement et, dans l'intervalle, nous n'avons pas les moyens de t'héberger.

— Et si je travaille en échange du gîte et du couvert ? suggéra-t-elle en se penchant en avant, au comble du désespoir. Je pourrais cuisiner, nettoyer... aider aux écuries, peut-être ?

Cassius sembla réfléchir, puis son visage s'éclaira.

— Jana, la responsable des écuries, ne serait sûrement pas contre un peu d'aide supplémentaire.

Abattue une seconde plus tôt, Véronyka en aurait pleuré de joie. Certes, elle avait fait tout ce chemin pour devenir Dresseuse de phénix, pas pour nettoyer des stalles ou nourrir des bêtes, mais c'était un début, et un moyen comme un autre de rester à la forteresse. Elle se promit de travailler plus dur que quiconque pour leur montrer à tous qu'elle méritait sa place et qu'elle avait beaucoup plus à leur apporter.

Au prochain recrutement, les Dresseurs se battraient pour la parrainer et elle deviendrait le meilleur apprenti qu'ils aient jamais vu.

La *Sekveia*, ou « Seconde Route » dans la langue commune, est une voie de circulation à l'abandon qui traverse les régions sauvages du Pyrmont. Du fait de son origine et de son utilisation, elle est un vestige mystérieux de l'ancien monde.

Pour certains historiens, sa construction fut décidée dans le but d'étendre le reinaume pyraéen et de relier quelques-uns de ses communautés les plus restreintes au reste du Pyrmont, tout en développant un grand axe de commerce qui descendrait jusqu'à la plaine. Cependant, le projet ne fut jamais mené à son terme.

D'autres analyses proposent une deuxième hypothèse. La *Sekveia* aurait été bâtie des siècles plus tôt par une civilisation inconnue, vraisemblablement le peuple des Basses Terres, à présent disparu. Qu'un grand nombre de ruines au style très éloigné de l'architecture pyraéenne et à la construction antérieure ou postérieure à l'avènement de l'empire se trouvent le long de la Seconde Route semble corroborer cette idée.

Parmi toutes ces conjectures, il en est une, particulièrement farfelue, selon laquelle la *Sekveia* mènerait au fameux trésor perdu de l'explorateur pyraéen, Uilen le Voyageur, disparu après avoir juré de parcourir le monde sur le dos de son phénix.

Une multitude de chansons et de poèmes relatent ses exploits en détail, mais l'œuvre la plus célèbre reste la pièce intitulée *La Fortune du voyageur*. Au cours d'une traversée du boulevard des Baladins, restée dans les annales, l'acteur principal distribua des dizaines de fausses cartes au trésor pour promouvoir son spectacle. Cette initiative donna lieu à de tels débordements – provoquant la mort de plusieurs personnes, piétinées – que le théâtre dut momentanément fermer ses portes.

Mythes et légendes de l'empire aurain et au-delà,
compilation de récits et de légendes,
Archives moriennes, 101 ap. E.

Je me demande quel surnom ils me donneraient à présent s'ils découvraient que c'est moi qui l'ai tuée.

CHAPITRE 15
SEV

La supervision des bêtes de somme n'était pas un poste populaire. La plupart des soldats n'appréciaient guère l'odeur des animaux ni leur progression trop lente, sans oublier les tas d'excréments. Sev, pour sa part, y était habitué. Aussi, lorsque, jour après jour, il se porta volontaire pour effectuer cette tâche, personne n'y trouva à redire.

S'il était frustré d'assurer une corvée pour des raisons qui lui échappaient complètement, Kade semblait pour sa part furieux. Le serf avait pris l'affectation du soldat comme une insulte à son égard, comme si, en s'occupant des animaux, leur nouveau complice bafouait son autorité ou empiétait sur son territoire.

Kade était-il juste animé par sa haine des militaires ? Autrefois, Sev aussi les détestait. Ils étaient le bruit de pas martelant les pavés des ruelles d'Aura Nova, l'ombre menaçante se présentant sur le seuil des auberges et des orphelinats, la vague qui s'était dangereusement rapprochée de la frontière pyraéenne avant de déferler sur les collines et la ferme familiale. À vrai dire, son aversion pour les militaires n'avait pas faibli. Et pourtant, il était devenu l'un d'eux.

Il lui était donc difficile de reprocher à Kade son hostilité. Malgré tout, et si la situation ne les contentait ni l'un ni l'autre, ils n'avaient pas vraiment le choix.

Le seul point positif que le jeune soldat voyait dans cette histoire, c'est qu'il côtoyait de nouveau des animaux. Les lamas étaient des créatures fiables, dotées d'un long cou et de pattes robustes. Elles lui rappelaient un peu les moutons de son enfance, avec leur laine toute douce et leur caractère docile... Enfin, en général.

Il avait déjà manqué se faire mordre plus d'une fois et par plus d'un lama. Il soupçonnait même une de ces bêtes d'avoir un penchant pour lui.

La conscience du risque ne l'empêchait pas d'interagir avec les animaux. Une tape affectueuse par-ci, un gentil coup de coude par-là... Avant même de s'en rendre compte, il se retrouvait à remplir les abreuvoirs ou à rafistoler une selle. Les autres soldats assignés à la surveillance des bêtes le regardaient effectuer ces tâches supplémentaires avec des yeux ronds. Mais sans doute s'imaginaient-ils qu'il cherchait à s'attirer l'approbation de ses supérieurs, sans remarquer que le jeune homme aimait tout simplement le contact avec les animaux.

Puis, à sa propre surprise, Sev s'aperçut qu'il appréciait aussi la compagnie des serfs. Au début, la vue de ces pauvres hères lui serrait le cœur, et il lui fallut du temps pour comprendre qu'il enviait leur sort. Certes, qu'un homme libre jalouse des esclaves pouvait sembler un peu étrange mais, pour lui qui avait toujours dissimulé ses pouvoirs, fréquenter des animages se servant ouvertement des leurs lui faisait un bien fou.

Et puis, Sev trouvait la présence des serviteurs réconfortante parce qu'elle lui rappelait sa vie à la ferme – le bourdonnement de la magie, le labeur dur mais gratifiant, l'harmonie entre humains et animaux. Autrefois, Tilla et Corem élevaient des moutons, tout comme les parents du soldat, et le plus jeune serf du groupe – que tous surnommaient « le Gosse » –, venait d'une famille de pêcheurs originaire d'un petit village situé près de la ferme où Sev avait grandi.

—J'ignore où sont mes parents aujourd'hui, lui confia un jour le gamin, pendant qu'ils étaient occupés à remplir les abreuvoirs des lamas.

Physiquement, il ressemblait beaucoup à Kade, à tel point qu'ils auraient pu facilement passer pour des frères, sauf que le plus âgé des deux était grand et musclé quand le plus jeune n'avait que la peau sur les os.

—Les soldats de l'empire m'ont capturé juste avant l'aube, à l'heure où je vérifiais les filets. Je n'ai jamais revu ma famille.

Sev prit conscience à ce moment-là que lui au moins avait la chance – si on pouvait l'appeler ainsi – de savoir ce qu'étaient devenus ses parents. Ils reposaient en paix et le jeune militaire trouvait une forme de consolation à l'idée qu'ils avaient échappé à une vie de servitude quelque part dans l'empire. D'après ce qu'il avait compris, les parents du Gosse gagnaient plutôt bien leur vie grâce à la vente de leur poisson. Si bien que malgré son jeune âge lors de sa capture, le gamin avait été condamné à sept ans de captivité – soit la moitié de son existence ! Alors que Sev ressentait souvent de la pitié pour les serfs, l'histoire du Gosse le mettait en colère. Il soupçonnait d'ailleurs vaguement Trix de l'avoir affecté aux bêtes de somme avec ses semblables pour qu'il comprenne à quel camp il était censé appartenir. Le jeune soldat venait du même monde que les serviteurs et, pourtant, en faisant le choix de se renier et de dissimuler ses pouvoirs, il avait réussi à rester un homme libre.

Bien sûr, il aurait aimé pouvoir vivre autrement. Sans la guerre, il serait devenu berger et fermier, et tous les animages de l'empire et au-delà circuleraient encore en toute liberté. Il n'y aurait pas de « magesclaves », les Dresseurs de phénix seraient restés de lointains et glorieux héros, et ses parents seraient toujours en vie.

Malgré tout, le monde étant ce qu'il était, en décidant de s'enrôler dans l'armée, il avait échappé au servage. Comment aurait-il pu le regretter ?

Si Kade se montrait toujours aussi peu affable avec Sev, il se transformait complètement en présence des lamas. Son visage – voire son être tout entier – s'illuminait quand il passait du temps avec les bêtes. Il leur murmurait des louanges et des paroles de réconfort, et interagissait avec eux de façon si subtile que le soldat en était impressionné. De toute évidence, il était l'animage le plus puissant du groupe, sans doute parce qu'il s'exerçait depuis son plus jeune âge.

Sev appréciait cet aspect de la personnalité de Kade. En présence des lamas, ses épaules se détendaient et son masque de sévérité laissait place à des sourires ravis et même à de petits rires très doux. Dans ces moments-là, le militaire avait envie de mieux le connaître et de se réchauffer à la lumière de ses pouvoirs. Pourtant, dès qu'il le voyait approcher, Kade détournait la tête, l'air excédé. Malgré lui, le jeune soldat l'imitait. Il aurait pourtant aimé comprendre pourquoi le serf ressentait une telle aversion envers lui et trouver un moyen d'apaiser son ressentiment.

Un matin, Sev s'éveilla juste avant l'aube. Leur unité avait établi le camp dans l'ombre d'une falaise escarpée, non loin d'une succession de ruines. Bien qu'ils aient laissé la route des Pèlerins derrière eux, il leur arrivait de tomber sur un tronçon pavé qui semblait surgir de nulle part, avant de se perdre quelques mètres plus loin dans la forêt. Ils découvraient aussi parfois des arches à moitié détruites, bâties avec des blocs de pierre rectangulaires, d'étranges colonnes gravées de motifs géométriques mystérieux et décorées de statues si anciennes et si ravagées par les intempéries que déterminer leur origine ou ce qu'elles représentaient s'avérait impossible.

Sev avait entendu Corem prononcer le mot « *Sekveia* », la Seconde Route : une antique voie de communication qui traversait les étendues sauvages du Pyrmont. Quand il était petit, il s'amusait avec les autres enfants des fermes voisines à explorer les Contreforts pour retrouver le point de départ de cette route qui, d'après la légende, menait à de nombreux trésors. Tomber dessus des années plus tard au sein d'une compagnie de soldats impériaux lui donnait l'impression de vivre son rêve d'enfant, mais d'une manière complètement déformée, surtout si le fameux trésor au bout du chemin n'était autre que le repaire caché des Dresseurs de phénix.

Ce jour-là, Sev avait été réveillé par un bruit et, en se tournant vers l'enclos des bêtes de somme, il vit que Kade avait déjà commencé sa journée de travail. Le serf portait des sacs de grain et des tonneaux remplis d'eau en soufflant des nuages de buée dans l'air. Dans l'atmosphère glaciale de l'aube, un voile de vapeur nimbait sa silhouette et son torse nu. À son cou, sa chaîne étincelait dans les rayons de soleil encore timides.

Sev n'avait pas bien dormi. Non loin de lui, Trix avait marmonné dans son sommeil, comme à l'accoutumée. Il avait donc mis une éternité à s'endormir, avant de rêver une fois encore de la ferme et de ses collines verdoyantes dévorées par les flammes sous un vaste ciel bleu.

Clignant des yeux pour chasser ces images de son esprit, le soldat roula sa couverture avant de se diriger vers l'enclos des lamas. Son pied fit craquer une brindille et Kade fit volte-face, les muscles bandés, comme pour parer à une éventuelle attaque.

Il pourrait passer pour un soldat, songea Sev en se grattant distraitement la tête. *À part les yeux.* Le serf avait un regard intelligent et perspicace, mais dépourvu de la moindre animosité… tant qu'il ne se posait pas sur le jeune militaire.

—Ah, c'est toi, lança le serviteur.

Dans un soupir, le nouveau venu se pencha au-dessus d'un baquet et s'aspergea le visage d'eau glacée avant de boire à longues gorgées. Quand il se redressa, Kade se tenait toujours près de lui, l'air un peu essoufflé, les muscles luisants de sueur. Il avait des traits réguliers, taillés à la serpe, et les joues impeccablement rasées, au contraire de Sev, dont le menton était toujours ombré de barbe. À cet instant précis, le serf lui faisait penser à la statue de bronze d'un héros ancien constellée de rosée dans le jardin d'un temple.

Le soldat se racla la gorge et sentit ses joues s'empourprer. Depuis quand s'intéressait-il à l'art ? Un peu gêné, il se rendit compte que depuis quelque temps, il ne se contentait plus d'admirer les pouvoirs de Kade. Il jeta un coup d'œil vers le jeune serf au visage toujours renfrogné et un sentiment d'amertume l'envahit : cette admiration n'était visiblement guère réciproque.

Avec prudence, il contourna le serviteur et ouvrit un des sacs de grain. Il s'apprêtait à le vider dans une mangeoire quand Kade le lui arracha des mains.

— Qu'est-ce que tu fabriques ? demanda le serf d'une voix rendue encore plus rauque que d'habitude par la fureur ou l'agacement.

Sev se redressa, les yeux baissés sur le sac.

— Euh… Je nourris les animaux, répondit-il d'un ton vaguement interrogateur.

Qu'avait-il donc fait pour s'attirer une nouvelle fois les foudres de Kade ?

— Pourquoi ? insista le serviteur qui désigna les lamas. Ils ne sont pas sous ta responsabilité. Moi, si.

Pour appuyer son propos, il se tapota la poitrine.

— Bien sûr que non, protesta Sev, mal à l'aise.

Son rôle, c'était de veiller au bien-être du troupeau. Certes, cette tâche impliquait aussi de tenir les serfs à l'œil, mais ça ne faisait pas de lui le maître de Kade.

— Ne te fais pas d'illusions, soldat ! gronda ce dernier. Tu es des leurs !

D'un geste du menton, il désigna le reste du camp, où la plupart des hommes dormaient encore.

— Je sais que tu ne m'aimes pas, répondit Sev en serrant les poings pour ne pas lui arracher le sac à son tour. Mais je pense que toi et moi, on est moins différents que tu ne l'imagines.

À ces mots, Kade ricana. Le militaire poursuivit avant d'être la cible d'une nouvelle pique :

— On voulait tous les deux le bien de cette fille.

— Tu ne l'as protégée que pour soulager ta conscience et pouvoir dormir sur tes deux oreilles.

Sev, qui sentait la colère monter, se mordit la lèvre. Ces mots le blessaient d'autant plus que le serviteur avait tapé dans le mille. Avait-il aidé la jeune animage dans le seul but de sauver sa peau ? Bien sûr, son interlocuteur ignorait ce qui s'était passé par la suite : que le soldat avait frôlé la mort en raison de son choix.

— Tu es une vraie girouette, cracha Kade. Des gentils sourires et de vaines paroles, rien de plus.

— Écoute, je n'ai rien demandé, protesta Sev, qui s'efforçait de refouler son exaspération. Je fais de mon mieux.

— Vraiment ? lui jeta le serf d'un ton sceptique en le détaillant de la tête aux pieds. J'en doute.

Le soldat fronça les sourcils, perplexe. S'agissait-il d'un compliment déguisé ? Kade pensait-il vraiment qu'il valait mieux que les autres militaires ? Sev se redressa même si, en son for intérieur, il savait que le serviteur se trompait.

— Je… Je suis comme je suis, Kade. Désolé de n'être pas assez bien pour toi.

L'intéressé lui répondit sur un ton presque menaçant :

— Oh, mais je sais qui tu es, et ce n'est certainement pas ça. Ça… (Il désigna son uniforme d'un geste désinvolte.) C'est ce que tu as choisi d'être.

Le temps que Sev comprenne ce qu'il entendait par là, le serf s'était éloigné, si bien que le soldat dut courir pour le rattraper.

— Hé ! l'interpella-t-il.

Le cœur battant et les oreilles bourdonnantes, il agrippa Kade par le bras pour l'obliger à se retourner. Le serviteur s'arrêta si brusquement que le militaire, emporté par son élan, faillit le percuter.

— « Choisi » ? répéta Sev. De quel choix parles-tu ? Je n'ai pas choisi d'entrer dans l'armée, j'ai été enrôlé de force. C'était soit mener une vie de soldat, soit me tuer à la tâche dans les mines glaciales de Ferro ou les champs brûlés par le soleil de Stel.

Une étincelle brilla dans les yeux de Kade. Proche comme il l'était, le militaire distingua des reflets ambrés dans ses iris et vit la colère déformer ses traits anguleux.

— Je ne parle pas de ce choix-là, soldat, marmonna le serf, les lèvres serrées.

D'un geste brusque, il dégagea son bras et se pencha pour ajouter à voix basse :

— Tu crois que je ne sais pas ce que tu es, animage ?

Sev eut l'impression que le sol s'ouvrait sous ses pieds. Il recula en titubant. Comment Kade était-il au courant ? Trix avait-elle vendu la mèche ? À moins que la vérité ait été si évidente qu'il l'ait deviné tout seul ?

— Tu peux câliner ces animaux, les nourrir, plaisanter autant que tu veux avec les autres serfs, tu n'es pas l'un des nôtres. Tu as renié cette part de toi-même… C'est ton choix, mais tu ne peux pas jouer sur les deux tableaux : être un soldat et en même temps l'ami des animages. C'est l'un ou l'autre.

Depuis bien longtemps, Sev avait pris la décision de cacher ses pouvoirs et d'en subir les conséquences. Il avait décidé de se montrer lâche, de ne pas se préoccuper du monde qui l'entourait parce qu'il n'avait pas le courage de se battre. Une simple question de survie… du moins le croyait-il.

Comme d'autres de leurs semblables, Kade avait pris un chemin différent. Il préférait risquer la servitude plutôt que renier ce qu'il était. Face à cette bravoure, la lâcheté de Sev lui faisait honte. Pire encore : elle déshonorait ses parents, morts pour le sauver. Ils avaient donné leur vie pour les Dresseurs de phénix. En reniant sa nature, il les reniait eux aussi.

Le jeune soldat sentit ses yeux lui brûler. Mais avant de laisser à Kade le loisir de remarquer ce nouvel aveu de faiblesse, il s'éloigna vers la forêt, non sans bousculer le serf au passage.

Sev faisait les cent pas entre les arbres en s'arrachant les cheveux quand, soudain, un souvenir l'assaillit. En un clin d'œil, il se retrouva chez lui, au moment où tout avait basculé.

La guerre de Sang était terminée depuis deux ans. Les animages fuyaient l'empire aurain vers la province de Pyra, indépendante depuis peu. Les parents de Sev, qui vivaient à proximité de la frontière, s'efforçaient de repousser les forces impériales et de porter secours aux familles qui cherchaient à échapper aux persécutions.

Pour son père, il ne s'agissait pas tant de politique que d'humanité. En se retournant contre l'empire, Avalkyra Pyromaque avait fait de tous les animages les ennemis du pouvoir aurain, qu'ils soient Dresseurs ou non. Le registre venait d'entrer en vigueur et tous ceux qui y étaient répertoriés étaient parqués comme des bêtes au prétexte qu'ils auraient pris fait et cause pour les rebelles, qu'ils étaient des traîtres et des conspirateurs. Ce n'était qu'une question de temps : bientôt, on viendrait chercher les parents de Sev et les autres habitants de Pontcolline, leur petit village. Bientôt, on viendrait le chercher, lui.

Il jouait dans un champ quand il avait vu des hommes s'avancer au loin. Ses parents s'étaient toujours montrés très clairs : s'il apercevait des soldats de l'empire, il devait rentrer en courant à la ferme. Se mettre à l'abri.

Mais, à cette époque, Sev n'était pas encore le lâche qu'il deviendrait par la suite. À cette époque, il voulait se comporter en héros.

Il avait beau n'être qu'un enfant, à la ferme, dès qu'on savait marcher, on pouvait travailler. Au début, on lui demandait juste de cueillir des mûres pour que son père puisse préparer sa fameuse tarte, ou d'aider sa mère à désherber le jardin. Puis, il avait porté des seaux d'eau, nourri les bêtes et harnaché le bœuf à la charrue.

Au printemps, pendant le dégel, quand la rivière débordait au risque d'emporter la passerelle de bois, Sev tournait la manivelle qui servait à lever le tablier du pont, afin d'en protéger la structure jusqu'à ce que le niveau de l'eau redescende. Le cours d'eau s'enroulait autour de la ferme et lorsque le pont était levé, le garçon avait l'impression de vivre sur une île, à l'écart du danger.

Quand il avait vu l'ennemi approcher, Sev avait compris qu'en arrivant à temps au pont à bascule, il pourrait ralentir les soldats assez longtemps afin que les habitants de la ferme et des maisons voisines puissent se mettre à l'abri. Le printemps était déjà bien avancé et le niveau de l'eau trop élevé pour espérer traverser sans problème la rivière à gué. Si Sev arrivait à temps, il deviendrait un héros. Le cœur gonflé de joie, il imaginait déjà les visages fiers de ses parents et les louanges des villageois regagnant leur maison, impressionnés par son sang-froid. Grâce à lui, il n'y aurait ni morts ni blessés.

Sur la berge, le sol était boueux et, alors qu'il ne lui restait que quelques mètres pour atteindre le mécanisme qui commandait la passerelle, il glissa. Quand il se releva, les soldats se trouvaient beaucoup plus près qu'il ne l'avait cru de prime abord, si bien que la peur fit trembler ses mains. Il lutta avec la manivelle, le crissement du métal se mêlant au vacarme des troupes qui se rapprochaient toujours plus. Hors d'haleine, il tira plus fort quand il sentit la première goutte de pluie s'écraser sur sa joue. L'averse s'abattit sur lui, rendant le levier de métal glissant. Quant à ses pieds, ils s'enfonçaient toujours plus dans la boue.

Lorsque les soldats atteignirent la berge opposée, Sev n'avait réussi à lever le pont que de quelques dizaines de centimètres et il était trop tard pour s'enfuir.

Bientôt, un cri – ou plutôt un ordre – s'éleva et un militaire s'avança au bord de l'eau pour pointer son arbalète sur le garçonnet. Sev se figea, incapable d'esquisser le moindre geste ni de former la moindre pensée.

Soudain, un hurlement féroce se fit entendre malgré le crépitement de la pluie. Une flèche venait de se planter dans le cœur de l'arbalétrier avant qu'il ait pu presser la détente. Le garçon fit volte-face : sa mère fonçait vers lui, sur le dos de son phénix enflammé. Elle le survola, puis fit pleuvoir une douzaine d'autres flèches en rafale sur les soldats. Les militaires brandirent leur bouclier, l'échine courbée pour se protéger. Avant que Sev n'ait pu en voir davantage, des mains robustes le saisissaient sous les aisselles et le soulevaient dans les airs.

Il se retrouva en train de chevaucher un phénix, assis devant son père. Décrivant un arc de cercle, la créature s'éloigna à tire-d'aile de la rivière. Ce fut le premier et l'unique vol que Sev effectua. Il pleura tout le long, trop terrifié pour s'émerveiller de l'altitude et de la vitesse de l'oiseau.

Sans lui laisser le temps de comprendre ce qui venait de se passer, son père le déposa sur la route de leur maison.

— *Tout ira bien, mon fils*, dit-il en enfourchant de nouveau son phénix.

Comme toujours, il s'exprimait d'une voix calme et apaisante, malgré l'attaque et le danger qu'affrontait son épouse – elle était restée seule pour repousser les soldats.

— *Maintenant*, ajouta-t-il, *je veux que tu coures aussi vite que possible jusqu'au refuge. Tu te souviens du chemin, pas vrai ? À gauche au croisement. Allez, file, Sevro, et ne te retourne pas.*

Le garçonnet fit ce qu'on lui demandait. Ses bottes glissaient sur le sentier boueux. Mais quand il arriva enfin au sommet de la colline, il désobéit à son père et se retourna.

Ses parents, embrasés de la tête aux pieds, enchaînaient les piqués, laissant dans leur sillage des corps carbonisés. Malgré la peur, Sev sentit son cœur se gonfler de fierté en les voyant régler leur compte aux soldats de l'empire, qui avaient commencé à se disperser et à battre en retraite en direction de l'autre versant de la colline…

Où des renforts les attendaient.

Les militaires, désormais deux, voire trois fois plus nombreux, déferlèrent comme une vague depuis la crête. Le premier contingent ne constituait que l'avant-garde des troupes envoyées. À présent, une force bien supérieure s'amassait à l'horizon.

Derrière Sev, les villageois s'entassaient dans des charrettes en emportant tous les animaux et les provisions qu'ils avaient pu rassembler. Si les parents du garçon échouaient à barrer la route aux soldats, l'armée de l'empire traverserait la rivière et sèmerait la panique parmi les amis, les voisins et les autres membres de la famille de Sev… tous ceux qui l'avaient vu grandir.

Il reporta son attention sur le combat qui faisait désormais rage dans les collines. Son père et sa mère décrivaient de grands cercles dans le ciel en s'adressant des signes. Le pont était en flammes, mais des charrettes chargées de matériel, des machines de guerre et des trébuchets progressaient dans sa direction. La rivière n'arrêterait pas l'ennemi. Rien n'aurait pu le repousser.

Au fond de lui, Sev avait deviné la stratégie de ses parents. C'est d'ailleurs sans doute pour cette raison qu'il resta immobile à observer la scène. Peut-être avait-il compris qu'il les voyait pour la dernière fois.

Les deux phénix brûlaient de plus en plus fort... jusqu'à illuminer le ciel comme un soleil couchant. Bientôt, le garçonnet ne parvint plus à distinguer ni son père et sa mère ni les oiseaux qu'ils chevauchaient. Il ne voyait qu'un torrent de flammes et de lumière.

Avec un crépitement et des cris qui resteraient à jamais gravés dans sa mémoire, les deux Dresseurs descendirent dans un nouveau piqué vers les lignes ennemies, comme des flèches enflammées. Quand ils s'écrasèrent au sol dans une explosion de lumière, une onde de chaleur balaya la terre sur des centaines de mètres. Sev en tomba à la renverse. Quand il se releva, un mur de flammes se dressait devant lui et les soldats fuyaient en hurlant. Peu après, les récoltes s'embrasèrent tout autour de lui.

Le garçon courut, comme son père le lui avait demandé. Il savait que le feu ne tarderait pas à s'étendre, qu'il dévorerait leur ferme, les écuries, les buissons de mûres, le seul monde qu'il ait jamais connu. Il suivit la route pour rattraper les villageois... À la tombée de la nuit, n'apercevant ni le refuge ni la dernière charrette de la procession, il comprit qu'il avait pris le mauvais chemin au croisement.

Il finit par atteindre un hameau en aval de la rivière, déjà tombé sous le joug de l'empire. Là, on le fit monter avec d'autres orphelins dans une charrette à destination d'Aura Nova. Le garçonnet se rendit vite compte que le don d'animagie était loin de constituer un atout à la capitale. Il décida donc de cacher sa véritable identité. Il apprit aussi à ne pas se faire remarquer – des garçons plus âgés de l'orphelinat qui cherchaient la bagarre, mais aussi des soldats, qui déambulaient dans les rues, déterminés à remplir leurs quotas. Il apprit à mendier et à voler, à détourner le regard.

L'ancien Sev aurait choisi de se battre.

Le nouveau apprit à devenir un lâche.

Dans une certaine mesure, depuis son départ de la ferme, il n'avait pas cessé de fuir, conformément aux dernières instructions de ses parents. Courir et se cacher. Se mettre à l'abri.

Pour finir, ce fut la faim, et non ses pouvoirs, qui le trahit. Surpris par un boulanger en train de voler du pain, il heurta de plein fouet la charrette d'un marchand en cherchant à s'enfuir. Effrayés, les chevaux renversèrent leur chargement sur un soldat qui passait par là. Sev s'était demandé quelle tournure auraient pris les événements s'il s'était servi de ses pouvoirs pour apaiser les bêtes. Mais il n'en avait rien fait et un homme avait perdu la vie par sa faute.

Condamné pour le meurtre du soldat, l'orphelin avait été enfermé à la prison d'Aura Nova le soir même. Le lendemain, on lui avait laissé le choix : soit il donnait sa vie à l'armée et on effaçait ses crimes, soit il devrait trimer jusqu'à en mourir d'épuisement. Sev avait entendu des histoires terribles sur les camps de travail, mais rejoindre les rangs de ceux qui avaient tué ses parents ? À l'époque, il pensait avoir pris la décision la plus difficile de toute son existence en optant pour l'armée, pour la survie.

À présent, il n'en était plus aussi certain. Kade avait peut-être raison : le choix qu'il avait fait de se renier lui-même, longtemps auparavant, était bien pire.

Il secoua la tête. Trop tard pour revenir en arrière. Quel autre choix avait-il désormais que d'aller de l'avant ?

Il en avait assez de la culpabilisation, des railleries et des projets insensés de Trix. Elle pouvait bien raconter ce qu'elle voulait sur son compte, bientôt, il serait loin. La vieille serve s'attendait sans doute à ce qu'il tente de s'échapper à la nuit tombée... Simple question de logique. Mais Sev n'était pas d'humeur à suivre quelque logique que ce soit.

Une fois sa décision prise, le feu qui couvait en lui s'apaisa et ses idées s'éclaircirent. Caché sous le couvert des arbres, il regarda le campement se réveiller. Les serfs donnèrent à manger aux lamas, on scella leur chargement, puis les tentes furent repliées, le petit déjeuner avalé et tout le monde se mit en route.

À plusieurs reprises, Kade jeta un coup d'œil vers les arbres, là où Sev avait disparu. Il questionna Tilla et Corem à voix basse – à son sujet, à n'en point douter –, mais ils répondirent par des haussements d'épaules et des signes de dénégation.

Le fugitif se sentit envahi d'une joie mauvaise. Il était peut-être un piètre soldat et un animage pire encore, cependant il savait se cacher.

Quand les bêtes de somme se mirent en file le long de la route, guidées par Kade, Sev sortit de sa planque à pas de loup. Les animaux fermaient toujours la marche, suivant les soldats qui ouvraient la voie. Bientôt, de nombreux gardes marcheraient à côté des lamas pour tenir à l'œil leur chargement mais dans l'immédiat, ils n'avaient pas encore rejoint leur poste. Même l'arrière-garde de leur petite armée n'était toujours pas en position. Les minutes qui suivaient le départ étaient toujours un peu chaotiques : on attendait les retardataires, des cris fusaient en tous sens… Le moment idéal, en somme.

Sans prendre le temps de réfléchir, Sev se glissa à l'arrière du convoi et saisit les rênes du lama le plus proche pour l'entraîner discrètement à l'écart. La pauvre bête transportait plusieurs sacs de grain, ainsi que quelques paquetages supplémentaires.

Au moment où le convoi se mit en branle, les derniers retardataires surgirent entre les arbres. Immobile, Sev fit mine de régler la boucle d'un harnais et les regarda passer près de lui du coin de l'œil. Là où il se trouvait, la végétation était dense. Buissons et ronces formaient un entrelacs de verdure et les branches basses se balançaient au rythme du vent. Avec toutes ces caisses et ces barriques qui obstruaient la vue, il n'était pas bien difficile de s'éclipser en mettant à profit l'agitation du départ.

Après s'être assuré que personne ne regardait dans sa direction, Sev, son lama sur les talons, regagna le couvert des arbres et disparut derrière un amas de fougères et de branchages.

Son cœur battait si fort dans ses oreilles qu'il n'entendit pas que quelqu'un le suivait.

Une flèche dans la poitrine,
et le monde autour de moi s'embrasa.

CHAPITRE 16
VÉRONYKA

Les premiers jours au Nid d'Azurec passèrent à toute allure et la plupart des souvenirs qu'en garda Véronyka tournaient autour de la nourriture. Pour la première fois de sa vie, elle put non seulement manger à sa faim à chaque repas – et même se resservir ! – mais se vit en plus offrir par Morra des gâteaux et du pain frais à chacun de ses passages près des cuisines. La cuisinière ne supportait pas la maigreur, surtout chez les jeunes Pyraéens.

Prendre conscience qu'avant son arrivée au repaire, elle avait toujours le ventre vide fut un choc pour Véronyka. Elle repensa avec tristesse à la pauvre fille qu'elle avait été : affamée, effrayée et seule. Quand, à plusieurs reprises, lui vint à l'esprit que Val menait sans doute encore cette existence, la culpabilité menaça de refaire surface, mais la cadette refusait de se laisser attendrir. Cette nouvelle vie, elles auraient pu la vivre ensemble, si sa sœur l'avait écoutée, ou seulement pris en compte son opinion dans les décisions communes.

Ce confort, elle ne l'avait pas volé et elle était bien décidée à en profiter.

Les corvées de garçon d'écurie la tenaient bien occupée. Prendre soin des animaux du matin au soir la fatiguait tant qu'à la fin de la journée, elle s'écroulait sur son hamac. Partager un dortoir avec une vingtaine de personnes l'obligeait à consolider ses défenses psychiques avant de s'endormir, sous peine d'être assaillie par les rêves des autres dormeurs.

Son travail, qui lui imposait de se déplacer dans toute la citadelle et jusqu'au village, ne se résumait pas au décrottage des stalles, comme elle le craignait au départ. Elle était responsable du bien-être de tous les animaux : chevaux, chiens de chasse, lamas pourvoyeurs de laine ou utilisés comme bêtes de somme, pigeons voyageurs, chèvres, lapins, poules, et même les chats qui protégeaient le repaire des Dresseurs des rats et des souris.

De prime abord, côtoyer tant de monde au quotidien la déstabilisa un peu, d'autant plus qu'on la saluait et qu'on lui souriait. La plupart des gardes, des domestiques et des autres occupants des lieux étaient originaires de Montacent ou de Pétratec, les villages les plus proches. Il y avait bien deux ou trois personnes qui, comme Véronyka, venaient de la plaine, mais recruter aussi près de la frontière pouvait s'avérer dangereux. En se regroupant, les habitants de Montacent et de Pétratec – hameaux habituellement plutôt isolés – avaient accès à davantage de travail et de ressources. Pour les Dresseurs, c'était aussi l'occasion de se procurer la main-d'œuvre et les combattants dont ils avaient besoin sans risquer d'attirer l'attention.

Il résultait de cette organisation une atmosphère chaleureuse et amicale, au point que Véronyka se surprit plus d'une fois à se sentir comme chez elle. Elle qui avait l'habitude de garder la tête basse et de rester dans l'ombre de sa sœur pouvait enfin observer à loisir, s'émerveiller ou poser des questions à longueur de temps. En une semaine, elle en apprit plus qu'en plusieurs années, sur des sujets qui n'avaient pas grand-chose à voir avec les animaux ou la magie. Le premier jour, elle se fit réprimander avec sévérité pour avoir coupé par le potager d'Ana, mais le quatrième, la vieille femme sollicita son aide pour ramasser des pommes de terre et réparer la treille où s'enroulaient des vrilles de concombres et de pois gourmands. Et après avoir rôdé des journées durant devant la forge, la jeune fille avait trouvé le courage de questionner le forgeron ferronais : elle connaissait donc désormais la couleur exacte que prenait le fer quand il était prêt à être travaillé, tout en étant capable de distinguer un martelage d'une soudure ou d'un polissage.

Autre nouveauté, et pas la plus désagréable : elle passait presque tout son temps à l'extérieur, plutôt que confinée dans une cabane, et chaque fois qu'un phénix filait dans le ciel, à l'occasion d'une patrouille ou d'un exercice d'entraînement, son cœur faisait un bond dans sa poitrine… avant que son enthousiasme ne retombe aussitôt. Xéphyra aurait dû être là, avec elle. Elles auraient dû voler ensemble. Même à la perspective de rejoindre les Dresseurs dans le ciel, sa joie se teintait de regret. Elle craignait au fond que chercher une nouvelle âme sœur ne revienne à trahir la mémoire de son phénix.

Véronyka apercevait souvent Tristan parmi les apprentis. Ses épaules carrées et sa bouche crispée étaient aisément reconnaissables, même de loin. Elle ne pouvait s'empêcher d'éprouver du ressentiment à son égard. Comment aurait-il pu en être autrement ? Il avait semblé si décidé à la confondre, à démontrer qu'elle mentait… Et s'il montait les autres Dresseurs contre elle ? Elle allait avoir besoin que l'un d'entre eux la parraine lors du prochain recrutement : tout ce qu'il lui fallait, c'était une chance de prouver sa valeur.

Le problème, c'est qu'elle n'était pas la seule. L'écurie comptait cinq autres garçons affectés au soin des animaux et tous étaient animages. Or, eux aussi attendaient leur heure, Véronyka en était persuadée. Il flottait donc dans l'air un vague parfum de rivalité.

— Je peux te donner un coup de main ? proposa-t-elle à Petyr un matin, quelques semaines après son arrivée au repaire.

Ils étaient en train de seller les chevaux que le commandant venait d'acquérir et de les préparer pour leurs nouveaux cavaliers : les apprentis Dresseurs.

Le garçon en question, originaire de Pétratec, rencontrait des difficultés pour brider Tempête, le plus fougueux des derniers arrivants – et accessoirement le préféré de Véronyka. Le cheval levait haut la tête, avec l'orgueil et l'obstination qui le caractérisaient, afin de rester hors d'atteinte.

Ignorant la proposition, Petyr monta sur un tonneau. Voyant la catastrophe arriver, la jeune fille se mordit la langue. Docile, Tempête commença par baisser la tête avant de donner un grand coup de naseaux dans la poitrine du garçon, qui dégringola de son perchoir. Le malheureux s'écrasa sur le sol dans un cri, qui attira l'attention de toutes les personnes présentes dans l'écurie.

Véronyka se précipita pour l'aider à se relever, sans oublier de lancer un regard sévère à Tempête par-dessus son épaule. Jana accourut à son tour. D'un coup d'œil, elle comprit ce qui venait de se passer.

— Laisse Tempête à Nyk, Petyr, et va aider Loran. Il s'occupe d'une monture plus docile.

Le garçon se releva seul en prenant bien soin d'ignorer sa camarade et s'éloigna au pas de course. Dans un soupir, la jeune fille se baissa pour ramasser la bride. C'était toujours le même refrain.

Le talent de Véronyka avec les bêtes ayant déjà été remarqué, Jana, qui descendait d'une longue lignée d'éleveurs de chevaux stellans, faisait appel à ses services dès qu'un problème se présentait. Et si l'adolescente voulait juste aider, elle comprenait bien que son enthousiasme et ses dons soient perçus d'un mauvais œil par les autres garçons d'écurie, désormais relégués au second plan. Eux aussi s'efforçaient de faire leurs preuves. Elle feignait donc de ne rien voir quand ils chuchotaient dans son dos ou la tenaient à l'écart pendant les repas dans la grande salle. Véronyka ne doutait pas qu'un jour ou l'autre, elle finirait par gagner leur respect, à défaut de leur affection. Du moins l'espérait-elle.

— J'ai l'impression qu'on ne nous apprécie pas beaucoup, tous les deux, hein Tempête ? murmura-t-elle en caressant le flanc du cheval.

Fouillant dans sa poche, elle en sortit une carotte qu'elle avait mendiée à Ana l'Ancienne le matin même, sur le chemin des écuries. Quand l'étalon releva la tête, elle écarta la friandise, la lui mettant hors de portée.

— Seulement si tu es gentil, le gronda-t-elle gentiment en lui montrant la bride.

À contrecœur, le cheval souffla par les naseaux et baissa la tête. Véronyka sourit.

Puis, avec les autres garçons d'écurie, ils mirent les bêtes – au nombre de dix – en file indienne pour les mener à travers le village en direction des pâturages en dehors des murailles, à proximité de l'escalier qui descendait au relais d'étape. Les montures avaient été rachetées à un éleveur des Contreforts qui s'était spécialisé dans le croisement des chevaux stellans de la plaine avec des spécimens plus robustes des montagnes.

Des tonneaux, des pierres et tout un tas d'objets hétéroclites avaient été disposés dans la prairie. Non loin, Tristan et les autres apprentis semblaient monter la garde. Dès l'instant où le regard du jeune Dresseur se posa sur elle, son visage s'assombrit. Mais lorsqu'il aperçut les chevaux derrière elle, son expression se modifia. Lui et ses camarades d'apprentissage tendirent le cou, en proie à des émotions contradictoires – peur et excitation – qui submergèrent Véronyka comme des vagues. Depuis l'interrogatoire que Morra lui avait fait subir, la jeune fille veillait à garder son esprit verrouillé. Pourtant, certaines sensations fortes parvenaient à déjouer ses défenses.

Véronyka et les autres garçons d'écurie menèrent les bêtes jusqu'à un enclos de fortune. Une meute de chiens de chasse s'y trouvait déjà, se faufilant entre les pattes des chevaux qui déambulaient tranquillement parmi les herbes hautes. Plus loin, sur un tonneau, trônait une cage de pigeons voyageurs. En regardant autour d'elle, la jeune fille vit Jana cacher un clapier rempli de lapins à l'abri d'un buisson. Que se passait-il donc ?

Quelques instants plus tard, le commandant apparut à la sortie du village. Il tenait par la bride Flocon, son cheval tacheté. À l'arrivée de leur chef, les apprentis s'immobilisèrent et, dans le silence qui suivit, Cassian leur exposa l'exercice assez curieux auquel il comptait les soumettre.

Lorsque les Dresseurs étaient contraints d'effectuer un vol de nuit ou de voyager sur une longue distance, il leur fallait l'assistance d'une escorte terrestre composée de bêtes de somme et de provisions supplémentaires. Les phénix avaient autant besoin que les hommes de se reposer et ce type d'organisation était donc indispensable. Parfois, les Dresseurs effectuaient certaines patrouilles à cheval – un moyen de déplacement plus pratique dans les zones densément peuplées – pendant que leurs phénix les suivaient en altitude, à l'abri. Un animage digne de ce nom devait donc être capable de contrôler non seulement son âme sœur, mais aussi tous les animaux à son service, y compris les pigeons voyageurs et les chiens de chasse.

— Depuis des siècles, la maîtrise de l'équitation est un élément à part entière de notre apprentissage, poursuivit le commandant. Pour devenir des guerriers accomplis, vous devez savoir vous battre dans le ciel comme sur la terre ferme. Or si la plupart d'entre vous savent déjà monter à cheval, vous n'avez encore jamais essayé de contrôler tous les animaux qui vous entourent en même temps.

Véronyka dressa l'oreille : enfin, elle allait voir de la vraie magie à l'œuvre. De ce qu'elle en avait vu jusque-là, le programme d'entraînement en vigueur se concentrait sur le perfectionnement des techniques de guerre, au détriment des dons d'animages. Un constat déprimant pour qui ne possédait ni armes ni expérience au combat. Si elle rejoignait un jour les rangs des Dresseurs, elle souffrirait d'un désavantage considérable. Son unique talent, c'était sa maîtrise de ses pouvoirs. Elle avait hâte de savoir si elle était à la hauteur.

— Le cheval d'un Dresseur doit être à l'aise en présence de son cavalier, mais aussi des autres animaux dont ce dernier pourrait avoir besoin – y compris son phénix, bien entendu. Ce n'est pas chose facile et parvenir à cette maîtrise demande des semaines de dressage et de discipline. En conséquence, ne perdons pas davantage de temps.

Un souffle d'air tiède balaya soudain les cheveux de Véronyka. L'instant d'après, un phénix atterrissait devant eux.

C'était Maximian, l'oiseau du commandant. Sans doute attendait-il dans les airs en décrivant des cercles au-dessus d'eux – à moins qu'il ne se soit perché sur un promontoire rocheux dissimulé à leur vue. La jeune fille avait déjà eu l'occasion de l'observer de près, mais seulement à flanc de montagne, parmi d'autres phénix. À présent, dans ce grand espace ouvert, elle prenait la mesure de sa magnificence.

La créature n'avait rien d'un jeune spécimen, comme Xéphyra, encore assez petite pour tenir dans des bras humains. Non, il s'agissait là d'un oiseau de taille adulte, aussi majestueux sur la terre ferme dans la lumière matinale qu'en plein vol à la nuit tombée, les ailes embrasées.

Son plumage mélangeait d'innombrables nuances de rouge, chacune de ses plumes chatoyant comme un bijou, avec des reflets jaune vif et orange flamboyant sur sa crête et sa queue. Son thorax était deux fois plus gros que ceux des chevaux derrière lui, qui hennirent à la vue de cet oiseau gigantesque. En déployant ses ailes de toute leur envergure, il aurait facilement caché deux étalons. Sa silhouette majestueuse n'était pas sans rappeler celle d'un aigle avec ses pattes puissantes, bien écartées l'une de l'autre, son cou trapu et court, ses yeux noirs étincelant comme deux tourmalines et son bec crochu aussi scintillant que l'or.

Un des garçons d'écurie avait raconté à Véronyka qu'après la guerre, Cassian s'était volontairement rendu, au prétexte que son phénix aurait trouvé la mort durant les combats. En réalité, Maximian se cachait dans les montagnes. Le lien qui unissait un être humain et un phénix leur permettait de rester en contact sur de très longues distances – parfois même sur plusieurs milliers de kilomètres. Tout reposait sur la puissance de leur connexion. En effet, le contact visuel et la proximité, parfois utiles en cas de recours à l'ombremagie ou à l'animagie, ne revêtaient pas grande importance avec un lien indéfectible. L'exercice n'avait rien de facile pour autant.

Véronyka l'ignorait du vivant de sa *maiora* – Val n'avait vendu la mèche que par la suite –, mais le phénix de sa grand-mère avait survécu à la guerre. Quand l'ancienne s'était établie dans la capitale afin de protéger ses deux petites-filles et de cacher leur don d'animagie, ainsi que son passé de Dresseuse – et surtout sa loyauté envers Avalkyra Pyromaque – son oiseau, lui, était demeuré en Pyra. Ce n'est que lorsque la vieille femme avait été capturée que son âme sœur l'avait rejointe. La fière guerrière était morte en voulant défendre son phénix.

Si Véronyka l'avait beaucoup pleurée au cours des semaines qui avaient suivi sa mort, elle s'était aussi lamentée sur le sort de la pauvre créature. Combien d'autres Dresseurs s'étaient ainsi séparés de leur âme sœur pour éviter les persécutions, sans même l'espoir de pouvoir être réunis un jour en raison de l'esclavage ou des restrictions de déplacement ? Peut-être certains combattants avaient-ils dû choisir de rester auprès de leur famille, au détriment de leur phénix, parce que quitter l'empire était impossible ou qu'ils ne voulaient pas renoncer à leur moyen de subsistance. Véronyka trouva cette pensée bien triste, aux antipodes de cette belle journée ensoleillée et de la magnifique créature qui se tenait devant elle.

— Vous nous regarderez, Maximian et moi, compléter le parcours, puis ce sera votre tour. Je n'attends pas de vous que le premier essai soit parfait… C'est à vous d'être exigeants envers vous-mêmes.

Très encourageant, songea Véronyka au moment même où une autre vague d'émotions la submergeait. Jamais encore elle n'avait côtoyé autant d'animages à la fois. Leurs pouvoirs et leurs sentiments percutaient ses défenses comme autant de rafales de vent. Une nouvelle fois, elle regretta que Val ne lui en ait pas enseigné davantage sur l'ombremagie.

Avec une grande adresse, le commandant évita les obstacles qui se présentaient sur le parcours. À première vue, les difficultés semblaient minimes… si le cavalier n'avait à se préoccuper que de son cheval. Mais le but de l'exercice était ailleurs. Avant de s'élancer, Cassian avait donné l'ordre qu'on ouvre la barrière de l'enclos et la cage des pigeons, puis avait fait venir un chien à ses pieds et un volatile sur son épaule. Réussir ce parcours était une autre paire de manches avec un phénix au-dessus de la tête, un oiseau peureux sur l'épaule et un chien fougueux trottinant près de son cheval.

Tout au long de sa progression, le commandant, toujours très calme, expliqua ce qu'il faisait et en quoi c'était important.

— Il vous faudra guider votre monture sans les rênes, pour vous laisser la possibilité de dégainer votre arme à tout instant, annonça-t-il juste avant de bander son arc et de viser une cible à mi-chemin de la première étape.

Véronyka jeta un coup d'œil amusé vers Petyr. Avoir bridé les chevaux semblait inutile en fin de compte.

Cassian franchit une série de tonneaux disposés les uns contre les autres, tout en gardant l'oiseau sur son épaule et en empêchant le chien de s'élancer à la poursuite des lapins, dont l'odeur portée par le vent distrayait le canidé. Le phénix, lui, continuait à décrire des cercles dans le ciel afin de guider son Dresseur ou de l'informer d'une éventuelle menace.

— Malgré tout, reprit le commandant qui, arrivé au terme du parcours, revenait vers le groupe, il se peut que cheval et oiseau soient obligés de travailler ensemble. Or qui dit phénix, dit feu.

La vague de peur qui submergea tout à coup les défenses psychiques de Véronyka fut d'une telle force que la jeune fille se retourna pour en identifier l'origine. Tristan se trouvait juste derrière elle, le front moite et les dents serrées. Se pouvait-il que cette bouffée d'émotion provienne de lui ou d'un des autres apprentis à proximité ?

Soudain, Maximian plongea en piqué avec un cri perçant et tout son corps s'embrasa. Le spectacle était tellement impressionnant que Véronyka faillit en oublier son devoir : c'est donc avec un léger décalage qu'elle envoya des pensées de quiétude et de sécurité aux chevaux qui s'étaient mis à piétiner le sol de leur enclos sous le coup de l'agitation.

Quant à la monture du commandant, elle se tenait tranquille, les naseaux frémissants, sans montrer le moindre signe d'inquiétude. Lorsque le phénix de Cassian atterrit à quelques pas, les ondes de chaleur dégagées par ses plumes enflammées se répandirent autour de lui. À la surprise de Véronyka, l'oiseau de feu inclina sa grosse tête à l'intention du cheval et de son cavalier. Le commandant sauta alors à terre et vint tranquillement tapoter l'encolure flamboyante de Maximian. Xéphyra n'avait pas vécu assez longtemps pour connaître l'embrasement. Aussi, la jeune fille avait beau savoir que la résistance aux flammes était naturellement associée à la magie qui unissait un Dresseur à son âme sœur, elle n'en était pas moins fascinée : la chaleur n'avait aucun effet sur Cassian.

Après un dernier battement d'ailes, les flammes du phénix s'éteignirent et son maître se tourna vers les apprentis.

—Aujourd'hui, nous occulterons l'exercice final pour nous concentrer sur l'essentiel : compléter le parcours sans incident. Allez, choisissez votre monture.

Véronyka et les autres garçons d'écurie s'écartèrent pour laisser les apprentis pénétrer dans l'enclos. S'ils se partageraient les pigeons et les chiens, il leur fallait en revanche choisir leur monture avec le plus grand soin car chaque cheval aurait son propriétaire attitré.

Brusquement, l'air autour de la jeune fille se chargea d'animagie. Tous les participants venaient d'entamer une conversation muette avec les destriers. S'il lui arrivait souvent de les croiser, en général aux écuries ou dans la grande salle de la forteresse, Véronyka ne connaissait que mal les apprentis. Pour certains, elle réussissait tout de même à mettre un nom sur un visage : elle connaissait Tristan, bien sûr, et Elliot, le bras droit intendant. Elle le voyait souvent aux abords de la citadelle, collé aux talons de Beryk ou en plein milieu d'une de ses courses, qu'il effectuait à toute heure de la journée. Il y avait aussi Anders, un grand garçon dégingandé aux oreilles proéminentes, qui arborait toujours un grand sourire, et Ronyn, l'un des apprentis pyraéens. Les yeux fixés sur ses cheveux noirs coupés court, la jeune fille se demanda si, comme elle, il avait sacrifié ses tresses afin de se joindre au groupe, ou s'il n'en avait jamais eu.

Pendant que Jana allait d'un apprenti à l'autre pour offrir ses conseils sur les qualités ou le tempérament de telle ou telle bête, Véronyka et les autres garçons d'écurie patientaient un peu en retrait, au cas où il leur faudrait répondre à des questions ou discipliner un cheval rétif.

Chaque fois qu'un apprenti s'approchait de Tempête, l'étalon piétinait ou secouait la tête en soufflant par les naseaux, jusqu'à ce que l'importun s'éloigne. La jeune fille en vint à craindre qu'il ne soit délaissé ou même renvoyé à son éleveur.

Si l'humeur de l'étalon en rebuta plus d'un, il n'en alla pas de même pour Tristan. Intrigué, l'apprenti regarda le cheval éconduire l'un après l'autre plusieurs de ses camarades, avant de s'avancer à son tour.

Les jeunes Dresseurs étaient d'âges et de compétences variés, mais il semblait évident que lui les surpassait tous. Chaque matin, quand Véronyka les voyait courir en allant prendre son petit déjeuner, Tristan était toujours en tête. De même, lorsqu'ils s'exerçaient aux techniques de combat sur le terrain d'entraînement, il ne manquait jamais de triompher de ses adversaires, qu'il s'agisse d'un apprenti, d'un garde de la citadelle ou même d'un Maître Dresseur. Le jeune homme excellait au tir à l'arc, au corps-à-corps et au combat à la lance ou au couteau. Aussi Véronyka était-elle curieuse de vérifier si ses dons s'étendaient à la magie.

Patient, Tristan attendit que Tempête ait fini son caprice tout en lui signalant sa présence d'une manière à la fois sereine et ferme. Quand l'étalon s'apaisa enfin, l'apprenti se rapprocha assez pour le laisser lui flairer les mains et le visage. Une fois convaincu que Tempête ne le mordrait pas, le garçon lui caressa la tête et tira de sa poche une carotte. Véronyka ne put s'empêcher de sourire en voyant l'étalon la croquer sans attendre.

Selon toute vraisemblance, Tempête avait trouvé son cavalier et Tristan sa monture.

Intriguée par le lien immédiat qui s'était noué entre les deux, la jeune fille fut tentée d'entrer en contact avec l'étalon pour connaître son appréciation du garçon.

La carotte avait-elle suffi à acheter son affection, ou bien ce cheval aussi maussade que têtu avait-il reconnu son alter ego en la personne de Tristan ?

Communiquer avec un animal revenait à ouvrir dans son esprit un canal temporaire, qui disparaissait presque aussitôt après sa création. Bien sûr, dans le cas des phénix, ce chemin restait ouvert tant que le lien entre les deux âmes sœurs n'était pas rompu.

Prenant une grande inspiration, Véronyka trouva sans mal le passage jusqu'à l'esprit de Tempête, où régnait un mélange familier de douceur et d'obstination. Plus les interactions avec un animal étaient nombreuses, plus la connexion était facile. Fort logiquement, établir un lien avec l'étalon ne demanda presque aucun effort à la jeune fille.

Malgré tout, ce genre d'interactions affaiblissait l'animage. S'il manquait de concentration, les voix d'autres bêtes pouvaient s'immiscer par erreur et fragiliser la connexion qu'il avait établie, voire faire obstacle à la prise de contrôle de la cible de départ.

Et quand l'animage était aussi ombremage ? Dans ce cas précis, le problème était double…

Avant que Véronyka ait pu comprendre ce qui se passait, les pensées de Tristan commencèrent à percer ses défenses psychiques. Tempête servait d'intermédiaire. Du moins était-ce son hypothèse car elle n'entendait que les interactions du garçon avec le cheval.

Il ne s'agissait pas d'émotions projetées, comme les bribes de mots et de sentiments que les autres apprentis laissaient inconsciemment échapper autour d'eux. Non. Pour une raison inconnue, la jeune fille avait été aspirée dans le passage que Tristan avait ouvert entre lui et Tempête. Elle aurait dû se retirer, bien sûr – elle n'avait aucune intention de s'immiscer dans leur lien –, mais elle ne put s'y résoudre.

Contre toute attente, avoir recours aux pouvoirs qu'elle avait passé sa vie à rejeter grisa Véronyka. Au début, elle ne savait pas trop ce qu'elle faisait, mais passés les premiers instants de confusion, où seul un brouillard d'impressions et de pensées étrangères lui était perceptible, elle trouva le fil qui reliait les deux êtres. Le jeune homme couvrait le cheval de compliments et d'éloges, tout en lui promettant d'être bon avec lui. Au passage, elle saisit même une expression en particulier : *« Xe xie »*.

L'Apprenti Dresseur s'adressait à l'étalon sans s'imposer, avec douceur et respect, comme Véronyka quand elle échangeait avec ses amis à quatre pattes. Étant donné le tempérament explosif du garçon et l'attitude hautaine qu'il avait eue envers elle, l'ombremage en fut très étonnée. Mais au moment où il commençait à remonter dans l'estime de la jeune fille, le commandant surgit derrière lui. Aussitôt, la voix silencieuse du garçon se fit cassante et autoritaire et l'étalon rua sans crier gare. Expulsée des pensées de l'équidé, Véronyka sentit sa connexion avec Tristan se rompre. L'incident la remplit de perplexité : pourquoi l'apprenti était-il donc passé de la bienveillance à la tyrannie ?

Mais dès que le commandant eut tourné les talons, le jeune homme sembla se détendre de nouveau. Ainsi donc, la méthode dure prévalait au Nid d'Azurec. Pour sa part Véronyka ne l'avait jamais trouvée très efficace : mieux valait gagner le respect d'un animal que lui imposer son autorité ! Malgré tout, Val n'était pas de cet avis et, apparemment, le commandant non plus.

Tristan informa Jana de son choix de monture avant de rejoindre les autres apprentis qui enfilaient à présent leur équipement et vérifiaient leurs armes.

Anders s'élança le premier. Le temps qu'il monte en selle, puis appelle un chien et un pigeon, ses camarades se rassemblèrent pour observer son parcours. La gorge nouée, Véronyka regarda le jeune Dresseur se préparer. Il convoqua en silence son phénix qui surgit des profondeurs du Nid d'Azurec, où les autres oiseaux de feu attendaient qu'on les sollicite à leur tour.

L'âme sœur d'Anders était deux fois moins grosse que Maximian et sa prestation fut deux fois moins impressionnante. Le cheval de l'apprenti rua et se cabra, son chien aboya et s'en prit aux lapins à plusieurs reprises. Quant au pigeon voyageur, il s'envola dès le début du parcours et on ne le revit plus jamais. Le garçon sembla en revanche s'en tirer un peu mieux avec son phénix et lorsque le commandant lui demanda où se trouvait la seconde patrouille, sa réponse parut le satisfaire.

Pour finir, l'oiseau atterrit avec grâce devant Anders et, malgré sa frayeur, le cheval ne désarçonna pas son cavalier. Les autres apprentis applaudirent leur camarade visiblement soulagé de mettre pied à terre, lui criant même des paroles d'encouragement.

Les huit autres jeunes Dresseurs qui lui succédèrent affichèrent un niveau de réussite comparable. Effectuer plusieurs tâches en simultanée relevait du casse-tête et si chacun des participants se distingua à sa manière – les uns au tir à l'arc ou au saut, les autres avec le chien, le pigeon ou les deux –, aucun ne fut capable de tout maîtriser en même temps. Quant à Véronyka, elle mourait d'envie de tenter sa chance.

Tristan fut le dernier à s'engager sur le parcours. Après s'être occupés de leur cheval, les apprentis déjà passés se postèrent dans un coin pour le regarder. Vu l'attention que lui portaient ses compagnons et le commandant, il était clair qu'on attendait beaucoup de lui. Même les garçons d'écurie l'observaient avec nervosité.

Et pour cause : le jeune homme éclipsa facilement tous les autres. Si Tempête fut un peu réticent au départ – Véronyka le sentait –, il finit par obéir à son cavalier et effectua l'exercice sans se cabrer. Le chien et le pigeon se montrèrent également dociles, à tel point que la prestation du garçon fut parfaite. À un détail près.

Approchant du but, Tristan rappela son phénix, le plus gros parmi tous les oiseaux des apprentis. La créature redescendit en battant des ailes et, à la surprise générale... s'embrasa. Seul le commandant resta de marbre, observant la scène sans trahir la moindre émotion.

Au vu des traits crispés du jeune Dresseur, Véronyka n'aurait su dire s'il avait donné l'ordre à son âme sœur de prendre feu ou si elle avait agi d'elle-même. Quoi qu'il en soit, elle atterrit dans une pluie d'étincelles, déclenchant des hennissements de frayeur parmi les chevaux de l'enclos. Perchés sur les rochers autour de la prairie, les autres phénix se mirent, eux, à pousser des cris stridents en froissant leurs plumes.

Ignorant tout ce remue-ménage, la jeune fille gardait les yeux fixés sur Tempête. Un lien particulier les unissait et malgré la distance, elle percevait la terreur du cheval. Les yeux révulsés, il soufflait bruyamment par les naseaux et se cabrait. Ignorant l'étalon, le phénix gonfla ses plumes embrasées, les deux pattes bien campées dans le sol, pendant que Tristan tentait désespérément de garder le contrôle de sa monture. Mais Tempête ne voulait rien entendre : il tournait sur lui-même, donnait des coups de sabot… si bien que le pigeon s'envola et que le chien s'enfuit, la queue entre les jambes.

Véronyka ne prit pas la peine de réfléchir. Se détachant du groupe, elle vint s'interposer entre l'oiseau de feu et le cheval, qui cherchait toujours à désarçonner son cavalier. À cette distance, la chaleur était tellement suffocante que la jeune fille chancela. Assis en travers de sa selle, Tristan était à deux doigts de faire une mauvaise chute, voire d'être piétiné.

Malgré la panique l'assaillant de tous côtés, Véronyka parvint à rester concentrée sur Tempête. Leur précédent lien avait beau être sur le point de se dissiper, elle finit par en trouver les vestiges et rouvrit le passage. Les yeux plongés dans ceux de l'étalon, elle se servit de l'animagie pour véhiculer au cheval des émotions apaisantes jusqu'à détourner son attention du phénix.

— *Regarde-moi*, murmura-t-elle dans son esprit. *Garde ton attention rivée sur moi.*

Tempête secoua la tête et se cabra de nouveau, mais la détermination de Véronyka ne faiblit pas.

— *Regarde-moi*, répéta-t-elle.

Un instant plus tard, le cheval se laissait tomber sur les pattes avant, comme une marionnette tenue par des fils. Puis, après avoir soufflé une dernière fois par les naseaux, il s'immobilisa.

Tristan mit pied à terre, prit quelques secondes pour rassembler ses esprits et adressa un signe de tête à son phénix : aussitôt, les flammes s'éteignirent. Toute l'assistance, commandant y compris, resta bouche bée. Finalement, le jeune homme rompit le silence.

—Qu'est-ce qui t'a pris ? s'écria-t-il d'une voix tremblante en se tournant vers Véronyka. Qui es-tu pour interférer avec un exercice d'apprenti ?

L'intéressée resta sans voix. Elle n'avait agi que dans le but de calmer Tempête et de les protéger, lui et son cavalier. Plutôt que des réprimandes, elle s'était attendue à recevoir des louanges.

Le commandant s'avança vers les deux adolescents.

—Vous avez visiblement tous besoin de pratique. Certains plus que d'autres, ajouta-t-il, les yeux fixés sur Tristan. Cet exercice, qui remplacera désormais votre cours de cartographie du matin, souligne l'importance de la concentration.

Les jeunes gens commençaient déjà à rassembler leurs affaires, lorsqu'il ajouta :

—Tristan, tu t'entraîneras aussi le soir. Tous les soirs. Nyk te donnera un coup de main. Tu as de la chance de l'avoir trouvé… Il pourra peut-être t'enseigner quelques astuces.

Le garçon foudroya Véronyka du regard. Elle-même ne comprenait pas : allait-elle devoir donner des leçons à un apprenti ?

—Mais, mon commandant…

S'il s'était exprimé sur le ton de l'incrédulité, le jeune homme baissa rapidement la voix pour ne pas attirer l'attention de ses camarades.

— Père, ce n'est qu'un… qu'un garçon d'écurie. Que voulez-vous qu'il m'apprenne ?

Père ? L'évidence sauta tout à coup aux yeux de Véronyka : Tristan avait les mêmes yeux marron clair que Cassian, la même implantation de cheveux et un peu de son assurance naturelle. La jeune fille s'empressa de reconsidérer tous les échanges dont elle avait été témoin à travers le prisme de ce lien familial. Tout à coup, la mauvaise humeur de l'apprenti s'expliquait beaucoup mieux.

Le commandant afficha une petite moue amusée.

— Qu'est-ce qu'il pourrait t'apprendre ? Eh bien, l'humilité, pour commencer, répondit-il avant d'enfourcher son cheval et de s'en aller au trot vers le village.

Tristan jeta un nouveau regard haineux à Véronyka avant de s'élancer à la poursuite de son père.

L'adolescente, elle, aida ses camarades à ramener les animaux en essayant de se faire la plus discrète possible. Déjà que l'apprenti ne devait pas la porter dans son cœur depuis qu'elle l'avait, sans le vouloir, fait passer pour un imbécile lors de leur première rencontre – sans oublier leur dispute au cours de l'interrogatoire… La situation ne risquait pas de s'arranger à présent !

Or, si s'attirer les foudres d'un jeune Dresseur était déjà ennuyeux, se mettre à dos le fils du commandant était une autre paire de manches.

Mais le feu forge les armes.
L'obsidienne, l'acier… les phénix. Tous
sont plus résistants après avoir été soumis
à l'épreuve des flammes. Il en va parfois
de même pour les êtres humains.

CHAPITRE 17
SEV

Il aurait dû se procurer un couteau.

Sev n'avait toujours pas remplacé la dague que cette étrange fille lui avait volée – avant de le menacer avec. À mesure qu'il progressait péniblement à travers l'épais sous-bois, le fourreau vide à sa hanche lui rappelait à chaque enjambée sa déconfiture. Cette lame ferronaise, il l'avait dérobée à un officier qui avait laissé son sac sans surveillance au cours d'un exercice d'entraînement dans la capitale. Elle avait beau être dénuée d'ornements – sans doute pour ne pas éveiller la convoitise –, le poinçon qu'avait repéré Sev près du manche témoignait de sa valeur. Le jeune homme avait espéré pouvoir la vendre un jour, mais avec ces branches qui s'accrochaient à lui pour la énième fois, même un couteau à beurre l'aurait contenté à ce moment précis. Il pensa à regret aux haches, aux épées, aux lances et à toutes les armes qui se trouvaient encore à sa portée quelques minutes plus tôt. Le front dégoulinant de sueur, il ne cessait de repousser les mèches fantômes qu'il avait sacrifiées en devenant soldat. Sans une chevelure épaisse pour les retenir, les gouttes de transpiration roulaient sur ses tempes et sa nuque.

Ce maudit lama ne l'aidait pas beaucoup non plus. Comble de malchance, Sev avait choisi un farceur : dès qu'il avait le dos tourné, il sentait le souffle de la bête juste derrière lui, prête à planter ses dents dans la moindre partie exposée de chair.

Il n'était pas allé bien loin quand un léger craquement attira son attention. Voyant les oreilles du lama remuer, le jeune homme se figea pour scruter les environs, jusqu'à ce qu'une silhouette surgisse entre les arbres. Kade.

Stupéfait, Sev se détourna précipitamment pour dissimuler sa réaction et saisit les rênes de la bête au cas où elle s'agiterait. Mais de toute évidence, la présence rassurante du serf agissait déjà sur son esprit. Dès que ce dernier se rapprocha, l'animal alla glisser sa tête sous la main qu'il lui tendait. *Traître !* songea le soldat.

— Ils sont en train de faire le compte, annonça le nouveau venu.

Son ton était désinvolte, comme si leur rencontre était le fruit du hasard et l'information qu'il venait de transmettre banale.

Le fuyard sentit son visage déjà rougi s'échauffer encore davantage quand il répondit :

— Je sais, mais c'est moi qui suis chargé de superviser les lamas. C'est donc à moi de les compter. Alec est trop feignant et Grier trop soûl, poursuivit-il en référence aux autres soldats de corvée avec lui ce jour-là. Estime-toi heureux que je ne supervise que les bêtes et pas les serfs. Ne crains rien, je ne te signalerai pas.

Kade souffla bruyamment par le nez.

— Et quand ils n'ont pas le compte des animaux… tu t'imagines qu'ils passent à autre chose ?

Il s'exprimait d'une voix calme et posée, à des lieues de ses accès de colère habituels. Pour une raison que Sev n'aurait su expliquer, ce ton conciliant l'échauffa. Ce serf le traitait comme un simple lama, une créature lunatique et bornée.

Le soldat lâcha les rênes et se tourna enfin vers Kade, les poings serrés.

— Quand ils s'apercevront de mon absence, je serai déjà loin. Le reste, je m'en moque.

— Ils te pourchasseront.

Toujours cette même indifférence dans la voix. Pour autant, l'expression du serf semblait trahir un intérêt secret qui l'avait poussé à entamer cette conversation, même s'il s'évertuait à montrer le contraire.

Soucieux, Sev s'efforçait d'y voir clair quand, soudain, la gravité de la situation lui sauta aux yeux. En suivant un fugitif… Kade devenait son complice !

— C'est mon problème, déclara le soldat, pas le tien. Si tu rejoins les autres maintenant, ils croiront juste que tu lambinais.

— Impossible.

— Hein… Et pourquoi ?

Le serviteur caressait d'une main le long cou du lama.

— Tu sais ce qui se passe quand un serf perd un animal qui est sous sa responsabilité ?

Sev se figea. À vrai dire, il n'y avait pas songé.

Et pourquoi ça t'aurait traversé l'esprit ? railla une voix dans sa tête. Kade ne l'aimait pas et n'en faisait pas mystère, alors pourquoi le soldat le traiterait-il avec égard ? Il ne lui devait rien. Absolument rien.

C'était peut-être égoïste de sa part, mais pour survivre, il fallait penser en premier lieu à soi. Ce qui était arrivé à ses parents en était la démonstration. Leur altruisme leur avait coûté la vie et au bout du compte, ils avaient laissé leur enfant seul dans un monde qui le haïssait pour ce qu'il était. Au point qu'il avait été contraint de devenir quelqu'un d'autre. Les héros parcourant le ciel pour protéger leur peuple appartenaient au passé. Ne restaient que l'empire et ceux qui souffraient sous son joug. Certes, selon la rumeur, des Dresseurs cherchaient à se rassembler, mais leurs jours étaient comptés. Trix et Kade étaient fous de penser qu'ils avaient la moindre chance.

Pourtant, au tréfonds de son âme, Sev voulait y croire, lui aussi. Il avait envie d'avoir foi en quelque chose et malgré les sentiments contradictoires que lui inspiraient Kade et sa cause, lui laisser porter le chapeau aurait été injuste.

Le serf regardait le soldat droit dans les yeux. Tous deux étaient de taille équivalente, mais en comparaison, Sev semblait beaucoup plus frêle, tel un rameau face à un tronc robuste.

Distrait par une douleur aiguë, le militaire baissa les yeux et s'aperçut qu'il serrait les poings jusqu'à s'en faire mal. Quant aux mains de Kade, toujours posées sur le lama, elles tremblaient. Il avait peur, mais de quoi ? De se faire surprendre avec Sev ?

Une bouffée de tristesse envahit le soldat. Lui aussi avait peur, mais pour d'autres raisons.

— Bon, d'accord, dit-il en faisant volte-face. On rentre.

Dès qu'il aperçut l'arrière des troupes, Sev constata qu'elles étaient à l'arrêt. Il jeta un coup d'œil à Kade, qui semblait s'être fait la même réflexion.

— Laisse-moi parler, lui ordonna le soldat en lui tendant les rênes du lama avant de s'avancer d'un pas décidé vers son contingent.

Le capitaine Belden, rentré depuis longtemps, se tenait immobile à l'arrière du convoi. Le fantassin sentit son estomac se nouer. La présence de l'officier n'était pas bon signe.

En les voyant approcher, l'adjudante Yara, qui attendait près du capitaine, marcha à leur rencontre.

— Qu'est-ce qui t'a pris de séparer cet animal du convoi, magesclave ? aboya-t-elle en se tournant vers Kade.

Le sang de Sev ne fit qu'un tour. Il détestait l'attitude des soldats envers les serfs, même s'il n'oubliait pas que c'était justement cette attitude qui lui avait valu l'inimitié de Kade en premier lieu. Malgré tout, en cet instant précis, leur position était dangereuse. La prudence était donc de mise.

— C'est ma faute, lança-t-il d'une voix forte en s'interposant. C'est moi qui ai emmené le lama et le serf.

Bien qu'il n'ose pas regarder le complice de Trix, il perçut son étonnement. Les militaires ne prenaient jamais la défense de simples serviteurs.

Yara sembla surprise, elle aussi.

— Et qui t'a donné la permission d'abandonner ton poste, soldat ? (D'un signe de tête, elle désigna Kade et le lama.) Cet animal et cet homme sont la propriété de Rolan, le gouverneur de Ferro, et par extension, celle du capitaine Belden. Tu ne peux pas en disposer à ta guise.

Sev prit une grande inspiration, le temps de retrouver une contenance et la voix fluette qu'il utilisait d'habitude.

— Ce lama boitait, adjudante. D'après ce serf, il avait une crampe musculaire et besoin d'un rapide massage pour la faire passer. On s'est donc mis à l'écart pour le soigner. On ne voulait pas retarder le convoi.

— C'est elle, la bête estropiée ? demanda Belden en devançant Yara.

Il se tenait juste derrière eux, occupé à consulter une carte que lui tendait son aide de camp. D'un geste impatient, il finit par la repousser et s'avança vers le petit groupe. Le capitaine était un homme fourbe au visage pâle en lame de couteau et aux cheveux blonds clairsemés. Endurci par la guerre, il était réputé pour sa cruauté et sa brutalité, en dépit d'un goût prononcé pour les étoffes et les vins raffinés.

— Oui, mon capitaine. Mais maintenant il marche normalement, et…

— Écarte-toi ! ordonna Belden en dégainant une dague qui, avec son manche de cuir embossé et ses volutes gravées sur la lame d'acier ferronais, surpassait largement en élégance le poignard de Sev.

Puis, après avoir arraché les rênes des mains de Kade, qui ne résista qu'une fraction de seconde avant de les lâcher, il trancha la gorge de l'animal sans la moindre hésitation.

Le fantassin eut à peine le temps de comprendre ce qui se passait que le lama s'effondrait dans une mare de sang avec un grognement étranglé.

Le serf chancela. Sev, lui, ne parvint à dissimuler sa réaction instinctive qu'au prix d'un immense effort. Seul un animage pouvait ressentir de manière aussi intime la mort d'un animal. Le jeune soldat avait donc tout intérêt à ne pas se trahir devant le capitaine, qui tenait encore à la main sa dague ensanglantée.

Au sein de l'empire, un grand nombre d'idées fausses circulaient au sujet de ses semblables. On les dépeignait soit comme des créatures bestiales, incapables d'utiliser leur intelligence à bon escient ni d'éprouver une émotion proprement humaine, soit comme des êtres trop sensibles se lamentant à la mort du moindre cafard et s'attachant à n'importe quelle créature pour en faire leur animal de compagnie.

Pour Sev, la deuxième présomption recélait une part de vérité. Durant son enfance à la ferme, il avait eu toutes sortes de compagnons, ce qui ne l'empêchait pas d'accepter l'idée que certains animaux soient destinés à être mangés et d'autres à labourer les champs, tirer des charrettes et travailler, au même titre que les êtres humains.

Quoi qu'il en soit, que les animages puissent ressentir les émotions des bêtes était de notoriété publique. Ils allaient même, parfois, jusqu'à nouer des liens plus forts avec eux qu'avec leurs congénères humains. Cette proximité les rendait vulnérables et le capitaine Belden venait juste d'exploiter cette fragilité.

Tandis que Sev et Kade contemplaient d'un air horrifié l'animal étendu par terre, le chef de la compagnie essuyait soigneusement la lame de sa dague avec le mouchoir brodé de son monogramme que venait de lui tendre son adjudante. Il procédait à gestes lents, presque cérémonieux. Le soin qu'il accordait à cette tâche contrastait violemment avec la cruauté désinvolte dont il venait de faire preuve en égorgeant le lama.

— Tu es désormais affecté à notre unité de chasse, tu te présenteras à l'adjudant Lyle, ordonna-t-il à Kade, qui parvint à garder contenance au prix d'un effort visible. Si j'apprends que tu traînes près des bêtes de somme, tu seras sévèrement puni. C'est bien compris, magesclave ?

Les dents serrées, le serf répondit avec un hochement de tête.

— Oui, mon capitaine.

— Je ne tolérerai pas que notre convoi soit retardé, poursuivit Belden d'un ton nonchalant en examinant de près sa dague pour y essuyer une dernière moucheture sanglante. Pour aucune raison que ce soit.

Il avait prononcé cette dernière phrase en gardant les yeux rivés sur Kade. Le message était clair : cette fois, c'était le lama, mais à la prochaine incartade, ce serait le serf qui y passerait. Après avoir rengainé son arme dans son fourreau et rendu le mouchoir taché de sang à son aide de camp, Belden regagna d'un pas énergique la tête du convoi.

— Je m'occuperai de toi plus tard, soldat, lança Yara avant d'emboîter le pas au capitaine.

Sev se tourna vers Kade, convaincu de lire sur son visage colère ou déception. Il venait d'être affecté au pire poste pour un animage : concrètement, il allait devoir se servir de sa magie pour attirer à lui des animaux confiants, avant de les massacrer. Mais quand le jeune soldat croisa son regard, il n'y vit qu'une immense panique. Le serf contemplait la clairière d'un air hagard, les joues livides. Au même moment, la lumière se fit dans l'esprit de Sev : la mission de Trix !

Il ignorait en quoi consistait la tâche de son camarade – ni même la sienne, d'ailleurs –, mais de toute évidence, Kade avait été assigné aux bêtes de somme dans un but précis.

Et Sev venait de tout faire capoter.

Deux soldats traînèrent la carcasse du lama à l'écart du chemin pendant qu'une poignée de serfs récupéraient le matériel et les provisions qui y étaient encore attachés. La démonstration ne souffrait d'aucune équivoque : seuls les objets, et non la vie, présentaient une quelconque valeur dans ce monde. Le fantassin fut frappé par l'absurdité de toute cette histoire. La pauvre créature était morte pour rien, à cause de ses décisions égoïstes, et pour couronner le tout, il avait, sans le vouloir, entraîné Kade et Trix dans ce désastre.

Au moment où le convoi se remit en route, le jeune soldat aperçut la vieille femme devant lui qui le dévisageait.

Il se dépêcha de détourner le regard.

Les Pyromaque ont longtemps payé de leur sang, et dans les flammes, notre droit de gouverner.

CHAPITRE 18
TRISTAN

Tristan sauta le déjeuner.

Les autres apprentis étaient sans doute en train de discuter des événements de la matinée et il ne voulait pas les priver d'une occasion d'échanger des ragots sur le commandant et son fils, encore à couteaux tirés.

Plutôt que de se diriger vers la grande salle, il tourna donc à gauche, contourna le temple et regagna le baraquement des apprentis. Une fois à l'abri des regards, il se mit à faire les cent pas.

Aussi serein que les montagnes. Aussi serein. Aussi ser…

Envahi par une bouffée de rage, il fit volte-face et donna un grand coup de poing dans un mur.

Sa colère se dissipa aussi vite qu'elle était venue. Tristan poussa un gros soupir pour terminer de se calmer avant d'examiner les dégâts – d'abord sur la paroi, puis sur ses phalanges endolories. Par chance, la surface en question n'était qu'une mince cloison de bois, dont les lattes étaient beaucoup moins solides que les planches qu'on fabriquait dans la plaine. Si elle avait été en pierre, comme les murs extérieurs du bâtiment, il se serait à coup sûr broyé les os de la main. Le jeune homme lâcha un rire amer en songeant à l'explication qu'il aurait dû trouver pour le commandant. Du sang suintait de ses phalanges et la cloison était en piteux état. Tristan allait devoir demander à un domestique de la réparer et prier pour que son père ne s'aperçoive de rien.

Il se laissa tomber en travers de son hamac et commença à se balancer négligemment d'avant en arrière. Le baraquement des apprentis était un long bâtiment étroit. Plutôt que des lits de bois ou des paillasses à même le sol, les Dresseurs avaient opté pour des hamacs. Ce dispositif permettait de loger un maximum de dormeurs, parfois même les uns au-dessus des autres. Il suffisait de s'aider de tabourets pour se hisser sur la couchette du haut. Malgré tout, comme ils n'étaient que dix apprentis, le plus grand nombre des hamacs restaient inoccupés. Tristan en avait choisi un au ras du sol et près de la porte du fond, dans l'espoir d'y trouver un semblant d'intimité.

La plupart des jeunes Dresseurs pensaient que le commandant favorisait son fils unique et seul héritier. Alors qu'en réalité, c'était tout le contraire.

Depuis des mois, l'envie de s'entraîner avec son phénix et un cheval tenaillait Tristan. Le parcours d'obstacles était la dernière étape à franchir – et non la moindre – avant de devenir Maître Dresseur. Mais son père avait insisté pour que le jeune homme attende les autres, loin d'être aussi doués que lui.

Puis une inquiétude lancinante avait refait surface, l'angoisse que le commandant ait découvert son talon d'Achille et se serve de cette histoire de patience avec les autres comme d'un prétexte. Ce ne serait pas la première fois que Cassian lui mentirait. Tristan détestait avoir à deviner ses véritables intentions à chacune de leurs conversations.

Gardant farouchement son secret, le jeune homme mettait tout en œuvre pour se relever de ses échecs – comme lors de l'exercice de saut du haut de la falaise – et en ressortir deux fois plus fort. Malgré tout, à un moment ou un autre, le doute venait toujours le paralyser. Un éclair d'hésitation que son père finirait par déceler, l'apprenti en était convaincu. Et alors, que se passerait-il lorsque le commandant apprendrait que son fils avait peur du feu, cet élément qui constituait l'essence même des Dresseurs de phénix ?

Mais cette vie avait beau mettre ses nerfs à rude épreuve, c'était celle-là que Tristan voulait mener, et aucune autre. Hors de question de renoncer à son rêve à cause d'une phobie qu'en définitive, il était capable de contrôler.

Après la démonstration de son père, il avait vu dans le parcours d'obstacles l'occasion de lui prouver sa véritable valeur. Il avait même cru pouvoir le convaincre de lui confier sa propre patrouille – son but ultime.

Au lieu de quoi, il s'était ridiculisé. Enfin, non. Ça, c'était ce garçon d'écurie, Nyk, qui s'en était chargé.

Comme si rater un nouvel exercice n'était déjà pas assez humiliant, il avait fallu que cet imbécile lui sauve la vie ! Pire, ce n'était pas la première fois que ce gamin le faisait passer pour un idiot ! Le récit de la patrouille désastreuse de Tristan avait fait le tour de tous ses camarades, qui avaient bien sûr trouvé matière à ricaner dans le fait qu'il ait « dégoupillé trop tôt ». Dès qu'ils apercevaient Nyk, ils lançaient à leur camarade apprenti des regards à la dérobée, un sourire narquois au coin des lèvres. Avec ce nouveau fiasco, les chances que cette histoire tombe aux oubliettes étaient désormais proches de zéro.

Cent fois Tristan s'était rejoué mentalement la scène depuis qu'ils avaient quitté le parcours d'obstacles, et il était convaincu que sans l'intervention de ce trouble-fête, il aurait pu reprendre le contrôle des événements. Le feu l'avait fait paniquer – rien de nouveau –, mais avec quelques minutes de plus, il aurait ordonné à Rex d'éteindre ses flammes et à ce satané cheval de se tenir tranquille, avant de rappeler son chien et son pigeon. En un mot, il aurait pu tout arranger ! Mais non, il avait fallu que cet avorton déboule sur le parcours, au risque d'être piétiné ou brûlé vif, et qu'il corrige le tir à sa place, qui plus est sans effort, ou presque.

Ce morveux commençait vraiment à lui taper sur les nerfs.

Tristan s'enfouit la tête dans les mains. Comme si être humilié devant ses camarades ne suffisait pas, il avait surpris une lueur familière dans le regard de son père. Cette erreur était l'excuse que le commandant attendait pour le faire patienter encore plusieurs semaines, voire des mois. Le jeune homme aurait beau redoubler d'efforts, Cassian n'aurait de cesse de lui rappeler ce moment fatidique.

Sans même parler de son propre malheur, les Dresseurs risquaient eux aussi de pâtir de la situation. Quelle que soit l'opinion du commandant sur son fils, elle ne changeait rien à la nécessité de créer de nouvelles patrouilles. La rencontre de Tristan avec Nyk en était une preuve de plus. Surveiller les zones susceptibles d'abriter des pillards et des espions de l'empire, sur les Contreforts, les hauts plateaux et dans les forêts inhabitées était indispensable.

Reste qu'après ce nouvel échec, Cassian refuserait d'étudier sa proposition, dans l'unique but de lui donner une leçon d'humilité.

— Tu as gagné, père, marmonna-t-il en se levant. Je n'ai aucune envie de pavoiser.

Quelques heures plus tard, Tristan oubliait déjà sa bonne résolution en se dirigeant vers le parcours d'obstacles. Comment son père avait-il pu le rabaisser de la sorte ? Que le jeune homme soit le meilleur parmi les apprentis ne suffisait donc pas. Certes, il avait commis des erreurs, mais c'était bien parce que le commandant l'avait poussé à bout.

Il rumina tant et si bien que quand il rejoignit Nyk, qui l'attendait, fébrile, près de Tempête, Tristan était d'une humeur massacrante.

Aussi serein que les montagnes, se répéta-t-il, mais les mots avaient perdu tout leur sens. Il ne daigna pas adresser la parole au garçon d'écurie, qui l'observait de ses yeux noirs comme du charbon. Son nez était barbouillé de saleté et son uniforme de domestique taché et trop grand pour lui. Pour autant, Nyk devait posséder de puissants pouvoirs pour avoir réussi à calmer un cheval aussi fougueux que Tempête, tout en s'approchant sans la moindre hésitation d'un Rex embrasé de la tête aux pattes… Le gamin avait la trempe d'un Dresseur, Tristan était bien obligé de l'admettre. Mais qu'importe, tous les talents naturels du monde n'en faisaient pas un expert. Or, le voir chargé par le commandant d'aider son fils avait ébranlé l'ego déjà fragile de l'intéressé.

D'humeur maussade, l'apprenti saisit les rênes de son cheval, monta en selle et appela les autres animaux. Puis, en silence, il s'élança sur le parcours sans un regard pour le garçon d'écurie.

À mi-chemin, Nyk le rattrapa en courant.

— Je… Ne suis-je pas censé vous aider ? hasarda-t-il timidement.

Tristan s'arrêta à quelques mètres de la cible.

— Tu sais monter ?

— Euh… à cheval ?

Tristan soupira et fit de son mieux pour répondre d'un ton poli : il se doutait bien que le garçon n'avait pas l'expérience des chevaux et des phénix, ni même des lamas, d'ailleurs :

— Évidemment…

— Non, fit Nyk.

Le jeune Dresseur hocha la tête d'un air entendu puis désigna l'arme qu'il tenait à la main.

— Est-ce que tu sais tirer à l'arc ?

— Non, répéta le garçon d'écurie en baissant les yeux.

— Non. Bon. Tu as déjà eu à te servir d'un pigeon voyageur ? Chassé avec un chien ? Accompli la moindre tâche en rapport avec ce parcours d'obstacles ?

Nyk secoua la tête, penaud.

— C'est bien ce que je pensais.

Tristan reporta sa concentration sur la cible. Il savait qu'il se montrait injuste, mais c'était plus fort que lui. *C'est ce que tu voulais, hein, père ? Que je te ressemble davantage ?*

— Pourquoi le commandant m'a-t-il désigné, alors ? demanda l'aide-palefrenier en relevant enfin la tête.

Malgré lui, l'apprenti éprouva de la compassion pour le pauvre garçon.

— Il aime bien jouer avec ses subordonnés. Tu t'y habitueras… ou pas. Je pensais avoir pris le pli et regarde-moi.

Les joues de Tristan s'empourprèrent. Dévoiler ses sentiments n'était pas dans son intention. Sauf qu'à sa grande surprise, le regard de Nyk exprimait de l'empathie. Comme si les mots que le jeune Dresseur venait de prononcer n'étaient pas les divagations du fils du commandant, ce gamin gâté et soi-disant incompris, mais bien un témoignage, auquel un simple garçon d'écurie pouvait s'identifier.

— Bon, et qu'est-ce que vous voulez que je fasse ? s'enquit Nyk après un long silence.

Il leva les yeux vers Tristan et remarqua sa main blessée. L'apprenti s'empressa de la cacher dans les replis de ses vêtements avant de se redresser sur sa selle.

— Contente-toi de rester en dehors de mon chemin.

L'aide-palefrenier désigna le matériel entassé dans un coin, qui risquait de prendre feu si Rex s'embrasait.

— Vous comptez faire l'exercice jusqu'au bout ?

— Non, répondit le jeune Dresseur d'un ton plus sec qu'il ne l'avait escompté. Je… Non, pas ce soir.

Le garçon d'écurie acquiesça, l'air un peu perplexe, avant de s'écarter. Le cavalier ferma les yeux. Il ne se sentait pas capable d'affronter de nouveau son phénix embrasé, c'était trop tôt. Malgré tout, il allait devoir se montrer plus prudent. Qu'il soit aussi nerveux n'arrangeait rien.

Il redressa les épaules dans un soupir et se remit en route. L'exercice était épuisant, d'autant que Tristan en était à sa deuxième tentative de la journée. Bien qu'il s'efforce de ne pas laisser transparaître sa nervosité – une habitude acquise à force d'être constamment surveillé par son père –, des gouttes de sueur perlaient sur son front et sa concentration se relâchait. Devoir contrôler trois animaux en simultané tout en maintenant le lien avec Rex, qui planait au-dessus de lui, le vidait de son énergie. Bientôt, il se résigna à demander à son phénix de se cantonner à se déplacer en cercle dans le ciel sans lui décrire le paysage qu'il survolait ou lui faire un rapport sur les allées et venues à l'intérieur de la citadelle.

L'agitation de Nyk, elle, allait croissant. Il suivait l'apprenti en silence, mais de toute évidence, mourait d'envie de lui parler. Il ouvrait et fermait la bouche, joignait fiévreusement les mains, se rapprochait un peu avant de reculer brusquement.

À bout de patience, Tristan finit par s'arrêter net.

— Quoi ? s'exclama-t-il.

Il se moquait pas mal de ce que l'aide-palefrenier avait à dire, en revanche, il avait besoin de faire une pause. S'il le laissait lui donner son avis, peut-être Nyk cesserait-il de gesticuler et l'apprenti pourrait en finir avant la tombée de la nuit. À l'horizon, le soleil, orangé, surplombait déjà les montagnes. Encore quelques minutes, et il aurait disparu.

Le garçon d'écurie hésita.

— C'est juste que… Vous… Eh bien…

— Vas-y, crache le morceau.

— Bon. Vous vous y prenez mal, finit-il par lâcher.

Puis, après une courte pause, il ajouta :

— Sauf votre respect.

Le père de Tristan étant le gouverneur légitime de Ferro, il était naturel que Nyk le vouvoie. À vrai dire, le garçon aurait même dû l'appeler « mon seigneur », si la fonction n'avait pas été occupée désormais par un autre homme que le commandant. Quoi qu'il en soit, le jeune Dresseur trouvait le vouvoiement déplacé.

— Inutile de me vouvoyer. Je ne suis qu'apprenti.

— D'accord, répondit le garçon d'écurie sans s'émouvoir.

— Bon, qu'est-ce qui ne va pas, dis-moi.

Nyk désigna les animaux.

— La façon dont tu te sers de ta magie. Tu y vas trop fort. Regarde Tornade. (Il montra le chien aux pieds de Tempête.) Au lieu de lui expliquer tes attentes et de le guider dans les différentes étapes, tu lui imposes ta volonté en exerçant une pression constante sur son esprit, ce qui te fatigue inutilement au passage. Pas étonnant que tu le perdes dès que tu lâches.

Pour toute réponse, Tristan afficha une moue sceptique. Donner des ordres aux bêtes ne lui plaisait pas, mais faire preuve de gentillesse quand on espérait l'obéissance était d'une naïveté confondante. Même son lien avec Rex qui, au fil du temps, s'était mué en amitié, s'était construit au départ sur une relation de Dresseur à monture, de maître à serviteur.

Malgré tout, l'oiseau en question ne semblait pas du tout d'accord. Si les phénix avaient eu la possibilité de lever les yeux au ciel, il ne s'en serait d'ailleurs pas privé. Son agacement se propageait à Tristan par l'intermédiaire de leur lien. Rex estimait que leur connexion les plaçait sur un pied d'égalité.

L'apprenti secoua la tête pour en chasser les pensées de son âme sœur. L'idée qu'il puisse interagir avec un chien de la même manière qu'avec son phénix – un être auquel il était magiquement lié – lui sembla soudain totalement saugrenue.

Il leva les yeux vers le ciel de plus en plus sombre : le temps filait à toute vitesse. Les paroles de Nyk l'interpellaient mais, de toute évidence, elles étaient le fruit de la jeunesse et de l'inexpérience. Tristan ne faisait qu'appliquer les consignes, or le commandant – un vétéran de la guerre de Sang – en savait certainement bien davantage sur la manière d'exercer ses pouvoirs qu'un gamin de seize ans sans phénix.

— Tes observations sont certes fascinantes, mais c'est ainsi qu'on forme les animages depuis des générations. L'objectif, c'est que les animaux nous obéissent, pas qu'ils deviennent nos amis. Et puis je ne vais pas le perdre, conclut Tristan en désignant le chien d'un signe de tête.

Laissant Nyk derrière lui, il reprit l'exercice deux fois plus concentré, de crainte que sa fatigue ne donne raison au garçon d'écurie.

Au moment où il changeait de direction pour se préparer à la dernière étape, il ressentit tout à coup l'ennui qu'éprouvait Rex, et sa concentration en fut perturbée. Le pigeon posé sur son épaule, lui, mourait d'envie de s'en aller picorer quelques graines. Quant à Tornade, il venait à nouveau de flairer l'odeur des lapins, ce qui l'excitait au plus haut point.

Soudain, un bruit retentit dans le silence de la prairie. Il provenait du bout du parcours, où Nyk se tenait juste en dessous de la cible, un bâton à la main. Distrait par le coup que venait de frapper l'aide-palefrenier, Tristan relâcha sa pression sur les animaux.

Juste à ce moment-là, Nyk prit son élan et, avec un petit sourire, lança de toutes ses forces le morceau de bois en l'air. Avant que l'apprenti ait pu esquisser le moindre geste, le chien s'élança comme une flèche, le pigeon prit son envol et le cheval se cabra, manquant de peu de désarçonner son cavalier. Le seul animal qui suivait encore les ordres de son maître, c'était Rex, dont l'ennui s'était subitement dissipé à la vue du spectacle donné en contrebas.

Sans un regard pour Tristan, le garçon d'écurie commença à rassembler le matériel en prévision du départ. Le jeune Dresseur ne prit pas la peine d'achever le parcours ni de rappeler ses animaux : il rejoignit Nyk au galop puis sauta au bas de son étalon.

— Par les royaumes obscurs, à quoi tu joues ?

Ce n'est que lorsque Rex atterrit à proximité que l'aide-palefrenier consentit enfin à tourner la tête. Il regarda le phénix avec envie, les yeux brillant d'admiration.

— Si tu refuses de donner des ordres aux animaux, reprit Tristan, dis-moi un peu, comment as-tu fait pour que le cheval…

— Tempête, le corrigea Nyk en se tournant brusquement vers lui. Il s'appelle Tempête.

Il esquissa un geste en direction de Rex, avant de poursuivre :

—Quand tu parles de cette magnifique créature, tu ne dis pas « l'oiseau », j'imagine ?

L'intéressé pencha la tête de côté, comme s'il guettait la réponse de Tristan.

—Quoi ? Non. Il s'appelle Rex.

Nyk acquiesça, les yeux toujours fixés sur le phénix.

—Oui, ça te va comme un gant, mon majestueux ami.

—Arrête ! aboya le jeune Dresseur lorsque son âme sœur se redressa en bombant le poitrail.

Mais sa colère reflua bien vite devant l'affection évidente qu'éprouvait son phénix pour le garçon d'écurie.

—Allez, ouste ! lança-t-il à Rex.

L'oiseau s'envola, non sans avoir hérissé son plumage en signe de protestation.

—Si tes dons se limitent à la flatterie, railla Tristan, j'aimerais bien savoir comment tu as fait pour te faire obéir aussi facilement de Tempête ce matin. Et ne va pas me dire que tu lui as gentiment demandé de t'aider, sans imposer ta volonté… Il n'y a que Rex pour m'écouter de la sorte.

Nyk soupira, comme s'il était las d'entendre l'apprenti lui poser toujours la même question.

—Je l'ai convaincu, voilà tout.

—Convaincu ? répéta, incrédule, le jeune Dresseur, qui ne pouvait s'empêcher de penser aux manigances perpétuelles de son père. Arrête de me mentir. Il n'existe rien de pire que les menteurs.

—Je ne mens pas ! s'emporta Nyk. S'il m'a obéi sans hésiter, c'est parce qu'il me connaît déjà. Quand on se lie d'amitié avec les animaux, qu'on les traite comme nos égaux, ils nous font confiance et nous écoutent sans sourciller. C'est ce que je voulais te faire comprendre avec

Tornade. Si tu avais su gagner sa confiance, il serait resté à tes côtés.

Tristan secoua la tête, agacé. Quelles inepties il ne fallait pas entendre !

— Tu es trop sensible pour ce genre de travail. On croirait entendre une fillette qui cherche à câliner un chiot.

Une grimace outragée déforma les traits de Nyk.

— Et toi, trop fier pour admettre que tu as tort et que parfois, la gentillesse vaut mieux que la cruauté ! Proteste autant que tu veux, moi je sais qu'au fond, ton cœur est aussi tendre que le mien, *xe xie*.

Et sans plus attendre, le garçon d'écurie regagna au pas de charge le village, la cage à lapins nichée sous le bras. Le pigeon, Tornade, Tempête et même Rex tout là-haut dans le ciel lui emboîtèrent docilement le pas comme une portée de canetons suivant leur mère.

Tristan les regarda s'éloigner, stupéfait qu'un simple domestique ait osé lui parler sur ce ton. Cependant, la surprise passée, il se rejoua les événements de la matinée et sa rencontre avec Tempête. Quoi qu'il ait pu raconter à Nyk, son premier réflexe était d'être doux et gentil avec les animaux. Mais son père s'était si bien employé à changer ce trait de caractère que chaque fois que Tristan se sentait nerveux ou effrayé, il adoptait par défaut la position paternelle.

— *Xe xie*… murmura-t-il, songeur.

C'était ainsi que l'appelait sa mère lorsqu'il était plus jeune. L'expression était restée gravée dans sa mémoire quand le visage tant aimé s'estompait, lui, chaque jour un peu plus. Mon doux… mon cher… Tristan ne s'était pas aperçu qu'il avait prononcé ces mots à voix haute. Était-ce pour cette raison que son père l'avait puni aussi durement ? Le vieux pyraéen du commandant avait beau être un peu rouillé, il n'avait sûrement pas oublié ce surnom familier.

Tristan resta longtemps immobile au milieu du pré. Peu à peu la nuit l'enveloppa, et ce fut dans l'obscurité qu'il regagna seul le village.

RAPPORT D'AUTOPSIE

Décédé : Sa Majesté Aryk Pyromaque.
Naissance : Jour 27, 12e lune, 129 ap. E.
Mort : Jour 6, 5e lune, 165 ap. E.
Âge : 35 ans.

Compte rendu de témoin : Sa Majesté Lania de Stel.

D'après le témoignage de la reine Lania, le soir du Jour cinq de la cinquième lune en 165 ap. E., le roi Aryk se serait retiré dans ses appartements à la fin du dîner, après s'être plaint de maux d'estomac et avoir montré tous les symptômes d'une forte fièvre. Quelques heures plus tard, la reine est entrée dans la chambre de son époux et l'a trouvé étendu sur le lit, dans des draps souillés, le front brûlant.

Sa Majesté Aryk a aussitôt été confiée aux bons soins de Deidra, la Grande Prêtresse, et la cour est restée toute la nuit à son chevet. Avant que ne sonne le huitième coup de cloche de l'après-midi du lendemain, la maladie l'avait emporté.

Compte rendu de témoin : Fenton, capitaine de la garde royale.

D'après le témoignage du capitaine Fenton, le soir du Jour cinq de la cinquième lune en 165 ap. E., le roi Aryk se serait retiré dans ses appartements en pleine possession de ses moyens, avec l'intention d'aller se promener le lendemain de bonne heure en compagnie de ses chiens bien-aimés. Il ne montrait aucun signe de gêne ni de maladie.

Examen physique :

Date : Jour 7, 5e lune, 165 ap. E.

Mené par : Deidra, Grande Prêtresse de Hael, et Ilithya, acolyte de Hael.

Aucune trace de lutte ni d'effraction. Une coupe vide était posée sur la table de chevet du roi Aryk, qui avait pour habitude de boire avant le coucher un peu de vin de miel épicé, qu'il se préparait lui-même. Aucune trace de poison ni d'altération n'a été découverte dans le vin, le miel ou les épices qui ont servi à la préparation. Le corps du défunt montrait des signes de forte fièvre, de déshydratation et de douleurs abdominales.

Diagnostic : mort de causes naturelles, probablement des suites de la grippe du phénix, de la suette ou d'un autre virus transmis par l'air.

Examen complémentaire :

Jour 10, 5e lune, 165 ap. E.

Mené par : Ilithya, acolyte de Hael.

Après examen de la coupe vide, des résidus noirs suspects ont été découverts dans les rainures du métal embossé. Ladite coupe était, de l'avis de tous, la préférée du souverain, un héritage des Pyromaque ayant jadis appartenu à Damian, roi de Ferro. Des analyses plus poussées seraient nécessaires pour identifier la nature de la substance sombre.

Les seules personnes ayant accès à la chambre du roi – et à sa collection d'objets précieux – sont le souverain en personne et son épouse, la reine Lania.

Parfois, le titre de reine se transmet, parfois, il faut le prendre de force. Parfois aussi, l'honneur est entaché de sang et de trahison, au point qu'il nous glisse entre les doigts. Mais ce titre, il nous faut malgré tout le conquérir, avec du poison sur les mains et la vengeance au cœur.

CHAPITRE 19
VÉRONYKA

À l'heure du dîner, Véronyka se réfugia dans les cuisines. Elle en voulait encore à Tristan et nul doute que l'Apprenti Dresseur était toujours aussi furieux contre elle. Elle préférait donc ne pas prendre le risque de le croiser. Morra la mit au travail dès son arrivée, mais la jeune fille ne s'en plaignit pas. Tout en piochant dans l'assiette de gâteaux dégoulinants de miel que lui tendait la cuisinière, elle se mit à découper des cercles de pâte à l'aide d'un moule à pâtisserie avant de les aligner sur un plateau. De son côté, Morra récupérait les chutes pour les étaler et les soumettre à une nouvelle découpe.

Tant que Véronyka gardait l'esprit occupé, l'ombremage du repaire ne présentait aucune menace pour elle. D'après ce que l'adolescente avait pu observer, Morra ne se servait de ses pouvoirs qu'en cas d'absolue nécessité. Bien sûr, l'ex-Dresseuse n'avait pas besoin d'avoir recours à son don pour deviner que quelque chose chiffonnait sa protégée. Quand Tristan passa devant l'entrée des cuisines pour se rendre dans la grande salle, Véronyka ne put s'empêcher de froncer les sourcils.

— Je crois que ça ira, mon garçon, lança sèchement Morra.

Véronyka la dévisagea sans comprendre, avant de baisser les yeux vers la pâte qu'elle était en train de découper… et qu'elle avait déchirée dans un geste brusque.

— Oh, pardon, dit-elle en s'écartant pour laisser la cuisinière rassembler la préparation afin de l'étaler à nouveau.

— Un problème avec le petit seigneur ?

Morra désigna de la tête le couloir où Tristan venait de passer. Puis d'un air entendu, elle saupoudra de farine le plateau de pierre de la table avant d'aplatir la pâte à l'aide d'un rouleau à pâtisserie.

— C'est plutôt lui qui a un problème avec moi, répondit Véronyka.

Elle savait bien qu'elle avait une part de responsabilité dans l'animosité qu'il lui témoignait. Critiquer son usage de la magie n'était pas la meilleure idée qui soit, tout comme intervenir dans l'exercice du matin. Mais de toute évidence, il lui en voulait aussi pour d'autres raisons, et, sur ce point, elle refusait de se sentir coupable.

Morra gloussa.

— Oh, il n'est pas méchant. Il tient plus de sa mère que de son père. Ceux d'entre nous qui l'ont côtoyée l'ont tout de suite deviné. Dès qu'il le comprendra lui-même, tout ira mieux.

— Qu'est-ce que vous voulez dire ? s'enquit Véronyka. Qui est sa mère ?

D'un geste absent, Morra massa le haut de sa jambe amputée et prit la tasse d'infusion de plantes qu'elle avait l'habitude de boire pour apaiser la douleur.

— Olanna, la mère de Tristan, est issue d'une très vieille famille pyraéenne. Beaucoup s'imaginent que seul Cassian est de noble ascendance, en sa qualité d'ancien gouverneur, mais l'histoire des petits royaumes est jeune en regard des anciennes lignées de Pyra. Olanna était une Pyracanta. Son arbre généalogique remonte aux Premières Dresseuses.

Le cœur de Véronyka bondit dans sa poitrine. Elle adorait entendre les histoires de ces guerrières légendaires qui occupaient une place de choix dans les récits fondateurs des Dresseurs de phénix.

À Aura Nova, Val lui avait montré une gigantesque fresque qui avait échappé à la destruction des objets en lien avec le culte des oiseaux de feu. La peinture était nichée dans une étroite ruelle, entre deux vieux bâtiments. Le plâtre s'effritait et les couleurs s'étaient fanées, mais il s'agissait malgré tout de la plus belle œuvre que Véronyka ait jamais admirée. Elle figurait le combat entre la lumière et les ténèbres. Les phénix embrasés d'Axura y affrontaient l'obscurité de Nox que symbolisaient des oiseaux noir de jais traînant dans leur sillage un ruban de fumée sombre. Des Stryges : c'est ainsi que Val les avait appelés. Le mot avait arraché un frisson à sa sœur. Ces créatures ne se contentaient pas d'incarner la mort et les ténèbres, elles étaient les messagères de l'apocalypse.

Aux yeux de Véronyka, ce récit épique relevait davantage du mythe que de la vérité historique. Quoi qu'il en soit, les Dresseurs de phénix continuaient de se présenter comme les descendants des puissantes guerrières d'Axura. Val prétendait même que la Première Reine Dresseuse était une Pyromaque, à l'origine de la lignée ininterrompue de souveraines ayant régné durant près d'un millénaire. Dans un premier temps sur le reinaume de Pyra, puis sur tout l'empire aurain. Avant que la guerre de Sang ne fasse tout voler en éclats.

Morra reprit son récit, coupant court aux divagations de la jeune fille :

— La famille de Cassian régnait sur Ferro. D'abord, au titre de rois, puis de gouverneurs. Un de ses arrière-arrière-grands-oncles a épousé Elysia et gouverné en tant que souverain consort à la fondation de l'empire. Puis il a nommé son frère gouverneur de leur province natale. Physiquement, Tristan ressemble sans aucun doute à son père, mais là… (La cuisinière se tapota la poitrine.) C'est sa mère. C'est d'elle qu'il a hérité son empathie, sa notion du bien et du mal. Pour ce qui est du caractère, en revanche, c'est du Cassian tout craché. (Elle se pencha pour ajouter, à voix basse :) Il paraît que le commandant a du sang stellan dans les veines. Son goût pour les intrigues et la politique lui viendrait de là… Mais je suis certaine qu'il ne l'avouerait jamais, même sur son lit de mort.

Véronyka esquissa un sourire. Les Stellans avaient la réputation d'avoir le sang chaud, d'être des fauteurs de troubles. Du moins, c'est ce que Val lui avait raconté. Avant d'être la plus grande et la plus puissante des provinces de l'empire, Stel était une sorte de confédération qui regroupait plus d'une douzaine de petits royaumes. Pendant des siècles, leurs souverains n'avaient cessé de guerroyer, entre eux mais aussi contre le pays voisin – en particulier la région de Ferro, qui partageait une frontière avec certains de ces royaumes. Avec l'expansion de l'empire, trouver un arrangement avec la reine Elysia s'était avéré de plus en plus difficile. Finalement, les royaumes de Stel avaient été les derniers à être absorbés par la puissance impériale. À ce qu'on racontait, ils avaient aussi joué un rôle important pendant la guerre de Sang en soutenant Phéronia, stellane par sa mère, contre Avalkyra.

— Est-ce qu'Olanna s'est battue pendant la guerre de Sang ? demanda Véronyka.

— Oh oui. À l'instar de son époux, elle a servi la Reine couronnée de plumes et malgré la défaite lors de la Dernière Bataille, elle a refusé de déposer les armes. Pendant que Cassian rencontrait les gouverneurs pour implorer leur clémence et troquait des informations pour sauver sa place de gouverneur, Olanna aidait les Dresseurs et leur famille à fuir. À ce moment-là, la menace d'être capturé et tué ne planait pas seulement sur les soldats d'Avalkyra, tous les animages étaient en danger de mort. La mère de Tristan a permis à des centaines d'habitants de quitter la plaine pour venir se réfugier en Pyra. J'ai fait partie de ceux-là. Et pourtant, il n'était pas dit que j'allais survivre à ma blessure. C'était une femme bien.

Après s'être éclairci la voix, Morra se remit à l'ouvrage, étalant la pâte avec des gestes un peu plus brusques.

— Attendez, fit Véronyka en se tournant vers la rescapée. Le commandant essayait de passer un marché pendant que son épouse risquait sa vie ? Il s'est vendu à l'empire ?

Malgré tous ses efforts, elle ne parvenait pas à dissimuler son mépris.

— C'est ce que beaucoup lui ont reproché, oui, concéda Morra en reposant son rouleau. Mais en réalité, l'histoire n'est pas aussi simple. Le commandant et sa femme avaient certes des désaccords à propos de la méthode à employer, mais ils poursuivaient le même objectif. Cassian pensait qu'en conservant sa place au conseil des gouverneurs, il pourrait nous sauver… la sauver, elle, du moins. Le registre n'était encore qu'à l'état de proposition, mais on devinait déjà qu'une telle loi n'aurait aucun mal à s'implanter avec le climat de peur et de haine de l'après-guerre. Il nous fallait garder la possibilité d'agir de l'intérieur et de défendre nos intérêts auprès du conseil. Le commandant s'est donc porté volontaire. Il leur a livré des informations, c'est vrai, mais sans grande valeur. Pour l'essentiel, il s'agissait de noms de combattants déjà emprisonnés et condamnés, ou de bases abandonnées depuis longtemps. Toutefois, ses efforts n'ont servi à rien.

Le ton de la voix de Morra glaça le sang de Véronyka.

— Et Olanna, qu'est-ce qui lui est arrivé ?

La cuisinière soupira.

— Elle a été capturée. Elle prenait beaucoup de risques, on savait que ce n'était qu'une question de temps. Tristan avait été envoyé dans la campagne ferronaise avec une poignée de domestiques, mais Cassian était toujours l'otage de l'empire quand ils ont emprisonné sa femme. Il a donc assisté à son procès. Malgré toutes ses relations et ses manœuvres politiques, il n'a rien pu faire. Olanna était trop dangereuse pour être simplement condamnée au servage, comme tant d'autres avant elle. Elle a été exécutée pour trahison et son phénix décapité. Sa mort a provoqué une onde de choc dans tout l'empire et tant impressionné les derniers partisans d'Avalkyra Pyromaque qu'ils se sont résignés à la reddition. Si le statut et la fortune d'Olanna n'avaient pas suffi à la protéger, alors personne n'était à l'abri. Depuis ce jour, Cassian n'est plus le même. Ils lui ont laissé la vie sauve, mais pas sa fonction de conseiller. Si tu veux mon avis, le spectacle de cet homme humilié, genoux à terre, les a réjouis. Lui, l'ancien gouverneur respecté de tous… Ils ont peut-être voulu en faire un exemple. Le conseil a nommé un seigneur stellan pour le remplacer et banni toute sa famille de l'empire.

Le dédain qu'avait ressenti Véronyka quelques instants plus tôt se dissipa. Quelle cruauté ! Elle ne put s'empêcher d'éprouver de la compassion pour Tristan et son père.

— Et vous, vous avez combattu pendant la guerre ? demanda-t-elle.

— Oui, répondit Morra en s'attelant de nouveau à la tâche. Mais pas longtemps.

Elle lâcha son rouleau et caressa l'une des plumes de ses cheveux, couverte de cendre, avant de poursuivre :

— J'ai perdu Aneaxi dans une bataille à la frontière. Pour moi, ça a été une période très sombre, mais Olanna m'a enseigné qu'il existe plus d'une façon de faire la guerre. Les Dresseurs qui avaient perdu leur phénix servaient leur reine autrement. On nous surnommait les Miséricordes. On parcourait les champs de bataille à la recherche de survivants, mais aussi d'éventuels cas de résurrection.

— Des résurrections ? murmura Véronyka. Les phénix peuvent renaître au beau milieu d'un champ de bataille ?

Le cœur de la jeune fille se mit à battre plus fort et le souvenir des cendres froides de Xéphyra lui revint à l'esprit.

Morra hocha la tête d'un air grave.

— Un feu et des ossements, c'est tout ce qu'il faut. Et autant te dire que ça ne manquait pas. Je ne suis pas restée longtemps pour ma part, mais les autres Miséricordes racontaient de drôles d'histoires. J'étais décidée à remplir ma mission, à retrouver la trace de quelqu'un… (Après avoir jeté un coup d'œil à Véronyka, l'ancienne Dresseuse haussa les épaules et lui tendit un morceau de pâte à découper.) Mais mon unité est tombée dans une embuscade avant même qu'on ait pu franchir la frontière. Tous mes camarades sont morts. J'ai réussi à m'échapper de justesse.

Elle montra sa jambe de bois. Les deux femmes restèrent silencieuses pendant quelques instants au milieu de la clameur des cuisines, avant que Morra ne reprenne :

— On est peut-être plus aussi forts qu'avant, mais on n'a pas baissé les bras. Et si le commandant peut sembler bourru et certaines de ses méthodes évoquer un peu trop l'empire, au moins, il est compétent. De tous les survivants de la guerre de Sang, c'est lui qui a le plus d'expérience militaire, le plus de richesses et le plus d'autorité naturelle. Ceux qui se sont battus à ses côtés reconnaissent ses compétences en tant que chef et personne n'est de taille à le défier. Enfin, pour l'instant.

Elle se fendit d'un clin d'œil, avant d'ajouter, d'un ton paisible :

— Un jour, le jeune Tristan trouvera la force qui lui manque.

Véronyka avait du mal à se figurer l'apprenti comme quelqu'un de vulnérable. Mais si elle lui trouvait beaucoup de ressemblance avec son père, Morra semblait voir en lui une personnalité plus complexe. Et en tant qu'ombremage, la cuisinière avait, à n'en point douter, davantage de clairvoyance que le commun des mortels.

Le lendemain soir, Véronyka faisait les cent pas près du parcours d'obstacles en attendant Tristan. Pendant les exercices de la matinée, le garçon n'avait pas daigné lui accorder un seul regard. Il avait complété le parcours sans appliquer aucun de ses conseils et mis la pression sur les animaux qui l'accompagnaient en s'épuisant au passage. Le reste de la journée était passé à toute allure.

Les paroles de Morra trottaient dans la tête de la jeune fille. Elle était curieuse de savoir ce que Tristan pensait du sacrifice héroïque de sa mère. Apporterait-il, comme elle, un soutien inconditionnel à son peuple ou serait-il du genre à s'accrocher à sa position dans la plaine, à l'instar de son père ? Et Véronyka, qui voulait-elle devenir ? On lui avait raconté un nombre incalculable d'histoires sur les Dresseurs de phénix, sur Avalkyra Pyromaque et ses hauts faits, plus incroyables les uns que les autres.

À l'âge de onze ans, la souveraine était devenue la plus jeune Dresseuse de l'histoire à remporter à la fois le tournoi d'archerie et la compétition de vol lors des jeux du solstice d'été. À douze ans, elle dirigeait déjà sa propre patrouille.

Lors des cérémonies à la cour et des réunions officielles du conseil, elle insistait pour qu'elle et sa sœur siègent à la droite du roi Aryk – une place d'ordinaire réservée à la reine –, obligeant ainsi Lania de Stel à s'asseoir à la gauche du souverain.

À la mort de son père, quand sa belle-mère chercha à s'emparer du pouvoir, Avalkyra nomma ses alliés au conseil et poussa à la démission les partisans de la régente à force de menaces et de chantage, afin de garder un coup d'avance sur sa rivale.

Même la Rébellion stellane, le conflit militaire d'envergure qui éclata avant la guerre de Sang, ne fit pas capituler Avalkyra. Elle triompha de l'ennemi avec deux fois moins de soldats que n'en recommandaient les hauts gradés de son armée, veilla qu'en son absence Aura Nova ne tombe pas aux mains de la régente et traîna même Phéronia sur le champ de bataille pour s'assurer que Lania n'utiliserait pas sa propre fille comme moyen de pression ou ne tenterait pas de monter les deux sœurs l'une contre l'autre.

Et quand Avalkyra eut enfin la preuve que sa belle-mère avait empoisonné le roi Aryk, elle fit en sorte que justice soit rendue.

— Quel genre de justice, *maiora* ? avait demandé Véronyka un soir où sa grand-mère lui racontait l'histoire de la Reine couronnée de plumes.

Elles s'étaient installées devant l'âtre, comme à l'accoutumée, la petite fille roulée en boule sur la pile de coussins et de matelas qui leur tenait lieu de lit, à elle et à sa sœur, et sa *maiora* assise près d'elle sur un vieux tabouret branlant.

— La seule qui compte, *xe* Nyka, avait répondu Val en se glissant sous la couverture à côté de sa cadette. Avalkyra n'allait pas faire enfermer cette traîtresse dans une cellule aménagée avec goût, d'où elle aurait pu continuer à tirer les ficelles. Pour ensuite s'en remettre à un procès mené par des politiciens soucieux uniquement de leurs intérêts ? Non, la mort était le seul châtiment valable : œil pour œil…

— Et Phéronia ? Si Avalkyra l'aimait comme elle le prétendait, comment a-t-elle pu faire assassiner sa mère ?

En levant les yeux, Véronyka avait surpris un échange de regards à la dérobée entre Val et leur *maiora*.

— Ce n'est pas aussi simple que ça, lui avait expliqué l'ancienne. De même que l'huile et l'eau, l'amour et la politique ne se mélangent pas. Les intérêts de l'empire n'étaient pas forcément compatibles avec ceux de Phéronia.

— Avalkyra a donc choisi la politique au détriment de l'amour ?

Val avait réprimé un grognement d'impatience.

— Elle ne pouvait pas laisser le meurtre de son père impuni ! Les gens ne comprennent que la force, Véronyka. En tant qu'héritière du trône, Avalkyra devait à son roi de faire respecter la justice.

Malgré tout, cette décision fut bel et bien la graine d'où germa la division : les deux sœurs, après avoir toujours lutté ensemble contre l'autorité du conseil et les manigances des gouverneurs, finirent par se retrouver opposées l'une à l'autre.

Par la suite, la *maiora* de Véronyka lui avait expliqué qu'Avalkyra espérait gagner le soutien du peuple en faisant assassiner la régente, mais ce fut tout le contraire. On la jugea cruelle, impitoyable. Au bout du compte, ce fut Phéronia qui s'attira les bonnes grâces de l'opinion publique. Les deux sœurs cessèrent de s'adresser la parole et Avalkyra refusa d'assister aux funérailles de la reine Lania.

Si la princesse Dresseuse n'avait jamais avoué le meurtre de sa belle-mère, elle en était la principale suspecte. Elle était donc allée se réfugier en Pyra pour éviter un procès et avait entrepris de séparer la province du reste de l'empire. Une fois les traités signés et les frontières redessinées, Pyra avait retrouvé son indépendance. Phéronia étant toujours mineure, elle n'avait pu être couronnée en l'absence de sa sœur. Le conseil gouvernait donc en son nom : ainsi l'avait-on surnommée la reine du Conseil.

Pourtant, les récits de Morra bousculaient à présent ce que Véronyka pensait savoir sur la guerre de Sang. Elle avait toujours vu en Avalkyra Pyromaque une héroïne, morte auréolée de gloire, qui avait mis un terme au conflit en rendant son dernier soupir. Mais les guerres, loin de se résumer à un ou deux grands événements, se constituaient toujours d'une succession de scènes mineures jouées par des combattantes telles que Morra et Olanna, qui refusaient de se rendre, quand bien même leur cause était perdue. Véronyka soupira, confuse. Les hauts faits d'Avalkyra lui semblaient soudain réduits à des actes insensés et irréfléchis. En se réfugiant en Pyra pour fuir les représailles, la Reine couronnée de plumes s'était coupée du peuple de l'empire, livrant à eux-mêmes des milliers de sympathisants et d'animages innocents. Après son départ, bon nombre d'entre eux avaient été condamnés au servage, à la prison, voire exécutés. La souveraine en fuite, la tâche de redresser la situation était incombée à ses partisans – Morra et Olanna en tête.

« Il existe plus d'une façon de faire la guerre. » Outre les batailles sanglantes et les intrigues de cour, on comptait aussi des sauvetages hardis et des sacrifices désintéressés.

Véronyka songea au serf qu'elle avait croisé près de la cabane, quelques semaines plus tôt. Quand il les avait aperçus, elle et son phénix, le visage du jeune homme avait trahi sa joie et sa stupéfaction de croiser une animage en liberté. Les paroles du commandant Cassian à propos des Dresseurs, de leur impératif de se fixer un nouvel objectif et de leur besoin de bâtir un refuge pour leur peuple, lui revinrent également à l'esprit.

Avant, la jeune fille associait les Dresseurs de phénix à des plongeons vertigineux en plein ciel et des volées de flèches en pleine bataille. Mais cette image était en train de changer. Elle se voyait à présent protéger des convois d'animages – hommes, femmes, enfants et même vieillards –, tous effrayés et perdus, en quête d'un refuge. À la perspective de leur porter secours, les battements de son cœur s'accéléraient. Elle y voyait un combat digne d'être mené.

Perdue dans ses pensées, elle ne s'aperçut pas tout de suite que Tristan approchait. Ses cheveux bruns balayés par la brise du soir, il portait son arc et son carquois en bandoulière. Dès que Véronyka remarqua sa présence – et en dépit des trois vérifications précédentes –, elle s'assura que Tempête était correctement sellé.

Comme durant la journée, Tristan ignora la jeune fille et enfourcha sa monture. Toujours aussi peu souriant, il semblait néanmoins moins fâché que le matin. D'un coup de talon, il fit faire demi-tour à son cheval. Puis, d'un ordre silencieux, il intima au pigeon de venir se poser sur son épaule et à Tornade de trotter docilement derrière Tempête. Le jeune homme se dirigeait vers le départ du parcours tout en préparant son arc quand un bruit de battements d'ailes lointain annonça l'arrivée de Rex.

Déterminée à éviter à tout prix une nouvelle dispute, Véronyka attendit sagement que Tristan se lance. Comme au bout d'une minute ou deux il ne bougeait toujours pas, elle s'avança vers lui. Qu'attendait-il ? Quelque chose n'allait pas ?

— Est-ce que t…

— Désolé, marmonna l'Apprenti Dresseur, le regard fixé droit devant lui.

Véronyka le dévisagea, incrédule.

— Pardon ?

Il poussa un soupir avant de baisser les yeux vers elle.

— Je suis désolé. Ce n'est pas ta faute. J'ai eu tort de sonner l'alarme en t'apercevant et je ne peux en vouloir qu'à moi-même si j'ai échoué au parcours d'obstacles. À ta place, j'aurais fait pareil. Ou du moins, je l'espère. Est-ce qu'on peut juste… tirer un trait sur tout ça ?

Un silence abasourdi accueillit sa tirade. Ayant grandi avec Val, Véronyka n'avait pas l'habitude qu'on lui présente des excuses. Elle ne put qu'acquiescer à sa requête.

Tristan inclina la tête à son tour, s'éclaircit la voix et s'élança sur le parcours. Au début, ses gestes manquaient de souplesse, mais il retrouva peu à peu son assurance habituelle.

La jeune fille glissa une main dans sa poche. Après avoir coupé ses tresses, elle les avait nouées avec leurs parures de manière à former une espèce de bracelet qu'elle gardait en permanence sur elle, tel un talisman. Elle les triturait souvent, comme en ce moment précis, tout en observant Tristan de loin.

Depuis leur première rencontre, l'apprenti ne s'était caractérisé que par ses colères, sa méchanceté et son arrogance. Difficile donc de croire dans ces conditions que le jeune homme confus et mesuré qui venait de s'adresser à elle soit la même personne. D'un autre côté, il subissait une grosse pression et la description du comportement de son père collait un peu trop à celle de Val. De toute évidence, le commandant Cassian avait voulu donner une leçon à son fils et Véronyka s'était retrouvée malgré elle mêlée à leur dispute.

Or, non seulement Tristan semblait regretter sa conduite, mais il adoptait à présent une attitude complètement différente.

— Nyk ? appela-t-il justement d'une voix hésitante depuis l'autre bout du parcours.

L'intéressée rejoignit en courant l'Apprenti Dresseur.

— Oui ?

Il poussa un soupir embarrassé.

— Tu pourrais… lancer un bâton, comme la dernière fois ?

La jeune fille hésita un instant. S'agissait-il d'un test ?

— Tu me demandes de distraire les animaux ?

Il désigna la prairie d'un grand geste du bras.

— Quitte à m'entraîner, autant ajouter un peu de difficulté. On sait tous les deux que je suis capable de compléter ce parcours, mais l'essentiel n'est pas là. Le plus important, c'est de garder son calme en toutes circonstances, d'être capable d'exercer son autorité sur un groupe d'animaux sans jamais se déconcentrer.

Hier matin, tu m'as peut-être fait passer pour un idiot sans le faire exprès, mais hier soir, tu t'es fichu de moi ouvertement. Je n'aime pas qu'on soit meilleur que moi, quel que soit le domaine.

Véronyka fronça les sourcils.

— Je croyais que tu voulais repartir de zéro, répliqua-t-elle d'un ton las.

Le visage de Tristan s'assombrit un peu plus.

— Je n'ai pas l'intention de te jouer un mauvais tour. Je suis différent de mon père et je n'ai aucune envie de lui ressembler. Je ne cherche pas à te mettre mal à l'aise ni à te prouver quoi que ce soit. Je suis sincère.

Rassurée, la jeune fille hocha la tête. Il ne tentait pas de la manipuler, il voulait simplement repartir sur de bonnes bases. S'il lui présentait des excuses et sollicitait son aide, c'était pour cette seule raison. Une telle honnêteté intimait le respect.

Soudain, Véronyka se sentit mal à l'aise. Comment réagirait-il s'il apprenait qu'elle lui mentait ?

— D'accord, dit-elle en cherchant des yeux un bâton.

— Il doit y en avoir dans les buissons là-bas. Hier, tu t'es servi de ton animagie ou tu as juste frappé la cible avec le bâton ?

— Je n'ai pas eu recours à mes pouvoirs. Je me suis contentée de distraire les…

Véronyka s'interrompit, comprenant que le changement qu'elle avait remarqué chez l'apprenti ne concernait pas seulement son attitude. Sa manière de se servir de son don aussi était différente.

À peine la jeune fille entra-t-elle en contact avec les animaux que ses soupçons se confirmèrent. Tristan n'exerçait plus la même pression sur les bêtes. Le chien et le pigeon avaient plus ou moins senti la différence, au-delà du souvenir qu'ils gardaient de la veille. Tempête aussi était devenu familier de l'exercice, mais la magie qui l'incitait à rester calme n'avait cette fois rien de contraignante. Elle se manifestait plutôt sous la forme d'une... requête.

— Bon, déclara l'apprenti en se redressant sur sa selle. Tu y vas quand tu veux. Moi je veille à ce qu'ils restent concentrés.

— Ne leur vends pas la mèche, l'avertit la jeune fille avant de se baisser pour ramasser une branche dans l'herbe. Ce serait de la triche !

Puis, son bâton en main, elle se dirigea à reculons vers la cible.

— Je n'oserais jamais, voyons, gloussa Tristan.

L'obstacle suivant était une série de poteaux disposés en quinconce entre lesquels le cheval et son cavalier devaient se faufiler. Estimant le moment bien choisi, Véronyka frappa la cible de toutes ses forces avec la branche, puis se retourna pour voir comment se débrouillait le jeune Dresseur.

Aussitôt, Tempête aplatit les oreilles et Tornade se mit à aboyer. Puis l'adolescente lança le bâton au loin, et le chien bondit... avant de se figer quelques mètres plus loin. Tristan suait à grosses gouttes : il se donnait beaucoup de mal pour ne pas dévier du parcours et garder le pigeon sur son épaule. Véronyka sentit la pression s'accentuer.

— Concentre-toi sur Tornade, lui cria-t-elle en s'efforçant de ne pas bouger. Tu contrôles déjà l'oiseau et le cheval... Fais-leur confiance et occupe-toi du chien.

Tristan sourcilla avant de hocher imperceptiblement la tête. Il ferma les paupières et quelques secondes plus tard, Tornade revenait vers lui en jappant.

Rouvrant les yeux d'un seul coup, il resta bouche bée quelques instants. Véronyka l'applaudit chaleureusement. Haut dans le ciel, Rex poussa un cri mélodieux et des flammes apparurent dans son sillage. Tristan leva la tête pour regarder son phénix tracer un arc lumineux, puis se tourna vers la jeune fille, un sourire aux lèvres. Elle faillit en tomber à la renverse. Ce sourire transformait du tout au tout l'apparence de l'apprenti, effaçant son expression hautaine pour faire apparaître une figure d'insouciance juvénile. Ses yeux marron étincelaient d'une joie triomphante. Il avait de nouveau l'allure d'un héros mythique, comme la première fois qu'elle l'avait vu. Sauf que ce coup-ci, ce n'était pas sa lance qui faisait voler en éclats l'illusion, mais son sourire.

Véronyka se figea soudain : il venait de parler et elle n'avait rien écouté.

— P… pardon ? fit-elle, encore un peu éblouie.

Le jeune homme la dévisagea, perplexe.

— Je disais : je pense que je vais refaire un essai. Tu veux bien rester ?

Véronyka se pinça pour y croire. Il avait envie qu'elle reste ? Elle n'était donc plus une présence importune, un châtiment imposé par le commandant ? Son aide lui était précieuse ? À cette pensée, son cœur se gonfla de joie.

— Pas de problème, répondit-elle.

Il sourit de gratitude. Le garçon colérique et méchant des jours précédents s'était bel et bien volatilisé. Se serait-elle complètement trompée à son sujet ?

Comme elle s'y attendait, Tristan réussit le parcours encore mieux que la première fois. Le chien eut beau être encore distrait par le bâton, il ne s'éloigna que de quelques pas avant que Tristan ne réaffirme son autorité sur lui.

Plus tard, les deux jeunes gens rassemblaient le matériel quand une bourrasque glacée balaya la prairie. Au loin, les lanternes qui surplombaient le village vacillèrent. Véronyka frissonna mais sentit bien vite un courant d'air chaud l'envelopper comme une étreinte. L'instant suivant, Rex venait se poser près d'elle.

Bouche bée, elle admira la magnifique créature. Les ondes de chaleur et de magie qui en émanaient la réchauffaient tout en lui donnant la chair de poule. Elle avait du mal à croire que pendant un bref laps de temps, elle aussi avait eu un phénix à elle.

L'adolescente ferma les yeux. Aussitôt, l'odeur de fumée et de charbon de Xéphyra lui emplit les narines. Le plumage de son âme sœur bruissait à ses oreilles. Autant de sensations aussi réconfortantes qu'une caresse, aussi douloureuses qu'une plaie ouverte.

Les dents serrées, Véronyka renforça ses défenses psychiques pour enfouir bons et mauvais souvenirs au fond de son être. Si elle était arrivée à la forteresse avec son phénix, elle serait devenue apprentie, comme Tristan, et non une simple servante, qui plus est déguisée en garçon.

Elle aurait pu être elle-même.

— Tu peux le caresser si tu veux, lui proposa Tristan, les sourcils froncés, comme s'il cherchait à déchiffrer l'expression étrange de la jeune fille.

Elle hésita : quel avenir l'attendait parmi les Dresseurs ? Pourrait-elle se lier à un autre oiseau, sachant que

Xéphyra vivait toujours en elle ? Pourrait-elle aimer à nouveau ?

Elle posa la main sur le cou de Rex qui se dressait fièrement devant elle. Au toucher, ses plumes étaient chaudes et plus douces qu'elle ne l'aurait cru, malgré sa taille adulte. Les pouvoirs de Véronyka lui permettaient de communiquer avec n'importe quel animal, excepté les phénix qui, grâce à leur magie, avaient la possibilité de lui interdire l'accès à leurs pensées. Malgré tout, au bout d'un moment, l'âme sœur de Tristan s'ouvrit à elle comme une fleur. Les craintes de la jeune fille se dissipèrent : oui, aller de l'avant était encore possible. Xéphyra serait toujours près d'elle et se lier à l'un de ses congénères, mâle ou femelle, ne serait pas synonyme de trahison. Au contraire, ce serait une façon d'honorer sa mémoire.

Véronyka reporta son attention sur Rex, émerveillée par sa confiance et son calme naturels. De toute évidence, le phénix contrebalançait l'impulsivité de l'apprenti. Toutefois, en restant connectée à l'oiseau, elle en vint à nuancer cette première impression. Malgré son influence souvent apaisante sur le garçon, Rex semblait lui aussi connaître des hauts et des bas. Comme son maître, il ne manquait ni d'orgueil ni de force de caractère, et cultivait un certain sens de l'humour.

Tristan les observait avec attention. Que percevait-il de leur interaction à travers le lien qui l'unissait à Rex ? La frontière entre ombremagie et animagie paraissait parfois si floue et mystérieuse…

Le garçon se rapprocha pour caresser le cou de son phénix.

— Tu vas me forcer à le dire, pas vrai ? lança-t-il, les yeux fixés sur les plumes écarlates.

— Dire quoi ?

— Que tu avais raison.

Il cessa ses caresses et regarda enfin Véronyka avec un soupir, comme si l'admettre était une véritable torture.

— Je n'ai pas arrêté d'y penser et quand j'ai tenté le coup tout à l'heure… Tu avais raison au sujet des animaux et du contrôle que l'on exerce sur eux.

La jeune fille sourit et flatta Rex une dernière fois avant de ranger leurs outres dans les sacoches fixées sur la selle de Tempête.

Tristan croisa les bras. Dans l'obscurité, il était presque impossible de discerner les traits de son visage.

— Tu savoures le moment, pas vrai ?

Véronyka sourit de plus belle, mais se contraignit à retrouver un semblant de sérieux avant de se tourner vers l'apprenti.

— À peine.

Il rit tout bas.

— Tu viens d'une famille de Dresseurs, non ? s'enquit-il en passant son arc à son épaule pour aider au rangement. Tu as l'air d'en savoir long sur l'animagie.

— C'est ma grand-mère qui m'a tout appris. Elle était Dresseuse de phénix, oui. Comme mes parents, d'ailleurs, mais je ne me souviens pas d'eux.

Ils marchaient à présent vers le village. Le bruissement des herbes hautes agitées par le vent du soir couvrait presque le martèlement des sabots de Tempête et les halètements réguliers de Tornade. Rex planait au-dessus d'eux : le halo de chaleur qui émanait de lui réchauffait le visage de l'adolescente comme un soleil couchant.

— Tu ferais un bon Dresseur, déclara Tristan.

Elle tourna brusquement la tête vers lui.

— Quoi ?

Il haussa les épaules.

— C'est la vérité.

Le cœur de Véronyka se serra.

— Mais ton père… le commandant m'a dit que vous ne recrutiez pas.

— C'est tout ce qu'il t'a dit ?

La jeune fille se rembrunit. À quoi son camarade jouait-il ?

— Eh bien, il a ajouté que s'entraîner coûtait de l'argent… Qu'il ne pouvait pas se permettre de laisser des paysans trop pauvres se lier à des phénix, car ils n'auraient pas les moyens de se payer un apprentissage digne de ce nom.

Tristan soupira.

— Si ça ne tenait qu'à moi, c'est un des premiers changements que je lancerais.

— De quoi tu parles ? demanda Véronyka, qui avait perdu le fil de la conversation.

— Avoir de l'argent ou un parrain ne devrait pas être une condition pour devenir Dresseur. Et puis, il faudrait aussi accepter les filles. On doublerait d'emblée nos effectifs.

L'adolescente parvint, au prix d'un gros effort, à rester impassible, mais elle sentit le rouge lui monter aux joues.

— Je ne comprends pas cette règle à propos des filles, pour commencer, fit-elle observer d'un ton qu'elle espérait détaché.

—Au début, c'était pour des questions pratiques. Quand ils ont commencé à recruter… Eh bien, ça coûte cher de s'installer. Alors la priorité a été donnée aux propriétaires d'un œuf ou à ceux qui avaient les moyens d'acheter les quelques spécimens que nous avions déjà sous la main. Il fallait aussi fournir le gîte et le couvert aux apprentis, et financer la reconstruction des bâtiments. Tu vois qui c'est, Latham ? Le frère de Loran ?

Loran travaillait avec Véronyka comme garçon d'écurie. Elle ignorait qu'il avait un frère apprenti. Lors du prochain recrutement, il n'aurait aucun mal à trouver un parrain…

—Leur mère a payé les rénovations du terrain d'entraînement et la famille de Fallon nous a fourni les premiers chevaux. Mon père a aussi privilégié les candidats qui maîtrisaient déjà des techniques de combat – pour ne pas repartir de zéro – et le plus souvent, c'étaient des garçons.

—Le plus souvent, mais pas systématiquement.

—Eh bien, tu connais Elliot ? (Véronyka acquiesça.) Sa sœur et lui voulaient s'engager. Ils en avaient les moyens, mais il ne nous restait qu'un œuf. Le commandant n'a gardé qu'Elliot.

—C'était le meilleur des deux ? demanda la jeune fille d'un ton sec, incapable de dissimuler son agacement.

—C'est surtout l'aîné. Et il avait l'air plus motivé. Cela dit, il semblait vraiment bouleversé quand il a appris que sa sœur ne l'accompagnerait pas. C'était plus simple de refuser toutes les filles que de n'en prendre qu'une seule, j'imagine…

Véronyka fulminait, mais elle s'abstint de tout commentaire. Le raisonnement du commandant ne tenait pas debout. Certes, l'unique Dresseuse du groupe aurait peut-être dû dormir avec les femmes dans le quartier des domestiques, mais en quoi était-ce un problème ? À l'époque de l'empire, les Dresseurs calquaient leur mode de vie sur celui des phénix sauvages. Ils volaient en petits groupes pour défendre un territoire bien défini et patrouillaient en couple. Les phénix solitaires, plus âgés, restaient en général sur les lieux de reproduction et d'entraînement pour s'occuper des plus jeunes et les former. En ce temps-là, il n'existait aucune division entre les sexes : les membres d'une même patrouille s'entraînaient, dormaient et mangeaient ensemble.

« C'est la logique de la plaine », aurait raillé Val. Les Pyraéennes nées dans les montagnes avaient fondé la seule monarchie matriarcale de la région. Autant dire que pour certains hommes de la plaine, les lois et les coutumes de ces femmes étaient difficiles à accepter.

— Mais il faudra bien que ça change un jour ou l'autre, poursuivit Tristan. On n'est pas obligés de fournir un cheval à chaque Dresseur. On pourrait rénover nos vieilles selles et utiliser des pointes de flèches et de lances en obsidienne, moins coûteuse que l'acier. Tôt ou tard, l'empire entendra parler de nous et enverra ses soldats nous chasser.

— Et ton père compte les attendre les bras croisés ? Je ne comprends pas pourquoi on reste ici alors que dans la plaine, notre peuple est réduit en esclavage.

— Tu as raison, reconnut Tristan au bout d'un moment. Mais deux patrouilles de Dresseurs et dix apprentis, ça ne fait pas une armée. Il faut d'abord augmenter nos effectifs et laisser aux novices le temps de se former. Si on révèle notre présence maintenant, on se fera massacrer.

Véronyka ouvrit la bouche pour intervenir, mais il ne lui en laissa pas le temps.

— Quoi qu'il en soit, ajouta-t-il, j'ai bien l'intention de devenir Maître Dresseur... voire, idéalement, le prochain chef de patrouille. Ainsi, on pourra distinguer quelques garçons parmi les plus âgés pour former une troisième patrouille. Et puis, j'espère qu'on rouvrira ensuite le recrutement afin de former davantage d'apprentis.

Véronyka reprit espoir.

— Tu es certain qu'il t'écoutera ? Combien de recrues supplémentaires pourriez-vous accueillir ?

Tristan se raidit soudain.

— Je... je ne sais pas, balbutia-t-il. On ne devrait peut-être pas parler de tout ça.

— Mais c'est toi qui as dit...

— Je sais. Seulement, je ne suis qu'un apprenti. Ce n'est pas à moi de commenter ou de critiquer les décisions du commandant.

Ils continuèrent de marcher, en silence. Véronyka se mordillait la lèvre, pensive. Tristan était favorable au changement, souhaitait ouvrir le recrutement aux filles aussi bien qu'aux garçons, même pauvres. Un tel projet correspondait davantage à l'idée qu'elle se faisait des Dresseurs de phénix. C'était à cette communauté-là qu'elle voulait appartenir.

Elle se décida enfin à rompre le silence.

— Comment ça se fait que tu n'es pas Maître Dresseur ou chef de patrouille, depuis le temps ?

Il eut un rire amer.

— Le commandant estime que je ne suis pas encore prêt.

La jeune fille réfléchit quelques instants. Dans ce cas, il faudrait montrer à Cassian qu'il se trompait. Peut-être qu'en redoublant d'efforts pendant les entraînements du soir, Tristan finirait par toucher au but, et elle au sien. Elle n'allait certes pas devenir subitement riche, mais une fois chef de patrouille, le garçon aurait peut-être son mot à dire sur les parrainages et les recrutements.

Véronyka savait que le chemin serait long, mais puisqu'ils devaient de toute façon travailler ensemble, alors autant en profiter !

Une idée germa dans son esprit.

—À ton avis, combien de temps veut-il qu'on s'entraîne ensemble ? demanda-t-elle en arrivant devant les écuries.

Elle ouvrit la grille pour conduire Tempête dans sa stalle pendant que Tristan ôtait le verrou du chenil et enfermait Tornade.

—Je ne sais pas, lui répondit-il une fois qu'il l'eut rejointe. Jusqu'à sa prochaine inspection, sans doute. Il assiste aux leçons une fois par mois. (Son sourire se fit narquois.) Peut-être qu'à sa prochaine visite, il estimera que j'ai été assez puni. Pourquoi ?

Véronyka dessella Tempête, que l'apprenti se mit à brosser d'un air absent.

—Juste comme ça.

Comme il l'observait en fronçant les sourcils, elle ajouta :

—Ce serait l'occasion, c'est tout.

Tristan suspendit son geste.

—L'occasion de quoi ?

—De lui prouver qu'il a tort.

Lorsque la reine Elysia (9 av. E.-37 ap. E.) décida de conquérir la plaine, elle avait bien conscience que construire des alliances serait plus efficace qu'une invasion pour protéger son peuple et l'avenir de celui-ci. Avec quatre sœurs en âge de se marier, en plus d'elle-même, elle entendait consolider les traités avec des unions.

Le rôle joué par les « Cinq Promises » est souvent considéré comme essentiel dans la fondation de l'empire. Grâce à leurs mariages, elles ont permis d'unifier sans conflit l'ensemble des petits royaumes. La reine gagna ainsi le surnom d'Elysia la Pacifique.

Si ses sœurs se marièrent par devoir et pour trouver leur place dans ce monde nouveau, on raconte qu'Elysia contracta un mariage d'amour. A son arrivée à Ferro, en vue des négociations de paix avec le roi Damian, la souveraine et ses sœurs apprirent que Rolène, un royaume voisin, lui avait déclaré la guerre.

Elles se rendirent en hâte à l'endroit où les monarques se livraient combat. On raconte que lorsque les phénix des cinq sœurs atterrirent au milieu du champ de bataille, tous les hommes se figèrent. Dans la plaine, personne n'avait jamais vu un spectacle d'une telle splendeur : cinq femmes aussi superbes que farouches, chevauchant des oiseaux de feu, qui fendaient le ciel comme des étoiles filantes.

Les soldats des deux camps s'étant dispersés à l'arrivée des Cinq Promises, la reine Elysia s'avança vers les deux ennemis. Devant tant de majesté, Damian s'inclina pour lui témoigner le respect qui lui était dû, mais Rol profita de ce moment de distraction pour poignarder son rival dans le dos. Avant qu'il ait pu l'achever, Elysia se précipita pour parer sa dague d'obsidienne. Quand le roi fourbe tenta de fuir, Darya, la benjamine, le transperça d'une flèche. Malgré les décennies de rivalités qui avaient précédé, bon nombre d'historiens attribuent l'origine de l'hostilité entre rois stellans et reines pyraéennes à cet épisode.

Lorsque Damian se tint devant Elysia, il était clair qu'au-delà de la reine guerrière, il voyait déjà en elle sa future épouse.

« Le règne d'Elysia la Pacifique », extrait des *Premières Années de l'empire aurain* par Winry, Grande Prêtresse de Mori, publié en 79 ap. E.

La vie est ainsi faite : il faut tuer ou être tué. Gouverner ou subir le joug. Vaincre ou périr.

CHAPITRE 20
SEV

L'implication de Sev dans la mort du lama coûta au jeune homme une semaine de corvée de latrines. Vu la différence avec le châtiment de Kade, il était certain que le serf, qui éprouvait déjà de l'animosité envers le soldat avant sa tentative d'évasion ratée, serait désormais furieux contre lui. Dans le convoi s'était aussi répandue la nouvelle que s'ils avaient pris du retard et dû forcer l'allure, c'était la faute de Sev. Si bien que partout où il allait, serviteurs comme militaires juraient et marmonnaient dans son dos. Marcher jusqu'à minuit présentait tout de même un avantage : Trix le laissa tranquille ce jour-là.

Le front trempé de sueur, il était occupé le soir suivant à creuser des latrines, soit une activité parfaite pour fournir un exutoire à sa frustration. Le raclement régulier de la pelle contre la terre bâillonnait ses pensées. C'en était presque apaisant.

— Pose tout de suite cette pelle ou je t'assomme avec.

Sev fit la grimace. Il avait beau savoir qu'il lui faudrait tôt ou tard en passer par là, il n'en redoutait pas moins le moment. Tout doucement, il se retourna et découvrit Trix, une lueur inquiétante dans le regard. Kade se tenait tout près de la vieille serve, telle une ombre menaçante.

— Je…

Rien à faire, les mots ne venaient pas.

— La pelle, aboya l'ancienne. À moins que tu préfères que je te la mette là où je pense ?

Le soldat lâcha son outil, qui produit un bruit mat en retombant dans la terre. Les latrines étaient presque achevées de toute manière.

— Bien. Maintenant, avance.

Sev eut la désagréable impression d'être escorté jusqu'à l'autre bout du camp pour être éliminé en toute discrétion. Il avait beau trouver cette pensée ridicule, à chaque pas, la fureur de la serve semblait redoubler et l'air se charger d'électricité comme à l'approche d'un orage.

— Écoute, Trix, je…

— Silence ! explosa-t-elle en s'arrêtant enfin pour se tourner vers lui.

Sev ne l'avait encore jamais vue se mettre en colère. Elle se contentait de manier sarcasme et humour noir sans sortir de ses gonds.

— Pour une fois, tu vas écouter, ça te changera. Jamais de ma vie je n'ai rencontré quelqu'un d'aussi ridicule, entêté, idiot…

— Ça suffit, intervint son complice.

Sev en resta bouche bée. Le serf le défendait-il contre Trix ? Le jeune soldat en était tout étourdi de gratitude.

Kade dévisagea tour à tour la vieille femme et le militaire. Tous deux le regardaient, les yeux ronds comme des soucoupes. Enfin, il s'éclaircit la voix :

— Il est revenu, non ?

L'ancienne secoua la tête comme pour en chasser une nuée de mouches.

— Est-ce que tu te rends compte que tu as failli tout faire capoter ? demanda-t-elle à Sev d'un ton radouci, en dépit de sa colère toujours perceptible.

— Comment veux-tu que j'en sache quelque chose ! s'offusqua-t-il.

Ils s'étaient cachés derrière un épais bosquet d'arbres dont les branches massives étouffaient le bruit de leur conversation. Le jeune soldat se racla la gorge, avant de poursuivre à voix basse :

— On ne me raconte rien !

— On se demande bien pourquoi, ironisa Trix. Tu passes ton temps à essayer de te carapater !

— Si j'essaie de me carapater, comme tu dis, c'est parce que tu me fais chanter, espèce de sale sorcière sournoise !

Un silence s'ensuivit. L'espace d'un instant, Sev craignit être allé trop loin. Cette fois, c'était sûr, la serve n'hésiterait pas à se débarrasser de lui.

Mais Trix éclata d'un gros rire caverneux. Le soldat osa un sourire prudent avant de s'apercevoir, stupéfait, que Kade souriait lui aussi.

— Ah, je me disais bien qu'il y avait quand même un peu de cran là-dessous… murmura la vieille femme en s'essuyant les yeux, hilare. N'empêche, tu as agi avec une imprudence folle. Ne t'ai-je pas déjà surpris en train de tenter une évasion ridicule ? Tu t'imagines vraiment que tu peux me filer aussi facilement entre les doigts ? Et je ne parle même pas de l'empire…

Sev serra les poings sans émettre aucune protestation. Mais Trix soupira soudain, toute colère évanouie, du moins en apparence, avant d'ajouter :

— Tu avais raison, bien sûr.

Le jeune soldat fronça les sourcils. Raison ? À quel propos ?

— C'était une erreur de t'impliquer, poursuivit-elle avec un petit sourire las, d'exiger un peu de loyauté de ta part. Je croyais que tu étais prêt à te battre pour notre peuple, comme tes parents avant toi, mais je reconnais que je me suis trompée.

— Mes parents… répéta Sev d'une voix blanche. Qu'est-ce que tu sais de mes parents ?

Trix avança d'un pas et un rayon de lune qui filtrait à travers les arbres éclaira son visage ridé.

— J'en sais plus que tu ne l'imagines, Sevro, fils d'Alys et de Sevono.

Les noms de son père et de sa mère, qu'il n'avait pas entendus depuis si longtemps, résonnèrent dans la tête du jeune homme.

— Comment connais-tu leurs prénoms ? demanda-t-il, la gorge serrée.

— C'est mon rôle de tout savoir sur tout, mon garçon. Même après la guerre, j'avais de bonnes raisons de tenir à l'œil les loyaux serviteurs d'Avalkyra Pyromaque et de la cause des animages. Tes parents se trouvaient sur la dernière ligne de défense des Contreforts et, bien qu'ils ne soient pas issus d'une grande lignée de Dresseurs de phénix, ils sont morts en héros. Les survivants de

Pontcolline les ont même rebaptisés et célèbrent encore les noms d'Alys et de Sevono Esperluir. Quand leurs glorieuses flammes se sont éteintes, ce jour-là, beaucoup de leurs camarades y ont vu la fin des Dresseurs de phénix. Pourtant, jusqu'à leur dernier souffle, ils ont sauvé des vies. 367, d'après mes calculs, pour la plupart des animages et leur famille. Comme une chandelle dans la nuit, tes parents ont brillé jusqu'au bout.

— Arrête, murmura Sev d'une voix étranglée, incapable d'en entendre davantage.

— Quoi ? Tu ne veux pas en savoir plus sur leurs actes héroïques ? Comme la plupart d'entre nous, j'ai cru que tu étais mort ce jour-là, jusqu'à ce que j'aperçoive ton nom sur le registre du capitaine Belden. Comme je l'ai déjà dit, Sev est un prénom unique... Et puis, tu leur ressembles beaucoup, tu sais.

— Ça suffit ! Je ne...

— Ce sont des héros, et pourtant, à te regarder, on dirait qu'ils ne sont pas dignes de toi.

— C'est moi qui ne suis pas digne d'eux, souffla le jeune soldat.

Son cœur battait à tout rompre, comme s'il allait exploser.

— Ils sont morts à cause de moi, ajouta Sev.

Trix ne répondit rien. Elle se contenta d'observer le fantassin qui s'efforçait de recouvrer ses esprits en inspirant de grandes bouffées d'air. N'ayant pas la force d'affronter le regard de Kade ni son jugement, le militaire poursuivit son récit, les yeux baissés.

— On aurait eu le temps de fuir ! J'avais pour consigne de me sauver en cas de problème... À l'approche des soldats, j'ai cru que j'aurais le temps d'atteindre le pont, mais je n'ai pas couru assez vite, et mes parents ont dû venir me chercher. Ils sont morts parce que je voulais devenir un héros, comme eux.

— Ils sont morts pour que tu vives, Sevro, objecta la vieille femme avec douceur. Ils t'ont fait le plus beau des cadeaux. À toi de voir ce que tu veux en faire.

Il secoua la tête.

— Je ne suis pas comme eux.

— Non, c'est vrai, reconnut-elle. Tu es différent.

Sev releva la tête. La voix de la serve ne contenait aucune trace de mépris ou de dérision.

— Cela fait des semaines que je t'observe, tu sais. Je t'avais repéré bien avant notre petit arrangement.

— Parce que tu connaissais mes parents ?

— Parce que la connaissance, c'est le pouvoir. Mais je ne t'apprends rien, n'est-ce pas, mon garçon ?

— Qu'est-ce que tu insinues ? demanda Sev, déstabilisé par la lueur de malice qui brillait dans les yeux de Trix.

— Qu'est-ce que je viens de te dire ? Je t'ai observé, Sevro : je sais que tu récoltes des informations, tout comme moi. Tu connais le nom de chaque soldat et l'endroit où il aime dormir. Tous les soirs avant de te coucher, tu rôdes dans le camp avec ta couverture comme si tu cherchais l'endroit idéal pour t'installer, mais tu ne regardes jamais le sol. Tu scrutes le visage des hommes. Tu apprends par cœur la répartition des postes en t'attardant quelques minutes de plus que nécessaire quand tu vas vérifier où tu es toi-même assigné, si bien que tu sais toujours où trouver tes camarades. C'est malin… et subtil. C'est ce qui m'intéressait chez toi.

Trix et Kade avaient tous deux les yeux rivés sur Sev, qui sentait le rouge lui monter aux joues. C'était la vérité : il collectait des informations – le plus souvent pour se sentir à l'aise en arrivant dans un nouvel endroit. C'était aussi pour lui un moyen de survivre, une habitude prise à l'époque de l'orphelinat puis gardée lors de ses années de vagabondage dans les rues jusqu'à son présent de soldat.

Trix avait tourné son explication comme un compliment. Pourtant, Sev avait décelé dans sa voix une pointe de dédain mêlée à du regret, qu'il ignorait comment interpréter.

— Quoi ? fit-il après un silence. Ça ne t'intéresse plus ?

La serve pencha la tête vers lui.

— Je suis fatiguée d'essayer de te convaincre, Sevro. Retourne à ton ancienne vie, va. Tu peux aller te battre en première ligne ou devenir la carpette du capitaine Belden, ça m'est bien égal. Tu n'as plus de dette envers moi.

— Je n'ai encore rien fait, protesta-t-il.

— Techniquement parlant, tu as ruiné un plan qu'on préparait minutieusement depuis des mois. À cause de ton petit numéro d'hier, il va falloir tout repenser. Mais je n'ai plus besoin de tes services.

— Thya, marmonna Kade en jetant un coup d'œil à Sev. Les paquetages. Personne d'autre ne pourra les mémoriser à temps.

— Les paquetages ? répéta Sev tandis que Trix s'éloignait déjà, talonnée par son complice. Les affaires personnelles des soldats, vous voulez dire ?

Si la plupart d'entre eux ne possédaient pas grand-chose, chaque militaire avait son sac attitré, où ils conservaient nourriture, eau, alcool et quelques objets personnels : des talismans pour porter chance, trouver l'amour ou voyager sans encombre, voire des lettres envoyées par leur famille pour ceux qui savaient lire. Être soldat, ça voulait dire être opérationnel à tout moment. Pour rejoindre une patrouille, monter la garde à l'heure du dîner ou partir en mission d'exploration, et à chaque fois, les appelés prenaient leur sac avec eux. Le reste du temps, ils le laissaient à la charge des lamas, avec le reste du matériel.

— Oui, répondit Trix par-dessus son épaule sans s'arrêter.

Elle poursuivit à voix basse à l'intention de Kade, si bien que Sev dut dresser l'oreille pour entendre :

— On peut se rabattre sur les réserves d'eau, mais encore faut-il décider qui…

Une fois qu'ils furent hors de portée de voix, le jeune soldat ralentit le pas. Il avait des fourmis dans les jambes et le souffle court. Depuis la veille, il s'attendait à un enchaînement d'événements désastreux qui se termineraient par Trix essayant de l'étrangler dans son sommeil. Mais ça ? Il fallait bien avouer que Sev ne l'avait pas vu venir. Qu'elle le libère de leur marché aurait dû être un soulagement. Il n'aurait plus à supporter la présence quotidienne de Kade ni à tenter de démêler l'écheveau des motivations complexes de la serve. Il pourrait reprendre sa vie, comme si de rien n'était, sans être inquiété… du moins dans l'immédiat. Mais qu'avait-elle dit au sujet des réserves d'eau ?

Soudain, la lumière se fit dans son esprit.

— Tu vas les empoisonner !

Trix se retourna aussitôt et son regard se posa sur Kade avant de glisser sur Sev.

— Qui ça, moi ? répondit-elle, l'innocence incarnée. Mais je m'occupe des pigeons voyageurs, enfin ! Comment voudrais-tu que je m'y prenne ?

— C'est lui qui devait s'en charger, insista le fantassin en désignant le serf. Seulement voilà, il ne peut plus par ma faute. Et pour ce qui est des paquetages…

Tout en faisant les cent pas, il tentait de démêler les fils de leurs échanges. S'il y ajoutait les informations qu'il avait réussi à glaner de son côté, alors…

— Tu ne veux pas gâcher toutes les provisions, lâcha-t-il au bout d'un moment. Vous en aurez besoin quand tout sera fini. C'est là que j'interviens pour déterminer à qui appartient tel ou tel sac.

Pour autant, son raisonnement n'expliquait pas tout. Qui avaient-ils décidé d'empoisonner ? Trix pouvait-elle compter sur d'autres alliés parmi les soldats ? Et qu'en était-il du capitaine Belden ? Ses affaires étaient entreposées à part.

— Ce n'est plus ton problème, soldat, répliqua l'ancienne. L'aurais-tu déjà oublié ? Mais ne t'inquiète pas. Je prends soin de mes amis, or nous sommes amis. Pas vrai, mon garçon ? Je veillerai à ce que tu puisses t'échapper le moment venu. Tu ne compteras pas au nombre des cibles. En revanche, tu as intérêt à rester en dehors de mon chemin.

Au moment où elle s'éloignait, Sev la rattrapa par le bras.

— Si les soldats tombent soudain malades, qui sera pointé du doigt, à ton avis ? Ceux qui préparent leurs repas et s'occupent de l'approvisionnement. Tu mets en danger tous les serfs de la compagnie.

— Tu as raison. Si les soldats ne font que tomber malades, nous n'avons aucune chance.

Stupéfait, Sev lâcha Trix, qui en profita pour se remettre en marche. Une fois remis de sa surprise, il la rattrapa en courant.

— Tu as l'intention de tous les tuer.

Elle se tourna vers lui et répondit d'un ton où ne perçait aucun remords :

— Les morts ne parlent pas… et ne peuvent montrer personne du doigt.

— Mais tu t'occupes des pigeons voyageurs, non ? Pourquoi ne pas plutôt envoyer un message aux Dresseurs afin d'éviter…

— Afin d'éviter quoi, mon garçon ? À ton avis, que se passera-t-il si les Dresseurs apprennent que des soldats de l'empire marchent dans leur direction ? Peu importe qui s'en occupe, le sang va couler sur ce versant de la montagne, ne te fais aucune illusion. Quant aux pigeons, poursuivit Trix d'un ton las, ça m'a traversé l'esprit, figure-toi. Mais ces oiseaux ont été dressés dans un but précis. Ils ne se déplacent que d'un point à un autre sans jamais varier leur itinéraire et sont incapables de comprendre un ordre différent. L'animagie à l'œuvre ici est trop puissante.

— Quant à dresser un oiseau lambda pour qu'il transporte un message, cela exige énormément d'efforts, ajouta Kade à voix basse. Les bêtes sauvages obéissent aux ordres d'un animage tant qu'ils restent connectés à sa magie… mais dès qu'ils en sont éloignés, ils se déconcentrent très vite.

— J'avais deux très bons pigeons voyageurs pendant la guerre, ajouta Trix d'un ton rêveur. Il ne leur fallait que deux jours pour relier Aura Nova à Pyra. Je les avais baptisés Nefyra et Callysta. Je donnerais n'importe quoi pour en trouver des comme eux.

Après un silence, Kade se tourna vers le soldat.

— C'est ce que tu voulais, non ?

Sa voix ne trahissait rien de plus que de la curiosité.

— Comment ça ? demanda Sev, l'esprit encore accaparé par les projets de Trix.

— Tu l'as, maintenant, ta porte de sortie !

Dans l'obscurité, le militaire peinait à distinguer les traits du serf, mais sa posture, les bras croisés et la tête basse, trahissait sa déception.

— Tu es libre, Sevro, te voilà débarrassé de nous, conclut l'ancienne en souriant.

Sur ce, elle lui tapota le bras d'un geste amical avant de s'éloigner, Kade sur les talons.

Bien sûr, le serf disait vrai, c'était ce que Sev voulait : fuir la guerre et tout ce qu'elle représentait. Mais en regardant les deux comploteurs disparaître au loin, il s'aperçut qu'il n'avait aucune envie de les quitter.

« *Te voilà débarrassé de nous.* » Les mots résonnaient dans son esprit, en particulier ce « nous » chargé de sens, qui faisait référence à une communauté d'animages, de serfs, d'alliés. Sev n'avait plus fait partie d'un « nous » depuis très longtemps. La dernière fois qu'il avait eu l'impression d'appartenir à un groupe, c'était quand il avait encore sa famille. Car force était d'admettre qu'il ne se sentait pas à sa place dans l'armée et, auparavant, il n'était qu'un orphelin parmi des dizaines, ballotté d'un refuge à l'autre. Il n'y avait pas d'amitié qui vaille dans cette vie-là, pas plus qu'il y en avait dans les rues d'Aura Nova où chacun s'accrochait à la vie comme il pouvait.

Pendant longtemps, le jeune homme avait cru que la solitude l'avait endurci et rendu moins vulnérable. Pourtant, quelle force résonnait dans ce « nous » ! Ses parents ne s'étaient pas battus pour devenir des héros, mais pour défendre des animages, ce fameux « nous » qui vibrait à présent en lui.

Que faire alors ? Continuer sa vie de soldat au milieu de ses ennemis ou lutter pour son peuple, comme ses parents avant lui ?

— Attendez !

Kade et Trix s'arrêtèrent sans se retourner.

— Je vais m'en occuper.

À ces mots, la vieille femme tourna la tête vers lui et sourit.

Mais aucune victoire n'est sans conséquences.

CHAPITRE 21
VÉRONYKA

Les jours suivants, les deux jeunes gens s'entraînèrent avec acharnement. Et si Tristan avait ses propres raisons de vouloir réussir, Véronyka, elle, gardait à l'esprit qu'elle se rendait service en l'aidant. Le jour où il parviendrait à convaincre son père qu'il était apte à diriger une patrouille, elle aurait peut-être une chance de devenir apprentie. Bien sûr, qu'il soit promu, et avec lui les apprentis les plus âgés, ne garantissait en rien qu'elle soit recrutée ou trouve un parrain.

Chaque chose en son temps, se rappelait-elle.

Tristan progressait de jour en jour. Il suivait ses conseils, en conséquence de quoi, les animaux se fiaient davantage à lui. Désormais, les tentatives de distraction de Véronyka échouaient presque toujours, aussi décida-t-elle, à l'instar du commandant, d'interroger l'Apprenti Dresseur sur ce que Rex voyait depuis le ciel.

— Combien de marches y a-t-il entre le relais d'étape et le sommet ? demanda-t-elle.

Il lui fallait se creuser la tête pour trouver de nouvelles questions, car Tristan avait déjà répondu à toutes celles qu'elle avait posées.

— 221, répondit-il du tac au tac, sans même se donner la peine de consulter son phénix au préalable. Je les ai déjà comptées. Dis-moi, tu n'aurais pas quelque chose d'un peu plus difficile ?

Le jeune homme ponctua sa remarque d'un bâillement théâtral.

— Combien de lanternes…

— Quarante-cinq, la coupa-t-il avant d'éclater de rire à l'autre bout de la prairie.

Véronyka se renfrogna.

— D'accord, dit-elle en cherchant des yeux un moyen de le piéger.

Avisant un carquois par terre, elle le vida de son contenu avant de faire volte-face, les mains dans le dos.

— Combien de flèches est-ce que je tiens ?

Tristan leva les yeux au ciel puis, regardant le carquois vide, se tourna vers Véronyka.

— Quinze. Je sais combien de flèches j'ai pris en plus.

Au-dessus d'eux, Rex poussa un croassement. Perplexe, l'apprenti observa sa camarade plus attentivement.

— Perdu, annonça-t-elle avec un grand sourire, mais le jeune homme le savait déjà grâce à son âme sœur. Tu n'en serais pas là si tu jouais vraiment le jeu. Répète-moi donc ce que ton phénix t'a soufflé.

— Seize, répondit Tristan. Mais je n'en ai mis que quinze par carquois et les autres sont… Ah, la cible.

Il jeta un coup d'œil par-dessus son épaule : la cible était vide. Véronyka avait ôté la flèche qu'il avait tirée un peu plus tôt et qui provenait du carquois qu'il avait sur le dos.

— D'accord, j'ai compris. J'arrête les suppositions hâtives.

— Et pas la peine de te vanter non plus quand tu donnes quelques bonnes réponses, répliqua-t-elle en s'avançant vers le garçon pour lui agiter une flèche sous le nez. Allez, on recommence.

Au cours de l'essai suivant, Tristan annonça qu'il souhaitait faire l'exercice jusqu'au bout, l'épreuve du feu y compris.

Véronyka n'y vit pas d'inconvénient. Nul doute qu'il s'en tirerait très bien au vu de ses derniers résultats. Pourtant, à mesure qu'il progressait sur le parcours, elle sentit l'appréhension le gagner. Quand il fut arrivé au dernier obstacle, ses tempes dégoulinaient de sueur et il respirait par à-coups. Les oreilles de Tempête tressaillaient, Rex volait plus vite et le chien gardait la queue entre les jambes.

La jeune fille hésita en sentant les pensées de Tristan qui flottaient autour d'elle. Il lui suffirait d'ouvrir une brèche dans ses propres défenses pour savoir précisément ce qui le contrariait.

— Est-ce que ça va ? demanda-t-elle pourtant.

Aussi bonnes ses intentions soient-elles, pas question de recourir à l'ombremagie ! Si l'apprenti voulait partager ses problèmes avec elle, libre à lui.

Figé au bout du parcours, il semblait attendre que Rex redescende, mais le phénix continuait à tournoyer dans le ciel sans faire mine de s'embraser.

— Tristan, insista t-elle en venant se poster près de lui.

Il regardait droit devant, lèvres pincées. Apparemment, il ne l'avait pas entendue.

— Hé… tout va bien ?

L'apprenti sursauta et se retourna sur sa selle pour la regarder droit dans les yeux. Établir un contact visuel était l'un des moyens, parmi d'autres, de renforcer un lien magique avec un être vivant. Or, Véronyka ne s'était pas préparée à cette éventualité. En un éclair, elle comprit le problème. Elle se détourna sans attendre afin de rompre le lien momentané qui s'était noué malgré elle.

Tristan avait peur du feu.

La nouvelle était si surprenante que la jeune fille eut d'abord du mal à y croire. D'un autre côté, l'échec de son premier essai prenait tout son sens. En y repensant, elle se rappela même avoir perçu une bouffée d'angoisse du côté de l'apprenti quand Maximian s'était embrasé. Et puis, rien n'empêchait un Dresseur d'avoir peur du feu, surtout si le lien avec son phénix ne s'était pas créé dès l'enfance, comme cela se faisait autrefois.

— Laissons tomber dans l'immédiat, suggéra Véronyka, troublée par le silence de son compagnon. La journée a été longue.

À ces mots, elle rappela en pensée le chien et le pigeon, puis commença à rassembler le matériel.

— Je… je n'y arrive pas, balbutia Tristan, tétanisé.

— Tu es fatigué, objecta-t-elle en s'efforçant de paraître désinvolte. La prochaine fois…

— Non… tu ne comprends pas.

Il releva la tête, les larmes aux yeux, et observa le ciel où Rex tournoyait toujours. Un petit rire étranglé franchit ses lèvres.

— Je suis un Dresseur de phénix qui a peur du feu.

Quand le jeune homme trouva la force de la regarder de nouveau, ses traits trahissaient sa méfiance, comme s'il craignait que Véronyka se moque de lui. Elle se contenta de flatter l'encolure de Tempête avec un haussement d'épaules.

— Enfant, Bellonya la Vaillante a perdu son bras droit et a dû réapprendre toutes les techniques de combat avec le gauche. Ce qui ne l'a pas empêchée de devenir la meilleure lancière de l'histoire. Le roi Uorid, lui, était sourd. Il a donc fait concevoir une selle spéciale afin de pouvoir voler sans perdre l'équilibre. Il est aussi à l'origine des archives moriennes. Grâce à lui, en plus de se transmettre oralement, l'histoire impériale a été consignée par les prêtres et les acolytes de Mori.

Tristan dévisagea sa camarade, perplexe.

— Où tu veux en venir ?

— Ce que j'essaie de t'expliquer, c'est que quel que soit l'obstacle, on peut le franchir, répondit-elle en constatant avec tristesse que son propre frein, à elle, c'était sa condition féminine.

— Je n'y arrive pas. Je suis un Dresseur de phénix, le feu fait partie de notre quotidien. Ce n'est pas comme si je pouvais m'enduire de résine de *pyraflora* à longueur de journée !

Le garçon descendit de son cheval avec un soupir. Véronyka, elle, ne put s'empêcher de sourire en l'imaginant couvert de résine poisseuse de la tête aux pieds. Elle eut bien du mal à retrouver son sérieux, mais par bonheur, il ne s'en offusqua pas et sourit à son tour… avant de soupirer de nouveau quelques instants plus tard.

— Je ne plaisante pas, Nyk.

— Je sais. Mais peut-être prends-tu le problème dans le mauvais sens.

— Comment ça ?

— Ce n'est pas ici que ça se passe.

D'un grand geste, elle désigna le monde autour d'eux. Puis, elle s'avança d'un pas hésitant et lui tapota doucement la tempe, où ses cheveux avaient bouclé avec la sueur.

— Mais là.

Au contact de sa peau, la jeune fille se sentit traversée par une décharge électrique. Elle qui ne l'avait encore jamais touché s'étonna du sentiment de familiarité procuré par cet effleurement anodin. Leurs visages n'étaient qu'à quelques centimètres l'un de l'autre…

Elle recula sa main d'un geste si vif que la brusquerie du mouvement arracha un regard étonné à l'apprenti.

— Ou alors, je peux essayer de manger de la résine ? lança-t-il.

Sans le regarder, Véronyka s'efforça de sourire et de chasser son trouble. Elle avait désormais conscience de petits détails passés inaperçus jusqu'à présent, comme la façon dont sa poitrine s'abaissait et se soulevait à chaque respiration, ou sa sueur qui avait laissé sur les doigts de l'adolescente un voile humide. Elle s'essuya la main sur la jambe et fit de son mieux pour se recentrer sur la conversation.

— J'ai une astuce pour ne pas penser à ce qui me tracasse, annonça-t-elle en faisant défiler les images de Xéphyra dans son esprit. J'ai trouvé un moyen de mettre sous clef mes pensées négatives. Tu peux peut-être essayer d'en faire autant avec ta peur.

— La mettre sous clef ? répéta-t-il, dubitatif.

— Oui, c'est ce que j'appelle mon refuge mental, répondit-elle.

Elle lui exposa la marche à suivre, qu'elle-même utilisait pour enfouir le chagrin causé par la mort de Xéphyra ou se soustraire à la fouille d'un ombremage, comme avec Morra. Elle omit toutefois de mentionner ses propres pouvoirs. Au lieu de quoi, elle insista sur le mur de pierre qu'elle visualisait dans ces moments-là et la manière dont elle empilait les blocs avec soin pour isoler du reste de son esprit toutes les pensées qu'elle souhaitait mettre à distance.

— Je sais que ça peut paraître ridicule, poursuivit-elle tout en se remettant à ranger le matériel d'entraînement, mais ça marche pour moi. Mes idées noires me laissent tranquilles : elles se retrouvent piégées, coupées de tout, y compris de moi-même.

Tristan hocha la tête, songeur. Elle avait cru qu'il ne prendrait pas son idée au sérieux mais visiblement, il était prêt à tout tenter.

— Ça semble logique, fit-il observer. C'est le genre de défenses qu'on met en place tout le temps, sans en avoir conscience, quand on refuse d'affronter la vérité, non ?

La jeune fille acquiesça.

— J'espère que ça t'aidera.

— Merci. Je… personne n'est au courant, bredouilla-t-il.

Véronyka marqua une pause, aussi étonnée qu'heureuse qu'il lui fasse confiance. Elle le gratifia d'un sourire rassurant.

— Et personne n'en saura rien.

Les épaules soudain plus détendues, Tristan lui rendit son sourire.

— Où as-tu appris tout ça ?

— Je crois que je l'ai découvert tout seul, répondit-elle.

Elle songea aux remontrances de sa sœur, chaque fois qu'elle trahissait ses émotions. S'il fallait remercier quelqu'un – ou le maudire –, c'était bien Val.

Du reste, la vie lui semblait bien étrange sans la compagnie de son aînée. Se débrouiller seule ne lui posait pas de problème, mais Véronyka ressentait encore le besoin de s'en convaincre, de le prouver à sa sœur, même si Val n'était pas là pour le voir.

— J'ai eu longtemps du mal à maîtriser mes pouvoirs, poursuivit-elle. En mettant sous clef certaines émotions, j'ai réussi à trouver un certain équilibre.

Val avait beau dispenser un enseignement trop sévère, Véronyka était bien obligée d'admettre qu'elle avait beaucoup appris à son contact et à travers les histoires que lui racontait son aînée.

— Il paraît que lors de la Dernière Bataille, la moitié des animaux d'Aura Nova ont perdu la raison, ajouta-t-elle à mi-voix au moment où Tristan buvait à son outre.

Comme son nom l'indiquait, la Dernière Bataille avait été l'ultime acte de résistance d'Avalkyra Pyromaque. À cette occasion, elle avait mobilisé toutes ses troupes pour assiéger la capitale, dans l'espoir de s'emparer du palais royal, le siège du pouvoir, surnommé le « Cocon ».

— Les Dresseurs n'arrivaient plus à contenir leur magie. Leurs émotions incontrôlables se sont abattues sur les bêtes comme une pluie d'orage. Les chevaux quittaient leurs stalles, les chats se griffaient jusqu'au sang et les chiens échappaient à leurs maîtres.

Tristan caressait distraitement l'encolure de Tempête.

— Je me demande si ce n'était pas voulu…

— Comment ça ?

Véronyka s'efforça de chasser de son esprit les visions sinistres qui l'assaillaient. Depuis qu'elle avait entendu cette histoire, il lui arrivait de survoler le carnage en rêve. Cette nuit-là, ses parents avaient perdu la vie et si la jeune fille n'avait aucune idée des circonstances de leur mort, elle détestait penser à la terreur et à la souffrance qu'ils avaient dû éprouver dans leurs derniers instants.

— Monter la moitié des habitants d'une ville contre leurs maîtres serait une tactique de siège efficace. Ça revient à doubler son armée.

Le cœur de Véronyka se serra.

— Tant d'animaux sont morts !

— C'est vrai. Mais beaucoup d'humains aussi… Sans parler des phénix.

— Sauf que le choix de se battre leur appartenait ! protesta la jeune fille.

Tristan haussa les épaules.

— Qui sait ? souffla-t-il, pensif. Peut-être était-ce aussi la décision des animaux. (Comme Véronyka fronçait les sourcils, il lui désigna Tempête.) Il ne faut pas sous-estimer la dévotion des bêtes envers les animages. Si les phénix éprouvent le désir de se battre aux côtés des humains qu'ils aiment, pourquoi ne serait-ce pas le cas des autres animaux ?

Véronyka n'y avait jamais songé. Et si en effet les bêtes avaient participé à la bataille de leur plein gré ? Si elles s'étaient jetées dans la mêlée, non pas sur un ordre ou sous l'effet de la colère, mais par amour et loyauté ? Cette pensée lui réchauffa le cœur et l'aida à chasser les images sanglantes qui s'immisçaient dans son esprit.

Au loin, la cloche sonna le changement de quart.

— Dix coups déjà. Pardon de t'avoir retenu aussi tard, dit Tristan en descendant de cheval. J'aurais dû te libérer depuis longtemps.

— Ce n'est rien, répondit Véronyka.

Elle était sincère. Entraîner Tristan était sans aucun doute la tâche la plus divertissante qu'on lui ait confiée depuis son arrivée, surtout depuis qu'ils ne se disputaient plus.

— Et si je m'arrangeais pour que tu y trouves ton compte, toi aussi ?

— Qu'est-ce que tu veux dire ?

Les flèches qu'il était en train de ranger à la main, Tristan la dévisagea.

— Eh bien, je ne peux pas te promettre que je deviendrai chef de patrouille, ni que tu deviendras apprenti si jamais j'y parviens, mais je peux t'aider à t'y préparer. Devenir Dresseur ne se résume pas au lien qui unit le phénix à son maître. Combat, archerie… Tu as toi-même reconnu que tu n'y connaissais rien. Alors… peut-être que je pourrais t'aider moi aussi. Qu'est-ce que tu en penses ?

— Je… Oui, avec plaisir ! répondit-elle, surprise de tant de générosité.

Tristan sourit, tous ses doutes envolés, et glissa les dernières flèches dans le carquois.

Sur le chemin du retour, pourtant, l'humeur de Véronyka s'assombrit.

— Comment faut-il s'y prendre pour être parrainé ? s'enquit-elle.

Il s'agissait pour elle du dernier obstacle à franchir, au cas où la décision serait prise d'organiser un recrutement dans un avenir proche. Elle pouvait s'entraîner autant qu'elle le voulait, si elle n'avait pas les moyens de se payer un équipement ou si elle échouait à convaincre un Dresseur de devenir son parrain…

Tristan se renfrogna lui aussi.

— Eh bien, d'habitude un membre d'une patrouille recommande un ami ou un membre de sa famille et propose de couvrir ses frais d'apprentissage. Si le candidat montre des aptitudes particulières et réussit quelques épreuves basiques, il est admis.

— Ah, fit-elle, la mort dans l'âme.

L'apprenti allait poursuivre quand Elliot surgit au milieu d'un battement d'ailes : un pigeon venait de quitter la volière.

En les apercevant, le bras droit de Beryk sursauta.

— Oh, Tristan, s'exclama-t-il en les regardant tour à tour avec une pointe de suspicion. J'étais en train d'envoyer une commande pour de nouvelles protections, pour Anders et Ronyn.

Il s'arrêta, comme s'il attendait l'approbation de son camarade. Tristan et Véronyka échangèrent un regard.

— Ah, très bien. Nous, on revient de l'entraînement.

Elliot ne prit pas la peine de saluer la jeune fille, qui jeta un coup d'œil à son compagnon : quoi qu'il ait eu l'intention de dire avant l'arrivée d'Elliot, il n'ouvrirait vraisemblablement pas la bouche devant lui.

La soirée venait de tourner court. Véronyka s'efforça de masquer sa déception.

— Eh bien, à plus tard alors, dit-elle à Tristan avant de lui prendre des mains les rênes de Tempête pour mener le cheval aux écuries.

Plus tard, la jeune fille traversa la cour plongée dans la pénombre sur la pointe des pieds.

La citadelle était déserte à l'exception des sentinelles postées sur les murs d'enceinte. Véronyka pressa le pas vers les bains sans attirer leur attention. Jusqu'à présent, elle avait eu trop peur de se faire démasquer pour s'y rendre. Elle se contentait donc de faire sa toilette avec un linge et un seau d'eau froide tirée du puits. Mais son arrivée datant de plus d'un mois, l'adolescente ne pouvait plus y couper.

Les bains étaient logés dans une maison basse toute en pierre située entre le baraquement des domestiques et celui des apprentis. La bâtisse était dotée de deux entrées, une pour les hommes et une pour les femmes. Véronyka s'avança vers l'entrée des hommes et risqua un coup d'œil à l'intérieur.

Un nuage de vapeur et d'encens flottait dans la pièce, mais – Axura soit louée ! – aucun homme nu n'était visible à l'horizon. Une cheminée nichée dans le mur qui séparait les bains chauffait l'ensemble du bâtiment, éclairé par de petites lampes à huile suspendues au plafond. Au sol, trois bassins ronds creusés dans la pierre pouvaient accueillir cinq ou six personnes. Volutes de vapeur et pétales odorants de *sapona* flottaient à la surface de l'eau.

Véronyka attrapa une serviette dans un panier en osier et s'arrêta pour écouter la nuit : on n'entendait que le chant des criquets et des grenouilles.

Prenant son courage à deux mains, la jeune fille ôta sa tunique et son pantalon sales avant de s'avancer vers le bassin le plus proche, avec l'intention d'expédier sa toilette aussi vite que possible. Elle se frictionna avec énergie, observant les traînées noirâtres qui se formaient au milieu des bulles de savon. La vasque était équipée d'un banc taillé à même la pierre pour s'immerger le corps entier. Près du bord, une bonde permettait d'évacuer l'eau sale tandis que de l'autre, une ouverture alimentait le bassin en eau propre. La température demeurait tiède, soit que l'eau fût chauffée par un quelconque système, soit qu'elle provienne directement d'une source chaude.

Une fois installée, Véronyka sentit ses muscles se détendre et sa respiration s'apaiser. Elle n'avait pas pris de bain digne de ce nom depuis son départ d'Aura Nova, et nul doute qu'avec sa nouvelle identité, il allait s'écouler du temps avant qu'elle puisse s'en accorder un de nouveau. Son corps était devenu un fardeau, un secret lourd à porter. Elle avait dû voler des bouts d'étoffe en prévision de ses règles et, chaque matin, elle se cachait derrière un paravent pour bander sa poitrine, s'attirant au passage les taquineries des autres domestiques, qui se moquaient gentiment de sa pudeur.

Mais le jeu en vaudrait la chandelle si tous ces efforts lui permettaient de gagner sa place parmi les Dresseurs. D'autant que grâce à la proposition de Tristan… elle deviendrait sans doute l'une des meilleures candidates.

La jeune fille sursauta. Elle avait perdu la notion du temps.

Au même moment, un bruit de pas lui parvint de la cour. Quand elle entendit l'intrus se rapprocher, son sang se glaça dans ses veines. Elle sauta hors du bassin dans une gerbe d'éclaboussures puis s'empara d'une serviette et la drapa autour de ses épaules comme elle l'aurait fait d'une cape. L'instant d'après, la porte s'ouvrait.

Tristan se tenait sur le seuil, le visage à peine visible au milieu du nuage de vapeur et d'encens qui flottait dans la pièce.

— Nyk ? lança-t-il, surpris, en laissant la porte se refermer derrière lui. Tu n'es pas couché ?

— Je...

Véronyka s'interrompit : elle avait la désagréable impression que les parois de la pièce accentuaient les aigus de sa voix. Resserrant les pans de sa serviette, elle se racla la gorge et lui retourna la question.

— Eh bien... lâcha Tristan. Je n'arrivais pas à dormir.

Il se baissa près du panier à linge pour ramasser la tunique sale de la jeune fille et la lui tendit. Elle avait dû l'abandonner là dans sa hâte.

Les joues en feu, elle la prit des mains du garçon en le remerciant d'un signe de tête, la serviette toujours serrée autour d'elle.

— Tu... tu as froid ? s'enquit-il en l'observant, intrigué.

Avec la chaleur étouffante qui régnait dans la pièce, les usagers des bains avaient pour habitude de s'y promener nus, et non enveloppés dans leur serviette comme une chenille dans son cocon.

— Je... Oui, bredouilla Véronyka au moment où une goutte de sueur lui dégoulinait sur la tempe.

Tristan hocha la tête d'un air dubitatif, puis prit une serviette dans le panier.

— Et si je te parrainais ? lâcha-t-il de but en blanc, les yeux rivés sur l'étoffe de coton blanc entre ses mains.

Véronyka crut avoir mal entendu.

— J'ai réfléchi... poursuivit-il. J'ai quelques économies. Le moment venu, je pourrais proposer ton nom, si tu es d'ac...

— Bien sûr que je suis d'accord ! s'exclama-t-elle en faisant un pas vers lui. Mais... tu tiens vraiment à dépenser ton argent pour moi ?

Tristan haussa les épaules avec désinvolture.

— Le parrainage, ce n'est pas une partie de plaisir, tu sais. Il faudra s'occuper de mes courses, m'aider à prendre soin de mes équipements, nettoyer mes appartements... sans parler de ton entraînement.

Quand il releva la tête, il sembla surpris de constater que Véronyka le dévisageait, bouche bée. Mais comment aurait-elle pu réagir autrement ? Il lui offrait son rêve sur un plateau d'argent et s'excusait qu'il ne soit pas fait d'or.

Elle aurait accepté des conditions bien moins favorables.

— Tristan, murmura-t-elle en rajustant sa serviette de ses mains tremblantes. Je ne sais pas quoi dire.

— Alors dis oui, lança-t-il avec un sourire hésitant.

— C'est oui, chuchota-t-elle.

Voyant le visage du garçon s'éclairer, elle dut se mordre les lèvres pour ne pas sourire béatement à son tour. Son cœur se gonfla de joie. Stupéfaite par la gentillesse de l'apprenti, elle ne pouvait s'empêcher de s'interroger sur les raisons qui le poussaient à prendre tant de risques pour elle. Mais soudain, le visage de Mésange s'imposa à elle, lui rappelant que certains n'avaient besoin ni d'une raison particulière ni de contrepartie pour aider leur prochain.

Sans se départir de son sourire, Tristan posa sa serviette près du bassin le plus proche. Puis, sous l'œil effaré de Véronyka, il commença à ôter sa tunique.

Dans la poitrine de l'adolescente, son cœur se mit à tambouriner. Non seulement le jeune homme ne comptait pas la laisser seule pour se rhabiller, mais il allait lui aussi se dévêtir ! Il n'était bien sûr pas venu là pour discuter, sans quoi il n'aurait manifesté aucune surprise de la voir. Non, il comptait se laver, et donc rester un moment. Nu, bien sûr.

Tout va bien, tenta de se rassurer Véronyka, les joues en feu. *Les hommes se lavent ensemble, tout comme les femmes. Aucun problème.*

Mais malgré les efforts qu'elle dut faire pour se calmer, son regard affolé oscillait entre le torse nu de Tristan, la porte et le mur du fond. Où valait-il mieux regarder ? Et comment allait-elle se rhabiller s'il restait là ? Il n'y avait aucune échappatoire. Quand l'apprenti porta une main à sa taille pour ôter son pantalon, la jeune fille garda les yeux résolument rivés au sol, la tête bourdonnante. Lorsqu'elle se décida enfin à relever la tête, il s'était déjà enfoncé jusqu'à la taille dans l'eau du bassin. L'instant d'après, il s'y plongeait tout entier. Il en émergea en repoussant ses cheveux dégoulinants en arrière.

— Tu ferais mieux d'aller dormir, Nyk, dit-il en voyant sa camarade toujours plantée au même endroit.

Puis il lui tourna le dos et se laissa aller contre le banc, la tête en arrière et les paupières closes.

Les jambes flageolantes, Véronyka se rhabilla à toute allure, se débattant avec le lacet de son pantalon. Puis elle se glissa au dehors et courut jusqu'aux quartiers des domestiques, déterminée à ne plus jamais prendre de bain.

Jour 5, 3 lune, 169 ap. E.

Xe Onia,

Je sais que tu es fâchée contre moi, mais le moment est mal choisi pour se diviser. Ne vois-tu pas que c'est ce qu'ils cherchent ?

Grâce à Nefyra, mon meilleur pigeon voyageur, ton message peut me parvenir sous deux jours.

Je t'en supplie, réponds-moi.

Avalkyra

Une fois bannie et chassée de l'empire même que mes ancêtres avaient bâti, devais-je baisser les bras et rester tapie dans l'ombre ? Devais-je implorer à genoux ?

CHAPITRE 22
VÉRONYKA

Conformément à la promesse de Tristan, l'entraînement de Véronyka débuta dès le lendemain, à l'aube, et se poursuivit les jours suivants.

Plutôt que de la conduire au champ de tir ou de lui enseigner des techniques de combat au couteau ou à la lance, il commença par l'emmener courir. Malgré l'immense déception de la jeune fille, il insista sur l'importance de l'endurance et de la forme physique, qui comptaient plus que tout.

Tous les matins avant le lever du soleil, ils se retrouvaient donc dans la cour. Ils traversaient d'abord le village, puis grimpaient sur le mur d'enceinte, qu'ils remontaient jusqu'à un escalier en colimaçon menant au bout des fortifications protégeant la citadelle. Y débutait un petit sentier qui montait en lacet jusqu'au sommet de la montagne, à travers les buissons et les herbes hautes, puis le long de la falaise abrupte surplombant le plateau. Véronyka voyait bien que son camarade ralentissait la cadence pour l'attendre. Jamais elle n'avait enduré d'épreuve physique aussi fatigante.

Tristan savait se montrer patient. Il la poussait du coude quand les yeux de la jeune fille se fermaient pendant leurs étirements et faisait de fréquentes pauses pour « reprendre son souffle ». Il était pourtant clair qu'il ne s'arrêtait que pour elle.

Environ une semaine après le début de cette nouvelle routine, un départ un peu lent de Véronyka les contraignit à rentrer plus tard que d'habitude pour entamer leurs corvées quotidiennes. Quand ils passèrent à petites foulées sous la herse de la citadelle, le soleil déjà levé nimbait la montagne d'un halo doré et les autres apprentis étaient déjà rassemblés dans la cour pour leur première leçon de la journée.

En apercevant Tristan, ils lui firent signe d'approcher. Véronyka le suivit, les poumons en feu et les jambes flageolantes. Son camarade, lui, avait beau avoir le visage luisant de sueur, il semblait détendu et reposé. Le maudissant intérieurement, la jeune fille se pencha pour reprendre son souffle, les mains sur les genoux.

— Qui est ce garçon qui te suit partout comme ton ombre, Tristan ? s'enquit Anders en se détachant du groupe.

Il avait le teint brun clair des habitants de l'Arborie du Nord, avec des boucles sombres autour de grandes oreilles. Ses parents appartenaient à une troupe de comédiens et lui avaient transmis leur amour du théâtre et du divertissement, à défaut de leur talent. On l'entendait souvent chanter faux dans les quartiers des apprentis, la grande salle ou même dans les airs quand il chevauchait son phénix. Connus pour leur fibre artistique, les Arboriens ne se limitaient cependant pas à la musique et au théâtre : les plus beaux meubles et les plus beaux cuirs de l'empire naissaient de leurs mains. Anders profitait donc du dîner pour arborer une paire de manchettes en cuir épais ornées de bribes de chansons et de vers.

Le commandant interdisait en effet tout ornement non conforme à l'uniforme des apprentis, composé d'une tunique et d'une armure assortie. Les cheveux devaient se porter courts, les visages être rasés de près. Même pendant l'âge d'or des Dresseurs de phénix, un code vestimentaire similaire était de mise pour leurs apprentis. Seuls les Maîtres Dresseurs gagnaient le droit d'arborer des tresses et les ornements qui leur plaisaient.

—Oh, je vous présente Nyk, répondit Tristan. Il travaille aux écuries.

—Depuis quand les domestiques s'entraînent-ils avec les apprentis ? demanda Latham.

Il ressemblait beaucoup à son frère, Loran : même peau claire, mêmes cheveux dorés, mêmes yeux bleu foncé, des traits communs dans le Sud, dont ils étaient originaires.

—Depuis que le commandant l'a ordonné, intervint Elliot, fort à propos, rappelant au passage la punition dont avait écopé leur camarade.

—Ah mais oui ! s'exclama Anders. Le dernier décret disciplinaire du commandant !

Son sourire habituel aux lèvres, il jeta un regard malicieux à Tristan avant de se tourner vers la jeune fille.

— Alors, Nyk, tu arrives à remettre à niveau ce pauvre apprenti ?

Le principal concerné se contenta de secouer la tête avec un petit sourire, les yeux baissés. Pourquoi donc ne répliquait-il pas ? Il n'avait pas la même retenue avec Véronyka ! Mais soudain, l'adolescente prit conscience de l'inconfort de la situation de Tristan. Le commandant dont ils parlaient, c'était son père – une position qui ne devait pas faciliter la vie du jeune homme ! Difficile d'être un apprenti comme les autres quand on est toujours perçu avant tout comme le fils du commandant. Pour autant, le garçon n'avait aucun ascendant d'autorité sur ses camarades. Pas étonnant qu'il attende sa promotion avec autant impatience : enfin, des limites claires seraient établies avec eux !

— Il n'avait pas besoin de mon aide pour être à la hauteur, répliqua Véronyka d'un ton assuré.

Tristan lui lança un regard où se mêlaient surprise et reconnaissance.

— En tout cas, s'ils veulent nous envoyer des domestiques pour nous épauler, je serais ravi d'accepter l'aide d'une des lavandières, fit observer Latham avec un clin d'œil et un sourire appuyé. Une des aide-cuisinières de Morra ferait aussi l'affaire…

— Pauvre Latham, toujours en manque de compagnie, lança Anders en passant un bras autour des épaules d'Elliot. Encore un peu et on croirait que tu es aussi désespéré que notre ami ici présent, qui nous rebat les oreilles avec les filles de sa province.

—Je ne suis pas désespéré, protesta l'intéressé en se dégageant brusquement, les joues cramoisies. Et c'est de ma sœur que je parle, pas des…

—Laisse-le tranquille, intervint Ronyn d'un ton las.

Faisant partie des aînés, il semblait en avoir assez des pitreries d'Anders et de Latham.

—Je suis certain que Nyk est d'accord avec nous, lança l'Arborien du Nord en attrapant cette fois l'épaule de Véronyka. Toi aussi, tu aimerais voir un peu plus de filles par ici, pas vrai ?

—Bien sûr, lui répondit-elle.

Tous s'esclaffèrent, sans comprendre le quiproquo. Elle, la seule chose qui l'intéressait, c'était que les Dresseurs comptent des femmes dans leurs rangs. Elle lança un coup d'œil exaspéré à Tristan, mais à sa grande surprise, il détourna le regard. Était-il gêné de sa présence au milieu des apprentis ? Pour autant, Véronyka ne se formalisait pas de leurs plaisanteries, elle avait connu bien pire avec les sempiternelles railleries et les remarques sarcastiques de Val. Mais visiblement, il en allait autrement pour lui.

—Ce que je veux dire, reprit-elle en repoussant le bras d'Anders, c'est que les filles devraient avoir le droit de s'entraîner comme apprenties.

—Eh bien, sur ce point, Elliot est d'accord avec toi, rétorqua le fanfaron sans se départir de son sourire narquois. C'est pour ça que tu es ici ?

Le cœur de Véronyka fit un bond dans sa poitrine.

—Qu'est-ce que tu veux dire par là ?

Anders leva un sourcil.

—Pour t'entraîner ?

—Oh… Oui. Enfin, plus ou moins. Je…

— Je l'aide à se préparer pour le prochain recrutement, expliqua Tristan.

— Bah… à quoi bon ? marmonna Ronyn.

— Comment ça, à quoi bon ? demanda la jeune fille, surprise.

Elle n'aurait su dire si sa remarque était ironique ou simplement fataliste.

— Eh bien…

— Nous n'avons plus d'œufs, expliqua Anders, redevenu sérieux. On n'en a pas trouvé depuis des mois. Tu as plus de chances d'en pondre un que de le dénicher dans le coin.

Le ton de la conversation avait changé. Les rires et les plaisanteries avaient laissé place à un silence crispé. Véronyka se tourna vers Tristan, qui gardait les yeux baissés. Ainsi donc, il était au courant, depuis le début. Pourquoi ne lui avait-il rien dit ? Pourquoi la convaincre qu'elle avait sa chance, aller jusqu'à lui promettre de la parrainer, alors qu'il savait pertinemment que c'était perdu d'avance ? Était-ce pour cette raison qu'il s'était autant engagé ? À ce compte-là, ses promesses ne valaient pas bien cher…

Beryk entra alors dans la cour et réclama l'attention des apprentis. La jeune fille en profita pour s'éclipser. Il lui restait une heure à tuer avant de commencer sa journée de travail, mais elle se rendit tout de même aux écuries. Il faisait sombre à l'intérieur des bâtiments et la présence des animaux la réconforta. Vivre dans l'entourage de phénix depuis plusieurs semaines avait renforcé ses pouvoirs.

Avant Xéphyra et son arrivée au Nid d'Azurec, Véronyka avait besoin d'un contact visuel avec un animal pour se lier et communiquer avec lui. Désormais, il lui suffisait de pénétrer dans le bâtiment poussiéreux et, les yeux fermés, elle savait quel cheval était dans quelle stalle, quels chats se pelotonnaient dans un coin et si des tourterelles ou des étourneaux s'étaient perchés sur les poutres. Au contraire des reptiles et des poissons, oiseaux et mammifères étaient des créatures faciles à approcher avec la magie, en raison des similitudes de comportement avec les êtres humains. Plus il existait de différences avec une espèce – habitat, régime alimentaire –, plus il était difficile d'entrer en contact avec elle.

La familiarité jouait aussi son rôle. Au point que la jeune fille n'avait aucun effort à fournir pour communiquer avec les animaux des écuries. Après avoir repéré la stalle de Tempête grâce à ses pouvoirs, Véronyka rouvrit les yeux et se glissa à l'intérieur. Elle s'assit par terre, à côté de l'étalon, et lui caressa doucement les naseaux jusqu'à ce qu'il se rendorme en se balançant imperceptiblement au rythme de son souffle.

Un sentiment d'impuissance accablait l'adolescente. Après avoir passé des années sous la domination de sa sœur aînée, elle était familière de cet état d'esprit. Mais désormais libérée de l'emprise de Val, elle ne supportait plus de tomber dans ses anciens travers. Lors de ses premières séances d'entraînement avec Tristan, elle s'était crue sur la bonne voie, et voilà qu'elle avait l'impression d'être revenue au point de départ.

— Nyk ? fit tout à coup une voix hésitante derrière la porte.

Véronyka se figea. Elle n'était pas certaine d'avoir envie qu'on la trouve, même si sa cachette n'était pas des plus infaillibles. Quelques secondes plus tard, la porte s'ouvrait et Tristan entrait dans la stalle.

— Comment tu as deviné que j'étais ici ? demanda-t-elle d'un ton penaud.

— Je t'ai vu courir vers les écuries, alors j'ai interrogé Tempête, répondit-il en observant le cheval avec un petit sourire.

Il flatta la croupe de l'étalon avant de s'asseoir à côté de son amie, les genoux ramenés contre sa poitrine. Véronyka lança un regard mauvais au délateur, qui souffla par les naseaux d'un air offusqué.

— Tu n'es pas censé t'entraîner ?

Tristan haussa les épaules. Elle laissa passer un silence, puis, n'y tenant plus, elle explosa :

— Pourquoi tu ne m'as rien dit ? Pourquoi tu m'as fait miroiter toutes ces histoires de parrainage et d'entraînement si tu savais que je n'avais aucune chance ? Pourquoi m'avoir menti ? Je te faisais à ce point pitié ?

— Non, je… Ce n'est pas ça. Je ne t'ai pas menti. Que tu deviennes apprenti n'est pas impossible, Nyk, c'est juste compromis dans l'immédiat. Voilà pourquoi je n'ai pas pris la peine de t'en parler.

— Mais si vous n'avez pas d'œufs…

— Nous en trouverons, répliqua-t-il d'un ton résolu.

Véronyka s'enfouit la tête dans les mains.

— J'en viens à me demander ce que je fais ici.

— Tu m'aides, répondit Tristan en s'efforçant de sourire. Tu as bien vu ce qui s'est passé pendant le premier parcours d'obstacles… Si tu n'étais pas intervenu, les événements auraient vraiment pu dégénérer pour moi… et pour Tempête.

D'une main chaleureuse, il gratifia le cheval d'une nouvelle caresse.

La jeune fille eut beau se forcer, elle ne réussit pas à lui rendre son sourire.

— On a besoin de personnes comme toi, intelligentes et talentueuses, poursuivit-il en gardant les yeux obstinément rivés au sol. Moi, j'ai besoin de toi.

Véronyka sentit sa gorge se nouer. La joie que lui procuraient ces paroles laissait déjà la place à un sentiment de culpabilité. Alors que Tristan lui avait confié son plus grand secret, elle-même avait été incapable d'en faire autant. Mais comment aurait-elle pu lui avouer la vérité ? Il détestait les menteurs, il n'existait rien de pire à ses yeux. Certes, il avait omis de lui révéler la vérité sur le manque d'œufs, mais pour sa part, elle vivait dans le mensonge, qui déformait tous ses actes, toutes ses relations.

Véronyka ne se sentait pas pour un garçon, contrairement à certains enfants croisés dans sa jeunesse – nés garçons ou filles sans avoir pour autant l'impression d'appartenir à ladite catégorie, et qui s'habillaient en accord avec leur vérité profonde, quoi qu'en pense le monde extérieur. Elle était Véronyka. Nyk n'était qu'un mensonge.

À certains égards, il aurait été préférable d'avouer la vérité à Tristan avant qu'il ne se laisse aller à des confidences trop intimes. Depuis qu'ils s'étaient rapprochés tous les deux, la trahison de Véronyka lui pesait encore davantage et les enjeux lui semblaient encore plus importants. Elle n'avait aucune envie de perdre l'amitié de l'apprenti.

Et puis, il avait cette manière particulière de la regarder parfois, avec ce sourire qui faisait briller ses yeux et colorait ses joues… La jeune fille craignait de ne plus jamais voir cette expression sur son visage, et que même s'il lui pardonnait, le lien fragile qu'ils avaient noué ne soit détruit pour toujours.

— Je… je ne sais pas si ça suffira, avoua-t-elle. Je dois devenir Dresseur. Sans ça…

Elle s'interrompit. Comment lui expliquer ce qu'elle avait perdu ? Comment lui faire comprendre qu'elle avait le cœur brisé et que l'unique moyen de le réparer était de trouver un autre phénix à même de combler le vide qu'elle ressentait ?

— Il te manque quelque chose ? avança Tristan.

Véronyka le dévisagea, surprise par sa clairvoyance. Le garçon poursuivit :

— J'éprouve la même frustration vis-à-vis de la place de chef de patrouille. J'ai l'impression que si j'accède à cette position, tout s'arrangera. Mais c'est un jeu dangereux que de faire dépendre son bonheur de la décision de quelqu'un d'autre. Quand j'étais petit, tout ce qui m'intéressait, c'était d'avoir un phénix. Je pensais qu'avec un oiseau de feu à mes côtés, je deviendrais invincible. (Il déplia les jambes et s'adossa au mur en souriant, les bras croisés.) Mais rien n'est garanti dans la vie. Rex pourrait mourir ou mon père décider que je n'aurai jamais l'étoffe d'un bon chef de patrouille. Et après ? Je ne vais pas me lamenter éternellement. Je veux être le propre artisan de mon bonheur.

Ses mots firent vibrer une corde sensible chez Véronyka. Elle avait passé beaucoup de temps à chercher des réponses ailleurs qu'en elle-même. Peut-être lui fallait-il panser ses plaies avant d'espérer trouver un phénix qui accepte de lier leurs deux existences. À vrai dire, elle ignorait si elle se remettrait un jour de la mort de Xéphyra, mais dans l'immédiat, sans doute était-il préférable de se reconstruire et de chercher le bonheur au lieu de se fixer sans cesse des objectifs soumis à des paramètres qu'elle ne maîtrisait pas.

Or, qu'est-ce qui l'avait rendue heureuse depuis la mort de son âme sœur ? S'entraîner avec Tristan, participer à la bonne marche du Nid, même en tant que simple garçon d'écurie.

Véronyka observa le profil de Tristan, son long cou, ses épaules robustes. Elle ressentit une brusque envie de le toucher, de s'ancrer dans le présent, d'oublier ses soucis pour vivre l'instant, là, tout de suite. Pourtant, il lui arrivait souvent de se sentir en décalage par rapport à son ami, avec son petit corps maigrelet, ses yeux trop grands, son nez trop court... Il faut dire que lui était d'une beauté saisissante avec sa carrure musclée, ses longues jambes, ses cheveux savamment décoiffés et ses fossettes qui se creusaient chaque fois qu'il souriait.

— Je me sens bien avec toi, avoua-t-elle avant de plaquer une main sur sa bouche, stupéfaite d'avoir formulé tout haut sa pensée.

Pour masquer son trouble, elle s'empressa d'ajouter :

— Enfin, j'aime m'entraîner avec toi, c'est sympa de s'entraider. Et puis la présence de Rex et des autres, mais surtout la tienne et celle de Rex, enfin...

Les yeux fermés, elle pria, honteuse, pour que les Servantes maléfiques de Nox viennent la chercher et l'emmènent dans les royaumes obscurs, afin qu'elle n'ait plus jamais l'occasion de recroiser Tristan.

— Moi aussi.

Véronyka rouvrit les yeux. Lui regardait ailleurs.

— Bon… qu'est-ce que tu en penses ? demanda-t-il, la gorge nouée.

— Qu'est-ce que je pense de quoi ? répéta-t-elle, perplexe.

La stalle de Tempête lui apparut tout à coup minuscule, et le silence oppressant. Ils étaient seuls dans l'obscurité et elle n'avait qu'à tendre le bras pour toucher Tristan.

— Tu veux bien rester pour tenter ta chance ?

Avant que Véronyka ait pu répondre, un grincement se fit entendre – celui de la porte des écuries – et un claquement de bottes résonna sur le sol en pierre.

Les bruits de pas se rapprochèrent rapidement et le battant de la stalle de Tempête s'ouvrit brusquement sur Cassian.

— Mon commandant, le salua Tristan en se levant d'un bond.

Véronyka l'imita, mais le mal était déjà fait. Ils se cachaient dans un recoin obscur et se comportaient comme si on les avait pris en faute. Quand la jeune fille se souvint que son ami était censé assister à la leçon du matin, son inquiétude redoubla.

Le chef des Dresseurs les examina l'un après l'autre d'un regard glacial, comme s'il cherchait à imprimer la scène dans sa mémoire.

— Tu n'as pas entraînement, aujourd'hui, apprenti ?

— Si, mon commandant. J'étais en juste en train de…

— Faire connaissance ? lança Cassian comme s'il s'agissait de mots obscènes.

La tête basse, les mains entortillées derrière le dos, Véronyka hésita. Fallait-il intervenir ou laisser Tristan affronter l'orage tout seul ?

— Une chance que j'aie dû échanger quelques mots avec Beryk ce matin, sans quoi je n'aurais jamais découvert que tu fuis tes obligations.

Tristan fit la grimace : « chance » était le dernier mot qu'il aurait choisi pour qualifier l'enchaînement des événements.

— Il y a un temps pour tout et le moment est mal choisi pour fraterniser avec les domestiques et les garçons d'écurie, poursuivit Cassian.

— Je vous demande pardon, mon commandant, répondit le jeune homme en affichant une mine de circonstance. Et quel serait le meilleur moment, à votre avis ?

Véronyka jura intérieurement mais dut pincer les lèvres pour ne pas sourire. Cassian toisa son fils, les yeux étincelants de colère.

— Il semble évident que tu ne prends pas ton entraînement au sérieux. Le moment est peut-être venu d'organiser une petite inspection. Ce n'était pas censé être avant une semaine, mais je suis curieux de constater tes progrès. Voyons un peu si ces leçons supplémentaires t'ont été bénéfiques. J'espère que tu es prêt, Tristan. Il ne faudrait pas que tu te ridiculises… une fois de plus. Rendez-vous dans une heure, apprenti.

Quand Véronyka se posta près du parcours d'obstacles, avec les autres garçons d'écurie, l'angoisse lui nouait les entrailles.

Elle n'avait pas d'inquiétude sur les capacités de Tristan à réussir, mais redoutait la réaction du commandant. Voir son fils compléter le parcours à la perfection ne lui suffirait peut-être pas. Cassian se montrait toujours très dur envers Tristan et à la lumière des récents événements, elle craignait qu'il soit impossible de le satisfaire.

En effet, le chef des Dresseurs partageait de nombreux points communs avec Val : comme elle, il n'agissait jamais de manière fortuite. Il était intelligent, mais aussi tyrannique et, pour une raison inconnue, refusait que son fils passe chef de patrouille. S'il lui faisait miroiter la place, c'était dans le but de le maintenir dans le rang. Quels que soient les résultats de Tristan, il ne lui confierait cette responsabilité que contraint et forcé. Comment donc faire pour ne pas lui laisser le choix ? C'était la question que se posait Véronyka.

Au moment où il interpellait les apprentis, la jeune fille aperçut un petit groupe d'hommes en train de franchir les portes du village. Beryk et les autres Maîtres Dresseurs, vêtus de leur armure et de leurs protections, s'avançaient vers le parcours. Le sourire aux lèvres, le commandant observait les jeunes gens qui échangeaient des messes basses et montraient du doigt les nouveaux arrivants. Ainsi donc, il avait invité les patrouilles au complet pour assister à l'épreuve sans en avertir les apprentis.

Parfait, songea Véronyka, avec une pointe de joie mauvaise. Quoi de mieux, pour forcer la main du commandant, que d'agir devant un public qui n'hésiterait pas à lui demander des comptes ? Si tous les Dresseurs – Maîtres et apprentis confondus – voyaient Tristan exceller, il serait difficile pour Cassian de soutenir que le jeune homme n'avait pas la trempe d'un chef de patrouille. Ne restait plus qu'à leur donner une preuve indéniable de son talent.

Le commandant prononça quelques mots de bienvenue et précisa avoir convié les Maîtres Dresseurs afin qu'ils puissent « voir ce vous avez dans le ventre, les garçons ». Mais Véronyka n'était pas dupe : il ne les avait fait venir que pour ajouter de la pression et non pour satisfaire leur curiosité.

Malgré tout, assister à l'épreuve semblait les ravir : ils s'adossèrent à la clôture bordant le pré et regardèrent les apprentis s'aligner, prêts à s'élancer sur le parcours d'obstacles. Difficulté supplémentaire par rapport à leur premier essai, ils étaient censés achever l'épreuve par son point d'orgue : l'embrasement de leur phénix.

Véronyka avait conscience que pour Tristan, cette dernière étape constituait le véritable défi. Il y était déjà parvenu, et même à plusieurs reprises, au cours de leurs séances d'entraînement, mais cette fois, la pression serait plus forte que jamais.

Au moment où Anders s'élançait, un des garçons d'écurie – Petyr, en l'occurrence – se précipita pour fermer la barrière de l'enclos, juste avant qu'un chien ne s'échappe. En le voyant pousser le verrou, Véronyka fut traversée par une idée complètement folle, au potentiel explosif en cas d'échec. Elle aurait aimé en toucher deux mots à Tristan, mais il était trop près du commandant.

Les apprentis défilèrent les uns après les autres. Pour la plupart d'entre eux, les progrès étaient notables, seulement, à chaque fois que leur phénix s'embrasait, leur cheval ruait et le chien poussait des aboiements furieux. Par deux fois, le pigeon s'envola en direction du village, et un carquois prit même feu.

Quand Tristan mena à son tour Tempête vers le point de départ, Véronyka se précipita vers eux et fit mine de rajuster une sangle sur la selle du cheval. Les mains tremblantes, elle se plaça de manière à dissimuler ses traits à l'assistance. Le cavalier baissa les yeux sur la jeune fille, un masque d'impatience et de dédain sur le visage, mais il voyait bien que sa selle n'avait pas besoin d'être resserrée.

— Qu'est-ce qu'il y a ? chuchota-t-il en feignant d'aider Véronyka.

— J'ai une idée… une idée un peu risquée, annonça-t-elle, les yeux levés vers son ami.

Elle espérait presque qu'il l'en dissuaderait et qu'elle pourrait retourner se cacher derrière les chevaux en attendant que tout soit terminé.

Tristan se redressa sur sa selle et chassa d'une tape la main de la jeune fille qui s'acharnait toujours sur la sangle. Puis, après avoir appelé en pensée chien et pigeon, il répondit :

— D'accord.

« D'accord. » D'un simple mot, sans discuter, il lui donnait la permission de mettre son projet à exécution, aussi fou soit-il.

Profitant de ce que tout le monde regardait Tristan se diriger vers le début du parcours, Véronyka se faufila sans bruit derrière l'assistance. Son temps était compté. Elle n'aurait pas de seconde chance.

Elle avait beau n'accorder qu'une vague attention à l'apprenti, elle s'enorgueillissait de la qualité de sa prestation et ne pouvait s'empêchait de lever les yeux chaque fois que les Maîtres Dresseurs réagissaient à voix basse à un tir irréprochable ou à un saut d'obstacle maîtrisé à la perfection. Comme avec les autres candidats, le commandant posait des questions pour s'assurer que le jeune homme était bien toujours en lien avec son phénix en plus des autres animaux.

Lorsque Tristan fit zigzaguer Tempête entre les poteaux, à l'approche de la fin du parcours, Véronyka sut que c'était le bon moment. La tension montait dans l'assistance : tout le monde gardait en mémoire l'incident survenu la dernière fois que Cassian avait assisté à la prestation de son fils.

Soudain, dans un cri strident, Rex s'éleva d'un battement d'ailes et décrivit un grand arc de cercle avant de plonger en piqué.

Ma chère, ma douce Onia
devait bien se douter que je ne courberais
pas l'échine.

Chapitre 23
Tristan

Tristan rassembla son courage pendant que Rex fondait vers le sol. Le phénix allait s'embraser d'un instant à l'autre. Or l'apprenti savait que tout dépendait de cet instant-là.

Il eut à peine le temps de renforcer la solidité de son refuge mental, comme le lui avait enseigné Nyk. Depuis des jours qu'il s'entraînait, les murs avaient pris forme, le coupant de sa peur, tapie juste derrière. Malgré tout, cela restait insuffisant. Il fallait à Tristan combler sans cesse les brèches pour s'assurer que sa terreur ne resurgisse pas.

À certains égards, oui, la peur était un luxe, pour citer la maxime préférée de son père, une indulgence que le jeune homme s'accordait dans ses moments de faiblesse. Toutefois, en mettant sa plus grande frayeur sous clef, hors d'atteinte, il se protégeait de lui-même.

Le procédé revenait à séparer pensée et émotion. D'un point de vue rationnel, l'apprenti savait que les flammes de

Rex ne représentaient aucun danger pour lui. À l'inverse, son côté sensible aidait la peur à s'ancrer et à prendre l'ascendant sur la logique jusqu'à transformer Tristan en boule de nerfs inapte à l'action.

Certes, il était toujours conscient de ne pas aimer le feu, mais il n'avait plus à s'en inquiéter. En mettant sa phobie sous cloche, il la gardait sous contrôle. Avec le temps, peut-être parviendrait-il même à s'en débarrasser définitivement.

Pour autant, dans l'immédiat, il se contenterait de tout mettre en œuvre pour bien terminer l'épreuve. Arc-bouté de toutes ses forces contre le mur de son refuge, Tristan se tenait prêt.

Et là, dans un dernier battement d'ailes, Rex s'embrasa.

Le jeune homme en resta bouche bée. Enfin, il était capable d'apprécier cette sensation de plénitude communiquée par son âme sœur à travers leur lien. Pour un phénix, le feu représentait un élément sacré, une partie intégrante de son existence. Il symbolisait à lui seul la vie et la mort, le pouvoir et la magie… Traversé de cette énergie vitale qu'il transmettait pleinement pour la première fois à son maître, Rex se posa devant lui en brûlant l'herbe sous ses pattes.

L'Apprenti Dresseur resta bien droit sur sa selle, l'esprit apaisé. Submergé par un sentiment d'euphorie, il s'assura de l'état des autres animaux et bien qu'il perçoive leur peur et leur hésitation, il parvint à les garder sous contrôle… Puis une décharge d'énergie soudaine lui fit tourner la tête vers l'enclos.

À l'intérieur, les chevaux ruaient en secouant la tête, comme à chaque fois qu'un phénix s'embrasait… Sauf que cette fois, la barrière était grande ouverte, si bien que tous les animaux se précipitèrent sur le terrain d'entraînement.

Quelques garçons d'écurie, dont Nyk, tentèrent de les en empêcher, mais le cavalier voyait bien que son ami faisait semblant d'aider et ne levait que mollement la main au passage des bêtes.

C'était donc ça, son idée folle ? Pourquoi donc Tristan avait-il donné son accord si aveuglément ? Avec un calme dont il ignorait être capable, il se concentra en expirant lentement.

Un… deux… trois chevaux réussirent à passer avant que Jana ne parvienne à refermer la barrière. Tristan avait beau se répéter qu'il était de taille à contrôler quelques canassons de plus, il ne lui avait pas échappé qu'une demi-douzaine de chiens en avait également profité pour s'enfuir.

Comme l'apprenti aurait aimé étrangler Nyk en cet instant…

De leur côté, les Maîtres Dresseurs échangeaient des regards interloqués, quelque peu hésitants quant à la marche à suivre. Le commandant, lui, s'avança sans tergiverser, prêt à intervenir, mais Beryk le retint par la manche, curieux de voir la réaction de Tristan.

Ils lui laissaient donc la possibilité de tenter sa chance.

L'Apprenti Dresseur ferma les yeux pour s'isoler de l'agitation ambiante et se concentra sur les animaux. N'écoutant, une fois de plus, que les conseils de Nyk, l'apprenti partit du principe que Tempête, le chien et le pigeon resteraient à leur place, et reporta toute son attention sur les autres bêtes. Jamais il n'avait tenté d'en contrôler un si grand nombre en même temps, mais là encore, il s'aperçut qu'en s'en tenant à la méthode de son ami, ce n'était pas si compliqué. Il suffisait de se lier individuellement à chaque animal pour lui exposer une requête, sans exercer de pression superflue, puis de lui laisser le champ libre. Ce genre d'expérience n'était pas nouvelle pour les chiens et les chevaux, si bien qu'après leur avoir rappelé la nécessité de se tenir tranquilles, Tristan ne rencontra que peu de difficultés à les placer sous sa coupe.

C'était un peu comme avec le jardinage, en somme. La mère du jeune homme adorait les fleurs : dans leur maison, des Fleurs de flammes, des roses ou des violettes embaumaient toujours l'atmosphère. Après sa mort, le garçon avait pris l'habitude d'aider Ana l'Ancienne à entretenir le jardin – bien que, petit, il ait sans doute été plus un frein qu'un soutien – puis l'avait aidée à leur arrivée au repaire à planter des fleurs à l'extérieur du village. D'après l'ancienne, la main du jardinier devait guider la croissance d'une plante sans pour autant chercher à contrôler le phénomène dans son ensemble. Il en allait de même avec l'animagie. Tout comme les plantes cherchaient par nature le soleil, les bêtes suivaient d'instinct les animages.

Même si certains d'entre eux résistaient davantage à l'appel de Tristan, les chevaux échappés de l'enclos se mirent à ralentir le pas, puis à faire demi-tour. Et bientôt, les chiens suivirent leur exemple. Le jeune apprenti avait beau transpirer à grosses gouttes, il ignorait la fatigue, autant physique que nerveuse, pour se concentrer uniquement sur la tâche à accomplir.

En voyant tous les animaux se ranger docilement autour de Tristan en un parfait demi-cercle, les Maîtres Dresseurs se turent un à un. Le jeune homme transmit alors une dernière consigne à Rex, qui inclina la tête. Aussitôt ses flammes s'éteignirent dans un ultime battement d'ailes.

Comme si une bulle de silence venait d'exploser et que le monde reprenait soudain vie autour de Tristan, apprentis et Maîtres l'acclamèrent d'une seule voix et se précipitèrent pour le congratuler. Pendant ce temps, les garçons d'écurie s'occupèrent des animaux échappés de l'enclos.

Quant à Cassian, s'il demeurait stoïque, il n'en fut pas moins pris à partie par Beryk :

— N'est-ce pas impressionnant, mon commandant ? l'entendit s'exclamer Tristan en descendant de cheval. Je suis moi-même incapable d'en faire autant.

Malgré la fatigue, le jeune homme était heureux. Le sourire aux lèvres, il se laissait étreindre par ses camarades, en hochant distraitement la tête de temps à autre. Enfin, le groupe s'écarta et son regard se posa sur Nyk.

Le garçon d'écurie lui lança un sourire timide. De toute évidence, il n'arrivait pas à deviner si Tristan s'apprêtait à le remercier ou à l'incendier pour son idée, en effet, vraiment risquée. En réalité, et malgré l'envie qui l'avait assailli de l'étrangler sur le moment, l'apprenti n'éprouvait plus qu'une immense gratitude à l'égard de son ami. Certes, maîtriser tous les animaux échappés de l'enclos avait représenté un véritable défi, mais ce qui le rendait le plus fier, c'était la bataille silencieuse qu'il avait livrée contre lui-même. Or Nyk était le seul à en avoir conscience.

Pour la première fois de sa vie, Tristan s'était retrouvé face à son phénix embrasé sans aucune réticence. Il aurait voulu grimper au sommet d'une montagne pour partager sa joie avec la terre entière. Au lieu de quoi, bousculant ses camarades, il s'avança d'un pas décidé vers le garçon d'écurie et le serra dans ses bras. Autour d'eux, les voix se turent.

— Tu as réussi, murmura Nyk, visiblement surpris par cette brusque étreinte.

Se souvenant de la foule qui les entourait, Tristan fit un pas en arrière et, tout en évitant l'étrange regard de son ami, lui répondit dans un grand sourire :

— C'est grâce à toi.

Le jour des noces du doux Hellund et de l'intraitable Génya, fêtes et fanfares en l'honneur des souverains retentirent à travers tout l'empire. De cette liesse pourtant, la reine fraîchement couronnée ne vit rien.

À peine l'encre avait-elle séché sur le contrat qui scellait son union que la jeune mariée bondit sur Exiline, son phénix, laissant le roi derrière elle. Sa traîne de soie délicate ornée de Fleurs de flammes flottant dans son sillage, elle s'en alla traquer les bandes de pillards qui mettaient le pays à feu et à sang – croisade d'où elle tira d'ailleurs son surnom de Stratège.

Génya s'en revint bientôt victorieuse et, dans un fol élan de romantisme, présenta à son époux – en guise de cadeau de mariage tardif – la main tranchée du chef des brigands. Ni une ni deux, Hellund tourna de l'œil et s'évanouit dans son brouet.

D'après un conte populaire.

Sœurs de sang – demi-sœurs –,
nous n'aurions pourtant pu être plus
différentes l'une de l'autre.

Chapitre 24
Véronyka

Toute l'après-midi, Véronyka chercha un moyen de se divertir. Elle mourait d'envie de savoir comment le commandant avait réagi à la prouesse de Tristan, mais n'avait revu ni l'un ni l'autre depuis l'inspection.

Elle n'en revenait toujours pas. Tout s'était déroulé à merveille, qu'il s'agisse de son stratagème ou des événements plus imprévus, comme le lâcher de chiens. S'étant concentrée sur les chevaux afin de s'assurer que seule une poignée d'entre eux s'échapperait, elle en avait complètement oublié les molosses ! Il leur avait fallu moins d'une seconde pour abandonner leurs chamailleries au fond du chenil et se précipiter par la porte ouverte avec les équidés.

Si la jeune fille avait craint que Tristan échoue face à cette diversion supplémentaire, elle ne s'était pas inquiétée bien longtemps. Sans ciller, il avait projeté ses pouvoirs plus avant afin d'atteindre aussi les chiens, sans cesser un instant de se fier aux animaux déjà sous son contrôle. Même face au crépitement des flammes de Rex, il était demeuré l'incarnation même de l'assurance et de la maîtrise de soi.

Il avait été grandiose.

Les pensées de Véronyka ne cessaient de la ramener au moment où il l'avait serrée dans ses bras juste après. Dans le regard du Dresseur brillait une lueur de triomphe, mais elle y avait aussi lu un autre sentiment, moins définissable. Son cœur avait d'abord cessé de battre : l'idée de sa poitrine emmaillotée pressée contre le torse de Tristan lui donnait le vertige. Lui semblait n'avoir rien remarqué, et le temps que la jeune fille comprenne ce qui se passait, leur étreinte avait déjà pris fin. Dès l'arrivée des autres apprentis, elle s'était retirée pour vaquer à ses occupations.

À présent, elle attendait le verdict du commandant. Qu'il juge son fils prêt à diriger sa propre patrouille ou non, elle était quasiment certaine que Cassian ne verrait plus aucune utilité à leurs entraînements annexes.

À cette pensée, un flot inattendu de tristesse assaillit Véronyka. Après avoir d'abord redouté ces sessions tardives, elle en était venue à les attendre avec impatience. Dès leur première séance, les progrès des deux jeunes gens et leur réussite respective s'étaient retrouvés inextricablement mêlés : elle comme lui avaient su tirer profit du sort qu'on leur imposait et choisi de leur plein gré de s'entraider. Pourtant… s'exercer ensemble ne serait bientôt plus une obligation. Avoir la responsabilité d'une patrouille bouleverserait l'emploi du temps de Tristan, et il n'aurait sans doute plus le loisir de s'entraîner avec un simple garçon d'écurie.

Ce soir-là, au dîner, la jeune fille eut beau les guetter, ni le commandant ni son fils ne firent leur apparition. Elle avait besoin de prendre l'air. Elle décida donc de sortir Tempête et de l'emmener jusqu'au parcours d'obstacles. S'il existait un endroit où l'apprenti viendrait peut-être la chercher, c'était bien là. Du reste, l'étalon était désormais habitué aux exercices du soir : même en dehors des écuries, elle avait senti son impatience grandissante tout au long de la soirée. Et puis, si Tristan ne venait pas, elle pourrait toujours s'essayer à monter le cheval elle-même.

Elle tenta d'abord de se hisser sur la selle. Ayant observé les apprentis avec soin, elle pensait pouvoir imiter leurs gestes les plus simples. Mais au bout de trois échecs consécutifs et face aux renâclements exaspérés de Tempête, elle finit par tirer l'une des caisses de l'obstacle le plus proche pour s'en servir comme marchepied et grimper sur le dos de l'animal.

Une fois sur sa monture, Véronyka entreprit de la conduire à droite, mais tira trop fort sur les rênes. Le cheval rejeta la tête en arrière. La cavalière desserra aussitôt sa prise et tenta plutôt de le guider d'une pression de la jambe. La stratégie sembla fonctionner… jusqu'à ce qu'elle lève les yeux : Tempête venait de lui faire faire un tour sur elle-même. La jeune fille se servit alors de son animagie, ordonnant au cheval de s'arrêter, avant de se rappeler qu'elle n'était pas censée le forcer à quoi que ce soit. Elle le pria donc d'ignorer sa remarque. L'animal poursuivit sur sa lancée et commença à les entraîner dans un second tour de toupie.

— Ben alors, on s'est perdu ? lança soudain une voix, toute proche.

Véronyka se raidit. C'était Tristan. L'apprenti posa une main tout en douceur sur le front de Tempête, qui s'immobilisa aussitôt, puis il se tourna vers la cavalière, un sourire moqueur aux lèvres.

— Le parcours est derrière toi, tu sais...

— Oui, eh bien, c'est à cette bourrique qu'il faudrait le signaler, pas à moi, marmonna-t-elle, rouge d'embarras.

— Tempête. (Le sourire du jeune homme s'élargit.) Il s'appelle Tempête.

Véronyka en fut encore plus vexée. Et dire qu'elle l'avait repris à ce sujet quelque temps plus tôt ! *Mords-le*, envoya-t-elle en pensée à l'animal. Le voyant attraper aussitôt le bras nu de Tristan, elle se hâta d'annuler son ordre puis mit pied à terre – sans tomber, dieux merci !

— On ne t'a pas vu au dîner. Où étais-tu passé ?

— J'ai mangé avec le commandant.

L'apprenti caressait Tempête d'une main distraite.

— Et ? l'encouragea Véronyka, sa curiosité attisée par cette réponse lacunaire.

— Il m'a félicité pour mes progrès – de mauvaise grâce, bien sûr. Je lui ai répondu qu'ils étaient à mettre sur le compte de mes entraînements supplémentaires. (La jeune animage refoula le sourire qui menaçait de s'épanouir sur ses lèvres.) Mais il a pris ma remarque pour de l'insolence. Bref, une conversation tout ce qu'il y a de plus classique entre nous.

Cette fois-là, Véronyka pouffa ouvertement.

— Il a fini par me promettre de me promouvoir chef de patrouille, poursuivit son ami.

— Tristan, c'est merveilleux !

Elle allait lui poser une main sur le bras, mais suspendit son geste, déroutée par l'expression du jeune homme. Si son sourire n'avait pas disparu, il semblait quelque peu forcé – comme si l'apprenti se retenait de laisser libre cours à sa joie.

— Qu'est-ce qui ne va pas ? demanda-t-elle.

— Il a aussi précisé que ce ne serait pas pour tout de suite, expliqua-t-il en feignant l'indifférence.

— À cause de la pénurie d'œufs ?

Tristan acquiesça d'un geste du menton, avant d'ajouter :

— En résumé, retour à la case départ.

La jeune fille secoua la tête d'un air résolu.

— Certainement pas ! Tu as réalisé un véritable exploit, aujourd'hui, Tristan. Et en plus, ton père t'a enfin promis le poste que tu visais et pour lequel tu as travaillé aussi dur. C'est un jour à marquer d'une pierre blanche !

Avec un sourire plus sincère, cette fois, il approuva d'un signe de la tête. Véronyka remarqua alors l'arc et le carquois qu'il portait à l'épaule.

— Tu comptes continuer à t'exercer ? lui demande-t-elle pleine d'espoir en désignant l'arme.

— Non, ça ira. (La jeune fille sentit son cœur sombrer, jusqu'à ce que…) Par contre, il est temps que tu t'entraînes, toi.

— Sur… sur le parcours d'obstacles ? lâcha-t-elle d'une voix suraiguë, avant de s'éclaircir la gorge.

Il eut un rire bref.

— Non, on va y aller étape par étape. Voyons voir ce que tu vaux au tir.

Il lui tendit un arc, bien plus petit que ceux qu'utilisaient les fantassins, taillé dans un bois sombre et luisant.

— Les Dresseurs doivent être capables de tirer en plein vol. Leurs arcs sont donc moins encombrants et plus maniables que la normale. La courbure permet d'obtenir une tension maximum sans nécessiter trop d'effort, expliqua Tristan en suivant du doigt les inflexions du bois. Cette particularité jouera normalement en ta faveur, en compensant ta… euh… ta robustesse limitée.

Au moins tentait-il de faire preuve de tact… Même si c'était loin d'être réussi.

L'apprenti montra ensuite à Véronyka comment bander et débander l'arc, même si elle-même fut bien en peine d'y parvenir : plier le bois tout en maintenant la corde tendue requérait davantage de force et de coordination qu'elle ne l'avait imaginé. Ses bras se mirent bientôt à trembler.

Après l'avoir regardée lutter quelques instants, son professeur finit par la prendre en pitié et vint à sa rescousse.

— C'est plus facile avec l'habitude, lui assura-t-il.

Il se glissa derrière elle et, joignant leurs efforts, ils réussirent peu à peu à fléchir la tige de bois. Véronyka put enfin fixer la corde au bout de son arc.

Tristan était si proche qu'elle sentait son odeur : des effluves d'herbe fraîche et de feu de bois mêlés au parfum du coton de sa tunique et à celui de sa peau, encore empreinte de la tiédeur salée due aux efforts du jour effectués sous un grand soleil. Lorsque, enfin, l'apprenti lâcha l'arc et recula, la jeune fille s'empressa d'inspirer une longue bouffée d'air dénué de sa fragrance, histoire de rassembler ses esprits. Sa nervosité était à présent décuplée, mais elle ne voulut y voir que l'excitation face au défi que représentait pour elle l'exercice du tir à l'arc – rien à voir avec l'odeur du fils du commandant !

Le Dresseur lui reprit l'arc des mains, afin de lui montrer la technique à adopter. Il ramena la corde vers lui sans difficulté avant d'attirer son attention sur l'écartement des pieds – important pour l'équilibre –, selon un angle dessiné par rapport au coude, ainsi que sur la position de la main, à ancrer le long du menton. La posture mettait le corps mince et les muscles en tension du jeune homme à leur avantage. Véronyka en étudia les contours aussi longtemps que le permettait la bienséance.

Pour l'imiter de mon mieux, chercha-t-elle à se persuader avant d'enfin détourner le regard. Tristan avait beau être séduisant – en plus de faire preuve d'une grande force, de beaucoup d'intelligence et de nombreux autres talents –, elle avait beau apprécier sa compagnie… il n'en restait pas moins son partenaire d'entraînement, et surtout le fils du commandant. Sans compter qu'avec un peu de chance, il deviendrait son futur parrain. Hors de question donc pour la jeune fille de se laisser distraire.

Quand il lui rendit son arc, Véronyka tenta aussitôt de reproduire la démonstration. Elle ramena la corde à vide vers son visage et s'efforça de calquer le maintien ferme, empli d'assurance, de son camarade.

Tristan lui redressa d'abord le coude et, d'un coup de semelle, l'obligea à écarter un peu plus les pieds. Il prit ensuite soin de bien inspecter la prise de son élève en décrivant un cercle complet autour d'elle. Puis, il vint poser ses doigts écartés sur le ventre de la novice, par-dessus sa chemise. Elle se pétrifia aussitôt, la respiration bloquée : le pouce du jeune apprenti se trouvait à quelques millimètres du léger renflement de sa poitrine bandée.

—Non, non, la corrigea-t-il. Inspire profondément, au contraire. C'est du souffle que te viendront la force et l'aplomb. Inspire, puis expire, vas-y…

Son autre main reposait sur le coude qu'elle avait ramené en arrière. D'une petite tape sur le ventre, il l'encouragea.

Véronyka était à deux doigts de s'évanouir. Se travestir en garçon et être à un cheveu d'être découverte n'était pas une situation assez compliquée comme ça : il fallait en plus que ses poumons se ratatinent et qu'elle se mette à trembler comme une feuille dès que Tristan s'approchait d'elle.

Non mais quelle idiote, vraiment…

Se concentrant sur l'arc entre ses mains, la jeune fille se détendit et appliqua les consignes de son professeur. Inspirer profondément, expirer lentement. À la deuxième inspiration, elle raffermit sa prise sur le bois et tendit un peu plus la corde. Ses muscles se contractèrent puis se relâchèrent. Elle se redressa.

—Voilà, parfait.

Les mots de l'apprenti lui chatouillèrent la nuque. Lorsqu'elle jeta un coup d'œil par-dessus son épaule, le visage de Tristan était si proche qu'elle distinguait un semblant de barbe naissante le long de sa mâchoire et même sa pomme d'Adam qui tressautait dès qu'il avalait sa salive. Une fois. Deux fois.

Sa paume s'attarda encore un instant sur le ventre de Véronyka. Puis enfin, il la retira. La jeune fille lâcha la corde et la tension accumulée dans ses membres reflua aussitôt – une délivrance qu'elle accueillit avec soulagement.

Le Dresseur s'éclaircit la gorge, saisit son carquois et récupéra son arme d'un geste brusque. Sans plus croiser le regard de son élève, il lui montra comment encocher. D'une main, il maintint l'arrière de la flèche contre la corde, puis plaçant la hampe contre le corps de l'arc, la soutint par l'index de son autre main, qui aidait aussi à la visée.

Armé de rigueur et de patience, l'apprenti s'avérait un excellent professeur. Quand vint son tour, Véronyka s'appliqua à suivre les instructions à la lettre. Il lui sembla y parvenir à peu près correctement, jusqu'au moment où elle décocha : la flèche s'échoua à moins de deux mètres de ses pieds.

Une main sur la bouche pour cacher son hilarité – la jeune fille n'était pas dupe –, Tristan ramassa le trait récalcitrant, puis fit signe à son élève de faire une nouvelle tentative. Les nouveaux tirs manquaient de puissance, mais cette fois, au moins, les flèches se plantèrent dans un périmètre proche de la cible, et à force de persévérance, les progrès de la novice se firent de plus en plus notables. Ils restaient toutefois moins rapides que la douleur qui vint lui tirailler les bras et le dos, ou que la détérioration du bout de ses doigts, bientôt à vif.

— Mieux vaut endurcir la peau pour développer de la corne, mais tu peux toujours mettre des gants et des protections pour les avant-bras, si la douleur est trop forte, proposa Tristan en voyant Véronyka secouer sa main endolorie après un énième tir peu convaincant.

— Non merci, ça ira, répondit-elle, frustrée.

Elle n'avait réussi à atteindre la cible qu'une seule fois… et encore, seulement sur le bord.

— Tu as d'autres points forts, tu sais, dit le jeune homme d'une voix douce.

Si elle doutait déjà bénéficier d'une quelconque prédisposition pour cette discipline, la remarque confirmait ses craintes. Comment pouvait-elle espérer combattre un jour à dos de phénix, elle qui était à peine fichue de décocher une flèche ? Mais après tout, Avalkyra Pyromaque avait bien été sacrée meilleure tireuse des Jeux du Solstice à tout juste onze ans, surpassant des centaines d'archers plus âgés et plus expérimentés qu'elle. Il n'y avait donc pas de raison pour que Véronyka ne puisse pas apprendre, à son rythme. De toute façon, elle n'avait pas le choix.

— Pour devenir Dresseur, il faut savoir se servir d'un arc, grogna-t-elle, les dents serrées.

Il lui faudrait juste s'entraîner davantage et se débrouiller pour s'exercer tard le soir ou tôt le matin…

— C'est un art qui compte, c'est vrai, reconnut Tristan avant de se placer devant son élève, bras croisés. Mais chaque Dresseur dispose de ses talents propres. Regarde Anders, par exemple : rapide et imprévisible, il nous surpasse tous dans les airs. Fallon, lui, parvient à garder l'équilibre en n'importe quelle circonstance – il peut voler aussi bien debout qu'assis en tailleur, et ce, même sur la queue de son phénix. Quant à Ronyn, c'est de loin le plus costaud d'entre nous : ses lances filent aussi loin que mes flèches…

À chaque incroyable faculté évoquée par le jeune homme, Véronyka se sentait rapetisser. Comment prétendre à une place parmi eux sans disposer d'aucune aptitude renversante ?

— Ta force à toi, Nyk, elle réside dans tes pouvoirs, finit par conclure Tristan, comme s'il lisait dans ses pensées.

Sa camarade lui jeta un regard sceptique.

— Tout le monde possède ce don, rétorqua-t-elle, incapable de dissimuler l'amertume qui la gagnait.

Certes, en plus de l'animagie, elle détenait un talent beaucoup plus rare, à savoir l'ombremagie. Mais en quoi cette capacité pourrait-elle l'aider à devenir Dresseuse ? D'autant que la plupart du temps, elle constituait plutôt un horrible désagrément, pour ne pas dire un véritable handicap.

— Peut-être, répliqua Tristan, il n'empêche que personne n'a ta maîtrise.

Un sourire satisfait s'épanouit sur le visage de Véronyka. De tels éloges restaient toutefois difficiles à croire. Val, plutôt avare de compliments, s'ingéniait souvent à les faire précéder ou suivre de piques sarcastiques, voire d'insultes. Si leur *maiora* était la douceur et la patience mêmes, la plus jeune des deux sœurs n'avait pas vécu assez de temps sous son aile… En termes de magie, tout ce qu'elle savait lui venait de son aînée.

Impossible d'ailleurs pour Véronyka de dissocier Val du premier souvenir qu'elle conservait de ses pouvoirs. Elle se trouvait à la maison, en compagnie de leur grand-mère, lorsqu'une fillette avait ouvert la porte d'un coup de pied. S'était ensuivie une scène étrange. Véronyka était sans doute très jeune, car elle ne se rappelait pas avoir reconnu la petite sauvageonne. Bien sûr, c'était Val, avec ses iris noirs, à l'affût derrière les mèches d'une chevelure si encrassée qu'elle semblait brune. Dans sa main gauche, un morceau de ferraille diablement acéré. Dans la droite, un serpent en train de se tortiller.

Quand la porte s'était ouverte à la volée, leur *maiora* s'était levée en sursaut, avant de se figer, pâle comme un linge, les yeux rivés sur la nouvelle venue. Les instants qui avaient suivi demeuraient flous, jusqu'au moment où Val s'était baissée et avait libéré le serpent. La petite Véronyka n'avait pas eu vraiment peur, sans être pour autant rassurée. Pourtant, lorsque le reptile s'était approché, quelque chose avait changé. Elle s'était sentie tout à coup apaisée, comme si le prédateur était en fait un vieil ami. Elle s'était accroupie pour effleurer sa drôle de peau visqueuse et, après avoir fait plus ample connaissance avec lui, il lui avait semblé tout naturel d'enrouler ses menottes autour du corps ondoyant de l'animal, puis de le soulever pour mieux l'observer. À un moment, le reptile avait esquissé un mouvement vers le visage de la fillette – elle se souvenait du cri suraigu pousser par sa grand-mère –, mais Véronyka l'avait aussitôt réprimandé pour ses mauvaises manières. Il n'avait dès lors plus recommencé.

Pour la jeune fille, l'épisode faisait figure de test… Sans doute Val voulait-elle s'assurer que sa cadette développait des pouvoirs. Véronyka préférait malgré tout ne pas penser à ce qui serait advenu dans le cas contraire. En dépit de leurs dons similaires, elle avait toujours eu l'impression d'être considérée par sa sœur comme un fardeau. Que se serait-il passé si elle s'était révélée dépourvue de talents surnaturels ? Elle serait devenue à coup sûr insignifiante aux yeux de son aînée – pire qu'une moins-que-rien.

Le regard perdu au loin, Véronyka se demanda où pouvait bien se trouver Val, désormais. S'était-elle obstinée à rester dans leur cabane ? Ou au contraire l'avait-elle quittée ? À l'idée que sa sœur ait pu prendre la route sans lui laisser aucun moyen de la retrouver, la jeune fille sentit son ventre se creuser de douleur – que son cerveau l'invite à ne pas s'en soucier n'y changeait rien.

Soudain, la voix de Tristan la ramena au moment présent.

— Je n'ai jamais rencontré d'animage aussi puissant que toi, avoua-t-il en se passant une main sur la nuque, étrangement penaud. Ce que tu as réussi à faire, le jour de la première inspection… J'avais beau être déjà connecté à Tempête, il t'a fallu moins d'une seconde pour prendre le dessus dans son esprit. Si je ne m'étais pas senti aussi humilié, j'aurais été impressionné.

Véronyka lui décocha un sourire.

— D'accord, mais pense à ce que tu as accompli aujourd'hui. C'était beaucoup plus complexe.

— C'est toi qui as introduit la difficulté dans le parcours. Et si je maîtrise mieux les animaux, c'est aussi grâce à toi. Sans tes conseils pour privilégier la confiance et l'incitation plutôt que la domination, jamais je n'y serais arrivé.

La jeune fille rayonnait. Le respect que lui montrait l'apprenti valait pour elle tout l'or du monde, voire davantage.

— Quant à l'autre technique que tu m'as apprise, le rempart mental, poursuivit-il les sourcils froncés et un doigt sur la tempe. C'est… Avant, rien qu'à l'idée de m'exposer aux flammes de Rex j'étais pétrifié. Maintenant, quand je m'invente ce refuge imaginaire… c'est comme si ma peur migrait vers une zone différente de mon esprit pour se transformer en un simple souvenir. C'est fabuleux.

Véronyka le dévisageait-elle avec trop d'intensité ou de ferveur ? Toujours est-il que Tristan se passa de nouveau la main dans les cheveux en évitant son regard.

— Bref, fais confiance à tes pouvoirs, compris ? C'est ce que je voulais te dire.

— D'accord, répondit-elle, acceptant le conseil. Mais bon, il faudra quand même que je réussisse à tirer une flèche correcte un jour ou l'autre.

— Tu y arriveras, lui assura son instructeur avec enthousiasme. Après tout, tu n'en es qu'à ton premier essai. Et puis, tu es fatigué et la lumière déclinante n'aide pas. Le mieux, ce serait que tu puisses t'exercer sur notre aire d'entraînement. Cette cible-là est un peu haute : elle est pensée pour un archer à cheval, et les repères sont presque effacés…

L'air songeur, concentré sur la cible en question, il laissa sa phrase en suspens.

— Tout va bien ? demanda Véronyka après quelques secondes de silence.

— Tu as quelque chose de prévu, demain ?

— Demain ? répéta-t-elle sans comprendre. Je travaille aux écuries, comme…

— Ça m'étonnerait, c'est la fête d'Azurec.

La jeune fille n'en revenait pas. Depuis son arrivée, le temps avait filé sans qu'elle s'en rende compte. La fête d'Azurec – célébrée au solstice d'été, le jour le plus long du calendrier – donnait lieu dans tout l'empire à de nombreuses réjouissances. C'était d'ailleurs le seul moment de l'année où Val l'autorisait à se promener avec elle. Les deux sœurs profitaient des spectacles de rue et succombaient même, parfois, à la tentation des gâteaux des vendeurs ambulants. Bien entendu, Aura Nova concentrait le gros des festivités. Avant la guerre de Sang, le couple souverain y assistait toujours. Reine et roi jetaient des pièces d'or par poignées aux badauds et, une fois la nuit tombée, leurs phénix exécutaient dans le ciel un ballet enflammé.

— Ah oui, c'est vrai. (Véronyka venait de se rappeler que, selon la tradition, les jours de fête étaient chômés.) Qu'est-ce que tu proposes ?

— Le terrain d'entraînement sera désert. On pourrait y passer la journée.

En son for intérieur, Véronyka bondit de joie. Malgré tout, une telle offre lui semblait suspecte. Elle ne voulait pas de sa pitié.

— Tu ne veux pas en profiter pour voir tes amis… Les autres apprentis ?

— On se voit déjà bien assez comme ça, lui répondit Tristan dans un haussement d'épaules évasif. Et puis, on se retrouvera au banquet.

Elle finit par accepter la proposition. Tous deux rassemblèrent ensuite leur équipement et repartirent vers les habitations. Le jeune homme ouvrait la marche.

— D'ailleurs, Nyk, déclara-t-il au bout d'un moment, je te signale que tu fais aussi partie de mes amis.

— Ah bon ? s'étonna Véronyka d'une voix étrangement enrouée.

L'amitié lui avait toujours paru aussi lourde de sens qu'inaccessible. À une ou deux reprises, elle s'y était laissée aller : elle se souvenait de courses-poursuites avec leurs voisins dans les méandres pavés des Bas-fonds et se revoyait offrir aux petits mendiants du Faubourg de la perdition (le quartier qui abritait tous les orphelinats de la ville) quelques-unes de ses maigres victuailles. Mais peu importe avec qui la fillette tentait de se lier, Val anéantissait aussitôt ses efforts en chassant les autres enfants. À peine la pitance avait-elle touché les doigts tremblants des gamins des rues que l'aînée l'envoyait valdinguer d'un revers de la main. *« De sales parasites ! »* crachait-elle. *« Laisse-toi apitoyer ne serait-ce qu'une fois et ils ne te lâcheront plus ! »* Véronyka baissait alors les yeux sur ses propres guenilles, curieuse de savoir en quoi sa sœur et elle se démarquaient de ces prétendus parasites, et ce qu'il y avait de mal à vouloir leur venir en aide.

Certes, Tristan et elle pouvaient se considérer comme plus que de simples partenaires d'entraînement, désormais. Malgré tout… ils étaient passés des querelles aux rires, puis à la gaucherie à une telle vitesse qu'elle avait eu du mal à suivre. Était-ce vraiment cela, l'amitié ? Jusqu'à récemment, personne d'autre que Val ne comptait pour elle, mais après l'irruption de Xéphyra puis de Tristan dans sa vie, la jeune fille se rendait compte du vide qu'elle avait toujours ressenti auparavant. Il existait une réelle distinction entre la famille et les amis, entre les relations – bonnes ou mauvaises – dont on héritait et celles qu'on tissait par choix.

Et tout comme Xéphyra avant lui, Tristan l'avait choisie.

— Bien sûr, répondit-il en la bousculant d'un petit coup d'épaule. Et même plus que ça, tu sais. Enfin…

Se rendant compte de ce qu'il venait d'insinuer, il laissa échapper un rire nerveux, avant d'ajouter :

— Tu es un vrai ami. Plus que les apprentis.

Le cœur léger comme une plume, Véronyka offrit au jeune homme son plus beau sourire. Ils traversaient à présent le village. Haut dans le ciel, Rex planait, les ailes déployées et le corps parcouru de délicates vagues d'or incandescent.

— Comment peux-tu supporter d'être séparé de lui tous les soirs ? demanda-t-elle.

Si les phénix nichaient dans le Nid d'Azurec à proprement parler, les apprentis, eux, dormaient dans de simples baraquements. Or, le lien qui avait uni Véronyka à Xéphyra s'était révélé si fondamental et si profond, que l'idée d'en être tenue éloignée chaque nuit par une succession de monticules rocheux et de bâtiments lui aurait paru intolérable. S'il n'était pas arrivé dix fois pire, bien entendu.

Tristan leva les yeux.

— Ce n'était pas facile, au début, quand notre lien était encore fragile et tout nouveau. Mais maintenant, on est toujours ensemble, peu importe la distance.

Rex, qui planait à présent paresseusement au-dessus de leurs têtes, pépia en signe d'approbation.

Au-delà de l'absence, les vestiges de la connexion brisée entre Véronyka et son phénix persistaient, tel un os fracturé suppliant d'être remis en place. Et plus la jeune fille ignorait la douleur, plus celle-ci s'intensifiait.

— Ceci dit, reprit Tristan, je ne serais pas contre aller m'installer avec les Maîtres Dresseurs, au cœur du Nid d'Azurec. C'est là qu'ils logent. Leurs quartiers ont été creusés dans la roche il y a des siècles. En comparaison, le reste du repaire est bien plus récent. (Il engloba d'un geste le hameau et sa muraille.) À l'origine, le village a été érigé pour accueillir les pèlerins. Il comptait surtout des boutiques qui vendaient des statuettes de phénix, des talismans de plumes et des attrape-chalands. Puis, tout le monde a déserté pendant la guerre. Résultat, quand on est arrivés il y a deux ans, il a fallu presque tout reconstruire. On a ajouté le mur d'enceinte, les écuries… et tout ce qui se trouve à l'intérieur de la forteresse. Les grottes du Nid d'Azurec, elles, s'enfoncent très loin sous la montagne. Certains des boyaux qui y mènent s'étaient effondrés, mais on a réussi à en déblayer une bonne partie.

— Ça doit être sublime.

Véronyka espérait de toute son âme parvenir un jour à s'intégrer au monde que Tristan lui décrivait et à l'histoire qui définissait son peuple. Remarquant soudain que l'apprenti la dévisageait, elle craignit de s'être trahie, sans même savoir comment. Mais son inquiétude était infondée.

— Sublime, c'est le mot, reconnut-il dans un murmure. Viens, je vais te montrer.

Nous étions tels le jour et la nuit,
le soleil et la lune… la lumière et
les ténèbres. Nous n'étions rien
l'une sans l'autre.

CHAPITRE 25
TRISTAN

Lorsque Nyk et Tristan arrivèrent en vue du passage qui menait au cœur du Nid d'Azurec, Rex s'élança vers le firmament et décrivit un large cercle dans le ciel. Puis, il se laissa choir dans les profondeurs obscures de la montagne en un piqué théâtral.

Fasciné, le garçon d'écurie ouvrit des yeux ronds comme des soucoupes, les traits illuminés d'un émerveillement sans réserve.

Frimeur ! lança l'apprenti à son phénix. Lui-même irradiait de l'orgueil et de la satisfaction de la bête à travers leur lien.

La réaction de Nyk ramena Tristan à sa propre enfance. Comme il s'était senti petit la première fois qu'il avait vu l'impressionnant Maximian ! Petit, stupéfait, et surtout terrifié par les crépitements et les sifflements du feu qui couvait sous les ailes brillantes de l'oiseau. Le cœur gonflé d'admiration envers son père – cet homme capable de parcourir le ciel juché sur cette créature à couper le souffle – le garçonnet d'alors s'en était fait la promesse : un jour, il deviendrait Dresseur à son tour.

Si Tristan n'avait cessé de le solliciter, le commandant n'avait pourtant jamais cédé à une quelconque sentimentalité. Il n'avait même raconté à son fils aucune de ses aventures. À ses yeux, sa qualité de Dresseur relevait du devoir, au même titre que l'administration du repaire ou que la reconquête de la gloire familiale.

En songeant à leur exil, Tristan était souvent pris d'un sentiment de honte. Non en raison de la perte de leurs possessions et de leur fortune, mais bien à cause de son père. En renseignant l'ennemi dans l'unique espoir de conserver son précieux mandat de gouverneur, Cassian avait renié la cause des Dresseurs et trahi tous ceux qui combattaient pour elle, sans parler de ceux qui avaient déjà trouvé la mort durant le conflit. Il avait consenti à se ranger du côté de leurs adversaires, dont le but était de les anéantir.

Il avait pactisé avec les assassins de son épouse.

Le jeune homme se souvenait à peine de sa mère. En dehors d'un puzzle de réminiscences et d'images éparses – des cheveux tressés, un rire éclatant... –, seuls les mots du commandant la maintenaient en vie dans sa mémoire. Petit, on disait de lui qu'il avait hérité d'elle son énergie et son courage, mais il craignait à présent de ressembler de plus en plus à son père : froid, calculateur et plus avide de prestige personnel que de justice et de paix pour les siens.

Malgré tout, en de pareils moments – lorsqu'il oubliait ses ambitions et son éternel besoin de reconnaissance paternelle –,

Tristan se sentait plus proche de sa mère, et ce n'était pas pour lui déplaire.

Accompagné de Nyk, il gravit une à une les marches du large escalier qui menait au tunnel. Creusée dans la roche dentelée du relief, l'ouverture était sculptée d'animaux divers, symboles de différentes divinités. Toutes ces créatures – dont le chat de Teyke et le hibou de Mori – grondaient, rampaient ou ondulaient, empilées les unes sur les autres, dominées par les ailes du phénix d'Azurec, perché en son sommet.

Les deux compagnons franchirent l'immense arche et le Nid d'Azurec leur apparut bientôt dans toute sa splendeur : un large cratère taillé dans la pierre, tel une énorme jatte de granite. Avec sa base plate et ses parois qui s'évasaient en corniches successives, Tristan lui trouvait des airs d'amphithéâtre. À mesure qu'on prenait de la hauteur, les multiples niveaux gagnaient en largeur et servaient aussi bien de passerelles pour circuler à pied que de perchoirs pour les phénix. Tout au fond se trouvait une cour entourée d'un couloir percé d'arches. Encerclée d'abrupts pics de rocaille pareils à deux paumes entourant la flamme d'une bougie, la fosse tout entière demeurait invisible à quiconque se trouvait au bas de la montagne.

Droit devant les visiteurs, une avancée de pierre surplombait le vide du Nid. Si la face supérieure du promontoire avait été aplanie pour faciliter les déplacements, la face inférieure, elle, avait été sculptée, de sorte que les deux amis se tenaient debout sur le dos d'un second phénix monumental. La tête de la créature ornait l'extrémité de l'éperon rocheux et ses ailes grandes ouvertes rejoignaient les parois du gouffre de part et d'autre.

Tristan laissa à Nyk le temps d'admirer l'ensemble, avant d'attirer son attention sur la fonction première du lieu.

— Tu vois les portes le long de chaque terrasse ? C'est là que vivent les Maîtres Dresseurs. Avant de s'y installer, ils ont passé des mois à explorer minutieusement chaque galerie en quête d'œufs abandonnés.

— Ils en ont découvert ?

— Quelques-uns. C'est d'ailleurs grâce à ces fouilles que la plupart des apprentis ont pu avoir une monture. Certains tenaient un œuf de leur famille, et trois des Dresseurs n'avaient pas été séparés de leur phénix pendant la guerre : le commandant, Beryk et l'un des instructeurs, Fallon, le chef de la seconde patrouille. Il était encore enfant à l'époque.

— C'est comme ça qu'ils t'ont trouvé Rex ?

Tristan secoua la tête.

— Non, j'ai hérité son œuf des ancêtres de ma mère, qui se le sont transmis de génération en génération. Il m'attendait.

La plus grande angoisse de sa vie, il l'avait connue au moment de lancer l'incubation de cette merveille vieille de plusieurs siècles. Que se serait-il passé si les choses avaient mal tourné et qu'il avait perdu le trésor le plus précieux de sa famille ?

Mais il s'était inquiété pour rien : Rex l'avait jugé digne de devenir son allié, et Tristan était à présent fier de chevaucher une créature aussi magnifique – bien qu'inflammable.

Pendant qu'ils contemplaient le Nid d'Azurec, le phénix alla se poser à son aise sur la plus proche des corniches. À chacun de ses mouvements, ses plumes lançaient une myriade d'étincelles. Tout autour, ses congénères se pelotonnaient déjà en petits groupes pour passer la nuit. Seuls les deux niveaux les plus hauts du cratère étaient utilisés, désormais, mais Tristan se plaisait à imaginer l'allure du site quand, des siècles auparavant, chacune des cavernes aménagées était encore occupée et que les corniches grouillaient d'oiseaux de feu.

— Mais… lâcha soudain Nyk d'une drôle de voix étranglée. On dirait qu'il y a d'autres phénix là-bas. (Il fixait un point en contrebas.) Derrière ces espèces de grilles…

L'apprenti détourna le regard.

— Ce sont les femelles dans leurs cages de reproduction, expliqua-t-il d'un ton grave.

Il risqua un coup d'œil vers le garçon d'écurie, mais le regretta aussitôt : la stupeur et le dégoût se lisaient sur ses traits. Tristan se sentit aussi abject que si l'idée de ces cages venait de lui.

Il s'assit à même le sol près de l'entrée du tunnel et appuya son dos courbaturé contre la roche fraîche de la montagne. Son camarade l'imita.

— Elles ne se sont liées à personne, continua l'apprenti. Résultat, on est obligés de les enfermer pour ne pas qu'elles s'échappent. On… Ils essaient de les faire s'accoupler.

Nyk sembla ébranlé par la nouvelle et Tristan devait bien reconnaître que la situation le touchait lui aussi. Après avoir pris conscience de l'intelligence, de la puissance et de la longévité de créatures comme les phénix, il était difficile de se convaincre qu'il n'y avait aucun mal à les confiner – les séquestrer, pour être honnête – pour les utiliser à de seules fins reproductives.

—Et ça marche ? demanda Nyk, le visage fermé.

Son ami lâcha un profond soupir.

—On a récolté un œuf l'an dernier…

—Un seul ?

—Oui, un seul, confirma-t-il à contrecœur, en passant une main dans ses boucles raidies par la poussière et la sueur. Mais à vrai dire, on venait à peine de capturer la mère quand elle l'a pondu, donc si ça se trouve, elle le portait déjà. Surtout que toutes nos tentatives ont échoué, depuis.

—Comment ça ?

—Les femelles écharpent tous les mâles qui tentent de les approcher. Je ne sais pas si tu es au courant, mais quand ton phénix souffre, tu souffres avec lui. (Nyk hocha la tête : l'information n'était pas nouvelle pour lui.) Il y a quelques mois, Fallon a boité pendant plusieurs jours : son oiseau avait été placé dans les cages où l'une de ces dames lui a tailladé la cuisse. À l'âge adulte, elles sont plus robustes et généralement plus grandes que leurs congénères masculins.

Un fait qui parut réjouir Nyk.

—Et c'est pareil pour… pour le plaisir, poursuivit Tristan, tout à coup plongé dans la contemplation de ses genoux.

Ignorant la bouffée de chaleur sournoise qui gagnait ses joues, l'apprenti continua avec un rire forcé :

—Aucune émotion ou sensation éprouvée par un phénix – qu'elle soit bonne ou mauvaise – n'échappe à celui ou celle qui lui est lié. Donc s'il s'accouplait, on le ressentirait aussi, d'une manière ou d'une autre. Aussi bizarre que ça puisse paraître.

L'explication arracha à Nyk un éclat de rire qui mêlait la surprise à l'horreur. Ravi d'avoir réussi à le dérider et à détendre l'atmosphère, Tristan sourit avant de s'étirer, histoire de défroisser ses muscles ankylosés. Son ami l'observait tranquillement. Comme ce regard était différent de ceux auxquels était accoutumé l'apprenti ! Il n'était ni empreint du jugement éminemment critique du commandant, ni teinté d'un semblant d'affection comme ceux que pouvaient lui adresser Beryk ou Morra, par exemple. Soudain gêné d'être ainsi dévisagé, Tristan se figea en plein mouvement, se redressa et repartit dans ses explications.

—Jadis, les Dresseurs allaient toujours par paires. Chasser, pister leurs ennemis, combattre… ils faisaient tout en tandem. Ils formaient un couple uni pour la vie, à l'image de leurs oiseaux. J'imagine que c'est en partie sous l'influence de la connexion avec leur animal que les deux combattants finissaient par se lier l'un à l'autre, de la même manière que leurs phénix.

—Comme Nefyra et Callysta, murmura Nyk, pensif.

Tristan sourit de plus belle, heureux que son ami ait entendu parler des Premières Dresseuses. L'histoire évoquait des centaines de duos célèbres, mais Nefyra – la Première des Reines Dresseuses – et Callysta – sa commandante en second – restaient ses préférées. Même après leur mariage respectif pour des motifs politiques et des questions de descendance, elles demeurèrent fidèles l'une à l'autre, en toutes circonstances. Que ce soit au cœur de la bataille, dans la vie et même dans la mort, elles refusèrent de se quitter. Si bien que lorsque Callysta, atteinte par une flèche, succomba à sa blessure, Nefyra ne tarda pas à suivre son chemin. Le cœur brisé, elle se sentait incapable de se battre plus longtemps.

— Mais si la reproduction forcée ne fonctionne pas et que vous n'avez plus d'œufs, demanda soudain Nyk, pourquoi ton père ne vous envoie-t-il pas fouiller un à un les postes abandonnés et les tours de guet de Pyra ?

— On l'a déjà fait.

Mais pas en profondeur, Tristan en était bien conscient. Le temps leur avait manqué. À tout moment, l'empire risquait de découvrir leur repaire : la priorité était de se préparer à un éventuel affrontement. Nyk ouvrit la bouche, sans doute pour lui opposer d'autres arguments, à coup sûr pertinents. Mais l'apprenti était fatigué d'avoir à défendre les méthodes de son père – d'autant qu'il n'était pas lui-même totalement convaincu de leur efficacité.

— Écoute, je n'adhère pas plus que toi à ces pratiques. Seulement, si tu veux pouvoir rejoindre un jour les rangs des Dresseurs, il nous faudra davantage de phénix. Or, c'est notre seul moyen de nous en procurer.

Le garçon d'écurie ne répliqua pas. La découverte des cages de reproduction venait clairement ternir la joie qu'il avait ressentie en pénétrant dans le Nid d'Azurec pour la première fois. Tristan en éprouva une certaine amertume.

Déployant ses pouvoirs vers les corniches, il finit, à force d'insistance, par convaincre Rex de quitter son perchoir. Nyk lança un regard perplexe à son ami en le voyant se lever et gagner l'extrémité de l'éperon, mais il lui emboîta malgré tout le pas. Arrivé à destination,

Tristan n'eut que quelques secondes à attendre avant de sentir le courant d'air chaud qui annonçait l'arrivée de son phénix. Le garçon d'écurie s'arrêta aux côtés de son camarade pile au moment où la créature jaillissait des profondeurs du Nid. La bourrasque qu'elle souleva sur son passage balaya les cheveux de son maître, dont la vision fut soudain traversée de rais de lumière.

Rex dessina une courbe dans les airs, puis, arrivé à son point culminant, s'embrasa de la tête aux pattes, pour ensuite foncer dans l'obscurité, droit vers les deux amis. Nyk s'accroupit par réflexe avant de se pencher dans le vide afin de ne rien perdre du plongeon du phénix. La figure exécutée par l'oiseau était tirée de la danse du solstice – une parade que lui et ses congénères exécuteraient le soir suivant.

La magnifique créature ne tarda pas à remonter haut dans les airs pour effectuer un demi-tour et redescendre jusqu'au sol en une vrille enflammée. Comme Tristan l'avait espéré, les autres phénix ne tardèrent pas à se joindre à leur congénère. Chacun ébouriffait d'abord son plumage, où s'allumaient quelques étincelles, puis s'embrasait. Ces oiseaux avaient décidément le sens du spectacle ! Toujours, ils recherchaient l'effet le plus saisissant, le plus dramatique – surtout s'il leur permettait d'exhiber l'élégance de leur vol et leurs flammes envoûtantes.

Qu'il parvienne à observer cette scène sans aucune difficulté et de si près ne manquait jamais d'étonner l'apprenti. Lorsque le flamboiement des phénix se réduisait à cette féerie lointaine dépourvue de toute menace, il était capable d'en apprécier la beauté sans nervosité, comme il le faisait avec les astres inaccessibles du firmament.

La valse d'un seul oiseau de feu s'élançant puis piquant en zigzag dans le ciel suffisait à le captiver. Mais en admirer six virevolter de concert était un spectacle à couper le souffle. Bouche bée devant les créatures qui tourbillonnaient dans les airs, laissant des langues de feu dans leur sillage à chaque virage, Nyk broyait le bras de son ami. Même la lune, ronde et blanche comme un squelette accroché dans la nuit en arrière-plan, souffrait de la comparaison.

Désormais lancés, les phénix continueraient leur parade encore un moment. Tristan donna un petit coup de coude à son voisin – dont les prunelles écarquillées reflétaient la scène illuminée –, puis retourna s'asseoir contre le mur à côté de l'entrée. Le garçon d'écurie suivit en reculant à tâtons pour éviter de perdre ne serait-ce qu'une miette du spectacle.

Était-ce dû à la culpabilité d'avoir rejeté Nyk de prime abord ou au contraire à la profonde reconnaissance que l'apprenti ressentait depuis envers lui ? Tristan l'ignorait – il préférait ne pas trop y réfléchir –, mais dès qu'il parvenait à faire sourire son camarade, il se sentait le cœur plus léger.

Nyk avait le chic pour éveiller les facettes les plus joyeuses et les plus positives de sa personnalité. Les exemples étaient nombreux. À peine une heure plus tôt, le jeune apprenti était prêt à abandonner tout espoir d'être promu chef de patrouille – une position dont il rêvait pourtant depuis longtemps –, pour l'unique raison qu'elle n'arrivait pas assez vite à son goût. Mais son ami avait su lui faire voir la promesse du commandant pour ce qu'elle était : un pas dans la bonne direction. Et lorsque Tristan lui avait révélé sa phobie des flammes, Nyk ne s'était pas moqué de lui. Il n'avait pas même sourcillé. Au contraire, pour le rassurer, il lui avait aussitôt dressé la liste des Dresseurs devenus célèbres malgré un handicap. Il lui avait même offert une solution qui lui changeait la vie !

Pour autant, les échanges des deux jeunes gens n'étaient pas toujours détendus et enjoués – à vrai dire, en dehors du commandant, le garçon d'écurie comptait parmi les rares personnes à pointer du doigt l'arrogance et le mauvais caractère de Tristan. Mais à la différence de son père, qui condamnait la moindre de ses erreurs, Nyk semblait ne jamais lui en tenir rigueur. Passé leurs débuts difficiles, il s'était révélé loyal et constant. Le jeune Dresseur n'avait jamais connu d'ami comme lui. Peu à l'aise avec les autres apprentis, il ne faisait pas non plus partie des Maîtres, et cet entre-deux s'avérait souvent inconfortable.

Mais quand il regardait son camarade, il sentait l'espoir infini qui irradiait du garçon d'écurie rejaillir sur lui. Il sentait la foi que Nyk avait en lui, ce qui le poussait à croire en lui-même, le motivait à devenir l'homme que son ami semblait percevoir en lui.

Pour se le rappeler et se sentir pleinement lui-même, il avait besoin de la présence de Nyk à ses côtés.

En silence, les deux compagnons continuèrent à admirer les phénix, qui illuminaient toujours le ciel nocturne. Au bout d'un moment, la tête du garçon d'écurie s'affaissa sur l'épaule de Tristan, qui lui, se laissa complètement aller contre la paroi grossière du cratère.

Un à un, les oiseaux finirent par délaisser leur danse afin de s'en retourner à leur perchoir. Autour des deux amis, la nuit s'épaissit et, bientôt, il ne resta plus que Rex dans les airs. Puis, dans un dernier éclat de lumière, lui aussi s'abîma dans l'ombre pour ne plus réapparaître.

Son maître le remercia en pensée et lui souhaita une bonne nuit, avant de se relever avec précaution. Nyk, qui dormait à poings fermés, s'affala contre le mur. Tristan lui donna d'abord un léger coup de pied, puis se pencha pour le secouer un peu, mais rien ne semblait pouvoir le réveiller. Qu'importent les circonstances, le garçon d'écurie vivait toujours pleinement l'instant présent, comme s'il refusait de faire quoi que ce soit à moitié – pas sûr, d'ailleurs, qu'il en fût capable. Quand il courait, il méprisait la fatigue et forçait sur ses jambes jusqu'à ce qu'elles se dérobent sous lui. Quand il évoquait les phénix, les Dresseurs ou l'animagie, ses traits s'illuminaient.

Il en allait du sommeil comme du reste : le jeune homme s'y abandonnait sans retenue aucune, les épis de sa tignasse de jais ébouriffés et la bouche entrouverte.

Amusé, Tristan s'accroupit, souleva son ami et redescendit jusqu'aux baraquements pour le déposer dans son hamac. Tenir le visage de Nyk ainsi pressé contre son torse eut beau lui paraître singulier, se délester de son fardeau eut beau le soulager, lorsque l'apprenti ressortit du bâtiment et que la fraîcheur de l'air l'assaillit là où la chaleur de son camarade le protégeait jusque-là, il se sentit… un peu perdu.

Il s'en voulait d'avoir menti à Nyk au sujet des œufs. Il aurait dû lui avouer que leurs recherches n'avaient pas été suffisantes. Mais il craignait que son compagnon décide de partir à leur recherche s'il lui avait dit la vérité. Rien que d'y penser, Tristan s'en trouvait malheureux. Il existait forcément un moyen de remédier à ce problème. S'il le fallait, le jeune Dresseur se mettrait lui-même en quête de nouveaux œufs. Après tout, la dernière fois qu'il avait désobéi à son père, il avait écopé de leçons supplémentaires en compagnie de Nyk. En y réfléchissant bien, c'était aussi en transgressant les règles qu'il avait découvert le garçon errant sur les routes. À deux reprises, son insubordination avait donc joué en sa faveur – plus qu'il n'aurait pu l'imaginer, même.

Peut-être se rebeller de nouveau lui ouvrirait les portes d'un avenir encore meilleur ? Peut-être Nyk serait-il promu apprenti et Tristan chef de patrouille ? Et quand viendrait le moment pour le fils du commandant de choisir son bras droit, son ami serait le premier sur la liste.

Ensemble, nous aurions pu être invincibles.

CHAPITRE 26
VÉRONYKA

La jeune fille s'éveilla en sursaut. Désorientée, elle fixa un instant le bois du plafond avant de cligner des yeux dans la pénombre. Peu à peu, elle distingua les rangées familières des hamacs de son baraquement. Image après image, la soirée de la veille lui revint en mémoire – la roche taillée du Nid d'Azurec, les phénix en robe de feu et... Tristan.

Elle avait dû s'endormir, mais... – Axura toute-puissante ! Il ne l'avait quand même pas portée jusque-là ? Les joues soudain empourprées, elle n'aurait su dire si elle était ravie ou mortifiée. Aussi attentionné qu'ait été l'apprenti en ne voulant pas la réveiller, elle commençait à redouter sa gentillesse, dont elle ne voulait pas dépendre. Tant pis si c'était irréaliste, mais elle désirait avant tout être son égale. Il avait beau se dire son ami, leur relation n'avait rien d'équilibrée : Tristan était plus âgé, plus fort, plus expérimenté, et elle plus jeune, plus faible, et pas toujours à son aise dans son nouvel environnement.

Héritier du commandant, Tristan succéderait un jour à son père et gouvernerait le repaire des Dresseurs. Véronyka, elle, n'était rien. Pas même une apprentie. Cette disparité démesurée lui rappelait sa relation avec Val. Hors de question pour la jeune animage que sa vie dépende de qui que ce soit !

Elle plongea la main dans sa poche pour caresser les perles de son bracelet de mèches tressées et se rassurer. Le Nid d'Azurec s'était révélé à la fois bien plus incroyable et bien pire que dans ses rêves. Témoin de siècles d'histoire, l'endroit, véritablement magnifique, était à ce point baigné de magie qu'elle semblait incrustée dans les murs. Pourtant, l'air y était chargé d'une vibration trouble, comme pour signifier de manière diffuse l'existence d'une anomalie.

Des cages de reproduction.

Jamais Véronyka n'aurait envisagé pareille extrémité. Certes, elle se doutait que les Dresseurs se démenaient pour acquérir davantage d'œufs de phénix, mais dans son esprit, ils ne tentaient pas d'en contrôler la production, ils les cherchaient ! La culpabilité lui rongeait les entrailles, comme si elle était désormais complice de la captivité des oiseaux femelles. Et dire que depuis son arrivée, elle ne s'était même pas rendu compte de la présence de ces pauvres bêtes, recluses derrière des barreaux, à l'abri des regards ! Comment quelqu'un comme Morra pouvait-il supporter cette idée ?

Val avait un jour raconté à Véronyka que les rituels d'accouplement des phénix demeuraient nimbés d'un impénétrable mystère, au point que même les anciens Dresseurs pyraéens n'en savaient pas grand-chose.

Le plus souvent, les créatures se reproduisaient et pondaient leurs œufs en secret. Ce qui expliquait pourquoi on en découvrait encore un peu partout dans la montagne, attendant patiemment depuis des siècles qu'on les fasse éclore. La pratique de les cacher de manière délibérée, pour les protéger, était plutôt récente : elle ne s'était répandue qu'une cinquantaine d'années plus tôt. Les troubles avaient débuté bien avant le début de la guerre de Sang. Après l'apparition des premières dissensions entre animages et habitants dépourvus de magie, ils n'avaient fait que s'accentuer au fil des ans.

À l'époque, la puissance de l'empire était encore associée aux Dresseurs de phénix. Depuis l'unification des anciens royaumes par ces guerriers d'élite, l'ordre et la paix régnaient sur le pays. Malgré tout, il était difficile de déterminer à qui allait vraiment leur loyauté. Dans les premiers temps, le trône d'or avait toujours été occupé par une Dresseuse : d'abord Elysia Pyromaque – dit la Pacifique –, puis sa fille, Ellody. De nombreux autres les suivirent bientôt, hommes y compris. Car après avoir pris le contrôle de la plaine, les Pyraéens avaient fait le serment de s'adapter aux coutumes de leurs concitoyens et de les respecter. L'héritier de la couronne serait donc le premier-né – peu importe son sexe –, et non plus la fille aînée, comme le voulait la tradition pyraéenne, ou le fils, comme dans la plupart des royaumes annexés. L'empire prospéra donc, et durant des décennies, les souverains Dresseurs – homme ou femme – se succédèrent sur le trône doré.

Quand l'aîné des enfants royaux était dépourvu de pouvoirs – comme Hellund le Juste –, on s'empressait de le marier à un animage, non seulement pour que la magie continue de se transmettre dans la lignée, mais aussi pour satisfaire les sujets, souvent animages eux-mêmes. On raconte que pendant le règne de Hellund – avant son union avec Génya la Stratège, féroce guerrière et Dresseuse de phénix –, les Dresseurs refusèrent en plusieurs occasions d'obéir à leur roi. Leur allégeance allait avant tout à leur commandant, une position souvent occupée par le gouverneur de leur province de rattachement. Ainsi, lorsque Hellund ordonna aux troupes cantonnées en Ferro de se lancer à la poursuite des brigands qui saccageaient l'Arborie du Sud, leur commandant s'y opposa, purement et simplement. Le mariage du roi avec Génya mit fin au problème, mais certains gouverneurs et politiciens de l'empire gardèrent à l'esprit que les Dresseurs n'étaient pas tant fidèles à la couronne qu'à leurs semblables.

Lorsque Avalkyra et Phéronia naquirent à leur tour, les graines du conflit étaient donc déjà semées, et ce depuis longtemps. Les non-animages se reconnurent en Phéronia – qui obtint le soutien des conseillers, des marchands et des gouverneurs dénués de magie. De leur côté, les Dresseurs de phénix se rangèrent bien entendu dans le camp d'Avalkyra – l'une des leurs, et fille d'une combattante illustre. Pour autant, leur support ne fournit à la prétendante au trône aucun appui politique et leurs effectifs restaient dérisoires comparés à l'armée grandissante de conscrits de l'empire. Dans ce climat de plus en plus tendu, les œufs de phénix devinrent d'inestimables trésors, de précieux joyaux à mettre en lieu sûr plutôt qu'à exhiber – un statut qu'ils avaient conservé depuis lors.

Véronyka se représenta une nouvelle fois les oiseaux majestueux enfermés contre leur volonté avec obligation de procréer. Un frisson lui parcourut l'échine : autant emprisonner et faire s'accoupler des humains ! De par leur extrême intelligence et leur puissante magie, les phénix n'avaient en effet rien d'animaux ordinaires. Malgré tout, sans ces ignobles cages, Véronyka ne pourrait sans doute jamais se lier de nouveau à une de ces merveilleuses créatures. Pire encore, sans œufs, il n'y avait que très peu de chances que les Dresseurs retrouvent un jour leur force d'antan…

Si Val ne s'était pas montrée aussi cruelle et autoritaire, Véronyka aurait pu rallier le Nid d'Azurec avec sa propre monture. Elle aurait alors rencontré Tristan sous sa véritable identité, sans avoir à se déguiser, et se serait entraînée avec lui et les autres apprentis. Au début, il l'aurait surpassée, mais elle aurait peu à peu rattrapé son retard. Elle lui aurait enseigné ses connaissances en animagie et il l'aurait aidée à s'améliorer en équitation et au tir à l'arc. Bientôt Dresseurs, guerriers et amis, ils se seraient élancés côte à côte dans les cieux, sur un pied d'égalité.

Plus tard dans la matinée, lorsque la jeune fille arriva sur le terrain, Tristan l'attendait déjà, dans sa tenue taillée sur mesure, adossé à un tonneau rempli d'armes d'entraînement.

Il ouvrit la bouche pour la saluer, mais, incapable de se retenir une seconde de plus, Véronyka ne lui en laissa pas le temps.

—Merci de m'avoir… euh… ramené à mon baraquement, hier soir.

D'abord surpris, l'apprenti finit par lui décocher un sourire timide qui creusa à peine ses fossettes.

—Je t'en prie, lui répondit-il en lui tendant l'arc recourbé qu'elle connaissait déjà.

Après plusieurs tentatives infructueuses, elle réussit à tendre la corde sur le bois, puis les deux amis se dirigèrent vers les cibles. Le terrain d'entraînement avait été installé dans l'un des angles du rempart de la forteresse, et fermé sur les côtés restants par une palissade de bois. La zone était découpée en plusieurs espaces : un endroit dédié au combat au corps à corps où le sol était recouvert de sable fin, un autre équipé de mannequins rembourrés et une dernière section dédiée au tir à l'arc. Tristan disparut quelques instants dans un petit cabanon dressé à côté des cibles qui couraient le long du mur de pierre et en ressortit avec deux carquois et un grand arc droit.

—Autant que je m'exerce aussi, lança-t-il en réponse à la question silencieuse de Véronyka. Mais pas de panique, si tu as besoin de conseils, tu auras bien sûr toute mon attention.

Qu'il ne lui consacre pas tout son temps et en profite pour s'entraîner soulagea quelque peu la jeune fille. Pour autant, le sentiment de déséquilibre dans leur relation n'en revint pas moins la tourmenter.

Soudain, à l'autre bout de la zone, un groupe de domestiques coupa par le terrain, accompagnés de quelques apprentis dont Anders et Latham. Tous riaient et devisaient avec entrain. Tristan jeta un coup d'œil dans leur direction, mais quand ses camarades agitèrent les bras en lui criant de les rejoindre, il secoua la tête en levant son arc.

— Tu es sûr de ne pas vouloir aller avec eux ? demanda Véronyka en prenant bien garde de fixer l'arme entre ses mains plutôt que le jeune homme.

Hors de question pour les Dresseurs d'organiser une véritable fête – le plus important pour eux était bien sûr de se faire le plus discret possible. Malgré tout, le commandant avait autorisé une délégation d'habitants de Pétratec et de Montacent à venir célébrer le solstice avec eux. Après tout, bon nombre de domestiques et d'artisans du repaire – sans compter plusieurs Dresseurs – étaient originaires des deux hameaux.

Si les villageois apporteraient bibelots, bijoux et textiles raffinés dans l'espoir de conclure quelques affaires, ils participeraient aussi aux jeux organisés à l'entrée du village, dans la prairie où se trouvait le parcours d'obstacles en temps normal. Plus tard, la musique emplirait la grande salle et tous les convives s'y régaleraient d'un grand festin. Enfin, pour clôturer la soirée, les phénix illumineraient la nuit de leur danse.

Les pieds de Tristan apparurent soudain dans le champ de vision de Véronyka. Elle releva la tête.

— Je t'ai déjà dit que non, Nyk, affirma l'apprenti d'un ton grave. Je préfère t'aider à t'exercer avec les cibles et l'équipement adéquats.

La jeune fille hocha la tête, sans rien ajouter. Intrigué, son ami ficha la pointe de son grand arc dans le sol et s'appuya dessus.

— Qu'est-ce qui ne va pas ? Tu ne veux pas t'entraîner ?

— Si, au contraire ! s'écria-t-elle d'une voix étranglée. C'est juste que je… jamais je ne pourrai te rendre la pareille.

Les traits baignés d'un halo d'or et de bronze façonné par la lumière matinale, Tristan la dévisagea un instant.

— Je ne t'ai jamais réclamé quoi que ce soit en échange. Et puis, d'ailleurs, sans toi, le commandant n'aurait jamais ne serait-ce qu'envisagé de me confier une patrouille.

— Tu aurais bien fini par l'obtenir tout seul, répliqua Véronyka. Alors que ce que tu m'offres... l'opportunité de devenir Dresseur... Je t'en serai toujours redevable.

— Nyk... on est amis à présent. Compris ? Et l'amitié, ça ne marche pas comme ça. De toute façon, pour toi comme pour moi, il reste pas mal de chemin à parcourir. Je ne suis pas encore chef de patrouille, ni toi apprenti. Donc, assez parlé, et montre-moi un peu ce dont tu es capable.

En guise de conclusion, Tristan fit un geste du menton vers les cibles. La jeune fille se fendit d'un petit sourire et obtempéra.

Ils passèrent toute la matinée à s'entraîner, d'abord sur les cibles les plus larges – destinées aux débutants –, puis sur les plus étroites, plus difficiles à atteindre. Ses muscles courbaturés avaient beau crier de douleur, Véronyka avait l'impression de faire de constants progrès. Tristan, lui, s'était placé plusieurs dizaines de mètres derrière elle. Son grand arc avait en effet une portée qui dépassait largement celle de l'arme incurvée de la jeune fille.

Quand arriva l'heure du déjeuner, l'apprenti se dirigea vers la grande salle pour en revenir chargé d'un pichet d'eau et d'un panier garni de fruits, de pain et de fromage.

Bientôt, le soleil de fin d'après-midi étira l'ombre des deux amis d'un bout à l'autre du terrain. Ils venaient d'évoquer la possibilité de s'arrêter quand un incroyable tintamarre s'éleva dans leur dos. Par l'ouverture du portail, ils aperçurent un essaim de badauds agglutinés dans la cour, de part et d'autre de l'entrée de la forteresse. Le visage de Tristan s'éclaira d'un grand sourire.

— Les ménestrels !

Se joignait toujours aux commerçants et aux villageois venus de Pétratec et de Montacent une troupe de saltimbanques. Il y avait là des troubadours et des marionnettistes en tuniques et capuchons colorés, qui transportaient leurs instruments et leurs poupées dans des sacoches de cuir satiné ou des coffrets scellés avec soin. Ils reçurent un accueil chaleureux, avant d'être orientés vers la grande salle, où ils pourraient déballer leurs trésors. À la vue de la Princesse à la perle – du moins son effigie – pendant de sa boîte, une petite fille ne put retenir un cri de joie, et bientôt chacun réclama sa pièce ou sa chanson préférée.

La foule continuait d'avancer lorsque l'une des villageoises se retourna, une mèche de cheveux brun-roux tressée et emberlificotée de perles échappée de son foulard. Véronyka y avisa un coquillage dont les reflets scintillaient dans le soleil déclinant. Son cœur rata un battement.

Lentement, comme si elle pouvait sentir la présence de la jeune fille au cœur de la cohue, la villageoise leva la tête. Ses yeux noirs croisèrent ceux de la spectatrice, qui se sentit blêmir.

Val.

Vingt-neuvième jour de la troisième lune,
169 ap. E.

Phéronia,

Tu ne me laisses pas le choix. Le péril qui nous menace toutes deux grandit à mesure que tu t'obstines à m'ignorer. Te crois-tu donc infaillible, barricadée dans ta citadelle ? T'imagines-tu pouvoir déjà crier victoire ?

Je m'en viens, xe Onia. Prépare-toi.

Avalkyra

Séparées l'une de l'autre, chacune de nous n'était plus qu'une réplique amoindrie, affaiblie d'elle-même. Comme ils se réjouirent de nous voir ainsi déchirées !

CHAPITRE 27
SEV

Je vais m'en occuper.

Depuis l'instant où ils avaient franchi ses lèvres, ces mots n'avaient cessé de résonner aux oreilles de Sev, comme si les prononcer avait chamboulé le monde entier. Dans les jours qui suivirent, qu'il mange, dorme ou effectue ses corvées, ils lui trottaient dans la tête en un sempiternel refrain.

Vu le sourire béat de Trix lorsqu'il s'était porté volontaire, elle avait anticipé son revirement : le faire culpabiliser puis feindre de le congédier n'avait été qu'un coup de bluff. De manière étonnante, pourtant, l'exaspération du soldat était en partie retombée. Après avoir passé son temps à subir sa vie entre les mains d'autrui, il reprenait enfin le contrôle de son existence. L'occasion d'honorer la mémoire de ses parents était venue. Le pas plus léger, il se serait presque laissé aller à l'insouciance.

Sa décision aurait pourtant un prix, il le savait. Il lui faudrait trahir ses camarades et tuer. Malgré tout, si la mort de ses comparses ne le réjouissait pas, loin de là, il n'avait jamais éprouvé la moindre loyauté envers eux. Il ne s'était d'ailleurs jamais senti loyal envers personne, sinon lui-même. Mais cette époque était désormais révolue. S'enrôler dans l'armée de l'empire avait constitué une trahison envers ses parents et tout ce pour quoi ils s'étaient battus – or, si Sev devait jurer fidélité à quiconque, c'était bien à eux. Dorénavant, il servirait la cause des Dresseurs de phénix, quoi qu'il lui en coûte.

Lorsque Trix en donnerait l'ordre, serfs et cuisiniers empoisonneraient le repas du soir. Ils se serviraient de pétales de Pins de flammes, un arbre dont les bosquets parsemaient la montagne de larges efflorescences rouges qui oscillaient telles des gouttes de sang au bout de leurs rameaux noueux. Il suffisait aux rebelles de les cueillir le long du chemin. Le capitaine Belden et ses hommes ignoraient tout de la toxicité des pétales en question, qui pouvaient être facilement dissous dans les breuvages et dans la nourriture.

— Qu'est-ce que vous attendez au juste ? s'était enquis Sev un soir, après avoir repéré un *pyraflora* et détaché un bourgeon écarlate d'une de ses branches les plus basses. On est entourés de Pins de flammes. Pourquoi ne pas empoisonner la compagnie dès maintenant, avant de risquer d'être découverts ?

— Parce que ceci est à peu près aussi vénéneux qu'une ration de ragoût noir, avait répondu Trix en lui prenant la fleur des mains. Autrement dit, relativement nocif, mais pas assez.

Et sans autre forme de procès, elle avait gobé les pétales sous les yeux ébahis de Sev, avant de se remettre en marche et de gratifier le jeune homme d'un sourire diabolique.

— J'ai un estomac à toute épreuve.

— Donc, si je comprends bien, pour que le plan fonctionne, vous devez confectionner un poison avec les fleurs... un poison mortel ?

La vieille serve avait hoché la tête.

— Il faut d'abord les faire bouillir, les sécher et les réduire en poudre fine. Soit une succession d'opérations à réaliser après nos tâches quotidiennes et hors de vue du capitaine. Et puis, mieux vaut choisir le moment d'agir avec soin. Dans vos rangs, il y en a toujours qui manquent à l'appel : certains sont envoyés en éclaireurs, d'autres partent chasser le gibier, d'autres encore s'éclipsent pour contacter l'agent infiltré ou bien négocier des lamas. Vous, les militaires, vous n'êtes que rarement tous rassemblés en un seul et même endroit. Ça ne sert à rien de décimer la moitié des troupes si c'est pour finir embrochés par l'autre moitié.

Sev n'avait pas songé à cette éventualité. Tout à coup, l'objectif que leur avait fixé la vieille femme lui avait paru inatteignable.

— Quand est-ce qu'on pourra passer à l'action, alors ?

— Lorsque l'ensemble des éclaireurs et des chasseurs sera revenu, ce qui n'arrivera qu'une seule fois : la nuit qui précédera l'attaque. Afin de préparer l'assaut, d'assigner à chacun son poste et de frapper avec le plus de force possible, tous les hommes de la compagnie seront rappelés. Ce sera le moment idéal pour mettre notre plan en œuvre : au cœur du camp bien sûr, mais aussi...

— Parmi les sentinelles, avait conclu Sev qui venait enfin de comprendre son rôle.

Trix avait beau être sûre de pouvoir empoisonner la majorité de la troupe d'un seul coup – y compris le capitaine Belden, dont elle prévoyait de s'occuper personnellement –, restait toujours le problème des soldats en patrouille autour du camp. Le plus souvent au nombre de cinq, ils étaient parfois plus selon l'emplacement.

Son don pour mémoriser les détails et son accès facile à la répartition des postes ainsi qu'aux bêtes de somme offraient à Sev une position idéale pour ne contaminer que les collations individuelles des sentinelles avant la prise de leur quart. Les rebelles n'avaient pu réunir qu'assez peu de pétales de Fleurs de flammes et leur but n'était pas de corrompre toutes les provisions. S'ils parvenaient à leurs fins, serfs, cuisiniers et autres complices de Trix auraient besoin de nourriture pour rejoindre la vallée et fuir chacun de leur côté. La plupart trouveraient sans doute refuge quelque part en Pyra, où ils pourraient démarrer une nouvelle vie, libérés de leurs chaînes et de l'empire. Et si Sev, lui, mettrait le cap sur Pontcolline et les ruines de la ferme familiale, il n'avait aucune idée de l'endroit où comptait se rendre Trix, ou même Kade.

Malgré ses efforts, le soldat n'arrivait toujours pas à cerner le jeune serf. Certes, ce dernier avait protesté quand l'ancienne avait subitement voulu renvoyer Sev – il avait soutenu qu'ils auraient besoin de lui. Mais à présent, il semblait mécontent que le militaire ait décidé de leur rester fidèle. Son comportement était tout bonnement absurde.

Comme les deux garçons ne s'occupaient plus des bêtes ensemble, ils ne se croisaient plus que lors de leurs réunions avec Trix, pour discuter organisation et stratégie. À chaque conciliabule, le serviteur restait aussi renfrogné que distant. Parfois, il ne se montrait même pas. Comme ce soir-là, plusieurs jours après que la vieille conspiratrice avait exposé son plan à sa nouvelle recrue. Malgré l'heure tardive – à l'exception des gardes, l'ensemble de la compagnie dormait déjà –, le soldat et la serve devisaient près d'un feu agonisant.

— Tu étais l'un de ses généraux ? demanda soudain Sev.

Leur unité avait dressé le camp sur le versant d'une profonde gorge. D'immenses escarpements de pierre s'élevaient au-dessus de leurs têtes jusqu'à en obstruer le ciel, et tout autour d'eux, s'étalaient d'énormes rochers disséminés en piles éparses, comme jetés çà et là par un dieu distrait. À l'ouest, le terrain plongeait en pente raide, si bien que le jeune homme avait l'impression d'être perché en équilibre sur une corniche instable. Il lui semblait qu'une simple bourrasque suffirait à les balayer, lui et le reste de la troupe. Par bonheur, Trix avait installé leur feu à l'écart et loin de la pente, dissimulé par l'un des gros blocs de pierre.

— Non, répondit-elle. J'avais beau être une Dresseuse, je n'ai jamais eu l'âme d'une guerrière. Je servais ma reine autrement, de manière plus subtile.

Sev la dévisagea, songeur.

— Tu m'as dit l'autre jour qu'être bien informée faisait depuis longtemps partie de tes responsabilités, dit-il en réfléchissant à voix haute. Que tu conseillais Avalkyra Pyromaque. Et avant, que la célébrité, dans ton cas, aurait présenté des inconvénients. Si on ajoute tes connaissances approfondies en matière de poison… Tu étais espionne, n'est-ce pas ?

Au vu du penchant de la vieille femme pour les complots et le chantage, et de tous ses beaux discours sur la source de pouvoir que représentaient les renseignements, l'évidence s'imposait à présent au soldat. Sans compter que Trix s'occupait des pigeons voyageurs du capitaine. À coup sûr, elle passait autant de temps à lire les messages de Belden qu'à les envoyer ! Elle avait d'ailleurs mentionné que le chef du camp entretenait une communication constante avec ses éclaireurs envoyés plus haut dans la montagne. Pour en savoir autant sur leurs projets, elle avait dû intercepter leurs échanges, Sev en était presque certain !

La vieille serve répondit d'une manière détournée, qui sonna malgré tout comme une confirmation :

— Je faisais commerce de secrets. Née dans la fange des bas-quartiers d'Aura Nova, j'en porterai le sceau pour le restant de mes jours, tout comme toi. À mon époque, s'enrôler dans l'armée de l'empire représentait non seulement un grand honneur – rien à voir avec la conscription forcée d'aujourd'hui –, mais aussi l'assurance de manger à sa faim, de dormir sous un toit et de travailler. Bien sûr, intégrer les rangs des Dresseurs garantissait en plus un prestige sans égal. J'ai failli être recalée à l'entraînement. (Trix gloussa, puis raviva le feu du bout d'un bâton.) Mais contrairement à la plupart de mes camarades, j'étais douée pour déchiffrer des codes, repérer les habitudes de chacun et résoudre des énigmes. J'avais aussi appris à écrire au cours de la période où je servais Hael, dieu de la santé et de la guérison. Alliée à ma connaissance des plantes et des remèdes, cette aptitude s'est avérée un véritable atout. Ma reine a décelé en moi un certain potentiel et m'a nommée à son service personnel. La guerre a l'avantage de permettre au commun des mortels de s'élever au rang de héros.

— Ou de se comporter en véritables inconscients… rectifia Sev.

Les mots étaient sortis tout seuls. Trix éclata de rire.

— Héroïsme et inconscience, l'un ne va pas sans l'autre, tu ne crois pas ? C'est d'ailleurs pour cette raison que j'ai besoin de toi, Sevro. Soldat, animage et voleur… Si les héros ont leur raison d'être, il en va de même pour nous. (Son expression roublarde se radoucit tout à coup.) On ne nous apprécie guère, c'est vrai. La faute aux mensonges, aux messes basses et aux missions secrètes. Mais nous avons notre utilité. En fin de compte, c'est tout ce qui importe. Apprends à te rendre indispensable, mon garçon, et tu trouveras toujours ta place en ce bas monde. Identifie tes qualités et sers-t'en. Si tu es rusé, ruse. Si tu es menteur, mens. Si tu es plus pernicieux que le vent du Sud et plus fourbe que les Servantes maléfiques, eh bien…

Les bras grand ouverts, elle haussa les épaules en signe d'impuissance. Sev lâcha un petit grognement de dédain. Pourtant, il lui fallait bien avouer que les paroles de la vieille femme le bouleversaient. Peut-être n'était-il pas irrécupérable, après tout.

— Qu'est-ce que tu sais de la taupe qui renseigne le capitaine ? demanda-t-il.

Depuis que Trix lui avait parlé du rendez-vous de Belden, la question était restée dans un coin de son esprit : quel genre d'individu pouvait vendre les siens de la sorte ? Qu'avait-il à y perdre… ou à y gagner ?

— Pas grand-chose, reconnut la serve, la mine soudain assombrie. Depuis notre départ de la capitale, je n'ai réussi à intercepter aucune missive. Résultat, je n'ai pas la moindre idée de ce qui a pu se dire lors de leur entrevue aux abords de Vaylé. J'ignore même si ce traître est encore en activité. C'est pourquoi il faut empêcher cette bataille et ne pas laisser Belden mettre son plan à exécution. Je n'ai plus le même réseau qu'autrefois, ni les mêmes ressources. Ces zones d'ombre me hantent nuit et jour.

À l'évidence, l'ancienne espionne ressassait de funestes pensées. Sev tenta de changer de sujet.

— Avalkyra Pyromaque, comment était-elle ?

La question sembla prendre Trix de court.

— Terrifiante, répondit-elle après quelques secondes de réflexion. Elle n'avait que faire d'une couronne de métal et de pierres précieuses. Avec ou sans breloque dorée, Avalkyra Pyromaque était une reine née. Ses détracteurs l'avaient surnommée la Reine sans couronne dans l'espoir de nier la légitimité de ses prétentions au trône mais rien ne l'aurait fait renoncer. C'était une combattante impitoyable, une dirigeante intrépide… et la Dresseuse la plus douée que j'ai jamais rencontrée. Ses envolées à travers les flammes et les cendres relevaient de la pure poésie.

Emportée par l'enthousiasme, la vieille femme dessinait des vagues dans le vide, sa paume tel un phénix sur les ailes du vent. Mais elle laissa vite retomber son bras.

—Nous retrouverons bientôt notre gloire d'antan et alors, les nôtres goûteront la paix. Oh, si j'avais le bonheur de les revoir, rien qu'une fois avant de m'éteindre, ma vie n'aura pas été vécue en vain.

—Les Dresseurs de phénix ?

—Oui. Il y a… Enfin, je suis convaincue d'avoir encore quelques amis ou proches parmi eux. C'est cet espoir et ma dévotion absolue à la cause de ma reine qui me permettent de tenir.

Sev se pencha en arrière, en s'appuyant sur les coudes, puis étendit les jambes pour les offrir à la chaleur des flammes.

—Comment a-t-elle pu être vaincue ? Elle avait pourtant les Dresseurs de son côté – autrement dit les meilleurs guerriers de l'armée impériale –, mais aussi tout Pyra et Ferro.

Il se racontait en revanche que la province de Stel avait trempé dans le complot fomenté contre Avalkyra et mis tout son or et ses troupes au service de Phéronia, la mère de la princesse étant d'ascendance stellane. Les gouverneurs de l'Arborie du Nord et du Sud, eux, avaient préféré ne pas prendre parti.

—L'obstination de notre souveraine frisait l'obsession, répondit la serve. Elle ne rêvait que de vengeance. À force de prendre des décisions inconsidérées, elle a fini par mettre ses troupes en péril. Lors de la Dernière Bataille, elle a par exemple envoyé la totalité des Dresseurs au-dessus d'Aura Nova, laissant leurs familles et leurs alliés au sol sans aucune protection. Avec elle, c'était tout ou rien. Elle ne connaissait pas la demi-mesure.

Trix récupéra son bâton et s'en servit pour tracer à la va-vite dans la terre une carte sommaire : l'empire aurain et ses cinq provinces – Ferro, Stel, Pyra, Arborie du Nord et Arborie du Sud. Au centre, l'ancienne espionne traça un « A » pour Aura Nova. La capitale, construite en terrain neutre afin de ne donner la prééminence à aucun des territoires, formait un district indépendant, placé sous l'administration directe du conseil.

— Les Dresseurs d'Avalkyra se sont retrouvés acculés, poursuivit Trix, en faisant figurer leurs phénix par des croix et les forces de l'empire, infanterie et cavalerie, par des cercles. Lorsqu'elle a mené ses troupes vers le Cocon, il a suffi à l'armée ennemie de les contourner pour leur couper toute retraite. Bien sûr, les Dresseurs avaient toujours la possibilité de voler hors de portée des flèches adverses, mais la ville était encerclée de catapultes placées aux points stratégiques et de toute façon... Avalkyra n'aurait jamais accepté de prendre la fuite. Attaquer l'empire sur son propre territoire était risqué : la manœuvre impliquait de laisser à ses opposants l'initiative de la bataille, qu'ils pouvaient alors mener selon leurs règles. Or, notre souveraine avait beau avoir été obligée de déserter Aura Nova et de s'établir en Pyra, tout le monde savait qu'elle ne désirait qu'une chose : reconquérir le Cocon. Les généraux de Phéronia n'ont donc eu qu'à exploiter cette faiblesse et à attendre qu'Avalkyra passe à l'attaque. Car si les Dresseurs de phénix sont redoutables au-dessus des plaines ou des plateaux, ils sont beaucoup moins efficaces dans des ruelles sinueuses.

Trix fit une pause, l'air pensif, avant de reprendre ses explications :

— En général, nos assauts suivent un motif circulaire : une petite escouade fond en piqué vers sa cible et l'accable d'une pluie de flèches et de feu. Puis elle remonte pour laisser la place à l'unité suivante. Mais dans les quartiers étriqués de la capitale, ce genre de tactique était difficile à mettre en œuvre. Sans compter que les édifices offraient bien trop de cachettes aux archers ennemis. Il leur a suffi de se poster aux fenêtres pour nous abattre les uns après les autres. Aura Nova avait beau être construite essentiellement en pierre, une bonne partie de la ville a été dévorée par les flammes. Les monuments, les arbres, la chair… tout ce qui pouvait brûler est parti en fumée, et la cendre tombée du ciel a bientôt recouvert les rues comme un étrange manteau de neige. Le petit peuple, lui, a eu plus de chance. Entassé dans les maisons de bois et les auberges délabrées des quartiers pauvres, il a échappé au gros des affrontements qui se sont déroulés sur le Rocher.

Le « Rocher » était le nom donné à l'éperon de granite qui soutenait le Cocon – le palais érigé par Elysia la Pacifique lors de la fondation de l'empire pour servir de résidence à la famille royale. Selon la légende, la conquérante avait choisi cet affleurement rocheux en souvenir du foyer qu'elle avait dû abandonner au sommet du Pyrmont. Sur le périmètre moins accidenté qui entourait la saillie, elle avait fait bâtir tribunaux, temples et autres institutions publiques. Ourlé de luxueux pavillons où logeaient les gouverneurs de province lors de leurs séjours en ville, les marchands les plus riches et les personnalités les plus éminentes, le cours de Marbre, qui s'étalait à l'est du Rocher, jouissait d'une vue imprenable sur le port et sur les Griffes qui incisaient la capitale… Mais ça, c'était avant qu'il ne soit rasé pendant la Dernière Bataille. Depuis, sa reconstruction s'éternisait.

Sev, qui avait passé quatorze ans à Aura Nova, ne l'avait jamais connu qu'en travaux.

—C'est sur le Rocher que l'issue de la guerre a été scellée, poursuivit Trix. Toutes deux ont péri comme elles étaient venues au monde – ensemble.

—Qui ça ?

—Les princesses, les héritières de la famille Pyromaque. Elles étaient Ombrejumelles, vois-tu ? Sœurs de sang, nées à quelques minutes d'intervalle, du même père mais de mères différentes, elles étaient unies par un lien qui dépassait celui de la filiation. La mère d'Avalkyra, reine Dresseuse issue d'une très ancienne lignée pyraéenne, est morte en couches. Quant à celle de Phéronia, ce n'était qu'une riche Stellane – du moins avant que le monarque ne décide de la prendre pour femme, à la mort de sa première épouse. Avalkyra avait beau être la première enfant légitime du souverain, son second mariage a fait de Phéronia une héritière tout aussi légitime, car bien sûr, personne n'était capable de dire quelle sœur était la plus âgée. Le roi, ce pauvre fou, n'a jamais pris la peine de désigner sa dauphine. Ses filles se sont donc retrouvées rivales dès l'enfance. Elle l'aimait pourtant ! Oui, Avalkyra aimait sa sœur. Mais avili, l'amour le plus puissant peut se transformer en la haine la plus féroce. Et c'est cette dernière qui remporte les guerres. (La vieille femme marqua une pause pour ménager son effet.) Le plus souvent du moins. Car en réalité, la guerre de Sang n'a eu aucun vainqueur. Gravement blessé, Nyx – le phénix d'Avalkyra – a chuté à pic avec sa maîtresse. Depuis la fenêtre d'une tour, je les ai vus tomber tous deux du ciel. Ils se sont écrasés près du mur d'enceinte du Cocon, au milieu du carnage et des décombres, et n'ont pas tardé à disparaître, engloutis par le brasier.

Sa voix devenue rauque, Trix se racla la gorge avant de continuer :

— Les Dresseurs sont bien sûr immunisés contre le feu de leur monture, mais ils perdent toute protection à la mort de leur phénix. Quant à Phéronia, cette inconsciente, elle avait quitté la sécurité de sa chambre et de sa tour – certains prétendent qu'elle cherchait sa sœur, pour se rendre ou faire la paix. Une flèche l'a touchée alors qu'elle errait sur les remparts. On me l'a amenée pour examiner sa blessure, tu sais, et…

Sev se redressa. Lui qui s'était imaginé l'espionne tapie dans l'ombre en train d'observer les événements de loin s'était lourdement trompé : en réalité, elle avait été au cœur de l'action !

— Eh oui, mon garçon. J'étais au sein du palais. J'assistais les guérisseurs qui, bien entendu, étaient tous accaparés ailleurs. Lorsqu'on me l'a amenée, elle agonisait déjà. Qu'attendaient-ils donc de moi ? soupira Trix. Un miracle ? La flèche lui avait transpercé la poitrine… J'ai fait tout mon possible, mais une telle blessure, personne ne s'en remet. Tout le monde aime à croire que les princesses étaient des politiciennes aguerries, on se plaît à analyser la moindre faille de leurs stratégies. Mais la jeune fille inconsciente que j'avais devant moi, elle avait à peine dix-huit ans… ce n'était qu'une enfant, seule et terrorisée.

Sev aussi avait dix-huit ans : assez pour être considéré comme un adulte et autorisé à purger sa peine dans l'armée plutôt que dans un camp de travail. Pour lui qui avait déjà tant de mal à gérer sa petite existence, il était difficile d'imaginer porter le poids d'un empire entier sur ses épaules.

Le regard dans le vague, Trix semblait plongée dans le passé. Revenant soudain à l'instant présent, elle attisa le feu.

— Maintenant, nous n'avons plus ni princesse, ni reine, ni roi. Les gouverneurs ont retrouvé leurs vieilles habitudes, à se quereller et se chamailler à tout bout de champ, se disputant la moindre miette d'autorité et de contrôle. Seize ans déjà que le conflit est terminé, mais quel que soit le prétendant au trône, aucun n'est parvenu à rassembler la majorité des votes du conseil. Les plus prudents de ses membres craignent une nouvelle guerre civile, les plus avides de pouvoir attendent leur heure. Les armées de chaque province viennent tout juste de retrouver leur puissance d'autrefois, mais il ne faudra pas bien longtemps avant que quelqu'un passe à l'attaque et tente de s'emparer du pouvoir quand il le pensera à sa portée.

— Et tu crois que les Dresseurs y arriveraient, eux ? demanda Sev. Qu'ils pourraient remettre l'un ou l'une des leurs sur le trône ?

La question sembla surprendre la vieille femme, qui releva la tête d'un seul coup. Au milieu de son visage, ses yeux formaient deux flaques sombres.

— À vrai dire, terrés comme ils le sont, là-haut dans la montagne, j'ai du mal à me faire une idée précise de leurs objectifs, répondit-elle. Mais oui, je pense qu'un jour, ils pourraient avoir les moyens d'asseoir une nouvelle reine Dresseuse sur le trône.

Si le soldat mourait d'envie de savoir ce que l'ancienne espionne pensait de cette idée, il se retint pourtant. Toute tentative de rétablir la royauté entraînerait immanquablement de nouveaux affrontements, de nouveaux conflits. Le jeu en valait-il la chandelle ? Sans doute pas si le retour des Dresseurs n'aboutissait qu'à la mort de la plupart d'entre eux.

—Et ton... Qu'est-il arrivé à ton phénix ? demanda Sev d'un ton hésitant.

Quelle que soit la réponse, elle ne pouvait s'accompagner que de tristesse, mais la curiosité du jeune homme l'avait emporté. La serve contempla les maigres flammes du foyer, qui n'éclairait plus à présent que le bas de son visage.

—Elle s'appelait Bellatrix.

« Je voudrais qu'on m'appelle Trix. » Elle demeura silencieuse si longtemps que son interlocuteur crut qu'elle n'en dirait pas davantage, pourtant...

—Nous avons survécu toutes les deux à la bataille d'Aura Nova, et ce pour une raison toute simple : nous n'avons pas combattu, reprit-elle d'un ton grave. Au moment de l'attaque, j'étais déjà dans le Cocon, avec l'ordre de maintenir ma couverture. Bellatrix était restée en compagnie des phénix les plus jeunes, dans le quartier général d'Avalkyra, au cœur du Pyrmont. Aussi terrible qu'ait été la séparation, et malgré ma couardise qui me rendait malade, je n'ai pas pu m'empêcher d'éprouver une certaine gratitude à savoir mon merveilleux oiseau en sécurité quand ses congénères étaient abattus un à un. Dans les jours et les semaines suivants la fin du conflit, les nôtres ont tenté de reprendre la lutte. J'avais abandonné mon poste au palais, mais quitter la capitale présentait trop de risques. L'identité des voyageurs était contrôlée à la sortie comme à l'entrée de la ville : impossible de se glisser à l'extérieur sans laissez-passer ! Puis, de nouvelles lois sont bientôt entrées en vigueur et on a commencé à exécuter les traîtres. Pour moi et mes amis, le simple fait d'être en vie était déjà considéré comme un acte de rébellion. Nous n'étions plus à l'abri nulle part, pas même en Pyra, où Avalkyra n'avait laissé aucune instruction pour assurer sa succession. Notre reine était morte et nos meilleurs combattants, lorsqu'ils avaient survécu, pourrissaient en prison. Les pillards ravageaient les frontières. Quant à nos camarades animages, ils étaient traqués jusque dans les montagnes les plus reculées. Malgré tout, l'espoir subsistait. Car elle était encore en vie.

— Qui ça ? Ton phénix ?

L'espace d'une demi-seconde, Trix se figea. Un voile de chagrin passa sur son visage, puis elle jeta le bâton qu'elle tenait toujours à la main.

— Oui. Ma Bellatrix a survécu quelque temps. Elle m'a implorée de prendre la fuite avec elle, vers les quelques endroits sûrs restant pour nos semblables, loin dans les forêts du Pyrmont. Mais j'étais coincée. (Son débit de parole s'accéléra et les mots coulèrent bientôt de sa bouche en un flot précipité.) Je le lui répétais sans relâche : « J'ai un devoir envers ma reine, ma mission n'est pas terminée. » Il fallait que Bella reste cachée pour éviter de nous trahir. Mais rien n'y a fait : elle a continué de contester mes décisions, jusqu'à m'obliger à la contraindre à l'obéissance, de toute la force de mes pouvoirs. En vain. Elle pouvait se montrer plus têtue qu'une mule.

Dans sa voix, la tendresse se mêlait à la peine. Puis soudain, son ton se durcit.

—Les soldats ont fini par me débusquer et me traîner sur la grand-place. J'étais terrifiée, je dois bien l'admettre. En tant qu'espionne, j'étais prête à me sacrifier à chaque instant, mais regarder la mort en face s'est avéré plus ardu que je ne l'imaginais. Quant à celle de Bella, rien n'aurait pu m'y préparer. Lorsque ses hurlements de fureur se sont soudain élevés dans le ciel… Les ailes ardentes, elle était venue à mon secours, sans doute poussée par l'instinct. Deux jours entiers lui avaient été nécessaires pour rallier la capitale depuis Pyra. Et malgré sa fatigue, elle a terrassé plus d'une dizaine d'hommes. Mais ils ont fini par l'attraper dans leurs filets, avant de la tirer jusqu'au sol. Aveuglée par mes propres larmes, j'y voyais à peine. Bella m'appelait, et sa terreur, telle une boule de feu, me rongeait les entrailles. J'ai juste eu le temps de crier son nom avant que son bourreau ne lui tranche la tête d'un seul coup de hache. Un phénix décapité ne peut pas renaître. Cette mort-là est irréversible. Il y avait du sang partout… Il se répandait sur les pavés dans un bruit de grésil.

L'atrocité de la scène à jamais imprimée dans son esprit, Sev gardait les yeux rivés sur la vieille femme.

—Je… je ne sais pas quoi dire.

—Et c'est très bien comme ça, asséna-t-elle après s'être éclairci la gorge. Les années ont passé. L'eau a coulé sous les ponts. Le vent a dispersé les cendres.

—Je suis désolé, Trix, finit par lâcher le soldat.

—Ilithya, le corrigea-t-elle. C'est mon véritable nom. Du moins, c'est comme ça qu'on m'appelait. Ilithya Ombracœur. Il est temps que tu le saches.

Sev fut touché par cette marque de confiance. Les surnoms de la vieille conspiratrice prenaient soudain tout leur sens. Thya pour Ilithya, Trix pour Bellatrix.

« C'est tellement important, un nom… »

— Je suis désolé, Ilithya.

— Tu sais quoi ? Je préfère Trix. (Elle se fendit d'un de ces larges sourires dont elle avait le secret et qui lui donnaient l'air un peu fou. Sev le trouva étrangement réconfortant.) Bien. M'est avis qu'il est l'heure d'aller dormir. Rien de tel que de replonger dans les contes cruels du passé avant de se mettre au lit. Fais de beaux rêves, Sevro.

Elle se releva – non sans que craquent tous ses membres –, lui pressa l'épaule d'une main noueuse, puis s'en alla cahin-caha vers sa paillasse.

Loin d'être prêt à l'imiter, le jeune homme demeura un moment seul, au coin du feu. Que la vieille femme considère vraiment des récits de guerre comme une excellente histoire de veillée ne l'aurait guère surpris, mais tel n'était pas son avis à lui. Assiégé d'images de combats, d'agonie et de sang, son esprit bouillonnait.

Il jeta une bûche dans le feu, puis s'abîma dans la contemplation des flammes ravivées. Il y avait de grandes chances qu'il ne survive pas aux événements qui l'attendaient – pas plus que Trix ou Kade, d'ailleurs. Mais si, par miracle, leur stratagème fonctionnait, ils seraient libres. Sans plus personne pour le ramener de force vers l'empire, Sev pourrait se rendre où il voudrait, faire ce qui lui plairait. La perspective était certes alléchante, mais ce qu'il désirait surtout, quand tout serait terminé, c'était trouver un endroit où se sentir chez lui et s'entourer d'amis et de proches, comme Trix. À présent qu'il avait goûté à un semblant de compagnie, il n'était pas prêt à y renoncer.

—Alors, comme ça, on n'arrive pas à dormir, soldat ?

Le jeune homme plissa les yeux dans l'obscurité. Une seconde plus tard, Kade émergea des ténèbres. Sev ne l'avait pas entendu approcher. Depuis combien de temps exactement le serf rôdait-il là, dissimulé dans l'obscurité ?

—Tu nous épiais ?

Kade s'assit sur un rondin en face de lui.

—Rien de ce qu'Ilithya pourrait te révéler n'est un secret pour moi. Non, je voulais surtout me passer des commentaires de cette vieille bique.

Si le militaire se détendit un peu, il n'en demeura pas moins méfiant. En présence du jeune serviteur, il se sentait toujours sur la défensive.

—Elle préfère qu'on l'appelle Trix.

—Tu parles, elle te fait surtout marcher, oui : quand je l'ai rencontrée, tu sais comment elle voulait être appelée ? La princesse à la perle, rien que ça ! rétorqua Kade.

Presque à son insu, un sourire narquois étira les lèvres de Sev. Son camarade l'imita, avant de retrouver presque aussitôt son sérieux.

—Tu es sûr d'être à la hauteur, soldat ?

Les mains jointes devant lui, il semblait plus s'adresser aux flammes qu'à son interlocuteur.

—Que je sois impliqué dans votre plan n'a pas l'air de te plaire, répondit le militaire.

S'il ne s'en étonnait pas, il n'en restait pas moins déçu. Après l'avoir défendu dans l'affaire de la mise à mort du lama, Sev avait cru que le serf le considérerait peut-être d'un œil neuf. Que Kade voudrait bien de son aide, après tout – ou du moins, qu'il lui reconnaîtrait quelques qualités. Reste que le serviteur ne fit pas mine de le contredire. Gagné par la colère, le soldat s'empara du bâton abandonné par Trix et se mit à tisonner le feu. Quoi qu'il ait pensé, il avait visiblement eu tort.

— Eh bien, désolé pour toi, reprit-il d'un ton amer, mais tu n'as pas le choix. Tu vas être obligé de me supporter.

— On peut trouver une autre solution, une autre manière de procéder, répliqua Kade avant de se décaler sur le rondin pour se rapprocher du militaire.

Sev continuait de remuer les braises, les yeux rivés sur les flammes, l'esprit ailleurs.

— J'ai commis des erreurs, c'est vrai, lâcha-t-il en s'efforçant de contrôler les tremblements de sa voix. Mais je peux remplir ma mission.

— Sauf que cette fois, tu n'auras pas le droit à l'erreur, soldat. On risque tous notre vie.

— Tu crois que je ne m'en rends pas compte ?

— Ce que je veux dire, c'est que tu n'as pas pris le temps de réfléchir aux conséquences. Tu te crois vraiment prêt à empoisonner tes camarades, tes égaux ? À les regarder droit dans les yeux puis à les poignarder dans le dos ?

Un accès de culpabilité assaillit Sev, mais il refusait de se laisser décourager. Ce qu'ils s'apprêtaient à faire était terrible, certes, mais quel autre choix avaient-ils ? Et puis, s'il ne jouait pas son rôle, quelqu'un d'autre prendrait de toute façon sa place.

— Pourquoi n'arrives-tu pas à passer outre ?

— Outre quoi ? demanda Kade, décontenancé.

— Ma condition de soldat. Ce n'est pas ce que je suis au fond de moi.

— Parce que toi, tu passais outre avant de rejoindre l'armée, peut-être ? Tu t'es posé la question quand des centaines de militaires ont pris d'assaut la ferme de tes parents ?

— Tais-toi, gronda Sev. Je ne suis que ce que l'empire – ce que sa milice – a fait de moi. Un animage sans attache. Sans père, ni mère, nulle part où aller et personne à qui se fier.

Il jeta sa branche dans le feu, sauta sur ses pieds et enjamba le rondin avant de s'éloigner, exaspéré. Mais à peine avait-il fait deux pas que Kade se planta devant lui pour lui barrer la route.

— Ne va pas croire que tu es le seul ici à avoir souffert. Ou le seul animage à avoir perdu ses parents.

Le jeune soldat observa le visage du serviteur puis s'arrêta sur son torse qui se soulevait au rythme de sa respiration. La guerre avait-elle fait de Kade un orphelin aussi ? Avant que Sev ne puisse formuler sa question, cependant, le serf poussa un soupir irrité et reprit la parole :

— Le sort s'est peut-être acharné contre toi, mais sache que ceux qui croisent ton chemin ne te jugent qu'à l'aune de ce qu'ils peuvent voir. Qu'à la mesure de tes actes.

— Et que t'ont raconté mes actes, au juste ?

Kade haussa les épaules et se déroba. L'effort qu'il faisait pour garder son calme était flagrant : la tension de sa mâchoire et des muscles de son cou le trahissait. Il passa une main dans ses cheveux courts, puis coula au soldat un regard en biais.

— Que tu es un menteur, un égoïste et un inconscient qui se moque pas mal de notre cause.

Sev ne pouvait réfuter ces accusations. Il dissimulait son animagie depuis ses quatre ans et ne s'était préoccupé de personne d'autre que lui-même des années durant. Quant à ses deux tentatives d'évasion, difficile de faire plus irréfléchi. Auparavant, lui aussi avait eu en horreur ces facettes de sa personnalité, tout comme Kade. Mais Trix était venue tout chambouler. Aux yeux de l'ancienne espionne, ses défauts constituaient son plus grand potentiel. Elle avait su flairer ses capacités et voir les talents dissimulés derrière son sombre passé.

Il lui ressemblait, en somme.

— Ce n'est plus le cas désormais, mais au début, je me fichais de votre cause, c'est vrai, finit-il par admettre.

Cela allait même plus loin : il s'interdisait de s'en soucier. Tout s'avère beaucoup plus simple lorsqu'on ne prend rien à cœur – du moins était-ce alors son opinion. Sev avait passé tellement de temps à craindre de souffrir et de tout perdre de nouveau, qu'il en avait oublié que, sans but, la vie ne vaut pas la peine d'être vécue, ni même sauvée. Kade laissa retomber sa main contre son flanc.

— Qu'est-ce qui a changé, alors ? À part supplier, tu as tout fait pour être écarté du complot.

— Aucune idée. Je...

L'intéressé avala sa salive. Bien sûr, il culpabilisait d'avoir saboté la manœuvre initiale des serfs, gâché les calculs de Trix et fait punir Kade... Pourtant, ce n'était pas ce qui l'avait poussé à revoir sa position. Les circonstances étaient toujours les mêmes. Mais lui avait changé.

— Je ne pourrais pas te dire précisément en quoi la situation est différente. C'est comme ça, c'est tout. Je ne reviendrai pas sur ma décision, conclut-il en secouant la tête, la mine résolue.

Les traits empreints d'une expression étrange, à peine visible dans la lumière vacillante des flammes, le serf dévisageait le soldat. Était-il surpris que Sev se rebelle enfin ? À moins qu'il n'en soit ravi, peut-être ?

— Et toi ? demanda le militaire d'une petite voix. Au départ, tu me détestais. C'est toujours le cas ?

— Je ne t'ai jamais détesté, répondit aussitôt Kade.

Un peu trop promptement, d'ailleurs. Sev eut un petit rire forcé.

— Et c'est moi le menteur ?

Ignix, le premier phénix apparu dans le monde, était une femelle. Cirix un mâle. Tous deux étaient appariés et il en allait de même pour leurs Dresseuses.

Cirix était lié à Callysta, l'amante de Nefyra. Lorsque la maîtresse de l'oiseau mourut, ce dernier jura qu'il s'en irait la retrouver, ne serait-ce qu'un instant, puis qu'il renaîtrait de ses cendres pour se connecter à sa fille. D'âge en âge, il honora son serment et se lia à la descendance de Callysta, génération après génération.

D'Ignix, en revanche, on ne recense ni mort ni résurrection. La créature aurait cependant vécu tout le temps que dura le reinaume, jusqu'à la fondation de l'empire où l'histoire finit par perdre sa trace. D'aucuns pensent qu'elle a depuis élu résidence à Aura, dont elle hanterait les ruines d'or pour l'éternité.

En dépit de sa longue existence, elle ne s'est plus jamais liée à aucun Dresseur.

Les Phénix les plus célèbres de l'histoire, Darya Pyromaque,
12 ap. E.

L'union fait la force, voilà la vérité. Il y a bien sûr le lien du sang et celui de la magie, mais il ne faut pas oublier le plus puissant d'entre eux : le lien de l'amour.

CHAPITRE 28
VÉRONYKA

Paralysée, la jeune fille regarda Val s'avancer vers elle et les curieux s'écarter pour la laisser passer. Rien d'étonnant : même les montagnes, Véronyka n'aurait pas été surprise de les voir s'effacer devant son aînée. Ses doigts inertes lâchèrent l'arc. Quand son arme rencontra la terre battue, le choc se répercuta dans ses oreilles comme un écho venu d'un pays lointain.

Elle aurait voulu s'enfuir. Hurler. Arracher du visage de sa sœur cette expression froide et impassible.

— Je dois y aller.

Véronyka avait à peine remué les lèvres, mais c'était bien elle qui venait de prononcer ces quelques mots étouffés.

— Nyk ?

C'est à peine si elle entendit la voix de Tristan : elle avait déjà dépassé son ami pour franchir le portail du terrain d'entraînement et intercepter Val avant qu'elle puisse y entrer.

— Qu'est-ce que tu fais là ? grogna Véronyka entre ses dents en attrapant son aînée par le bras pour la tirer à l'écart.

La présence de Val la perturbait : ses traits familiers n'avaient pas leur place en ce lieu – le refuge que la cadette s'était trouvé. La tête emplie de tout ce que sa sœur lui avait fait subir, elle ne pouvait chasser de sa mémoire le regard effaré de Xéphyra qui s'accrochait à la vie. Le souvenir de l'empoisonnement de son phénix demeurait aussi frais dans son esprit que l'éclosion des fleurs au printemps, et l'atroce cruauté de la trahison qui l'accompagnait aussi âcre qu'un fruit pourri au fond de sa gorge.

— Je vais où j'en ai envie, Vér...

— Ne m'appelle pas comme ça !

Véronyka entraîna Val hors des limites de la forteresse puis à travers le village. Elle l'aurait reconduite ainsi jusqu'aux lacets de l'escalier taillé dans la falaise si, devant l'atelier désert des forgerons, l'importune n'avait pas fini par planter ses pieds dans le sol et refusé d'aller plus loin.

— Tu préfères Nyk ? C'est ça ?

Sous le choc, la jeune fille faillit faire un pas en arrière.

— Comment...

— Enfin, regarde-toi, répliqua Val, les yeux au ciel. Je l'ai deviné dès l'instant où je t'ai vue. Et puis, je te signale que ton camarade a déjà vendu la mèche.

Véronyka avait déjà oublié que Tristan avait en effet prononcé son nom d'emprunt quand elle l'avait laissé en plan sur le terrain d'exercice. Avoir abandonné son ami sans un regard souleva en elle une vague de culpabilité, mais elle était bien trop préoccupée pour s'y attarder. Elle regarda sa sœur : décidément, Val n'avait pas changé. Grande et belle, la tête haute, qu'elle porte des guenilles importait peu. Distante, elle paraissait aussi insensible qu'à son habitude.

— Comment m'as-tu retrouvée ? voulut savoir Véronyka. Et qu'est-ce que tu veux ?

— C'est qui, ce garçon ? se contenta de demander son aînée avec un geste du menton vers les murailles.

— Personne, répondit Véronyka aussi sec.

Un peu trop vite, sans doute, car Val éclata d'un rire cristallin qui donna la chair de poule à sa cadette.

— Oh, voyons sœurette... Libre à toi d'enfouir tes sentiments, mais tu sais bien que tu ne pourras jamais vraiment me les cacher.

Tu n'avais pas oublié, tout de même ?

Véronyka recula d'un pas mal assuré. Vite, renforcer les remparts de son esprit, boucher le moindre interstice entre les pierres. Les semaines précédentes, loin de Val, elle s'était permis de baisser sa garde pour la première fois de sa vie. La barricade de ses pensées lui semblait à présent bien mince, comme si failles et crevasses s'y étaient multipliées dès qu'elle avait commencé à en négliger l'entretien.

— Tu ne m'as toujours pas dit ce que tu voulais, ni ce que tu faisais là.

La visiteuse haussa les épaules, comme si une telle question ne valait pas la peine d'être posée.

— Je suis revenue pour toi, finit-elle pourtant par répondre.

Revenue ? Qu'entendait-elle donc par là ? C'était absurde. Délirait-elle au point d'imaginer que sa présence ferait du bien à Véronyka ? Que sa cadette avait encore besoin d'elle ?

— Tu es ma sœur, ma famille, ajouta Val d'une voix dénuée de son mépris coutumier. J'irais au bout du monde pour toi, je ferais n'importe quoi. Tu en es consciente, j'espère.

Véronyka ne le savait que trop bien. « N'importe quoi », le terme était approprié : son aînée ne connaissait en effet aucune limite et justifiait n'importe quel comportement, aussi curieux ou dangereux soit-il, au nom de sa prétendue supériorité. Un fardeau que la plus jeune des sœurs, épuisée, n'en pouvait plus de porter.

— Bon, soupira-t-elle, maintenant que tu es là, je te repose la question : qu'est-ce que tu veux ?

Mal à l'aise et un peu raide, Val croisa les bras. Une drôle d'idée traversa soudain l'esprit de Véronyka. Son aînée serait-elle venue… s'excuser ? Était-il possible qu'elle regrette ses actes et veuille tenter d'arranger les choses ? La rousse au tempérament de feu posa soudain une main sur l'épaule de sa petite sœur.

— Je sais qu'on aurait pu se quitter en meilleurs termes, commença-t-elle par dire. Mais ce qui est fait est fait.

Et non, pas d'excuses en vue. Véronyka se dégagea et s'écarta d'un bond.

— En meilleurs termes ? répéta-t-elle d'une voix chevrotante.

Après le choc de l'arrivée de Val, détresse et sentiment de trahison refaisaient surface… Tous ses démons la rattrapaient. À cette pensée, la tête lui tourna. En face d'elle, sa sœur rouvrait déjà la bouche.

— Tu m'en veux encore de m'être débarrassée de ton...

— Débarrassée ? s'étrangla Véronyka, la gorge serrée, tant prononcer ce mot lui coûtait. On était liées, Xéphyra et moi !

Le visage crispé, les narines dilatées, Val inspira lentement et prit un air posé, comme si sa sœur n'était qu'une enfant déraisonnable en plein caprice, et elle, l'adulte qui s'efforçait de faire preuve de patience. La cadette balaya les environs du regard – elle n'aurait pas dû crier aussi fort. Par chance, il n'y avait personne dans les parages. Si voix et rires lui parvenaient de la prairie qui s'étendait au-delà des portes du village, où tout le monde s'était rassemblé, le petit bourg en lui-même était plongé dans le silence. Malgré tout, il lui fallait à tout prix se canaliser... et surtout réussir à convaincre Val de se maîtriser.

— Écoute, Nyka, on n'a pas le temps pour ce genre de dispute, reprit cette dernière. J'ai besoin de toi à mes côtés. Ensemble, on s'en sort mieux, on est plus fortes.

Sa cadette l'écoutait, au comble de l'exaspération. Comment Val pouvait-elle être convaincue de ce qu'elle racontait ? Durant les semaines précédentes, Véronyka avait découvert ce qu'était vraiment l'amitié, ce qui pouvait pousser deux étrangers à travailler ensemble, à s'entraider. Leur relation à elles n'y avait jamais ressemblé et n'y ressemblerait jamais.

En relevant la tête, elle s'aperçut que son aînée la dévisageait d'un regard dur.

— Avec moi, tu peux être toi-même. Ici, tu as sacrifié tes tresses et oublié qui tu étais pour te faire passer pour... pour quoi, d'ailleurs ? Une espèce de paysan ?

— Je suis moi-même, insista Véronyka en tâchant de rester calme. Je n'ai rien oublié. D'ailleurs, il n'y a rien de honteux à se faire passer pour un homme. Malka la Sage l'a bien fait, elle. Elle aussi s'est bandé la poitrine et a coupé ses nattes. (Val leva les yeux au ciel, mais sa cadette ne lui laissa pas le temps de répliquer.) Et puis, je ne suis pas un simple paysan, je suis garçon d'écurie

— Garçon d'écurie ? Tu m'as donc abandonnée, moi, ta seule famille au monde, dans le but de t'installer dans ce trou et y vivre dans le mensonge, en t'abaissant au rang de vulgaire domestique ?

— Et alors ? répliqua Véronyka en haussant de nouveau le ton. Il y a bien pire que de servir des gens que l'on respecte, pire que de devoir faire ses preuves en attendant que…

— Que quoi, *xe* Nyka ? Tu penses que je ne suis pas au courant de ce qui se trame ici ? Que je ne me suis pas renseignée ? Que je n'ai pas sondé les esprits comme les cœurs, et compris dès le moment où j'y ai mis les pieds le fonctionnement de ce que ces arrogants ont la prétention de considérer comme un foyer de résistance ? Aucune Dresseuse et une dizaine de Maîtres : la moitié des effectifs sort tout juste de l'enfance quand les autres sont déjà ridés par la vieillesse. Ils n'ont même pas d'œufs ! Sans œufs, pas de phénix. Pas d'avenir.

Vexée de voir sa sœur aussi bien informée en si peu de temps, Véronyka tremblait de frustration.

— Je ne serais pas là à attendre un œuf de phénix si tu n'avais pas assassiné Xéphyra.

Val serra puis desserra frénétiquement les poings, les traits déformés par la colère, puis elle se retourna tout à coup, comme prête à frapper ce qui lui tomberait sous la main. Cependant, une profonde inspiration suffit à l'apaiser, et bientôt la ligne de son dos – inflexible jusque-là – se détendit. Elle jeta un regard par-dessus son épaule.

— S'il en avait été autrement... Je veux dire, en d'autres circonstances...

— En d'autres circonstances, l'interrompit Véronyka, je serais devenue Dresseuse.

Étrangement, la rage qu'elle éprouvait sembla soudain se dilater dans sa poitrine pour tournoyer et tourbillonner, telle une paire d'ailes déployées. La frimousse de Xéphyra jaillit dans son esprit, mais la jeune fille repoussa toutes les sombres pensées que le souvenir de son phénix éveillait en elle, de peur de s'y noyer.

— Sauf que je n'ai pas eu cette chance, conclut-elle.

— Tout va bien, Nyk ?

L'intéressée fit volte-face. Tristan se trouvait à quelques mètres derrière elles et approchait d'un pas hésitant. Qu'avait-il entendu de leur conversation ? Son expression paraissait plutôt sereine, malgré une certaine appréhension : vu l'attitude des deux jeunes filles, il était clair qu'elles étaient en plein milieu d'une dispute. Même si l'idée que son ami soit à la merci de Val lui était insupportable, Véronyka s'obligea à répondre.

— Oui, oui, aucun problème. Je te présente ma sœur, Val. Val, voici Tristan, l'un des apprentis.

Le nouveau venu hocha la tête et, les sourcils légèrement froncés, ne put s'empêcher de dévisager les deux sœurs. Véronyka devait bien admettre qu'elles ne se ressemblaient pas du tout, aussi ne pouvait-elle que prier pour que son aînée ne rencontre jamais ni Beryk ni Elliot.

Val, elle aussi, observait Tristan, sans doute afin d'évaluer sa valeur et de décider en quoi il pourrait lui être utile.

— Pourquoi les filles ne sont-elles pas autorisées à devenir Dresseuses ? finit-elle par lâcher sans préambule.

Sa cadette ferma les paupières le temps de ravaler un grognement.

— Hmm… Eh bien…

L'apprenti jeta un bref coup d'œil à Véronyka, comme s'il cherchait à deviner ce qu'elle avait révélé à sa sœur.

— Au début, on manquait d'œufs, expliqua-t-il. On a donc été obligés de se montrer, euh… sélectifs.

Concentrée, Val inclina la tête. Véronyka la sentit aussitôt projeter son pouvoir vers Tristan – elle la voyait presque fouiller à tâtons dans l'esprit de sa proie. Se retrouver témoin d'une telle violation des pensées d'autrui la rendait malade. Pire encore, elle était dans l'impossibilité d'y mettre un terme !

— Mais vous avez bien des phénix femelles, non ? souffla la puissante ombremage comme pour elle-même, si absorbée par ses recherches qu'elle en oubliait toute prudence.

— Dans des cages de reproduction, oui, répondit l'apprenti.

— « Des cages de reproduction. »

L'intonation monocorde de Val ne présageait rien de bon, pas plus que ses iris qui brillaient d'une lueur frôlant l'hystérie.

— Tu veux bien nous laisser un instant ? bredouilla Véronyka à l'adresse de Tristan.

Si ce renvoi précipité parut le blesser, le jeune homme se contenta de hocher la tête. Son amie aurait aimé lui expliquer qu'elle l'éconduisait dans son propre intérêt, qu'elle tentait de le protéger… Malheureusement, elle n'avait rien d'autre à lui offrir qu'un sourire encourageant.

— Ravi d'avoir fait ta connaissance, dit-il à Val.

Puis, les mains dans les poches, il fit demi-tour et prit la direction de la forteresse. Véronyka le regarda partir, le cœur serré de l'avoir privé toute la journée de ses autres amis pour le laisser tomber au beau milieu des festivités.

— Alors comme ça, ces rustres séquestrent les femelles ? cracha sa sœur indignée, la respiration saccadée. Tu ferais bien de surveiller tes arrières, *xe* Nyka. S'ils découvrent que tu es une fille, tu pourrais bien te retrouver toi aussi derrière les barreaux. Quelle impudence de leur part… Ignix elle-même pourrait se trouver parmi ces pauvres prisonnières.

Les livres d'histoire référençaient la mort de la plupart des phénix de renom, mais pas celle d'Ignix. Le mystère qui planait souvent autour de ces oiseaux faisait partie des raisons pour lesquelles ils étaient souvent traités comme des êtres sacrés : leurs identités passées restaient toujours obscures, tout comme le nombre de siècles qu'ils avaient vécu.

— Je doute qu'ils aient capturé et enfermé le phénix originel, répliqua malgré tout Véronyka d'un ton las.

Elle avait beau haïr les cages de reproduction autant que sa sœur, la paranoïa de Val la fatiguait.

— Et même si c'était le cas, reprit la cadette, j'imagine qu'Ignix se serait manifestée, qu'elle aurait fait en sorte qu'on la reconnaisse.

— Peut-être a-t-elle peur. Peut-être le monde a-t-il trop changé à son goût.

La puissante animage avait parlé dans un étrange murmure. Mais devant l'expression perplexe de sa petite sœur, elle s'éclaircit la gorge avec un haussement d'épaules, avant de poursuivre :

— Ou peut-être n'est-elle pas là, d'accord. N'empêche qu'on n'enferme pas un phénix et on ne l'oblige pas à se reproduire, pas plus qu'on le ferait avec une reine.

Au loin, la cloche sonna l'appel au banquet. L'obscurité, qui se répandait comme une tache d'encre sur le papier, enveloppait peu à peu les deux jeunes filles. Une multitude de villageois apparut bientôt : ils avançaient dans leur direction, en route vers la grande salle. Tous riaient et chantaient dans la pénombre de plus en plus épaisse.

Une fois les derniers badauds disparus au coin de la rue, Val se retourna vers sa sœur.

— Qu'est-ce qui te retient ici, *xe* Nyka ? (Elle s'efforçait de masquer le dégoût et la déception qui pointaient dans sa voix, sans succès.) Tu vois bien la manière dont il traite la gent féminine. Ta poitrine finira par se développer un jour, tu sais.

Sans délicatesse aucune, elle jaugea les seins comprimés de sa cadette, qui restaient menus avec ou sans tissu pour les bander.

— Que se passera-t-il quand tu ne pourras plus te faire passer pour Nyk ? insista Val. Tu penses qu'ils t'accepteront et qu'ils relâcheront les femelles ? Tu ne t'imagines quand même pas qu'ils vont te confier l'un de leurs précieux œufs ? À toi, une fille ? Une menteuse, qui plus est ? J'ose espérer que tu n'es pas assez bête pour y croire.

Véronyka ne sut quoi répliquer. Le temps d'un battement de cils, cependant, son regard s'égara du côté de la forteresse, où Tristan avait dû prendre place parmi l'assemblée pour profiter du bon vin, de la bonne chère et des divertissements. Val comprit d'emblée.

— Tu comptes sur lui pour te sauver ? Un simple apprenti ?

— C'est aussi le fils du commandant. Il sera bientôt chef de patrouille et, un jour, c'est lui qui tiendra les rênes du Nid. Il m'a promis de faire tout son possible pour m'aider à rejoindre les Dresseurs.

— Non, c'est à Nyk qu'il a fait cette promesse. À Nyk, le pauvre garçon d'écurie sans ressources, pas à Véronyka, la menteuse éhontée.

L'intéressée sentit son cœur se serrer.

— Je ne mens pas sur qui je suis.

Ce n'était pas tout à fait vrai, elle le savait. Si son caractère restait le même, elle dissimulait néanmoins à Tristan une partie de son être : sans même parler de son sexe, il ignorait tout de son don d'ombremagie ou de son lien brisé – ou plutôt arraché – avec un phénix.

— Il n'est pas comme le commandant, continua-t-elle malgré tout. Il déteste ces cages autant que l'idée de refuser aux filles ou aux moins fortunés la possibilité de devenir Dresseurs. Il est différent.

— Serais-tu aveuglée par tes sentiments au point de ne pas voir le ridicule de ton analyse ? cracha Val. Ton Tristan n'héritera pas de son père avant dix ou quinze ans – et encore, si la chance te sourit. Es-tu vraiment prête à attendre aussi longtemps ? Sans compter que le fait qu'il n'apprécie pas certaines pratiques ne signifie en rien qu'il aura un jour le pouvoir d'y changer quoi que ce soit. Il devra toujours rendre des comptes aux autres Dresseurs – lesquels défendront leurs propres ambitions et leurs propres causes. Ces guerriers de pacotille ne sont pas de notre côté, Véronyka.

— À t'entendre, personne n'est avec nous, riposta sa sœur. Tu détestes l'empire, et voilà que tu détestes aussi les Dresseurs... Mais alors, qui nous reste-t-il, Val ? Qui ?

— Nous-mêmes, Nyka. Je suis là pour toi. Et tu es là pour moi.

Ces dernières paroles résonnèrent dans le silence qui s'installa entre elles. Une fois encore, la cadette ne trouva rien à répliquer. Val était sa famille, la seule qu'elle ait jamais eue. Avant que Véronyka ne rallie le repaire des Dresseurs, elle aurait pu mourir que personne au monde, hormis son aînée, ne s'en serait soucié ni ne l'aurait même remarqué.

Malgré tout, elle espérait à présent ajouter au moins un nom à la liste de ceux qui s'inquiétaient pour elle.

— J'ai un cadeau pour toi, reprit soudain Val.

Véronyka réprima un frisson et recula d'un pas en repensant au dernier présent que lui avait offert sa sœur : un œuf de phénix.

— Garde-le, je n'en veux pas.

Quoi que ce soit, il était hors de question pour elle – impensable, même – de l'accepter. Val avait-elle trouvé de nouveaux œufs ? Qu'importe, Véronyka n'était pas sûre de vouloir se risquer à traverser une nouvelle tragédie. Jamais elle n'y survivrait.

—Allez, Nyka, répondit l'aînée. Je te demande juste de me suivre.

Rien de plus facile, semblait-elle signifier de sa voix à la fois ferme et enjôleuse. Il suffisait d'obéir… Mais, non, sa sœur ne se laisserait plus mener à la baguette.

—Je n'irai nulle part avec toi. Cet endroit me plaît et j'ai bien l'intention d'y rester.

—Allez, viens avec moi… s'il te plaît.

Val n'avait pas pu s'empêcher de retrousser les lèvres. À croire que ces quelques mots lui avaient laissé sur la langue un goût amer. Malgré tout, son ton se fit bientôt plus pressant, à la limite de la panique.

—Viens, Véronyka, il n'y a pas de temps à perdre.

—J'ai dit non, répondit l'intéressée, pourtant interloquée par l'urgence qui pointait dans la voix de sa sœur.

Tout à coup, un flot de musique en provenance de la forteresse s'éleva au-dessus du vacarme des festivités et vint accompagner les rires et les conversations étouffées qui flottaient déjà dans la nuit.

—Tu préfères rester ici ? s'obstina Val. Accorder ta confiance à des hommes prêts à t'asservir et à t'humilier plutôt que de partir avec moi ? Pourquoi ?

—Tu connais la réponse. Ma confiance, tu l'avais… et tu l'as trahie.

Véronyka frémissait d'une rage à peine contrôlée. Comment Val osait-elle se prétendre triste et meurtrie face à elle, la véritable victime ?

—On peut devenir Dresseuses par nous-mêmes, sans avoir à quémander la permission, insista l'aînée, les yeux brillants d'excitation. Pas de règles, pas d'attente ! Rien que toi et moi.

— Sauf qu'il y en aurait des règles, Val : les tiennes. De toute façon, admettons qu'on réussisse. Et après ? On vivra en marge pour l'éternité ? On fuira les autres Dresseurs, juste parce qu'ils ne sont pas de notre famille ? C'est ce qu'on a fait toute notre existence et je n'en peux plus. Je veux appartenir à une communauté… Je veux faire partie des Dresseurs, pas juste devenir Dresseuse toute seule dans mon coin.

— Tu ne seras pas toute seule, murmura l'autre. Tu m'auras, moi.

Ses traits s'étaient adoucis et son discours, jusque-là enflammé, semblait plus hésitant. Val laissait percevoir une certaine vulnérabilité. Pourtant, cette fausse fragilité, cette faiblesse feinte ne réussit qu'à attiser la colère de Véronyka.

— On a déjà essayé, tu te souviens ? On a déjà tenté de faire bande à part, et vois le résultat ! Tu m'as donné ce que je désirais le plus avant de me l'enlever aussi sec, rien que pour me prouver que tu en avais le pouvoir. Pour affirmer ton autorité. Alors, laisse-moi te reposer la question : qu'est-ce que tu fais là ? Tu prévois un nouvel assassinat ? Tristan ? Le commandant ? Tu comptes me dépouiller du moindre espoir une fois pour toutes ?

— Si je suis venue, c'est pour te donner…

— Je n'en veux pas, Val ! Je ne veux plus rien de toi ! hurla Véronyka avant de faire volte-face et de se sauver vers la forteresse.

Impossible de calmer l'ouragan de ses pensées ou d'apaiser son cœur agité, qui tressautait dans sa poitrine. Elle devait mettre le plus de distance possible entre elle et sa sœur – entre elle et la réalité.

Mais à peine eut-elle franchi les portes de la place forte qu'elle s'arrêta net. Tristan se tenait là, adossé au mur à côté de l'entrée de la grande salle, comme s'il l'attendait.

— Nyk !

Il s'apprêtait à rejoindre la jeune fille, mais s'immobilisa dès qu'il vit son expression.

— Que se passe-t-il ?

Avant d'avoir pu répondre, elle entendit des pas qui crissaient dans son dos. Ainsi donc, Val l'avait suivie. Tristan posa sur la nouvelle venue un œil dur et suspicieux. Véronyka mourait d'envie de s'abandonner à l'élan protecteur qu'elle lisait dans le regard de son ami, de se fier à la bienveillance qui émanait de lui – sans avoir à la redouter, comme avec sa sœur.

— Vous venez manger avec nous ? demanda l'apprenti.

Regardant les deux filles tour à tour, il s'était rapproché de son amie. Val se remit à parler, mais sa cadette ne l'écoutait pas. Autour d'elle, le monde venait de plonger dans le silence quand tout à coup, un raz-de-marée d'émotions la heurta de plein fouet – des émotions qui ne lui appartenaient pas. Sous le choc, elle tituba, puis tenta de démêler son ressenti personnel du flux de sentiments mêlés qui l'envahissait. Peur, colère, confusion… Elle crut d'abord que ce tourbillon venait de Val, ou peut-être de Tristan. Mais en se tournant vers eux, elle sut qu'il n'en était rien. Sans qu'elle comprenne pourquoi, ces sensations étrangères lui semblaient étrangement familières. Fébrile, elle pivota sur elle-même pour ratisser du regard les recoins sombres de la cour. Dès qu'elle y projeta ses pouvoirs, un cri strident aussi farouche que redoutable déchira la nuit.

Aussitôt après, une succession d'exclamations s'éleva du chemin de ronde. Les gardes postés sur les remparts pointaient du doigt le ciel, ou plutôt... la silhouette embrasée d'un phénix ! La créature survolait la forteresse en cercles irréguliers, se rapprochant peu à peu de la cour. Véronyka sentit qu'on la tirait par le bras, qu'on tentait de la faire reculer, mais elle refusa de bouger.

La trajectoire de l'oiseau lui donnait le vertige – ou était-ce la tornade d'émotions qui continuait de se déchaîner en elle ? Une onde de forte chaleur balaya bientôt la cour, et une seconde plus tard, le phénix se posait sur les pavés, à quelques pas seulement de la jeune fille. La majestueuse créature agita une dernière fois ses ailes puissantes dans une pluie d'étincelles.

Encore jeune, d'une carrure qui rivalisait avec celle des âmes sœurs de la plupart des Apprentis Dresseurs –, le phénix arborait une livrée écarlate bordée d'un violet profond qui chatoyait à la lumière des torches. Des traînées de flammes brillaient comme des coulées de lave le long de ses plumes. Ses yeux, semblables à deux puits d'obscurité ourlés de feu, se posèrent sur Véronyka et soutinrent son regard.

Un hoquet de stupeur franchit les lèvres de la jeune fille, qui tomba à genoux.

Xéphyra.

Onzième jour de la cinquième lune, 170 ap. E.

À l'intention de Son Altesse Royale, la princesse Phéronia, et du conseil des gouverneurs,

Par la présente, moi, Avalkyra Pyromaque, Reine couronnée de plumes et souveraine légitime de l'empire, revendique officiellement le trône qui me revient de droit.

Moi qui n'ai jamais agi que dans l'intérêt de ma famille et, bien sûr, de mes sujets, suis désolée au plus haut point de me savoir accusée de trahison et d'assassinat.

Je m'en viendrai donc à Aura Nova dans une semaine, afin de traiter des termes de mon ascension. Je laisserai à chacun la liberté de négocier sa position dans mon nouveau régime, mais ne l'oubliez pas : j'ai pour moi les forces de Ferro, de Pyra et des Dresseurs de phénix.

Sa Majesté Avalkyra Pyromaque

P.-S. : Tous mes vœux de bonheur pour votre dix-huitième anniversaire, princesse.

Mais gare à qui l'on s'attache – ces liens, une fois noués, ne se laissent pas défaire aisément.

CHAPITRE 29
VÉRONYKA

Les yeux de Véronyka avaient beau refuser d'y croire, aucun doute n'était permis : il s'agissait bien de son phénix – elle le sentait au plus profond de son être. La porte de son refuge mental s'était ouverte à la volée et les scènes passées inondaient désormais son esprit. Mais si dans ces souvenirs, Xéphyra était encore assez chétive pour être portée, la créature aux serres acérées qui se tenait à présent devant la jeune fille avait presque la taille d'un poney et l'envergure de ses ailes était aussi large que la cabane qui l'avait vu naître.

Et renaître. Car oui, Xéphyra était revenue. Les efforts de sa maîtresse n'avaient pas été vains, en fin de compte. Sans qu'elle ne se l'explique, son phénix avait fini par rejaillir du tas de cendres froides qu'elle avait laissé derrière elle. Bien que l'oiseau ait grandi de manière considérable durant leur séparation, le lien qui les unissait demeurait toujours aussi fort et revint pleinement à la vie dès l'instant où leurs regards se croisèrent – tel un fagot de brindilles jeté sur les braises encore chaudes d'un foyer tout juste étouffé, la connexion entre Véronyka et son animal s'était remise à crépiter. Bientôt, choc et prise de conscience embrasèrent jusqu'à l'âme de l'animage.

Xéphyra n'était pas en reste. Les flammes lui léchaient le corps et ondoyaient le long de son plumage. Leur ardeur les faisait rayonner d'un bleu vif. Pourtant, ce brasier, loin de traduire le bonheur des retrouvailles, manifestait l'imminence d'un péril.

La jeune fille jeta un coup d'œil par-dessus son épaule. Sans qu'elle le remarque, une foule de spectateurs s'était rassemblée dans la cour. Apprentis, domestiques et villageois se pressaient à l'entrée de la grande salle, sans doute arrachés à leur festin par les cris perçants de Xéphyra. Les gardes de la forteresse étaient présents eux aussi. Descendus des remparts, arcs et lances parés, ils tenaient en joue la bête qui venait de surgir.

Un spasme de terreur – la sienne ou celle de son phénix, difficile de faire la distinction – poussa Véronyka à se remettre debout. Des centaines de pensées tourbillonnaient dans son esprit, chacune dans un sens différent, et la réapparition inopinée de son âme sœur n'arrangeait rien à la confusion qui régnait dans son esprit.

Serrant les dents, la jeune fille s'efforça de se concentrer. Xéphyra était en danger – l'oiseau l'avait compris et adopta une attitude défensive, ce qui ne fit qu'aviver la menace qui planait sur lui. Quand ils n'étaient pas liés à un être humain, les phénix pouvaient se montrer imprévisibles, voire violents. Conscients des risques, les gardes ne baisseraient pas leurs armes. Un seul faux pas et la situation pouvait vraiment très mal tourner.

Véronyka devait trouver le moyen de calmer Xéphyra. Une fois la créature amadouée, les sentinelles se retireraient et tout danger immédiat serait alors écarté.

La jeune fille avança d'un pas prudent vers son âme sœur, puis étendit ses mains et ses pouvoirs.

— Nyk, non !

Si elle discerna le cri de Tristan, il semblait venir de très loin, comme l'écho d'une autre vie. En un sens, c'était un peu le cas. Le jeune apprenti n'existait que dans le monde de Nyk, or Nyk n'avait pas de phénix. Véronyka, elle, se trouvait ailleurs. Face à Xéphyra tout juste ressuscitée, rien d'autre ne comptait que l'instant présent et ses craintes pour la vie de l'oiseau.

Lorsque l'animage entra enfin en contact avec l'esprit de son phénix, elle ne put s'empêcher de vaciller : sans que rien n'ait vraiment changé, leur univers commun lui sembla briller d'une étrangeté nouvelle. Un peu comme une maison d'enfance désormais habitée par une autre famille, où chaque chose paraîtrait à sa place tout en étant incroyablement différente. La survie du lien qui les unissait avait beau tenir du miracle, il était évident que ce détour par la mort avait bouleversé la substance de leur connexion.

Xéphyra demeurait elle aussi aux aguets, déroutée par leurs retrouvailles. Dans les pensées de l'animal, Véronyka visualisait sans cesse des souvenirs d'elle-même – ses longues tresses noires, la petite cabane, leur paillasse posée à même le sol. Saisissant la balle au bond, la jeune fille s'empara de ces images.

Oui, c'est moi, lui dit-elle, en portant une main à la poitrine. Quand l'oiseau pencha la tête de côté d'un air hésitant, sa maîtresse en eut les larmes aux yeux. *C'est moi.*

Véronyka avait beau remarquer le remue-ménage qui l'entourait – les corps qui se bousculaient, les pieds foulant les pavés –, elle repoussa toute distraction extérieure. Seuls importaient Xéphyra et leur lien. Encore frêle et fragile, il se renforçait à mesure qu'elles continuaient à se jauger du regard. Pourtant, malgré les efforts de la jeune fille pour lui transmettre un torrent de pensées apaisantes et d'émotions réconfortantes, l'oiseau refusait de se tranquilliser, les plumes du cou hérissées. Son instinct lui commandait de rester en état d'alerte et l'agitation qui régnait dans la cour n'était pas pour calmer ses peurs.

— Éloigne-toi, petit !

La voix du commandant, qui éclata comme sur un champ de bataille, déconcentra Véronyka. S'ensuivit une sorte de raclement métallique qui lui donna des frissons. Cherchant à identifier la source du bruit, elle tendit le cou et repéra deux gardes qui tenaient déployée une espèce de drap maillé de fer à l'aspect graisseux.

Un filet.

— Non… pitié.

Avant que Véronyka n'ait pu faire ou ajouter quoi que ce soit, Xéphyra perdit tout contrôle. L'oiseau se cabra et une vague de chaleur et d'étincelles balaya la foule. La jeune fille enfouit aussitôt son visage au creux de son bras, médusée par la chaleur infernale. Au fond de la cour, quelques brins de paille et quelques fanions prirent feu. Pour s'éviter le même sort, les curieux effarés s'étaient écartés et baissés comme un seul homme, telles de hautes herbes sous le vent. Tristan, qui se trouvait au premier rang, avait tenté d'attraper Véronyka, mais les flammes envoyées par Xéphyra l'avaient contraint à reculer. Non loin, Val ne perdait pas une miette du spectacle. Une lueur de démence dans les yeux, elle semblait exaltée, enthousiaste, même.

Un élan de haine s'empara soudain de Véronyka. Sa sœur avait-elle quelque chose à voir avec ce désastre ? Était-elle au courant que Xéphyra était revenue à la vie ?

Lorsque Cassian se remit à brailler des ordres, Val cilla, revenant brusquement sur terre. De l'avant de la mêlée où elle se tenait, elle lança un dernier regard à sa cadette, puis se laissa emporter par la cohue jusqu'à disparaître dans la masse des corps agglutinés. Craignait-elle ce qui allait se passer à présent que le commandant prenait la situation en main ? Ou bien avait-elle senti la rage de sa sœur et compris qu'elle en était la cible ?

— Nyk, va-t'en… C'est dangereux ! cria Tristan qui s'avança de nouveau vers Véronyka. Écarte-toi du…

Sa phrase restée en suspens, il leva soudain la tête vers le ciel. Une seconde plus tard, Rex fendait la nuit et son cri se répercutait dans toute la forteresse. Les phénix n'étaient pas censés quitter le Nid d'Azurec à moins d'être appelés. Or, il était clair que Tristan ne l'avait pas sollicité. Mais avant que l'apprenti ait eu le temps de réagir, son oiseau était rejoint par un deuxième, puis un troisième comparse. Bientôt, l'air resplendit des traînées de feu qu'ils laissaient dans leur sillage.

Véronyka se raidit. S'ils venaient sans doute pour soutenir Xéphyra – les phénix n'aimaient pas qu'on s'en prenne à leurs semblables –, leur arrivée ne faisait qu'aggraver la situation. En effet, leur présence attisait les émotions déjà exacerbées de la créature assiégée qui, en réponse aux piqués et aux envolées de ses congénères, exhala soudain une nouvelle bouffée de chaleur et de flammes.

Xéphyra, non ! hurla sa maîtresse dans son esprit, saisie de panique à la vue des gardes qui s'étaient rapprochés. *Calme-toi, et tout ira bien. Il faut juste que tu te cal…*

Trop tard, la créature avait perdu tout sang-froid. Se cabrant de nouveau, elle voulut reculer pour échapper à ses assaillants, mais percuta le mur d'une petite remise dans sa précipitation. Les tonneaux qui y étaient entassés s'écrasèrent au sol et une partie de la charpente s'embrasa. Si Véronyka ne parvenait pas à maîtriser Xéphyra, la forteresse allait être réduite en cendres !

Soudain, un sifflement se fit entendre et une flèche fusa à quelques centimètres du crâne du jeune phénix. La provocation avait beau n'être destinée qu'à l'effrayer pour l'éloigner des bâtiments, sa maîtresse se tétanisa d'un seul coup, glacée d'épouvante. Retenant son souffle, elle vit un deuxième trait fendre l'air et, enfin, un troisième, qui dévia légèrement de sa trajectoire pile au moment où Xéphyra s'avançait d'un pas timide. Si la pointe de métal ne fit que lui égratigner l'aile avant de poursuivre sur sa lancée, un hurlement retentit pourtant… sortit tout droit de la gorge de Véronyka. La jeune fille tomba à genoux pour la seconde fois, mais un bras vigoureux se glissa autour de sa taille et la souleva pour l'entraîner en arrière.

— Non ! cria-t-elle.

Repoussant Tristan, elle se remit debout tant bien que mal. Ses yeux effarés passèrent en un éclair de Xéphyra aux armes brandies des gardes, puis aux phénix dans le ciel, avant de revenir sur les flammes qui léchaient le sol ici et là.

— Non, non... Arrêtez !

Et tout le monde obéit.

L'assistance entière se figea l'espace d'un instant aussi curieux qu'infinitésimal, juste assez long pour permettre à Véronyka de se rendre compte qu'elle s'était servie de son ombremagie. Pour contraindre ses semblables. Les contrôler.

Cette prise de conscience provoqua chez la jeune fille un séisme intérieur. Enfin, comme délivrée d'une transe collective, la foule relâcha sa respiration. Personne ne sembla avoir remarqué ce qui venait de se passer... Personne, sauf Val, qui dévisageait sa petite sœur comme si elle la voyait pour la première fois.

Mais Véronyka n'avait pas le temps de se soucier de son aînée. Elle fit volte-face, cherchant Xéphyra du regard. Bien que son plumage continue de siffler et de crépiter sous l'effet de la chaleur, la créature demeurait immobile, encore sous l'emprise de la magie.

La gorge de sa maîtresse se serra. Selon toute vraisemblance, elle venait non seulement de contraindre des hommes, des femmes et des enfants, mais aussi un phénix, son phénix – une extrémité à laquelle elle s'était toujours interdit de recourir.

Portée par un coup de vent, une odeur âpre d'acier se répandit soudain dans l'air. Le filet de mailles fusa au-dessus de la tête de Véronyka et s'abattit sur son âme sœur dans un fracas métallique qui retentit aux quatre coins de la cour. La créature battit des ailes avec la force du désespoir, s'attaquant aux mailles à coups de bec. Rien n'y fit.

La jeune fille se jeta bien en avant pour lui venir en aide, mais ce mouvement trop brusque fit apparaître et danser une myriade de taches devant ses yeux. Puiser autant dans ses pouvoirs l'avait vidée de toute énergie. Elle tituba puis percuta Tristan, sur qui elle s'appuya pour ne pas perdre l'équilibre. Espérant apercevoir Xéphyra par-dessus la masse des gardes qui l'entouraient, Véronyka se hissa sur la pointe des pieds.

— Où est-ce qu'ils l'emmènent ?

La mine sombre, l'apprenti détourna les yeux.

— Où est-ce qu'ils… Commandant ! appela la jeune fille en se détachant de son compagnon.

Le père de Tristan traversait déjà la cour – ni une, ni deux, elle se lança à sa poursuite. L'homme se retourna à son appel, puis hocha la tête comme s'il s'attendait à la voir là.

— Parfait, dit-il.

Son regard s'éleva ensuite au-dessus de l'épaule de Véronyka pour se poser derrière elle, sur son fils.

— Venez avec moi, tous les deux, ajouta Cassian.

La jeune fille aurait préféré rester auprès de son phénix, mais seul le commandant pourrait répondre aux questions qui lui brûlaient les lèvres. Malgré tout, elle sentait les battements de son cœur accélérer à mesure qu'elle s'éloignait de son âme sœur.

Les Dresseurs avaient capturé Xéphyra uniquement parce qu'ils la jugeaient dangereuse. Ils la libéreraient dès qu'elle aurait retrouvé son calme. Véronyka avait beau vouloir s'en convaincre, elle suffoquait. La porte de la pièce où les avait conduits le commandant – son bureau – venait à peine de se refermer que la jeune fille prit la parole.

—Qu'est-ce qu'ils vont faire d'elle ?

Elle courut à la fenêtre pour observer la cour en contrebas, d'où montaient des effluves de bois calciné et le son de balais et de pelles à la tâche.

—Dites-moi où ils l'emmènent, insista-t-elle.

Ce n'est que lorsque Cassian haussa les sourcils, dérouté, que Véronyka comprit : il ne savait pas. Personne n'avait encore saisi. Son pouls s'accéléra de nouveau. Dans leur esprit, Xéphyra n'avait pas d'âme sœur, ce n'était qu'une femelle sauvage. Quant à Nyk, c'était un simple garçon d'écurie qui s'était retrouvé pris entre deux feux.

—Ce phénix est une femelle ?

Tristan avait posé la question en regardant d'abord son père, puis Véronyka. C'était une femelle, en effet… Or, la jeune fille ne savait que trop bien le sort qui leur était réservé au Nid d'Azurec.

—Alors, continua l'apprenti, ça veut dire, qu'elle va être placée dans…

—Dans les cages de reproduction, oui, conclut le commandant avec un bref hochement de tête avant de s'installer dans son fauteuil.

Véronyka eut un haut-le-cœur. Hors de question… Il fallait qu'elle les en empêche ! Qu'elle leur dise, leur explique que cette femelle était liée… liée à elle.

Mais comment faire sans dévoiler par la même occasion son imposture et fragiliser sa situation ? Tout ce pour quoi elle s'était démenée jusque-là… Envolé en un clin d'œil. Même avec un phénix, elle aurait toujours besoin du soutien de Tristan pour espérer être acceptée comme apprentie. Sauf que s'il découvrait sa supercherie, nul doute que son camarade se sentirait trahi. Alors qu'il lui avait confié ses peurs les plus inavouables, elle-même s'était révélée trop lâche pour en faire autant.

Outre l'hypocrisie de la jeune fille, c'est la méthode employée qui risquait de poser le plus problème : pour abuser Morra, Véronyka s'était servie de son ombremagie, une aptitude très mal vue de tous. Aux yeux des habitants du Nid, elle deviendrait une terrible ombremage, doublée d'une horrible menteuse. Sans compter que rien n'était plus important au sein d'une patrouille que la confiance, rien. Si personne ne la jugeait digne de confiance, personne ne voudrait la parrainer. Elle aurait beau avoir un phénix, elle ne serait pas Dresseuse pour autant.

Mais non, tenta de se reprendre la jeune fille : elle dramatisait, voyait tout en noir ! Cassian et ses hommes ne chasseraient quand même pas une potentielle recrue déjà liée à son phénix ! Ils finiraient forcément par trouver un accord.

— Bien, il est temps que nous rediscutions l'affectation de Nyk.

L'intéressée sursauta. Tout le temps où elle s'était perdue dans ses pensées, le commandant avait continué de parler. Tristan et lui la regardaient à présent. Elle se répéta ses derniers mots, anxieuse. *« L'affectation de Nyk »*… Puis elle leva les yeux vers Cassian. Il devait avoir découvert son secret, tout compte fait. Sinon, pourquoi remettre sa place en question ? L'angoisse de la jeune fille se dissipa quelque peu. Au fond, peut-être n'était-ce pas plus mal. Autant en finir tout de suite et anéantir ses rêves une bonne fois pour toutes. Elle ne deviendrait sans doute jamais Dresseuse, mais au moins pourrait-elle protéger Xéphyra et la tirer de cette maudite cage.

— Il mérite de rejoindre le groupe des apprentis, dit alors Tristan.

Bouche bée, Véronyka se tourna vers lui : il continuait de répondre présent et de la soutenir alors même que leur relation se trouvait à deux doigts de partir en fumée. Avant que son père n'ait le temps de balayer ses objections, le jeune homme se dépêcha de poursuivre :

— Je sais qu'on manque d'œufs. Mais Nyk vient de nous montrer toute l'amplitude de ses talents d'animage. Avec un don pareil, le laisser aux écuries serait un pur gâchis.

— Je suis bien d'accord, répondit Cassian.

Son fils parut en perdre sa langue. Même Véronyka se figea sous le coup de la surprise.

— Ce garçon ne devrait pas s'occuper des chevaux et des chiens, poursuivit le commandant, pas avec une telle disposition pour apaiser les phénix.

Ainsi donc, il ne l'avait pas démasquée. La jeune fille en était tout étourdie. Enhardi par l'attitude conciliante de son père, Tristan attrapa la chaise la plus proche et s'y assit.

— On pourrait ouvrir une seconde unité de formation, proposa-t-il avec enthousiasme. Afin de permettre à de jeunes espoirs de commencer l'entraînement avant même d'être apprentis. On s'exercerait ensemble pour le maniement des armes, les techniques de combat et la forme physique, et ils nous observeraient pour ce qui est du vol. Pendant ce temps, je formerais une troisième patrouille dédiée à la recherche d'œufs. Si on avait la permission de manquer ne serait-ce qu'une ou deux leçons par semaine, je parie qu'on…

— Non, non, tu passes à côté de l'essentiel, Tristan, l'interrompit le commandant avant de défaire les boutons du col de sa tunique brodée puis de se renverser sur son siège. On vient de capturer une troisième femelle. Avec un peu de chance, on aura une couvée d'ici le solstice d'hiver. Nul besoin de s'en aller baguenauder à travers le Pyrmont.

Il parlait de Xéphyra comme d'une vulgaire poulinière, un réceptacle tout juste bon à porter de futurs oisillons, un four où façonner ses précieux guerriers. Il ne la considérait pas comme un phénix à part entière. Le sang de Véronyka bouillait dans ses veines.

— Tu sais très bien que l'accouplement forcé ne marche pas, protesta Tristan. Combien d'années va-t-on garder ces femelles enfermées avant que tu finisses par l'accepter ?

Cassian abattit ses deux paumes à plat sur la table.

— Et quand comprendras-tu que jamais je ne te confierai de patrouille si c'est pour que tu t'en ailles crapahuter dans la campagne et te faire tuer ?

Un silence tendu retomba dans la pièce.

Le torse de Tristan se soulevait et s'abaissait à un rythme soutenu. Les lèvres entrouvertes, l'apprenti semblait prêt à riposter avec insolence, mais après avoir scruté le commandant le temps de quelques inspirations pleines de retenue, il ferma la bouche et baissa le regard.

Véronyka en profita pour observer père et fils à la dérobée. Jamais il ne lui était venu à l'idée que Cassian puisse maintenir Tristan à l'écart par amour. Comment n'y avait-elle pas songé plus tôt ? À bien des égards, le commandant se comportait en tout point comme Val. Guidés par l'affect, tous deux s'autopersuadaient du bien-fondé de leurs décisions – et peu importait le mal qu'elles infligeaient à celui ou celle qu'ils cherchaient à protéger.

Toutefois, si Véronyka doutait que sa sœur soit capable d'aimer vraiment quiconque, ni même quoi que ce soit, elle n'en aurait pas affirmé autant du père de son ami. Cassian avait perdu son épouse dans de terribles circonstances : la cause qu'il défendait lui avait déjà coûté un être cher. Il n'était pas difficile de comprendre les raisons qui le poussaient à refuser de voir son fils risquer sa vie pour ce même combat.

— Dans ce cas, que fait-on, mon commandant ? demanda Tristan en relevant la tête. On reste assis et on attend ?

La voix de l'apprenti désormais apaisée et sa colère domptée, Cassian quitta sa posture d'autorité et se rassit. Il paraissait ravi d'avoir repris le contrôle de la situation et s'efforça d'afficher une expression résolument insouciante.

— Pour l'instant ? L'heure est aux réjouissances. Mais quoi qu'il en soit, hors de question de partir en chasse telle une meute de chiens sauvages, ni de recruter de nouveaux aspirants, au risque d'épuiser nos ressources. Non, mieux vaut tabler sur les atouts que nous avons déjà à disposition. Et vu la démonstration dont j'ai été témoin ce soir, transférer Nyk des écuries aux cages me semble une évidence. Ses dons y feront certainement merveille et avec cette troisième femelle, la chance finira par nous sourire.

Ces mots firent à Véronyka l'effet d'une douche glacée. Elle se pétrifia, soudain transie. Lui aussi abasourdi,

Tristan jeta un coup d'œil à son amie avant de s'adresser à son père.

— Tu veux que Nyk s'occupe des phénix dans les cages de reproduction ? Mais…

— Par ailleurs, le coupa le commandant, puisque tu sembles si déterminé à assumer la responsabilité d'une patrouille, il est peut-être temps pour toi de révéler tes capacités de meneur.

Cassian avait haussé le ton, la voix de nouveau teintée de ressentiment. Il n'avait visiblement pas oublié la dernière dispute entre son fils et lui.

— Tu le sais, poursuivit-il, montrer l'exemple est l'apanage des meilleurs chefs. Toi qui fais si grand cas d'acquérir de nouveaux œufs, tu mettras donc ton phénix mâle à disposition de ces dames dès les prochaines tentatives d'accouplement. Ton Rex a atteint l'âge adulte depuis longtemps et il fera un candidat idéal, tu ne crois pas ? Peut-être qu'avec ton ami Nyk, vous réussirez à encourager une union dont résultera une flopée de nouveaux œufs… et de nouveaux Dresseurs. Ce sera tout, vous pouvez disposer.

Telle une ancre, l'amour tiendra
bon au cœur de la tempête, mais que les
imprudents prennent garde, il peut aussi
les envoyer par le fond.

Chapitre 30
Véronyka

Véronyka était sorti du bureau à pas lents. Quand Tristan avait commencé à protester, Véronyka l'avait à peine entendu. Une espèce de rugissement lui emplissait les oreilles à la manière d'un torrent, engloutissant tout sentiment et toute pensée. Tant d'événements s'étaient succédé, sans compter les chocs et les révélations déchirantes… C'en était trop pour une journée.

Xéphyra était en vie. Axura toute-puissante, elle était en vie ! Cette nouvelle aurait dû remplir le cœur de la jeune fille d'allégresse et faire de sa soirée un moment de pure euphorie. Pourtant, c'était loin d'être le cas. Car si Véronyka se réjouissait d'avoir retrouvé son âme sœur, l'angoisse plombait son allégresse.

Elle avait commis une grave erreur.

Elle aurait dû dire à son phénix de s'enfuir, le renvoyer dès l'instant où elle l'avait reconnu. Mais quand les gardes les avaient encerclés, l'animage – certaine que les réactions erratiques de l'oiseau représentaient un plus grand danger que son obéissance – n'avait pensé à rien d'autre qu'à calmer Xéphyra.

Et au lieu de la pousser à s'échapper, Véronyka lui avait même, dans un accès de panique, intimé de rester. Elle qui avait toujours haï et rejeté cette forme d'emprise, elle n'avait pas hésité un seul instant à s'en servir de la pire des manières possibles ! Certes, le lien qui les unissait toujours toutes les deux avait d'abord attiré l'oiseau jusqu'à la forteresse, mais c'est l'ordre que lui avait donné sa maîtresse qui avait ensuite permis aux gardes de le capturer.

Véronyka avait reçu pour consigne de se présenter au Nid d'Azurec dès le lendemain matin. Un rêve devenu réalité en somme – à un ou deux détails près.

Désespérée, elle se prit la tête dans les mains pour s'empêcher de crier – voire de pleurer. Décidément, elle ne valait pas mieux que Val, ou même que le commandant. Elle avait trahi son propre phénix – il n'y avait pas pire crime au monde.

Son secret, en revanche, demeurait sauf. Un autre miracle… Mais peu importait : impossible pour elle de rester au repaire – pas tant que Xéphyra croupirait dans une cage. Or, dès qu'elle expliquerait aux Dresseurs pourquoi la nouvelle femelle n'avait rien à faire enfermée, sa propre imposture prendrait fin.

D'amers regrets accablèrent soudain Véronyka. Pourquoi ne pas avoir dit la vérité ? Elle aurait dû en finir sur-le-champ avec les mensonges, refuser que Xéphyra reste emprisonnée une minute de plus !

Mais non, elle n'avait rien fait. Quelle lâche ! C'était d'un pathétique… Rien qu'à l'idée de se dénoncer, elle en avait le souffle court et le cœur qui bégayait. Elle se sentait épuisée et incapable de chercher des solutions dans l'immédiat.

À l'extérieur, le calme était revenu. Les gardes avaient retrouvé leur poste et la grande salle s'était vidée. La fête avait été écourtée : les phénix n'égaieraient pas le ciel de leur danse enflammée.

Assise sur un tonneau, un châle autour des épaules, Val attendait sa sœur. L'air s'était rafraîchi : un vent mordant s'engouffrait dans la cour abandonnée.

Véronyka se dirigea vers les baraquements, sans un regard pour son aînée. Cette dernière lui emboîta aussitôt le pas. Une fois arrivée à sa hauteur, elle l'accompagna, en silence. Mais après quelques secondes, la cadette se dit qu'elle avait après tout quelques questions à poser à sa sœur. Elle se tourna d'un mouvement brusque.

— C'était toi ?

— Moi quoi, Nyka ?

Elle poussa Val sans ménagement. Qu'elles en viennent aux mains ne lui aurait pas déplu : se battre lui aurait permis de laisser libre cours à toute la colère et au chagrin qui la submergeaient.

— Les cendres étaient froides, sans la moindre étincelle de vie, quand j'ai quitté la cabane. Comment Xéphyra peut-elle se retrouver ici ? demanda-t-elle, en luttant pour ne pas élever la voix. Qu'est-ce que tu as fabriqué ?

Cette triste journée restait gravée dans sa mémoire. Elle se revoyait assise devant l'âtre vide, certaine de son échec. Un silence complet régnait en lieu et place du lien qui l'unissait à son phénix, et dans les semaines qui avaient suivi, elle n'avait plus rien ressenti…

Non, tout bien considéré, ce n'était pas tout à fait exact. Véronyka avait repoussé Xéphyra dans son refuge mental, au cœur de son esprit, bloquant l'idée même de la présence de l'oiseau. Mais ce faisant, elle avait aussi empêché son âme sœur de reprendre contact. Ces réminiscences qu'elle avait confondues avec des souvenirs douloureux, ces sensations qu'elle avait pris soin d'étouffer… n'étaient rien d'autre que des tentatives de la part de son phénix fraîchement ressuscité de retisser leur lien !

Val fixa un instant son épaule – où sa cadette avait osé porter la main –, sans pour autant faire mine de riposter.

— Inutile de m'en vouloir, je ne suis pas maîtresse des fils qu'Anyanke a tissés pour toi et je n'ai rien à voir avec la résurrection de ton oiseau.

Véronyka lui décocha un regard noir. La thèse du hasard – trop commode et bien trop atroce – ne tenait pas debout. Le pourquoi du comment de ce mystère ne se laisserait pas si facilement décortiquer, d'autant que la jeune fille, exténuée, peinait à réfléchir. À moins de lui être lié, il était impossible de maîtriser un phénix. Sans parler de voyager avec pendant des semaines… Non, l'irruption de Xéphyra dans la cour de la forteresse ne pouvait avoir été manigancée par Val.

— Les fils d'Anyanke ? releva la cadette après un temps. Depuis quand tu crois aux dieux ?

— Depuis toujours. Croire en eux est une chose, les vénérer à genoux en est une autre.

Véronyka se frictionna les bras dans l'espoir de chasser le froid nocturne.

— Alors ? Ils t'ont renvoyée ? demanda sa sœur d'un ton monocorde à l'excès, comme si la réponse lui importait peu.

— Non. Je suis…

Le vide installé dans la poitrine de Véronyka gagnait du terrain, et plus il lui envahissait la gorge, plus parler – respirer, même – devenait difficile.

— Ils ont enfermé Xéphyra dans les cages de reproduction. Je suis censée y travailler dès demain.

Formuler la sentence à voix haute lui fit l'effet d'une claque. La gravité des événements commençait tout juste à s'imposer à sa raison. Val, pour sa part, aurait tout aussi bien pu avoir reçu un coup de poing dans le ventre.

— Ils sont au courant de votre lien ?

Véronyka secoua la tête, étrangement reconnaissante de la réaction de sa sœur et soulagée d'avoir quelqu'un de son côté. Elle repoussa pourtant cette pensée sitôt qu'elle lui vint. Val n'avait jamais été que d'un seul côté : le sien propre.

— Le commandant me croit simplement douée pour calmer les animaux, répondit la cadette. Il m'avait déjà vu apaiser un cheval… Ils veulent garder Xéphyra en cage, la contraindre à s'accoupler et…

La gorge serrée à lui en faire mal, la jeune fille buta sur chaque mot jusqu'à ne plus pouvoir en prononcer un seul. Les larmes se mirent à lui couler sur les joues, leur chaleur contrastant avec la léthargie glacée qui semblait s'être emparée de tout son corps. Val s'avança d'un pas.

— Tu ne peux pas laisser faire une horreur pareille. Tu dois la libérer, coûte que coûte.

— Comme si je ne le savais pas !

— *Xe* Nyka… commença l'aînée en tendant la main avec douceur.

Mais sa sœur l'esquiva.

— Tout est ta faute, gronda-t-elle avant de filer vers les quartiers des domestiques, abandonnant derrière elle Val et ses bras grand ouverts.

Cette nuit-là, pour la première fois depuis des semaines, Véronyka rêva.

Assise au pied d'un grand lit de bois, dans une pièce bondée et enfumée, elle tenait une main dans la sienne. La dormeuse fut surprise de constater qu'elle appartenait à la fille aux cheveux de jais qui lui était déjà apparue. La demoiselle paraissait plus âgée que dans son dernier rêve – c'était une jeune femme à présent –, pourtant leurs paumes s'adaptaient parfaitement l'une à l'autre. Ensemble, au cœur d'un silence funeste, les deux compagnes baissèrent la tête.

Dans le lit, enseveli sous de belles couvertures et le dos soutenu par plusieurs oreillers brodés, reposait un homme visiblement inconscient. Le teint cireux et le front constellé de sueur, il était à l'article de la mort.

Dans son rêve, Véronyka le savait – pas besoin de reconnaître les prêtres de Nox dans leurs longues robes noires, ni de remarquer dans le fond de la pièce la foule des endeuillés derrière leurs voiles. Les nombreux encensoirs disposés dans la chambre saturaient l'air d'émanations douceâtres.

Si la Véronyka du rêve n'éprouvait que tendresse pour le mourant, elle abhorrait en revanche la femme debout à son chevet – d'une haine si intense qu'elle en bouillonnait sur place.

La veillée funèbre rassemblait plusieurs dizaines d'autres convives qui, tous, arboraient les atours des riches élites de l'Empire aurain. Soudain, l'attention de Véronyka se porta sur l'un des courtisans… La stupeur faillit la réveiller.

Tristan.

Non, c'était absurde. L'homme en question était bien plus vieux que son ami. Pourtant, il avait les mêmes yeux, le même nez fort et la même posture guindée. Tout à coup, elle eut comme un déclic : il s'agissait de Cassian. Un Cassian bien plus jeune que le commandant du repaire des Dresseurs, mais dont les golfes dégarnis et les plis légers de part et d'autre de la bouche – qui deviendraient fossettes pour peu qu'il sourie – ne laissaient aucun doute sur son identité.

La scène qu'elle observait relevait donc du passé – mais le passé de qui ? Véronyka regarda de nouveau la fille qui se trouvait à côté d'elle. Ses traits lui semblaient familiers, d'accord, mais n'était-ce pas seulement parce qu'ils lui apparaissaient en rêve depuis des années ?

Un brouhaha de murmures parcourut soudain l'assistance. Elle se retourna vers le lit. L'homme agonisant n'émettait plus aucun bruit. Une guérisseuse s'avança pour chercher son pouls à ses poignets puis à son cou avant de secouer la tête et de remonter les draps sur le visage du défunt.

La femme détestée laissa échapper un sanglot plaintif ne pouvant rivaliser avec le gouffre qui venait de s'ouvrir dans le cœur de Véronyka. La jeune fille se cramponnait à la main qu'elle tenait toujours. Toute l'assistance réunie dans la pièce – les personnages les plus fortunés et les plus influents de l'empire – se tourna alors vers elle pour s'incliner…

Véronyka se réveilla dans le noir, les yeux secs et gonflés, plus fatiguée encore qu'auparavant. Pour mystérieux qu'ait été son rêve, il ne rivalisait pas avec ce qui l'avait précédé : la fête d'Azurec avait rendu à la jeune fille les fragments de sa vie d'avant, seulement, ils ne s'emboîtaient plus aussi bien qu'ils auraient dû.

La réapparition de Xéphyra avait malgré tout permis à l'animage de clarifier sa situation et à la remettre en perspective. L'oiseau n'avait rien à faire en cage, et s'il n'avait pas sa place parmi les siens au sein du Nid d'Azurec, eh bien, sa maîtresse non plus.

Imaginer quitter Tristan et l'avenir qu'ils auraient pu avoir ensemble en d'autres circonstances lui fendait le cœur. Mais comme elle l'avait dit à Val : en d'autres circonstances, elle serait devenue Dresseuse.

Elle se glissa hors du baraquement avant le lever du soleil. Ce matin-là, Tristan ne viendrait probablement pas la chercher pour aller courir comme ils en avaient pris l'habitude, mais elle ne voulait pas risquer de le rencontrer. Se voiler la face ou se donner de faux espoirs ne servirait à rien, elle n'était pas encore prête à croiser le jeune homme.

Avec les dernières étoiles pour seules compagnes, elle traversa la forteresse déserte. Il lui restait quelques heures avant de devoir se présenter au Nid et, de toute façon, son phénix dormait encore comme un loir. Ce moment n'appartenait qu'à elle.

Elle attaqua par la prairie devant le village, encore jonchée des restes de la fête. Le parcours d'obstacles avait beau avoir été démonté, Véronyka l'avait parfaitement mémorisé à force de passer ses soirées à l'arpenter. C'était là que tout avait basculé pour elle. L'endroit du repaire où elle se sentait le mieux.

Pour peu qu'elle ignore la pâle lueur gagnant le ciel à l'est, la jeune fille pouvait s'imaginer qu'il s'agissait là d'une nuit comme une autre, que Tristan était avec elle et que rien n'avait changé. Mais dans cette version de l'histoire, son phénix n'était plus. À la place, l'animage s'inventa donc une nouvelle réalité. Tristan et elle y traversaient le parcours ensemble, Rex et Xéphyra à leurs côtés.

L'espace d'un instant, son cœur s'envola, puis elle laissa la vision s'évaporer. Elle s'en retourna vers le village, où elle croisa Ana l'Ancienne – occupée à arracher les mauvaises herbes, courbée au-dessus de ses pieds de courgettes – ainsi que Lars, qui la salua avant de se remettre à allumer les différents feux de sa forge.

Quand Véronyka pénétra dans la pénombre des écuries, seuls les doux mouvements des animaux endormis ponctuaient le silence. Elle s'imprégna de la quiétude des lieux et, après avoir caressé le flanc des chevaux en leur murmurant des paroles apaisantes, passa la tête côté chenil. Quelques chiens mal réveillés l'accueillirent en agitant la queue, sans beaucoup d'entrain.

Comme l'affluence dans la grande salle était encore faible, elle en profita pour prendre le temps de savourer un bol bien chaud de flocons d'avoine au miel. Déjà affairée à préparer les repas de la journée, Morra s'interrompit toutefois quelques secondes le temps de lui glisser une pomme dans la main avec un clin d'œil, avant de s'en retourner à ses fourneaux.

Véronyka se contraignit à sourire, puis barricada son esprit du mieux possible pour faire à l'ombremage ses adieux silencieux.

À l'aube, elle se rendit au Nid d'Azurec, comme l'avait ordonné le commandant. Elle avait hâte de retrouver Xéphyra. Peut-être l'oiseau lui donnerait-il la force de faire ce qu'il fallait ?

L'homme qui s'occupait des phénix femelles était un dénommé Ersken. Animage originaire du Pyrmont, il avait grandi avec Beryk à Pétratec. Il s'était ensuite spécialisé dans l'élevage et la chasse au faucon, qualité qui avait poussé l'intendant à le recommander au commandant.

Mais, de toute évidence, l'élevage de phénix constituait un défi qu'Ersken n'était pas de taille à relever. Aussi sérieux qu'honnête, il expliqua à la nouvelle en quoi consistait le travail – soit nourrir les volatiles et nettoyer leur cage, pour l'essentiel. Les femelles avaient également besoin de se dégourdir les ailes chaque jour, de préférence lorsque les mâles étaient de sortie loin du Nid. On ne tentait de les faire s'accoupler qu'une semaine par mois. Les essais n'avaient rencontré aucun succès jusque-là – à moins de compter l'unique œuf jamais pondu au sein de la forteresse, mais qui, selon toute probabilité, avait été fécondé hors du cratère.

En dépit du grand ciel bleu qui régnait quelques centaines de mètres plus haut, les rayons du soleil matinal n'atteignaient pas les profondeurs du Nid d'Azurec – il y faisait donc sombre, et encore frais.

Tout en désignant çà et là des objets du doigt à mesure qu'il parlait, Ersken conduisit Véronyka d'ateliers en réserves. Distraite, la jeune fille n'écoutait que d'une oreille. Elle n'avait qu'une idée en tête : revoir Xéphyra.

Enfin, son guide lui fit descendre l'escalier jusqu'à la galerie circulaire, tout au fond du gouffre, et elle se retrouva devant une première cage. Creusé à même la roche de la montagne, l'espace s'avérait vaste et propre, mais n'en demeurait pas moins fermé, aussi bien à l'avant – où une grille le séparait du Nid –, qu'à l'arrière – où une vue magnifique sur les gorges et les falaises abruptes en contrebas s'étendait derrière des barreaux. La seconde geôle, juste à côté, restait sombre et inutilisée – en attendant l'arrivée de nouvelles pensionnaires, songea Véronyka avec aigreur. On aurait dit des oubliettes, rien de moins.

L'attention de la jeune fille fut soudain attirée par un bruissement provenant de la première cage – des phénix remuant dans l'ombre ? Et tout à coup, Xéphyra surgit de nulle part pour lui faire fête. La cavité creusée dans la roche se révélait assez haute pour permettre aux oiseaux de se percher hors de vue dans les failles et les crevasses des parois, et assez large pour qu'ils puissent y déployer leurs ailes et voleter de-ci de-là. L'accueil chaleureux réservé à Véronyka par la nouvelle femelle sembla déconcerter Ersken, qui en profita néanmoins pour remplir l'abreuvoir avec de l'eau puisée à un tonneau posé à proximité.

Attirées par les clapotis, les deux autres occupantes de la cage s'approchèrent à leur tour – se montrant cependant beaucoup plus méfiantes que Xéphyra. L'œil vif et brillant de curiosité, la plus téméraire était à peine plus petite que le phénix de Véronyka. En retrait, l'autre créature, plus massive, arborait une crête et une queue d'un violet si sombre que ses plumes tournaient presque au noir en leurs extrémités. Une haine aussi féroce qu'impassible émanait de tout son être. L'oiseau ébouriffa ses plumes pour paraître plus imposant encore, jaugea la jeune fille d'un regard froid, puis s'en retourna dans les ténèbres de sa prison. Il donnait l'impression d'être très vieux. Mais impossible pour Véronyka d'en être sûre : son esprit s'avérait impénétrable.

Surexcitée, Xéphyra glissa le bec à travers les barreaux de la grille. L'animage la caressa avec douceur (non sans avoir vérifié d'un rapide coup d'œil qu'Ersken était toujours affairé). Son phénix voulait toujours bien d'elle et n'avait jamais cessé de l'aimer. La jeune fille chercha les mots justes pour s'excuser auprès de son âme sœur, la rassurer et lui exprimer ses regrets, mais elle se rendit vite compte que c'était inutile. L'oiseau savait. Après tout, elles étaient liées. Et s'il leur faudrait sans doute du temps pour retrouver la solidité du pont érigé entre elles, l'édifice était toujours debout. Le cœur de Véronyka n'avait pas de secrets pour Xéphyra.

L'animage avait bien sûr un nombre infini de questions à poser à son phénix : Où était-il allé ? Quelle avait été son existence durant leur séparation ? Elle préféra cependant les remettre à plus tard. Ils auraient l'éternité pour se raconter leurs péripéties respectives.

La jeune fille tâta les plumes soyeuses du cou de son oiseau et n'y trouva qu'une infime cicatrice au niveau de la clavicule, là où la flèche lui avait éraflé l'aile la nuit précédente. La blessure était superficielle et les phénix cicatrisaient vite.

Xéphyra était bel et bien là, devant sa maîtresse. Sauve. Indemne. Véronyka en fut si soulagée qu'elle dut se retenir à la grille pour ne pas s'écrouler. Elle s'appliqua à prendre de longues respirations par le nez, à un rythme régulier. Tout allait bien. Son âme sœur allait bien. La jeune fille s'en doutait – si l'oiseau avait été blessé, elle l'aurait senti –, mais le constater de ses propres yeux la rassérénait.

Soudain, ses autres soucis lui semblèrent moins lourds à porter. Véronyka et Xéphyra étaient de nouveau réunies, c'était le principal.

Être enfermée déstabilisait cependant la créature, dont les pensées affolées se dispersaient en tous sens. Le visage de Val y surgissait sans cesse. Sans doute ses actions avaient-elles marqué le phénix. Xéphyra avait affronté sa propre mort, il ne fallait pas l'oublier. Mais avait-elle seulement compris ce qui lui était arrivé ? Près de deux mois s'étaient écoulés depuis son empoisonnement. Ces semaines passées loin de sa maîtresse avaient instauré une sorte de barrière dans les échanges entre elles deux, à croire que la croissance de l'oiseau s'était trouvée ralentie par l'absence d'un lien constant avec Véronyka.

Voyant Ersken se redresser près de l'abreuvoir, la jeune fille s'écarta aussitôt des barreaux. L'ancien fauconnier lui expliqua qu'il nourrissait toujours les femelles avant de les faire sortir. La pitance lui servait en effet d'appât et de distraction pendant qu'il fixait à la cheville de chaque pensionnaire un énorme bracelet de métal, relié à une chaîne. Ainsi les oiseaux n'étaient pas gênés pour voler, mais ne pouvaient pas non plus s'échapper.

Au moins les captives étaient-elles correctement nourries. Leurs rations de fruits secs et de gruau, qui ressemblaient fort au petit déjeuner servi dans la grande salle, avaient été enrichies d'une bonne dose de miel. Car si les phénix mangeaient de tout ou presque, ils appréciaient particulièrement les mets sucrés.

Bien qu'il lui en coûte, Véronyka s'obligea à regarder Ersken leur passer les entraves. Tout comme le filet métallique qui avait piégé Xéphyra, chaînes et bracelets étaient enduits d'une résine ignifuge fabriquée à partir de sève de *pyraflora* afin de les protéger du feu des phénix. Les pétales des fleurs de ces arbres – surnommées parfois Fleurs de phénix en écho à leur intense couleur vermeil – pouvaient aussi servir à la concoction d'un poison violent. Peut-être celui qu'avait utilisé Val pour tuer Xéphyra, d'ailleurs, les ingrédients nécessaires à sa préparation étant aisément accessibles dans les forêts du Pyrmont.

La *maiora* de Véronyka lui chantait souvent une vieille ballade pyraéenne quand elle était petite, où il était justement question de Pins de flammes. La jeune fille avait beau en avoir oublié la majorité des paroles, quelques bribes lui revinrent en tête au moment où Ersken déroulait les chaînes.

Rouges plumes et pétales flétris, os et cendres préparent son lit, un feu vif comm' le sang jaillit, repose donc à jamais endormi…

Lorsque le carcan de métal lui glissa le long de la patte et se referma dans un claquement sec, Xéphyra se cabra, déboussolée et en proie à la panique. Malgré le vacarme de la chaîne qui raclait contre la grille de la cage, Véronyka chercha à calmer son âme sœur, non sans lutter pour endiguer ses propres émotions. Les paupières brûlantes de larmes, elle bouillait d'une rage contenue. Ersken remarqua tout de suite sa détresse.

— Il faut un peu de temps pour s'y habituer, toujours, commenta-t-il en la regardant s'essuyer les joues à la hâte. Pour eux comme pour nous.

La jeune fille hocha la tête, sans pour autant quitter Xéphyra des yeux. Cette dernière avait beau être en sécurité, en bonne santé et manger à sa faim, les phénix n'étaient pas faits pour vivre de la sorte. Voir son oiseau ainsi enchaîné aidait Véronyka à y voir plus clair.

Deux possibilités s'offraient à elle : soit elle avouait la vérité aux Dresseurs – quitte à en subir les conséquences –, soit elle prenait la fuite avec Xéphyra. L'une comme l'autre option la terrifiait. De prime abord, s'échapper lui paraissait plus facile – moins redoutable, en tout cas, que d'affronter Tristan, Morra et le commandant pour leur avouer avoir délibérément menti en de multiples occasions. Mais à plus long terme, qu'adviendrait-il de Xéphyra et elle ? Où iraient-elles ?

Malgré tout, si elle finissait par se dénoncer, les Dresseurs la jugeraient sans doute indigne de leur confiance et décideraient de se débarrasser de l'affabulatrice qu'elle était. Ils pourraient la bannir – ou pire, l'enfermer comme une vulgaire criminelle, ce qu'ils avaient déjà failli faire à son arrivée. Et qu'arriverait-il à son phénix, dans ce cas ? Mieux valait s'épargner non seulement la peine et la déception de Tristan, mais aussi le danger qu'un aveu représentait pour elle et son animal. Filer en douce au milieu de la nuit demeurait la meilleure des deux idées.

D'un autre côté, révéler son identité ne la condamnerait pas forcément à l'infamie, la solitude et l'exil, contrairement à la fuite qui lui garantissait un sordide destin à coup sûr. Véronyka doutait cependant de pouvoir supporter l'air suffisant de sa sœur si ceux qui l'avaient recueillie la chassaient une fois son mensonge révélé. Restait que se volatiliser sans prévenir – comme une lâche – lui paraissait inacceptable. La jeune fille se préserverait peut-être ainsi du jugement de ceux qu'elle avait appris à estimer, mais pourrait-elle encore se regarder dans un miroir ? S'échapper était sans conteste le choix que ferait son aînée et cette certitude acheva d'en détourner Véronyka. Surtout qu'en désertant du repaire avec Xéphyra, elles risquaient toutes deux de se retrouver de nouveau dépendantes de Val et entraînées contre leur gré dans le même engrenage infernal qu'auparavant.

Se posait aussi la question des autres phénix femelles. Trouver le moyen de délivrer son âme sœur ne suffisait pas. Il lui fallait profiter de l'occasion pour libérer toutes les prisonnières. Elle ne pouvait agir autrement. Malgré tout… Serait-elle capable de condamner à jamais l'essor des Dresseurs ? Sans compter le futur de Tristan…

Quand Ersken en eut terminé avec Xéphyra, il s'occupa des deux autres bêtes et en profita pour les présenter à Véronyka :

— Cette gente dame a pour nom Xolanthe, même si le plus souvent, je l'appelle juste Xoe. Elle est très curieuse, mais un peu impulsive, pour ne rien te cacher.

Une fois l'entrave fixée, il caressa le cou de la créature avec affection. Les plumes ébouriffées, elle avait remué tout le temps de l'opération, mais pas au point d'empêcher l'animage de l'équiper. Non sans soupirer, Ersken se tourna ensuite vers la deuxième détenue.

— Sa Majesté Xatara, elle, adore me donner du fil à retordre. (Sourcils froncés, il tenta d'attraper la patte de l'intéressée qui, les ailes grand ouvertes, cherchait à bloquer l'accès à la nourriture à ses colocataires plus jeunes et plus petites.) Aussi féroce que le feu et deux fois plus vorace, Son Altesse exige le respect, ce que je lui accorde volontiers. Mieux vaut l'attacher la dernière, ainsi…

Il étouffa un juron et recula le bras d'un mouvement sec, le coude à présent balafré d'une belle entaille – cadeau des serres acérées de la femelle dont il s'occupait. Mâchoire contractée, il tendit à nouveau les doigts, verrouilla le loquet du bracelet à toute vitesse et s'écarta d'un bond.

— Ainsi, reprit-il en attrapant un chiffon, en cas de blessure, on peut se soigner sans délai.

Il épongea le sang coulant de sa plaie, puis examina plusieurs cicatrices rouges et brillantes – sans doute des souvenirs d'anciennes brûlures. Malgré un gilet de cuir et des renforcements aux avant-bras, il n'était pas entièrement protégé : la peau exposée de ses coudes et de ses mains apparaissait bardée de marques pâles et de croûtes en partie refermées.

— Xolanthe et Xatara ? releva Véronyka. Elles sont sœurs ?

Leurs noms – ceux de deux célèbres oiseaux guerriers – étaient tirés des Épopées pyraéennes, une anthologie de récits et de poèmes datant du Règne des reines. Val connaissait le recueil par cœur, aussi, quand la pluie et les frimas de l'hiver les retenaient, sa cadette et elle, à l'intérieur, elle passait des jours entiers à en déclamer les vers.

— Non, répondit Ersken en gloussant. C'est le commandant qui s'est chargé de les baptiser. À croire qu'il a un penchant pour la poésie. (Il pointa ensuite Xéphyra d'un doigt distrait.) J'imagine qu'il va aussi falloir trouver un nom à celle-ci.

À l'idée qu'on puisse renommer son phénix adoré sans son consentement, Véronyka ne put retenir une grimace.

D'un geste du menton, Ersken lui désigna alors un levier au fond de la cage, près de la lucarne d'où tombaient les aliments.

— À toi l'honneur, si ça te dit. Je te laisse ouvrir la herse arrière.

La jeune fille écarquilla les yeux, ébahie. Était-ce vraiment aussi simple ? Il suffisait d'actionner un mécanisme pour que Xéphyra et ses compagnes puissent s'évader à tire-d'aile ? Les mains un peu tremblantes, elle tira vers elle le lourd levier jusqu'à la butée. Un grondement sourd se réverbéra aussitôt à travers toute la cellule, puis quelque part hors du champ de vision de Véronyka, une chaîne se mit en branle dans un fracas métallique. Les barreaux de la grille commencèrent à grincer, avant de s'écarter peu à peu.

Impatients, les phénix se propulsèrent dans les airs, mais leurs entraves ne tardèrent pas à se rappeler à leur bon souvenir. Les oiseaux eurent beau attaquer les maillons de leur longe à coups de bec et tirer dessus à une ou deux reprises comme pour en tester la résistance et l'amplitude, rien n'y fit. Ils finirent néanmoins par trouver leur rythme de croisière. Les chaînes, d'une longueur d'environ trente mètres, étaient raccordées à une espèce d'amarre rotative qui les empêchait de s'emmêler quand les volatiles pirouettaient et virevoltaient les uns autour des autres.

Ersken avait conduit son assistante sur une saillie voisine de la cage, d'où ils purent admirer le spectacle offert par les majestueuses créatures. Sous le ciel bleu pâle, le défilé qui s'étendait à leurs pieds offrait un panorama à couper le souffle. D'innombrables pics édentés se succédaient en tous sens jusqu'à s'estomper à l'horizon. En contrebas, le paysage disparaissait sous un épais manteau de végétation, plus vert de jour en jour avec l'arrivée de l'été.

L'endroit lui manquerait. Véronyka s'y sentait plus chez elle que dans aucune des maisons, chambres ou cabanes où elle avait vécu avec Val depuis qu'elles avaient quitté leur *maiora*. Même quand elles habitaient encore avec leur grand-mère, les Bas-fonds et leurs sinistres ruelles n'avaient jamais apporté à la jeune fille ni amitié ni soutien. Elle aurait aimé pouvoir considérer le Nid d'Azurec comme son foyer, mais peut-être se leurrait-elle. Peut-être n'était-ce pas là sa place. Sans doute vaudrait-il mieux pour elle s'y résigner.

Xéphyra n'avait pas décrit trois cercles dans les cieux qu'elle revint vers le flanc de la montagne, attirée par la présence de son âme sœur. Alarmé, Ersken fit un pas à l'approche de la créature, qui se posa sur le rocher juste en dessous de leur belvédère. Véronyka s'accroupit et, sans se hasarder trop près du précipice, tendit la main vers son oiseau.

— Elle a l'air de bien t'aimer, dis donc, fit remarquer l'ancien fauconnier.

À moins d'être liés à un humain, les phénix ne se prenaient jamais d'affection pour quiconque. La jeune fille grimaça intérieurement. Elle avait beau risquer se trahir, elle n'avait pas le cœur de renvoyer Xéphyra. Toutefois, après s'être autorisé une dernière caresse, elle l'encouragea sans un mot à profiter du grand air. La bête finit par s'envoler dans un souffle de vent chaud.

—Je te parie qu'elle a déjà été liée à quelqu'un, reprit Ersken.

La jeune fille jeta un regard inquiet au gardien, mais son commentaire n'avait rien d'inquisiteur. Il s'agissait d'une simple observation, de la part d'un homme qui avait passé trop de temps entouré de phénix en captivité. Avec ses traits bienveillants, il n'avait rien du geôlier hargneux que sa nouvelle assistante s'était imaginé. Ses grands yeux de hibou s'illuminaient de joie devant les voltiges aériennes de ses extraordinaires pensionnaires et même au moment de leur passer le fer à la patte, il les avait traitées avec douceur. Corpulent, la peau brune, il n'était plus tout jeune, si l'on en croyait le gris parsemant déjà les tresses rassemblées en queue de cheval à l'arrière de son crâne.

Si Véronyka n'avait pas rencontré beaucoup d'animages – ni de Dresseurs, d'ailleurs – aux abords de la quarantaine, elle comprenait désormais pourquoi : la plupart d'entre eux avaient probablement été réduits en esclavage après la guerre, s'ils y avaient survécu. Les montagnes du Pyrmont regorgeaient de jeunes orphelins et de vieillards grisonnants, mais la génération entre les deux avait été décimée.

—Les phénix qui ont vécu l'expérience d'un lien – encore actif ou non, peu importe –, sont ceux qui se fient le plus aux êtres humains, poursuivit Ersken en frottant son menton assombri par une barbe de plusieurs jours.

Pauvre bête. Elle cherchait probablement sa maîtresse quand elle a atterri ici. La plupart de ces créatures préfèrent retourner à la cendre lorsqu'elles ne retrouvent pas leur âme sœur, mais une poignée d'entre elles ne perd jamais espoir.

— Retourner à la cendre ?

— Oui, tu sais… mourir. La vie n'est pas facile pour un phénix qui survit à son animage. Pareil pour l'animage qui survit à son phénix.

Véronyka hocha la tête en silence. Le gardien, qui n'arborait dans sa chevelure ni plumes ni obsidienne, n'avait sans doute jamais été Dresseur. Il n'en demeurait pas moins animage, et puis… pas besoin de l'avoir vécu pour deviner à quel point la disparition d'un tel animal pouvait être dévastatrice pour celui ou celle qui lui était lié.

— Juste après la guerre, continua Ersken, on ne comptait plus les phénix qui avaient perdu leur Dresseur. Depuis, la majorité a choisi la mort ou la renaissance. Peut-être certains sont-ils retournés chez eux, à Aura.

Val avait toujours parlé de la Cité dorée avec une admiration emplie de déférence, comme d'un endroit aussi vénérable et mystérieux que le firmament étoilé. Car si le Pyrmont était encore habité, Aura, abandonnée par les Dresseurs près de deux cents ans plus tôt, demeurait une ville morte. Beaucoup – comme la *maiora* des deux sœurs –, la croyaient maudite, hantée par les fantômes. Mêmes les Pyraéens vivant à proximité n'osaient gravir le pic où se dressait fièrement l'ancienne capitale.

Mais Véronyka, elle, n'avait pas peur. Au contraire, son cœur tressaillait à l'idée de s'y rendre un jour à dos de phénix et d'en survoler les ruines, reliques d'un autre âge.

—Le commandant y a-t-il déjà envoyé une patrouille pour vérifier ? demanda-t-elle. Trouver d'autres phénix ou d'autres œufs ?

Tristan avait certes mentionné les recherches des Dresseurs, mais jusqu'où exactement avaient-ils fouillé ? Selon une rumeur, Aura abritait encore des centaines – voire des milliers – d'œufs, pondus au fil des siècles sans que personne ne se soit jamais hasardé à les récupérer. Peut-être les phénix orphelins de leur Dresseur s'y étaient-ils retrouvés après la guerre de Sang. Peut-être s'y occupaient-ils de leurs nouveau-nés, à l'écart du monde. Rien qu'à l'idée d'envisager troubler leur oasis, Véronyka rougissait de honte, mais s'il existait vraiment dans la Cité dorée des cachettes remplies d'œufs de phénix, à portée de main… Une telle découverte pourrait tout changer !

Ersken, pourtant, eut une petite moue de dédain.

—Ah ça oui, le commandant y est allé lui-même avec sa patrouille – du moins c'est ce qu'il affirme –, mais ils en sont revenus bien vite. Trop de nuages, ont-ils prétexté, pas moyen de se poser sans prendre de risque. Ils ont aussi signalé d'étranges échos, qui perturbaient leurs montures, sauf que si tu veux mon avis, c'est surtout les Dresseurs que ces bruits dérangeaient. Si les phénix se comportaient de manière inhabituelle, c'était sans doute parce que ces sons les touchaient, communiquaient avec eux dans un langage oublié. Enfin bon, que veux-tu ? Ces messieurs sont nés dans la plaine…

Ersken avait prononcé cette dernière phrase d'un air conspirateur, comme si ce détail expliquait à lui seul tous les défauts du commandant et de ses hommes. Peut-être était-ce d'ailleurs le cas. Quoi qu'il en soit, Véronyka n'osa avouer qu'elle aussi venait de la plaine, n'en déplaise à ses traits pyraéens.

— Je me surprends plus souvent à songer aux phénix de là-bas qu'à ceux de là-haut, ajouta le gardien avec gravité.

Surprenant le regard perplexe que lui lançait la jeune fille, l'ancien fauconnier précisa sa pensée :

— Les oiseaux restés coincés dans la plaine. Après la guerre, ils y ont été traqués et décapités pour prévenir toute résurrection. Mais parfois, lorsqu'un Dresseur était capturé, l'empire préférait garder son phénix en otage afin de s'assurer de sa bonne collaboration. À ce qu'on dit, ils seraient des dizaines encore prisonniers des autorités, incarcérés sous terre à Aura Nova. Et même s'ils décidaient de s'immoler, d'imploser comme une étoile qui s'éteint, on les ferait renaître dans leur cellule.

Malgré la tiédeur de la brise, Véronyka fut parcouru d'un frisson. Séparer un maître de son phénix… Elle ne pouvait imaginer pire punition. Plus terrible encore que de voir succomber son âme sœur – épreuve qu'elle avait déjà traversée. Dans la mort, au moins, l'un des deux trouvait le repos, même si l'autre se retrouvait contraint de continuer à avancer sans plus personne à ses côtés.

Une impression de solitude extrême assaillit soudain la jeune fille. Non sans surprise, elle se rendit compte que la sensation lui était familière et qu'elle avait fini par s'y habituer. Malgré le retour de son oiseau dans sa vie, Véronyka cherchait encore à résoudre ses problèmes en solitaire.

Elle n'était pourtant pas seule. Plus à présent. Cet avenir qui lui causait tant d'inquiétudes serait aussi l'avenir de Xéphyra. Son âme sœur avait voix au chapitre sur la question. Pour le meilleur et pour le pire, elles prendraient leur décision ensemble.

Depuis le règne de Nefyra, la tradition exige que chaque souverain de Pyra – puis de l'empire aurain – confectionne sa propre couronne, en vue de son accession au trône.

A Aura Nova, ces trésors sont exposés dans la galerie de l'Héritage, qui n'est cependant ouverte au public qu'en de rares occasions. En effet, certaines desdites couronnes s'avèrent aussi fragiles que le verre le plus fin, et d'autres doivent rester confinées pour ne pas risquer de se ternir ou de s'oxyder. Si ces joyaux ont pu subsister, c'est grâce à la protection dont ils bénéficient sous la juridiction des Archives moriennes. Sans quoi, à la suite de la guerre de Sang et de la chute de la dynastie Pyromaque, ils auraient sans doute subi le même sort que la plupart des autres reliques du temps des phénix.

La plus ancienne des coiffes de la galerie remonte à l'époque d'Elysia la Pacifique, qui a pour particularité d'être l'unique souveraine à nous avoir légué plus d'une couronne. Le jour où elle fonda l'empire, elle abandonna en effet le bandeau d'or et d'obsidienne qu'elle portait lors de son sacre à Aura puis durant toute la durée de la conquête, pour le remplacer par un artefact rassemblant les matériaux typiques de chacune des provinces nouvellement établies : fer de Ferro, bois finement ciselé des forêts d'Arborie, cuir de cheval de Stel et obsidienne de Pyra, son pays natal.

Enchevêtrés tels les brins d'une corde, puis enroulés afin de former un diadème, métal, bois et cuir furent sertis de pointes d'obsidienne étincelante, symbole d'unité et d'harmonie – deux caractéristiques qui définiraient le règne d'Elysia.

Toutes les couronnes antérieures à celles de la première souveraine de l'empire reposent, perdues à jamais, dans les ruines d'Aura. Au temps du reinaume, elles étaient placées sur les sépultures des souveraines afin de commémorer leur gloire dans l'éternité.

À en croire certaines superstitions pyraéennes, ces reliques terrestres rattachent encore les esprits tourmentés des monarques de jadis aux cendres froides de leur ancien territoire. Ce sont ces fantômes qui, depuis deux siècles, hanteraient la Cité dorée abandonnée.

Parmi les plus notables de ces ornements disparus, on peut citer la couronne de Fleurs de flammes de Liyana – mère de Lyra la Protectrice –, faite de boutons de *pyraflora* tout juste éclos et qui, selon la légende, ne fanèrent ni ne dépérirent jamais. N'omettons pas non plus la terrible couronne d'ossements, que fit fabriquer Otiya à partir des restes de ses ennemis – notamment de la parentèle des Dresseurs qui avait tenté de lui usurper le trône. Si certaines histoires, enfin, racontent que Nefyra ceignit une couronne de feu, il est plus probable qu'elle ait en réalité porté une couronne de cristal de feu, l'autre nom de l'obsidienne.

Le dernier diadème répertorié dans les registres est celui d'Avalkyra Pyromaque. Fait de plumes de phénix, il disparut dans la Dernière Bataille – l'ultime affrontement de la guerre de Sang –, tout comme sa propriétaire.

Une histoire de la couronne, Archives moriennes,
147 ap. E. (mis à jour en 171 ap E.)

Je savais, depuis le début, que nous étions maudites, que l'aimer serait la grande erreur de ma vie. Et malgré tout, je l'aimais.

CHAPITRE 31
SEV

Les jours s'écoulèrent, et bien que Sev n'en ait reçu aucune confirmation – ni de Trix ni de Belden –, il lui semblait que la compagnie approchait de sa destination finale. À chaque pas, les sentiers empruntés se faisaient plus étroits, la pente plus raide et le paysage plus inhospitalier.

Un soir, la troupe finit par établir le camp sous les voûtes basses d'un réseau de larges grottes. Sev en était convaincu : l'endroit servirait de base arrière pour lancer les opérations. Dans ces profondes cavernes se répercutait l'écho de la kyrielle de cascades qui dévalait les flancs anguleux de la montagne avant de rejoindre l'Aurys, un peu plus loin en aval. Les militaires pourraient y laisser leur chargement et le ravitaillement superflu pour n'emporter que le nécessaire au combat. À l'évidence, Belden avait choisi à dessein ce lieu cerné de toutes parts par la forêt. Jamais, depuis le début de l'expédition, la compagnie n'avait été autant isolée.

L'emplacement du camp ajoutait au mauvais pressentiment de Sev. Rien de plus facile, en pareil endroit, que de commettre quelque méfait et de faire disparaître les cadavres pour l'éternité.

Il ne lui fallut pas longtemps pour que ses soupçons soient confirmés. Deux jours après l'installation du camp, le capitaine rassembla ses officiers autour d'une série de cartes pour établir une stratégie et prévoir différentes tactiques en vue de l'attaque. Puis, une à une, toutes les unités parties en mission les rejoignirent : les éclaireurs, les patrouilles de reconnaissance additionnelles, ainsi que le groupe de chasseurs et l'animage qui l'accompagnait – en l'occurrence Kade.

Les soldats prenaient leur petit déjeuner dans la lumière délavée de l'aube quand Belden leur révéla le but de leur périple. À savoir, mater les ennemis de l'empire en éradiquant une fois pour toutes la frange dissidente des Dresseurs de phénix !

Pendant le discours, l'audience observa un silence des plus austères, mais aussitôt que le capitaine eut regagné sa tente, un concert de murmures emplit l'air, tel le vent s'engouffrant dans les herbes sèches.

La compagnie allait se remettre en marche dès le lendemain. La vraie bataille – le stratagème soigneusement orchestré par Trix – aurait donc lieu le soir même, au cours du repas. Une chape d'angoisse et d'inquiétude s'abattit sur le camp : soldats et serfs se préparaient à partir en guerre.

Sev, lui, avait été affecté au même peloton qu'Ott et Jotham. Profitant de ce que les autres soldats, agglomérés en petits groupes épars, piquaient un somme ou affûtaient leurs lames en échangeant des anecdotes de bataille, le jeune homme resta à l'écart, près des bêtes de somme attachées à l'entrée d'une des grottes les plus étroites, où était entreposée la nourriture.

Pendant qu'il déambulait au milieu des lamas, sa mémoire travaillait en silence. Deux cents noms et autant de paquetages, chacun doté d'un détail visible ou invisible permettant de l'identifier – un véritable casse-tête que Sev avait fini par résoudre, même s'il y avait passé du temps. Tout d'abord, seuls les hommes les plus expérimentés étaient choisis pour patrouiller autour du camp. Le garçon s'était donc concentré sur eux en priorité. Ensuite, le barda des officiers différait de celui des soldats du rang, qui eux-mêmes se répartissaient en trois catégories – archers, lanciers et fantassins tels que lui. Enfin, les chasseurs et les pisteurs portaient les plus gros sacs, en raison de leur équipement spécifique. Après s'être plongé dans ce jeu de patience qui avait occupé ses longues heures de marche et ses nuits sans sommeil, Sev avait fini par assembler le puzzle, pièce après pièce.

Le paquetage de Jotham, par exemple, était reconnaissable à sa sangle qui s'effilochait comme la tunique rembourrée de paille de l'Épouvantail du conte. Celui d'Ott, lui, empestait les feuilles à fumer et arborait une drôle de tache sombre en plein milieu. L'exact opposé du sac de Yara, dénué du moindre grain de poussière et à l'entretien impeccable, qui se démarquait justement par son absence d'usure ou de signe distinctif.

Malgré tout, certains bagages restaient impossibles à identifier pour Sev. Il ne restait plus qu'à espérer qu'aucun de leurs propriétaires ne soit envoyé monter la garde ce soir-là.

Le jeune homme continuait de faire les cent pas parmi les animaux. Le flot régulier des chutes d'eau toutes proches engloutissait le bruit et l'agitation en provenance du bivouac.

— Je peux te parler, soldat ?

L'intéressé sursauta, surpris de découvrir Kade debout devant lui, les mains dans le dos. Depuis leur discussion autour du feu, ils n'avaient pas échangé un seul mot et Sev, en pleine préparation, n'avait aucune envie de s'entretenir en cet instant avec quelqu'un qui le croyait incapable de mener à bien sa mission. Le serviteur n'allait quand même pas tenter de l'en dissuader encore ? Pas à quelques minutes de l'heure fatidique ?

— Je... Oui, bien sûr, répondit le fantassin, non sans méfiance.

Après avoir jeté un coup d'œil par-dessus son épaule pour s'assurer que personne ne l'avait vu s'approcher des bêtes, Kade se dirigea vers l'une des cascades en aval. Il s'arrêta à côté de la rivière, près d'une énième cavité, derrière un bosquet d'arbres et de buissons qui les dissimuleraient, lui et son compagnon.

Ses cheveux noirs couverts de gouttelettes de condensation, le serf dévisagea Sev un instant au milieu de cette symphonie d'eau crépitante. Le soleil de l'après-midi qui dardait ses rayons à travers le feuillage vint bientôt éclairer le visage de Kade tel un éclat de verre tranchant. Sa mâchoire, loin d'être contractée comme l'avait d'abord cru le soldat, se révéla plutôt tremblante, comme si le serviteur s'efforçait de contenir son émotion ou sa frustration.

— Je te dois des explications. L'autre jour, je...

— Tu ne vois pas mon implication d'un bon œil, mais c'est trop tard. Il n'y a rien à ajouter.

— À vrai dire, si, réussit à lâcher le serf. Je... C'est vrai qu'au début je te détestais.

Sev s'obligea à sourire, bien que la nouvelle ne l'amuse en rien.

— J'étais au courant... pour tes parents, ajouta Kade dans un souffle avant de marquer une pause.

Sans doute craignait-il de voir le soldat entrer dans une fureur aussi noire que la première fois où sa famille avait été mentionnée. Malgré tout, Sev demeura silencieux.

— J'ai entendu parler d'eux toute mon enfance, poursuivit le serviteur. À cette époque, je vivais dans le refuge qu'ils protégeaient. Quand l'armée de l'empire a attaqué, j'ai vu le feu de leurs phénix incendier les soldats ennemis depuis l'arrière du chariot qui nous éloignait du danger. Si je suis encore en vie, c'est grâce à tes parents. Alors, quand Illithya m'a dit que leur fils avait survécu, je n'avais... J'avais hâte de te rencontrer.

Le fantassin fut soudain pris d'une étrange sensation. Il se sentait si léger qu'il avait l'impression d'avoir quitté son propre corps. Kade savait donc qui étaient ses parents depuis le début... Il avait même vécu au refuge ! Sev se souvenait y avoir lui-même séjourné à plusieurs reprises, lorsque les pillards vandalisaient les villages voisins ou que les soldats de l'empire se rapprochaient trop de la frontière. D'autres fois, il y accompagnait son père ou sa mère pour y déposer de la nourriture, un peu de bois... n'importe quoi qui puisse aider. Les deux garçons s'y étaient-ils croisés ? Y avaient-ils joué ensemble ? Peut-être bien... D'ailleurs si l'enfant qu'il était alors avait écouté ses parents, il se serait retrouvé dans le même chariot que Kade, en route vers un endroit sûr.

— J'étais certain que tu ferais des merveilles, reprit le serf, que tu nous aiderais à remporter cette guerre, seulement...

— Seulement, non, compléta le militaire d'une voix sourde. Je n'avais aucune envie de me retrouver mêlé à votre combat.

— Ça me mettait dans une telle colère ! Ce jour-là, quand Ott et Jotham se sont arrêtés pour piller cette cabane, je... j'espérais de ta part une résistance héroïque : que tu leur tiennes tête et défendes cette pauvre fille ! Il m'a fallu du temps pour comprendre que c'était exactement ce que tu avais fait.

Sev fronça les sourcils.

— De quoi tu parles, au juste ? Je n'ai rien...

— Bien sûr que si ! Protester n'aurait fait qu'encourager Ott et Jotham dans leur sale besogne. Tout ce qu'on y aurait gagné, c'est qu'ils t'auraient renvoyé, choisi quelqu'un d'autre pour faire le guet... et qui sait ce qui serait arrivé à cette animage, si ce n'était pas toi qui l'avais trouvée !

Impossible pour le soldat de se laisser aller à apprécier de tels éloges, ni même de croire en leur sincérité.

— Rien qu'un coup de chance, répondit-il avec un haussement d'épaules peu convaincu. Teyke ne faisait que s'amuser à nos dépens.

Kade secoua la tête.

— Un coup du destin plutôt. C'était là le travail d'Anyanke qui entremêlait les fils de nos vies.

Son camarade tressaillit. Lui aussi l'avait perçue – cette force invisible qui ne cessait de les mettre sur le chemin l'un de l'autre. Et l'instant le confirmait : quelque chose au plus profond de Sev semblait le pousser vers le serf.

— Ce jour-là, reprit ce dernier, je t'ai reproché d'avoir voulu sauver ta peau. Et en un sens, c'était peut-être le cas. Mais tu as aussi protégé cette fille. Pourtant, rien ne t'y obligeait. Si on l'avait découverte, si ces brutes avaient appris que tu l'avais prévenue, que tu lui avais permis d'en réchapper... ça aurait pu mal tourner pour toi. Très mal, même. Et lors de ta tentative d'évasion, tu n'es pas revenu pour toi... Tu es revenu pour me couvrir. Même si je prendrais souvent d'autres décisions que les tiennes, je dois reconnaître que tu n'as pas toujours tort.

— Si je comprends bien... c'est ta façon à toi de me présenter des excuses ? demanda Sev sans parvenir à retenir un sourire naissant.

Kade laissa échapper un petit rire. La tension qui régnait entre eux s'atténua légèrement.

— En fait, ce que j'essaie de te dire, c'est non.

— Non ? répéta le militaire, décontenancé.

— En réponse à ta question, près du feu. Je te détestais peut-être au début, mais ce n'est plus le cas, non.

Une vague de chaleur emplit Sev, de la poitrine jusqu'au bout des doigts.

— Je ne comprenais pas, je refusais de comprendre ce que Trix te trouvait, ajouta Kade. J'étais en fait jaloux de votre entente. J'ai beau avoir passé plusieurs années de ma vie à vouloir devenir le digne successeur d'Ilithya Ombracœur, je ne suis pas taillé pour ce rôle. Il te revient.

Le soldat déglutit. Il avait fini par accepter l'idée qu'il avait sa place dans le camp des animages, aux côtés de Kade et de Trix, mais pas au point de se sentir l'héritier de l'ancienne espionne d'Avalkyra Pyromaque en personne.

— Ce n'est pas… Je ne suis pas…

— Pas encore, concéda le serf, un semblant de sourire aux lèvres. Mais tu y arriveras. Je t'aiderai.

Le moment où Trix lui avait demandé de se porter volontaire pour s'occuper des bêtes revint soudain à la mémoire de Sev. Kade et lui ne pouvaient alors pas se voir en peinture et le soldat avait cru que la vieille femme les forçait à travailler ensemble par pure méchanceté – ou pour lui faire comprendre qu'il avait plus en commun avec les serfs qu'il ne le pensait. Mais à présent, face au repentir de son camarade, il se demandait si elle n'avait en fait pas simplement cherché à améliorer la relation entre les deux garçons. Elle allait avoir besoin d'eux – et pas de manière ponctuelle, sur le long terme. Contrecarrer un seul assaut ne suffirait pas. Pour garder l'espoir de sauver les Dresseurs de phénix, il leur faudrait déjouer chacune des futures attaques et rebâtir la rébellion d'Avalkyra à partir de rien.

— Tous les deux, on est un peu le reflet l'un de l'autre… Tu ne trouves pas ? poursuivit le serviteur, la tête penchée de côté comme pour mieux étudier son comparse. Même âge, même taille… (Il eut un sourire en coin.) Enfin, à peu de chose près.

Le militaire avait beau rivaliser avec lui côté centimètres, il était loin du compte pour ce qui était du poids et surtout des muscles.

—Et nous voilà face à face, reprit Kade, chacun d'un côté du miroir, toi le soldat, moi le serf.

—On n'est pas chacun de notre côté, répliqua Sev. Plus maintenant.

Il se devait d'insister sur ce point. Car s'il s'était fait les mêmes réflexions que son compagnon sur leurs différences et leurs étranges similitudes, il tenait dorénavant à combler le fossé qui les séparait encore. Le serf hocha la tête, mais son expression s'était à nouveau assombrie.

—C'est juste que je... Ne risque pas ta vie pour me prouver ta bravoure, à moi ou à n'importe qui d'autre. Tu... (Sa bouche se tordit en une grimace, comme s'il cherchait ses mots.) Tu m'as déjà convaincu de ta valeur.

—Ah bon ? Mais comment ?

Sev luttait pour refréner le fol espoir qui s'était mis à grandir en lui. Kade haussa les épaules avec une désinvolture exagérée.

—En revenant, déjà. Puis en restant.

La gorge serrée, le jeune soldat mit un moment à se ressaisir.

—Même si je meurs, le jeu en aura valu la chandelle, finit-il par répondre en se frottant la nuque. Tout ce que je veux, c'est...

Il laissa retomber son bras étrangement lourd contre son flanc, puis le leva de nouveau, avec l'intention de tendre la main vers son camarade. Mais son courage l'abandonna à mi-chemin et sa paume s'arrêta, hésitante, entre eux deux.

—Quand je mourrai, reprit-il, que ce soit aujourd'hui, demain ou dans un siècle, tout ce que je veux, c'est reposer en paix, avec la certitude d'avoir, pour une fois dans ma misérable existence, agi comme il fallait. D'avoir enfin fait le bon choix. Je veux me ranger du côté de camarades, sans honte… De ton côté.

Incapable de soutenir le regard de Kade, il posa les yeux sur le creux de sa clavicule, là où pendait son matricule. Sev aurait voulu le déchiffrer, connaître le crime du serf et la durée de sa peine, mais sa tunique dissimulait l'inscription. Il voyait sa pomme d'Adam dodeliner à chaque fois qu'il avalait sa salive et dans la chaleur persistante de la journée, son cou luisait de sueur.

— Il y a quand même quelque chose que je ne comprends pas, commença le serviteur d'une voix profonde et emplie de tendresse. Pourquoi te mépriser me paraissait-il si simple, alors que t'apprécier s'est avéré si…

— Si quoi ? l'encouragea Sev, le souffle presque coupé à l'idée que Kade puisse réellement l'estimer.

— Compliqué, termina ce dernier, la mine résolue, avant de s'avancer.

Lorsque son torse rencontra la main de son interlocuteur, restée tendue, les deux hommes se dévisagèrent un instant. Les doigts du soldat reposaient à présent sur la poitrine du serf. Puis Sev recula d'un pas – un geste qui tenait moins de la dérobade, que de la question, de l'invitation.

Le serviteur n'hésita que le temps d'une respiration avant de suivre le mouvement. Au pas suivant, le dos du fantassin rencontra la pierre fraîche et humide de la paroi extérieure de la caverne. L'espace qui le séparait encore de Kade s'emplit soudain de la présence de celui-ci, du hâle doré de sa peau, de ses iris aussi brillants que des pierres précieuses et de ses épaules étonnamment larges. Sev frissonna. La pression qu'exerçait son compagnon contre sa paume lui donnait autant envie de le repousser que de l'attirer à lui, et de faire disparaître le monde entier autour d'eux.

Les rayons du soleil avaient beau ne plus éclairer le visage du jeune serf, leur tiédeur demeurait. Les paupières mi-closes, il entrouvrit les lèvres – à peine. Sur son thorax, les doigts du militaire se crispèrent. Alors, avec lenteur, comme pour ne pas l'effrayer, Kade posa ses mains contre la pierre, de part et d'autre de Sev, l'enfermant ainsi dans la prison de ses bras.

Les deux garçons restèrent figés en cet instant lumineux pendant ce qui parut au soldat une éternité – ou peut-être juste le temps de quelques battements de cœur, lourds et mesurés. Et, pile au moment où le fantassin avait rassemblé assez de courage pour fermer les yeux et se pencher en avant, le clairon retentit.

Sev revint à la réalité comme on sort la tête de l'eau. Il lui fallait retrouver son peloton avant que son chef, Ott, ne remarque son absence. Ensuite, après l'appel, la manœuvre de Trix débuterait.

La main du soldat retourna se poser sur sa propre nuque et le serf laissa retomber ses bras.

— Tu as les noms ? demanda ce dernier à voix basse.

Perdu dans la douceur de ce timbre – plus délicat que le miel –, Sev mit quelques secondes à recouvrer ses esprits et à comprendre de quoi parlait Kade. Les noms des sentinelles du soir… qui lui permettraient de déterminer quels paquetages empoisonner. Il s'éclaircit la gorge.

— Pas encore, j'y vais tout de suite.

En temps normal, la répartition des postes s'effectuait au petit matin, mais l'imminence de l'assaut avait chamboulé le programme habituel. Kade baissa la tête.

—Je te laisse faire, alors.

L'astre du jour s'effaçait peu à peu derrière les lointains sommets du Pyrmont quand les cuisiniers commencèrent à s'activer pour préparer le repas du soir. On accrocha les marmites au-dessus des foyers, les bouilloires commencèrent à frémir et, bientôt, boissons et plats furent saupoudrés de poison.

La main pressée contre sa poche, où une bosse trahissait la dose de poudre vénéneuse qu'on lui avait confiée, Sev s'éloigna du camp. Deux pincées par outre, et trois pour chaque pain d'orge ou portion de viande séchée. Si elle se dissolvait mieux dans un liquide, la réduction de Fleurs de flammes pouvait aussi pénétrer les aliments solides, même répandue en infime quantité. Une fois emballée dans une musette ou un morceau de tissu, elle émettrait des vapeurs toxiques. Comme la relève de la garde aurait lieu après le coucher du soleil, le jeune soldat disposait d'à peine dix minutes pour s'occuper des paquetages.

Les noms indiqués sur la répartition des postes lui bourdonnaient dans la tête comme des mouches. Sev avait certes déjà donné la mort auparavant, mais seulement par accident. Depuis qu'il avait rejoint l'armée, il n'avait encore pris part à aucun combat. En outre, l'idée de commettre un assassinat de sang-froid le mettait mal à l'aise. S'il ne connaissait personnellement aucune de ses cibles, leur élimination en était-elle pour autant justifiée ? La tâche lui serait à coup sûr plus facile, mais était-ce une bonne nouvelle ? Ces hommes avaient sans doute de la famille : des parents, des frères et sœurs, peut-être même des enfants – des vies entières rattachées à leur existence. En comparaison, Sev se sentait aussi inconsistant qu'un spectre : rien ni personne ne le retenait.

Ce n'est plus le cas, se rappela-t-il avant de se concentrer sur le travail qui lui incombait plutôt que sur les victimes. Il n'agissait ni par plaisir ni par intérêt, mais pour garantir la survie des Dresseurs de phénix, les seuls qui aient jamais protégé ses semblables. Partisan de la rébellion ravivée par Trix, le jeune homme se sentait enfin membre d'un clan.

S'éloignant de la rumeur du camp, il se fraya un chemin jusqu'au troupeau de lamas. Dix soldats étaient chargés de monter la garde ce soir-là – non que la compagnie se trouve en position particulièrement vulnérable, mais enfin, le repaire des Dresseurs n'était plus très loin. Sev leva les yeux vers les lambeaux de ciel visibles entre les arbres et la roche des cavernes. Histoire de se donner du courage, il pensa à ses parents qui s'étaient sacrifiés pour lui et les animages qu'ils cachaient. Il songea à Kade et à Trix, à Tilla, à Corem, au Gosse et à tous les serfs qui méritaient de vivre libres.

Il allait y arriver. Il remplirait sa mission.

Identifier les huit premiers paquetages ne présenta aucune difficulté. Les effets personnels qu'ils contenaient constituaient une extension de l'existence même de leur propriétaire. Aussi, pendant que Sev empoisonnait avec précaution les vivres des malheureux élus, il s'imaginait couper un à un les fils qui reliaient chaque soldat à son barda. La poudre de pétales lui collait aux doigts et y laissait des marques rougeâtres, pareilles à du sang. C'était l'une des raisons qui avait motivé Trix à contaminer le dîner et non le petit déjeuner : les traces du poison s'avéreraient plus difficiles à discerner dans l'obscurité.

Une fois le huitième sac refermé, le jeune homme considéra le nom du neuvième garde, l'un des deux soldats dont il n'avait pas réussi à repérer le barda. Ce militaire-là était de ceux qui voyageaient sans aucun effet personnel et se contentaient du strict minimum en termes de provisions. Une bonne dizaine de paquetages pouvaient lui correspondre et Sev ne disposait pas d'assez de Fleurs de flammes pour tous les empoisonner.

Les minutes défilaient. D'un instant à l'autre, les sentinelles désignées passeraient récupérer leur paquetage avant d'aller relever les gardes déjà en faction. Il fallait prendre une décision.

Mais au milieu du brouhaha incessant du camp, un coup de sifflet retentit soudain. Le garçon se figea. Ça ne faisait pas partie du plan.

Lorsqu'un second signal répondit au premier, Sev tendit le cou au-dessus les lamas. Cuisiniers et ordonnances avaient interrompu leur travail. Les soldats s'étaient levés, le regard tourné vers l'est. Quelques instants plus tard, une file d'hommes armés émergeait des bois et descendait vers les tentes.

On nous attaque ! songea le fantassin, terrifié. Aussitôt, ses entrailles se liquéfièrent et son front se couvrit de sueur. Pourtant, les intrus ne provoquèrent ni inquiétude ni résistance. Au contraire, on les accueillit en amis, avec force sourires et poignées de mains. Debout devant ses quartiers, le capitaine Belden attendait leur chef pour le saluer.

La vérité s'abattit sur Sev avec la légèreté d'une tonne de rochers : leur compagnie n'avait pas été la seule à gravir la montagne.

Dès lors, les pensées du jeune homme s'emballèrent. Les serfs n'avaient pas assez de poison pour autant de soldats, et quand bien même, la nouvelle troupe venait probablement avec ses propres réserves et serviteurs.

Trix avait reconnu ne pas avoir réussi à intercepter la totalité des messages de Belden. À l'évidence, elle avait manqué une information cruciale : celle concernant la venue de renforts. La vieille animage et ses alliés jugeaient déjà les effectifs restreints de leur compagnie comme un atout suffisant pour permettre à l'empire de mener une action furtive, mais fatale, contre les Dresseurs de phénix. Avec l'arrivée de cette seconde compagnie, leur unité venait de doubler sa force de frappe initiale – au bas mot –, renforçant la menace qui planait sur les Dresseurs. Le conseil s'était bien gardé d'envoyer tous les soldats d'un seul bloc vers les sommets du Pyrmont – dissimuler la progression de deux cents hommes se révélait déjà assez compliqué. Les deux compagnies avaient donc cheminé séparément jusqu'à ce point de rendez-vous, d'où elles pourraient lancer un assaut commun.

Sev balaya les environs du regard. Son cœur affolé battait contre ses côtes à un rythme infernal. Trop tard pour faire machine arrière : outres et gamelles avaient déjà été frelatées. Quand les militaires engloutiraient leur dîner – ce n'était plus qu'une question de temps –, les effets du poison se feraient vite sentir.

Non loin, à l'entrée d'une des grottes, une cuisinière vidait l'air de rien une casserole par terre, pendant qu'en bordure du camp, un serf ajoutait un surplus de farine à la pâte qu'il était en train de préparer. Ainsi diluée, la poudre de Fleurs de flammes épargnerait peut-être la vie des soldats, quitte à ce qu'une poignée d'entre eux rende leur repas. Malgré tout, un vent de panique soufflait dans les rangs des rebelles. Leurs murmures précipités étouffés par le bruit des bottes, leurs gestes enfiévrés masqués par l'éclat des lames d'acier, tous tentaient de faire avorter le plan initial. Les bêtes de somme de la seconde compagnie apparurent bientôt à la lisière du bois, guidées par des serfs, qui mirent le cap vers le troupeau où se cachait toujours Sev. Par chance, ils avançaient au pas. Le jeune homme avait beau fouiller des yeux l'essaim de silhouettes qui s'affairaient entre les tentes, il ne parvenait à repérer ni Trix, ni Kade, ni aucun autre visage familier.

Les nouveaux arrivants commencèrent à s'installer, puis le ragoût fut servi, accompagné de pain frit. Les outres passèrent de main en main. Le poison mettrait environ dix minutes à agir : le temps que les premiers effets se manifestent, tout le camp serait déjà en train de manger.

Le chef de la deuxième troupe avait rejoint Belden sous sa tente, compliquant sans doute l'intervention de Trix. Irait-elle jusqu'au bout malgré tout ? Tuer les deux officiers – si elle y parvenait – suffirait-il à annuler l'assaut prévu ? Mais même dans ce cas, rien ne garantissait que les serfs puissent s'en sortir vivants. Trop de soldats leur faisaient désormais face, trop de paquetages, trop de marmites, trop de bouches à contaminer… Leur plan tournait au désastre et Sev ne pouvait rien y faire, mis à part attendre d'en contempler l'ampleur.

Tout d'abord, vinrent les haut-le-cœur. Puis les vertiges, les crachats et les crampes d'estomac, assorties de plaintes et de jurons.

Le jeune homme aperçut plusieurs soldats se précipiter en titubant qui vers le couvert des bois qui vers la pénombre des cavernes pour y vomir ou s'y soulager. Du bruit ou de l'odeur, il n'aurait su dire ce qui était le pire.

Voyant les malades s'attarder et plusieurs de leurs camarades prendre le même chemin qu'eux, quelques-uns des militaires se mirent à renifler leurs outres d'eau et leurs pichets d'alcool, puis à les vider sur le sol. D'autres eurent l'idée de trifouiller dans leur plat et, constatant que leurs doigts se tachaient de rouille, se dépêchèrent de jeter le contenu de leurs gamelles.

Des cris se mêlaient désormais aux vociférations et, bientôt, des accusations sifflèrent. La nourriture était immangeable ! Elle était avariée !

Elle était empoisonnée !

Sitôt le mot lâché, le camp sombra dans le chaos. Ordonnances et cuisiniers furent empoignés puis traînés à genoux dans l'herbe ou la poussière. Sev vit des domestiques en pleurs implorer grâce avant d'avoir la gorge tranchée d'un coup d'épée. Ceux qui tentaient de fuir s'effondraient au bout de quelques pas, le dos transpercé par une flèche ou une lance. Fermant les yeux, le jeune homme pria pour que le Gosse et ses compagnons aient l'intelligence de garder le silence et de se faire discrets. Si les serfs n'étaient pas directement impliqués dans la préparation des repas, ils s'occupaient toutefois de l'approvisionnement et, à l'exception des militaires, personne n'échapperait au soupçon.

Les paquetages ! se rappela soudain Sev avant de faire volte-face. Avec l'arrivée de la nouvelle compagnie, aucune des sentinelles désignées pour la nuit n'était encore venue chercher son sac avant de prendre la relève des gardes de jour. En se débrouillant pour effacer les traces de son forfait, Sev pouvait au moins espérer disculper les serfs assignés à la supervision des bêtes de somme. Au milieu des lamas agglutinés qui, affectés par le tumulte du camp, piaffaient et trépignaient, il se dépêcha – non sans mal – de retrouver chacune des rations contaminées.

Il se bagarrait avec une sangle lorsqu'un bruit de pas s'éleva dans son dos. Un pas irrégulier, vacillant et un peu traînant.

Jetant un coup d'œil par-dessus son épaule, le jeune homme se retrouva nez à nez avec Ott. Le visage trempé de sueur, le menton maculé de ce qui avait tout l'air d'une traînée de vomi, le Bouffon semblait avoir du mal à tenir debout. Sev n'était pas surpris de le voir malade : ce glouton ne manquait jamais une occasion de se placer en tête de file, qu'il s'agisse de boire, de manger ou de choisir le meilleur poste. Pour l'heure, et même si elle paraissait sur le point de lui échapper, il serrait entre ses doigts sa fidèle arbalète, visiblement persuadé qu'un carreau avait le pouvoir d'anéantir le poison qui le tuait à petit feu.

Ott cligna des yeux, puis son regard passa des mains de Sev – à moitié plongées dans un sac – vers le sol jonché de la nourriture que le garçon avait déjà piétinée. Plus vite que son état ne le laissait présager, le malade se jeta en avant et attrapa le jeune homme par le bras, avant de lui tordre la main de manière à révéler le pigment rouge sombre qui s'étalait sur ses doigts.

Il relâcha aussitôt sa prise avec un ricanement, leva son arbalète et la pointa sur le front de son prisonnier.

— Traître, réussit-il à articuler.

Sev eut beau regarder de part et d'autre de son agresseur, il se savait bloqué par la masse laineuse des lamas anxieux, qui ne cessaient de remuer et de s'agiter en tous sens.

— Ott... commença-t-il.

Sa deuxième main toujours enfoncée dans le paquetage, il continuait d'y fureter, espérant y dégoter une arme ou n'importe quel objet lourd qui puisse l'aider à se sortir de ce mauvais pas.

— Je ne vois pas de quoi tu parles. Je...

— Silence ! assena le soudard d'une voix rauque.

L'inquiétude des bêtes plombait la langue du jeune animage d'un goût caractéristique, auquel se mêlaient les relents de fruit trop mûr de sa propre terreur.

Soudain pris d'une quinte de toux, Ott baissa son arme et se plia en deux, crachant et éructant tout son soûl. Sev y vit sa chance, mais à peine avait-il esquissé un geste que son adversaire releva l'arbalète.

— N'y... pense... même pas, parvint à lâcher le malade, ragaillardi par de nouveaux bruits de pas qui s'approchaient. Ohé ! Par ici ! Par ici !

En dépit de l'hystérie qui l'agitait, ses appels restaient trop faibles pour porter bien loin. Il prit une profonde inspiration pour gonfler au maximum ses poumons, puis se remit à crier :

— Par ici ! J'ai attrap…

Un craquement sourd le coupa dans son élan. Sortie de nulle part, une énorme branche venait de l'assommer, l'envoyant face contre terre, tel un tas inerte dans la poussière.

Derrière lui apparut la silhouette de Kade. Jetant son gourdin de fortune, le serf ramassa l'arme d'Ott et la dirigea droit sur le cœur de Sev.

L'amour romantique que l'on voue aux hommes ou aux femmes m'importait peu. Je ne voulais que le trône qui me revenait de droit, et Phéronia à mes côtés. Ma sœur serait mon héritière, et ses enfants lui succéderaient.

CHAPITRE 32
SEV

À mieux y regarder, Kade ne visait pas le cœur de Sev, mais plutôt son épaule. Avant que le soldat ait pu reprendre sa respiration, un carreau fusa à son oreille et se planta avec un bruit mat dans le torse de l'homme qui s'approchait en douce derrière lui. Quand son cerveau parvint enfin à rattraper les battements effrénés de son cœur, il se retourna, bouche bée. Par terre, le projectile enfoncé dans les côtes et la poitrine maculée de sang, gisait Jotham. Fuyant le cadavre et l'agitation, les lamas s'étaient aussitôt éloignés, même si Sev se doutait que son sauveur s'efforçait de les apaiser – sans quoi, les animaux paniqués les auraient déjà piétinés.

Il faisait nuit noire à présent, et le temps que le soldat détache ses yeux du corps du trépassé, il ne distinguait presque plus le visage du serf. Kade le prit par le bras et l'entraîna hors du troupeau, jusqu'au bosquet d'arbres où ils s'étaient cachés pour discuter à peine quelques heures plus tôt.

Tapi là, le regard vide, Sev resta un moment les yeux fixés sur le chaos qui s'était emparé du bivouac, visible à travers le feuillage. Aussi ne remarqua-t-il pas tout de suite que son camarade n'était plus à ses côtés. Dans son dos, une pente abrupte plongeait vers la cascade. Kade se tenait là, accroupi devant le bassin, sa silhouette se découpant sur la brume qui s'élevait des eaux tumultueuses. Il creusait.

Une fois le choc des événements passé, le fantassin se laissa glisser tant bien que mal le long du dévers, le plus vite et le plus silencieusement possible. Le serf envisageait-il d'enterrer Jotham et Ott ? À quoi bon quand le camp entier se transformait petit à petit en cimetière ?

Lorsqu'il s'arrêta près de Kade, Sev avisa dans l'obscurité des sacs de jute, éparpillés non loin de l'arbalète abandonnée. La moitié des grains dorés qu'ils contenaient étaient éparpillés sur le sol comme autant d'étoiles dans le ciel. Juste à côté, étaient empilés une dizaine de gros cailloux lisses de couleur grise. En voyant son camarade soulever l'un d'eux à deux mains avec la plus grande délicatesse, Sev comprit qu'il ne s'agissait pas de pierres ordinaires. Sans doute Kade était-il déjà à l'ouvrage lorsqu'il avait entendu Ott aborder le jeune conscrit. Mais que faisait-il au juste ?

Les regards des deux garçons se croisèrent. Dans le noir, les traits du serviteur étaient à peine visibles.

— Ce ne sont pas de vulgaires cailloux, pas vrai ?

Kade secoua lentement la tête, puis en tendit un à son compagnon pour le laisser l'examiner de plus près. Émoussée tel un galet tiré du lit d'une rivière, la surface érodée au fil du temps par la minutie et la régularité des flots, la mystérieuse sphère avait l'apparence d'un…

— Ce sont des œufs, répondit le serf d'un ton empreint de révérence. Des œufs de phénix.

En un éclair, le moment où Trix avait reproché à Sev d'avoir manqué tout gâcher en cherchant à déserter lui revint en mémoire. Sur le coup, il avait cru qu'elle s'inquiétait seulement de la punition de Kade, mais peut-être sa colère cachait-elle d'autres griefs. Les sacs de graines dissimulaient-ils leurs inestimables joyaux depuis le début ? Se pouvait-il que le jeune soldat ait failli voler sans le savoir un lama chargé d'œufs de phénix ?

De nouveaux cris s'élevèrent soudain du côté du camp. Le serviteur se hâta de récupérer son trésor pour le placer dans la petite fosse qu'il venait de creuser.

— J'étais censé les remettre aux Dresseurs. (Un à un, il disposait les œufs dans le trou.) Je les surveille depuis notre départ d'Aura Nova. Je ne les ai pas lâchés des yeux un instant. Enfin, jusqu'à ta tentative d'évasion. Mais là… j'ai bien peur qu'on y passe tous.

Un voile de terreur glissa sur son visage. Il déglutit avant d'ajouter, abattu :

— Je ne veux pas risquer que ces œufs soient découverts. Qu'on ait fait tous ces efforts… en vain.

— Ça n'arrivera pas, répondit Sev avec fougue. On est encore debout tous les deux, et en vie ! On ira les porter aux Dresseurs ensemble.

— Il y a des soldats partout. Si jamais ils…

—Justement, l'interrompit-il. N'oublie pas que je suis l'un des leurs.

Le serf, qui s'apprêtait à s'emparer d'un nouvel œuf, sembla soudain hésiter.

—Sev, je…

—Remballe-moi tout ça. On les emporte. Si on nous arrête, je dirai que j'ai été missionné par un de mes supérieurs. Allez, dépêche-toi.

Kade acquiesça, puis chercha du regard un contenant plus solide que les sacs de jute éventrés qui camouflaient jusque-là la précieuse cargaison. Le fantassin remonta comme une flèche le long de la pente, détacha une sacoche du dos d'un des lamas, puis s'en retourna près de la rivière où il la vida avant de la présenter ouverte à son complice.

Larges comme une main, les douze œufs s'avéraient aussi lourds que de véritables pierres. Leur poids cumulé était donc conséquent et la bandoulière sembla entailler la peau de Kade lorsqu'il se passa la sacoche à l'épaule. Les jambes et les bras parcourus par le fourmillement de l'adrénaline, Sev étudiait les alentours. Il se redressa dès que le serf fut prêt à partir et tous deux se mirent en marche. La rivière marquait la limite est du camp. S'ils laissaient derrière eux les cascades et la suivaient vers le sud, ils atteindraient assez vite une portion assez étroite pour être franchie à gué. Une fois sur l'autre rive, ils pourraient accélérer l'allure, puis s'enfoncer dans les bois, non sans oublier de prier Teyke pour ne pas croiser une autre compagnie.

À en juger par le plan d'attaque exposé aux fantassins, le repaire des Dresseurs se situait quelque part vers le nord-est. Avec un peu de chance, les deux fugitifs parviendraient à les retrouver – ou à se faire repérer par leurs guetteurs – et pourraient les prévenir de l'imminence de l'assaut des forces impériales avant qu'elles aient le temps de se regrouper.

— Eh, toi là-bas ! Magesclave ! lança soudain une voix, qui coupa les deux camarades dans leur élan.

Kade avait beau marcher juste à côté de son comparse, sa taille et la chaîne passée à son cou le rendaient plus visible. Le jeune fantassin grimaça et se retourna vers les soldats qui approchaient.

— Un problème ?

Il se plaça devant son compagnon dans l'espoir de faire bouclier et d'accaparer l'attention des nouveaux venus. Par chance, ils faisaient partie des renforts et non des hommes de la compagnie de Sev, qui le prenaient pour un simple d'esprit.

— Je crois bien, oui, répondit celui qui les avait apostrophés. Tu n'as pas vu ce qui se passe au camp ?

Ils n'étaient que deux. Dans leur dos, on percevait encore le rougeoiement des feux de cuisine. À contre-jour et dans l'obscurité, il était toutefois impossible de discerner leurs traits.

— Bien sûr que j'ai vu, rétorqua Sev avec un haussement d'épaules dédaigneux. On était en train de regarder pour puiser de l'eau – ordre du capitaine. Mais je pense qu'il vaut mieux qu'on aille plus en amont, finalement.

— Pourquoi tu ne te sers pas ici ? demanda le plus petit des deux soldats, un doigt pointé vers les remous derrière les fuyards.

— Oui, et d'ailleurs, où est ton seau ? ajouta le premier.

— Je comptais bien prendre l'eau ici, mais vous avez vu ce que les autres vomissent dans la rivière à côté des tentes ? répliqua Sev, la gorge sèche bien qu'il ait opté pour l'affabilité. Je ne préfère pas prendre de risque. Surtout pour le capitaine. Quant à mon seau, qu'est-ce que vous croyez qu'il y a dans ce sac ? Des œufs de phénix ?

Pour accentuer son effet, il avait désigné Kade d'un geste méprisant, non sans s'en mordre la langue. La blague eut le mérite de déclencher le rire de ses interlocuteurs, qui parurent se détendre.

— Bon, on ferait mieux d'y aller, reprit Sev. Faudrait pas faire attendre le capitaine.

Plus ils restaient là à papoter avec ces soldats, et plus leurs chances de s'en tirer s'amenuisaient. Sans laisser aux autres le temps de répliquer, le jeune fantassin donna donc un coup de coude à son camarade et tous deux commencèrent à repartir d'où ils étaient venus. Pour traverser la rivière, il leur faudrait attendre que les gêneurs leur laissent le champ libre. Mais tout à coup, le plus grand des soldats les interpella :

— Attendez ! (Sev se retourna, la main serrée sur la manche de Kade.) De quel capitaine parles-tu ?

L'intéressé déglutit.

— Belden.

Qu'aurait-il pu répondre d'autre ? Il ne connaissait même pas le nom de l'autre officier.

— Belden ? répéta l'homme d'un ton lourd de soupçons.

Son compère porta la main à sa ceinture.

— Il est indisposé, Belden. Quand t'a-t-il donné cet ordre ?

Le cœur de Sev rata un battement. Sous sa paume, il sentit Kade se crisper. Il cherchait encore quoi répondre quand un souffle lui balaya la nuque, portant la voix du serf. Autour d'eux, le monde ralentit sa course et les sens du jeune fantassin s'affûtèrent, si bien qu'il comprit les mots de son compagnon avant même de les entendre vraiment.

Il y eut le choc sourd de la sacoche lorsqu'elle heurta le sol, puis la respiration du serf et le crissement de ses semelles lorsqu'il détala. Toute trace de sa présence s'évanouit dans un coup de vent.

Si Sev vécut ce moment dans toute sa pureté, comme un instant figé, les soldats, eux, se ruèrent aussitôt derrière le fugitif – que sa dérobade désignait comme l'unique menace –, abandonnant son complice, seul au milieu de la forêt.

Plus rapide qu'un pur-sang stellan, l'ombre agile de Kade bondissait par-dessus les obstacles et se glissait entre les arbres. Bientôt, les exclamations de ses poursuivants se mêlèrent aux bruits et aux craquements du sous-bois avant de disparaître complètement.

Quand Sev reprit ses esprits, ses muscles semblaient visiblement prêts à ce qu'il se lance à la suite de son ami pour l'aider à sauver sa peau. Pourtant, les mots de Kade revinrent titiller ses pensées comme autant de pierres précieuses agitées dans un bocal vide.

« Tu sais ce qu'il te reste à faire », lui avait glissé le serf avant de lâcher son chargement et de filer.

Le jeune soldat regarda le sac à ses pieds.

« Tu sais ce qu'il te reste à faire. »

Kade s'était sacrifié, attirant l'ennemi loin de son complice et de son précieux fardeau. À Sev désormais de se débrouiller pour prévenir les Dresseurs du danger imminent et leur faire parvenir les œufs sans encombre.

Le jeune homme ferma les yeux à s'en faire mal pour mieux se concentrer. Les oreilles aux aguets, osant à peine respirer, il attendit le cri de douleur ou de triomphe qui lui signalerait que Kade avait été abattu. Mais son sang – aussi impétueux que le flot des cascades et le tintamarre du bivouac – lui battait si fort dans les tempes qu'il couvrait tout autre son. Les jambes flageolantes, le soldat se pencha et hissa la sacoche sur son épaule. Elle se révéla plus lourde que prévu : traverser le camp ainsi harnaché relèverait du défi. Quant à gravir la montagne… Sev préférait ne pas y penser.

Il songea alors à Trix. Elle au moins saurait quoi faire – pour peu qu'elle soit encore en vie, bien sûr. Elle leur sauverait la mise. Il lui confierait le sac et, une fois les œufs de phénix en sécurité, il partirait aider Kade. Le serf était aussi intelligent qu'ingénieux… Il réussirait à semer les soldats. Il les neutraliserait comme il s'était débarrassé d'Ott et de Jotham, ou bien il se cacherait jusqu'à ce que tout danger soit écarté. Oui, si Sev arrivait à retrouver Trix, tout rentrerait dans l'ordre.

Il remonta vers le sommet de la colline, en faisant attention de contourner les grappes éparses de militaires à genoux qui rendaient tripes et boyaux. Dans la caverne où était stockée la nourriture, les moins mal en point s'échinaient à déchirer le moindre ballot de provision, à renverser le moindre tonneau. Le vacarme étouffait le bruit des pas de Sev, qui put passer devant la grotte sans se faire repérer.

Un peu plus loin, dans l'ombre, se dressaient les quartiers du capitaine. Puisque Belden était « indisposé » – ainsi que l'avait dit l'homme de l'autre compagnie –, Trix avait sans doute réussi à lui faire ingérer une dose même minime de poison. Avec un peu de chance, l'ancienne espionne se cachait encore dans les parages et réfléchissait à la suite.

Les abords de la tente de Belden grouillaient d'activité – les soldats allaient et venaient chargés de plateaux d'aliments et de fûts de vin à examiner pour en déterminer la comestibilité. Sev s'accroupit à la hâte dans l'ombre des arbres les plus proches. De son poste d'observation, il apercevait l'intérieur du pavillon de toile, au-delà du rabat à moitié relevé de l'entrée.

Sur les nattes tissées qui recouvraient le sol, l'ordonnance qui servait ses repas au capitaine gisait dans une mare de sang. Les parois de la tente, ainsi que la table, dégoulinaient de projections de nourriture et, au milieu de ce décor, Belden serrait de ses deux mains le manche d'une hache gigantesque – presque démesurée pour un homme à la carrure aussi sèche. Tremblant de tous ses muscles sous le poids de l'arme, il en menaçait une serve agenouillée devant lui, les bras maintenus dans le dos par un soldat.

L'estomac de Sev fit une embardée. C'était Trix. La lame aiguisée de la hache reposait à présent sur sa nuque. Un filet de sang lui coulait au coin des lèvres et un hématome violacé s'étalait sur sa joue, pourtant au fond de ses yeux, les flammes du brasero dansaient. Malgré sa position humiliante, la vieille femme gardait la tête haute et toute sa fierté. Elle mourrait en guerrière, décapitée comme sa chère Bellatrix.

Belden lui hurlait dessus, ses paroles se perdant au milieu du vacarme environnant. Qu'importe, il arrosait sa prisonnière de postillons, ne s'accordant de répit que le temps de s'attraper le ventre pour combattre les haut-le-cœur.

Quand Sev se décala d'un pas afin de mieux observer la scène, son regard croisa celui de la serve. L'ancienne espionne sonda un instant le vide derrière le jeune fantassin, puis sur les côtés, avant de s'attarder sur son épaule et sur la sacoche de cuir qui y pendait, bombée par les œufs qu'elle contenait. Le visage de Trix passa aussitôt de l'inquiétude au soulagement. Elle plissa les paupières et, d'une brève œillade sur le côté – presque imperceptible –, intima au garçon un ordre silencieux qu'il n'eut aucun mal à comprendre : *Va-t'en.*

Pourtant, il resta immobile, indécis. Il devait bien exister un moyen d'aider la vieille femme. Il ne pouvait pas la laisser mourir, l'abandonner à son sort comme il avait si souvent été contraint de le faire par le passé – avec ses parents d'abord, et avec Kade, quelques minutes plus tôt.

Cherchant désespérément une idée ou l'inspiration, il balaya la tente des yeux, mais Trix ne voulait rien savoir. Les narines et les pupilles dilatées par l'urgence de la situation, elle réitéra sa consigne muette. Les dents serrées, Sev secoua la tête. *Hors de question.* Comment leur plan avait-il pu si mal tourner ? C'était lui qui était censé risquer sa vie, quitte à y rester ! Pourquoi fallait-il que tous ses complices soient mis hors-jeu et qu'il se retrouve seul ?

Soudain, Belden se pencha sur sa prisonnière, qui leva les yeux vers lui, les lèvres tordues en une expression moqueuse… ou plutôt, non : en un sourire. Un sourire carnassier et terrible, teinté de sang. Si Trix faisait face au capitaine, mais son regard, aussi pénétrant qu'un poignard, s'arrêta de nouveau sur son complice.

— Elle est vivante, annonça-t-elle. Avalkyra Pyromaque est vivante. Et bientôt, elle réduira votre précieux empire en cendres.

Incendiaire, la prophétie tira à Sev un frisson. Dans un brusque grognement de bête sauvage, Belden avança alors d'un pas, leva sa hache haut au-dessus de la nuque de l'animage et l'abattit d'un coup sec. La lame heurta la chaîne de métal de Trix avant de pénétrer en profondeur dans ses cervicales et de l'accompagner quand elle s'effondra au sol. Le sang jaillit en tous sens, mais le bourreau arrachait déjà son arme du cou de sa victime pour la frapper une deuxième fois, puis une troisième. À chaque impact, le cadavre de la serve se convulsait, jusqu'à ce que le capitaine jette sa hache et se plie en deux pour vomir.

Sev aurait aimé pouvoir en faire autant. Son estomac se révulsait, ses entrailles se soulevaient, mais rien n'en sortait. Sous le choc, sa gorge se serra si fort qu'il en eut le souffle coupé. Ses jambes semblaient ne plus répondre.

Incapable de supporter un spectacle aussi atroce, il détourna le regard de la dépouille mutilée, avant de s'éloigner d'une démarche incertaine. Trébuchant sur chaque branche, il se fondit bientôt dans la nuit. « *Elle est vivante.* » Trix avait-elle dit la vérité ou bien cherchait-elle simplement à provoquer le capitaine ? Sa déclaration n'avait aucun sens. N'avait-elle pas elle-même raconté à Sev comment les deux princesses étaient mortes au cours de la Dernière Bataille ?

Son fardeau à l'épaule – tel un poids alourdissant ses pensées comme ses membres –, il se força à tout laisser derrière lui : le sang, la mort et l'idée que Trix ne reverrait jamais de phénix.

« *Tu sais ce qu'il te reste à faire.* »

Avertir les Dresseurs. Mettre les œufs en sécurité.

Soudain, des cris s'élevèrent, plus proches et plus clairs que les clameurs du camp. Le jeune homme s'était-il fait repérer ? Sans se retourner ni hésiter, il prit ses jambes à son cou et s'enfonça toujours plus profond dans les ténèbres de la forêt. Des bruits de pas – les siens ? ceux d'autres soldats ? – résonnaient à ses oreilles, au milieu des craquements des feuilles et des brindilles.

Il déboucha bientôt dans une petite clairière où l'épais tapis herbeux le disputait aux racines noueuses. Au fond, le terrain plongeait à pic, et au-delà, l'obscurité s'étendait à l'infini. Sev aurait bien sauté, mais dans le noir, impossible d'évaluer la hauteur du plongeon ni ce qui l'attendait en contrebas. Un matelas d'herbe semblable à celui qu'il foulait à présent ? La rivière ? Ou bien une fosse remplie de rochers acérés qui mettraient un terme à sa vie ?

« *Tu sais ce qu'il te reste à faire.* »

De nouveaux cris et bruits de bottes. Le fugitif n'avait toujours pas bougé et le danger se rapprochait. Le frottement métallique d'une épée qu'on dégaine se fit entendre, puis la vibration d'une corde d'arc, et enfin… Le choc lui fit perdre l'équilibre et il n'eut plus besoin de se demander vers où s'enfuir. Le souffle coupé par une effroyable douleur à l'épaule, le cœur au bord des lèvres, Sev avait basculé et dégringolait dans le vide.

Dans l'ancien reinaume de Pyra existait autrefois une fonction de grand prestige, au service exclusif de la souveraine. Les combattants incandescents qui se tenaient aux côtés de leur monarque rayonnaient et flamboyaient au grand jour, mais dans l'ombre que créait leur lumière, l'homme ou la femme qui occupait cette position particulière opérait en secret.

Qu'il s'agisse de distiller un poison ou de saisir au vol un murmure, ces maîtres espions évoluaient sans être vus ni remarqués au sein de l'élite pyraéenne, au milieu de ses reines guerrières et de ses conquérants du ciel. De par leur discrétion, l'histoire a souvent perdu trace de leurs actions ou même de leur identité. Dans les rares registres les mentionnant, n'apparaît pour les désigner qu'un seul nom : Ombracœur.

Les patronymes, en Pyra, sont le plus souvent hérités de dynasties immémoriales ou de puissantes lignées magiques. Toutefois, il arrivait qu'ils s'acquièrent au mérite. Ainsi, les Ombracœur pouvaient être de la plus basse extraction et s'élever au-dessus de leur condition de naissance pour finir par compter parmi les serviteurs les plus loyaux de la couronne.

On dit de cette caste qu'elle perdit son utilité avec la fondation de l'empire. Le conseil exigeant la transparence, les affaires clandestines ne furent plus tolérées. Malgré tout, l'aptitude à se faire oublier et à rester méconnus est dans la nature même des Ombracœur. En conséquence, peut-être n'ont-ils jamais vraiment disparu.

« La reine et le conseil », extrait de *Gouverner, hier et aujourd'hui*, Olbek, grand prêtre de Mori, 137 ap. E.

Je lui aurais tout donné.
Tout.

CHAPITRE 33
VÉRONYKA

De toute la journée, Ersken ne laissa pas une seule minute à Véronyka. Accaparée par ses nouvelles tâches, la jeune fille n'eut donc pas le temps d'expliquer à Xéphyra la situation. Elle mourait pourtant d'envie de savoir si son phénix se plaisait au Nid d'Azurec ou s'il rêvait de s'enfuir. Elle avait déjà raté tant d'événements – ils auraient dû vivre ensemble depuis des semaines.

Mais pour impatiente que l'animage était de passer un peu de temps avec l'oiseau, la perspective d'avoir à lui expliquer l'abominable raison d'être de sa cage ne l'enthousiasmait pas. Elle se promit de procéder avec délicatesse et de chercher à se faire une idée précise du moral de Xéphyra avant de lui dire la vérité, afin de ne pas lui causer plus de peur et de souffrance que nécessaire. Son phénix avait besoin de récupérer. Et elle aussi.

Tous deux auraient plus de chance d'être tranquilles après la tombée de la nuit, quand la majorité des résidents de la forteresse seraient couchés. Pour tuer le temps,

Véronyka passa sa soirée dans les cuisines à proposer son aide ici où là, sans manquer une occasion de quémander auprès de Morra quelque douceur. Quand Tristan entra dans la grande salle à l'heure du dîner, elle le vit se tordre le cou et fouiller les tablées du regard pour finir par s'installer, abattu, à côté des autres apprentis. Rien qu'à l'idée qu'il ait pu la chercher, elle, la jeune fille dut se retenir de ne pas courir le rejoindre.

Plus tard, une fois le silence tombé sur la forteresse, elle retourna au Nid d'Azurec. Elle se trouvait à mi-chemin dans l'escalier qui menait aux cages lorsqu'une secousse inattendue ébranla le lien qui l'unissait à son phénix.

Xéphyra !

Le choc déstabilisa l'animage. Elle s'appuya d'une main contre le mur, avant d'explorer son esprit jusqu'à trouver l'endroit où s'épanouissait sa connexion avec son âme sœur. Mais les pensées et les sensations transmises par son phénix semblaient aussi embrouillées qu'incohérentes. Si Véronyka avait perdu l'habitude d'être liée à un autre être vivant et de rester attentive à ce qu'une part d'elle-même soit toujours accessible, il en était apparemment de même pour Xéphyra. La jeune fille ne comprenait rien aux réactions de l'oiseau… En revanche, une chose était sûre, on était de nouveau en train de l'enchaîner. Que pouvait-il bien se passer ?

Juste avant d'atteindre le fond de la fosse, l'animage ralentit et s'exhorta au calme. Peut-être Ersken accordait-il aux femelles une sortie nocturne. Peut-être se tracassait-elle pour rien.

Son cœur n'en battait pas moins à tout rompre – et qu'elle vienne de dévaler quatre à quatre plusieurs volées de marches n'en était pas l'unique raison. Elle partageait surtout la confusion de Xéphyra dans les moindres détails, or la sensation lui rappelait beaucoup trop les instants qui avaient précédé la mort de l'oiseau.

La jeune fille s'arrêta dans l'ombre de la galerie, puis jeta un coup d'œil en contrebas. Debout devant les cages, Ersken et le commandant semblaient observer ce qui se passait à l'intérieur et commentaient la scène à voix basse. De sa cachette, Véronyka n'entendait pas un mot de leur conversation ni ne voyait ce qui les captivait. Xéphyra avait beau s'être un peu apaisée, son angoisse restait palpable.

Au lieu de continuer à descendre pour rejoindre la cour en contrebas, l'intruse avança discrètement le long du couloir, jusqu'à finir par apercevoir son phénix... mais l'oiseau n'était pas avec ses deux congénères. On l'avait transféré dans la cellule voisine.

Soudain, une main se posa sur l'épaule de Véronyka. La jeune fille fit volte-face dans un sursaut. Juste derrière elle, dans l'obscurité, Tristan la dévisageait, perplexe.

— Ça va ? lui demanda-t-il dans un murmure. Qu'est-ce que tu fais là ?

Il sonda un instant son visage comme pour saisir le sens de son expression inquiète et de ses coups d'œil répétés vers les cages. Suivant son regard, il finit par aviser Xéphyra, séparée des autres phénix. Les traits du jeune homme se durcirent.

— C'est donc pour ça qu'il m'a convoqué, marmonna-t-il.

Une litanie de questions monta dans la gorge de Véronyka, mais elle n'en formula aucune. Pas la peine : elle connaissait déjà la seule réponse qui importait vraiment.

Car si elle n'avait pas pris le temps d'y réfléchir plus tôt dans la journée, la fonction de la seconde cage lui paraissait à présent évidente : on l'utilisait pour les accouplements. Un frisson remonta le long de l'échine de la jeune fille. Elle qui pensait disposer de plusieurs semaines pour sortir Xéphyra de ce guêpier n'avait même pas eu vingt-quatre heures…

— Non, souffla-t-elle, à peine audible.

Elle tendit le cou pour mieux voir son oiseau tout en s'efforçant d'entrer en communication avec lui *via* le lien qui les unissait.

— Elle est trop jeune. Elle n'a jamais… elle n'est pas…

Véronyka cherchait ses mots, mais Tristan ne lui en laissa pas le temps.

— Je sais, la coupa-t-il, la mine sombre.

Il la dévisagea un moment, parut prendre une décision puis s'éloigna d'un pas résolu pour descendre dans la cour.

— Tu es en retard, lui lança le commandant en guise de bienvenue. Appelle ton phénix, qu'on en finisse.

Le jeune homme rejoignit son père, sans pour autant sembler lui obéir et convoquer Rex.

— Tu ne trouves pas qu'on va un peu vite en besogne ? finit-il par répondre. On n'a capturé cette femelle qu'hier. Regarde-la : elle est jeune et terrifiée.

L'argument aurait pu porter si, à ce moment-là, la magnifique créature n'affichait pas un air poliment intrigué. Véronyka se mordit la lèvre et s'empressa de projeter son attention vers son âme sœur.

— *Xéphyra, tu me fais confiance ?* se contenta-t-elle de lui demander pour ne surtout pas l'effrayer.

La réponse, qui lui parvint dans la seconde, tenait plus de l'impression que de l'affirmation :

— *Oui.*

À la douce chaleur qui l'envahit, la jeune fille devina que, bientôt, la question n'aurait plus lieu d'être. Son phénix et elle seraient de nouveau parfaitement en phase.

Le sourire aux lèvres, elle encouragea Xéphyra à feindre une crise de colère. Sans se faire prier, l'oiseau se mit aussitôt à piailler d'indignation et à battre des ailes afin d'agiter sa chaîne à grand bruit.

Si Tristan parut déconcerté par ce soudain changement d'attitude, il n'en sembla pas moins ravi. Il pointa du doigt le phénix, qui par son manège lui donnait raison.

— Sa blessure a tout juste fini de cicatriser, argua-t-il. Tu penses vraiment que les circonstances sont propices à un accouplement ?

— Ersken a mesuré les plumes de sa queue, rétorqua son père. D'après leur longueur, cette bête a entre trois et six mois. Elle est en âge de procréer.

La gorge serrée, Véronyka déglutit avec difficulté. Xéphyra s'avérait grande pour son âge – une particularité déjà notable avant sa mort. Mais même si à travers ses deux existences, elle avait déjà vécu trois mois, dans cette vie et ce corps-là, elle n'avait pas plus de huit semaines !

— Les phénix femelles sont des créatures extrêmement hostiles, enclines à protéger leur territoire, poursuivit le commandant. Plus tôt on habituera la nouvelle à nos méthodes, meilleures seront nos chances de l'empêcher de se comporter en maîtresse des lieux. Xolanthe et Xatara ont toutes les deux cherché à faire leur loi lorsqu'on a voulu les faire s'accoupler, mais celle-ci est plus jeune. Peut-être est-il encore possible de mater son instinct.

Un masque de détermination au visage, les pieds campés dans le sol et les bras croisés sur la poitrine, le jeune apprenti ne semblait pas de cet avis.

—Je refuse de coopérer, protesta-t-il. Je... cette... Ces pratiques ne sont pas acceptables. Il existe forcément une meilleure approche. Et si je ne peux pas t'empêcher d'agir, je peux au moins faire en sorte que ni Rex ni moi ne soyons impliqués dans ces méthodes douteuses.

—Pardon ? s'étrangla Cassian en avançant d'un pas vers Tristan.

Ersken, lui, agitait des yeux effarés entre le père et le fils.

—Serais-tu en train de refuser d'obéir à un ordre direct ? insista le commandant.

Malgré la distance, Véronyka vit la pomme d'Adam du jeune homme sursauter dans sa gorge. Il ne baissa pas la tête pour autant ni ne détourna le regard.

—En effet.

—Si tu ne veux pas voir ta chère patrouille te filer sous le nez, je te conseille d'y réfléchir à deux fois, déclara Cassian dans un murmure lourd de menaces.

—C'est tout réfléchi, rétorqua l'apprenti avec assurance. Comme tu l'as toi-même souligné : les meilleurs chefs montrent l'exemple. Je ne peux pas, en bonne conscience, prendre part à une manœuvre que je réprouve. Si mon choix doit me coûter ma patrouille, eh bien soit.

Face à face, les deux interlocuteurs se défiaient désormais du regard. Véronyka remarqua en les observant que Tristan était un poil plus grand que son père. Sans doute en avait-il toujours été ainsi, mais s'opposer au commandant semblait avoir incité l'apprenti à se tenir plus droit que d'ordinaire. La jeune fille se sentait rayonner un peu plus à chaque inspiration : l'audace de son ami gonflait sa poitrine de fierté.

Contrairement à ce que laissait présager sa mine furibonde, Cassian se borna à hausser les épaules.

— Eh bien soit. Puisque tu ne veux pas te résoudre à faire ce qui doit être fait, je trouverai quelqu'un d'autre. Cours prévenir Elliot que son phénix et lui sont attendus sur-le-champ aux cages de reproduction.

Un nouvel éclair de terreur foudroya Véronyka. Son âme sœur, en réaction, poussa un cri perçant.

Tristan se tourna vers son amie, l'air aussi frustré que désolé. Mais lorsque leurs regards se croisèrent, le plus étrange des phénomènes se déclencha. Soudain ébranlés par une panique viscérale, les murs du refuge mental de l'ombremage se fissurèrent et tout le pouvoir qu'ils retenaient jusque-là se déversa autour d'elle à l'aveuglette.

Telle une onde, cette énergie atteignit Tristan.

Véronyka tenta bien de se rétracter, mais il avait suffi d'un clin d'œil pour qu'une solide connexion se crée entre eux. Si elle avait déjà entraperçu les pensées du jeune homme par bribes quand il se liait à certains animaux, cette fois-là, le ressenti était tout autre.

Il ne s'agissait plus de fragments d'images éphémères mais d'une liaison directe, sans intermédiaire. D'autre part, le contact s'était établi presque sans effort, comme s'il y avait toujours eu, dans les remparts protégeant l'esprit de Véronyka, une brèche la conduisant à l'apprenti.

Le jour du premier parcours d'obstacles, lorsqu'il s'était adressé à Tempête, elle avait eu l'impression de l'espionner à travers un trou de serrure. Désormais, le canal entre eux ressemblait davantage à une fenêtre grande ouverte.

Bien entendu, le passage pratiqué par l'ombremage jusqu'à son refuge mental n'était pas à sens unique. On pouvait y regarder tant vers l'extérieur que vers l'intérieur – comme à travers une vitre, en quelque sorte. Cette vulnérabilité, cette faiblesse inconsciente née d'une habitude, la jeune fille l'avait cultivée sans s'en rendre compte. De la même manière qu'elle finissait par devenir familière d'un animal auquel elle ouvrait son esprit à plusieurs reprises, avoir sans cesse tourné autour de la conscience de Tristan avait préparé le terrain à leur connexion plus que de raison. Véronyka aurait bien aimé étudier le problème plus en détail, mais la puissance du torrent de pensées qui s'engouffrait par l'ouverture l'obligeait déjà à lutter pour ne serait-ce que rester debout.

L'atmosphère tendue semblait plonger le jeune homme dans un état de confusion où dominaient peur et inquiétude. Dans son esprit, le commandant, caché dans l'ombre, le surveillait et le jugeait. Aux yeux de Cassian, tout était prétexte à évaluation – cette situation ne faisait pas exception. Toutefois, Véronyka sentit qu'elle faisait elle aussi partie des préoccupations de son ami. Certes, il ne percevait pas l'existence du lien entre Xéphyra et elle, en revanche, il savait à quel point la jeune fille avait les cages de reproduction en horreur...

Lire l'esprit d'un phénix présentait parfois quelques difficultés, mais se retrouver dans le cerveau d'un être humain frisait l'impossible. Semblables à la lueur d'une bougie noyée dans un trop-plein de cire fondue, les réflexions de Tristan s'éveillaient les unes après les autres avant de s'éteindre l'instant d'après : impossible de les suivre ni de les associer.

Véronyka tenta de nouveau de battre en retraite, de retrouver son équilibre et de séparer leurs sentiments mêlés. Seulement, elle avait l'impression de se noyer en lui...

Puis, une étincelle – clarté soudaine – s'alluma à la lisière de l'esprit de Tristan. Pas une flamme vacillante, non, un flambeau resplendissant. Cette lumière, c'était elle, Véronyka.

Y concentrant toute son attention, elle étira son être dans cette direction, mais emportée par son élan, elle commença à se détacher de sa propre conscience – à vaciller de la base solide où elle s'était toujours tenue. Désincarnée, elle flottait déjà à moitié en apesanteur lorsqu'une nouvelle vague de vertige la submergea pour l'arracher net à la sécurité de son esprit.

Aussitôt, sa vision se dédoubla, avant de lui offrir une perspective totalement nouvelle. Quand elle aperçut sa propre silhouette, accroupie à côté d'une colonne dans la pénombre de la galerie, elle ne put réprimer un affreux spasme de panique. Elle voyait à travers les yeux de Tristan !

Sans trop savoir comment, elle ne se contentait plus de déchiffrer les pensées de l'apprenti, mais s'était carrément glissée dans son esprit pour « entrer en résonance » avec lui, comme on disait. Les Dresseurs se servaient de cette technique avec leurs montures, afin de profiter de la redoutable acuité visuelle des phénix ou bien de tirer parti d'une séparation et de s'offrir un don d'ubiquité – la faculté de se trouver en deux lieux à la fois. Les apprentis avaient beau s'y entraîner lors de chaque parcours d'obstacles, l'entrée en résonance demeurait un art exigeant qui demandait des années de pratique avant d'être maîtrisé à la perfection, et ce même pour les plus doués des Dresseurs.

Or, voilà que Véronyka y parvenait avec un être humain ! Avec Tristan ! Sentait-il la présence de la jeune fille dans son esprit ? Entendait-il les réflexions de l'indiscrète ?

La tête de l'ombremage lui tourna soudain et les ténèbres l'assaillirent. Tel un puits sans fond, l'ouragan impétueux des pensées de son ami tournoyait autour d'elle à la vitesse de l'éclair.

Au loin, un cri strident retentit. *Xéphyra.* Véronyka voulut se tourner vers son phénix, mais ce faisant, elle perdit pied et fut emportée par le courant.

Pourtant, je n'en eus jamais l'occasion. J'avais pris ma décision, choisi ma voie. Revenir en arrière était impossible.

CHAPITRE 34
VÉRONYKA

Véronyka se réveilla en sursaut. Encore immergée dans son rêve de feu et de cendres, elle se demanda ce qui l'avait ramenée à la réalité.

Puis, le son en question se fit de nouveau entendre : celui d'une corne. Deux coups successifs.

Encore allongée, la jeune fille se frotta le visage et tentait de comprendre le sens du signal, quand la scène qui s'était déroulée dans le Nid d'Azurec lui revint soudain en mémoire. Elle se redressa aussitôt.

Elle ne se trouvait pas dans son hamac, mais sur une paillasse, dans une chambre plongée dans la pénombre. Elle balaya du regard la pièce dépouillée, presque vide en dehors d'une bassine d'eau posée sur le sol, d'une besace accrochée au mur… et de sa sœur, qui l'observait dans l'obscurité.

Le cœur de Véronyka s'emballa pour atteindre un rythme aussi erratique que douloureux. Depuis combien de temps Val se tenait-elle là ?

— Enfin réveillée ? lança cette dernière.

S'agenouillant près du matelas bien fin, elle leva les yeux au ciel devant l'air méfiant qu'affichait sa cadette.

— Oh, détends-toi, Nyka, je ne t'ai pas enlevée. Tu as perdu connaissance, c'est tout.

Véronyka fit défiler ses derniers souvenirs : la sensation de s'égarer, de se noyer dans l'ombremagie à mesure qu'elle avançait dans les profondeurs de sa connexion à Tristan. Elle ne put retenir un frisson.

Val la dévisagea un instant, avant de s'attaquer à ses barrières mentales. Si elle savait ce qui avait conduit Véronyka à défaillir – ce dont l'intéressée avait la nette impression –, elle ne fit aucun commentaire.

— Que s'est-il passé ? Comment suis-je arrivée ici ?

— Ils voulaient te faire examiner par leurs guérisseurs.

À l'idée qu'on ait pu ausculter son corps inconscient et découvrir son secret, Véronyka sentit son estomac se nouer. Devant son expression horrifiée, Val poursuivit, un sourire narquois aux lèvres :

— Heureusement pour toi, je leur ai expliqué que ce serait une perte de temps, que tu avais tendance à t'évanouir quand tu étais surmenée. J'ai donc proposé qu'on t'amène dans ma chambre, où tu pourrais te reposer au calme. Ne te tracasse pas, personne ne t'a démasquée. Personne ne se doute de tes pouvoirs ni de ton lien avec la nouvelle femelle. Inutile de me remercier.

Véronyka lui décocha un regard noir. Plutôt avaler une poignée de feuilles d'arbre à savon plutôt que de gratifier

Val d'une reconnaissance aussi peu méritée. D'autant que…

— Tu me suivais ! cracha-t-elle, indignée.

À moins d'avoir été en train de rôder dans les parages, comment son aînée avait-elle pu se retrouver impliquée dans cette histoire ?

L'accusée cilla, preuve qu'une faille infime fissurait l'armure de son assurance.

— Je te cherchais, nuance. Je me suis dit que tu devais être auprès de ton phénix. Je suis arrivée juste à temps pour te voir t'effondrer.

L'argument semblait un peu faible. Val lui cachait-elle la véritable raison de sa présence au fond du Nid ?

— Ton oiseau était dans un tel état de nervosité après ton départ que les Dresseurs ont vite déclaré forfait, poursuivit l'aînée. Par ta bêtise, tu as au moins obtenu un peu de répit, même s'il ne durera qu'un temps.

La bouche de la convalescente se tordit d'amertume. Sa « bêtise ». Sans desserrer les lèvres, Véronyka attrapa ses bottes, abandonnées sur le sol. Sa sœur la regarda faire en silence.

— Est-ce que tu as la moindre idée de ce que tu as fait dans cette fosse, hier soir ? finit-elle par lâcher.

Le léger tremblement dans sa voix laissa sa cadette abasourdie, mais pas au point de ne pas réussir à répliquer.

— Pas la moindre, non. Et comment le pourrais-je, Val ? s'offusqua-t-elle en se mettant sur ses pieds. Tu ne m'as jamais rien appris sur l'ombremagie ! Rien d'utile, en tout cas. Tu as préféré m'empêcher de développer et de maîtriser mes pouvoirs afin de garder la possibilité de te servir des tiens contre moi comme bon te semblait !

— Je te protégeais de toi-même ! gronda sa sœur en se levant à son tour. Tu n'as jamais su dompter tes facultés autrement que par hasard ou par à-coups. Tu ne croyais quand même pas que je n'avais pas remarqué ton exploit, le soir de la réapparition de ton oiseau ? Contraindre à l'obéissance une foule entière, sans même le vouloir… il fallait le faire !

Véronyka sentit comme un poids lui tomber au fond de l'estomac. Elle savait que Val était présente dans la cour à ce moment-là, mais elle espérait en secret que son aînée n'ait pas compris ce qui s'était passé. Bien sûr, il n'en était rien. Comme sa sœur venait de le souligner, la jeune fille avait complètement perdu le contrôle d'elle-même et de ses pouvoirs ce soir-là, soumettant à sa volonté toute l'assemblée sans que personne ne se doute de rien.

— Donc, oui, asséna l'aînée, je t'ai tenue éloignée d'un certain nombre de connaissances. Mais c'était pour ton bien. Pour t'éviter de faire quelque chose de plus stupide encore que cette fois-là, comme hier.

Val désigna d'un vague geste de la main ce qui devait être la direction du Nid d'Azurec.

— Et qu'est-ce qui s'est passé, au juste ? Qu'ai-je donc fait de si terrible, selon toi ?

Face à l'arrogance et aux airs supérieurs de sa sœur, la culpabilité de Véronyka avait reflué. En quoi exercer ses pouvoirs sur un seul individu – Tristan – pourrait-il être pire que de les imposer à toute une foule, comme dans la cour ? L'espace d'un instant, Val parut indécise, et avant même qu'elle ouvre la bouche, sa cadette savait qu'il n'en sortirait qu'une demi-vérité.

— Tu as failli te donner tout entière. Tu t'es immergée dans les pensées d'un tiers, et si ton propre corps ne t'avait pas ramenée à toi, tu aurais pu te noyer dans les sentiments de cet apprenti.

Un frisson parcourut l'échine de Véronyka. Un ombremage pouvait donc se plonger dans un esprit étranger jusqu'à y perdre toute trace du sien ?

Elle considéra un instant les paroles de son aînée. Val répugnait à appeler par leur nom les personnes qu'elle n'appréciait pas. Dans sa bouche, « Xéphyra » devenait « ton phénix » ou « ton oiseau », et « Tristan », « cet apprenti ». Même leur grand-mère n'avait pas échappé à son dédain, se faisant souvent traiter d'« ancêtre ». Jusque-là, Véronyka avait toujours vu cette hostilité comme l'expression d'un sentiment de supériorité, mais peut-être ce comportement avait-il une autre origine. Se pouvait-il que Val ait peur ? Non d'un quelconque danger, du noir, ou de n'importe quel autre péril terrorisant le commun des mortels, mais plutôt… d'être remplacée ?

Après tout, même si la vieille femme était morte, à présent, Xéphyra comme Tristan occupaient une place importante dans la vie de leur maîtresse et amie. Une place qui, pendant seize ans, avait été celle de Val, et qu'elle allait désormais devoir partager. Or, l'altruisme n'avait jamais été sa qualité première…

Véronyka se sentit soudain transie de fatigue et perdue. Elle avait beau avoir encore besoin de Val et de tout ce que seule une sœur était capable de lui offrir, l'intéressée le lui refusait.

De l'extérieur leur parvinrent tout à coup des exclamations, mêlées au cliquetis des armes. La cadette se souvint alors de la corne de brume qui l'avait tirée du sommeil.

— Il faut que j'y aille.

Sur le seuil, elle marqua une pause sans trop savoir pourquoi, mais voyant que Val ne faisait aucun geste pour l'arrêter, elle sortit. Elle traversa la forteresse baignée des premières lueurs de l'aube. Bien que le brouillard accroché aux pavés distorde et étouffe le moindre son, la voix forte de Cassian ne tarda pas à se détacher du brouhaha ambiant. Véronyka suivit ce timbre autoritaire jusqu'à trouver le commandant sur les remparts, en pleine discussion avec l'un des gardes. Juste à côté d'eux se tenait Beryk, juché sur le dos de son phénix. La jeune fille s'approchait du mur quand Tristan la rattrapa.

— Tu es réveillé ! s'écria-t-il, visiblement soulagé.

Embarrassée, Véronyka se demanda un instant s'il avait encore dû la porter jusqu'à son lit, mais elle chassa aussitôt cette pensée de son esprit.

— Oui. Je vais bien. D'ailleurs, je suis désolée. Ces deux derniers jours ont été… forts en émotion. J'imagine que j'étais juste fatiguée, le rassura-t-elle en prenant soin d'éviter le regard encore inquiet de son ami.

— Je te comprends. Moi aussi j'avais la tête qui tournait quand j'ai défié le commandant.

Le cœur de la jeune fille se serra. Ainsi donc, Tristan avait bien senti sa présence, même sans comprendre ce qui se passait. Savoir que lui, au contraire d'elle, n'avait pas entrevu ses pensées la rassura, même si elle se sentait toujours affreusement coupable. La réaction de Val, et son inquiétude face à ses agissements ne tenaient donc pas uniquement de la posture : ce qu'avait fait Véronyka devant les cages n'avait rien de banal ni d'inoffensif. Elle allait devoir se montrer plus prudente.

Le commandant descendit les marches du chemin de ronde, puis se dirigea vers le petit groupe de Dresseurs qui avaient rejoint la cour à la hâte pour revêtir leurs protections et sangler leurs armes. Les apprentis aussi étaient présents, pour les aider à serrer tel ou tel passant ou leur tendre leurs carquois remplis de flèches. Le teint pâle et les traits tirés, Elliot luttait avec l'une des manchettes de cuir de Fallon, pendant que Latham distribuait leurs outres aux guerriers d'une main tremblante.

— Que se passe-t-il ? s'enquit Véronyka.

— De la fumée a été aperçue au-dessus d'un des villages en bordure de rivière, lui expliqua Tristan qui avait emboîté le pas de son père et traversait avec lui le groupe de Dresseurs. Beryk était de patrouille, c'est lui qui l'a remarquée et qui a sonné l'alarme tout à l'heure : trois coups de corne.

— Mais qu'est-ce que ça signifie ? Il y a eu un incendie ?

— Non. Le bois de leurs maisons ne créerait pas un nuage aussi noir. Ils ont dû allumer un feu de feuilles et d'herbes. C'est un signal, un appel à l'aide.

— Ils vous appellent à l'aide ? Vous, les Dresseurs ? s'étonna la jeune fille.

Les habitants de la contrée n'étaient-ils pas censés garder secrète l'existence du repaire ?

— Non, rectifia Tristan. L'alerte est destinée aux autres villages, pour les avertir d'une attaque de pillards. En cas d'incursions sur les hauts plateaux, on ne peut pas faire grand-chose, en général. Déjà, on interviendrait sans doute trop tard, mais surtout, on se rapprocherait beaucoup trop du territoire de l'empire. Or, on ne peut pas prendre le risque de se faire repérer. Mais là, le signal vient d'un des hameaux voisins…

— Les Dresseurs vont y aller ?

Le jeune homme ne répondit pas. Le commandant venait de prendre la parole et les deux amis se tournèrent pour l'écouter.

— Tu devrais pouvoir évaluer la situation sans exposer ta patrouille, Fallon. Gardez vos distances et n'interférez qu'en cas de nécessité absolue.

— Ce n'est sûrement qu'un banal pillage, comme on en a déjà vu, répondit l'intéressé.

Autour de lui, ses hommes hochèrent la tête.

— Il y a de grandes chances pour que ces truands se soient déjà volatilisés quand on arrivera, reprit le Dresseur. On entrera dans le village à pied et on verra si on peut aider à réparer les dégâts.

— C'est quand même la première fois que les pillards s'aventurent aussi loin dans la montagne, intervint Tristan depuis les derniers rangs du petit attroupement.

Toutes les têtes se tournèrent vers lui.

— La fumée semble venir de Rushlea, non ? poursuivit-il. Depuis notre installation ici, il n'y a jamais eu d'incursions au-delà de Runnette.

Un éclair de colère fugace fusa dans le regard du commandant, qui retrouva presque aussitôt son impassibilité habituelle. En voulait-il encore à Tristan pour son insubordination de la veille ?

— Il y a un début à tout, répliqua-t-il avec dédain avant de s'adresser à la patrouille sur le départ. Allez-y sur-le-champ, et envoyez-moi un rapport par pigeon dès que possible.

Les Dresseurs se hâtèrent vers le Nid d'Azurec, pour enfourcher leurs montures et décoller sans délai. Alors seulement, Cassian reporta toute son attention sur son fils. Véronyka recula d'un pas. La mine du commandant ne laissait aucune place au doute : sa fureur n'avait pas faibli. Pourtant, lorsqu'il s'adressa à Tristan, ce fut à voix si basse que la jeune fille dut tendre l'oreille pour comprendre ses propos.

— Ce n'est pas le moment de créer un mouvement de panique, gronda-t-il. Alors fais-moi ce plaisir : garde tes remarques pour toi, apprenti.

Le trône me revenait,
et je m'en emparerais sans hésiter.

CHAPITRE 35
TRISTAN

« *Alors fais-moi ce plaisir : garde tes remarques pour toi, apprenti.* »

Tristan aurait dû se douter que son père ne voudrait pas de son avis, surtout après leur confrontation devant les cages de reproduction. Le commandant n'aimait pas qu'on discute ses ordres ni qu'on les remette en question, et encore moins en présence de témoins. Certes, seuls Ersken et Nyk avaient assisté à l'échange de la veille, mais pour Cassian, c'étaient déjà deux spectateurs de trop. D'ailleurs, aussi honteux que le jeune homme soit de l'admettre, le malaise de son ami était survenu à point nommé. S'occuper de son camarade avait fourni une excuse idéale pour s'éclipser… et échapper aux foudres paternelles.

Jusqu'à présent, du moins.

Mais Tristan avait beau craindre que sa petite rébellion ne le condamne à rester éternellement sur le carreau, il ne parvenait pas à regretter son geste. Tenir tête à son père s'était avéré grisant, et se départir de son désir de promotion se révélait, de manière étonnante, libérateur. Délivré de l'angoisse de se voir privé de la responsabilité d'une patrouille, il pouvait désormais faire et dire ce que bon lui semblait. Le commandant n'avait plus de menace à proférer envers lui. À l'exception du renvoi pur et simple, bien sûr.

Le jeune homme soupira. Au moins, avec cette alerte matinale, leur dispute de la veille ne reviendrait pas sur la table avant un moment. C'était déjà ça.

Agrippé à la place forte et au Nid d'Azurec comme un voile de mauvais augure, le brouillard persista une bonne partie de la matinée. Si d'ordinaire, la garde ne se composait que de cinq à six hommes, on en comptait ce jour-là près de vingt aux aguets sur les remparts, et davantage encore dans le village, et même au relais d'étape au pied de la falaise. L'absence de la moitié des Dresseurs – dont les instructeurs – entraîna l'annulation des leçons des apprentis. De toute manière, exposer les phénix dans le ciel était trop risqué tant que le danger ne serait pas identifié, puis écarté.

L'état de siège fut décrété sur la totalité du périmètre du Nid d'Azurec. Pour des raisons de sécurité, les visiteurs qui n'avaient pas encore quitté les lieux depuis les fêtes du solstice furent confinés au sein de la forteresse. Rushlea – si le pillage avait bien lieu là-bas – se situait sur la moitié haute du versant montagneux, à une proximité redoutable du repaire.

Tristan fulminait. Il avait la conviction que les Dresseurs auraient pu anticiper un tel péril et empêcher cette attaque en déployant davantage de patrouilles. Il avait beau comprendre le souci de son père de ne pas trop disperser leurs forces, attendre pour défendre Pyra revenait à laisser à l'empire le temps d'y prendre pied.

Exempt d'entraînement et d'obligations pour la journée, le jeune homme se dirigea vers les cages des phénix femelles pour tenir compagnie à Nyk. Les nerfs à vif, incapables de rester en place, les créatures ne lésinaient pas sur les coups de bec. Même la pitance qu'avait versée le jeune gardien dans leur auge, par la fente prévue à cet effet, ne parvenait pas à les apaiser. Au contraire, plus l'heure avançait sans qu'on les laisse sortir se dégourdir les ailes, plus leur agitation s'accentuait.

Nyk semblait moins affecté par la situation que la nuit précédente. Un sourire aux lèvres, il regardait la nouvelle pensionnaire interagir avec l'une de ses compagnes – baptisée Xolanthe par le commandant, si Tristan avait bonne mémoire. Lorsque les deux oiseaux commencèrent à batifoler, alternant petits coups de becs et vocalises, le garçon d'écurie se laissa même aller à s'esclaffer. Un rire qui allégea le cœur de Tristan. Quoi qu'il ait dû sacrifier sur le plan de ses ambitions, il avait eu raison de s'opposer à son père et aux cages de reproduction.

Ersken parti s'occuper des montures des apprentis, le fils du commandant voulut prêter main-forte à Nyk dans ses corvées, avant de vite se rendre compte qu'il ne lui serait pas d'un grand secours. Du carillon qui marquait le passage du temps au remue-ménage des domestiques qui vaquaient à leurs tâches, il sursautait au moindre bruit venant de la forteresse. Il bouscula même plusieurs fois son camarade en s'arrêtant net pour tendre l'oreille, jusqu'à finir par renverser un baril entier de nourriture.

L'heure du déjeuner arriva puis s'en fut, toujours sans apporter aucune nouvelle de la patrouille de Fallon. Les missions de reconnaissance duraient rarement aussi longtemps – et le cas échéant, un pigeon était envoyé de manière systématique. Sur le qui-vive, le commandant demeurait campé sur les remparts. Dans la forteresse entière, la tension était palpable.

Vers le milieu de l'après-midi, Tristan, qui n'en pouvait plus de rester inactif, se mit à faire les cent pas devant les cages. À vrai dire, il avait déjà commencé sur le chemin de ronde après le repas, mais son père l'en avait chassé pour éviter que l'anxiété du jeune homme ne se transmette à tous les habitants du repaire. Il avait donc regagné le Nid d'Azurec.

Nyk lui aussi paraissait tendu – à moins que ce ne soit juste les marmonnements et la fébrilité de son ami qui l'agaçaient. Et pour cause, Tristan lui avait déjà marché sur les pieds à plusieurs reprises. S'il recommençait ne serait-ce qu'une fois, nul doute que son camarade l'enverrait paître. L'apprenti en était là dans ses réflexions quand, soudain, le son d'une corne s'en vint ricocher sur les murs de pierre qui les encerclaient.

Tristan se pétrifia, immobile, laissant passer un deuxième puis un troisième signal, avant de lever vers le ciel un regard inquiet. Nyk, pour sa part, lui jetait des coups d'œil répétés tout en contemplant les hauts remparts de la fosse.

— Est-ce que ça signifie que les villageois ont rallumé leur feu de détresse ? Tu crois qu'il y a eu une nouvelle attaque ?

Peu sûr de lui, le fils du commandant secoua lentement la tête pour toute réponse. Malgré tout, et bien que l'apprenti redoute de l'admettre, son compagnon devait avoir vu juste. Sinon, pourquoi sonner trois coups de corne ?

— Il faut que j'y aille, lâcha Tristan avant de s'élancer vers les marches.

Le bruit des pas de Nyk le suivit dans l'escalier et, quelques minutes plus tard, les deux amis déboulaient dans la cour de la forteresse.

Aussitôt, le cœur de Tristan se serra. Bien visible à l'horizon, une épaisse colonne de fumée s'élevait à l'est, au-dessus de la falaise abrupte. Un nouveau signal, provenant à l'évidence d'un autre village. Deux assauts de pillards dans la même journée ?

Son père étant occupé avec un groupe de gardes, le jeune homme dut se contraindre à attendre que le commandant en ait terminé avec les sentinelles et les ait congédiées pour l'aborder.

— On dirait que ça vient de Pétratec, lança l'apprenti. Il faut y envoyer une patrouille.

Son expression déterminée ne dut pas échapper à Cassian, car il répondit à la question implicite de Tristan d'un mouvement de tête vigoureux.

— Hors de question. Tu n'es pas prêt. J'irai moi-même.

Dans l'esprit du jeune homme, la surprise l'emporta sur la déception. Son père, partir en mission ? La dernière fois qu'un tel événement était arrivé, Tristan n'avait qu'un an. La gravité de la situation le frappa soudain avec une force renouvelée. Pour que le commandant lui-même se prépare au combat, ils devaient frôler la catastrophe.

Coupant court à la conversation, Cassian héla son second pour lui donner ses instructions. Beryk hocha la tête, puis fila vers le Nid d'Azurec, les Dresseurs de leur patrouille sur les talons. Aussitôt, la tension au sein de la forteresse monta d'un cran et l'atmosphère fut soudain saturée d'une impatience quasi électrique : le commandant s'apprêtait à partir repousser les pillards, dans ce qui s'avérerait peut-être le premier combat aérien depuis la fin de la guerre de Sang. Les Dresseurs de phénix étaient vraiment de retour.

Cassian se tourna vers son fils.

— Tristan, tu assureras le commandement en mon absence.

— Moi ? lâcha le jeune homme, le souffle presque coupé.

Autour de lui, le monde sembla tout à coup se rétracter, jusqu'à ne plus se réduire qu'à eux deux. Un fourmillement étrange, comme une sensation de vide, lui remonta le long de la colonne vertébrale de l'apprenti.

— Mais… tu viens de dire que je n'étais pas prêt. Et après ce qui s'est passé hier soir, je…

Les lèvres de Cassian s'étirèrent, quasi imperceptiblement.

— Je t'ai demandé de me montrer tes qualités de meneur, ce que tu as fait. Je respecte tes convictions, autant que ta capacité à sacrifier tes ambitions pour ce que tu crois être juste. Que je refuse de te laisser foncer tête baissée au cœur de la bataille pour une de tes premières patrouilles ne veut pas dire que je ne te considère pas comme un Dresseur de valeur, apte à commander.

Tristan déglutit avec difficulté. À sa grande honte, il sentait les larmes lui picoter les paupières. L'amusement du commandant se mua alors en bienveillance.

— Tu t'en sortiras à merveille, fils, lâcha-t-il au bout d'un moment.

— Merci, père, répondit le jeune homme d'un ton qu'il espérait le plus assuré possible, avant de se redresser et de relever le menton.

Cassian approuva d'un signe de tête.

— Le capitaine Flynn sera là pour t'épauler à tout moment, ajouta-t-il. Envoie-nous un pigeon au moindre changement de situation. Et n'allume le fanal qu'en dernier recours.

Il saisit son fils par l'épaule, la serra un instant, puis partit rejoindre sa patrouille au cœur du Nid d'Azurec.

De longues minutes plus tard, aussi silencieux qu'hébété, le jeune homme regarda les Dresseurs s'envoler du cratère sur leur phénix et dessiner derrière eux une traînée rougeoyante dans le ciel nuageux.

— Tristan ? dit soudain une voix à ses côtés. Ça va ?

— Oui, répondit-il aussitôt avec tout le calme et l'aplomb dont il était capable. Bien sûr.

L'expression inquisitrice de Nyk lui signala toutefois que ses grands airs ne trompaient personne. Des yeux, l'apprenti balaya la cour dans l'espoir d'y trouver un sujet de conversation banal ou un geste anodin à accomplir, mais il se sentait déjà plus que dépassé. Autour d'eux, les gardes allaient et venaient au pas de course, au son de leurs armes qui s'entrechoquaient et de leurs semelles qui martelaient le pavé. Ils faisaient leur rapport d'une voix forte et partaient ensuite prendre position. Quant aux domestiques, ils avaient beau ne pas avoir interrompu leurs corvées, ils observaient tout ce tumulte d'un regard inquiet.

Tristan vacilla, en proie au doute : quel était donc le rôle d'un commandant par intérim ?

Lorsqu'il entendit crier son nom du haut des remparts, la réponse s'imposa aussitôt à lui. Ravi d'avoir un prétexte pour ne pas rester planté là, il grimpa l'escalier le plus proche de l'entrée de la forteresse, Nyk sur ses talons. La sentinelle qui l'avait hélé pointait du doigt l'autre extrémité de la prairie, et plus précisément le haut des marches qui descendaient vers le relais d'étape. Là, au milieu de l'étendue herbeuse qui s'étalait entre la falaise et l'entrée du village, progressait une silhouette mal en point, soutenue par un garde. Trois autres hommes sortirent bientôt du hameau et s'élancèrent à leur rencontre. Ils arrivèrent à leur hauteur pile au moment où l'inconnu tombait à genoux, entraîné par le poids de sa sacoche pleine à craquer.

Tristan fronça les sourcils. L'intrus avait tout l'air d'un pillard.

Le temps que l'étranger soit traîné vers la forteresse sous bonne escorte, le fils du commandant dévala les escaliers du chemin de ronde, suivi par Nyk, puis se fraya un chemin au milieu des gardes et des serviteurs regroupés devant les portes.

On lui amena l'inconnu – un adolescent – qui s'écroula au sol, épuisé. Sous ses vêtements déchirés et trempés de sueur affleurait une peau tuméfiée, noire de crasse. S'il demeurait conscient derrière ses paupières à moitié closes, il n'avait pas l'air de comprendre ce qui lui arrivait. Le teint cendreux, il arborait des cernes blêmes et sa respiration s'apparentait plutôt à un râle irrégulier – la flèche plantée dans son épaule n'y était sans doute pas étrangère. Il ne portait pas d'armes, mais sa tunique renforcée de cuir, ses bottes hautes et le fourreau passé à son ceinturon trahissait son statut de combattant. Toutefois, sans uniforme ni blason pour l'identifier, Tristan ne put qu'imaginer qu'il s'agissait d'un pillard.

Au premier rang du petit attroupement qui s'était formé autour d'eux, Nyk observait le nouveau venu avec une attention surprenante.

Le jeune commandant intérimaire se tourna vers le garde le plus proche, celui-là même qui avait soutenu le blessé depuis le sommet de la falaise.

— Pourquoi avoir ramené l'ennemi entre nos murs ? lui demanda-t-il.

L'intéressé essuya son front couvert de transpiration, avant de se mettre au garde-à-vous.

— Il m'a affirmé détenir des renseignements sur les attaques. (Il désigna d'un geste la plaie de l'inconnu.) M'est avis qu'il n'a pas quitté ses amis en très bons termes.

En effet, force était de constater que ce pillard avait connu des jours meilleurs. Son habit – autrefois de couleur claire, à en juger par le tissu de l'ourlet – avait viré au brun foncé à force de se gorger de sang. La lanière de la sacoche qui pendait mollement sous son bras valide avait lacéré la chair de son cou, striée de sillons rouges. Quel que soit le fardeau de ce malheureux, il n'était pas léger.

Malgré tout, Tristan préférait ne prendre aucun risque. D'un signe de la main, il indiqua aux gardes de maintenir leurs lances pointées sur le blessé, avant de s'agenouiller devant lui. Une guérisseuse avança d'un pas, et d'un hochement de tête, l'apprenti l'autorisa à approcher une outre d'eau des lèvres du pillard. Bien qu'un rictus de douleur accompagne la moindre de ses gorgées, boire sembla le raviver un peu. Lorsqu'il eut fini, la guérisseuse entreprit d'examiner sa blessure.

— Comment t'appelles-tu ? lui demanda Tristan.

L'intéressé eut beau tenter de porter son attention vers l'endroit d'où venait la voix, il ne parvint qu'à cligner plusieurs fois des paupières, sans réussir à garder les yeux vraiment ouverts.

Fouillant la foule du regard, le commandant en herbe finit par y repérer Ian, un vieux garde malingre. Sur un mot de sa part, l'homme tira d'une poche une petite flasque qu'il lui tendit. Dès que Tristan la déboucha, une odeur âcre lui écorcha les narines. Le *pétravin* – ou vin de roche – était une liqueur pyraéenne. Distillée, puis vieillie en fût avec un assortiment d'herbes et de fleurs, elle n'était produite qu'à Pétratec, dont c'était la grande fierté.

— Tiens, ça devrait t'aider, dit l'apprenti au pillard, en dépit des objections de la guérisseuse.

À elles seules, les vapeurs d'alcool suffirent à ranimer le blessé, qui se redressa, avala une pleine goulée du liquide et manqua s'étouffer. Il marmonna quelques mots, puis rendit le flacon à son interlocuteur. Malgré sa mine sombre, il semblait tout de même plus lucide.

— Comment t'appelles-tu ? répéta Tristan.

L'inconnu répondit d'une voix rauque, à peine audible :

— Sev. (Le souffle court, il sembla lutter pour poursuivre.) Je suis… venu… vous avertir. Les soldats… ils ont gravi la montagne et…

Il s'interrompit soudain pour s'agripper l'épaule. La guérisseuse avait voulu la découvrir mais, raide de sang, la tunique du garçon lui collait à la chair.

— On est au courant de l'incursion des pillards, répliqua Tristan. Ils ont déjà attaqué deux villages. Nos meilleurs Dresseurs sont partis les repousser.

Le dénommé Sev se retourna soudain vers le jeune commandant, les yeux écarquillés.

— Non ! Ce ne sont pas des pillards… Ce sont des soldats, l'armée de l'empire.

Un silence de mort suivit sa déclaration. Comme statufié, Tristan ne parvenait pas à réagir. *« Des soldats, l'armée de l'empire… »*

— C'est cet endroit qui les intéresse, poursuivit le blessé avec une grimace. Ces attaques… c'est sans doute un guet-apens. Une ruse ou un leurre.

Avant que le chef provisoire de la forteresse n'ait pu décider quoi dire ou faire, Elliot fit irruption à l'avant du groupe.

— Est-ce qu'il y avait une fille avec eux ? s'écria-t-il en s'adressant directement à l'inconnu.

Puis il tomba à genoux pour le saisir par le col. À l'évidence sidéré, Sev observait son agresseur avec des yeux ébahis. Les traits déformés par la rage, l'aspirant intendant paraissait sur le point de secouer sa victime. Jamais Tristan ne l'avait vu perdre ainsi son sang-froid. D'habitude très calme, Elliot se montrait distant, voire détaché en toutes circonstances. Il faisait preuve au quotidien d'un stoïcisme à toute épreuve. Mais plus à présent.

Le choc passé, le jeune commandant sauta sur ses pieds et attrapa son camarade apprenti par le bras pour le contraindre à reculer. Elliot, pourtant, refusait de bouger d'un pouce.

— Mais qu'est-ce que tu fais ? s'énerva Tristan.

— Les soldats, est-ce qu'ils retenaient une fille en otage ? insista-t-il, toujours à l'intention de Sev. Elle s'appelle Riella, elle n'a que treize ans et...

Son compagnon le coupa net :

— En otage ? (D'un mouvement sec, il parvint enfin à obliger l'assistant de Beryk à le regarder.) Ta sœur a été prise en otage ? Quand ?

Elliot cligna des paupières. À croire qu'il venait de découvrir la présence de Tristan à ses côtés. Ses yeux s'agrandirent alors, comme s'il venait de comprendre la portée de ses actes. Il eut un frisson et prit une profonde inspiration avant de répondre :

— Juste après que j'ai été recruté par ton père. (Ses épaules s'affaissèrent et il baissa la tête, abattu.) Un homme s'est présenté chez nous, un capitaine de l'armée. Au service d'un des gouverneurs de l'empire, nous a-t-il annoncé, mais sans jamais préciser lequel. Ils surveillaient ma famille depuis un moment car mon père travaille au sein de la garde des frontières. Ils le suspectaient de « sympathies animages » et de faciliter les entrées clandestines en Pyra. Quand ils ont remarqué que Beryk, un ancien Dresseur notoire, se rapprochait de nous, ils m'ont ordonné d'accepter sa proposition et de rejoindre le repaire. À vrai dire, j'étais vraiment ravi, au début. Je ne comprenais pas ce qu'on attendait de moi. Mais ensuite, quand ma sœur a demandé à devenir apprentie elle aussi et que le commandant a refusé, l'armée de l'empire, qui prévoyait probablement de prendre mon père en otage, l'a capturée à sa place. Si je ne leur obéissais pas au doigt et à l'œil ou si ma famille en avertissait quiconque, ils la tueraient, voilà ce qu'ils m'ont dit.

— Mais quel besoin d'emprisonner un de tes proches ?

Tristan s'était efforcé de conserver un timbre lisse et pondéré, malgré l'émotion dans sa voix. Un otage représentait toujours une garantie… Quel marché Elliot avait-il donc passé avec l'empire ?

Le bras droit de l'intendant releva la tête, au bord des larmes.

— Ils voulaient s'assurer que je leur fournirai le plus de renseignements possible sur le repaire. Situation, effectifs, administration, organisation…

— Tu leur servais d'espion, conclut le jeune commandant.

Peu lui importait à présent l'âpreté de son ton, il lui était impossible de se maîtriser plus longtemps. La volonté d'Elliot de devenir intendant, les innombrables missives et commissions dont il s'était soi-disant acquitté pour le compte de Beryk… Tout ça n'avait été qu'un énorme mensonge – une couverture – qui lui avait permis de parcourir la forteresse de long en large sans éveiller le moindre soupçon.

— Ils m'ont dit qu'il la tuerait, répéta-t-il d'un ton implorant.

— Tu aurais dû nous avertir. Mon père a des relations au sein de l'empire. On aurait pu…

— S'il avait contacté qui que ce soit, ces soldats auraient su que j'avais parlé. Tristan, je t'en supplie… j'ai fait tout mon possible pour faire machine arrière. Lors de notre dernier passage à Vaylé avec Beryk… je suis allé voir le capitaine qui retenait ma sœur pour lui dire que je ne divulguerais désormais plus rien avant d'avoir la preuve que Riella allait bien. Mais il ne me l'a pas amenée, continua Elliot sur le ton de l'impuissance.

Il s'est contenté de me remettre une lettre que n'importe qui aurait pu écrire…

Tremblant de frustration, le jeune commandant relâcha son camarade sans ménagement.

— Tu n'aurais jamais dû agir seul. On aurait pu t'aider, mettre l'armée sur de fausses pistes, inventer une excuse quelconque pour les obliger à libérer ta sœur, la faire venir ici… Tout valait mieux qu'obtempérer ! Qu'est-ce que tu crois qu'il va se passer, à présent ? Comment crois-tu qu'ils vont utiliser les informations que tu leur as fournies ?

Le coupable ne refoulait plus ses sanglots, désormais. Devant ce spectacle, Tristan sentit sa gorge se serrer. Si dans sa position, il ne pouvait se permettre de donner libre cours à ses émotions, regarder dans les yeux le traître qui les avait probablement tous condamnés n'en demeurait pas moins difficile.

— Je ne l'ai pas vue, lâcha soudain Sev, toujours étendu sur le sol. Il n'y avait pas de fille de son âge avec nous, ni d'otage. Le capitaine t'a peut-être menti.

Dans une grimace, Elliot ferma les yeux. Tristan, lui, se passa une main dans les cheveux. Puis d'un signe de la tête, il ordonna à deux des gardes d'emmener l'espion. Il faudrait continuer l'interrogatoire, mais plus tard.

Le départ du renégat déclencha un concert de murmures parmi les témoins. Les apprentis, eux, échangeaient des regards interdits. De son côté, Nyk fixait d'un air hagard le dos d'Elliot qui s'éloignait. Tristan se contraint néanmoins à ignorer toutes ces réactions. Il prit une profonde inspiration, carra les épaules et s'évertua à adopter l'attitude du commandant, emplie d'une imperturbable assurance et d'un charisme infini.

Ce qui ne l'empêcha pas de se sentir tel un enfant en train de parader dans les bottes trop grandes de son père.

— Combien ? demanda-t-il à Sev sans préambule.

S'il devait établir un plan de défense, il lui fallait davantage de précisions sur leurs assaillants.

Le blessé déglutit, non sans mal, puis cligna faiblement des yeux. Le regain d'énergie conféré par le vin de roche avait été réel, mais bref. Ses effets se dissipaient déjà.

— Pas loin de quatre cents, à mon avis. Ma compagnie comptait deux cents hommes, et une seconde unité nous a rejoints hier soir. Mais pour ce qui est des attaques de villages... La troupe n'aurait pas pu couvrir une telle distance aussi vite. Ce doit être l'œuvre d'un groupe différent, venu d'un autre recoin de la montagne. Et il peut y en avoir davantage.

Paupières closes, Tristan se borna à hocher la tête, comme s'il se contentait de passer en revue les invités d'un dîner. Quatre cents soldats – au bas mot – se dirigeaient donc droit sur eux ? Au moment où les combattants les plus aguerris du repaire étaient partis en mission ? Le jeune homme rouvrit les yeux.

— Et qu'est-ce qui me prouve que tu ne fais pas toi-même partie de la diversion ? (Il considéra le garçon étendu devant lui. La trahison d'Elliot l'avait assez bouleversé... Autant s'épargner d'autres mauvaises surprises.) Tu es l'un des leurs, un soldat, pas vrai ? Alors pourquoi les trahir ? Qu'est-ce qui me garantit que tu es sincère ?

Le regard dans le vague, le blessé l'observait sans rien dire. Tristan tenta d'imaginer ce que son père ferait en pareilles circonstances. Une fois la réponse en tête, il s'adressa à la sentinelle qui se trouvait derrière lui.

— Va me chercher Morra.

— Je suis déjà là, lui répondit la voix bourrue de la cuisinière.

Sortant de la foule, elle se fraya un chemin au milieu des gardes, puis vint se placer face à Sev. Appuyée des deux mains sur sa béquille, elle observa un instant le soldat.

Le commandant accordait à cette femme une confiance sans limite. Il admirait son étrange capacité à distinguer les mensonges de la vérité, de même que son don pour tirer les vers du nez de tous ceux qu'elle interrogeait. Tristan avait déjà entendu Beryk, et mêmes d'autres, la qualifier tout bas d'« ombremage ». Bien sûr, Cassian n'était pas enclin aux superstitions, mais malgré le manque de preuves et de traces écrites, il se racontait bien des histoires sur l'existence de ces êtres aux pouvoirs particuliers. Des histoires qui étaient parvenues aux oreilles de Tristan. Si la moitié seulement de ce que ces légendes racontaient se révélait exacte, nul doute que Morra comptait parmi ces ombremages.

À cette pensée, le jeune homme fut parcouru d'un frisson. Il avait beau être d'un naturel honnête – sans doute trop, d'ailleurs, vu tous les problèmes que ce penchant lui avait causés vis-à-vis de son père –, la cuisinière unijambiste le mettait mal à l'aise. Ce n'était pas tant ses compétences qui le dérangeaient que leur caractère sournois. Car si les ombremages détectaient les mensonges, ils le faisaient de manière déloyale. Ils fouinaient, furetaient et épiaient. Or il aurait suffi que tout le monde opte pour la bonne foi pour que ces individus n'aient plus besoin ni d'utiliser leurs facultés ni de les cacher au reste du monde.

Mais Tristan ne se mentait-il pas à lui-même ? N'était-ce pas plutôt la peur de voir son plus grand secret exposé aux yeux de tous, sa peur du feu, qui lui faisait redouter l'ombremagie ? Et puis, il ne pouvait le nier : ce don se révélait parfois bien pratique.

— Voyons voir qui voilà… murmura Morra, le visage plissé par la concentration. Ami ? Ou ennemi ?

Le visage baigné de sueur, Sev se força malgré tout à se redresser avant de répondre.

— Ami d'amie. C'est Ilithya Ombracœur qui m'envoie.

Phéronia n'était pas taillée pour gouverner. Le conseil manipulait la moindre de ses décisions. Je me devais d'intervenir.

CHAPITRE 36
VÉRONYKA

Sans même s'en apercevoir, Véronyka recula d'un pas. L'arrivée du soldat l'avait plongée dans un état second. Pour sale et couvert de sang que l'intrus ait été en franchissant les portes, le doute n'était pas permis. C'était le garçon qui lui avait sauvé la vie devant leur cabane non loin de Runnette, et qu'elle avait à son tour soustrait à la furie de sa sœur. En parvenant à retenir la main de Val, Véronyka avait ainsi permis au jeune militaire de délivrer son message et de les prévenir de l'imminence d'un assaut. Elle en avait la tête qui tournait.

Mais même sans parler du choc causé par la réapparition du soldat – ou des informations qu'il leur avait transmises et de la trahison d'Elliot –, rien n'aurait pu préparer la jeune fille aux deux derniers mots prononcés par le blessé.

En les entendant, elle eut bel et bien l'impression que son cœur venait de s'arrêter.

Ilithya Ombracœur. C'était le nom de sa *maiora*. Son prénom, du moins. Quand elle était petite, Véronyka ne parvenait pas à le prononcer, elle avait donc pris l'habitude de dire simplement « grand-mère » ou « *maiora* ». Jamais elle n'avait encore entendu personne appeler la vieille femme Ombracœur, mais à la mention de ce patronyme, le pouls de la jeune fille s'accéléra, comme si cette appellation lui était familière.

Elle ne fut d'ailleurs pas la seule à réagir avec virulence.

— Comment connais-tu ce nom ? demanda Morra au soldat d'un ton brusque.

Véronyka dévisagea tour à tour la cuisinière et le blessé, le souffle court.

— C'était l'une des serves de notre bataillon, répondit Sev. Elle œuvrait contre les plans du capitaine depuis le début. Elle a tenté d'empoisonner toute notre unité d'un seul coup pour empêcher l'attaque, mais…

Il s'interrompit, la respiration hachée. Sur ses traits se lisait plus que de la souffrance physique. Rien dans la description de son Ilithya ne confirmait qu'il s'agissait bien de la femme qui avait élevé Véronyka, mais rien ne l'infirmait non plus. Le garçon poursuivit :

— Je suis venu vous prévenir à sa place et vous remettre ceci.

De son bras bien portant, il fit glisser sa sacoche de son épaule, avant d'en soulever le rabat… révélant un tas de cailloux gris à l'aspect lisse.

Les identifiant d'emblée, la jeune fille inspira une grande bouffée d'air. Impossible…

— Par la miséricorde de Miseriya ! lâcha Morra à voix basse avant de se pencher pour mieux voir, et de se tourner vers le fils du commandant. Serait-ce…

Tristan s'empara du sac, en examina le contenu à la hâte, puis le referma. Il ne fit pas le moindre commentaire, mais son corps tout entier avait tressailli d'un enthousiasme refoulé. Les curieux avaient beau se presser dans le dos de Véronyka, très peu d'entre eux avaient réussi à voir ce que contenait la sacoche, et le jeune homme tenait visiblement à ce qu'il en reste ainsi. Hors de question de se laisser distraire : si ce soldat disait vrai, les habitants du village et de la forteresse allaient bientôt devoir affronter rien de moins qu'une petite armée.

Dans un repaire de Dresseurs, difficile cependant d'ignorer un sac rempli d'œufs de phénix – douze, si Véronyka avait bien compté. Une sensation de chaleur, similaire à celle de l'or du soleil se reflétant sur la surface de l'Aurys, l'envahit.

Il y avait là un goût de possible, un espoir pour l'avenir… à condition qu'ils survivent à la nuit qui se dessinait.

Morra reporta son attention sur le blessé.

— Pourquoi Ilithya t'aurait-elle préféré à un animage ?

— Je suis animage.

— Un soldat animage, tiens donc ? fit-elle, dubitative.

Véronyka devina à son ton que la cuisinière sondait l'esprit de Sev et usait de son ombremagie pour juger de la véracité des propos du garçon. La vieille femme finit par esquisser un petit signe du menton, la mine contrite.

— Et où se trouve-t-elle à présent ? demanda-t-elle. Ilithya ?

Le blessé ouvrit la bouche comme pour répondre, mais ravala presque aussitôt sa salive avant de secouer la tête.

Le regard soudain perdu dans le vague, Morra chancela légèrement, comme témoin d'une scène qu'elle seule pouvait voir dans l'esprit du militaire.

— Elle est morte ? souffla Véronyka, ses yeux passant de l'un à l'autre.

Malgré son envie irrépressible d'utiliser ses propres pouvoirs, le risque était trop grand. De toute façon, le soldat acquiesça. Les poumons de la jeune fille se vidèrent d'un seul coup. S'il s'agissait vraiment de sa *maiora* et qu'elle avait été vivante tout ce temps…

Elle se remémora le jour où Val lui avait annoncé que leur grand-mère n'avait pas survécu. Véronyka avait pensé que sa sœur avait vu ce qu'elle avançait, qu'elle l'avait entendu ou qu'elle le savait, tout simplement – de la même manière qu'elle semblait toujours détenir toutes sortes d'informations qui échappaient à sa cadette. Comme une idiote, cette dernière l'avait crue sur parole. Elle aurait dû faire preuve de plus de jugeote, même à l'époque. À présent, sa propre naïveté la décevait presque autant que l'autrice de cette duperie. Aussitôt, Véronyka passa en revue les visages environnants, à la recherche d'une masse de cheveux roux. Elle voulait parler à sa sœur, sur-le-champ. Mais Val demeurait introuvable.

Quelques instants plus tard, revenant au présent, Morra se redressa, non sans cligner des yeux.

— Il dit la vérité.

La foule ondulait d'avant en arrière à mesure que la nouvelle progressait de murmures en chuchotements, puis le mouvement s'inversa tandis que questions et inquiétudes remontaient vers les premiers rangs.

— Mais comment un effectif aussi important a-t-il pu se déplacer aussi vite à travers le Pyrmont sans être vu ? lança un des gardes qui cherchait des yeux l'approbation du groupe. Les colonnes de soldats ont dû commencer leur ascension il y a des semaines. Pourquoi n'a-t-on vu aucun signal de fumée à ce moment-là ?

— Ils ont sûrement eu la bonne idée de passer par des chemins détournés, répondit un villageois, aussitôt appuyé par maints marmonnements et hochements de tête.

— Les indications d'Elliot les ont aussi sans doute aidés à éviter nos guetteurs, ajouta Ronyn la mine sombre.

— Leurs troupes ont dû avancer chacune de leur côté, renchérit Morra en écho aux paroles de Sev. Ce qui leur a permis d'être moins visibles, le temps de rejoindre les points stratégiques de la montagne. La compagnie la plus proche a établi le camp dans les Grottes vespériennes, à moins d'une demi-journée de marche du Champ de plumes. Ils pourraient atteindre la forteresse avant la nuit.

— Tristan ! les coupa soudain l'une des gardes.

Le capitaine Flynn à ses côtés, elle se fraya un passage au milieu des badauds. L'interpellé perçut aussitôt l'urgence dans sa voix.

— Qu'y a-t-il ?

— Un groupe armé sur la route des Pèlerins. Ils se dirigent droit vers nous, répondit-elle, le souffle court.

Bien qu'elle ne s'adresse qu'au jeune homme, toute l'assemblée se pencha pour l'écouter.

— Ils atteindront le relais d'étape dans l'heure, poursuivit-elle.

Ces paroles firent l'effet d'une douche glacée à Véronyka. Une heure seulement !

— Et le septième carillon vient à peine de sonner, souffla Morra. La nuit va être rude.

— Combien sont-ils ? demanda Tristan.

— Près de trois cents, répondit la guetteuse l'air grave. Mais il pourrait s'en cacher davantage sous le couvert des arbres.

Sev avait évoqué quatre cents hommes : les soldats avaient dû de nouveau fragmenter leurs forces, sans doute afin d'attaquer séparément ou par vagues successives.

Dans la cour désormais silencieuse, gardes, domestiques et villageois encore présents attendaient les ordres de leur jeune commandant.

Il leva le menton et se redressa de toute sa hauteur. Portrait craché de son père en cet instant, Tristan donnait l'impression de s'être élargi pour remplir l'espace.

— Que tous viennent se réfugier sans délai à l'intérieur de la forteresse. (La guetteuse hocha la tête avant de repartir au pas de course. Tristan se tourna ensuite vers Flynn.) Capitaine, envoyez tous les hommes dont vous pourrez vous passer pour l'instant aider à l'évacuation du village. Quant aux portes…

— Je m'en occupe. Elles seront barricadées et défendues par mes meilleurs combattants. Les autres vous rejoindront à la forteresse.

Le jeune homme approuva d'un geste du menton.

— Tenez-moi régulièrement informé et demandez à Jana de préparer ses pigeons. Il faut alerter le commandant Cassian. Par ailleurs, continua Tristan en élevant la voix pour couvrir le brouhaha de l'auditoire qui relayait déjà ses consignes, je veux que tous les domestiques et villageois en état de se battre et ayant à cœur de défendre la forteresse se rassemblent sur le terrain d'entraînement d'ici un quart d'heure. Nous tiendrons jusqu'au retour des Maîtres Dresseurs.

Sur ces paroles, la foule commença à se disperser. Le capitaine Flynn dépêcha ses gardes ici ou là, le personnel se hâta d'aller vérifier les réserves et Morra s'en alla poursuivre l'interrogatoire d'Elliot dans l'espoir de glaner davantage de détails sur l'assaut imminent.

Au milieu de la cohue, Tristan s'accroupit auprès de Sev.

— Merci, lui dit-il avant de faire signe à la guérisseuse de l'emmener à l'abri. Nous te resterons redevables à jamais. (Il eut un geste vers les œufs.) Ce trésor… Garde-le avec toi pour l'instant.

Encore à proximité, Véronyka s'était écartée pour ne pas rester dans le passage. C'est alors que le regard du soldat se posa sur elle… Si une infime lueur de réminiscence éclaira les prunelles voilées du garçon, elle s'éteignit presque aussitôt, soufflée par la douleur. Avant que la jeune fille ait pu réagir, le blessé fut soulevé du sol et transporté hors de sa vue. Soudain prise d'un violent mal de tête, elle se mit à se masser les tempes. Si jamais Sev l'avait reconnue, s'il demandait à voir cette adolescente qu'il avait rencontrée auparavant… En un moment pareil, la demoiselle en question se serait bien épargné une telle complication.

Le temps qu'elle relève les yeux, Tristan s'éloignait déjà à grandes enjambées. Il semblait se diriger droit vers le temple. Elle fronça les sourcils.

— Où est-ce que tu vas ? lui lança-t-elle.

— Allumer le fanal.

Une fois seule, au cœur du tumulte qui agitait la forteresse, Véronyka sentit un flot d'adrénaline lui déferler dans les veines. Les événements s'enchaînaient à une telle vitesse ! Assaillants, traîtres, œufs de phénix... tant d'éléments rentraient en jeu ! Malgré tout, avec l'armée impériale à leurs portes, elle avait au moins une certitude : Tristan avait besoin de combattants pour protéger le Nid d'Azurec et elle avait bien l'intention d'en être.

Théâtre de tous les préparatifs en vue des affrontements, la cour se retrouva vite en ébullition. Leurs enfants et les maigres possessions qu'ils avaient réussi à emporter pressés contre leur cœur, les villageois étaient conduits dans les baraquements vides. De leur côté, les gardes roulaient sur le pavé de pleins tonneaux de grain pendant que les serviteurs entreposaient dans les cuisines des seaux débordant d'eau.

Au milieu de l'effervescence générale, une silhouette haute comme trois pommes finit par bousculer Véronyka, qui se tenait toujours devant les portes – celle d'une petite fille échevelée, avec un oiseau sur l'épaule et une lance entre les mains, qu'elle avait visiblement fabriquée elle-même.

— Mésange ? s'étonna l'ombremage.

L'intéressée, cependant, avait déjà disparu dans la foule. Comment s'était-elle débrouillée pour atterrir au sein de la forteresse ? Était-elle arrivée avec Val et les ménestrels ? Ou bien se cachait-elle dans le hameau depuis plus longtemps encore, témoin discret des moindres commérages ?

Avant que Véronyka parvienne à la retrouver, un craquement sonore retentit dans l'air, suivi de près par un sifflement perçant.

La jeune fille crut d'abord que la monture d'un des apprentis s'était embrasée, mais lorsqu'elle leva les yeux vers le ciel, un éclat lumineux attira son attention sur l'oiseau d'or qui se dressait au sommet du temple. À l'évidence, la statue faisait aussi office de phare. Toutefois, si les feux de détresse des villages dégageaient une fumée noire, les feuilles ou les herbes utilisées pour ce brasier-là exhalaient un nuage rouge vif dont les tentacules glissaient à la surface du monument tels une armada de phénix enflammés plongeant du haut de l'azur.

Sous les pieds de Tristan, qui descendait de l'échelle menant au fanal, les habitants de la forteresse et des alentours entraient et sortaient du sanctuaire d'un pas pressé, les bras chargés de couvertures ou de cageots de nourriture : on transformait le lieu de culte en infirmerie de fortune. Véronyka se demanda si Sev s'y reposait déjà et combien d'âmes le rejoindraient avant l'aube.

Sur le terrain d'entraînement, cuisiniers, villageois, domestiques et garçons d'écurie venaient grossir peu à peu les rangs des volontaires. La jeune fille alla se ranger à leurs côtés.

Le cœur battant, elle essuya ses paumes moites sur ses cuisses, en tâchant de ne pas penser aux conséquences de son choix – et à ce que décider de participer au combat signifiait réellement. Cette résolution-là lui semblait une espèce de point de non-retour, comme si s'engager à défendre le Nid d'Azurec revenait pour elle à s'engager à y rester une bonne fois pour toutes. Dans tous les cas, que Véronyka change ou non d'avis à ce sujet, il était hors de question de demeurer les bras ballants pendant que Tristan et les autres risqueraient leur vie. L'idée de laisser l'empire anéantir à nouveau les Dresseurs de phénix lui était insupportable.

La jeune fille regardait son ami apprenti traverser la cour quand elle aperçut sa sœur, debout dans l'ombre du temple. Si Val observait leur petite troupe avec un certain intérêt, elle n'avait pas l'air de compter les rejoindre. Véronyka refoula sa soudaine déception. Depuis quand son aînée rechignait-elle à se jeter dans la mêlée ? Pourtant, à mieux y réfléchir, il n'y avait là rien d'étonnant : Val n'avait jamais considéré cette lutte comme la sienne.

En pénétrant sur le terrain, Tristan balaya d'un regard le groupe des aspirants guerriers, la mine sombre. Une poignée de retardataires rallia encore le contingent avant que le fils du commandant ne commence à passer le rang en revue. À ses côtés, un garde poussait une brouette remplie d'un véritable arsenal. En fonction de la taille et des capacités de chacun, il aiderait les futurs combattants à choisir qui une fronde, qui une arbalète.

Tristan s'arrêtait devant chacun d'entre eux. Véronyka ne distinguait pas ses paroles, mais un à un, ils se voyaient attribuer une arme et un poste. Aux quelques enfants qui s'étaient présentés – dont la petite Mésange –, le jeune homme confiait des responsabilités moins exposées, telles que messager ou porteur d'eau.

Il arriva enfin à hauteur de l'ombremage.

— Je suis prêt à me battre, dit-elle d'emblée.

Il prit un long moment pour répondre – si long que le silence, de simple soupir, se changea en un vide béant.

Allait-il refuser son aide ? Cette possibilité n'avait même pas effleuré l'esprit de Véronyka et, pour une fois, les émotions de son camarade demeuraient verrouillées, hors de portée de ses pouvoirs.

Il finit par esquisser un sourire forcé, puis lui posa une main amicale sur l'épaule. Tout de suite, elle comprit que les choses n'allaient pas se dérouler comme prévu. Le souffle court, elle prit soudain conscience des dizaines de paires d'yeux qui la scrutaient.

— Tu viens à peine de commencer ton entraînement, lui dit Tristan à voix basse. Je refuse de t'exposer au danger sur les remparts, je m'en voudrais s'il t'arrivait malheur. Un messager de plus ne serait pas de trop ou un…

— Messager ? répéta la jeune fille, incrédule. Comme les enfants ?

Une vague de murmures s'éleva parmi les rangs. Véronyka sentit sa nuque et ses oreilles s'échauffer.

— Nyk…

— Je te ferai remarquer qu'on est tous en danger ici, le coupa-t-elle, les poings serrés sur la toile grossière de son pantalon pour les empêcher de trembler.

Le jeune commandant approcha encore son visage de celui de son amie.

— Si tu ne veux pas être messager, les missions indispensables ne manquent pas. Dans le Nid, Ersken aura besoin de bras pour s'occuper des phénix – et pas seulement des femelles.

Il avait sorti cette dernière précision comme s'il pensait qu'elle remonterait le moral de sa camarade, et peut-être aurait-ce été le cas quelques jours plus tôt. Mais pour l'heure, Véronyka demeurait de marbre.

— Je t'en prie, la supplia-t-il, ne rends pas la situation plus difficile qu'elle ne l'est déjà.

Ses yeux brillaient d'une émotion contenue, que la jeune fille ne parvenait pas à décrypter. Pitié ou bien culpabilité ?

Elle n'en revenait pas qu'il la rejette de cette façon devant tout le monde, qu'il l'humilie devant les autres apprentis qui assistaient à la scène, de loin. Après avoir promis de l'aider, lui avoir assuré qu'elle avait sa place parmi eux et qu'elle ferait une bonne recrue... voilà qu'il la traitait comme un être fragile et inutile, incapable de survivre sans une protection de chaque instant !

À l'instar de Val, en somme.

La gorge serrée, les larmes au bord des yeux, Véronyka s'obligea malgré tout à répondre.

— Plus difficile pour qui ? demanda-t-elle sans prendre la peine de chuchoter.

Sur ces mots, elle laissa Tristan planté là et prit ses jambes à son cou.

Elle trouva refuge au Nid d'Azurec. Non pour se conformer à la volonté de l'apprenti, mais parce qu'elle ne voyait pas d'autre endroit où aller. Arrivée devant les cages, elle envoya valser un seau d'eau d'un coup de pied, puis se mit à hurler toutes les injures qu'elle avait pu entendre sur les quais des Bas-fonds ou dans les auberges proches de la frontière.

La tête penchée de côté, Xéphyra l'observait et tentait de déchiffrer ces insultes mystérieuses, que la jeune fille elle-même comprenait à peine. Par le lien unissant l'oiseau à sa maîtresse filtrait une perplexité certaine.

Soudain, des bruits de pas retentirent dans l'escalier. Reconnaissant d'emblée la démarche, l'animage sauta sur ses pieds et sonda la pénombre du regard. Il faisait déjà sombre dans les profondeurs du Nid d'Azurec : le peu de lumière que dispensait le ciel couvert déclinait à vive allure.

— Qu'est-ce que tu me veux, Val ? lança Véronyka quand sa sœur apparut au bas des marches.

La nouvelle venue se figea aussitôt.

— Inutile de sortir les griffes à mon encontre parce que ton cher apprenti ne veut pas s'encombrer de toi dans la bataille. Je t'avais prévenue. Ces Dresseurs ne sont pas des nôtres.

Elle se montrait blessante à dessein, sa cadette n'était pas dupe. Malgré tout, les mots firent mouche, car ils contenaient une part de vérité. Tristan, en effet, ne voulait pas de sa camarade à ses côtés. Sans pour autant se laisser démonter, Véronyka croisa les bras.

— Dis-moi ce qui est arrivé à *maiora* Ilithya, ce jour-là.

— Pardon ? lâcha Val, comme prise de court.

Mais sa cadette savait qu'il ne s'agissait que d'une feinte. Si elle ne l'avait pas aperçue dans la foule attroupée autour de Sev, elle savait d'instinct que, cachée quelque part, Val n'avait rien raté de la scène. Cette dernière avait ceci de commun avec la pluie que, parfois, en se concentrant un minimum, Véronyka pouvait sentir sa présence telle une gêne au cœur même de ses os.

— Ce soldat, cet émissaire… Il a dit être envoyé par une femme du nom d'Ilithya, reprit-elle, le doigt pointé vers la cour au-dessus d'elles. Il a dit que c'était une des serves et que…

— Ne sois pas ridicule, voyons. Des centaines de femmes portent ce prénom.

— Ilithya Ombracœur.

Une étincelle surgit – éclair éphémère – au fond des pupilles de Val. Comme Véronyka regrettait de ne pas mieux maîtriser ses pouvoirs d'ombremage… Elle n'aurait eu qu'à les projeter vers l'esprit de sa sœur pour s'y saisir de la vérité.

— Notre grand-mère… dont tu m'as assuré qu'elle était morte, insista-t-elle.

L'aînée leva les yeux au ciel.

— Ce n'était pas vraiment notre grand-mère, *xe* Nyka, tu le sais aussi bien que moi. (Elle marqua une petite pause, le temps de se mordiller la lèvre.) D'ailleurs, de notre point de vue, elle aurait tout aussi bien pu être morte pour de vrai : elle était condamnée à perpétuité.

Véronyka ferma les yeux à s'en faire mal. Le sang lui résonnait dans les tempes. Toutes ces années de perdues. Elle et sa sœur auraient pu chercher leur *maiora*, trouver où elle travaillait et lui rendre visite. Elles auraient pu lui écrire. Elles auraient pu faire… n'importe quoi ! N'importe quoi plutôt que de ne pas réagir, comme ça avait été le cas !

— Je comprends ta frustration, poursuivit Val d'un ton apaisant. Tout s'écroule… Cependant c'est pour le mieux. C'est le destin qui a mené les soldats de l'empire jusqu'ici, Anyanke elle-même, qui les a guidés. J'ai fait preuve de patience, je t'ai laissé autant de temps que possible, mais le moment que j'attendais est arrivé. Ne laissons pas échapper notre chance : il faut vous tirer, ton phénix et toi, de la cage où vous ont enfermées les Dresseurs.

Profitons de la distraction créée par les préparatifs de défense, délivrons ton oiseau et partons d'ici. On libérera aussi les autres femelles – pour peu qu'on y parvienne –, puis on filera en douce par les souterrains.

Les yeux ronds, Véronyka observait sa sœur. Elle avait beau avoir passé son enfance à déclarer à qui voulait l'entendre qu'Avalkyra Pyromaque était son héroïne, son modèle – elle ne désirait ressembler à personne d'autre –, en réalité, c'était son aînée qu'elle adulait. Quelle que soit la difficulté affrontée, elle ne doutait pas que Val les en sortirait – et bien que peu recommandables, ses méthodes n'avaient cessé de se révéler efficaces. La puissante ombremage avait toujours semblé n'avoir jamais peur de rien, et cet aspect de sa personnalité était probablement celui que Véronyka admirait le plus. Pourtant, en cet instant, la cadette ne voyait en sa sœur qu'une poltronne au discours teinté de plus d'égoïsme que de bravoure.

Elle repensa à sa *maiora*, cette vieille femme qui s'était sacrifiée pour que ses petites-filles puissent s'enfuir. Même après avoir tout perdu – sa famille, son phénix, sa liberté et sa reine –, l'ancienne n'avait pas renoncé à se battre.

Ainsi se distinguaient les vrais guerriers et les vrais Dresseurs. Val et les autres se trompaient : être Dresseur ou Dresseuse n'avait rien à voir avec l'obtention d'un titre, une liste de critères à remplir ou un héritage à honorer. Ces combattants étaient avant tout les protecteurs du peuple, les défenseurs de la lumière et, en cette heure, les ténèbres venues les engloutir se trouvaient être les soldats de l'empire.

Peut-être n'était-ce pas la Reine couronnée de plumes que Véronyka aurait dû mettre sur un piédestal. Peut-être avait-elle connu une héroïne bien plus majestueuse encore, à savoir sa *maiora*.

— Nyk ? lança soudain une voix qui résonna dans les escaliers.

Si les deux sœurs sursautèrent, ce fut l'aînée qui retrouva ses esprits la première. Après quelques regards furtifs alentour, comme pour chercher un endroit où se cacher – ou préparer une attaque –, elle recula de plusieurs pas.

Ersken avait laissé un lot de caisses de réserves empilées là, à côté de la cage principale. Val fit courir sa main sur ce semblant de mur jusqu'à y dénicher une brèche étroite, s'y glissa et disparut.

— Val, où vas… commença Véronyka avant de se pétrifier.

Tristan venait de pénétrer dans la cour et se dirigeait vers elle à grandes enjambées. Pourtant, à mi-chemin, il ralentit, comme par précaution.

En dépit de ses efforts, la jeune fille ne réussit pas à dissimuler la peine que lui causait la simple vue de son ami. Autour d'elle, le décor s'effaça et il lui sembla être de retour sur le terrain d'entraînement. Elle ravala la boule qui lui obstruait la gorge.

— Pourquoi ?

Dans le gris sombre du crépuscule, la lumière vacillante des lanternes de la galerie – mêlée à la lueur rougeâtre du fanal – nimbait Tristan d'un halo d'or et de vermeil. Son visage demeura dans l'ombre jusqu'à ce qu'il avance, hésitant, d'un pas supplémentaire et révèle le masque sévère de ses traits.

— Écoute, commença-t-il. Ce n'était… je n'ai pas… J'ai eu tort.

Ébahie, Véronyka cligna des yeux. Le regard dans le vide, le jeune homme sembla chercher ses mots, puis, toute contenance évaporée, il finit par s'agripper les cheveux des deux mains et poussa une espèce de cri.

— Tu ne vois pas que je n'ai aucune idée de ce que je fais ? poursuivit-il. Je suis incapable de diriger ! Et si jamais le commandant… si jamais mon père, ne revenait pas ?

Cette dernière question avait été lâchée d'une voix étranglée. Face à l'expression désespérée de l'apprenti, d'instinct et malgré le danger, la jeune fille ne put s'empêcher d'ouvrir son esprit à celui du garçon – comme quand, par réflexe, on rattrape un couteau sur le point de tomber. Pourtant, en ces circonstances précises, et sans qu'elle puisse se l'expliquer, rouvrir le canal qui la reliait à Tristan ne lui parut ni préjudiciable ni répréhensible. Bien au contraire, se connecter à ses pensées lui sembla juste, comme lorsqu'elle communiquait avec Xéphyra. Son but n'était pas de contrôler ni d'espionner, mais de compatir – de partager la souffrance de son ami.

Voilà toute la différence entre moi et Val ! comprit soudain Véronyka. Toujours à l'affût de faiblesses à exploiter, l'aînée des deux sœurs usait de ses pouvoirs comme d'une arme, pour blesser ses semblables. La cadette, en revanche, se servait de ses facultés afin de comprendre les êtres qui l'entouraient, ce qui, en sus, renforçait son empathie et sa bienveillance envers eux.

Pourquoi juger d'emblée l'ombremagie comme une tentation occulte ? À l'instar des êtres humains, ce don pouvait se révéler tantôt mauvais, tantôt bon.

Il n'empêche que Véronyka devait se montrer vigilante. Elle avait déjà utilisé son pouvoir contre Tristan – lorsque, juste pour avoir raison, elle avait évoqué la manière dont il appelait Tempête « *xe xie* » dans sa tête. Un petit tour de passe-passe anodin et relativement bénin, certes, mais qui n'en restait pas moins inacceptable. L'ombremagie tenait de la pente glissante : au début, la jeune fille souhaitait simplement comprendre l'apprenti, puis elle s'était mise à chercher des réponses dans son esprit… Qu'adviendrait-il ensuite ? Entre voler des pensées ou des sentiments dans la tête d'autrui et y implanter ses propres avis, il n'y avait qu'un pas. Véronyka creuserait-elle plus profond dans l'esprit de son ami à chacune de leurs disputes, en quête d'idées nouvelles, toujours plus propices à le blesser… à la manière de Val ?

Non, se dit-elle avec fermeté. *Je ne suis pas comme ma sœur.*

À mesure que la connexion s'établissait entre eux, elle découvrait l'ampleur de la pagaille qui régnait dans les émotions de Tristan. Ses pensées avaient leur propre texture : comme toutes celles que Véronyka avait déjà visitées – qu'elles soient humaines ou animales –, il émanait d'elles une sensation particulière. Si l'esprit de Val semblait par exemple constitué de fer et de fumée, celui de Xéphyra brillait comme un rayon de soleil. Quant à celui de l'apprenti, il respirait la fraîcheur de la nature – celle de l'herbe habillée de rosée ou du clapotis des ondées d'été. Du moins était-ce le cas en temps normal. Mais ce soir-là, Véronyka y vit plutôt un nuage d'orage, de ceux qui roulent et grossissent bas dans le ciel, chargés d'électricité.

—Je ne suis pas préparé à gérer une telle situation, poursuivit Tristan entre deux grandes inspirations.

Aucun des apprentis n'a encore pris part à une vraie bataille ! Et puis, il y a Elliot… je ne sais pas quoi faire de lui. L'idée que tous ces gens placent leur confiance en moi, qu'ils comptent sur moi pour les mener au combat, m'est insupportable. Alors, si la possibilité m'est offerte de protéger ne serait-ce qu'un seul de mes amis, de te protéger toi, je dois le faire, tu comprends ? Ou en tout cas, il faudrait que je le fasse, ce serait la décision la plus sensée. Et en même temps, je ne veux p… Je ne pense pas pouvoir affronter seul cet assaut. Je vais avoir besoin de toi à mes côtés. J'ai plus confiance en toi qu'en n'importe qui, seulement je dois tenir ma promesse, et…

— Quelle promesse ?

Véronyka l'avait coupé sans ménagement. La bulle d'allégresse qui enflait dans sa poitrine venait d'éclater.

— Ta promesse envers qui ? insista-t-elle.

C'est à ce moment-là que Val sortit de l'ombre. Bien que plus proche de sa sœur que de l'apprenti, elle concentrait toute son attention sur Tristan. Dirigée telle une rafale vers sa cible, la force de l'ombremagie qu'elle dégageait manqua renverser Véronyka et emporta d'un seul coup le jeune homme, qui alla s'écraser contre le mur derrière lui, le visage relâché et dénué d'expression. Quand Val fondit sur lui, les effluves ardents de son pouvoir vinrent agresser l'odorat de sa cadette.

Par la fenêtre qu'elle venait juste d'ouvrir entre elle et Tristan, Véronyka entendit alors les paroles que la puissante ombremage instillait dans l'esprit de sa proie.

Silence ! Plus un mot. N'y pense même plus. Tu ne te souviens plus de rien. Tu…

— Val, arrête ! tonna sa sœur en la poussant.

Déconcentrée, l'intéressée perdit son emprise sur la conscience du jeune homme. Aussitôt, l'air autour du trio parut se vider de la tension qui l'alourdissait et le terrible écho de la voix de Val s'arracha des pensées de sa cadette comme de celles de Tristan.

Véronyka se hâta de renforcer les barrières de son esprit, mais ne pouvait rien faire pour défendre son ami, qui secouait la tête et clignait des paupières comme pour tenter de comprendre ce qui venait de lui arriver. Si la jeune fille percevait sans effort que les paroles résonnant dans l'esprit de l'apprenti émanaient de Val, elle était incapable de se représenter le ressenti d'un individu dépourvu d'ombremagie. Tristan avait-il discerné en lui une rumeur incohérente ? Éprouvé un désir aussi soudain qu'inconscient ? Ou bien eu l'impression que ses propres pensées s'envolaient en tous sens et lui échappaient ? Inquiète des dommages que sa sœur avait pu créer dans la mémoire de son ami, Véronyka se pencha vers lui.

— Tristan, de quelle promesse parlais-tu ?

Mais ce fut Val qui répondit :

— Tu sais que tu ne peux pas lui faire confiance…

— Non, rétorqua sa cadette sans la laisser terminer. C'est à toi que je ne fais pas confiance. Tristan, réponds-moi, je t'en prie.

Il jeta un regard méfiant vers Val, puis se tourna vers sa camarade. Même s'il semblait à présent avoir recouvré ses esprits, il ne saisissait visiblement toujours pas ce qui se tramait.

— Ne sois pas fâché, Nyk. Ta sœur se faisait du souci pour toi, voilà tout. Elle ne voulait pas que tu prennes de risques inconsidérés. Je lui ai donc promis que je t'affecterais à un poste loin des remparts, hors de danger.

Malgré le ton suppliant qu'avait pris son ami, l'adolescente n'avait pas une once d'empathie à lui accorder : toutes ses émotions étaient braquées vers sa sœur. Cette harpie se fichait bien de sa sécurité, elle cherchait surtout à ce que Véronyka se sente exclue, et par-là même, profondément et affreusement seule !

Soudain, tout s'éclaira : « *Le moment que j'attendais est arrivé…* » Val savait pour l'attaque, depuis le début.

L'idée avait beau être effroyable, la cadette sentit d'emblée qu'elle avait vu juste. Après tout, sa sœur n'avait-elle pas débarqué au Nid d'Azurec à peine quelques jours plus tôt ? Impossible qu'une ombremage aussi accomplie n'ait pas détecté la présence de centaines de soldats sur ses talons. Car si Véronyka surveillait en permanence la portée de ses pouvoirs, les gardant repliés en elle, Val déployait les siens au loin, comme un filet. Voilà pourquoi l'aînée avait voulu qu'elles filent au plus vite et s'était montrée aussi insistante : en raison de l'imminence de l'assaut. Mais au lieu de prévenir les Dresseurs afin qu'ils puissent se préparer, elle avait gardé l'information secrète et mis en péril d'innombrables vies, dans le seul but de reprendre le contrôle sur l'existence de Véronyka.

Depuis son arrivée, Val avait tout fait pour semer le doute dans le cœur de sa sœur. Elle avait d'abord insulté leurs hôtes, remis en question leur honneur et leurs intentions, puis reproché à sa cadette de rester à leur service. Quand Xéphyra était apparue, pour finir capturée, elle s'était encore rapprochée de son objectif. Elle n'avait plus eu qu'à courir voir Tristan et lui faire promettre de ne pas laisser combattre le garçon d'écurie pour porter le coup de grâce à Véronyka et la dépouiller de tout ce qui la rendait heureuse. Toutes ces angoisses, toute cette souffrance pour que le moment venu, il ne lui reste plus rien à quoi se raccrocher.

— Tu savais qu'elle avait ressuscité ?

C'était le dernier élément qui manquait à la cadette, la seule question qui restait en suspens. Chaque fois qu'elle avait cherché à savoir, Val avait éludé, jouant la carte de l'ambiguïté ou se perdant en circonvolutions. Mais pas ce coup-ci. Ce changement de sujet inopiné eut beau paraître la surprendre, l'aînée répondit la tête haute et le regard brillant.

— Oui.

— Et c'est toi qui l'as menée jusqu'ici… jusqu'à moi ? poursuivit Véronyka d'un ton dénué de toute émotion.

— Oui.

— Comment ?

Doucement mais sûrement, une vague de chaleur la gagnait. Quand Val haussa les épaules, son geste traduisait tant d'indifférence et de mépris que sa sœur, les dents serrées, dut se retenir d'exploser.

— Tu es trop impatiente, Nyka, et ce depuis toujours. Les résurrections ne sont pas affaires de caprice. Ton oiseau a mis une semaine entière à revenir. Quand il t'a cherchée, il n'a trouvé que moi. La tâche ne s'est pas avérée facile, mais j'ai réussi à le maîtriser. Le jour où il est parti à ta recherche, je n'ai eu qu'à le suivre jusqu'ici.

Véronyka se consumait désormais de rage de la tête aux pieds. Le brasier ardent de sa colère lui dévorait les entrailles et ne demandait qu'à être libéré. Elle nota, entre autres, que Val venait de l'appeler « Nyka » devant Tristan, mais au vu de tout le reste, ce détail restait insignifiant.

— Pourquoi tu ne m'as rien dit ? hurla-t-elle.

— J'ai essayé. Je t'ai dit que j'avais une surprise pour toi. Mais au cas où tu l'aurais oublié, tu n'en voulais pas. J'ai donc appelé ton phénix à nous rejoindre dans la forteresse.

Tu pensais ainsi me faire bannir, sauf que les Dresseurs ont emprisonné mon âme sœur à la place, conclut Véronyka pour elle-même. Elle secoua la tête, le temps de se répéter les propos de sa sœur et de revenir sur les détails qui continuaient de lui échapper.

— Comment es-tu parvenue à contrôler Xéphyra ? À l'appeler, même ? Vous n'êtes pas liées.

Tristan sursauta à ce dernier mot. Son regard dériva aussitôt vers la cage des femelles, mais aucune des deux jeunes filles ne s'en soucia.

La tête inclinée sur le côté, Val dévisageait sa cadette quand tout à coup, loin au fond de l'esprit de Véronyka, une porte s'ouvrit à la volée. Elle comprit d'instinct ce dont il s'agissait : une connexion constante entre elles deux. Une espèce de lien, sans doute, mais contrairement à celui qui l'unissait à Xéphyra et qui prenait la forme, dans sa tête, d'un tunnel à double-sens, accueillant et facile d'accès, ce passage-là s'avérait étroit et précaire. À la fois visible et dérobé.

Et soudain, dans un éclair fulgurant de lucidité, Véronyka en saisit la portée : cette brèche, Val l'avait utilisée pour gagner la confiance de Xéphyra d'une manière ou d'une autre. À l'instar d'une toile de fond, la cadette restait en permanence dans les pensées de l'aînée, une présence que le phénix avait dû sentir. Cette hypothèse renvoya Véronyka au lien solide qui s'était établi entre Tristan et elle, ainsi qu'à la manière dont avait réagi Val quand elle s'en était rendu compte. Non sans malaise, la maîtresse de Xéphyra comprit que si elle-même habitait la tête de sa sœur, l'inverse devait aussi se vérifier. Par conséquent, quand elle avait ouvert par accident la porte qui la reliait à Tristan, la locataire de son esprit l'avait sûrement perçu.

Mais si le jeune homme n'avait pas conscience de cette connexion, c'était loin d'être le cas de Val, qui avait exploité sans vergogne son propre lien avec sa cadette pour obtenir ce qu'elle désirait de Xéphyra. Cette prise de conscience emplit Véronyka d'une fureur aveugle. Rien que de penser à toutes les horreurs accomplies par sa sœur en son nom, elle se sentait souillée, contaminée. D'autant que ces méfaits devaient remonter loin dans le temps. La vie de la plus jeune était jonchée des sombres et terribles forfaits de son aînée – toujours perpétrés dans son soi-disant intérêt, bien sûr. Val lui avait caché tant de choses… Véronyka était restée aveugle si longtemps ! Et pas juste au sujet de leur famille, mais aussi à propos d'elle-même et de ses pouvoirs.

Cette fois, c'en était assez.

Elle s'arc-bouta sur son rempart mental jusqu'à faire vaciller sa connexion avec Val. Aussitôt, la porte claqua, sans pour autant disparaître – une présence qui faisait toute la différence. Qu'importent les limites imaginaires qui ne lui dispensaient qu'un faux sentiment de sécurité, Véronyka n'était nulle part à l'abri : l'intruse demeurait dans son esprit.

La cadette ne parvenait plus à parler, ni même à respirer – seul un mince filet d'air se glissait en sifflant vers ses poumons.

—Je te déteste, finit-elle par réussir à lâcher à voix basse.

Quand sa sœur se pencha pour mieux entendre, Véronyka se redressa pour mieux hurler :

—Je te déteste !

Sa main partit toute seule et elle gifla son aînée de toutes ses forces.

Le regard fixe à faire peur, Val se figea tandis qu'une marque rouge s'épanouissait peu à peu sur sa joue. Contre ses flancs, ses poings se serrèrent. Choquée par sa propre agressivité – sans malgré tout la regretter le moins du monde –, Véronyka reprenait progressivement son souffle.

L'espace d'une seconde, les traits de Val se crispèrent, puis elle baissa les yeux. Sa sœur la crut prise d'un curieux repentir… Jusqu'à ce que, sans hâte, la puissante ombremage tire de sa ceinture un poignard. Avec sa lame d'obsidienne enchâssée dans une garde en os, il avait tout l'air d'une antiquité, mais l'âge ne le rendait pas moins acéré.

Dans un frisson, le temps se pétrifia. Véronyka se vit soudain transportée dans le passé, à ce moment fatidique où, dans leur cabane, Val avait pointé son couteau sur Xéphyra. Au fond du Nid d'Azurec, derrière les barreaux, le phénix laissa échapper un doux pépiement, qui vint flotter dans le silence de la cour.

Si Tristan ne saisissait toujours pas le motif de la dispute, la vue du poignard le fit réagir : il se raidit, prêt à se jeter en avant. Mais Val le devança et tendit le bras, l'arme au poing. Le jeune homme s'arrêta net, la pointe de la lame à quelques centimètres à peine de sa gorge. Le voir ainsi menacé eut beau faire revenir son amie à la réalité, elle n'osa pas esquisser le moindre geste.

Val avança alors vers Véronyka d'un pas lent et mesuré, avant d'approcher le couteau de son visage, jusqu'à ce qu'il repose contre sa joue. Les deux sœurs étaient à présent si proches que la plus jeune se trouva assaillie d'un étrange mélange de sentiments : le réconfort procuré par le parfum familier de son aînée le disputait à la terreur instinctive que lui inspirait la pierre aiguisée, si froide contre sa peau. De peur que la lame ne s'enfonce dans sa chair, Véronyka osait à peine respirer. Sa tête, néanmoins, bourdonnait : Val était-elle vraiment capable d'une telle abomination ? Son dernier crime serait-il le pire de tous ?

Val, s'il te plaît, murmura sa sœur en elle-même. Mais la porte resta fermée, et son appel, sans réponse.

— Val, s'il te plaît, souffla Tristan en un écho désespéré. Je ne comprends pas.

— Oh, tu vas vite comprendre, répondit l'intéressée.

Elle s'était exprimée sans aucune urgence dans la voix, comme pour savourer le moment. Puis, plus rapide que l'éclair, elle fit pivoter son poignard et l'abaissa vers la poitrine de sa cadette.

Avec un hoquet de stupeur, Véronyka sentit la lame d'obsidienne lui glisser sur le ventre… mais seul le bord émoussé l'avait touchée. Le fil de la lame, tourné vers l'extérieur, avait, lui, fendu et sa tunique et la bande de tissu qu'elle utilisait pour dissimuler sa féminité. Par réflexe, elle inspira une grande bouffée d'air et sa poitrine coupable s'en trouva encore plus bombée. Sa sœur écarta le bras au moment où l'habit achevait de se déchirer en deux, révélant l'imposture, sans méprise possible.

—J'ai l'honneur de te présenter Véronyka, cracha Val d'un ton aussi abject que triomphant. Ma sœur.

Dix-huitième jour de la cinquième lune, 170 ap. E.

Ma chère Avalkyra,

Je suis navrée que notre entrevue ne se soit pas déroulée selon tes désirs, mais tu le sais aussi bien que moi : il m'était impossible de signer ce document. Faire annuler l'union entre notre père et ma mère aurait permis d'alléger ton châtiment. Au lieu du meurtre d'une souveraine régente, tu n'aurais plus été accusée que de celui d'une simple bourgeoise, et pour toute réparation, tu n'aurais eu qu'à payer les frais des funérailles. Qui plus est, abroger le mariage de ma mère, m'aurait rendue illégitime et renforcé ta propre prétention au trône.

Cependant, les circonstances ont changé, ma chère sœur. Il me faut désormais penser à l'avenir.

Malgré la peine que m'ont causé ces quelques mois de silence, je n'étais pas prête à t'accorder mon pardon. Je n'étais pas prête à comprendre. Mais le temps nous est à présent compté.

Il est nécessaire de nous entretenir à nouveau, en privé cette fois. Je suis désolée de ne pas avoir répondu à tes précédentes lettres… Je me décide enfin, et j'espère qu'il n'est pas trop tard.

Bien à toi,
Phéronia

Parfois, pour protéger ceux que l'on aime, il nous faut les faire souffrir.

CHAPITRE 37
VÉRONYKA

Les lambeaux de sa tunique pressés contre sa poitrine, Véronyka tomba à genoux. Les contours du monde venaient de se resserrer, et sa vision, de virer au gris. Les sons aussi s'étaient tus – tant les crépitements du fanal au loin que le tumulte des préparatifs au combat. Elle seule existait désormais, et Tristan, ainsi que cette fille, qui quelques secondes plus tôt était encore sa sœur.

Les regards de Véronyka et de l'apprenti mirent une éternité à se croiser. De prime abord, elle aurait aimé se recroqueviller, se cacher à la vue de son ami, mais un changement s'opéra en son for intérieur. Mue par un courage qu'elle ne se connaissait pas et par la découverte toute récente de l'étendue de ses pouvoirs, elle gagna dans son esprit la porte qui menait à Tristan – celle-là même qu'elle avait créée sans le vouloir et qui l'attendait aux confins de ses pensées, toujours prête à s'ouvrir sur leur connexion.

Véronyka la poussa à la volée pour se relier au jeune homme et l'inviter à exprimer sa fureur, comme un tournesol poursuivant la chaleur accablante du soleil. Elle voulait éprouver la douleur, goûter l'amertume que son ami devait ressentir. Elle voulait s'en abreuver, souffrir avec lui, exposer la blessure béante qu'elle lui avait à coup sûr infligée.

À condition de la trouver.

Car l'esprit de Tristan était désert. Ni colère, ni sentiment de trahison : ne s'y trouvait qu'un silence sidéré.

Malgré cette étonnante paralysie des émotions, la mémoire de l'apprenti, elle, tournait à plein régime. Il se repassait chacune de ses conversations avec Véronyka, au mot près, ainsi que tous les moments qui lui avaient paru un tant soit peu étranges entre eux deux.

Et visiblement, il y en avait à foison. L'attitude du garçon d'écurie aux bains ou devant les cages de reproduction. La façon dont il avait calmé le phénix affolé le soir de sa capture et le surnom qu'avait employé Val – « Nyka ». Tristan n'était pas stupide : même sans parvenir à assembler du premier coup toutes les pièces de ce drôle de puzzle, il avait pris soin de les garder en mémoire au cas où il aurait besoin de les réexaminer. Le plus insupportable pour Véronyka se révélait être l'image que son ami avait d'elle dans ses souvenirs : le garçon qu'elle avait prétendu être y apparaissait spécial, intéressant et digne d'attention. Tristan continuerait-il à la considérer ainsi à présent que le mensonge souillait chacun de leurs échanges privilégiés ?

Le temps s'étirait. L'atmosphère de leur liaison mentale s'alourdissait de plus en plus. L'un ou l'autre allait finir par réagir.

Ce fut Tristan, qui se détournera le premier, et commença à s'en aller. À peine avait-il fait un pas, cependant, qu'il s'arrêta. Après un semblant d'hésitation, il jeta un regard indéchiffrable vers Véronyka. Mais avant qu'elle ait pu interroger ses pensées, il ferma les yeux, inclina la tête, puis – résolu cette fois – se dirigea vers l'escalier.

Le bruit de ses pas qui s'éloignaient rappela soudain la jeune fille à la vie et au tumulte environnement : le vacarme de la cour au-dessus, le bruissement des oiseaux enfermés derrière elle, l'odeur âcre du feu et de l'huile des lampes. Revenues elles aussi, les couleurs baignaient le sol de la cour de cendre et d'écarlate.

Rien n'avait changé, mais tout était différent. Val lui posa une main sur l'épaule.

—Viens, dit-elle d'une voix à la fois douce et ferme. Sortons d'ici, allons dans ma chambre. Tu pourras te changer. Pendant ce temps, je m'occuperai de tout. Je délivrerai ton phénix et tu n'auras plus jamais à t'inquiéter de ces cages de reproduction. Tu n'auras plus jamais à cacher qui tu es ni ce que tu es. Nous quitterons cet endroit avant le début de l'assaut pour nous mettre à couvert. Ensemble.

Ce beau discours ruissela sur Véronyka sans prendre prise. Tels les mots d'une mère à son enfant ou d'un capitaine à ses troupes, il se voulait rassurant pourtant : il portait un message de bienveillance, la garantie que tout se passerait bien… Des paroles creuses, en somme.

Oh, sa sœur s'occuperait en effet de tout, Véronyka n'en doutait pas. Une minuscule part d'elle-même fut même tentée de céder à cette vaine promesse. Seulement, le réconfort qui s'ensuivrait ne durerait pas. Val était une guerrière : la paix ne lui convenait pas, elle ne serait que temporaire. Face à la tempête, quand n'importe qui se construirait un abri, la rousse au tempérament de feu, elle, préférait défier les vents qui osaient l'assaillir.

Mais Véronyka était fatiguée de mener cette bataille perdue d'avance. Toujours à genoux, elle fixait le sol, sa frange de cheveux noirs devant les yeux.

—Non, Val.

—Pardon ?

L'aînée lâcha l'épaule de sa sœur.

Cette dernière respira un grand coup, avant de se hisser sur ses pieds. Les pans déchirés de sa tunique voletaient dans la brise nocturne, mais elle ne prit pas la peine de les rabattre sur sa poitrine. Être exposée de la sorte dévoilait peut-être son mensonge, mais non sa personnalité profonde. En son for intérieur, elle savait qui elle était, et Tristan aussi. Nulle partie de son corps n'y changerait rien.

—J'ai dit non, répéta la jeune fille en essayant de maîtriser les tremblements de sa voix. Plus jamais. Toi et moi, ensemble, c'est terminé. Pour toujours.

—*Xe* Ny…

—Je te défends de m'appeler comme ça ! N'y pense même plus. J'en ai assez, Val, ajouta Véronyka, la gorge nouée d'émotions refoulées sa vie entière. J'ai essayé de te laisser le bénéfice du doute. Je me suis efforcée, encore et encore, de voir le bon en toi, de croire que tu pensais en toute bonne foi agir pour le mieux, que tu avais mon intérêt à cœur et que tu ne désirais que me protéger…

—C'est le cas.

Véronyka dévisagea sa sœur. Val était vraiment convaincu de dire la vérité. À moins qu'à force de duper son monde, elle ne se rende même plus compte qu'elle se mentait à elle-même.

— Si ça avait été le cas, tu n'aurais pas assassiné mon phénix. Tu ne comprends peut-être pas la douleur d'une telle séparation, mais si tu y avais songé ne serait-ce qu'une seconde, jamais tu ne serais passée à l'acte.

— C'est faux…

Véronyka ne laissa pas le temps à son aînée de se défendre :

— Tu n'es venue ici que dans un seul but : détruire mon bonheur. Alors que c'est le seul endroit où je me sois jamais sentie à ma place et en sécurité.

À ces mots, les yeux de Val lancèrent des éclairs.

— Avec moi aussi, tu étais en sécurité !

— Ah oui ? Et qui me protégera de toi ?

— Parce que tu t'imagines que lui te protégera ? lâcha l'aînée le doigt pointé vers les marches où avait disparu Tristan. Tu crois qu'il te défendra et prendra soin de toi comme je l'ai fait ? Ta quiétude et ton sentiment d'appartenance ne sont que des illusions fondées sur un mensonge ! Il ne te connaît même pas ! Il ne sait ni qui tu es ni ce dont tu es capable !

— Il me connaît mieux que toi. (Val eut beau rire avec dédain, Véronyka se contenta de hausser les épaules : elle ne se laisserait plus manipuler.) Et ce qu'il ne sait pas encore, il finira par l'apprendre – pareil pour l'ensemble des habitants de cet endroit. Tout n'est pas parfait, ici, c'est vrai, mais je compte bien les aider à changer. Je veux me rendre utile, agir pour une cause plus importante que moi. Avalkyra Pyromaque n'aurait jamais marqué l'histoire à elle seule, sans les hommes et des femmes qui ont rallié son étendard. Sa gloire vient du fait qu'elle a réussi à nous rassembler.

— Sa gloire vient du fait qu'elle a mis le monde à feu et à sang ! répliqua son aînée d'une voix rauque, hachée par l'émotion. Elle n'a jamais laissé rien ni personne lui refuser ce qu'elle convoitait !

— En réalité, répondit Véronyka en considérant ses propos avec calme, il y a bien une personne qui s'est mise en travers de son chemin. Sa sœur.

Quand Val lui répondit, sa bouche n'était plus qu'une balafre noire et ses pupilles creuses deux flaques vides. Elle en devenait presque méconnaissable.

— C'est faux. Avalkyra a su tout dompter, même la mort.

— Si tu le dis, répliqua Véronyka dans un soupir las. N'empêche que je veux rester ici. C'est chez moi, désormais.

Val secoua la tête avec véhémence, la masse emmêlée de ses tresses auburn fouettant l'air autour d'elle.

— Non ! Ton foyer a toujours été et sera toujours auprès de moi !

— Plus maintenant.

— Et s'ils te bannissent en raison de tes innombrables mensonges ?

Ses yeux avaient beau briller dans le noir d'un éclat inhabituel, il ne s'en écoula aucune larme.

— Eh bien, j'aurais essayé, au moins, répondit Véronyka. Tu sais, je croyais qu'il n'existait personne de plus intrépide que toi. Mais le plan que tu me proposes n'a rien de courageux. Il n'est motivé que par la lâcheté. Il est temps pour moi de faire face et de combattre.

Si Val fit la grimace à la mention de sa lâcheté, elle n'en demeura pas moins aussi immobile qu'une statue, voire que la mort elle-même. Les paroles de sa cadette avaient-elles enfin vaincu son obstination ? Véronyka restait malgré tout sur ses gardes. Sa sœur allait-elle donner libre cours à sa fureur ? Allait-elle la terrasser et la traîner de force loin du repaire ?

— Tu veux combattre ? se contenta pourtant de répliquer Val, d'un ton soudain plus dépouillé d'intérêt qu'un ciel dépourvu d'étoiles. Eh bien, j'espère pour toi que tu as choisi le bon camp.

Sur ce, elle tourna les talons et disparut dans l'escalier.

Elle était partie.

Véronyka se laissa aller contre les barreaux dans son dos. La dernière fois qu'elle avait vraiment tenu tête à sa sœur – le soir où elle avait déserté leur cabane –, elle n'avait agi que sous le coup de la colère attisée par l'adrénaline. Elle savait, peut-être même l'espérait-elle, que leurs chemins finiraient par se recroiser. Mais ce coup-là, la rupture était plus profonde : sans être dénuée d'émotion, sa décision lui avait été dictée par la raison autant que par le cœur. Malgré tout, le souffle court, elle ne pouvait empêcher ses lèvres de trembler. Pourquoi fallait-il qu'il en soit toujours ainsi ? Pourquoi fallait-il que ce soit Val, sa sœur, sa seule famille au monde, qui lui fasse le plus de mal ?

Des pas précipités se firent soudain entendre dans l'escalier. L'instant d'après, Tristan réapparaissait dans la cour. Véronyka bondit sur ses pieds. Mais à peine eut-il constaté qu'elle était seule que le jeune homme rougit et baissa les yeux. Se souvenant de sa poitrine dénudée, elle se dépêcha de la couvrir de ses bras.

— Tristan, je…

— Pas le temps de discuter, l'arrêta-t-il d'emblée.

Le regard toujours rivé au sol, il lui lança une tunique propre. La jeune fille l'attrapa, avant de se retourner pour l'enfiler, non sans s'empêtrer dans les manches. Beaucoup trop grand pour elle, le vêtement appartenait sans doute à l'apprenti. Jamais elle n'avait porté de tissu aussi doux. Quand elle en caressa le coton raffiné, le bout de ses doigts s'imprégna de l'odeur du garçon.

Enfin, elle fit volte-face, ajusta sa tenue et s'avança d'un pas. Tristan, qui avait perçu son mouvement, jeta un rapide coup d'œil dans sa direction afin de s'assurer qu'elle s'était rhabillée, puis brandit ce qu'il tenait caché dans son dos depuis son arrivée.

— Tu veux toujours te battre à nos côtés ?

Son regard allait et venait sur le visage de la jeune fille, de son menton à son front en passant par ses lèvres et son nez, avant de recommencer, comme s'il tentait d'assimiler de nouveau ses traits.

De son côté, elle n'avait d'yeux que pour l'arc qu'il venait de dévoiler. Son cœur avait bondi. Tristan lui offrait la seconde chance qu'elle avait souhaité, l'opportunité de faire enfin partie du même monde que lui. Après les derniers événements, elle en avait plus que jamais besoin. Elle s'empara de l'arme et la serra contre son cœur. Il y avait tant à dire, mais vu l'imminence de l'attaque, le moment était mal choisi.

— Je suis désolée, déclara-t-elle alors simplement.

—Je sais.

Il s'apprêtait à continuer quand, loin au-dessus de leurs têtes, une cloche se mit à sonner. Aussitôt, le vacarme des bottes et des armes redoubla partout dans la forteresse.

Les soldats de l'empire étaient à leurs portes.

Parfois, afin d'accomplir ce qu'on sait être juste, il nous faut entreprendre ce que d'autres réprouvent.

CHAPITRE 38
TRISTAN

Le jeune homme remonta les marches quatre à quatre, Nyk – enfin, Véronyka – sur ses talons. *Véronyka, Véronyka, Véronyka !* Il avait bien trop à gérer pour s'accorder le temps de réfléchir à ce coup de théâtre, mais dès qu'il baissait la garde, ce nom revenait tourner en boucle dans ses pensées. Il avait l'impression que son univers avait basculé, perdu un peu de son ordre et de sa stabilité. Sur le moment, il avait même eu le sentiment de vivre une sorte de deuil.

À ses yeux, Nyk était… Quoi, au juste ? Important, pour sûr. Il avait été un allié, un confident et Tristan lui faisait confiance – à tort ou à raison… Cette fille, en revanche… était-elle toujours « Nyk » ? Et si la totalité de ce que l'apprenti savait d'elle se révélait un mensonge ? Et si elle s'avérait la copie conforme de sa sœur ? Devant les cages, un étrange phénomène s'était produit. Tristan se rappelait s'être adressé à Ny… à Véronyka, puis une seconde plus tard, il se revoyait déboussolé, l'esprit embrouillé, incapable de saisir quoi que ce soit de la dispute qui opposait les deux sœurs.

Quand Val avait sorti son poignard, il avait craint le pire. Pourtant, le choix qu'elle avait fait – dévoiler l'identité de sa cadette – avait sans doute secoué davantage l'apprenti. Ce geste dépassait la compréhension du jeune homme. À l'évidence, certains éléments s'obstinaient à lui échapper. Malgré tout, pour l'heure, il se contenterait de se réjouir de la présence d'un combattant supplémentaire à ses côtés.

La nuit avait fini par tomber et le couvert des nuages voilait la lune. Si le fanal et les lanternes éclairaient la forteresse, Tristan ne tarda pas à constater que leur lueur plongeait les environs dans les ténèbres les plus sombres. Une fois sur les remparts, il ordonna donc qu'on souffle toutes les lumières sur les chemins de ronde. Quant au phénix dressé au sommet du temple, il priait pour que son flamboiement ne fasse pas des défenseurs du repaire des cibles trop faciles pour les archers ennemis sans doute tapis sous les arbres en contrebas, mais il ne voulait pas se risquer à tempérer ses flammes. Le jeune homme avait beau avoir envoyé un message à son père, le pigeon qui le transportait pouvait très bien avoir été abattu ou s'être égaré. Si le Nid d'Azurec demeurait bien caché, la position et la confection du feu de détresse avaient été pensées pour rendre son éclat visible de très loin. Les Dresseurs chercheraient sa flamme dans le ciel dès qu'ils enfourcheraient de nouveau leurs montures.

À mesure que les lampes s'éteignaient le long des remparts, le monde se rétrécit autour de Tristan. Avant que ses yeux s'habituent à l'obscurité, il cilla plusieurs fois, non sans songer à Rex. L'animal aurait pu lui faire profiter de sa vue perçante et lui offrir un point de vue beaucoup plus stratégique. Que n'aurait pas donné l'apprenti pour seller la créature, décoller et noyer sous une pluie de flèches les soldats qui osaient les menacer ! Il s'en garderait bien, toutefois. Car au-delà des habitants de la forteresse, cet assaut visait avant tout les phénix. Sans eux, les Dresseurs redevenaient de simples animages – des individus sans aucune faculté notoire, en dehors d'un don pour s'occuper des pigeons et du bétail. Sans leurs montures, les Dresseurs n'étaient plus qu'une poignée d'hommes ordinaires, faciles à soumettre et à contrôler. Tristan se devait de protéger leurs phénix et leur avenir, à tout prix.

Même au prix de vies humaines, pensa-t-il avec gravité.

Il prenait une profonde inspiration lorsque la brise du soir balaya sa tunique et s'engouffra dans les cheveux de Véronyka, qui se tenait toujours près de lui. Le jeune homme détourna les yeux. Il y avait certaines vies qu'il ne pouvait imaginer perdre.

D'après les dernières informations transmises par les guetteurs, leurs ennemis approchaient du relais d'étape par la route : ils allaient donc surgir en haut des marches de la falaise d'une seconde à l'autre. L'idéal aurait été de fondre sur les assaillants pendant leur périlleuse ascension, mais laisser la place forte et les phénix sans défense n'était pas une option.

Une fois l'interrogatoire d'Elliot terminé, Morra était venu faire son rapport à Tristan : le traître ne détenait aucune information cruciale sur l'attaque, à part que l'ennemi avait voulu connaître l'emplacement précis de l'entrée du souterrain de service – et avait donné l'ordre au garçon de le maintenir ouvert. Cependant, par chance, il n'avait pas eu le temps de transmettre sa réponse.

Si savoir Elliot à la solde de l'empire depuis le début l'avait profondément déçu, le jeune commandant comprenait la difficulté du dilemme qu'avait eu à affronter son camarade. À présent que ce dernier avait été démasqué, il n'était plus d'aucune utilité pour l'armée impériale, ce qui pouvait condamner sa sœur. Tristan se fit la promesse que quand tout serait terminé, il plaiderait pour que les Dresseurs lui viennent en aide. Qu'importe sa trahison, il restait l'un des leurs.

Bien que les assaillants aient sans doute revu leurs plans, Tristan avait posté un contingent de gardes dans les caves de la forteresse, pour parer à toute éventualité. Attaquer par là s'avérerait néanmoins une piètre tactique : les intrus, coincés dans ce goulet d'étranglement, seraient contraints, malgré leur nombre, d'en sortir en file indienne par une petite porte. Les hommes du repaire n'auraient plus alors qu'à les supprimer un par un. Mais on n'était jamais trop prudent. Elliot avait pu mentir, après tout. Morra avait beau être douée pour déceler les supercheries, Véronyka avait tout de même réussi à la duper. La vieille femme n'était donc pas infaillible.

Soudain, une lumière au loin attira l'attention du jeune commandant. Véronyka, puis plusieurs des gardes suivirent son regard et, bientôt, toutes les têtes le long du chemin de ronde se tournèrent vers l'étendue herbeuse qui séparait le village de l'escalier à flanc de falaise.

Le bord du plateau était hérissé de soldats. Une centaine d'hommes, peut-être cent cinquante. La lumière de leurs lanternes, qui dodelinait au rythme de leurs pas, se reflétait dans l'acier de leurs armes. Moins important que prévu, le détachement ennemi laissait à la forteresse un espoir de victoire… Malgré tout, l'estomac de Tristan se noua.

Il ferma les yeux pour se représenter la carte des environs, que Cassian gardait dans son bureau. Reconverti en site religieux pendant des décennies, le Nid d'Azurec restait à l'origine une base d'entraînement. À cet égard, il bénéficiait d'excellentes défenses naturelles, telles que sa position surélevée ou les vertigineux escarpements qui l'encadraient. Perché au sommet d'un affleurement, il était entouré d'un océan d'épines rocheuses et de blocs de pierre qui le rendait indétectable de loin. À l'ouest, la montagne plongeait sur des kilomètres jusqu'à rejoindre une immense gorge. Au nord, elle s'élançait vers les nuages et les confins du Pyrmont. Au sud, une sorte de ravin ou de grand fossé dégringolait en pente raide vers l'épais tapis d'arbres à la lisière du Champ de plumes. Le seul accès par voie de terre au Nid d'Azurec était donc à l'est, par le relais d'étape et son escalier en lacets.

L'armée de l'empire, qui avait naturellement suivi ce chemin, ne pouvait donc attaquer que par le village. Barricadée, sa double porte avait été renforcée sur toute sa largeur de madriers et de piles de sacs de grains. Si jamais les soldats réussissaient à venir à bout de cet obstacle, les meilleurs combattants restés au repaire les attendaient juste derrière. Un groupe d'archers avait aussi été placé sur les remparts, mais les murs du hameau étant moins hauts et plus étroits que ceux de la forteresse, il s'y trouverait en position vulnérable. Malgré tout, si les gardes parvenaient à retenir les envahisseurs à l'extérieur du village, ses habitants, les apprentis et les domestiques retranchés dans la forteresse pourraient ne pas avoir à croiser le fer et rester aussi peu familiers des combats qu'ils ne l'étaient déjà.

Sous l'œil vigilant de Tristan, l'ennemi fractionna ses forces. Haches et torches à la main, la moitié des soldats continuèrent d'avancer vers la porte, pendant que les autres bandaient leurs arcs et visaient les archers juchés sur les remparts. À y regarder de plus près, le jeune commandant comptait en fait près de deux cents soldats impériaux directement exposés à sa vue. Une grosse vingtaine d'hommes supplémentaires étaient accroupis dans la pénombre, à la limite de la prairie. Leur nombre demeurait tout de même bien en deçà de ce qu'avait annoncé Sev ou les derniers rapports des guetteurs.

Au bout du champ, certains des assaillants se délestaient petit à petit de ce qu'ils portaient sur le dos – des objets volumineux qu'ils déposaient en rang dans l'herbe. Des armes ? Du matériel ? Quand les soldats commencèrent à assembler entre eux ces mystérieux éléments, Tristan ouvrit des yeux horrifiés. Un bélier.

Personne ne pouvait hisser un engin de siège aussi lourd le long de l'escalier étroit à flanc de falaise, mais afin de pallier cette incommodité, l'empire s'était visiblement débrouillé pour en concevoir un modèle en pièces détachées. La planification de cette attaque avait donc dû commencer dès l'instant où le capitaine ennemi s'était assuré du concours d'Elliot – soit presque un an auparavant !

Les archers alliés décochèrent une nuée de flèches des remparts du village et plusieurs des assaillants s'écroulèrent. Tristan en profita pour appeler un messager, qu'il fit sortir de la forteresse par la poterne cachée derrière les écuries plutôt que par les portes principales déjà solidement barricadées. Il fallait informer Flynn et ses hommes de la présence du bélier, au cas où ils ne l'auraient pas repéré. S'ils réussissaient à neutraliser cette menace, leur barrage résisterait.

C'était du moins ce qu'espérait le jeune homme. Mais lorsque le premier grappin fusa dans le ciel et vint s'écraser lourdement sur le chemin de ronde, son assurance vola en éclats.

L'intrusion soudaine de ce harpon à trois têtes et de l'épaisse corde qu'il entraînait fit sursauter tout le repaire. Les crochets de métal raclèrent le sol sur quelques centimètres avant de redécoller d'un seul coup et de s'ancrer contre les créneaux, happés par le poids du soldat qui commençait à grimper le long du mur. Presque aussitôt, deux autres crochets s'élevèrent au-dessus du rempart pour s'abattre à leur tour sur les pierres dans un fracas de métal.

Une terreur sans nom s'insinua dans le cœur de Tristan : les grappins avaient jailli côté sud, de la ravine à pic censée décourager toute invasion par ce versant.

Voilà donc où se cachaient les soldats qui manquaient au décompte de Sev !

L'assaut du village n'était en fait qu'une énième diversion, un moyen d'attirer toujours plus d'hommes et de ressources hors de la place forte, où les apprentis et leurs phénix se retrouveraient sans protection ou presque. Cette tactique avait déjà permis à l'armée impériale de diviser les modestes effectifs des Dresseurs en trois groupes encore plus inoffensifs : les patrouilles parties en reconnaissance plus tôt dans la journée, les gardes postés à l'entrée du village et le reste des forces, amassées dans la forteresse.

S'efforçant de ravaler son angoisse, Tristan courut jusqu'au rempart sud, tira son couteau de sa ceinture et se jeta sur la corde du grappin le plus proche. Mais il eut beau y mettre toute son énergie, le chanvre avait été enduit d'une sorte de cire ou de résine que même l'acier ferronais peinait à entailler.

— Un couteau à dents, voilà ce qu'il nous faudrait, marmonna Véronyka, qui l'avait suivi.

Ruinant un peu plus sa lame à chaque fois qu'elle accrochait la pierre ou le métal, le jeune homme continua de s'escrimer quelques instants avant que les mots de son amie ne pénètrent sa frustration.

Fermant les yeux, il prit une profonde respiration, pour s'obliger à se calmer. *Aussi serein que les montagnes.* Puis, après avoir adressé un bref signe de tête à sa camarade, il se dépêcha de ranger son couteau et se pencha vers le premier messager qu'il aperçut, en l'occurrence une petite fille, accroupie au pied du mur d'enceinte, les yeux écarquillés et – à moins que Tristan n'ait une hallucination – un moineau dans les cheveux.

— Cours aux cuisines ! lui cria-t-il. Demande à Morra tous ses couteaux à dents ! Tous !

La fillette fila sans attendre. Autour d'eux, plusieurs autres grappins passaient déjà la muraille. Le jeune homme aurait voulu remercier Véronyka pour le sang-froid dont elle avait fait preuve quand lui perdait tous ses moyens, mais reconnaître un tel manque d'aplomb ne lui serait d'aucun secours – bien au contraire. Se ressaisissant, il s'efforça d'oublier sa panique momentanée avant de grimper sur une caisse pour se pencher par-dessus les créneaux.

En bas, la paroi s'abîmait en pente raide vers une nappe de ténèbres. Tristan la savait remplie de pierriers instables, d'arbres noueux et d'un fouillis de broussailles. Personne n'oserait tenter d'escalader ce versant abrupt à moins de savoir exactement ce que dissimulaient ses méandres rocheux. Or, à cause d'Elliot, les soldats de l'empire savaient.

Entreprendre l'ascension de murs si élevés, festonnés de dents de pierres si nombreuses, demandait bien du courage, mais le moment était mal choisi pour le jeune commandant d'admirer la bravoure des assaillants. Cinq grappins étaient déjà accrochés aux remparts et, environ trente mètres plus bas, les soldats qui se trouvaient au bout des cordes commençaient à émerger de la végétation. Ils ne tarderaient pas à rallier les créneaux. Il fallait agir vite, mais difficile pour les archers de toucher les grimpeurs : trop prononcé, l'angle de tir s'avérait peu praticable.

Soudain, Tristan eut une idée : des pierres ! Il venait d'envoyer un second messager rassembler toutes sortes d'objets assez lourds pour assommer les assaillants quand la petite fille au moineau revint. Assistée par plusieurs commis de cuisine, elle ramenait un arsenal de couteaux à dents de toutes tailles, qui furent aussitôt distribués le long de l'enceinte. Gagné par l'adrénaline, le jeune chef se tourna vers ses troupes pour énoncer ses instructions d'une voix forte, l'esprit plus acéré. Pendant qu'une partie des combattants s'attacheraient à scier les cordes, les autres repéreraient les points du mur les plus stratégiques, d'où ils auraient le plus de chance de terrasser les grimpeurs. Que ce soit d'une flèche, d'une pierre, d'une poterie ou d'un rebut de métal selon ce qu'on leur apporterait, ils devaient se tenir prêts à les lâcher sur la tête de l'ennemi.

Un couteau en main, Véronyka, elle, s'attaquait déjà de toute son ardeur à la corde qu'avait déjà tenté d'entamer Tristan. Le jeune homme recula de quelques pas pour remonter en hâte sur son caisson, bander son arc et chercher sa cible. Sa position rendait certes la tâche ardue, mais s'il avait les paumes moites et les doigts crispés, c'était surtout à cause du danger que courait son amie. Si elle ne parvenait pas à sectionner le lien à temps ou si lui manquait son coup, le soldat qui s'approchait tomberait directement sur elle une fois le rempart franchi. Elle serait sa première victime.

Tristan jeta un coup d'œil à l'intéressée, mais elle ne semblait pas avoir conscience du péril. Le front trempé de sueur, elle avait remonté les manches de sa tunique trop grande pour elle et tailladait sans relâche la corde qui, grâce à son application, commençait à s'effilocher.

Frottements et grognements d'efforts parvinrent aux oreilles du jeune homme, qui se pencha à nouveau par-dessus le parapet. Le grimpeur progressait toujours sans faiblir, une hache de guerre sanglée sur le dos, et plusieurs poignards à la ceinture. Soudain, il s'arrêta un instant pour reprendre son souffle, et leva la tête, croisant le regard de Tristan.

Au même moment, une exclamation de triomphe s'éleva à proximité de l'apprenti, suivie d'un claquement sec. Le lourd crochet de métal heurta le sol avec fracas et la corde tronçonnée cingla les créneaux. Quand le jeune homme jeta un nouveau coup d'œil dans le vide, le soldat chutait sans bruit vers le gouffre obscur qui s'étalait en contrebas.

Loin d'en rester là, Véronyka, hors d'haleine, attrapa le grappin le plus proche pour en attaquer la corde avec sa lame. À l'autre extrémité du rempart, un autre crochet racla les dalles et un deuxième assaillant tomba, cette fois dans un cri d'horreur. Un élan de satisfaction s'empara de Tristan, mais son optimisme fut de courte durée : pour chaque lien coupé, deux nouveaux harpons franchissaient les créneaux.

Bien que quelques-unes de ses flèches fassent mouche, les tirs du jeune commandant ne suffisaient pas. Le flot de soldats qui grimpaient le long de la paroi semblait intarissable. Scier toutes les cordes demanderait plus de temps aux assiégés qu'il n'en faudrait aux assaillants pour achever leur ascension. L'ennemi ne tarderait pas à déferler sur le chemin de ronde. Or, les meilleurs combattants du repaire étaient postés au village.

Les grappins surgissaient le plus souvent par vague de deux ou trois, avec un répit de quelques minutes entre chaque lancé. Sans doute le temps pour les militaires de dénicher les zones du rempart les plus propices à l'escalade – ou parce qu'il leur fallait éviter leurs compagnons qui dégringolaient.

Tristan se raidit, frappé de stupeur : à ce train-là, la forteresse serait envahie avant même que la porte du village ne cède ! De sa position, il percevait l'écho des gonds gémissants et du bois qui se fendait. Les assauts réguliers du bélier semblaient s'être calés sur le martèlement effréné du cœur du jeune homme. Il lui fallait revoir sa stratégie. Mais comment ?

Afin de reposer leurs bras épuisés, les combattants qui sectionnaient les cordes profitaient des courts intervalles entre les jets de grappins pour échanger leur place avec les archers ou ceux qui lâchaient sur les grimpeurs pierres et objets de toutes sortes.

Tristan attendit une nouvelle pause pour s'emparer du couteau de Véronyka, l'obliger à s'asseoir avec lui sur une caisse, et la forcer à boire un peu d'eau pendant qu'il passait en revue les possibilités qui s'offraient à lui. Bien sûr, il pourrait rappeler Flynn à la forteresse, mais le capitaine n'avait pas répondu à son premier message : il devait être trop occupé pour en accuser réception – et donc pour leur venir en aide. À moins qu'il ne lui soit arrivé malheur.

— Tu sais quoi faire, pas vrai ? lâcha Véronyka, le souffle encore court.

— Comment ça ?

— Tu es un Dresseur, Tristan. Enfourche ton phénix !

Le jeune homme la dévisagea un instant, scrutant ses yeux si familiers, avant de secouer la tête.

— Je… je ne peux pas. Je n'ai aucune expérience du combat. Et puis, ce serait offrir à l'ennemi exactement ce qu'il espère : la possibilité de nous abattre en plein vol.

Il prit l'outre des mains de son amie pour la porter à ses lèvres, mais ne but pas tout de suite.

—Alors, laisse-moi y aller. (Tristan tourna brusquement la tête vers Véronyka, qui le gratifia d'une petite moue contrite.) J'ai un phénix, moi aussi. Cette nouvelle femelle, l'oiseau que j'ai amadoué le soir de sa capture, on ét… on est liées.

Le jeune homme se rendit compte qu'il le savait déjà. D'une manière ou d'une autre, il l'avait deviné pendant la dispute entre les deux sœurs. Simplement, il avait eu trop d'informations à assimiler depuis pour établir le rapprochement en toute conscience.

Mais quoi qu'il en soit, hors de question de laisser voler Véronyka. Elle avait encore moins d'entraînement que lui.

—C'est trop dangereux, finit-il par répondre.

—Je sais, sauf que contrairement aux autres apprentis, moi, tu peux te permettre de me perdre.

D'un geste rageur, il jeta la gourde de côté.

—Si tu crois que je vais te sacrifier sous prétexte que tu es une fille… (Il s'exprimait avec fougue, mais avait pris soin de murmurer ce dernier mot.) Ou parce que tu n'es pas apprentie ou je ne sais quoi, c'est que tu es encore plus dérangée que ta sœur !

Surprise, Véronyka entrouvrit les lèvres, mais ne sut quoi répondre. Tristan, de son côté, fulminait. Sa poitrine se soulevait au rythme de sa respiration saccadée. Il aurait voulu se mettre à hurler, rouer de coups de poing tout ce qui lui tomberait sous la main. Brûler ces fichues cordes qui menaient l'ennemi au cœur de la forteresse.

Le déclic se fit soudain dans son esprit. Bien sûr qu'il n'y avait pas songé, puisqu'il faisait tout son possible pour ne jamais – au grand jamais – y penser… Mettre le feu aux cordes, elle était là la solution !

S'emparant d'une des lanternes soufflées, Tristan répandit l'huile froide qu'elle contenait sur la corde du grappin le plus proche, tout en demandant à ce qu'on allume une torche dans l'un des braseros de la cour. Mais quand, les mains légèrement tremblantes, il passa la flamme sur le chanvre, l'huile mit un long moment à prendre. Et quand ce fut enfin le cas, seules quelques flammèches apparurent, qui virèrent bientôt au bleu avant de s'éteindre. La résine appliquée sur les cordes avait sans doute les mêmes propriétés que la sève ignifuge dont les Dresseurs enduisaient leur propre équipement. Véronyka choisit ce moment pour empoigner le jeune homme par sa tunique et attirer son attention.

— Tristan ! Si la forteresse tombe, on mourra tous – domestiques, villageois, apprentis et montures. Tu as laissé les habitants défendre leur foyer, il est maintenant temps d'en faire de même avec les phénix ! Tu ne sens pas qu'ils en brûlent d'envie ? conclut-elle d'une voix plus calme avant de regarder vers le Nid d'Azurec.

Oubliant un instant la bataille qui faisait rage, le jeune commandant se concentra sur le cœur de la citadelle. Très vite, il comprit ce dont parlait son amie. De la fosse de pierre au-delà du tunnel, une espèce de chaleur se déversait en vagues successives, accompagnées de bouffées de colère et d'agressivité. Au milieu de ce tourbillon d'émotions, la rage de Rex attisait le brasier des pensées survoltées de son maître. La créature voulait en découdre, et Tristan l'en empêchait. Afin d'être certain que les phénix restent à l'abri, il avait même ordonné aux apprentis de les entraver – à l'instar des femelles enfermées.

— Tu as raison.

Étonnée d'avoir si vite obtenu gain de cause, Véronyka relâcha aussitôt son ami.

— Le Nid d'Azurec est leur foyer : ils devraient avoir le droit de se battre aux côtés de leurs maîtres. Et puis, on a besoin de leur feu, ajouta le jeune commandant en désignant d'un geste du menton la corde trempée d'huile tout en luttant contre l'effroi qui menaçait de l'envahir. Il n'existe rien de plus destructeur.

— Tu vas monter Rex ? lui demanda Véronyka en traversant la cour.

— Non, répondit Tristan, bien qu'il ait préféré s'envoler dans les airs plutôt que de rester au milieu des flammes. Les apprentis doivent rester sur les remparts, ils font partie des meilleurs combattants. Et puis, les phénix courront moins de danger sans cavalier. On les alourdit et les boucles de métal des selles réfléchissent la lumière. Seuls, ils seront presque invisibles. On ne les verra que lorsqu'ils le décideront. Quand ils s'embraseront.

Au milieu des pavés, les deux jeunes gens croisèrent Anders. Tristan lui exposa son plan, puis lui ordonna de faire passer le mot à leurs camarades : depuis le sol, il leur faudrait guider leurs oiseaux en plein cœur de la bataille. Pendant que le messager partait en courant transmettre cet ordre, le jeune commandant se dirigea d'un pas résolu vers le Nid d'Azurec.

— Et les femelles ? voulut savoir Véronyka.

— Si ton âme sœur veut se battre, je ne m'y opposerai pas, répondit-il sans ralentir. Mais quel que soit son choix, on la sort de cette cage ce soir.

Tristan lança un bref regard à son amie. Les traits de Véronyka exprimaient une gratitude si crue, ses iris brillaient d'un tel éclat qu'il fut tenté de baisser les yeux. Il avait tout à coup envie de la prendre dans ses bras, de lui ébouriffer les cheveux ou de la bousculer gentiment. Se contentant d'un entre-deux, il posa la main sur son épaule. Le contact, de quelques secondes à peine, éveilla une drôle de sensation au creux de l'estomac du garçon. Véronyka était bien Nyk, se rendait-il soudain compte, et Nyk n'était autre que Véronyka. Une seule et même personne. Le nœud qui lui serrait jusque-là la poitrine se fit plus lâche.

Les deux amis allèrent d'abord s'occuper des montures des apprentis, logées dans les étages supérieurs du Nid. Si certains phénix restaient blottis en petits groupes sur la corniche, d'autres décrivaient des cercles lugubres dans le vide.

Sentant son maître approcher, Rex coupa court à ses révolutions et vira pour venir se poser sur le rebord de la terrasse. Sa chaîne heurta la pierre avec fracas. Face à la vague de chaleur et d'étincelles que dégageait la créature, Véronyka recula d'un pas. Tristan, lui, ne bougea pas d'un pouce. Il n'avait ni le choix ni de temps à perdre.

Tel un étalon rageur – à ceci près qu'il exhalait des bouffées d'air brûlant –, le phénix secoua la tête. Son Dresseur lui attrapa malgré tout le bec et l'attira vers lui pour le regarder dans les yeux.

—*J'ai besoin de toi*, lui transmit-il par le lien qui les unissait.

D'une main, il caressait l'animal pour le rassurer, de l'autre il s'efforçait d'ouvrir le bracelet qui lui entravait la patte.

— Je déteste avoir à te le demander, mais j'ai besoin que tu combattes. Que tu guides les autres.

Malgré le risque que Rex s'embrase sur place, Tristan tint bon et refréna son envie de se dérober. Plutôt que d'étouffer les émotions de son oiseau, il lui fallait au contraire en attiser la flamme, pour pousser son âme sœur à se battre avec ardeur et survivre.

Enfin, l'apprenti réussit à déverrouiller l'anneau métallique, qui tomba sur le sol dans un bruit sourd.

— Occupe-toi des autres, Nyk. Euh... pardon, Véronyka.

— Tu peux m'appeler Nyk, ça ne me dérange pas, répondit la jeune fille d'un ton distrait.

Elle avait déjà dépassé son ami pour rejoindre les phénix. Ayant vu Rex être libéré, ils reçurent la nouvelle venue avec un enthousiasme certain. Ils avaient même formé un semblant de file le long de l'étroite corniche, à grand renfort de bousculades et de battements d'ailes intimidants.

Du coin de l'œil, Tristan avisa l'un des oiseaux, perché à l'arrière du groupe, la tête basse et l'air abattu.

— Mieux vaut ne pas détacher Jaxon, conseilla-t-il à Véronyka en lui désignant la bête. C'est le phénix d'Elliot... Vu qu'on a enfermé son maître, j'ai un peu peur de sa réaction. Il pourrait se rebeller.

L'adolescente acquiesça, le regard empli de tristesse, puis se mit à défaire les entraves une à une. De son côté, Tristan exposait la situation à Rex. Le garçon prit soin de souligner combien il était important que lui et les autres phénix restent à bonne distance des archers ennemis. En esprit, il lui transmit une image des grappins, puis des grimpeurs, avant d'insister sur le fait que leur unique mission serait d'enflammer les cordes puis de revenir se mettre aussitôt à l'abri. Les humains s'occuperaient des humains. Tristan évaluerait ensuite la meilleure façon de venir en aide à ceux qui tenaient la porte du village, mais dans un premier temps, il fallait sauver la forteresse.

Pendant que le jeune homme terminait ses explications, Véronyka libérait le dernier phénix. Les autres créatures ailées patientaient, juchées sur les corniches environnantes. Leurs maîtres leur avaient donné pour consigne de suivre Rex, aussi l'attendaient-ils pour quitter le Nid d'Azurec, malgré leur hâte de se lancer dans la bataille.

Quand la dernière chaîne se fut abattue sur la pierre, Véronyka revint se poster aux côtés de son ami, qui relâcha Rex. Tristan devait se montrer courageux, pour son phénix et pour les autres. Il lui fallait contrôler sa terreur.

L'apprenti fit le vide dans son esprit afin d'accéder à son refuge mental. Il ne l'avait pas beaucoup entretenu les jours précédents, or cette négligence offrait à la peur une ouverture pour s'insinuer en lui rien qu'à la pensée de cette escouade volante sur le point de lancer un assaut enflammé.

Véronyka s'avança d'un pas et lui posa une main réconfortante sur le bras. Un seul regard de sa part suffit au jeune homme pour sentir infuser en lui une sensation de calme, une force qui ne lui appartenait pas complètement. Quelle qu'en soit la nature, Tristan s'en servit pour consolider les murs de son refuge, repousser ses craintes hors de son esprit et leur en interdire l'accès.

C'est moi qui vous maîtrise, dit-il à ses émotions. *Pas l'inverse.*

Une fois la dernière pierre bien en place, son cœur s'apaisa. Rex émit un pépiement d'encouragement. La peur reflua alors dans sa totalité, et le garçon retrouva aplomb et assurance.

— Merci… murmura-t-il à Véronyka, qui lui répondit d'une pression sur son épaule.

D'un puissant mouvement des ailes, Rex décolla, soulevant poussière et feuilles alentour, puis traversa le gouffre pour se poser sur la saillie sculptée en forme de phénix. Ses congénères le suivirent, chacun dans un nuage de chaleur, les plumes parcourues d'une lueur de braise. Mais dès l'instant où ils furent tous rassemblés, leur feu intérieur s'éteignit. Immobiles et gris dans le noir de la nuit, on les aurait aisément pris pour des statues.

Tristan se tourna vers Véronyka.

— Ils attendront mon signal. Allons-y.

Au fond du Nid, les femelles étaient agitées. Si les sentiments de son phénix parvenaient au jeune homme d'une manière claire, tellement puissante que, parfois, il les aurait presque confondus avec ses propres sensations, les émotions des autres oiseaux lui faisaient plutôt l'effet de volutes de fumée. Comme des pensées ou des intentions semblables à de faibles chuchotis, pas encore conscientes, ni mêmes formées.

Véronyka s'accroupit devant la cage pour s'attaquer au cadenas qui la fermait. Le métal du verrou racla bruyamment contre les barreaux de la grille. L'une des prisonnières – sans doute l'âme sœur de la jeune fille – apparut aussitôt pour accueillir sa maîtresse dans un bruissement de plumes. Au même moment, des pas résonnèrent sur leur gauche et Ersken sortit de l'ombre.

Si son amie se figea, Tristan, au contraire, s'avança. C'était à lui qu'on avait confié le commandement et quels qu'aient été les ordres de son père au sujet des cages de reproduction, sa priorité était de tout faire pour protéger leur repaire.

— Ne t'inquiète pas, Ersken. On libère juste une des femelles.

Véronyka lâcha le cadenas.

— Comment ça, juste une ?

Dans le silence ponctué par les échos des affrontements au loin, Tristan prit une lente inspiration.

— Écoute, Nyk, les autres ne sont liées à personne et…

Il s'arrêta net en se rendant compte de son erreur. Son amie s'immobilisa elle aussi et tous deux se tournèrent vers Ersken.

— Comme si je ne m'en doutais pas ! leur lança le gardien en s'appuyant contre les barreaux. J'aimerais bien savoir quel phénix sans âme sœur se comporte comme celle-là !

Véronyka interrogea Tristan du regard, mais le secret de son identité lui appartenait, tout comme le choix de le révéler. Elle reporta son attention sur Ersken.

— Je ne m'appelle pas Nyk, mais Véronyka. Et voici Xéphyra, mon phénix. Nous sommes liées.

Son interlocuteur se contenta de hocher la tête d'un air grave, avant de se fendre d'un sourire bienveillant.

— Un nom digne d'une reine…

— Dans tous les cas, intervint Tristan, coupant court à leur échange, on ne libère qu'elle. Sans âme sœur, qui sait comment pourraient réagir les autres...

— Il y a des chances pour que, d'instinct, elles veuillent combattre aux côtés des leurs. Tu te rappelles la réaction des mâles quand elles ont été capturées ? Ils n'avaient pas vraiment apprécié. Tout comme Xolanthe et Xatara ne devraient pas aimer voir leurs frères et sœurs assaillis de flèches.

Ersken avait répondu d'une voix songeuse, comme s'il n'y avait pas d'urgence et qu'il ne faisait que rapporter une simple anecdote sans importance.

— Sauf que contrairement aux mâles, répliqua l'apprenti, elles ne vont pas comprendre ce qui se passe. Elles pourraient se faire tuer.

— Ou en profiter pour se carapater, rétorqua l'ancien fauconnier en haussant un sourcil entendu.

Ersken insinuait-il que Tristan ne s'inquiétait que de la fuite potentielle des femelles ? Le jeune homme eut du mal à masquer son irritation, mais ne put qu'acquiescer. Bien sûr, cette éventualité le préoccupait : il imaginait sans peine la fureur de son père s'il découvrait des cages vides à son retour. Bien sûr... pour ça, il faudrait déjà que le commandant revienne sain et sauf, et que le Nid d'Azurec ait résisté à l'assaut. L'apprenti poussa un lourd soupir.

— Oui, c'est bien possible qu'elles s'enfuient, finit-il par admettre. Sans lien de loyauté et vu qu'on les a maintenues en captivité, filer risque même d'être leur premier réflexe.

— Elles pourraient te surprendre, tu sais. (Ersken observait les prisonnières à travers la grille. Il avait beau ne pas être connecté à elles, il les connaissait mieux que quiconque au sein du repaire.) En cas de danger, un phénix va d'abord chercher à protéger son maître, s'il en a un. Sinon, il protégera ses semblables. Pourquoi penses-tu que l'empire n'a jamais cherché à s'attacher les services d'au moins quelques Dresseurs pendant la guerre ? Au cœur d'un véritable conflit, au-delà des chamailleries de territoire et des parades nuptiales, les phénix ne combattent jamais les uns contre les autres.

— Très bien, lâcha Tristan.

Il contourna Véronyka et attrapa le cadenas, avant de poursuivre :

— Qu'elles se battent pour nous, pour leurs congénères ou qu'elles restent en retrait, à elles de choisir. (Il se retourna vers son amie.) Mais elles pourraient être tuées avant même d'avoir franchi les remparts de la forteresse. Xéphyra aussi, d'ailleurs. J'espère que tu t'es préparée à cette éventualité.

— Je m'occupe de les libérer, intervint Ersken en écartant le jeune homme. Vous deux, retournez là-haut et attendez un peu de les voir lâchées sur nos ennemis. M'étonnerait qu'elles restent sagement au garde-à-vous comme ceux qui ont été dressés. Tiens-toi prêt à donner le signal aux mâles, Tristan.

Toujours accroupie devant la grille, Véronyka semblait hésiter. Son ami voyait bien qu'elle aurait aimé délivrer son phénix elle-même.

— Reste si tu veux, lui dit-il, moi je dois y aller.

Balayant vite ses doutes, la jeune fille ne tarda pas à rattraper Tristan, qui gravissait déjà les marches au pas de course, les poumons en feu sous le coup de l'effort.

Dans le boyau humide et frais de l'escalier, coupé des sons de la bataille, seuls lui parvenaient encore leurs halètements réguliers et les battements de leurs semelles sur la pierre.

Ils venaient d'atteindre le haut du cratère quand une série de cris mélodieux s'éleva du fond du gouffre. Tristan se pencha vers la cour. Le phénix de Véronyka émergea le premier des ténèbres, suivi de près par ses deux codétenues. Comme l'avait prédit Ersken, aucune n'avait attendu d'ordre pour déployer ses ailes, pas plus qu'elles ne perdirent de temps à décrire de petits cercles indécis. Bien au contraire, elles déchirèrent la nuit tels trois boulets de canon, puis, dans une pluie d'étincelles, elles s'enflammèrent d'un feu nuancé par le violet et l'indigo de leur plumage. Bientôt, les cieux se colorèrent des tons d'un coucher de soleil montagnard.

Tristan reporta vite son attention sur les mâles. Aux aguets sur leur perchoir, en voyant les femelles s'élancer, ils s'étaient mis à piétiner et à ébouriffer leurs plumes.

— *Rex*, lança le garçon en pensée. *Maintenant !*

L'oiseau s'embrasa aussitôt. Ses flammes rouges et or se mirent à onduler sur son corps avant d'y crépiter telle une multitude de fouets claquant de concert. Un à un, ses congénères l'imitèrent, comme une rangée de torches s'allumant les unes après les autres. Enfin, dans un cri à glacer les sangs, le petit groupe fit écho au trio des anciennes captives et prit son envol.

Lorsque les mâles rejoignirent les femelles, le tissage de leurs différentes teintes créa dans le ciel un spectacle mille fois plus grandiose que la danse du solstice exécutée par Rex pour Véronyka. Car cette fois, il s'agissait d'une magie bien plus ancestrale, bien plus intuitive : la magie des combats – digne des légendes…

Après quelques tourbillons supplémentaires, les phénix finirent par briser leur envoûtante spirale de lumière et, ensemble, mirent le cap vers la bataille, une traînée d'étincelles dans leur sillage.

Toute guerre a un coût.
Même pour le vainqueur,
il y a un prix à payer.

Chapitre 39
Véronyka

Dès qu'ils débouchèrent hors du tunnel du Nid d'Azurec et aperçurent le chaos qui régnait sur les remparts, le sang de Véronyka se figea dans ses veines. Des soldats ennemis avaient réussi à pénétrer dans la citadelle, armes à la main. La plupart – qu'il s'agisse de haches, d'arbalètes ou de glaives – étaient tachées de sang. Çà et là sur le mur d'enceinte, gisaient des corps inertes. Plus loin, à l'est, la lueur qui persistait ne laissait aucun doute : la porte du village était la proie des flammes.

Pour la première fois, l'idée que la place forte et ses occupants puissent être vaincus devenait tangible. Et dire que la jeune fille venait de convaincre Tristan d'impliquer les phénix dans la bataille ! Qu'arriverait-il si elle perdait une nouvelle fois son âme sœur ? Privées soudain de toute force, ses jambes faillirent se dérober sous elle. La respiration saccadée, Véronyka ne parvenait plus à reprendre son souffle. L'épouvante qui la saisit fut tellement violente qu'elle aurait suffi à submerger le repaire entier s'il n'avait pas déjà baigné dans la terreur.

Très haut au-dessus de sa tête, le cri d'un phénix retentit soudain. Elle leva les yeux juste à temps pour voir Xéphyra tracer une strie d'un violet éclatant à travers la nuit. Lorsque Rex et les autres oiseaux la rattrapèrent, les assaillis se mirent à applaudir sur les remparts. Leurs hourras allégèrent quelque peu le cœur de Véronyka. Elle avait pris la bonne décision. Non seulement les phénix aideraient les combattants exténués à reprendre espoir, mais pour affronter des soldats dans l'obscurité, personne n'était plus doué que ces guerriers nés.

Aussitôt que Tristan et elles eurent rejoint le chemin de ronde, le jeune homme replongea dans la mêlée et courut aider deux de ses camarades apprentis à reconquérir la section de mur qu'ils défendaient. Dans le ciel, Rex et les siens s'élevèrent au-dessus de l'enceinte. Si les occupants de la forteresse, ragaillardis par ces renforts inespérés, avaient salué les oiseaux de feu de leurs armes dressées, les soldats de l'empire les observaient quant à eux médusés d'effroi. Peut-être avaient-ils cru que grâce à leurs diversions, il n'y avait plus aucun phénix au sein du repaire. À moins qu'ils n'aient de leur vie jamais affronté ces créatures sur un champ de bataille.

Pendant que Rex et sa troupe planaient en cercles au-dessus des affrontements, le temps d'aviver leurs flammes, les trois femelles agissaient de manière beaucoup plus erratique. Malgré tout, Véronyka fut soulagée de constater que ni Xolanthe ni Xatara n'avaient profité de l'occasion pour s'enfuir – du moins, pas encore.

Parmi les mâles, le phénix de Tristan fut le premier à rompre la formation. Embrasé de la tête aux serres, il fonça en piqué sur les remparts envahis, qu'il balaya d'un bout à l'autre. La langue de feu qu'il traînait derrière lui prit bon nombre d'ennemis par surprise. Obligés de s'écarter en hâte, certains basculèrent par-dessus les créneaux en hurlant. D'autres moururent pourfendus par la lame d'un défenseur de la forteresse. L'attaque de Rex restait cependant insuffisante et il faudrait plusieurs raids de phénix enflammés avant que les cordes – immunisées par la résine de *pyraflora* – ne cèdent enfin. Mais chaque mouvement d'ailes incandescentes affaiblissait un peu plus les attaches des grappins, qui commençaient déjà à s'effilocher. Les autres mâles suivirent l'exemple de leur chef. L'orbite qu'ils décrivaient au-dessus de la citadelle en attendant leur tour charriait des lambeaux de feu d'une telle puissance que la citadelle se retrouvait éclairée presque comme en plein jour.

Inquiète de la réaction de Tristan face à ces brasiers multiples, Véronyka jeta un coup d'œil dans sa direction, mais il semblait absorbé par le combat. Son refuge mental tenait apparemment le coup. Elle l'avait senti le consolider quelques instants plus tôt devant les cages de reproduction. Poussée par une sorte d'intuition – peut-être née du fait que la jeune fille savait à présent de quelle manière Val avait réussi à contrôler Xéphyra –, elle avait cherché à aider son ami en lui prêtant sa force à travers le lien qu'ils partageaient. Si elle n'avait aucun moyen de s'assurer que sa tentative avait été couronnée de succès, elle avait malgré tout senti la respiration hachée de Tristan s'apaiser et son esprit se débarrasser de ses tensions.

Véronyka reporta son attention sur les remparts où elle retrouva son couteau à dents. Elle avisa une corde encore intacte et se mit à l'ouvrage. Si son carquois rempli de flèches et son arc étaient toujours sanglés sur son dos, ces armes lui donnaient l'impression d'entretenir un autre mensonge. Comment pourrait-elle tuer un homme en pleine bataille, elle qui parvenait à peine à tendre sa corde ou à atteindre une cible statique ? Elle essaya néanmoins de se laisser convaincre par les paroles rassurantes qu'avait prononcées Tristan au tout début de son entraînement : *« Tu as d'autres points forts, tu sais. »*

Comme le sciage de cordes ?

Avec ses paumes moites, garder le couteau en main s'avérait difficile, mais elle fit de son mieux pour rester concentrée – ce qui n'avait rien d'aisé ! Car elle avait beau être capable de bloquer les sentiments qui émanaient d'autrui – humains comme animaux –, elle restait liée à son âme sœur en permanence. Au cœur des affrontements, leurs sensations respectives s'enchevêtraient même davantage qu'à l'ordinaire, au point que les cris de guerre du phénix ajoutés à la chaleur qu'exhalaient ses ailes asséchaient la gorge de sa maîtresse et lui provoquaient des démangeaisons.

La jeune fille incita Xéphyra à calquer son vol sur celui de Rex jusqu'à ce que, après moult encouragements et exhortations, l'intéressée se mette enfin à le suivre dans les piqués et les boucles qu'il enchaînait. Les deux autres femelles, en revanche, continuaient d'agir comme bon leur semblait. Sans cesser de piailler une seconde, Xatara s'en prenait avec frénésie à tous ceux qui avaient le malheur de se trouver sur son passage – et pas seulement les soldats.

Par chance, les flèches des assaillants paraissaient l'énerver davantage que les défenseurs des remparts. Elle malmenait donc surtout les ennemis rassemblés au pied de la falaise, allant jusqu'à arracher les grimpeurs de la paroi à coups de bec ou de griffes.

Xolanthe, de son côté, concentrait ses efforts sur la porte du village, d'où s'élevaient d'épais nuages de fumée noire. Véronyka n'arrivait pas à comprendre ce qui la poussait à voler dans cette zone. À moins que l'animal n'ait ressenti un quelconque besoin d'y marquer son territoire ou qu'il ne soit juste attiré par le feu.

Une boule dans la gorge, la jeune fille regarda Xoe fondre sur les attaquants. Sa taille plutôt réduite pour une femelle adulte ne l'empêchait pas de causer des ravages parmi les militaires qui cherchaient à envahir le hameau. Plus les soldats impériaux tentaient de la mettre hors d'état de nuire et plus ses charges se faisaient brutales. Ils finirent par déplier plusieurs filets semblables au piège de métal utilisé par le commandant pour capturer Xéphyra. À la vue des odieuses mailles, Véronyka tressaillit. Les soldats cherchèrent à embusquer Xoe à plusieurs reprises, mais à grands cris irrités, l'oiseau se débrouillait pour esquiver toutes leurs tentatives et piquer de nouveau sur eux.

Dans une nouvelle bouffée de flammes et d'étincelles, la femelle s'abattit une énième fois sur ses adversaires. Mais ce coup-là, elle vint planter ses serres dans le flanc massif du bélier, et bien que les phénix puissent soulever de lourdes charges, elle eut bien du mal à reprendre son envol. Avec la force du désespoir, quelques hommes s'agrippèrent un instant à l'engin de siège pour l'alourdir et tenter de le retenir, avant de se laisser tomber à terre puis de se précipiter sur leurs arcs et leurs lances. Un nouveau filet fusa dans l'air. Manquant de peu l'oiseau, il se prit dans le bélier.

Un frisson de terreur remonta le long de l'échine de Véronyka. Elle chercha à propulser ses pouvoirs vers le phénix pour le prévenir du danger, mais outre la distance qui les séparait, il régnait là un trop grand tumulte pour que la jeune fille réussisse à établir la moindre connexion avec l'oiseau. Immobile, elle se contenta donc de regarder Xoe forcer sur ses ailes majestueuses et finir par arriver à se détacher avec lenteur de la masse des soldats amoncelés autour de la porte, l'énorme machine de bois entre les griffes.

Les flammes qui couvaient sous ses plumes s'avivaient de plus en plus et, tout à coup, son corps entier s'illumina. L'onde de chaleur provoquée par cette flambée soudaine se propagea sur l'herbe de la prairie et le bélier s'embrasa. Dans un cri de triomphe, Xoe lâcha l'engin sur les soldats puis, débarrassée de son fardeau, déploya ses ailes, prête à filer.

Véronyka poussa un soupir de soulagement – mais elle s'était réjouie trop vite. Son arme bandée, un des archers impériaux tira sa flèche, qui alla se loger droit dans le poitrail du phénix. La bête poussa un hurlement d'agonie si puissant que tous les combattants de la forteresse se tournèrent dans sa direction.

Xoe continuait de battre des ailes, luttant pour s'élever, mais elle demeurait à portée de tir. La flèche qui l'avait atteinte prit feu pile au moment où trois autres traits fusaient, lui perçant le ventre et l'aile gauche.

L'oiseau entonna alors une mélopée funèbre. Sa lumière intérieure vacilla à mesure qu'elle virait de bord sans cesser d'agiter de son aile valide, dans l'espoir de se maintenir en altitude. Ses mouvements s'avéraient cependant aussi mous qu'irréguliers. Très vite, la créature s'abîma entre les toitures du village silencieux, projetant dans sa chute une myriade d'étincelles qui se changèrent aussitôt en cendres. Même sans la voir, Véronyka savait que Xoe avait disparu pour toujours. Du plus profond de ses pouvoirs, la jeune fille en avait la certitude. Sans maître ni maîtresse pour protéger le cadavre du phénix et lui construire un bûcher, le temps que les occupants du repaire récupèrent ses restes – à condition qu'eux-mêmes survivent –, il serait trop tard. Et de toute façon, il était probable que Xoe choisisse de ne pas revenir. Elle préférerait sans doute laisser son feu devenir fumée et sa chair cendre pour permettre à son esprit de s'envoler, enfin libre.

Rien de ce qui venait d'arriver n'était dans l'ordre des choses ! Pour peu qu'on ne les assassine pas, les phénix, ces êtres magiques, étaient supposés vivre éternellement ! Ils n'étaient pas censés se retrouver enchaînés, jetés en prison ou abattus par l'armée de l'empire ! Et pourtant, malgré le courage dont elle avait fait preuve en luttant aux côtés des Dresseurs, Xoe s'était vu arracher d'un seul et même coup sa victoire et sa vie.

Soudain, un cri perçant déchira la nuit. Embrasée d'une flamme vengeresse, Xatara plongea vers les arbustes disséminés à flanc de montagne et s'y volatilisa. Quelques instants plus tard, elle réapparut, un soldat dans chaque serre, avant de s'élever à une altitude vertigineuse, d'où elle lâcha ses proies. Dévorés par les flammes, les pauvres hères sombrèrent dans la forêt en hurlant de terreur. Mais la femelle phénix n'en avait pas terminé.

Elle poussa un nouveau cri, puis, lancée à la vitesse de l'éclair, écuma la paroi extérieure de l'enceinte de la forteresse. Armes, cordes, humains… tout s'embrasa sur son passage. Le feu de son plumage plus aveuglant que le soleil – à tel point que Véronyka dut se protéger les yeux –, Xatara reprit la direction du ciel, où elle monta toujours plus haut. Où allait-elle au juste ? La jeune fille l'ignorait, mais l'oiseau ne fut bientôt plus qu'un point lumineux dans le firmament… avant de s'évanouir complètement.

À mesure que la créature s'était éloignée, Véronyka avait senti la détermination des défenseurs de la citadelle chavirer. En l'espace de quelques minutes, ils avaient perdu deux phénix, et ceux qui leur restaient, mus par le chagrin et le désespoir, poussaient de longues plaintes. Lorsque l'un des mâles, qui avait carrément déserté le périmètre des remparts, se mit à décrire de grands cercles mélancoliques autour du village, l'adolescente se rendit compte qu'elle ne s'était jamais demandée qui, des deux femelles disparues, avait offert aux Dresseurs leur seul œuf pondu en captivité. À présent, elle devinait qu'il s'agissait de Xoe : le mâle en deuil devait être son fils.

Véronyka s'empressa de se ressaisir. Elle détourna les yeux de l'horizon, puis s'efforça de calmer le flot de ses pensées. Que faire désormais ?

Les mots de Tristan lui revinrent de nouveau : « *Tu as d'autres points forts, tu sais.* » Mais lesquels ? En quoi la puissance de son animagie pouvait-elle bien l'aider à contrer un assaut militaire ?

« Si les phénix éprouvent le désir de se battre aux côtés des humains qu'ils estiment, pourquoi ne serait-ce pas aussi le cas des autres animaux ? »

Comme s'ils étaient en pleine conversation, Véronyka avait entendu son ami lui répondre dans sa tête, lui rappelant des propos qu'il lui avait déjà tenus. Le cœur battant à tout rompre, la jeune fille fit volte-face.

— Tristan !

Aidé de plusieurs camarades, il était en train de hisser un tonneau bourré de pierres et de gravats par-dessus les créneaux, afin d'en déverser le contenu sur les soldats qui continuaient de grimper. Voyant Véronyka courir vers lui, il laissa Ronyn finir le travail et se dépêcha de la rejoindre, le souffle court.

— On les a perdues toutes les deux, lâcha-t-il avant de se passer une main sale dans les cheveux.

Une traînée de sang mêlée de poussière lui resta en travers du front. Les yeux exorbités, il avait les doigts pris de tremblements sous le coup de la peur ou de l'adrénaline – voire des deux.

— Je sais, dit simplement Véronyka.

Au même instant, un craquement plaintif s'éleva au milieu du vacarme et les deux adolescents se retournèrent. Une partie de la porte du village venait de s'effondrer dans un nuage de fumée. Seul le feu qui léchait encore le bois empêchait désormais l'armée de s'engouffrer dans la brèche. Les défenseurs avaient beau décocher flèches et lances, les battants de l'entrée finiraient par céder complètement – ce n'était plus qu'une question de temps.

— Tristan, reprit Véronyka, qui peina à obtenir son attention. J'ai une idée. Une idée un peu… risquée.

Familière, l'expression éveilla l'intérêt du jeune homme qui regarda enfin son amie, tout ouïe. Au milieu de leurs alliés qui profitaient du calme relatif entre chaque lancé de grappins pour se repositionner et refaire le plein de projectiles, Véronyka poursuivit :

— Comme tu me l'as si bien fait remarquer, ma force réside dans mes pouvoirs. Sauf que je ne suis pas la seule concernée. On est tous dans le même cas ! Cette forteresse regorge d'animages, mais aussi de chevaux, de chiens… Et puisque les phénix ont décidé de se battre… peut-être que les autres animaux feraient le même choix si on le leur proposait.

Une lueur de compréhension éclaira soudain les yeux du garçon. Certes, tous les habitants du Nid d'Azurec n'étaient pas animages, mais presque. S'ils s'alliaient avec les bêtes des lieux, de la plus petite souris et du plus humble pigeon au redoutable Tempête, alors…

— Ensemble, conclut Véronyka, on sera plus nombreux que les soldats.

Tristan, qui hochait déjà la tête comme par réflexe, ne tarda pas à acquiescer de manière plus décisive, une esquisse de sourire aux lèvres.

— Très bien.

Il se tourna vers la cour, les mains en porte-voix, et d'un ton digne d'un commandant haranguant ses troupes au cœur de la bataille, exigea l'attention des combattants. Ils ne disposaient que de quelques minutes de répit avant qu'une autre volée de grappins ne surgisse et qu'une nouvelle vague de soldats impériaux se lance à l'assaut du rempart. Les phénix avaient beau avoir ralenti les grimpeurs, ils mettaient de plus en plus longtemps à raviver leurs flammes entre deux passages sur la muraille. Et puis, il semblait clair que, privés de deux des leurs, les majestueuses créatures n'étaient plus assez nombreuses pour défendre la forteresse.

Tristan balaya ses alliés du regard. En nage et couverts de sang, ils paraissaient à bout de forces. En écho à la chape de silence qui enveloppait désormais la cour, les bruits de lutte qui leur parvenaient du village dissonaient d'une étrange façon, rappelant au jeune homme que l'accalmie n'était que passagère. La tempête n'allait pas tarder à se déchaîner de nouveau.

— Mes amis ! lança-t-il. Nous pensions avoir utilisé toutes les armes et les ruses à notre disposition, pourtant nous en avons oublié une ! Qui sommes-nous ? Des guerriers, pour certains, des artisans, des cuisiniers... D'autres sont Apprentis Dresseurs ou même garçons d'écurie.

Un instant, le brun doré de son regard s'arrêta sur Véronyka, avant qu'il ne poursuive :

— Mais en définitive, nous sommes les parties d'un même tout. Nous sommes animages et, quelles que soient nos origines, nous sommes ici unis, dans ce repaire que nous considérons tous comme notre foyer. De la même manière, nous sommes unis dans nos capacités. Tout à l'heure, lorsque j'ai demandé aux phénix de se battre à nos côtés, ils ont embrassé notre cause de leur plein gré. Si nous adressons la même requête à tous les autres animaux de la forteresse, peut-être accepteront-ils eux aussi de nous prêter main-forte.

Pendant que les murmures enflaient dans la cour, bruissant comme des arbres sous une brise légère, Véronyka ferma les yeux, baissa sa garde mentale et projeta l'acuité de ses sens le plus loin possible. Là… elle trouva ce qu'elle cherchait. Si les humains qui résidaient au Nid d'Azurec demeuraient dubitatifs et peu convaincus face à la proposition de leur jeune commandant, les animaux, eux, avaient entendu son cri de ralliement. Sentant l'élan de magie porté par ses mots, ils y répondaient déjà.

—Nous ne les forcerons à rien, continuait Tristan d'une voix ferme. Mais s'ils décident de nous apporter leur aide, assurons-nous qu'ils comprennent les risques encourus, et guidons les dans leurs efforts. Comme ils le font déjà au quotidien, les animaux nous rendront plus forts. Phénix ou pigeons voyageurs, chevaux de guerre ou limiers… même le plus modeste des renforts sera accueilli avec reconnaissance, la plus maigre des contributions appréciée.

Véronyka regarda autour d'elle. Beaucoup des bêtes, effrayées, avaient sans doute préféré courir se tapir dans les combles ou la pénombre tranquille des celliers, mais d'autres… d'autres émergeaient lentement de leur cachette pour se faufiler entre les tibias des combattants, se poser sur leurs épaules ou se percher sur le bord des fenêtres. Lorsqu'une série de coups de sabots impatients résonna à l'intérieur des écuries, Véronyka reconnut l'entêtement caractéristique de Tempête. Si on ne se dépêchait pas de le libérer de son box, il menacerait d'en défoncer la porte.

Dès lors, l'ambiance de morne résignation qui s'était emparée de la forteresse quelques minutes plus tôt commença à muer, à se transformer… Sans vraiment toucher à l'optimisme, au moins s'éloignait-on du désespoir. C'était mieux que rien.

— Unissons nos efforts, et montrons à l'empire de quoi nous sommes capables ! conclut Tristan.

À peine avait-il prononcé le dernier mot de son discours que, dans un grand fracas de métal, un nouveau grappin vint griffer le mur d'enceinte. Dans la cour, animaux et humains réagirent aussitôt : en descendant l'escalier des remparts, Véronyka faillit plus d'une fois trébucher sur les chiens et les chats qui se glissaient entre ses jambes, et lorsqu'elle fit irruption dans les écuries afin d'y ouvrir toutes les stalles, pigeons, moineaux et colombes emplissaient déjà l'air.

La jeune fille se hâta de ressortir pour contempler la réalisation de son idée la plus folle, pressée d'apporter son aide à ces nouveaux alliés. Remarquant qu'une meute de molosses partait vers la droite, elle conseilla à une nuée d'oiseaux de se diriger vers la gauche. Mais les animaux n'avaient visiblement nul besoin d'être orientés. Déjà focalisés sur la mission à accomplir, ils semblaient même avides de passer à l'action.

Fonçant sur la paroi sud de la muraille, les pigeons voyageurs crevaient les yeux des grimpeurs, que les faucons attaquaient en poussant leur cri perçant avant de lacérer la chair ennemie à coups de bec et de serres.

Sur le rempart lui-même, les félins avaient pris le relais des villageois fourbus et de leurs couteaux à dents : toutes griffes dehors, ils ne se contentaient pas d'entamer le chanvre des cordes, ils labouraient aussi les visages des soldats imprudents parvenus jusqu'aux créneaux. Au même moment, un torrent de chiens et de chevaux se déversa par la poterne ouverte pour se répandre dans le hameau.

Véronyka regagna son poste sur le chemin de ronde juste à temps pour apercevoir un premier assaillant franchir au pas de course la porte délabrée du village. Il n'avait cependant pas fait deux mètres qu'un molosse bondissait en sens inverse afin de l'intercepter et de le plaquer au sol.

Les lamas acheminaient armes et munitions, les chevaux traînaient chariots et poutres vers la barricade à consolider, et l'adolescente aperçut même Mésange en train de scier l'un des grappins avec l'aide de Tchip, qui tirait et mordillait la corde à mesure qu'elle s'effilochait.

Le cœur de la jeune fille se gonfla soudain d'une allégresse triomphante. Combattre aux côtés de ses amis animaux avait beau s'avérer terrifiant, rien n'aurait pu lui sembler plus juste. Ces bêtes étaient les alliés naturels des habitants du repaire, et comme Tristan l'avait souligné, ensemble, ils étaient plus forts. L'empire croyait peut-être la forteresse affaiblie et sans défense une fois privée de ses Dresseurs, mais les assiégés allaient montrer à l'armée l'ampleur des dégâts qu'une poignée d'animages déterminés était capable de causer.

Quoi que j'aie pu en penser, j'avais en réalité perdu ma sœur bien avant que cette flèche ne se plante dans sa poitrine.

Chapitre 40
Véronyka

À l'instar de l'assaut des phénix, l'entrée des animaux dans la mêlée ne porta ses fruits qu'un temps. Le cœur de Véronyka se serra à la vue du premier chien pourfendu par une lance ennemie, et elle suffoquait à chaque fois qu'un pigeon abattu s'écrasait au sol. Partout où elle posait les yeux, elle ne distinguait désormais que fourrures et plumes tachées de sang, au milieu des corps de toutes formes et de toutes tailles qui gisaient à terre.

Si les oiseaux de feu n'avaient pas cessé de planer au-dessus du rempart ni de l'arroser de leurs flammes à intervalles réguliers, la mort de Xoe avait rendu leurs attaques en piqué plus timides. Même Xéphyra avait perdu de son agressivité.

Le renfort des animaux ne suffirait pas. Les assiégés avaient fait tout leur possible pour tenir bon, mais qu'ils aient deux ou quatre pattes, les rebelles mouraient les uns après les autres et les secours tant espérés n'arrivaient toujours pas.

Lorsque la barricade tout juste reconstruite contre la porte du hameau s'effondra de nouveau, Véronyka comprit que le compte à rebours était lancé.

Si les soldats pénétraient dans le village, ils incendieraient et détruiraient tout sur leur passage, jusqu'à atteindre la citadelle. Or, ses remparts avaient beau être plus hauts et plus solides que les murs du hameau, sa porte n'avait pas été étayée, et la population qui s'était réfugiée derrière n'était pas assez nombreuse pour opposer une défense efficace.

Si les soldats de l'empire pénétraient dans le village, tout était perdu.

Il restait aux résistants la possibilité d'envoyer quelques phénix pour tenir l'entrée du hameau. Mais sa protection leur avait déjà coûté deux oiseaux de feu – et encore, aucun n'était lié à un être humain… Véronyka n'osait même pas imaginer la douleur des apprentis si l'un d'eux venait à perdre son oiseau. Néanmoins, pour peu que Tristan décide de désigner l'une de leurs âmes sœurs pour cette mission périlleuse, il choisirait Rex à coup sûr. Il préférerait endosser ce poids plutôt que de l'imposer à autrui.

Lorsque la jeune fille le chercha des yeux, ses pires craintes furent aussitôt confirmées : l'apprenti faisait déjà signe à sa monture. Pourtant, lorsque Rex infléchit sa trajectoire, il ne mit pas le cap vers le brasier qui dévorait la porte du village, mais vers son maître.

Il a l'intention d'y aller avec son phénix, comprit tout à coup Véronyka, prise de panique. *De se battre – et peut-être de mourir – avec lui !*

Lentement, comme si elle se déplaçait dans l'eau, elle se fraya un chemin à travers la foule. Elle ne savait pas ce qu'elle allait dire à son ami, ni même si elle voulait le retenir, mais elle devait le rejoindre.

Il la vit s'approcher. Au milieu des cadavres épars et des cordes qui flambaient, leurs regards se croisèrent. Le visage de Tristan semblait éteint.

Puis ses traits se tordirent de douleur et le jeune homme s'écroula à terre en se tenant le bras. Sans hésiter à jouer des coudes, Véronyka se jeta à genoux près de lui, cherchant du regard la flèche qui avait visiblement fait mouche, seulement… elle n'en vit aucune. Mais quelque part au-dessus d'eux, Rex avait poussé un cri. L'adolescente fit volte-face. Logé à la jonction de l'aile gauche et du poitrail de l'oiseau, se trouvait le trait qu'elle cherchait. Le phénix se mit à zigzaguer : il tombait et allait s'écraser sur les pavés !

La jeune fille aida Tristan à se relever. Il secoua le bras, cherchant à se débarrasser de la blessure fantôme qui lui avait perforé l'épaule *via* le lien qui l'unissait à Rex. L'oiseau avait réussi à se poser tant bien que mal au fond de la cour. Il avait sans doute tenté de rallier le Nid d'Azurec, mais incapable de planer jusque-là, avait dû renoncer. Les deux amis se précipitèrent vers la pauvre créature.

— Ersken ! rugit le garçon, le timbre rauque.

Peu de chance que le gardien l'entende depuis le fond du cratère. Toutefois, rapide comme l'éclair, une minuscule silhouette surgie de nulle part les dépassa : Mésange, qui prenait son rôle de messagère très au sérieux, fonçait déjà vers la montagne. Elle atteignit le tunnel en un clin d'œil, puis disparut à l'intérieur.

Arrivé devant son âme sœur, Tristan lui saisit la tête pour l'apaiser et l'empêcher de s'agiter. De son côté, Véronyka inspecta la blessure. Fichée dans l'articulation, la hampe de la flèche avait déchiré muscles et tendons : l'aile de l'oiseau était devenue inutilisable. Les phénix avaient beau cicatriser plus vite que les autres animaux, pour l'heure, Rex était incapable de voler.

D'un pas tranquille, Ersken émergea enfin du Nid d'Azurec, une lourde sacoche sous le bras. Une fois arrivé auprès du blessé, il se délesta de son chargement – qui heurta le sol dans un tintement de verre et de métal –, puis se mit à ausculter l'épaule du phénix. Fébrile, Tristan l'observait les yeux écarquillés, les doigts crispés autour du crâne de son oiseau. L'ancien fauconnier évalua les dommages d'un toucher vif et habile, avant de faire signe à Mésange d'approcher et de lui demander de sortir du sac divers instruments et concoctions. La fillette s'exécuta. Ses mains tremblantes hésitèrent quelques secondes au-dessus des fioles et des bocaux, mais grâce à l'aide de Tchip, elle choisit les bons produits, qu'elle tendit à Ersken.

Quelques instants plus tard, le gardien s'écarta de l'animal, essuya ses paumes pour se débarrasser du sang fumant qui y laissait de sévères marques rouges et se tourna vers Tristan.

— Il va s'en sortir, fiston, et il n'en gardera aucunes séquelles. Du moins, je ne pense pas. Mais il ne revolera pas ce soir.

L'apprenti demeura silencieux. Véronyka eut beau essayer de l'ignorer, elle ne put s'empêcher de ressentir l'espèce de torpeur ahurie qui étreignait le garçon. Sans sa monture, il était perdu… et la porte du village avec lui.

À cet instant précis, Xéphyra réclama en pensée l'attention de la jeune fille, qui leva les yeux. L'oiseau planait en cercles juste au-dessus de leurs têtes. Son âme sœur, qu'elle venait tout juste de retrouver. Son phénix, en théorie trop jeune pour être monté, mais plutôt grand pour son âge…

Véronyka s'approcha de Tristan et l'attira légèrement à elle afin de lui éviter de regarder Ersken, qui finissait de s'occuper de son oiseau. Autant lui épargner ce spectacle, même si elle se doutait qu'il continuerait d'éprouver les sensations de son animal.

— Tristan, commença-t-elle, rester ici ne servira à rien. Rex ne peut plus nous aider, mais Xéphyra, si. Elle peut nous emmener à la porte.

Depuis qu'ils s'étaient replongés dans la bataille, quelques heures plus tôt, elle n'avait pas eu l'occasion d'observer son camarade d'aussi près. Sa lèvre était entaillée et tout un côté de son visage couvert de bleus. Il dégagea de son front les mèches trempées de sueur qui y étaient collées, puis se mit à secouer doucement la tête en regardant autour de lui, comme s'il cherchait une autre solution.

Dans les airs, Xéphyra se montrait toujours plus insistante, tirant sur le lien qui la connectait à Véronyka, jusqu'à ce que, soudain, la jeune fille se mette à percevoir le monde par les yeux de son phénix. Les deux âmes sœurs venaient d'entrer en résonance.

Du feu. Du sang. L'adolescente se perdit un instant dans les méandres de l'esprit de l'oiseau et dans les facultés surnaturelles de ses sens, mais Xéphyra ne tarda pas à orienter l'attention de sa maîtresse vers la porte du village.

Le dernier pan enflammé venait de capituler sous les coups de hache d'un des soldats. Assaillants et assiégés trébuchaient sur les armes et les corps abandonnés çà et là. À l'endroit où la porte s'était dressée, s'ouvrait à présent un trou béant obstrué de fumée, où se croisaient des volées de flèches.

— *Il faut y aller !* asséna l'oiseau en pensée à Véronyka.

Dans un hoquet de stupeur, la jeune fille réintégra aussitôt son corps et sa conscience.

— Il faut y aller ! lança-t-elle à son tour.

Mais Tristan secoua à nouveau la tête.

— Je te l'ai déjà dit, je ne te sacrifierai pas. Xéphyra et toi, vous n'avez jamais volé ensemble. Je vais demander à l'un des apprentis. Pourquoi p…

— La porte a cédé, le temps nous est compté, le coupa Véronyka affolée, tout en appelant son phénix.

Lorsque Xéphyra atterrit à leurs côtés, Rex émit un pépiement mélancolique. En guise de réponse, la femelle poussa un long cri, empli d'empathie et d'encouragement. Les autres oiseaux, tous occupés à repousser l'assaut sur le rempart sud, fondaient sur les soldats impériaux avant de remonter en flèche vers le ciel. Leurs maîtres aussi concentraient tous leurs efforts sur le combat.

— Tu as raison, reconnut Véronyka, je n'ai aucune expérience… contrairement à toi. Allons-y ensemble.

Tristan ne quittait pas Xéphyra des yeux et au fond des pensées du garçon, son amie sentit la peur du feu se réveiller, impatiente d'être libérée. S'il parvint à se maîtriser, le désespoir perçait malgré tout dans sa voix quand il répondit :

— Véronyka…

— On y va ensemble ou j'y vais seule, répliqua-t-elle d'un ton catégorique. On ne peut pas les laisser s'emparer du village.

L'empire lui avait déjà pris ses parents et sa grand-mère. Elle ne le laisserait pas lui arracher quoi que ce soit d'autre !

— Tu n'as même pas de selle, balbutia l'apprenti.

La fin de sa phrase fut noyée par un bruit sourd. Le souffle court, Mésange venait de laisser tomber à leurs pieds un harnais d'aspect un peu étrange, et pour cause : les selles de phénix comportaient davantage de sangles et de boucles que celles des chevaux. Aussi abasourdis l'un que l'autre, Véronyka et Tristan observaient la messagère. Ce fut finalement Ersken qui brisa le silence :

— Pas le temps de tergiverser. Prenez une décision et agissez !

Sur ces mots, il s'en retourna à la blessure de Rex, non sans gratifier Mésange d'une petite tape sur l'épaule. Fière d'elle-même, la fillette afficha un grand sourire, avant de se dépêcher de reprendre sa place aux côtés de l'ancien fauconnier et de son sac, d'où elle tira un bandage roulé qu'elle lui tendit. Sans doute les selles étaient-elles rangées non loin. Le gardien avait dû profiter de ce que les deux adolescents débattaient pour envoyer la jeune messagère chercher un harnachement.

Tristan hésita encore une fraction de seconde, jusqu'à ce que…

— D'accord.

Il ramassa la selle et s'approcha de Xéphyra avant de lancer un regard à son amie. Véronyka se hâta d'exposer la situation à son phénix et de lui enjoindre de laisser le jeune homme le préparer. Bien qu'enthousiaste à l'idée de voler avec sa maîtresse, l'oiseau éprouvait de la méfiance à l'égard de Tristan.

— *Il doit nous accompagner*, lui expliqua l'adolescente. *Je vais avoir besoin de son aide. Et toi aussi.*

Aussitôt harnachée, Xéphyra plia les pattes pour s'abaisser jusqu'au sol. Était-elle mue par quelque instinct ancestral enraciné au plus profond de son être ou simplement par l'envie d'imiter ses congénères qu'elle avait eu l'occasion d'observer ? Quoi qu'il en soit, Tristan l'enfourcha le premier, sous l'œil triste de son propre phénix. Véronyka se défit ensuite de son arc et de ses flèches pour les donner à son compagnon, qui les attacha sur son dos avec ses propres armes, avant d'aider sa partenaire à se hisser devant lui.

— C'est toi qui diriges, lui murmura-t-il à l'oreille.

Serrée comme elle l'était sur cette selle prévue pour une seule personne, la jeune fille sentait le souffle de Tristan sur sa peau. Un long frisson lui descendit le long de l'échine, lui donnant la chair de poule. L'apprenti s'empressa de lui montrer quelle position adopter et où placer ses pieds. Toutefois, le torse et les cuisses de son ami ainsi plaqués contre elle, elle ne pouvait retenir son trouble. Heureusement, elle guiderait son phénix avant tout par le biais de leur lien.

— Elle ne pourra pas supporter notre poids très longtemps, l'avertit enfin le jeune homme, mais l'important, c'est d'arriver jusqu'à la porte. Il faudrait essayer de remonter la barricade pendant que le feu de Xéphyra occupera les soldats.

— Ça ira ? lui demanda Véronyka après que leur monture s'était relevée et avait commencé à battre des ailes.

En effet, il allait devoir supporter non seulement les flammes de l'oiseau, mais aussi le brasier qui continuait de consumer ce qui restait de la porte du village. Non contents de chevaucher un phénix, qui se transformerait bientôt en une torche ambulante, les deux adolescents s'apprêtaient en plus à foncer vers une fournaise.

— Il faudra bien, répondit Tristan.

Xéphyra bondit dans les airs. Un seul battement d'ailes aurait suffi à désarçonner sa maîtresse, mais cette dernière s'agrippa à l'avant de la selle, puis serra ses étriers contre les flancs de l'oiseau, comme son ami le lui avait indiqué. Derrière elle, le jeune homme lui enserrait solidement la taille.

En quelques secondes, ils se retrouvèrent à survoler le temple, puis le phénix effectua un demi-tour et se dirigea vers la mêlée. Sous eux, le monde avait rétréci quand, autour, le ciel s'était élargi jusqu'à devenir une vaste étendue noire qui menaçait de les avaler tous, amis comme ennemis. La morsure glacée du vent et la douce caresse des étoiles vivifiaient la nuit.

Véronyka contemplait le spectacle, bouche bée. Elle avait l'impression d'entrer à nouveau en résonance avec son oiseau, mais cette fois de manière bien plus viscérale. Son cœur battait à tout rompre, son estomac cabriolait et son corps entier était parcouru de picotements. Elle avait beau avoir rêvé de ce moment depuis l'enfance, jamais elle n'aurait imaginé que sa première sortie à dos de phénix aurait lieu lors d'une bataille acharnée dont l'enjeu n'était rien de moins que sa propre survie.

Le sifflement du vent et les battements d'ailes de Xéphyra engloutissaient presque les échos du combat qui se déroulait sur la terre ferme. Bientôt, l'équipage dépassa les autres oiseaux de feu qui poursuivaient leurs allées et venues au-dessus des remparts.

À mesure qu'ils approchaient des décombres de la porte du village, Véronyka sentit la température de son phénix grimper sous le harnais. Collé au dos de la jeune fille trempé de sueur, Tristan commençait de son côté à s'agiter. Il ne tiendrait sans doute pas longtemps à la vue des plumes grésillantes de Xéphyra.

Depuis l'aperçu que l'ombremage en avait eu en résonance, la situation à l'entrée du hameau avait encore empiré. Les battants partis en fumée, ne restait de la porte qu'un cadre calciné que seule une poignée de combattants défendaient encore. En face, les soldats de l'empire s'escrimaient à escalader les tonneaux et les gravats de la barricade.

Tristan demanda à Véronyka de faire en sorte que Xéphyra stabilise son vol et, bientôt, un souffle d'air fusa sur la joue de l'adolescente. La flèche de l'apprenti vint se planter droit dans le cœur d'un assaillant occupé à se frayer un passage dans les décombres.

Le jeune homme réussit à tirer deux autres traits avant que les soldats impériaux ne repèrent la source de l'attaque et ne tournent leurs arcs vers le ciel. Véronyka n'eut pas besoin de consigne pour exhorter Xéphyra à s'élever et demeurer hors de portée.

La diversion, en tout cas, fut efficace. L'arrivée du phénix accapara assez les assaillants pour permettre aux quelques gardes encore en état de se battre de se regrouper.

Lorsque les ennemis reculèrent pour se rassembler à leur tour vers le fond du terrain, la jeune fille ne put réprimer le fol espoir qu'ils soient en train d'envisager de battre en retraite.

Malheureusement, à l'instant même où Xéphyra redescendait de quelques mètres, prête pour un nouveau piqué, une vague de renforts surgit du bord de la falaise et se déversa dans la prairie, aussi rapide que les membres d'une fourmilière en pleine débandade. Au fond du cœur de Véronyka s'ouvrit un abîme de désespoir.

— Qu'Azurec nous vienne en aide, souffla Tristan.

La jeune fille dirigea aussitôt son phénix droit vers l'étendue herbeuse. L'oiseau plongea jusqu'à raser le flot des nouveaux soldats, les obligeant à s'aplatir au sol ou à s'éparpiller en courant, puis vira de bord pour venir se poser derrière la porte en ruine. Les assaillants, toutefois, ne tarderaient pas à reprendre leurs esprits et à passer à l'attaque.

Tristan ne perdit pas une minute : dès que leur monture eut atterri, il sauta à terre. Véronyka glissa de selle à sa suite, non sans remercier Xéphyra d'une caresse. Toute instruction s'avérait inutile : l'oiseau de feu savait déjà quoi faire. La bataille avait – semblait-il – tant affiné et affûté le lien unissant les deux âmes sœurs qu'il en était devenu une arme redoutable.

Tristan tendit à la jeune fille son arme et son carquois, mais elle secoua la tête. C'était lui l'archer qualifié, pas elle.

Pendant que les derniers défenseurs émergeaient de l'ombre, bandaient leurs arcs et se repositionnaient, Véronyka entreprit de collecter le plus de flèches égarées possible. Un peu plus loin, affalé contre la roue d'une charrette, le capitaine Flynn pressait sur l'une de ses blessures un morceau de tissu déjà imbibé de sang. Tout autour, le sol était jonché de corps. Vivants ou morts ? La jeune fille n'aurait su trancher. Se forçant à ne pas s'attarder sur les visages ou les mutilations, elle se borna à ramasser toujours plus de munitions, par terre et dans les décombres. Le feu consumait à présent non seulement plusieurs maisons du village, mais aussi l'herbe de la prairie et les cadavres qui y gisaient, crachant dans l'air des volutes de fumée noire et une odeur pestilentielle qui irritaient la gorge et les yeux.

Le cœur lourd, Véronyka revint se poster auprès de Tristan et glissa dans son carquois les flèches récupérées. Périr debout, en guerrière, n'était sans doute pas la pire des fins. Aussi brève qu'avait été l'expérience, la jeune fille pouvait à présent se considérer comme une Dresseuse, et savoir que Xéphyra, si elle ne parvenait pas à s'échapper, mourrait au moins libre était pour elle un soulagement. L'une ou l'autre de ces issues vaudrait toujours mieux qu'une exécution sommaire derrière les barreaux d'une cage. Sans doute Val avait-elle réussi à s'enfuir par les souterrains qu'elle avait mentionnés, et sans doute deviendrait-elle une Dresseuse solitaire. Véronyka aurait pu tenter d'entrer en contact avec son aînée en se servant de son ombremagie, mais elle n'avait aucune idée de la direction où chercher… ni même de la manière de lui faire ses adieux.

Soudain, un effroyable cri de défi retentit et Xéphyra fonça sur les soldats. Son attaque ouvrit une large brèche dans les rangs ennemis. Armes brandies, sa maîtresse et les derniers défenseurs de la forteresse se tournèrent vers le chaos laissé dans le sillage de l'oiseau.

Lors de leur construction, les murs du village n'avaient pas été pensés pour essuyer une attaque. Il n'y avait donc que peu de fenêtres et de meurtrières ouvrant à Tristan et aux autres archers le bon angle pour atteindre l'ennemi. Véronyka finit toutefois par repérer l'épave d'un énorme chariot. Après en avoir arraché un grand pan de bois, elle l'apporta à son ami pour qu'il puisse s'en servir comme bouclier. Le panneau n'était pas assez large pour lui abriter tout le corps, mais si la jeune fille en ajustait au fur et à mesure la hauteur ou l'inclinaison, le morceau de bois procurerait malgré tout à Tristan une couverture suffisante. Il lui permettrait alors de tirer directement par l'ouverture de la porte, ce qui serait tout de même plus efficace.

Pour autant, quand la première des flèches ennemies se planta dans leur paravent de fortune, le choc donna l'impression à Véronyka que ses bras s'enfonçaient de plusieurs centimètres dans ses épaules. La pointe du projectile avait d'ailleurs traversé le bois de part en part.

Effaré, Tristan posa sur sa camarade des yeux paniqués avant de se rendre compte qu'elle n'avait pas été touchée. Bien que soulagé, il lui lança un nouveau regard interrogateur. Elle se contenta de hocher la tête en guise de réponse. Elle remplirait sa mission. Le jeune homme poursuivit donc ses tirs et elle continua de parer les traits que leur renvoyait l'adversaire.

Malgré le tremblement de ses membres exténués par l'effort et le tintement de ses oreilles sous le coup des impacts répétés, Véronyka finit par trouver une certaine cadence. Elle et Tristan ne formaient plus qu'un. Chacun anticipait les gestes et les intentions de l'autre.

L'apprenti avisait une cible, sa camarade se positionnait de manière à le protéger, et il décochait sa flèche.

Cible, bouclier, tir.

Cible, bouclier, tir.

La jeune fille mit un bon moment à comprendre la raison de tant de synchronisation dans leurs mouvements : le canal qui les reliait était de nouveau grand ouvert et leurs esprits comme leurs corps avaient fusionné.

Ils avisaient leur cible ensemble, ils se positionnaient ensemble, et ils décochaient leur flèche ensemble.

Cette fois, plutôt que de s'arracher à cette étrange cohésion, et risquer de s'évanouir à nouveau, Véronyka accueillit à bras ouverts leur unité. Même accroupie derrière la large planche de bois, elle put bientôt observer la bataille à travers les yeux de Tristan et anticiper ses besoins avant même qu'il en forme la pensée.

Ainsi, quand il s'avança pour braquer son arc sur un énième soldat et repéra trop tard qu'un autre, plus proche, s'était détaché du rang pour se ruer sur eux, ce fut Véronyka qui infléchit son tir. En une fraction de seconde, elle poussa le jeune homme de sorte à dévier ses bras au moment précis où le bout de ses doigts relâchait la corde. La flèche s'enfonça droit dans les côtes de l'agresseur inopiné.

Lorsque son ami la regarda, aussi pantois qu'abasourdi, l'ombremage éprouva une sensation des plus curieuses : elle ressentait les émotions de Tristan en même temps qu'elle les lisait sur son visage : d'abord la stupeur, puis la confusion, suivi enfin d'un fol élan de reconnaissance. Le torse du jeune homme se souleva et il lâcha un petit rire étonné.

Leur connexion se brisa sans que l'apprenti s'en aperçoive. Pour lui, ce qui venait de se passer n'était que le fruit d'un heureux hasard – une gracieuseté de la main d'Anyanke ou de la veine aveugle dispensée par Teyke. Véronyka, quant à elle, y voyait bien davantage... Elle y devinait même de nouvelles possibilités, et alors que Tristan s'était remis à tirer, elle s'émerveillait de tous les chemins de l'ombremagie qu'elle n'avait encore jamais explorés.

Malgré l'ardeur de leur lutte, les assiégés et leur barrage décousu ne tenaient que grâce aux flammes de Xéphyra et à la régularité de ses descentes en piqué sur la prairie boueuse couverte de cadavres. Chaque fois que son phénix repassait au-dessus de sa tête, Véronyka retenait son souffle, se demandant si son âme sœur n'allait pas ce coup-là être atteinte par une flèche, si cette énième frappe n'allait pas signer son arrêt de mort.

Au bout d'un long moment, la lumière grise qui précède l'aube se mit à filtrer à travers la fumée. Peu à peu, le champ de bataille se changea en un étrange paysage onirique aux couleurs ternes, baigné de sons étouffés.

Quand Xéphyra, à court d'énergie ou presque, commença à espacer ses assauts embrasés, les soldats de l'empire y virent une opportunité. Guettant le moment où elle repartait vers le village, ils profitèrent du temps qu'elle mettrait à virer dans le ciel pour tenter une avancée au pas de charge.

À peine visible au milieu des nappes de brume, la horde ennemie fonçait sur la barricade. Véronyka et ses alliés eurent beau ne pas reculer d'un pouce, l'adolescente savait que cette fois, l'armée réussirait à forcer le passage.

Les militaires avaient le nombre pour eux et leur moment était parfaitement choisi.

La jeune fille jeta son bouclier de fortune pour s'emparer d'une lance abandonnée – tordue et ensanglantée, mais intacte. Tristan l'imita, troquant son arc contre la hache d'un ennemi abattu. Leurs nouvelles armes en main, les deux compagnons échangèrent un regard.

Leur connexion se rétablit d'emblée. Dans la tête de l'ombremage, les sentiments du garçon palpitaient tel un cœur qui bat : elle était son amie, sa camarade… son égale. Le vœu de Véronyka avait été exaucé, son rêve inaccessible était devenu réalité.

Mais Tristan ne voulait pas la voir mourir. Il se mit donc à courir – s'écartant d'elle à chaque pas – et s'enfonça dans la brume pour repousser la charge des assaillants, se précipitant ainsi vers sa propre mort.

La jeune fille ouvrit la bouche pour tenter de l'arrêter de toute la force de son corps et de sa conscience, mais l'instinct d'anticipation qui lui avait permis de sauver la vie de son ami quelques minutes plus tôt semblait désormais engourdi par la peur. Elle avait tardé à réagir : sa paume se referma sur le vide et son esprit sur les reliquats de la présence de Tristan. Il lui avait déjà échappé, et elle restait plantée là, à le regarder s'éloigner.

Se ressaisissant enfin, elle voulut s'élancer à sa suite quand, surgie de derrière, une espèce de boulet de canon lui percuta soudain l'épaule et l'envoya valser sur le côté. Soufflée par le choc, Véronyka réussit malgré tout à retrouver l'équilibre, juste à temps pour voir Tempête franchir la porte en un éclair et cavaler vers Tristan. Quelqu'un – Jana, peut-être, ou l'un des garçons d'écurie – avait revêtu l'étalon de son caparaçon de bataille, dont le cuir et les pièces métalliques reflétaient faiblement la lumière vaporeuse. L'irruption du destrier dut également surprendre les soldats de l'empire, car ils ralentirent imperceptiblement leur course. Déconcerté par leur semblant de frayeur, l'apprenti se retourna pile au moment où Tempête le dépassait pour aller faucher une bonne demi-douzaine d'assaillants. Le cheval exécuta ensuite un large arc de cercle autour de son protégé, déterminé à le défendre de tous côtés. Le jeune homme ne pouvait qu'assister à la scène, bouche bée. Au bout de ses doigts, sa hache se balançait mollement contre sa jambe.

Tempête chargea encore une poignée d'attaquants avant de modérer son allure pour permettre à Tristan de sauter sur son dos, puis repartit aussi sec vers le village. Monture et cavalier approchaient de la porte quand le son d'une corne déchira le brouillard.

Une note si diffuse et sourde que Véronyka ne fut d'abord pas sûre d'avoir bien entendu. Tout le monde ralentit jusqu'à s'immobiliser – même les soldats se figèrent pour tendre l'oreille. Un, puis deux, puis trois autres coups de corne résonnèrent alors à travers la montagne.

La jeune fille chercha Xéphyra des yeux. Au dessus d'elle, l'oiseau ne tarda pas à émettre à son tour une longue note claire. Un appel.

Le temps d'un battement de cœur, le silence retomba. Puis, au loin, s'éleva une faible réponse. Pas un cri d'alarme ou de défense, mais plutôt… une salutation. Depuis la forteresse, les autres phénix reprirent en écho la même exclamation et, bientôt, leur chant remplit le ciel.

Sur le dos de Tempête, Tristan fit volte-face, avide de distinguer ce qui s'annonçait. À l'horizon, un amas de nuages teintés de rose et de parme zébrait le ciel, prémices de l'aurore. Plus près, une douzaine de petits points flous se rapprochaient. Derrière eux, s'étiraient de longs filaments de flammes étincelantes. Tristan hurla sa joie à pleins poumons.

Les Dresseurs étaient de retour.

Parmi les redoutables et redoutées Premières Dresseuses, nulles n'étaient plus aimées que Nefyra et Callysta.

Que d'actes de bravoure à leur actif ! Que de splendeur dans leur vol ! Elles s'élançaient synchrones, telles les ailes d'un même oiseau, se battaient de front, tels les bras d'un même guerrier.

Si parfaite, si complète était leur union qu'elles en devinrent un être unique – une seule personne – et restèrent liées pour l'éternité.

« Telles les ailes d'un même oiseau », tel que déclamé
par Mellark le Ménestrel, vers 116 ap. E.

Elle perdait tant de sang...
Ma flèche... Pourquoi avait-il fallu
que ce soit ma flèche qui la trouve ?
La douleur des remords, le chagrin de
la solitude... Je laissai ces supplices
me consumer.

CHAPITRE 41
VÉRONYKA

Le gros de l'armée impériale commença à battre en retraite avant même que les Dresseurs n'atteignent le repaire. Les rares soldats qui crurent bon de s'obstiner à charger furent repoussés avec une force renouvelée. L'arrivée imminente de leurs guerriers émérites avait ragaillardi le moral des défenseurs du village.

Lorsque Tristan repéra son père parmi leurs sauveurs, son visage s'éclaira. Couvert de crasse et de sang, mais vivant, le commandant menait ses hommes d'une main de maître. La quasi-totalité d'entre eux avait survécu, semblait-il, bien que d'aussi loin, Véronyka ait du mal à faire le compte. Bientôt, les deux patrouilles se divisèrent : l'une prit en chasse les militaires qui dévalaient la falaise à toutes jambes pendant que l'autre s'occupait de sécuriser la citadelle.

Le temps que le soleil apparaisse derrière les sommets à l'orient, la dernière corde avait été sectionnée et le dernier grimpeur ennemi expédié vers une mort certaine. Véronyka regarda autour d'elle sans parvenir à y croire : ils sortaient victorieux de la bataille.

Au milieu des murmures et des pas lourds qui avaient remplacé les cris, les hurlements et le fracas du métal, les oreilles de la jeune fille tintaient légèrement. Profitant de ce que gardes et villageois commençaient à évaluer les ravages de l'attaque, les apprentis rappelèrent leur monture et les renvoyèrent vers le Nid d'Azurec. Un regard vers Tristan suffit à Véronyka pour comprendre que son ami devait attendre son père afin de s'entretenir avec lui.

—Je vais vérifier que Rex va bien, lui dit-elle sans même qu'il ait besoin de le lui demander.

Sous l'éclair de plumes écarlates – chamarré du violet du plumage de Xéphyra – qui fusa au-dessus de leurs têtes, l'apprenti dévisagea son amie, les yeux habités d'une étrange lueur. Et avant qu'elle comprenne ce qui se passait, il l'attira à lui, la serrant dans ses bras tellement fort qu'il lui en coupa presque le souffle. Si la première embrassade de Tristan, le jour de ses prouesses face au parcours d'obstacles, débordait d'exaltation et d'enthousiasme, ce n'était cette fois pas le cas. Non, le jeune homme tremblait à présent de tous ses membres, s'agrippant à Véronyka comme par peur de s'écrouler brusquement.

Autant leur première étreinte lui avait fait l'effet d'un verre d'eau fraîche par grande chaleur, autant celle-là s'apparentait davantage à une pluie d'orage salvatrice noyant un feu de forêt.

L'apprenti sentait la sueur et la fumée, mais il était bel et bien indemne, vivant ! De manière incroyable, ils en avaient réchappé. Tristan prit une inspiration chevrotante, sa poitrine se pressant contre celle de Véronyka, puis il la relâcha. Reculant d'un pas, il la remercia d'un signe de tête avant de s'éloigner à travers la foule.

Elle le regarda s'en aller, un tourbillon d'émotions au creux du ventre. La bataille à présent terminée, la jeune fille ne tarderait plus à devoir affronter les répercussions de la trahison de sa sœur – qui remettrait peut-être en cause sa place au sein du repaire… et sa relation avec Tristan. Irait-il tout avouer à son père ou pouvait-elle compter sur lui pour garder le secret ? Et puis de toute façon, que changerait son silence dès lors qu'elle avait chevauché un phénix femelle au vu et su de tous ? On finirait forcément par s'interroger sur sa véritable identité.

Coupant court à ces réflexions, Véronyka prit le chemin du Nid d'Azurec. Sur le trajet, les dégâts lui apparurent dans toute leur ampleur. Autour d'elle, la souffrance était omniprésente, que ce soit parmi les humains et les animaux valides ou ceux que l'on devait assister, voire porter. Au-dessus du village, le fils de Xoe pleurait toujours la mort de sa mère. Son âme sœur – Latham – s'était avérée jusque-là impuissante à le convaincre de retourner au Nid.

Soulagée d'atteindre le tunnel, la jeune fille pénétra dans le cratère, où des caisses de nourriture et de bandages avaient été laissées à disposition des phénix et de leurs maîtres, qui arrivaient les uns après les autres.

Ersken était là pour les accueillir, Mésange à ses côtés. La fillette sanglotait.

Entre ses paumes jointes, reposait Tchip, l'ocre clair de son plumage taché de sang. Ses pattes minuscules repliées contre la boule figée de son corps, il ne bougeait plus. La scène renvoya aussitôt Véronyka à la mort de Xéphyra et les souvenirs de l'adolescente se mêlèrent douloureusement aux pulsations de désespoir qui émanaient de la jeune aveugle.

Tête baissée, Ersken la couvait de son regard tendre, mais Mésange restait prostrée, le visage penché sur son ami défunt. Elle avait beau ne pas pouvoir le voir, son attitude exprimait à elle seule toute sa peine. Et si son chagrin était silencieux, il n'en était pas moins violent qu'un ouragan. Quand l'ancien fauconnier voulut lui retirer des mains la dépouille de l'oiseau, la fillette éplorée poussa un cri proche du grognement.

Véronyka se précipita pour intervenir. Après avoir rassuré Ersken d'un geste, elle passa son bras autour des épaules de la fillette pour l'entraîner vers une caisse et la faire s'asseoir.

—Mésange, c'est moi, murmura-t-elle. Tu te souviens ? C'est…

La petite releva subitement les yeux.

—Véronyka ?

—Oui. C'est ça, c'est moi.

Bien que personne ne soit assez proche pour les entendre, l'ombremage se garda bien de hausser le ton. Mésange inclina la tête de côté et renifla sans retenue.

—Je ne t'ai pas entendue venir avec tout ce raffut. (Son amie passa une main dans ses cheveux en bataille désormais désertés.) Et plus de Tchip pour me… pour me…

La gorge nouée, la jeune aveugle s'interrompit. Ses traits se chiffonnèrent et les larmes dessinèrent bientôt de nouveaux sillons sur ses joues crasseuses.

Les yeux tout autant embués, Véronyka s'empressa de cligner des paupières pour se maîtriser. Puis attirant sa protégée vers elle, elle la serra fort dans ses bras avant de lui répondre avec douceur.

— Je sais. Et je suis tellement, mais tellement triste pour toi.

Malgré tout, l'ombremage n'arrivait pas à se départir du terrible sentiment de culpabilité qui l'avait étreinte. Impliquer les animaux de la forteresse dans les affrontements, c'était son idée… En un sens, elle était responsable du sort de Tchip.

Elle se remémora alors la première fois qu'elle avait assisté à la mort d'un animal – un souriceau, qui avait tenté de traverser une rue passante d'Aura Nova à sa suite et s'était fait piétiner. Bouleversée, elle s'était reproché l'incident, mais sa *maiora* ne l'avait pas entendu de cette oreille.

— *En réagissant comme tu le fais, tu mésestimes cette pauvre créature*, lui avait expliqué sa grand-mère avec autant de fermeté que de sagesse teintée d'affection. *Comme si elle n'avait pas la capacité de penser par elle-même ! L'as-tu obligée à te suivre ? L'as-tu dépossédée de son libre arbitre ?*

La petite fille qu'était alors Véronyka avait réussi à s'arrêter de pleurer assez longtemps pour secouer la tête.

— *Non, tu vois*, avait renchéri sa *maiora*. *Ce souriceau a fait ses propres choix. Et c'est bien ce pour quoi il faut lui rendre hommage.*

Elles avaient donc enveloppé le rongeur dans le plus beau foulard de la fillette et l'avaient déposé dans les flammes de l'âtre – « tel un guerrier sur son bûcher funéraire », avait dit l'ancienne. Puis, Val avait fait irruption dans la pièce et demandé ce qu'elles fabriquaient, avant de ressortir aussi sec, non sans avoir lâché un petit rire ironique. Quoi qu'il en soit, Véronyka et sa grand-mère étaient restées devant la cheminée jusqu'à ce que la dernière bûche du feu ne commence à s'éteindre.

Par la suite, la petite fille avait beaucoup pensé à ce qu'elle aurait ressenti si elle avait – ainsi que sa grande sœur en avait l'habitude – forcé l'animal à lui emboîter le pas. Désireuse d'éviter à tout prix d'exercer ce type d'influence sur un autre être vivant, elle s'était juré de ne jamais priver aucune créature de sa volonté propre.

Revenant au présent, dans le Nid d'Azurec, où mort et dévastation régnaient en maître, elle prit une profonde respiration afin de retrouver son calme. Tchip s'était battu par amour pour son amie. Loin de s'attribuer sa bravoure et celle des autres animaux du repaire, l'ombremage avait au contraire le devoir d'honorer leur mémoire.

Leur sacrifice les avait sauvés, elle, Mésange et tous les survivants. Agitée de sanglots refoulés et la voix entrecoupée de hoquets, la fillette reprit la parole en s'essuyant le visage d'un revers de main :

— C'est juste que… Tchip est… était… mon seul ami au monde, souffla-t-elle.

Véronyka la serra contre elle un peu plus fort.

— Tchip était un ami à part, aussi courageux qu'un phénix, mais il n'était pas le seul, ça non ! Ou alors, c'est que tu as oublié de m'ajouter à ta liste.

Les yeux encore humides, Mésange releva la tête.

— On est amies ?

— Bien sûr !

L'adolescente avait répondu avec assurance, à croire qu'entretenir depuis peu la toute première amitié de son existence l'avait d'emblée rendue experte en la matière. L'idée de forger la deuxième la réjouissait, et si Mésange ne pouvait pas voir le sourire de Véronyka, elle le sentait assurément, car elle rayonnait.

— C'est vrai que Tchip t'aimait bien... dit-elle d'un ton neutre.

Rien ne semblait compter davantage pour elle que l'approbation du petit passereau.

— Tant mieux, répondit Véronyka. C'était réciproque.

Elle avisa alors Ersken, debout au milieu des phénix, les yeux plissés comme s'il en cherchait un en particulier. Relâchant son étreinte, elle expliqua à Mésange qu'elle avait à faire. La petite, qui semblait s'être calmée, se coucha en chien de fusil sur la caisse. Puis, Tchip serré contre son cœur, elle ferma les yeux comme pour se laisser aller au sommeil.

Sa camarade en profita pour rejoindre Ersken, qu'elle emmena à l'écart.

— Xoe n'a pas survécu, lui annonça-t-elle. Elle est tombée en défendant la porte du village, abattue par les flèches ennemies. Xatara s'est enfuie juste après.

— Ah... je vois, lâcha-t-il d'un ton bourru avant de s'éclaircir la gorge. Je vais envoyer quelqu'un récupérer sa dépouille. On ne sait jamais, peut-être que...

Gagné par l'émotion, le gardien ne parvenait pas à terminer sa phrase. Il lui fallut quelques secondes avant d'y arriver.

— On l'incinérera aux côtés de nos frères et sœurs morts au combat.

Ses yeux se posèrent sur Tchip, toujours dans les mains de Mésange, puis dérivèrent vers la triste succession de chiens, de chats et de pigeons décédés qu'on avait étendus le long de l'imposant promontoire, sur le socle du phénix de pierre. Dans la cour de la citadelle, Véronyka avait vu d'autres de ces rangées macabres, mais composés de cadavres humains. « Leurs frères et sœurs morts au combat », ainsi que les avait appelés Ersken. Par peur d'y apercevoir un visage ami, la jeune fille n'avait cependant pas osé s'approcher.

Elle aurait dû éprouver davantage de gratitude. Vu les circonstances, les chances que le repaire résiste avaient été infimes. Qu'autant de ses habitants aient survécu tenait du miracle ! Pourtant, il lui était difficile de ressentir autre chose qu'un immense chagrin. Autour d'elle, tous les apprentis s'occupaient de leur monture ou aidaient à prendre soin des blessés. Elle se fraya à son tour un chemin parmi les oiseaux de feu pour aller serrer son âme sœur dans ses bras. Déjà impressionnée par l'audace de Xéphyra durant les affrontements, Véronyka était aussi très fière de sa facilité à s'intégrer à la petite troupe des mâles ! Ces derniers avaient d'abord senti l'altérité de la femelle, sa présence peu familière au sein du groupe, mais à présent qu'ils avaient combattu ensemble, ils semblaient l'avoir acceptée comme l'une des leurs. Sa maîtresse ne pouvait qu'espérer recevoir le même traitement de la part des Dresseurs.

Pendant que Xéphyra se désaltérait à un abreuvoir, l'adolescente s'empara d'une poignée de portions de fruits frais emballées dans de larges feuilles. Elle en déposa la moitié au pied de son phénix, puis se dirigea vers Rex, qui s'était perché sur l'une des terrasses les plus élevées, loin de l'agitation. Abattu, il donnait presque l'impression d'avoir rétréci. L'air triste, il restait seul dans son coin et ne semblait pas vouloir rejoindre ses semblables.

À peine Véronyka avait-elle fait quelques pas qu'une ombre la survola. Un instant plus tard, Xéphyra se posait non loin de l'oiseau blessé. Rex fit mine de se hérisser, mais la femelle garda ses distances. Penchant la tête d'un côté puis de l'autre, elle semblait étudier son homologue. Percevait-elle à travers lui les traces de l'étrange connexion qui reliait Véronyka à Tristan ?

Après avoir ébouriffé ses plumes et agité une ou deux fois son aile valide, le mâle s'apaisa un peu et Xéphyra parut considérer son calme retrouvé comme une invitation à s'approcher. Lorsqu'elle fut assez près, elle courba l'échine pour déposer devant lui l'un des ballots de nourriture que lui avait donnés sa maîtresse.

Rex promena un instant son bec doré au-dessus des feuilles de l'enveloppe, puis se mit à picoter les fruits qu'elles protégeaient. Véronyka regarda les victuailles désormais inutiles dans ses mains et sourit.

La compassion de Xéphyra filtrait à travers leur lien et réchauffait le cœur de la jeune fille, qui prit malgré tout le temps de grimper jusqu'à Rex pour examiner son bandage. Propre et bien serré, il servait surtout à empêcher le phénix d'utiliser son aile pour ne pas en ralentir la guérison. L'oiseau de Tristan serait de nouveau d'attaque en un rien de temps.

— *Tu gardes un œil sur lui, d'accord ?* demanda Véronyka à son âme sœur.

La majestueuse créature répondit à cette requête par un cri perçant, puis alla s'installer près de Rex. À la vue des deux phénix côte à côte, Véronyka sentit sa poitrine se dilater de tendresse.

Sa tâche accomplie, elle alla s'affaler contre le mur à l'entrée du Nid d'Azurec, près d'autres rescapés qui avaient eu la même idée. Elle était tellement éreintée, et sa fatigue s'avérait si profonde et constante, qu'elle en avait oublié ce que ça faisait de vivre sans.

Elle flottait dans l'espace ouaté entre l'éveil et le sommeil quand le visage de Val apparut soudain dans son esprit. Inquiète de savoir si son aînée – où qu'elle soit – allait bien, Véronyka se redressa en sursaut.

La retrouver n'était pas un problème, Val lui avait montré la marche à suivre. Grâce à leur connexion permanente, les deux sœurs pouvaient se pister l'une l'autre, où qu'elles se cachent ou presque – de la même manière qu'un humain lié à un phénix savait toujours où il se trouvait. Et si la cadette ignorait l'origine exacte de ce lien, il s'était renforcé avec le temps, elle en avait la certitude. Mais peu importait, elle n'aurait sans doute pas beaucoup d'efforts à fournir : Val n'avait pas pu partir bien loin.

« L'ombremagie tient toujours de la pente glissante », se rappela Véronyka avec une once de mauvaise conscience, avant de se caler malgré tout dans une position plus confortable pour chercher en elle le canal qui la reliait à Val. La jeune fille avait beau avoir le sentiment de s'inventer un prétexte pour utiliser ses pouvoirs, elle avait confiance en ses intuitions. Après tout, ils s'étaient révélés précieux dans la bataille, et bien que Véronyka rechigne à l'admettre, elle ne pouvait s'empêcher de vouloir s'assurer que sa sœur était saine et sauve.

À peine eut-elle fermé les paupières qu'elle sentit dans ses pensées la trace de celle qu'elle cherchait. Non que Val y soit vraiment tapie, mais même en son absence, sa marque était perceptible – à croire que la porte présente dans l'esprit de Véronyka n'était autre qu'une part de l'aînée elle-même, dissimulée au regard et pourtant prête à s'ouvrir dès l'instant où sa sœur en aurait besoin.

La jeune fille finit par trouver la fameuse porte et la poussa. Et dire que ce passage existait depuis tout ce temps, que cette présence persistante dans son esprit la démangeait sans qu'elle ait jamais compris pourquoi !

Ouvrir cette connexion s'avéra toutefois plus compliqué qu'avec Tristan : le garçon n'était pas ombremage et ne maîtrisait pas tout à fait ses barrières mentales. À l'inverse, la conscience de Val tenait de la forteresse.

Lourde et immuable, la porte verrouillée et barricadée contre laquelle s'arc-boutait Véronyka semblait faite de l'acier le plus épais. La franchir sans en posséder la clef était tout bonnement impossible, au point que dans ses efforts pour l'ouvrir malgré tout, la jeune fille faillit perdre connaissance.

Soudain, la voix amusée de Val résonna dans son esprit, d'un ton posé :

— *Bien tenté,* xe *Nyka.*

Véronyka semblait avoir attiré l'attention de son aînée, qui paraissait à présent se tenir juste derrière le panneau fermé.

— *Bien tenté*, répéta cette dernière, *mais tu n'as jamais eu assez de cran pour les jeux d'esprit.*

— *Où es-tu ?* demanda la cadette devant la porte close.

— *Ne t'inquiète pas*, répondit sa sœur, dont la voix faiblissait déjà. *Je serai partie avant que tu t'en rendes compte.*

Dans un élan désespéré, Véronyka tendit toute sa volonté vers son aînée. Une telle résolution dut prendre la fugitive de court car, l'espace d'une seconde, la connexion entre les deux sœurs s'établit sans entrave. Véronyka eut juste le temps de voir une image – unique mais nette – à travers les yeux de Val avant que celle-ci ne rompe le contact.

Bien que bref, cet aperçu suffit à la pisteuse pour deviner l'endroit où se trouvait celle qu'elle cherchait.

Malgré le comportement de Val à son égard, malgré tout le mal qu'elle lui avait infligé, cette nuit de bataille avait changé la donne. Véronyka avait vu trop de sang couler au cours de la nuit pour laisser sa sœur s'en aller pour toujours – du moins pas sans véritables adieux.

D'après ce que venait de lui montrer la scène furtive, Val se trouvait dans une pièce basse de plafond, remplie de boîtes et de tonneaux. Une réserve. Sans doute était-elle en train de dérober des victuailles. Si Véronyka se dépêchait, elle pourrait la rattraper avant qu'elle ne s'échappe.

Elle courut jusqu'aux cuisines et s'enfonça de plusieurs niveaux, dévalant les marches de pierre d'un escalier en colimaçon qui débouchait dans le cellier qu'elle avait en tête. Sombre et sans fenêtres, c'était l'endroit parfait pour stocker des aliments ou toutes sortes de denrées périssables.

Dès qu'elle y pénétra, elle reconnut la pièce visualisée dans la conscience de Val. Seulement, cette dernière n'était pas là.

Véronyka s'apprêtait à faire demi-tour, lorsqu'elle remarqua sur le sol ce qui ressemblait à des traces de roues. L'adolescente suivit les sillons qui menaient au fond de la réserve jusqu'à se retrouver face au mur. D'abord déconcertée, elle finit par se remémorer les paroles qu'avait prononcées sa sœur la veille au soir : *« on filera en douce par les souterrains »*.

Ce mur n'en était peut-être pas un.

Elle plaça les paumes à plat sur les pierres froides de la paroi, puis poussa de toutes ses forces.

Aucune torche ni lanterne n'éclairait le long tunnel sombre qui se déroulait au-delà du cellier. Véronyka croisa plusieurs ramifications, qui conduisaient sans doute vers les écuries, voire jusqu'au Nid d'Azurec.

À l'aveugle, elle s'appuya pour avancer sur ses autres sens – physiques et magiques –, qu'elle déploya le plus loin possible. Enfin, elle discerna une lueur diffuse : la fin du boyau approchait. À quelques mètres devant elle, des rayons de lumière matinale filtraient timidement à travers un fouillis de buissons odorants qui obstruaient le passage. La jeune fille tâtonna dans la pénombre, jusqu'à appréhender au milieu des broussailles une grille de métal et son loquet dérobé.

Après avoir ouvert et franchi le portail, elle prit soin de caler un caillou dans l'entrebâillement pour empêcher le battant de se refermer complètement. De ce côté-là aussi, l'accès au tunnel était presque indécelable, dissimulé derrière un épais rideau de lianes et de végétaux à larges feuilles. Sous les pieds de Véronyka, la terre battue avait fait place à la rocaille, une surface dure où ne s'imprimeraient ni traces de roues, ni empreintes de sabots.

La jeune fille regardait autour d'elle à l'affût d'un repère lorsqu'elle fut saisie d'un frisson familier. Aussitôt, elle fit volte-face : juchée sur un rocher en surplomb de l'entrée du souterrain, Val l'attendait, un arc bandé entre les mains, prête à tirer. Elle tenait l'arme avec assurance, sans flancher – ses bras ne tremblaient pas –, au point que la cadette se demanda où et quand sa sœur avait bien pu acquérir de tels talents d'archer.

— Qu'est-ce que tu veux, Véronyka ? lui demanda Val sans cesser de la tenir en joue. Il me reste encore un bon bout de chemin avant la tombée du jour.

L'intéressée déglutit, prise de court. Bonne question… Que voulait-elle, au juste ?

— Je tenais à m'assurer que tu allais bien.

La fugitive resta quelques secondes en position, puis – non sans un petit grognement incrédule – baissa son arc.

— Je croyais que tu me détestais, lâcha-t-elle.

Elle avait beau s'être exprimée avec un certain cynisme, comme pour signifier qu'elle plaisantait, Véronyka perçut une pointe de vexation dans la voix de Val, mêlée à un soupçon de colère – une colère qui bouillonnait sous la surface de son apparente désinvolture.

— Bien sûr que non, répondit la plus jeune.

Malgré tout ce qui s'était passé, elle ne parvenait pas à haïr sa sœur, et sans doute n'y parviendrait-elle jamais. Elle avait trop perdu dans sa vie pour rejeter de son plein gré le peu de famille et d'enfance qui lui restait.

Les doigts occupés à jouer avec l'empennage de sa flèche, Val hocha la tête. Elle s'était débrouillée pour chaparder un arc, un carquois plein, une grande sacoche qu'elle portait à l'épaule – à coup sûr bourrée de provisions elles aussi volées – et une autre, plus petite, qu'elle avait passée en bandoulière. Ce dernier sac, quoi qu'il contienne, ne semblait pas léger : sa lanière tirait sur la tunique de la fuyarde et lui mordait la chair au-dessus de la clavicule.

Quand Val surprit le regard de sa cadette sur son chargement, elle s'empressa de changer de position.

— Tu devrais y retourner, Véronyka, dit-elle avec un regard vers le repaire. Tes amis vont se demander où tu es passée.

L'intéressée eut beau acquiescer, elle ne bougea pas d'un pouce.

— Où comptes-tu aller ?

L'espace d'un instant, elle songea à proposer d'aller parler à Tristan, au commandant ou même à Ersken. Quel que soit le poste qu'on lui confierait, Val y prouverait sa valeur. Mais Véronyka doutait que ce soit une très bonne idée. Et de toute façon, sa sœur n'accepterait jamais.

À cette pensée, elle vit les lèvres de son aînée s'étirer en un petit sourire. Bien qu'elle ait cru avoir verrouillé son esprit, ses réflexions voletaient visiblement à la ronde et Val venait de les capter. Cette dernière ne fit cependant aucune remarque, se contentant de répondre à la question posée :

— Je vais probablement me diriger du côté des ruines d'Aura et de la Flamme éternelle. J'ai toujours rêvé de voir la Cité dorée pour de vrai. À en croire les légendes, les reines d'antan n'ont jamais quitté les lieux : elles murmurent leurs histoires à quiconque est assez brave pour les entendre.

Une étincelle d'envie s'éveilla dans la poitrine de Véronyka. Elle prit soudain conscience, avec une certaine implacabilité, que même si Val réalisait son rêve, même si elle survivait aux nombreux périls qui l'attendaient sur le trajet, aux sentiers délabrés et aux ponts affaiblis par les ans, même si elle parvenait ensuite à atteindre le sommet du pic d'Aura, uniquement accessible à dos de phénix, pour enfin écouter les secrets des souveraines de jadis, elle – Véronyka – n'en saurait jamais rien. Plus jamais, elle n'attendrait le retour de sa sœur avec impatience, pelotonnée au coin du feu dans leur maison. Plus jamais, elles ne partageraient cette existence-là.

Craignant de s'attirer les railleries de son aînée, elle hésita un instant avant de prononcer les mots qui lui tenaient à cœur :

— Sois prudente.

Dans l'éclat du soleil qui embrasait sa chevelure rousse, Val sourit.

— J'ai affronté pire que ce voyage, *xe* Nyka, bien pire. Un jour, tu comprendras.

— Je veux comprendre maintenant.

La cadette s'avança d'un pas. Val était du genre à ne jamais se dévoiler. Il était possible d'échanger avec elle pendant des jours et des années, de passer une vie entière à ses côtés sans la connaître pour autant. Si toutes deux se voyaient pour la dernière fois, Véronyka voulait emporter un infime fragment de vérité la concernant, au-delà de son caractère insensible et de la flamme sombre qui brûlait dans son cœur.

—Explique-moi.

Val dévisagea sa sœur un long moment, puis…

—Je ne peux pas t'expliquer, dit-elle en secouant la tête avec vigueur.

Désabusée, Véronyka baissa les yeux. Les murs, qu'ils soient magiques, physiques ou émotionnels, resteraient toujours aussi impénétrables entre elles deux.

—*Mais je peux te montrer*, reprit dans son esprit la voix de sa sœur.

Aussitôt, le monde s'effaça autour de la cadette. Les parois qu'elle venait de maudire se désagrégèrent et, bien que tout à fait éveillée, elle se retrouva soudain au beau milieu d'un de ses rêves.

Elle était assise au bout d'une longue table. Des lampes à huile jetaient leurs flaques de lumière à la surface du bois. À l'autre extrémité de la table, il y avait cette fille – toujours la même – qu'elle côtoyait dans chacune de ses visions. Comme dans le songe précédent, c'était à présent une jeune femme. Le regard cerné, l'air méfiant, elle affichait des traits creusés.

Il y avait d'autres personnes dans la pièce, mais la Véronyka du rêve n'en avait que faire. Elle ne quittait pas la fille des yeux, la scrutant avec tant d'intensité qu'elle discernait la moindre de ses inspirations, la moindre ébauche de mouvement de sa part. La demoiselle semblait plus pâle qu'à l'ordinaire et se plaqua bientôt une main sur le ventre, comme pour se retenir de vomir. Son attention n'arrêtait pas de dériver vers un des coins de la salle, où un garde se tenait en faction près de la porte. Peut-être se sentait-elle nerveuse et que la présence de cet homme la rassurait. À moins qu'elle cherche à estimer la distance qui la séparait de la sortie, au cas où il lui faudrait se ruer vers son pot de chambre.

Lorsque la souffrante rabattit une mèche derrière son oreille – geste tout à fait anodin en apparence –, la rage se mit soudain à bouillir dans les veines de Véronyka : la chevelure raide et lustrée de la fille n'était pas tressée. Un changement de coiffure récent, devinait la rêveuse. Étudiant l'assemblée avec plus d'attention, elle repéra vite la différence flagrante entre le cercle qui l'entourait, elle, et celui de la jeune femme.

Autour de cette dernière, on reconnaissait les toges caractéristiques des membres du conseil, qui réunissait bien sûr les gouverneurs provinciaux, ainsi que bon nombre de nobles seigneurs. Les symboles brodés de fil d'or indicateurs de leur fonction brillaient sur leurs torses : la balance pour le ministre du Droit ou les deux anneaux entrelacés pour celui du Trésor. Dans le groupe étaient aussi présents quelques militaires, identifiables à leur coupe courte, leur posture guindée et l'écharpe colorée qui marquait leurs différents grades d'officiers.

Les personnes qui accompagnaient Véronyka, en revanche, bien que tout aussi importantes et haut placées, n'appartenaient clairement pas au même univers. Avec leurs protections de cuir aux bras et leurs tresses ornées de plumes et de perles d'obsidienne étincelantes, ils comptaient tous aux rangs des Dresseurs de phénix.

Confrontée à l'hostilité palpable qui régnait entre ces clans opposés, Véronyka n'aurait su dire lequel l'intimidait le plus. Les deux partis avaient beau regrouper un nombre égal de personnalités éminentes, loin de l'air libre, de la selle de leur phénix, de leurs arcs et de leurs lances, les Dresseurs n'étaient pas dans leur élément. Dans cette pièce sombre, où les batailles se livraient armé d'encre et de cachets de cire, l'observatrice ne pouvait s'empêcher de penser que les politiciens avaient l'avantage.

Soudain, en pleine analyse des deux forces adverses, elle eut un déclic. Elle comprenait enfin où la menaient ses songes depuis tant d'années : elle se retrouvait au cœur de l'empire, à Aura Nova, plus de seize ans en arrière ! Elle rêvait de la guerre de Sang et des deux princesses qui se disputaient le trône !

La jeune fille assise en face d'elle devait être Phéronia, soutenue par ses conseillers. Véronyka, elle, occupait l'esprit d'Avalkyra, entourée de ses Dresseurs rebelles.

Dans son rêve, le silence s'abattit. Elle avait retourné la chevalière qu'elle portait au doigt et l'appliquait à présent sur l'épaisse bulle de cire au bas du document qui reposait devant elle. Malgré la vivacité de ses mouvements, Véronyka sentit ses doigts trembloter lorsqu'elle fit glisser le papier vers l'autre bout de la table, en hâte et de manière presque gauche. Dans la pièce, la tension était à son comble. Phéronia récupéra le document puis, non sans un hochement de tête à l'adresse de ses alliés, le déchira.

Aussitôt, Véronyka sauta sur ses pieds, mais avant qu'elle ait pu parler ou réagir, ses propres partisans se précipitèrent sur elle, l'agrippèrent par les bras et l'entraînèrent hors de la salle. Par-dessus son épaule, elle jeta un dernier regard à cette fille, sa sœur, avant que plusieurs silhouettes ne s'interposent entre elles et qu'elles ne se perdent de vue.

Plusieurs passages plongés dans l'ombre et quelques chuchotements plus tard, Véronyka se retrouva soudain dans sa chambre à coucher. Quand ses Dresseurs la lâchèrent enfin, elle leur lança un ordre teinté d'ombremagie. Ils déguerpirent sans demander leur reste.

Dès qu'ils eurent disparu, la jeune fille empoigna un lourd fauteuil de bois qu'elle envoya valser à travers la pièce. Il alla s'écraser contre le mur dans une explosion d'échardes, mais elle n'en avait pas terminé. Elle brisa ensuite une cruche en céramique, puis déchiqueta un oreiller de soie dont les milliers de plumes rebondies voletèrent dans l'air comme autant de flocons de neige. Pour finir, le souffle court, elle se jeta sur une bassine d'eau et y rafraîchit ses joues échaudées.

Cette fois, *lança soudain une voix étrangère dans son esprit,* la guerre est vraiment déclarée. *Dans la bassine, la surface de l'eau avait retrouvé son immobilité. Véronyka laissa retomber ses mains et se pencha sur son reflet.*

Dans le miroir d'eau sombre, le visage qui lui rendait son regard était celui de Val.

Véronyka se redressa d'un coup. Sa vision s'envola aussi sec et le monde réel reprit ses droits. Les oiseaux gazouillaient, l'herbe bruissait dans la brise, le soleil dardait ses rayons d'or… et sa sœur se tenait devant elle, si semblable au reflet de son rêve que la jeune fille avait l'impression de contempler non une personne de chair et d'os, mais un fantôme.

Le fantôme d'Avalkyra Pyromaque.

Mon cœur se fendit d'une plaie béante, mon âme se mit à saigner, mon être même s'embrasa.

CHAPITRE 42
VÉRONYKA

— Val ! hurla Véronyka.

L'intéressée venait de lui tourner le dos et s'enfonçait sous les arbres.

Val ! Val ! Val !

Véronyka se précipita derrière la fuyarde sans cesser de réitérer son appel – que ce soit à voix haute ou dans ses pensées – presque convaincue que répéter ce nom assez longtemps suffirait à tout faire rentrer dans l'ordre : ramener sa sœur, chasser les images qui flottaient dans son esprit et rétablir l'équilibre bafoué de son univers.

Mais le temps qu'elle parvienne à gravir la butte rocailleuse qui dominait l'entrée du tunnel, Val avait disparu sans laisser aucun indice quant à la direction qu'elle avait empruntée.

Véronyka eut beau tenter de l'atteindre par le biais de leur connexion mentale, leur lien s'avérait aussi silencieux que le bois qui les entourait. Elle ferma les yeux dans l'espoir de mieux se concentrer, mais les rouvrit dans la seconde : derrière ses paupières closes, la Reine couronnée de plumes la regardait sous les traits de Val.

Telle une liane sournoise, l'effroi s'empara de l'adolescente au point de l'enraciner sur place…

Val. Avalkyra. A-Val-kyra.

Mais… comment ? Avalkyra Pyromaque n'était plus. Elle était tombée au combat à la fin de la guerre de Sang, seize ans auparavant. Du moins était-ce ce que tout le monde racontait. La prétendante au trône avait été transpercée d'une flèche lors de la Dernière Bataille puis s'était laissé consumer par les flammes de son phénix agonisant. Pour autant… était-elle restée morte ?

Dans la mémoire de Véronyka, le commentaire qu'avait fait Morra des semaines plus tôt remonta à la surface.

« Des flammes et des ossements, c'est tout ce qu'il faut. »

Les yeux rivés sur les arbres, le cœur battant à contretemps, la jeune fille eut soudain l'intime conviction que Val l'épiait. Pourtant, impossible pour la cadette de décoller les pieds du sol, ni de poursuivre sa sœur. Elle ne parvenait même pas à l'appeler. Car quel nom aurait-elle crié ?

Elle attendit que l'impression dérangeante d'être observée s'évanouisse, puis, toujours aussi hébétée, s'en retourna à pas lents vers le repaire. Après avoir émergé du cellier, ses pas la conduisirent vers le fond des cuisines, sans qu'elle y ait réfléchi au préalable.

Une fois n'était pas coutume, le calme régnait sous les voûtes en enfilade. Les cheminées qui servaient à réchauffer l'atmosphère et à cuire la nourriture étaient allumées. La bonne douzaine de commis et de domestiques présents d'ordinaire avaient déserté pour vaquer à d'autres besognes. Seule Morra s'occupait de surveiller la rangée de grosses casseroles qui mijotaient sur le feu. À côté d'elle, le plan de travail était encombré de bottes d'herbes séchées et de bocaux dépareillés.

À l'odeur de plantes médicinales qui emplissait la pièce, Véronyka devina que la cuisinière concoctait quelque potion thérapeutique ou sédative à destination des blessés qui avaient été transportés dans l'infirmerie du temple.

Quand la jeune fille approcha, Morra releva la tête – un sourire mêlant lassitude et soulagement se dessina aussitôt sur son visage. Délaissant sa mixture, la cuisinière reposa sa cuillère et s'essuya les paumes sur son tablier avant de se lever puis de boiter jusqu'à l'adolescente pour la serrer chaleureusement dans ses bras.

Elle obligea ensuite Véronyka à s'asseoir sur un tabouret, où elle la tint par les épaules le temps de l'examiner. Quand l'ancienne Dresseuse se redressa enfin, elle s'appuya contre la table pour se stabiliser.

— Tu n'as rien, souffla-t-elle autant pour son interlocutrice que pour elle-même. On dirait que tu viens de voir un fantôme – pas étonnant après ta première bataille… –, mais tu vas bien.

Elle marqua une pause pour regarder la jeune fille bien en face, avant d'ajouter :

— N'est-ce pas, mon garçon ?

Bonne question. Véronyka ne sut quoi répondre. Incapable de trouver les mots qui rassureraient Morra, elle se contenta de hocher la tête.

La cuisinière s'éloigna quelques instants et revint avec une tasse de thé fumante qu'elle offrit à sa protégée. Le breuvage sentait le miel onctueux et les herbes aromatiques. Dès la première gorgée, les idées de la jeune fille s'éclaircirent.

— Morra... Quand tu m'as raconté que tu guettais les cas de résurrection après la guerre de Sang... que voulais-tu dire exactement ?

Véronyka comprenait à présent pourquoi le récit de l'ancienne Miséricorde était resté gravé dans sa mémoire. Lorsque l'ombremage lui avait dit être décidée à retrouver la trace de « quelqu'un », la formulation avait étonné l'adolescente. Comme s'il n'avait pas du tout été question de phénix, mais aussi d'humains.

Sourcils froncés, Morra dévisagea un instant Véronyka, avant de tirer un second tabouret et de s'asseoir à côté de la jeune fille. Puis, elle se gratta le menton, comme perdue dans ses pensées.

— Comme tu le sais, les phénix peuvent renaître. Mais pour peu qu'un phénix soit lié à un être humain, tous deux deviennent alors capables du même prodige.

L'adolescente fixa son interlocutrice sans réagir. Elle aurait dû se sentir choquée ou profondément déboussolée. Pourtant, après ce que Val venait de lui montrer en songe...

— Ce miracle s'appuie sur une forme de magie très complexe et ne s'est produit qu'en de très rares occasions depuis l'époque des Premières Dresseuses, poursuivit Morra. Il requiert un pouvoir phénoménal, ancré dans un lien si puissant entre un phénix et son humain que rien ne peut le détruire, pas même la mort. Quand une union est nimbée d'une telle puissance, monture et Dresseur peuvent dès lors périr en glorieux guerriers, puis se relever ensemble de leurs cendres.

Les doigts mal assurés autour de sa tasse, Véronyka s'efforça de digérer cette révélation tout en buvant son thé. Les phénix avaient beau être des créatures magiques, dont la faculté de renaissance était attestée depuis la nuit de temps – Xéphyra elle-même était revenue d'entre les morts –, l'idée qu'un humain puisse en être aussi doté lui semblait invraisemblable.

Mais c'était sans compter l'incroyable scène à laquelle elle avait assisté quelques minutes auparavant.

Si Véronyka avait toujours été sujette à d'étranges visions, elle se rendait compte à présent que celles qui concernaient la vie des deux princesses se démarquaient clairement des autres. Même lorsque les lieux ou les individus de la vie réelle hantaient ses nuits des semaines durant, ils finissaient toujours par s'effacer pour ne plus réapparaître. Les deux sœurs, en revanche ne manquaient jamais de revenir dans ses songes.

Et dire que pendant tout ce temps, Véronyka s'était bornée à n'y voir que des souvenirs obstinés, accrochés à sa mémoire, qui profitaient de ses moments de fatigue ou de faiblesse pour refaire surface ! Vifs, détaillés et pourtant si déconnectés de sa vie, ces rêves, pensait-elle, ne persistaient qu'en raison de leur aspect déconcertant. Elle n'avait jamais songé, pour les décrypter, à interroger le monde réel. À se tourner vers Val, qui dormait à ses côtés.

Ces aperçus du passé ne s'étaient jamais imposés à son esprit lors de son périple vers le Nid d'Azurec ou durant ses semaines d'entraînement avec Tristan. Pendant cette période, Véronyka avait fait des rêves somme toute assez classiques. La nuit du solstice, en revanche – le soir de l'arrivée de Val –, elle avait vu le roi sur son lit de mort.

De mémoire, la jeune fille se mit à répertorier tous les songes que sa sœur avait projetés dans sa conscience par ombremagie – du moins ceux où apparaissaient les princesses, qu'elle savait désormais être Phéronia et Avalkyra. Elle les avait vues étudier côte à côte, se promener, courir ou jouer ensemble. Elle avait vu leur père rendre son dernier soupir dans sa chambre, entouré des principales personnalités de l'empire – comme le commandant Cassian.

Elle avait vu, enfin, l'échec des tentatives de réconciliation et de coexistence entre les deux prétendantes, qui avait entraîné les derniers affrontements de la guerre de Sang. Que lui avait dit Val, déjà, dans la cour au fond du Nid d'Azurec, avant de s'en aller ?

« Eh bien, j'espère pour toi que tu as choisi le bon camp. »

Le bon camp ? Était-ce donc ainsi que sa sœur voyait les choses ? Pour peu que Véronyka refuse de se ranger derrière elle, elle devenait son ennemie ? Val menait-elle encore sa vieille guerre ou cherchait-elle à en déclencher une nouvelle ?

Lorsque la jeune fille s'arracha enfin à ses pensées, elle se rendit compte que Morra l'observait avec attention.

— Nyk, que s'est-il passé ? Il n'est rien arrivé à Tristan, dis-moi ? Ni aux patrouilleurs ? Cassian m'a dit qu'ils étaient tous revenus sains et saufs.

— Tristan va bien, tout va… (À vrai dire, non, tout n'allait pas bien, et l'ancienne Dresseuse le voyait bien.) Ce n'est rien, j'ai juste…

— Quand la mort est aussi présente, il est tout à fait normal de s'interroger sur la résurrection.

Morra avait beau s'être exprimée d'une voix adoucie, l'attitude de Véronyka semblait encore l'inquiéter. Mais avant qu'elle ait pu ajouter quoi que ce soit, un petit groupe de combattants fit irruption dans la cuisine, en quête de baumes, d'onguents et d'infusions. Quand la maîtresse des lieux se leva pour les servir, la jeune fille se laissa glisser de son tabouret et sortit dans la cour.

Elle proposa son aide partout où elle pouvait se rendre utile : à ceux qui venaient tout juste de récupérer des remèdes auprès de Morra pour soigner les blessés, aux maçons et aux ouvriers qui éteignaient les incendies et déblayaient les gravats, et même aux sentinelles en train de réorganiser les tours de garde pour prévenir toute nouvelle attaque. Mais personne ne semblait avoir besoin d'elle. Même Jana – pourtant couverte de la tête aux pieds d'un mélange de suie et de poussière, et le bras en écharpe – lui assura qu'elle s'en sortait très bien. Partout, on lui recommandait d'aller s'allonger, de se détendre, de profiter de l'accalmie pour prendre un peu de repos… À croire que sa vie entière ne venait pas de basculer.

Puisque la jeune fille n'avait nulle part où se rendre utile, il ne lui restait qu'à suivre les conseils qu'on lui dispensait.

Elle se dirigea vers son baraquement et le trouva plongé dans un silence que seule perturbait la respiration régulière d'une poignée de dormeurs : les quelques chanceux qui avaient réussi à s'éclipser pour grappiller un peu de sommeil. Il semblait après tout logique que certains reprennent des forces avant de retourner relayer ceux qui travaillaient encore.

Véronyka s'assit dans son hamac et le laissa osciller sous son poids pendant qu'elle cherchait son bracelet de tresses. Quand elle le tira de sa poche, un petit objet tomba au sol dans un bruit mat, avant de rouler sur quelques mètres.

La jeune fille se laissa glisser tout en douceur par terre, où elle repéra aussitôt une grosse perle dorée, enfilée sur une natte de cheveux acajou.

Les doigts tremblants, Véronyka ramassa la mèche tout en sachant déjà qu'elle appartenait à sa sœur. Comment avait-elle bien pu se retrouver là ? Le matin de la veille lui revint en mémoire, quand elle s'était réveillée seule dans la chambre de Val après s'être évanouie devant les cages de reproduction. Son aînée avait sans doute profité de son inconscience pour lui glisser la breloque dans la poche.

Véronyka avait reconnu la perle au premier coup d'œil, bien qu'elle n'ait jamais pu l'examiner d'aussi près. Elle avait beau avoir coiffé sa sœur de nombreuses fois, Val se faisait un point d'honneur d'ajouter elle-même ses ornements à sa chevelure. Aussi la cadette avait-elle toujours considéré le bijou doré comme un faux,, en bois ou pierre peints. Pourtant, au creux de sa paume, le matériau pesait son poids et lorsqu'elle fit tourner l'ornement, elle comprit qu'en fait de perle, il s'agissait d'une bague. Les cheveux entortillés autour l'empêchaient de bringuebaler.

L'anneau d'or véritable serré dans son poing, la jeune fille retourna s'allonger dans son hamac, et défit la natte rousse avec précaution. Elle leva ensuite la bague pour l'étudier à la lumière qui filtrait par la fenêtre puis se la passa au doigt. La chevalière, malgré son épaisseur, lui allait à merveille. Plate et dépouillée de fioritures sur la majeure partie de sa surface, elle présentait malgré tout en son centre un symbole gravé, semblable à un blason. Ou à un sceau.

Époustouflée, Véronyka reconnut le dessin familier : deux ailes déployées auréolées de flammes, et deux « A » en leur milieu, l'emblème d'Avalkyra Pyromaque. La jeune fille avait déjà eu l'occasion de l'admirer, estampillée sur les pièces de cuir qui se vendaient sous le manteau dans les recoins sombres des marchés, ou bien esquissée sur les statuettes de phénix qu'on trouvait encore à la périphérie de l'empire. Et, bien sûr, ces armoiries lui étaient apparues dans ses rêves.

Elle se remémora son dernier songe, en particulier le moment où Avalkyra avait pressé sa chevalière en or sur le document que sa sœur avait ensuite déchiré.

Cet anneau… se pouvait-il qu'il s'agisse du même bijou ?

Lorsque Véronyka le retira de son auriculaire, elle repéra une inscription à l'intérieur, si minuscule qu'elle dut s'y reprendre à deux fois avant de réussir à la déchiffrer :

Avalkyra Pyromaque, Reine couronnée de plumes
N : 152 ap. E. – D : 170 ap. E.

Cette manière de décompter les années était typique de l'empire – *ap. E.* signifiant « après la fondation de l'empire ». Les dates indiquées couvraient une période de dix-huit ans et ne correspondaient donc pas à la durée du règne autoproclamé d'Avalkyra, ni même à celle de la guerre de Sang, mais bien à la vie de la souveraine.

Naissance : 152 ap. E. – Décès : 170 ap. E.

Le cœur battant, Véronyka discerna une autre date, inscrite juste en dessous des premières.

Rn : 170 ap. E. –

« *Rn* » ? Que pouvait bien signifier cette abréviation ? À peine s'était-elle posé la question que la réponse lui vint comme une évidence.

— Renaissance, murmura-t-elle.

Après tout, le phénomène existait – d'après Morra –, et considérer Val comme la réincarnation de l'héritière Pyromaque éluciderait bien des mystères sur sa conduite. Qu'il s'agisse de ses impressionnantes connaissances en histoire, en magie, en maniement des armes, en stratégie, en langues étrangères et en politique, ou bien de sa manière de se comporter en privilégiée et de sa volonté de tout contrôler.

Véronyka repensa à leur conversation, le soir de la Fête d'Azurec, à propos d'Ignix et de sa possible survie.

— *J'imagine qu'elle se serait manifestée, qu'elle aurait fait en sorte qu'on la reconnaisse*, avait-elle affirmé.

— *Peut-être a-t-elle peur*, avait répliqué sa sœur.

Val et Avalkyra Pyromaque n'étaient donc bien qu'une seule et même personne. Au plus profond de ses os, de son cœur, Véronyka en était soudain persuadée – une conviction aussi étrange et déroutante que le lien qui l'unissait à son phénix. Et pourtant, pour une raison qui lui échappait, Val n'avait, jusqu'à ce jour, rien révélé de son secret à quiconque.

Enfin… ce n'était pas l'exacte vérité. La jeune fille se redressa. Leur *maiora* savait. Ilithya Ombracœur avait servi Avalkyra durant la guerre de Sang, et elle avait continué après sa résurrection. Voilà pourquoi l'ancienne était toujours si encline à accéder aux désirs de Val, pourquoi elle la laissait s'emporter, pester et cracher son venin tout son soûl sans la réprimander. Ilithya était un sujet fidèle, et même sous les traits d'une enfant, Avalkyra restait sa souveraine.

Morra était-elle justement en route vers la capitale pour y chercher sa reine déchue quand elle était tombée avec ses camarades Miséricordes dans le guet-apens qui lui avait coûté sa jambe ? Était-ce Ilithya qui avait trouvé Val ou l'inverse ? Le jour où sa sœur aînée avait débarqué avec un serpent à la main remonta à l'esprit de l'adolescente. Elle comprit soudain pourquoi la fillette à la chevelure rousse lui était alors apparue comme une étrangère : à ce moment-là, c'était bien le cas. Ilithya devait s'être levée pour protéger Véronyka du reptile avant de reconnaître en l'intruse Avalkyra, sa souveraine disparue. Sans doute la petite fille qu'était devenue cette dernière avait-elle tenté, à grand renfort d'ombremagie, de trouver d'autres animages pour s'en faire des amis ou des alliés. Coincée dans un corps d'enfant, le cœur lourd du secret de son identité, il lui avait bien fallu prendre son mal en patience et guetter l'occasion de redevenir Dresseuse, de redevenir elle-même. Hors de question de se dévoiler au monde sous l'apparence d'une misérable vaurienne sans le sou. Elle voulait certainement attendre d'être de nouveau en position de pouvoir et de force pour faire sa grande révélation. Si elle s'était manifestée trop tôt, nul doute que l'empire l'aurait traquée, et du reste, son phénix n'était plus. Or, que valait une reine Dresseuse à moins de chevaucher son oiseau enflammé ?

Plus fière et entêtée que n'importe qui, Val préférerait sans doute vivre et mourir dans l'anonymat plutôt que d'avouer son véritable statut... et sa déchéance.

Seize ans... elle attendait son heure depuis seize ans déjà – et non dix-sept. Elle avait menti sur son âge, forcément, puisque sa résurrection avait eu lieu le soir de la Dernière Bataille. Combien de temps comptait-elle encore patienter ?

Que la théorie de Véronyka vis-à-vis des origines de sa sœur ait commencé à apaiser son esprit confus n'empêcha pas les graines du doute de germer dans son cœur. Car pour peu que Val soit l'héritière Pyromaque, supposée morte depuis longtemps... qui était donc Véronyka ?

Née sans pouvoirs, Phéronia, la cadette d'Avalkyra, ne possédait donc ni phénix ni aucun moyen d'accéder à la résurrection. Véronyka ne gardait, par ailleurs, aucun souvenir d'une vie antérieure : dans ses rêves, les visions lui venaient de Val et lui apparaissaient selon le point de vue de la plus âgée des deux princesses, non de la plus jeune.

L'adolescente referma le poing sur la chevalière, puis se laissa retomber sur ses oreillers. Mais en dépit de la fatigue qui lui plombait les jambes et lui liquéfiait les pensées, elle ne parvint pas à trouver le sommeil.

Les yeux rivés au plafond, elle regarda les ombres s'y mouvoir, grandir, s'étirer et engloutir peu à peu la pièce. Incapable de rester une seconde de plus seule avec ses réflexions, elle finit par se lever puis sortit du baraquement à la recherche d'une distraction.

Dehors, la soirée était déjà bien avancée. La tombée de la nuit avait marqué l'interruption de la plupart des chantiers, mais Véronyka suivit les bruits et les signes d'activité jusqu'à arriver devant les portes ouvertes de l'infirmerie provisoire. À l'intérieur, guérisseurs, visiteurs et blessés valides se déplaçaient d'un pas discret, parlant à voix basse pour ne pas déranger ceux qui tentaient de trouver le sommeil – ou du moins de récupérer.

De part et d'autre de la large nef, courait une rangée de piliers massifs, qui créait un couloir de chaque côté de l'espace central, dédié au culte.

Devant la flamme entretenue en permanence qui symbolisait le cœur d'Axura, les prêtres et leurs acolytes y psalmodiaient d'ordinaire leurs prières, dans la fumée de l'encens. Ce soir-là, pourtant, tous avaient été recrutés pour apporter leur aide à la poignée de guérisseurs et de sages-femmes qui s'étaient portés volontaires pour s'occuper des victimes.

La jeune fille repéra Sev sur une des paillasses du couloir de gauche, où les convalescents à l'état stable et aux lésions en voie de guérison avaient été regroupés. Les mourants et les blessés qui oscillaient entre la vie et la mort reposaient pour leur part dans le couloir opposé.

Ainsi donc, le soldat allait s'en sortir ! Véronyka fut submergée d'une immense vague de soulagement. Et quand elle le découvrit éveillé et adossé contre une pile d'oreillers, sa joie fut plus grande encore.

S'approchant de la couche du militaire, elle s'accroupit à son chevet. Embarrassée, elle ne savait quoi faire de ses mains.

— Bonsoir, euh… Tu te souviens de moi ?

Le jeune homme ne semblait pas surpris de la voir.

— Bien sûr, répondit-il après s'être tourné vers elle avec raideur. Tu m'as sauvé la vie.

La gêne de Véronyka s'atténua. Elle sourit.

— Je n'ai fait que te rendre la pareille.

Les lèvres du garçon se tordirent en un rictus : le cœur n'y était visiblement pas.

— Comment va ta blessure ? poursuivit la jeune fille.

D'un geste du menton, elle désigna le torse du convalescent, ceint d'un épais bandage. De son côté, en dehors de quelques bleus et griffures sur les joues et le long du cou, la bataille l'avait épargnée.

Par réflexe, Sev haussa les épaules, avant de grimacer sous l'effet d'une douleur manifestement fulgurante.

— Je survivrai.

Véronyka hocha la tête, jeta un coup d'œil derrière elle, puis s'installa plus confortablement sur le sol.

— Parfait. Très bien. À vrai dire, j'espérais pouvoir te poser quelques questions sur Ilithya.

Cette fois, la requête parut surprendre le jeune homme. Sa perplexité, cependant, se mua vite en tristesse.

— Je… je ne l'ai pas connue très longtemps, admit-il avec un léger tremblement dans la voix. Et je ne sais pas grand-chose du rôle qu'elle a joué dans le passé.

Telle une plante tout juste arrosée, le cœur de la jeune fille semblait boire la moindre de ces paroles, mais elle se contenta de secouer la tête.

— Pas grave. Dis-moi ce que tu sais. Comment était-elle ?

Sev se frotta la nuque, s'accordant un temps de réflexion.

— Autoritaire. Parfois dure. Elle ne mâchait pas ses mots, elle avait l'esprit vif et un don sans pareil pour raconter des histoires. Mais elle était aussi pleine de bienveillance, même si je crois qu'elle préférait ne pas le montrer.

La jeune fille se surprit à sourire. Tout dans la description du blessé, ou presque, correspondait au caractère de sa grand-mère. Les quelques doutes qui lui restaient s'évanouirent : tous deux parlaient bien de la même Ilithya. Véronyka se sentit rassérénée de constater qu'à l'inverse de sa sœur, la vieille femme de ses souvenirs n'était pas un personnage construit de toutes pièces. Non, sa *maiora* était toujours restée fidèle à elle-même.

— Tu la connaissais ? demanda Sev.

La jeune fille revint brusquement à la réalité.

— C'est… c'était ma grand-mère.

— Tu ne serais pas Véronyka, par hasard ?demanda le soldat en se redressant sur ses coussins.

Paniquée, l'intéressée jeta des regards inquiets autour d'elle. Par bonheur, le blessé était installé un peu à l'écart et la majorité des personnes encore éveillées se trouvaient être les guérisseurs et leurs aides, pour la plupart occupés dans l'autre couloir. Son exclamation était passée inaperçue.

— Elle t'a parlé de moi ? chuchota la jeune fille.

— Non, répondit-il, contrit. Mais elle prononçait souvent ton nom dans son sommeil. Juste le tien… Aucun autre.

Véronyka ne savait pas trop comment prendre cette information. Bien sûr, savoir que sa grand-mère ne l'avait pas oubliée la réconfortait, mais d'un autre côté, se rendre compte qu'elles auraient pu passer tout ce temps perdu ensemble la rendait malade.

La jeune fille s'efforça malgré tout de garder le sourire. Elle n'éprouvait que de la gratitude envers Sev. Elle était même contente que leurs destins respectifs soient mystérieusement liés de la sorte.

— Où les as-tu trouvés ? demanda-t-elle avec un geste vers la sacoche posée sur les dalles à côté du soldat.

Quelques jours plus tôt, le cœur de Véronyka aurait sans doute explosé de bonheur à la vue de ce trésor. Depuis, Xéphyra était réapparue et beaucoup de choses avaient changé. Quoi qu'il en soit, ces œufs demeuraient un espoir précieux. Après l'attaque que venaient d'essuyer les Dresseurs, recruter et former de nouveaux apprentis semblait indispensable.

— Je ne les ai pas trouvés, répondit Sev en manquant s'étrangler. C'est Kade qui… L'un des serfs… C'est Ilithya et lui qui les ont dénichés et les ont dissimulés pendant toute la durée de l'expédition.

Selon toute vraisemblance, les œufs provenaient donc de l'empire. Y en avait-il davantage ? Se pouvait-il que la clef de la survie des Dresseurs se cache au cœur des terres ennemies, à portée de main et pourtant hors d'atteinte ?

— Quand j'ai compris que mes amis n'allaient probablement pas pouvoir remplir leur mission, poursuivit Sev après s'être éclairci la gorge, je m'en suis chargé à leur place. Je n'ai pas eu le temps de leur demander d'où ils venaient, mais de toute façon, je suis à peu près sûr qu'Ilithya aurait refusé de me répondre. Elle aimait garder ses petits secrets.

—Ah, les secrets… marmonna Véronyka, exaspérée.

On lui en avait imposé assez pour toute une vie. L'identité de Val, celle d'Ilithya, et même la sienne lui semblaient un fouillis aussi monstrueux qu'impossible à démêler.

Sev se fendit toutefois d'un grand sourire. Aussitôt, le soldat mortifié laissa la place au garçon qu'il n'avait jamais cessé d'être.

—On n'en voit jamais le bout. (Les mots semblaient un peu forcés, comme s'il récitait un adage déjà entendu.) Quand l'un part en fumée, un autre vient aussitôt le remplacer.

—À moins d'en briser le cycle, murmura Véronyka.

La tête de côté, le blessé considéra un instant son interlocutrice.

—Ou de le dérouler jusqu'à la fin, quoi qu'il en coûte.

Deuxième jour de la huitième lune, 170 ap. E.

Ma très chère Avalkyra,

On me dit que tu t'apprêtes à fondre sur la capitale avec toute ton armée. Je t'en supplie, sœur adorée, ne transforme pas notre foyer en un champ de bataille.

Nous devons nous entretenir de nouveau, avant que cette guerre ne nous réduise tous à l'état de cadavres.

Je sais bien que je ne suis plus la bienvenue en Pyra, et il est absolument hors de question que tes forces franchissent la frontière. Seule, en revanche, je t'accueillerais à bras ouverts.

Je t'attendrai au sommet de la tour de Génya, tous les soirs après la tombée de la nuit. Viens m'y trouver, je t'en prie.

J'ai tant à te dire.

Avec tout mon amour,

Phéronia

J'ai eu peur, au début, mais je savais
que je ne devais pas craindre les flammes.
Je suis les flammes.

CHAPITRE 43
SEV

La visite de Véronyka laissa le garçon d'humeur maussade. Encore plus qu'il ne l'était déjà. Résister à la douleur n'avait jusque-là rien eu d'une partie de plaisir, pas plus que subir de multiples pertes de connaissance ou devoir supporter les gémissements des mourants et de ceux qui préféreraient sans doute l'être.

Bien sûr, il était content d'avoir vu la jeune fille, de constater qu'elle avait survécu à l'attaque. Parler de Trix lui avait aussi fait beaucoup de bien. Cependant, penser à la vieille serve le ramenait à Kade, et Sev avait beau vouloir rester positif, le fait demeurait : il avait été privé de ses compagnons bien trop tôt.

Dans les quelques heures qui avaient suivi son arrivée à l'infirmerie, la terrible réalité des derniers événements s'était peu à peu imposée à lui. Une part de son être avait alors espéré que la sœur de Véronyka se trouverait elle aussi dans les parages, et qu'armée du couteau qu'elle lui avait volé, elle tiendrait la promesse qu'elle lui avait faite près de la cabane. À un moment, couché sur sa paillasse, à moitié endormi, le blessé aurait même juré l'avoir aperçue, mais sans doute n'était-ce qu'une hallucination due à l'épuisement ou aux sédatifs, car la mystérieuse jeune fille n'avait plus redonné signe de vie. Sev était donc condamné à vivre son douloureux destin.

D'après la guérisseuse qui s'était occupée de lui, il avait eu de la chance que le carreau n'ait pas fracassé d'os en l'atteignant : mieux valait une souffrance chronique et quelques difficultés de mouvement qu'un membre ruiné et inutilisable.

Sur la couche voisine, un garde blessé avait renchéri, soulignant qu'il avait eu de la chance d'avoir été touché au bras, et non au torse. Si le cœur ou les poumons avaient été perforés, Sev y serait passé.

Il était donc chanceux, apparemment. Reste qu'il ne pouvait s'empêcher de considérer que Teyke jouait avec lui un jeu des plus cruels. Car en dépit de sa bonne fortune, il ne se sentait pas en veine du tout.

Personne ne comprenait que s'il restait prostré, le regard dans le vide, ce n'était pas à cause de sa blessure. Il tirait au contraire une certaine fierté de sa douleur et de ses cicatrices toutes neuves qui faisaient désormais partie de lui. Elles faisaient de lui un survivant. En revanche, les amitiés perdues en chemin l'avaient vidé et même brisé de l'intérieur.

Trix était morte. De même que Kade, sans doute. Sev n'avait aucune idée non plus de ce qu'il était advenu du Gosse ou des bergers Tilla et Corem. Il ne s'était pas autorisé à penser à eux avant d'arriver au repaire, d'avoir rempli sa mission et délivré son message. Mais à présent, la moindre de ses respirations semblait ouvrir dans sa poitrine une faille toujours plus vaste, plus aride et plus insensible. Ou peut-être éprouvait-il au contraire un trop-plein d'émotions, au point de ne plus parvenir à les identifier et encore moins à les contrôler. Après tout, parti de rien, il s'était retrouvé comblé, puis dépouillé de nouveau à la vitesse de l'éclair. Toutefois… s'il était honnête avec lui-même, il n'avait pas non plus l'impression d'être revenu à la case départ. Il avait changé.

Inutile dès lors de fermer les yeux et prétendre ne se soucier de rien, comme il l'avait fait pendant si longtemps. Sev voulait continuer à se battre, et il en avait besoin. Mais comment ?

Certes, il avait la possibilité de garder l'un des œufs, rejoindre les rangs des Dresseurs et renoncer aux ruses et aux mensonges pour devenir un preux guerrier, à l'image de ses parents. Cependant, cette perspective lui semblait… faussée. Il ne s'y voyait pas. Il aurait bien aimé, mais il n'avait rien d'un héros. Ni d'un combattant, d'ailleurs. La vaillance et la force étaient l'apanage de Kade – il l'avait payé de sa vie. Sev, lui, ne pouvait même pas se targuer d'être un puissant animage.

Néanmoins, il avait d'autres atouts. Trix trouvait qu'il lui ressemblait. Or, la vieille serve était une espionne.

Le jeune homme pourrait-il reprendre le flambeau de la défunte ? Quand Kade avait assuré voir en lui le digne successeur d'Ilithya, Sev n'avait pu s'empêcher de rire aux éclats. Et quand bien même il aurait voulu embrasser ce destin, il lui aurait fallu des années de pratique et d'accomplissements avant de daigner – peut-être – prétendre à un tel titre. Ils n’avaient pas eu toutes ces années, et Trix n’était plus là désormais.

Cependant… à bien y réfléchir, ses petits mensonges s’étaient finalement révélés plutôt utiles. Il repensa à sa conversation avec Véronyka. Il avait le choix. Soit il reniait tout ce sur quoi il avait bâti son existence (à savoir, les secrets et les supercheries) et brisait le cycle… soit il décidait d’en suivre le cours, jusqu’à la fin – quelle qu’elle soit.

Sa qualité de soldat de l’empire s’était avérée un élément clef dans le plan de Trix. Elle-même avait d’ailleurs passé la majeure partie de sa vie infiltrée chez l’ennemi ! Si Sev s’appropriait ce statut qui le rebutait, s’il décidait de mentir pour de bonnes raisons – et non plus par peur ou par lâcheté –, sa conscription dans l’armée prendrait une tout autre dimension et le gratifierait d’un pouvoir neuf. De malheur subi, être un soldat deviendrait une véritable résolution. Une arme à manier.

La guerre n’était pas finie. Les Dresseurs étaient certes sortis vainqueurs de ce premier assaut, mais il y aurait d’autres batailles à mener. Toute son enfance, Sev avait vu ses parents servir ce même camp et il avait fini par les suivre dans cette voie comme pour se sentir connecté à ses jeunes années. Mais la pérennité de cet ordre lui importait surtout pour une autre raison. La survie des guerriers de feu était désormais intrinsèquement liée à l’histoire du garçon, tout comme à celles de Trix et de Kade, et de leur tout récent sacrifice. Pour peu que les Dresseurs disparaissent, tous les êtres que Sev avait jamais estimés seraient morts en vain.

Il ferait tout pour l'en empêcher. Plutôt que de fuir son passé, il irait au bout de ce qu'il avait commencé. Au bout de la tâche que Trix, Kade et lui avaient laissée inachevée.

Il ramasserait les fils de l'existence qu'il avait toujours rejetée et poursuivrait le petit jeu entamé par l'espionne.

Cette après-midi-là, Sev fut escorté jusqu'aux appartements du commandant. Bien qu'il ait lui-même sollicité cette entrevue, le jeune homme n'en restait pas moins anxieux.

Il avait pris sa sacoche remplie d'œufs de phénix. Malgré le poids du précieux fardeau sur son épaule blessée, qui le faisait grimacer, il avait refusé d'en déléguer la charge à quiconque. Au vu de tout ce qu'il avait perdu pour la porter jusqu'à la forteresse, mais surtout en mémoire du prix que Kade accordait à son contenu, le jeune soldat surveillait son sac avec une attention redoublée. D'ailleurs, à en juger par les regards et les réactions que les œufs suscitaient, il avait l'intuition qu'ils constitueraient, le cas échéant, son seul atout dans une négociation. Même s'il n'imaginait pas son hôte dédaigner l'offre qu'il s'apprêtait à lui faire, mieux valait être paré à toute éventualité.

On l'introduisit dans une pièce décorée avec opulence, où il prit place à une longue table de bois, en face du dénommé Cassian, le commandant de la citadelle. La porte se referma. Ils étaient seuls.

Aussi élégant qu'intimidant, le chef des Dresseurs réunissait à l'évidence toutes les qualités que Belden s'efforçait de mettre en avant, sans y parvenir : il était grand et imposant et non petit et faible, calme et distingué plutôt qu'impatient et sarcastique. Ses vêtements raffinés lui seyaient à merveille et, contrairement à la tente pompeuse du capitaine plantée au milieu de nulle part, le luxe de ses appartements n'avait rien de déplacé.

Sans que Sev ne sache trop pourquoi, le charisme du commandant le rassurait. Cassian n'avait l'apparence ni d'un assassin ni d'un conspirateur. À la vue de tous, il affichait sans fard ce qu'il était. Si Belden peinait à en imposer, Cassian lui, avait tout du lion paré de ses habits royaux.

Un individu dangereux – à n'en point douter – mais franc. Le jeune homme en ferait son affaire.

— Soldat, commença le maître des lieux d'une voix aussi forte qu'autoritaire, je n'avais pas encore eu l'occasion de te remercier pour ta bravoure et ta ténacité. Tu as sauvé des dizaines de vies civiles, sans parler de l'avenir des Dresseurs de phénix, et…

— Excusez-moi, mon commandant, mais ce n'est pas la raison de ma venue, le coupa Sev.

Il ne put qu'admirer la maîtrise de Cassian, car si l'interruption devait l'avoir irrité, seul un infime éclair au fond de ses yeux trahissait son agacement.

Le garçon poursuivit :

— Je n'ai besoin ni de votre reconnaissance ni de vos éloges, car je fais partie des plus chanceux. (Aussi pénible qu'il lui soit de l'admettre, c'était la vérité.) D'autres, moins fortunés, sont morts pour me permettre de vous confier mon message et mon chargement.

À ces mots, Sev se rendit compte qu'il pouvait faire remonter la liste des personnes ayant donné leur vie pour lui jusqu'à ses parents. Par leur sacrifice initial, ils avaient permis à leur fils, aidé de ses alliés, de secourir les Dresseurs plus d'une décennie plus tard.

Cassian jeta un coup d'œil sur la sacoche posée aux pieds de Sev, avant de relever la tête.

— Qu'est-ce qui t'amène, alors ?

Le jeune homme déglutit. À présent qu'il était au pied du mur, prononcer les paroles qu'il avait en tête lui semblait aussi difficile que d'avancer dans un marécage.

— Je veux y retourner.

Les traits du commandant se durcirent.

— Tu veux retourner servir l'empire ?

— Non, je veux y retourner, mais à votre service.

Le chef des Dresseurs se pencha en avant, la tête inclinée de côté.

— Comme espion, tu veux dire ?

— Vous connaissiez Ilithya Ombracœur ?

— Pas personnellement, non, répondit Cassian après s'être renfoncé dans son fauteuil. « Ombracœur » désigne en réalité une fonction… Plus qu'un nom, c'est un titre. Les espions comme elle opéraient dans un tel secret que leur identité réelle et leurs véritables motifs étaient inconnus de presque tout le monde. Notre cuisinière Morra a cependant côtoyé ton amie et semble en faire grand cas. Mais si j'ai bien compris, elle compte au nombre des moins fortunés dont tu parlais ?

— Elle m'a appris… commença Sev, la gorge serrée. Elle m'a montré la valeur de… d'individus comme moi.

Dans son esprit résonnaient les paroles de l'ancienne :

« On ne nous apprécie guère, c'est vrai. La faute aux mensonges, aux messes basses et aux missions secrètes. Mais nous avons notre utilité. »

— Je ne suis qu'un piètre animage et un soldat plus médiocre encore, continua-t-il, de plus en plus assuré.

Mais je suis taillé pour les missions d'Ombracœur. Donc, oui, je veux devenir votre espion. Si j'en crois les derniers événements, vous en avez besoin, non ?

Le commandant tressaillit, comme si Sev venait de critiquer sa gouvernance.

— Le problème avec l'espionnage, déclara Cassian, c'est que les renseignements peuvent circuler dans les deux sens.

Le soldat songea à l'apprenti qui l'avait assailli dans la cour – Elliot, l'avaient appelé ses camarades. L'indicateur mentionné maintes fois par Trix.

— Dans ce cas, vous n'avez rien à craindre de moi. Je ne sais pas grand-chose de cet endroit… (D'un geste de sa main valide, Sev engloba les alentours)… ni de la façon dont vous l'administrez. Du moins, pas plus que ce que les autres survivants de l'armée divulgueront de toute façon dès leur arrivée à Aura Nova. Vous avez beau les avoir pris en chasse, certains ont sans doute réussi à s'échapper.

Cassian se rembrunit.

— Nous n'avons pu nous fonder que sur vos estimations approximatives, à toi et à Elliot, pour déterminer leurs effectifs. Résultat, oui, il y a probablement eu des rescapés dans leurs rangs.

— Dans ce cas, je me propose de les rejoindre et de reprendre la place qui était la mienne : celle d'un animage qui se cache au sein des troupes de l'empire. J'ai même une blessure à montrer pour prouver que je n'ai pas fui le combat. Le gouverneur Roland acceptera de me recevoir, aucun doute là-dessus.

À ces mots, le commandant faillit bondir de son siège.

— Vous preniez vos ordres auprès de Rolan ? s'écria-t-il les doigts crispés sur ses accoudoirs. Pas du conseil ?

Sev ne s'attendait pas à une telle réaction de la part d'un homme jusque-là si serein et mesuré. Elliot n'avait visiblement pas encore mis les Dresseurs au courant de ce détail, à moins qu'il n'en ait jamais rien su.

— C'est cela même, répondit le soldat. Enfin… j'en référais au capitaine Belden, mon supérieur direct, qui lui-même en référait au gouverneur. J'ai suivi mon entraînement dans sa base, à Aura Nova. Quand Belden a annoncé notre départ, il nous l'a présenté comme une mission spéciale au nom de Rolan. Il n'a jamais été question du conseil.

En dehors des réservistes, l'armée de l'empire comptait plusieurs milliers d'hommes disséminés dans toute la plaine. Chacune de ces troupes recevait ses ordres du gouverneur de sa province de cantonnement. Ce dernier, en sa qualité de général, disposait de ces unités selon son bon vouloir, qu'il s'agisse de faire régner l'ordre dans les grandes villes ou de surveiller les frontières, voire de l'escorter lors de séjours dans la capitale ou de visites dans d'autres provinces. Le roi, la reine ou, en l'occurrence, le conseil ne reprenait les rênes qu'en cas de guerre. Or, depuis des années et des années, en l'absence de souverain pour trancher les débats entre conseillers, chacune de leurs propositions devait remporter la majorité de leurs voix pour être acceptée. Sev avait souvent entendu les habitants d'Aura Nova se plaindre que leurs représentants n'étaient pas fichus de décider ne serait-ce que du moment où se rendre à la selle, alors pour ce qui était de s'accorder sur des soucis autrement plus importants…

— L'attaque d'hier n'aurait donc pas été validée par le conseil… reprit le commandant d'un ton pensif. Cette irrégularité pourrait peut-être jouer en notre faveur.

Le jeune soldat n'avait pas réfléchi aux conséquences d'une telle éventualité, mais en effet, si Roland avait organisé son assaut sans le consentement de ses pairs, ces derniers, lorsqu'ils auraient vent de cette offensive gratuite – et ratée – au fin fond des Terres franches, pourraient très bien décider de le punir. Les Dresseurs de phénix avaient beau être hors-la-loi sur le territoire de l'empire, Pyra n'en faisait plus partie. Ici, les arrêtés d'Aura Nova n'avaient pas cours.

— Mais pourquoi agir seul ? s'interrogea Sev à voix haute. Pourquoi prendre un tel risque ? Que peuvent bien représenter les Dresseurs pour Rolan ?

S'il n'espérait pas vraiment de réponse, le commandant lui en fit tout de même une, après quelques instants de silence, sous la forme d'une nouvelle question :

— Au-delà d'un moyen de se couvrir de gloire et de se faire un nom ? (Réfléchissant à voix haute, Cassian se frottait le menton.) Roland a hérité de son poste de gouverneur de Ferro après mon départ en exil. Il a dû apprendre d'Elliot que j'étais à l'origine de la réapparition des Dresseurs de phénix, et… j'imagine que l'idée de nous détruire ne lui en a paru que plus alléchante. Les différends entre nous ne datent pas d'hier.

Soudain, Sev se sentit perdre pied. Seul face aux politiciens les plus haut placés de l'empire, leur fortune immense et leurs ressources infinies, à quoi pourrait-il bien être utile ?

— Il nous faudrait parvenir à démontrer l'implication de Roland dans cette histoire, reprit Cassian. Sans quoi, il lui suffira de tout nier en bloc et de prétendre que Belden a outrepassé ses ordres. En revanche, avec des preuves, nous pourrions peut-être réussir à retourner le conseil contre lui et gagner ainsi une certaine influence auprès des autres gouverneurs.

Le jeune militaire hocha la tête. Il repensait aux pigeons de Belden. De toute la durée de leur voyage vers le Pyrmont, Trix n'avait intercepté aucun pli destiné à Elliot. Le capitaine avait donc dû envoyer ses messages à sa taupe avant leur départ – depuis Aura Nova. Mais cette correspondance suffirait-elle à incriminer Rolan, ou le gouverneur avait-il été assez rusé pour ne pas y laisser son empreinte ?

— Je ferai de mon mieux, répondit-il. Les serfs repèrent bien plus de détails qu'on ne le croie, et Ilithya avait beaucoup de relations parmi eux. Je devrais pouvoir réussir à obtenir leur aide.

— Bien. Mais rappelle-toi, soldat… Ils ne doivent pas découvrir qui t'envoie ou que nous nous sommes entretenus. Si jamais quiconque là-bas en venait à te soupçonner…

— Je finirai au bout d'une corde. Sans information de valeur à marchander contre ma liberté, c'est ma vie que je risque, rien de plus.

C'était la pure et simple vérité, aussi le commandant se contenta-t-il d'acquiescer. Sev ne cherchait ni à faire étalage de sa désinvolture, ni à se montrer pressé de se mettre en danger. Son épaule l'élançait et il savait que survivre s'avérait parfois plus dur que mourir. Mais s'il réussissait, il pourrait dès lors tout affronter.

— Dites, finit-il par reprendre d'une voix hésitante après un moment de silence. Elle… Ilithya m'a fait une déclaration plutôt… curieuse, juste avant d'être tuée.

Le jeune homme n'avait pas oublié les derniers mots de Trix face à la mort. Mais submergé de douleur, de chagrin et incapable d'agir, il n'avait pas eu les idées assez claires pour s'y attarder davantage. Jusqu'à présent.

— Une déclaration plutôt curieuse ? répéta Cassian, songeur. Était-ce inhabituel de sa part ?

Sev refoula un éclat de rire.

— Non, pas vraiment. Mais ses propos n'en restent pas moins étranges. Elle a déclaré qu'Avalkyra Pyromaque était en vie.

Le commandant le dévisagea, les yeux ronds.

— C'est absurde. Notre reine est tombée lors de la Dernière Bataille. Des témoins ont assisté à la scène. Ilithya était une vieille femme, qui a servi sa souveraine sa vie entière sans jamais faillir. L'amour que l'on porte à autrui suffit parfois à nous retourner l'esprit au point de nous faire confondre espoir et certitude. Si Avalkyra était vivante, elle nous aurait rejoints depuis longtemps.

Rassuré par l'implacable logique du commandant et par son intonation posée, Sev ne pouvait qu'approuver. Malgré tout, lorsque le garçon hocha la tête, Cassian détourna le regard, comme si l'allégation de Trix le perturbait davantage qu'il ne voulait bien le montrer. Certes, reprocher à l'ancien gouverneur de penser qu'une reine décédée depuis des années était bel et bien morte semblait difficile, mais sa promptitude à écarter la possibilité que l'ancienne espionne ait pu dire vrai restait déroutante.

Il avait sans doute connu ou du moins rencontré Avalkyra, et Dresseur qu'il était, il avait pris son parti pendant la guerre. Par conséquent, pourquoi donnait-il l'impression de ne pas souhaiter l'éventuel retour de la reine déchue ?

Cassian changea de position dans son fauteuil, puis posa de nouveau les yeux sur la sacoche aux pieds du jeune homme.

— Et qu'en est-il de ce cadeau que tu nous apportes ?

Sev se pencha et souleva le rabat de cuir, révélant onze sphères grises et lisses. Le soldat fronça les sourcils. N'en avait-il pas compté douze quand Kade les avait chargées ? Il faisait si noir, cependant… Il avait dû se tromper. Ou alors, bien pire, il avait laissé tomber un de ses trésors en chemin ! Il secoua la tête. Quoi qu'il en soit, il ne pouvait plus rien y changer à présent.

— Tous ces œufs sont à vous. Sauf un, que vous garderez ici, en gage de ma bonne foi… comme caution de ma loyauté.

— Tu n'as pas l'air d'avoir très envie de devenir Dresseur. En quoi cet œuf me garantirait-il que tu ne nous tourneras pas le dos à la première occasion ?

— Oh, soyez sans crainte, je reviendrai le chercher. Je suis certain que vous avez une petite idée du prix que je pourrais tirer d'un joyau aussi rare au marché de nuit des Bas-fonds. Assez pour vivre confortablement jusqu'à la fin de mes jours.

Cette réponse assurée sembla convaincre Cassian. Il faut dire que Sev était un menteur hors pair.

En réalité, jamais il ne vendrait son œuf. Le laisser en sécurité au repaire représentait pour lui un espoir :

celui d'avoir un endroit où retourner, un lieu où trouver sa place. Et si, quand tout serait terminé, il ne désirait toujours pas devenir Dresseur, eh bien… d'ici là, il connaîtrait peut-être quelqu'un dont ce serait justement le rêve.

— Qu'est-ce qui te pousse à y retourner ?

Le commandant semblait sincèrement intrigué. Pas qu'il se fasse du souci pour ce tout nouvel espion ni pour sa mission, mais les raisons de son choix lui échappaient.

— Je dois finir ce que j'ai commencé, répondit Sev. Jusque-là, je ne m'étais jamais demandé à quel camp j'appartenais. Mais maintenant, je sais.

Je suis fille de la mort…
Des cendres, je me relève, tel un phénix
de son bûcher funéraire.

CHAPITRE 44
VÉRONYKA

La conversation entre Sev et elle avait quelque peu allégé le cœur de Véronyka, qui s'en retourna vers son baraquement pour se glisser dans son hamac. Mais à peine avait-elle eu le temps de fermer les yeux (du moins était-ce son impression) qu'une main vint la secouer.

Son esprit mit un moment à émerger du sommeil et quand elle souleva enfin les paupières, la jeune fille se retrouva nez à nez avec Tristan, penché au-dessus d'elle. Se redressant en sursaut, elle donna un violent coup de tête à son camarade.

— Aïe ! Fais un peu attention, s'écria l'apprenti en se massant le front.

— Désolée… souffla Véronyka.

Autour d'eux, le silence régnait dans le baraquement désert. Visiblement, tout le monde était déjà debout et avait repris le travail. La jeune fille se frotta les yeux.

— Quelle heure il est ?

— Le jour vient juste de se lever.

En effet, la lumière du soleil, encore pâle, zébrait l'espace entre eux de rayons chargés de poussière. L'adolescente s'étira, sans remarquer que dans son geste, la tunique qu'elle avait enfilée pour la nuit avait glissé, dévoilant son épaule. Ce n'était rien qu'un innocent carré de chair, un petit bout de peau brune à nu… mais Tristan ne put s'empêcher de le fixer. Consciente de cette soudaine attention, Véronyka se sentit envahie d'une vague de chaleur et de picotements. L'Apprenti Dresseur se hâta de détourner les yeux, mais son attitude ne fit qu'accentuer le malaise de son amie.

Ils n'avaient pas eu l'occasion de se parler depuis la bataille, et lorsqu'elle leva son regard vers lui, un nouveau relent de honte dévorante la saisit. En dépit de toutes les horreurs imputables à Val, Véronyka devait assumer ses responsabilités. Car c'était bien elle, et non son aînée, qui avait menti à Tristan, jour après jour. Elle lui devait des explications. Les muscles raides, courbatus des affrontements de la veille, elle se tourna vers lui.

— Tristan, je… commença-t-elle. Je suis vraiment désolée. Je n'aurais jamais dû te cacher la vérité.

Méfiant, il la considéra avec attention. Même son esprit semblait plus verrouillé que d'habitude.

— Alors, pourquoi l'avoir fait ?

Véronyka haussa les épaules.

— Je voulais devenir Dresseuse et je savais que le commandant ne prenait pas de filles comme apprenties… Résultat, je me suis dit que c'était ma seule chance.

— Je saisis les motivations qui t'ont poussée à te faire passer pour un garçon, mais pourquoi tu ne m'as rien dit ?

Au début, je peux comprendre, mais ensuite ? Toutes les fois où on n'était que tous les deux… à l'entraînement ou quand on discutait. Je t'ai pourtant confié mon… (Tristan agita la main.)… mon problème avec le feu. Tu ne me faisais pas confiance ?

Se penchant vers lui, Véronyka poussa un profond soupir. À cette question en particulier, elle ne savait pas trop comment répondre.

— Bien sûr que si, dit-elle malgré tout, avant de poursuivre dans un murmure. Tu es même la personne en qui j'ai le plus confiance.

Tristan déglutit, non sans difficulté. Il scrutait ses pieds. Se contenter de ces quelques paroles serait insuffisant – il méritait plus –, seulement la jeune fille luttait pour trouver les bons mots.

— C'est juste que… Faire confiance, je m'y suis déjà risquée par le passé, finit-elle par ajouter. J'y ai mis tout mon cœur, toute mon âme, et… et…

La phrase se perdit au fond de sa gorge, mais l'apprenti la termina à sa place.

— Et on t'a trahie.

Lorsque leurs regards se croisèrent, Véronyka sut que Tristan la comprenait.

— Quand Xéphyra s'est retrouvée en cage, j'ai failli prendre la décision de la délivrer et de nous enfuir. Avant ce soir-là, j'aurais bien tout avoué, mais j'avais peur d'être punie ou renvoyée. Et après… J'imagine que je craignais que ton père ne préfère une nouvelle femelle pondeuse à une toute jeune apprentie.

Le garçon hocha la tête, visiblement navré de ne pas pouvoir la contredire quant à la façon de raisonner du commandant. La jeune fille n'en avait pas terminé, cependant. Dans la liste des raisons qui l'avaient poussée à dissimuler son identité aussi longtemps, il lui restait à énoncer la plus personnelle de toutes :

— Et puis, surtout… j'avais du mal à affronter l'idée que tu puisses me détester, me retirer l'estime que tu me portais…

— Jamais je ne pourrais te détester, Ny… Véronyka, se corrigea-t-il à la hâte.

— Tu peux m'appeler comme tu veux, répondit-elle d'une voix douce.

Sans vraiment savoir si elle en avait eu l'intention, elle s'était exprimée d'un ton très intime, presque suggestif. L'apprenti ouvrit de grands yeux, puis détourna le regard, le cou et la mâchoire bientôt couverts de taches rouges. Lorsqu'il se mordit la joue, la jeune fille aurait juré qu'il s'efforçait de réprimer un sourire ravi.

— Tu sais, pour moi, ça ne change rien, dit-il sans pour autant la regarder. Garçon, fille… peu importe. Tu es toi. C'est tout ce qui compte.

Le cœur de Véronyka faillit exploser de bonheur.

— Comment t'a appelée ta sœur, hier, déjà ? continua-t-il. *Xe* Nyka ?

La bulle de joie qui venait de se former dans la poitrine de l'adolescente se dégonfla instantanément.

— C'est ça, répondit-elle de mauvaise grâce.

Elle avait beau avoir autorisé Tristan à l'appeler comme il le désirait, elle n'était pas sûre de vouloir qu'il se serve de ce surnom-là.

Le garçon se passa une main sur la nuque.

— Elle dégage une drôle de… Enfin, elle me fait froid dans le dos, avoua-t-il avec un rire un peu forcé.

À cause de son ombremagie, pensa Véronyka, soudain triste. *Un pouvoir dont je suis moi aussi dotée et qui, d'une manière ou d'une autre, nous lie l'un à l'autre, toi et moi.*

Encore un sujet qu'elle devrait aborder avec le jeune homme, et vite. Mais pas tout de suite. Il lui fallait déjà en apprendre plus sur cette connexion, et puis… sa relation à Tristan évoluait pour l'instant en terrain trop instable. Mieux valait attendre qu'elle soit plus solide.

— Elle est partie ? voulut encore savoir Tristan.

Il avait tenté, sans y parvenir vraiment, de masquer la note d'espoir qui perçait dans sa voix.

Quoi qu'il en soit, la question était pour le moins… intéressante. Car, oui, Val, la sœur de Véronyka – celle avec qui elle avait grandi, la seule famille qui lui restait – était « partie ». Pour toujours, même. La jeune fille se retrouvait désormais confrontée à une reine rebelle revenue d'entre les morts.

— Oui, je crois.

— Parfait ! lança Tristan avec un enthousiasme un peu trop apparent.

Embarrassé, il lança un regard d'excuse à son amie, avant d'ajouter :

— Pardon. C'est ta sœur… Il faudra que tu me parles d'elle, un jour, que tu m'expliques.

Véronyka eut un petit rire désabusé. Que pourrait-elle bien raconter ? Il lui aurait déjà été compliqué de se plier à l'exercice quelques jours plus tôt, mais à présent c'était bien pire… Elle ne savait même plus si Val – ou plutôt, Avalkyra – et elle étaient vraiment parentes !

— J'essaierai, répondit-elle pourtant. Promis.

Au sourire en coin que lui adressa le garçon, elle sentit une vague de soulagement déferler sur elle.

Au même instant, un groupe de domestiques passa devant la fenêtre et leurs éclats de voix vinrent perturber la quiétude installée entre les deux camarades. Semblant tout à coup se souvenir de la raison qui l'avait poussé à réveiller son amie, Tristan se redressa.

— Le commandant voudrait te voir, annonça-t-il d'un ton quelque peu formel.

Véronyka tourna brusquement la tête vers lui.

— Moi ? Pourquoi ?

— Tu verras, dit-il en prenant soin d'esquiver son regard.

— Selon Tristan, c'est toi qui as eu l'idée de libérer les phénix.

De retour dans le bureau du commandant, debout devant la longue table de bois, les deux adolescents se tenaient face à Cassian, assis de l'autre côté. Véronyka jeta un regard accusateur à son voisin. Bien qu'il garde la tête baissée, elle crut discerner sur son visage une moue satisfaite.

— Ou… oui, en effet, répondit-elle.

— Et c'est également toi qui lui as suggéré d'appeler les animaux à la rescousse ? Les chevaux, les pigeons et tous les autres ?

Le cœur en chute libre, elle confirma d'un signe de tête. Aussitôt, les lèvres du commandant laissèrent apparaître ses dents. Un sourire ?

— Dans ce cas, reprit-il, c'est toi et non mon fils qu'il me faut remercier pour cette résistance exemplaire. Aux dires des différents rapports qui m'ont été faits, sans l'aide des bêtes, la citadelle serait tombée. Et sans les femelles phénix en particulier, la porte du village n'aurait jamais pu tenir aussi longtemps. Alors merci.

— Oh, euh… de rien.

Quand elle jeta un nouveau coup d'œil vers Tristan, le garçon lui souriait cette fois si ouvertement que ses fossettes s'étaient creusées sur ses joues.

— Vous savez, ajouta le commandant, songeur, à l'apogée de l'empire, en termes de prouesses guerrières, les phénix femelles étaient bien plus réputés que les mâles. Les Dresseurs priaient même pour avoir des filles plutôt que des fils, dans l'espoir de compter une combattante de renom dans leur famille.

Véronyka le fusilla du regard. Toute fille qu'elle était, elle s'était vue rejetée en faveur des garçons avant même son arrivée au repaire. Mais ça, Cassian n'en savait rien, bien sûr. Et elle-même était lasse de se cacher.

— Il… il faut que je vous fasse un aveu.

Tristan eut beau secouer la tête, les yeux écarquillés, elle l'ignora.

— Oui ? l'encouragea le commandant.

Sous ses sourcils froncés, son regard passait de l'un à l'autre des adolescents.

— La nouvelle femelle, commença Véronyka, l'oiseau qui nous a aidés à protéger la porte du village… Eh bien, c'est la mienne. Nous sommes liées.

Cassian se pencha en avant pour poser les coudes sur la table.

— Liées…

La jeune ombremage en avait la tête qui tournait. S'apprêtait-elle vraiment à tout dévoiler ? À avouer à l'homme qui intimidait son propre fils avoir trahi sa confiance et leur avoir menti à tous ?

— Oui, car voyez-vous, je… je suis une fille, moi aussi. Je ne m'appelle pas Nyk, mais Véronyka.

Le temps d'assimiler ce qu'il venait d'entendre, le commandant la dévisagea d'un regard impossible à déchiffrer. Elle avait le ventre si noué qu'elle craignit de rendre le peu qu'elle avait dans l'estomac.

— Comment pourrais-tu être liée à cette femelle ? Elle n'est arrivée qu'il y a quelques jours, et puis, elle est déjà trop âgée.

Il n'avait pas l'air en colère, plutôt intrigué. À moins que ce ne soit que provisoire. Peut-être l'énigme que représentait pour lui la connexion entre Véronyka et l'oiseau l'avait-elle simplement détourné de sa fureur.

— On était liées avant mon arrivée, clarifia la jeune ombremage d'une voix faible. Elle… Xéphyra… a été tuée. Cherchant un autre moyen de devenir Dresseuse, j'ai voulu rejoindre vos rangs. Quand j'ai appris que vous refusiez les filles, j'ai décidé de me travestir en garçon. J'espérais avoir l'opportunité de devenir apprenti et de me lier un jour à un mâle ou à une autre femelle, pour être autorisée à rester. Puis Xéphyra est réapparue… elle avait ressuscité et…

Véronyka s'emmêlait dans ses explications. Les mots lui coulaient de la bouche en un flot impétueux, mais le commandant semblait de toute façon n'y accorder qu'un intérêt mesuré. À côté d'elle, Tristan affichait au contraire un visage tendu et était resté attentif tout au long du récit – même à lui, elle n'avait jamais raconté cette histoire.

— Je suis désolée, finit-elle par ajouter dans un murmure.

Cassian se leva. Handicapé par quelque blessure invisible, il contourna la table avec précaution pour venir s'y adosser, face aux deux jeunes gens. D'un œil aiguisé, il observa Véronyka, non sans se gratter le menton d'une main recouverte d'un épais bandage. La rumeur courait que les patrouilles avaient dû affronter une troupe de deux cents soldats. Dans les villages attaqués, les Dresseurs s'étaient retrouvés pris en embuscade face à ces militaires armés de filets métalliques. Quant aux pigeons envoyés par Tristan, les serfs de l'armée avaient usé de leurs dons d'animages pour les intercepter. Le temps que le commandant et ses hommes comprennent qu'ils étaient tombés dans un piège, plusieurs heures s'étaient écoulées et la résistance du repaire ne tenait déjà plus qu'à un fil.

Le regard de Cassian se posa sur son fils, comme pour lui demander – ou vérifier – s'il était au courant de la supercherie de la jeune fille. Tristan répondit d'un bref hochement de tête. Au bout d'un moment, voyant que son père s'obstinait à demeurer silencieux, le garçon n'y tint plus :

— On ne peut pas garder son phénix en cage. Ce serait cruel. Et on devrait la laisser s'entraîner avec nous. Je la parrainerai.

Le commandant ouvrit des yeux étonnés.

— Tu n'es encore qu'apprenti, au cas où tu l'aurais oublié.

— Plus pour longtemps, répondit l'intéressé avec un haussement d'épaules. Tu me l'as dit toi-même.

Les lèvres pincées pour leur éviter de trembler, Véronyka retint son souffle. Le moment était venu : le commandant allait décider de son sort et de celui de Xéphyra.

— C'est non, lâcha Cassian avant de croiser les bras. Elle ne peut pas intégrer les rangs des Dresseurs. En revanche, le garçon, lui, le peut.

Immobile et muette au point qu'elle n'aurait pas été surprise que son cœur se soit arrêté de battre, Véronyka se tourna vers Tristan. Le regard qu'ils échangèrent transpirait la confusion.

— Le garçon ? répéta le jeune homme. Tu veux dire qu'elle peut devenir apprentie à condition de continuer de prétendre être Nyk ?

— Tu as tout compris, répondit son père avec un petit signe de tête.

— Mais attends… Véronyka est liée à une femelle… Comment l'expliquer aux autres ?

— Qu'un oiseau femelle choisisse un Dresseur mâle, ou l'inverse, n'arrive certes que rarement, mais cela s'est déjà vu. Ma patrouille impériale comptait à l'époque l'une de ces paires mixtes et on en dénombre des dizaines d'autres à travers l'histoire. Malka la Sage, par exemple, montait Thrax, un mâle, et avant eux il y eut bien sûr eu Callysta et son Cirix. Il nous suffira de citer ce genre de précédents.

Toujours aussi pétrifiée, Véronyka sentit comme un poids lui tomber sur les épaules. Pourtant… la proposition du commandant correspondait à ce qu'elle avait souhaité au départ, non ? Tristan lui jeta un nouveau coup d'œil.

—Mais pourquoi continuer à mentir ? s'offusqua-t-il. Combien de temps va-t-elle être encore forcée de se cacher ?

—Au cas où tu ne l'aurais pas remarqué, fils, le repaire vient d'essuyer un terrible revers. Face à la trahison d'Elliot et à l'assaut surprise d'hier, les rumeurs à base d'espions et d'agents doubles à la solde de l'empire vont bon train. Nous ne sommes pas infaillibles et mon devoir est de restaurer avant tout non seulement l'ordre dans notre camp, mais aussi la foi en la cause que nous défendons. Si cette demoiselle devient apprentie, je ne veux pas donner à ses camarades une seule raison de ne pas lui faire confiance. Nous devons afficher notre force et notre unité. Révéler aux autres qu'elle nous mentait depuis son arrivée risquerait de faire à tout le monde plus de mal que de bien.

Les propos de Cassian prirent Véronyka de court. Au-delà des décisions que prendrait le commandant à son encontre, elle n'avait pas songé aux conséquences de son imposture. Pourtant, il voyait juste : le faux sentiment de sécurité dont avait joui jusque-là le Nid d'Azurec avait volé en éclats et Véronyka aurait donné beaucoup pour éviter que les soupçons et les doutes ne se portent sur elle. Et pourtant, ne valait-il pas mieux affronter ces réactions le plus tôt possible ? Sachant que tous risquaient déjà de lui reprocher sa supercherie après seulement quelques semaines, qu'en serait-il quand des mois ou des années auraient passé ? D'autant que désormais, la jeune fille ne serait pas la seule à garder le secret : Tristan, Cassian, Ersken et même Sev connaissaient la vérité. La question, au bout du compte, n'était plus de savoir si la duplicité de Véronyka allait être dévoilée, mais bien quand.

Elle regarda ses pieds. La tension qui l'habitait s'était intensifiée au fil du discours du commandant. Accepter son offre n'était pas la solution et ne réglerait rien au problème – toujours le même. À force de s'adapter aux désirs d'autrui, la jeune fille avait accepté compromis sur compromis, concessions sur concessions, jusqu'à n'être plus que ce qu'on attendait d'elle. Toute sa vie avec Val s'était déroulée ainsi, mais elle refusait de se laisser faire plus longtemps. Elle avait gagné sa place parmi les Dresseurs en tant que Véronyka et ne supportait pas l'idée de se renier plus longtemps.

Dans l'expectative, Cassian l'observait : elle sentait son regard la scruter.

Enfin, elle releva le menton.

— Merci, commandant. (Il esquissait déjà un hochement de tête indulgent, mais interrompit son geste dès qu'elle rouvrit la bouche.) Malheureusement, vos conditions ne me conviennent pas.

À peine avait-elle prononcé ces mots que le poids qui lui oppressait la poitrine s'évapora. Elle respirait à nouveau sans encombre.

— Pardon ?

Cassian avait répondu d'un ton si poli qu'elle crut qu'il ne l'avait pas comprise. Elle jeta un nouveau coup d'œil à Tristan. Malgré sa mine inquiète, son ami lui adressa un petit signe de tête en guise d'encouragement.

— Soit je reste au repaire et j'avoue ma véritable identité, soit je pars, expliqua-t-elle. Mon aveu risque en effet de soulever des questions et des incompréhensions, mais j'ai prouvé ma valeur au combat, à l'instar de Xéphyra. Toutes les deux, on a défendu cette porte. On a lutté avec les villageois et les apprentis, et je refuse de les tromper plus longtemps. Ils méritent mieux que des mensonges, et moi aussi.

Qu'il était douloureux de se tenir, là, devant le commandant pour décliner ce qu'elle avait toujours désiré. Sans les Dresseurs, Xéphyra et elle en seraient réduites à n'être que des parias : unies, certes, mais solitaires.

Une main chaleureuse se posa alors sur son épaule, lui faisant prendre conscience de son erreur : non, la jeune fille n'était pas seule. Campé à sa gauche, Tristan la soutenait – même après qu'elle eut caché la vérité et trahi sa confiance. Aux côtés de sa camarade, il défiait son propre père parce qu'il avait foi en elle, Véronyka. Une fille et son amie malgré tout.

— Un commentaire, apprenti ? demanda Cassian.

Le garçon n'eut pas le temps d'ouvrir la bouche qu'on frappa à la porte. Sans attendre d'y être invitée, Morra fit irruption dans la pièce et vint aussitôt se placer à la droite de la menteuse. Ersken et Jana la suivaient de près. Le visage de Tristan s'illumina à leur vue. Leur venue n'était visiblement pas une surprise pour lui.

— S'il n'a aucune remarque à formuler, moi j'en ai une ! lança la cuisinière sans détour ni excuse. Je tolère depuis trop longtemps tes règles insensées, Cassian. Cette petite m'a dupée, je l'admets.

L'ancienne guerrière posa sur l'adolescente un regard teinté d'un soupçon d'amertume, avant de poursuivre :

— Mais son comportement pendant la bataille n'avait rien de feint ! Sans elle, jamais nous n'aurions tenu jusqu'au retour des patrouilles. Elle s'est montrée aussi courageuse qu'intrépide. Elle s'est sacrifiée, et son oiseau bien-aimé aussi, son âme sœur, pour la survie de tous. (Morra renifla puis, les yeux embués, se tourna vers sa protégée.) Telles les reines de la Pyra d'antan, elle était la gloire incarnée à dos de phénix.

Assaillie d'un mélange de peur, de fierté et de culpabilité, Véronyka sentit ses joues s'empourprer. En dépit de ses mensonges éhontés, l'ancienne Dresseuse témoignait malgré tout en sa faveur !

La jeune fille reporta son attention sur le commandant. Apprendre que, loin de se contenter de diriger Xéphyra durant l'assaut, elle l'avait bel et bien montée ne semblait pas le surprendre. Sans doute l'en avait-on déjà informé. À son tour, Jana adressa à Véronyka un sourire empli de fierté, qui lui dessina des pattes d'oie au coin des yeux.

—Je n'ai encore jamais travaillé avec une animage aussi puissante, annonça-t-elle. Dans toute la montagne, aucun animal ne peut lui résister.

Consciente que la responsable des écuries songeait surtout à Tempête, l'adolescente ne put s'empêcher de lui rendre son sourire.

D'un geste du menton, Ersken désigna alors un sac abandonné dans un coin de la pièce, que Véronyka n'avait pas remarqué jusque-là : la sacoche de Sev.

—Avec tous ces œufs sous la main, ajouta l'ex- fauconnier, j'imagine qu'on va former de nouvelles recrues, non ?

—En effet, répondit le commandant d'un ton austère.

—Dans ce cas, pourquoi ne pas commencer par notre Véronyka ?

Si Ersken avait prononcé son nom avec une certaine maladresse due au manque de familiarité –, la jeune fille resta suspendue à ce « notre ». Elle en avait la gorge serrée d'émotion.

— Cette attaque équivaut à une déclaration de guerre, Cassian, reprit Morra. Il est temps de préparer nos troupes. Nous allons avoir besoin de tous les combattants disponibles.

— Surtout s'ils sont aussi féroces et téméraires qu'elle, renchérit Ersken.

Bouche bée, le commandant regarda tout à tour ses compagnons. Il se retrouvait acculé, cerné de toutes parts. Quand Beryk apparut à son tour dans l'encadrement de la porte pour demander s'il arrivait trop tard, le père de Tristan leva les mains au ciel en signe de reddition.

Il dévisagea encore les membres de la petite coalition pendant quelques longues secondes, avant de déclarer :

— Eh bien, qu'il en soit ainsi.

Puis, il les congédia tous d'un geste impatient.

À l'oreille de Véronyka, jamais parole n'avait paru plus douce.

Ce soir-là, le repaire incinéra ses morts.

Les cadavres ennemis avaient déjà été brûlés, mais un nouveau bûcher funéraire réservé aux amis et aux alliés fut érigé.

Les deux journées qui s'étaient écoulées depuis les affrontements n'avaient pas été de trop pour réunir le bois nécessaire à son édification. Avant la cérémonie, prêtre et acolytes – malgré leur épuisement et bien qu'occupés à assister les guérisseurs – avaient pris le temps de pratiquer les derniers rituels et de prononcer les dernières prières pour les victimes. Enfin, il avait fallu attendre l'arrivée de plusieurs familles endeuillées venues de Pétratec ou de Montacent.

Les survivants s'étaient rassemblés en demi-cercle devant la porte du village. La prairie jadis verdoyante n'était plus qu'un champ roussi et désolé de mottes de terre retournées. Dans l'air, les relents de fumée se mêlaient à l'odeur des planches neuves et de la peinture fraîche. On commençait déjà à rebâtir ce qui avait été réduit en cendres.

Les êtres, eux, étaient irremplaçables.

Le corps de Xoe fut le dernier à être placé sur le bûcher. Les reflets rouges de ses plumes violettes resplendissaient dans la lumière du soir. Ersken se chargea de lui rendre hommage en quelques mots, puis rejoignit l'assemblée, où il posa une main réconfortante sur l'épaule de Mésange. Quelques minutes plus tôt, la fillette avait déposé Tchip sur le tas de bois.

Tous étaient présents : Sev, l'épaule encore bandée, Morra et ses commis de cuisine, Jana et les garçons d'écurie et bien sûr, Beryk et les Dresseurs. Même Elliot avait été autorisé à assister aux funérailles, bien qu'il demeure en retrait, la tête basse, flanqué de deux gardes.

Debout à l'une des extrémités de la rangée des spectateurs, Véronyka avait la sensation d'être une intruse. Elle n'était proche d'aucun des disparus, même si elle reconnaissait leurs noms et leurs visages. Le capitaine Flynn comptait parmi les victimes, ainsi que l'une des lavandières, qui avait toujours le sourire aux lèvres, et l'aide-forgeron. À mesure que leurs traits se mélangeaient dans sa tête, Véronyka se prit à regretter de n'avoir pas fait l'effort d'apprendre à mieux les connaître de leur vivant.

Mais le propre de la vie et de la mort n'était-il pas de ne jamais vous laisser assez de temps ?

Le prêtre s'avança pour poursuivre la cérémonie par une brève oraison, mais Véronyka n'écoutait plus que d'une oreille. Elle entendait surtout le souffle du vent qui, telle une main maternelle, lui dégageait les cheveux du front et l'apaisait de ses murmures consolateurs.

— Puisse leur flamme éternelle rayonner dans l'obscurité, conclut enfin le religieux.

L'assemblée répéta cette formule consacrée à l'unisson, puis Cassian approcha sa torche du bûcher. Humble et stoïque, Tristan se tenait aux côtés de son père.

Parties du petit bois, les flammes se propagèrent peu à peu aux rondins les plus gros. Bientôt, les esprits des défunts purent s'envoler en toute liberté vers les cieux, où ils brûleraient à jamais, comme autant de bougies dans la nuit.

La vision de Véronyka ne tarda pas à se brouiller. Sous ses yeux, le brasier se transforma en un amas de lumière mouvante et miroitante. S'escrimer à refouler ses sanglots n'aurait servi à rien. Elle préféra leur laisser libre cours et relâcher avec ses larmes toute la pression qu'elle avait accumulée sans même s'en apercevoir.

Elle pleura pour Mésange, son amie privée d'une partie d'elle-même, et pour Xoe, qui, si la quantité d'ossements présente sur le bûcher était suffisante pour lui permettre de renaître, ferait peut-être le choix de demeurer parmi les étoiles.

Elle pleura pour ceux qu'elle connaissait et ceux qu'elle ne connaîtrait jamais. Elle versa même quelques larmes pour Val – sa sœur d'avant, désormais perdue pour de bon – et, surtout, pour sa *maiora*. Savoir que la seule famille qu'elle ait jamais eue n'était finalement pas sienne la rendait encore plus triste. Elle n'avait plus personne.

Mais soudain, une paume large et forte se glissa dans la sienne, en douceur. Véronyka sursauta, surprise de trouver Tristan à ses côtés. Lisant sur les traits de son ami la question muette qu'il lui posait, elle y répondit en s'essuyant les yeux de sa main libre avant de hocher la tête. Elle irait bientôt mieux.

Sans la lâcher, son ami lui serra brièvement les doigts, puis tourna à nouveau le regard vers le bûcher.

Il y avait la famille où l'on naissait, et celle qu'on se construisait en chemin.

Les travaux dans la citadelle comme au village avaient cessé – ordre du commandant. Ils ne reprendraient que le lendemain. La cérémonie d'adieu fut directement suivie d'un banquet. Au son de la musique, tous – ouvriers et gardes, apprentis et Dresseurs, domestiques et cuisiniers – se réunirent dans la grande salle, où les attendaient quantité de plats et de breuvages. On se serait cru de retour à la nuit du solstice.

Quand chacun se fut assis, Cassian annonça que les Maîtres formeraient bientôt de nouveaux apprentis. Il n'en précisa pas le nombre, ni le nom, mais sa déclaration suffit à mettre du baume au cœur aux convives. Si aucun des Dresseurs n'avait péri durant l'attaque, ils étaient en revanche nombreux à en sortir blessés. Pire encore, le repaire avait perdu deux de ses phénix femelles. La moindre bonne nouvelle était donc la bienvenue.

Le commandant ne fit pas non plus mention de l'identité de Véronyka. Souhaitait-il la laisser se dévoiler elle-même ou pensait-il simplement qu'attirer l'attention sur la jeune fille détournerait ses ouailles de l'essentiel ? Toujours était-il que plus d'apprentis signifiait à terme davantage de Dresseurs et c'était bien ce qui comptait.

L'adolescente s'était installée à côté de Morra qui, pour une fois, dînait en leur compagnie plutôt que de passer sa soirée à trimer derrière ses fourneaux. De prime abord, Véronyka avait hésité, de peur que la cuisinière ne lui tienne rigueur de ses mensonges, même si elle avait défendu le droit de la jeune ombremage à s'entraîner sans se cacher pour devenir Dresseuse. L'ancienne Miséricorde semblait malgré tout plus impressionnée qu'en colère. Elle lui assura même que de sa vie entière, seule Avalkyra Pyromaque avait réussi à la mener en bateau de la sorte. S'efforçant de sourire, Véronyka se dépêcha d'orienter la conversation sur un autre sujet.

Les morts désormais en paix, tous se remettaient à songer à l'avenir. Les Dresseurs avaient beau avoir survécu à l'assaut, leur existence dans les confins du Pyrmont n'avait désormais plus rien de secret pour leurs ennemis. À chaque table, derrière chaque conversation couvaient la haine de l'empire et le désir de venger la disparition de proches ou la destruction de moyens de subsistance. Beaucoup jugeaient l'approche de Cassian bien trop politicienne et déploraient le manque d'ardeur de sa riposte. Attentive aux échanges, Véronyka n'en perdait pas une miette. Ce qui se profilait à l'horizon avait beau ne rien présager de bon, elle avait du mal à croire qu'elle aurait – enfin ! – un rôle à jouer au cœur des événements à venir.

Le vin coulant à flots, les célébrations se poursuivirent bien après le repas. Au bout d'un moment, la jeune fille finit par ressentir le besoin de quitter la grande salle. Dès qu'elle se retrouva à l'extérieur, elle chercha son phénix de ses pouvoirs et le trouva qui somnolait paisiblement sur l'une des corniches du Nid, aux côtés de Rex, totalement guéri. Depuis que Xéphyra avait été libérée de sa cage, l'énergie qu'elle dégageait avait changé. Dans l'esprit de sa maîtresse, sa présence rimait désormais avec réconfort, bonheur et confiance. Leur lien se renforçait toujours plus, et quoi qu'il arrive dorénavant, quelle que soit la direction qu'elles choisiraient, elles ne se quitteraient plus.

— Fatiguée ? lança alors une voix dans le dos de la jeune fille.

Elle ralentit l'allure afin de laisser Tristan la rattraper au milieu de la cour pavée, puis prit une profonde inspiration et leva les yeux vers le ciel étoilé, afin de se rappeler que tous ceux qu'elle avait perdus continuaient de la guider. Plus douce qu'elle ne l'avait été depuis des mois, la brise nocturne vint lui caresser la peau. L'ombremage tenait enfin ce dont elle avait toujours rêvé : la possibilité de devenir Dresseuse et un lieu où elle se sentait chez elle.

Tout sourire, elle se tourna vers son ami.

— Fatiguée ? Pas le moins du monde.

— Tant mieux ! s'écria-t-il la mine réjouie lui aussi.

L'ayant dépassée, il se mit à marcher à reculons pour pouvoir lui parler face à face.

— J'espérais que tu serais d'humeur à t'entraîner encore un peu.

Véronyka leva un sourcil.

— Tu penses au tir à l'arc ? Ou au parcours d'obstacles ?

—Ni l'un ni l'autre ! répondit-il avec un geste du pouce par-dessus son épaule.

À l'entrée du tunnel qui menait dans le Nid d'Azurec, Ersken les attendait, un large attirail de cuir entre les mains.

Une selle.

L'ancien fauconnier la donna à Tristan avant de s'éclipser en hâte, l'air fort satisfait de lui-même.

—C'était celle de Rex, quand il était un peu plus petit, expliqua le jeune homme.

Il marqua une pause, sans doute pour tenter de décrypter l'expression ébahie de son amie, ainsi que son silence abasourdi.

—Alors ? insista-t-il. Ça te dirait de sortir voler plus loin que la porte, cette fois ? Et côte à côte ?

Quelque part au cœur de la montagne, Rex et Xéphyra ouvrirent un œil.

« Côte à côte. » Véronyka gratifia Tristan d'un sourire rayonnant.

—Plutôt, oui.

Vingt et unième jour de la neuvième lune, 170 ap. E.

Du haut de la tour de Génya, je regarde brûler le monde en contrebas.

Je te vois dans le ciel : feu, sang et mort… Tout ce que tu avais toujours promis de devenir.

Aussi dévoyé que cela puisse paraître, ta présence me rassure. Mon cœur s'emballe à la seule idée de te revoir, même si ce sera sans doute la dernière fois.

Je suis désolée de ne pas t'avoir soutenue – que nous n'ayons pas réussi à nous soutenir l'une l'autre. La vie, malheureusement, n'offre pas souvent de secondes chances.

Sache néanmoins que je t'aime, ma chère sœur, et que je t'aimerai toujours.

Phéronia Pyromaque

J'avais une sœur, autrefois…

ÉPILOGUE
AVALKYRA

Elle n'en pouvait plus de fatigue.

Non… le terme était trop faible : il valait pour les mères réveillées par les braillements de leur marmot ou pour les soldats de quart pendant la nuit.

Avalkyra, elle, était épuisée.

Sans qu'elle puisse l'en empêcher, sa vie s'était transformée en un jeu ridicule, en une succession de tâches à remplir sans enthousiasme aucun… non pas pour son bien à elle, mais pour celui de Véronyka. Pour cette enfant, Avalkyra s'était retrouvée à endosser le rôle de nourrice, de mère, de sœur et même d'amie. Elle l'avait protégée, l'avait préservée de la laideur du monde extérieur. Pour la petite, Avalkyra avait enrubanné la terrible réalité de leur existence dans la laine la plus douce et le coton le plus coloré, et ce, à ses propres dépens la plupart du temps. Non qu'elle rechignait à se salir les mains – elles n'avaient pas attendu l'arrivée de Véronyka pour perdre de leur propreté –, mais à mesure que les mois et les ans s'étaient écoulés, Avalkyra avait commencé à se demander si elles retrouveraient jamais leur blancheur.

Était-ce cet incommensurable épuisement qui l'avait poussée à dévoiler son identité à sa prétendue sœur avant de partir ? Peut-être. Jamais elle n'avait imaginé mentir par omission aussi longtemps. Et pourtant... cette vérité, si difficile à ne pas révéler autrefois, s'était peu à peu mise à lui coller à la langue, à lui obstruer la gorge et à refuser de sortir. Véronyka s'avérait incapable de maîtriser son ombremagie sur le long terme. Comment Avalkyra aurait-elle pu envisager de lui confier son plus précieux secret ? Et au-delà de cette première révélation, il restait tant à avouer à cette enfant – tant d'éléments qu'elle ne comprendrait pas.

La reine ressuscitée s'assit devant son maigre feu de camp et posa les yeux sur la besace qui contenait son œuf de phénix tout juste acquis. Depuis qu'elle l'avait dérobé au chevet du blessé endormi, elle n'avait pas pris le temps de l'examiner. N'en prendre qu'un lui avait coûté, tout comme de se retenir d'égorger cette raclure de l'empire pour ainsi honorer la promesse qu'elle lui avait faite. Au moins la seconde existence d'Avalkyra lui avait-elle enseigné la patience. Voler plusieurs œufs ne serait pas passé inaperçu et les Dresseurs l'auraient prise en chasse. Quant à ce qui était de supprimer le soldat, même constat : le larcin n'en aurait été découvert que plus tôt.

Pour être honnête, ce nouvel œuf la mettait mal à l'aise. Avalkyra redoutait en effet qu'il ne connaisse le même destin que celui qu'elle avait tenté de faire éclore dans leur cabane, près de Vaylé. Elle craignait surtout que se cache une raison derrière cet échec, comme derrière la douzaine d'autres tentatives avortées qui l'avaient précédé. Était-ce parce que son premier phénix l'avait abandonnée en décidant de ne pas renaître, ou bien l'explication était-elle plus mystérieuse encore ? Quoi qu'il en soit, Avalkyra tremblait à l'idée que cet œuf ne se révèle semblable aux autres. Mort. Vide. Insignifiant.

Pour se calmer, elle prit une profonde respiration.

La peur est un luxe.

La maxime venait d'un vieux poème, consigné dans les *Épopées pyraéennes :*

Quand la nuit noire s'en vient, quand le flambeau s'éteint – la peur est un luxe.

Quand la guerre est déclarée, impossible à éviter – la peur est un luxe.

Quand la mort s'attribue ce que la vie laisse au rebut – la peur est un luxe.

Céder à l'angoisse n'était pas envisageable. La nuit noire et la mort approchaient. Quant à la guerre, elle était déjà là.

En vérité, le conflit n'avait jamais vraiment pris fin, du moins pas pour Avalkyra.

Malgré tout, depuis trente-quatre ans qu'elle se battait, elle en oubliait parfois pourquoi.

Avec le temps, son esprit avait perdu de son tranchant, et les souvenirs de sa vie d'avant, surtout les plus lointains, lui apparaissaient de plus en plus flous. Hors de question, cependant, d'oublier qui elle était et tout ce qu'il lui faudrait reconquérir.

Née princesse et Dresseuse de phénix, elle était devenue la Reine couronnée de plumes. Puis elle était partie en guerre pour s'emparer d'un empire, et y avait perdu sa sœur, l'amour de sa vie.

Lorsque le poids de ce fardeau menaçait de l'écraser, Avalkyra avait l'habitude de s'épancher auprès de Phéronia comme si celle-ci était encore en vie :

Je me sens de plus en plus lasse, xe *Onia. Le monde n'est plus le même.*

J'ai peur pour elle, xe *Onia. Elle te ressemble tant.*

Les similitudes entre les deux vies de la reine déchue s'accentuaient de jour en jour, sans qu'elle ne puisse rien y changer. Les dieux voulaient-ils donc la voir souffrir non pas une, mais deux fois ? Était-elle condamnée à survivre et à résister, toujours au détriment des êtres qu'elle aimait ?

Non. Elle refusait de gâcher cette seconde chance : elle jouirait avec Véronyka de l'existence qu'elle aurait dû partager avec Phéronia. Elle dirigerait avec sa fausse sœur l'empire qu'elle aurait dû gouverner avec la vraie. Ensemble, elles réécriraient l'histoire.

Pour être sûre de n'oublier aucun détail, Avalkyra s'imaginait de temps en temps rédiger une lettre. Toutefois, elle n'était jamais parvenue à coucher les mots sur le papier. À chaque fois qu'elle s'y attelait, les dernières missives qu'elle avait véritablement composées lui revenaient en mémoire. Comme elle aurait souhaité pouvoir en modifier le contenu après les avoir envoyées ! Elles étaient restées sans réponse, jusqu'à ce qu'il soit trop tard.

Flot vivant doté de sa propre respiration, l'histoire d'un individu – comme celle de l'humanité – ne cesse jamais de muer, de changer. Ainsi le passé d'Avalkyra lui apparaissait-il chaque jour un peu différent et son récit imaginaire évoluait-il en conséquence.

Parfois, elle y figurait comme une victime, ballottée par les épreuves de la guerre telle une feuille prisonnière du courant de l'Aurys.

D'autres fois, au contraire, elle y jouait le mauvais rôle. Elle incarnait la rivière qui engloutissait tout sur son passage, en particulier ses proches. Une version qui se rapprochait davantage de la réalité, comme Avalkyra s'en doutait. Seulement, certains jours, il ne lui était pas si facile de l'accepter.

Si ses mots étaient le plus souvent destinés à Phéronia, de temps à autre, elle les adressait à Véronyka.

Comme ce jour-là. Assise seule au cœur de la forêt, elle se mit à dérouler dans sa tête une nouvelle lettre, à l'intention de cette autre sœur, qu'elle avait aussi abandonnée.

Chère Véronyka,
Mon nom est Avalkyra Pyromaque, et voici mon histoire.

Certes, leur relation avait rencontré un obstacle, mais la reine ressuscitée était accoutumée aux contretemps. Dans la vie, rien de ce qui avait de la valeur ne s'obtenait aisément. Il fallait toujours y mettre le prix.

L'une des questions de Véronyka lui revint en mémoire. Val n'avait pu y répondre autrement qu'à demi-mot. C'était donc Avalkyra qui s'en chargerait.

Le soir du solstice d'été, quand tu m'as demandé la raison de ma présence, ma réponse a été à la fois simple et compliquée : je suis revenue pour toi.

Il y a seize ans, j'ai tout perdu, et pas seulement la guerre.

Jamais je n'oublierai cette nuit-là. Gagnée par la fièvre des combats, le sang bouillant dans mes veines, je déversais du ciel une pluie continue de traits endiablés, lorsque j'ai aperçu sur les remparts une silhouette solitaire, à la merci de l'ouragan qui se déchaînait. Avant même que ma vision n'ait eu le temps de s'ajuster, j'ai bandé mon arc.

Quand j'ai reconnu ma victime, mes doigts avaient déjà relâché la corde et libéré ma flèche.

Que n'aurais-je pas donné pour pouvoir la rattraper, pour qu'il me soit possible de dévier sa trajectoire et de modifier sa portée aussi facilement que je le faisais de la volonté des êtres vivants !

Mais j'en étais incapable, et mon tir, comme toujours, a trouvé sa cible. Oubliant toute prudence et toute prétention au trône, je me suis précipitée vers ma sœur, mais une volée de flèches ennemies a fauché ma chère Nyx dans son élan, juste au-dessus de la muraille. Et voilà que nous nous avons chuté ensemble, telle une étoile jetée à bas des cieux.

Par miracle, nous avons atterri toutes deux sur le rempart, à côté de Phéronia. Autour de nous, la bataille faisait rage. Ma flèche maudite encore plantée dans la poitrine, ma cadette a agonisé dans mes bras. Je n'avais plus qu'une envie : mourir à mon tour.

Aurait-ce été plus simple, plus supportable ? Dans tous les cas, elle me l'a interdit.

Agrippant ma main couverte de sang pour la plaquer sur son ventre arrondi, elle m'a fait entendre le cœur qui battait à l'intérieur.

Ton cœur, xe *Nyka.*

Phéronia m'a ordonné de rester en vie, car elle savait qu'elle n'y parviendrait pas.

Mais elle m'en demandait trop. Mortellement touché, mon phénix s'était embrasé pour la dernière fois. Ses flammes nous encerclaient déjà, toujours plus agressives, toujours plus dévorantes.

Phéronia m'en demandait trop.

Le choc de sa blessure avait déclenché le travail avant l'heure et elle a été transportée à l'abri. Bien qu'il soit trop tard pour sauver la mère, les guérisseurs ont fait leur maximum pour secourir l'enfant. Quant à moi, ils m'ont laissée pour morte. Je ne le leur reproche pas.

Bientôt, j'ai senti ma sœur quitter ce monde. J'avais entendu ses derniers cris et le feu de Nyx me léchait déjà la peau, prêt à me calciner la chair, quand une autre plainte s'est élevée dans mes pensées : les vagissements d'un nouveau-né.

J'ai péri aussi, mais ma mort, loin d'être une fin, n'était qu'un commencement. Notre commencement.

Car je suis revenue. Pour toi, Véronyka.

Toi et moi, nous sommes nées ensemble.

Mon Ombrejumelle. Ma sœur de sang.

J'ai promis à Phéronia d'exaucer sa dernière volonté et de veiller sur toi. Je lui ai juré de me débrouiller pour tout arranger.

Et je n'en suis qu'au début.

CHRONOLOGIE

SOUVERAINS NOTABLES À PARTIR DU RÈGNE DES REINES

AVANT LA FONDATION DE L'EMPIRE (AV. E.)

Première ère, avant que dates et événements ne soient consignés avec précision par écrit (env. 1000-701 av. E.)

1000 av. E. – 800 av. E.
Nefyra[1], choisie par Axura pour être la première animage et la Première des Reines Dresseuses, était liée à Ignix, le premier phénix.

1. Morte peu après Callysta, la femme qu'elle aimait, Nefyra reste malgré tout la seule et unique reine mentionnée dans les contes, les légendes et les annales de l'époque. Il s'agit probablement de simples erreurs de chronologie, les récits se transmettant alors oralement. Autre hypothèse, peut-être les héritières de Nefyra étaient-elles nommées d'après leur ancêtre et les reines mentionnées dans ces chroniques étaient-elles en réalité Nefyra II, Nefyra III, voire Nefyra IV. Troisième explication possible, la frontière entre mythe et histoire s'étant estompée, il se peut que chansons et légendes aient simplement voulu laisser entendre que la Première des Reines Dresseuses avait eu un règne divinement long.

775 av. E. – 725 av. E.
Otiya, la reine des Ossements, triompha d'une famille de Dresseurs rivale qui tentait d'usurper le trône.

Deuxième ère, apogée de la civilisation pyraéenne (701-279 av. E.)

701 av. E. – 645 av. E.
Aurelya, la reine d'Or, posa la première pierre d'Aura, la Cité dorée, dont s'inspire son nom de règne.

412 av. E. – 335 av. E.
Liyana, la Reine éternelle.

335 av. E. – 317 av. E.
Lyra la Protectrice réunit la Horde écarlate, la première mobilisation de la totalité des Dresseurs de phénix de Pyra, afin de défendre le pays contre l'invasion des Basses Terres.

Troisième ère, déclin du reinaume (279-1 av. E.)

9 av. E. – 37 ap. E.
Elysia la Pacifique, dont le règne sur le reinaume fut surtout marqué par l'extinction de la Flamme éternelle et l'exil de masse qui mena à l'abandon de l'ancienne capitale, Aura. Elysia fonda ensuite l'empire et épousa Damian, le roi de Ferro.

APRÈS LA FONDATION DE L'EMPIRE (AP. E.)

37 ap. E. – 45 ap. E.
Ellody la Prospère, règne de la Prospérité.

45 ap. E. – 56 ap. E.
Justyn le Pieux, règne de la Piété. Il transforma le Nid d'Azurec, autrefois forteresse militaire, en lieu de pèlerinage et fit construire la route des Pèlerins.

56 ap. E. – 95 ap. E.
Malka la Sage, règne de la Sagesse.

95 ap. E. – 121 ap. E.
Uorid l'Érudit, règne de la Connaissance. Né sourd, il conçut une selle lui permettant de voler à dos de phénix sans perdre l'équilibre. Il créa par ailleurs les Archives moriennes afin que les chroniques de l'empire soient méticuleusement consignées par écrit par les prêtres et les acolytes du dieu Mori.

121 ap. E. – 135 ap. E.
Hellund[1] le Juste, règne de la Justice.

135 ap. E. – 147 ap. E.
Bellonya la Vaillante, règne du Courage. Malgré la perte d'un bras dans son enfance, elle devint la plus virtuose des lanceuses de javelot de l'histoire de l'empire.

---

1. Après le mariage de Hellund avec Génya la Stratège en 125 ap. E., cette période fut désignée par certains sous le nom de règne de la Stratège.

147 ap. E. – 165 ap. E.
Aryk l'Improbable[1], Règne improbable.

165 ap. E. – 169 ap. E.
Régente Lania de Stel, règne de la Régente.

169 ap. E. – 170 ap. E.
Avalkyra Pyromaque[2], la Reine couronnée de plumes.
Phéronia Pyromaque, la reine du Conseil.

169 ap. E. – présent
Règne du conseil.

1. Ainsi baptisé car Aryk était le plus jeune de sa fratrie, quatrième dans l'ordre de succession au trône, et ne fut couronné que parce que son frère aîné et les deux filles de sa sœur étaient morts avant Bellonya.
2. Aucune des deux princesses ne fut officiellement couronnée mais, au cours de la guerre de Sang, toutes deux furent désignées sous le nom de reine par leurs partisans respectifs.

GLOSSAIRE

DIVINITÉS

Axura[1] **:** déesse du soleil, de la lumière du jour et de la vie, symbolisée par le phénix

Nox[2] **:** déesse de la lune, de l'obscurité et de la mort, symbolisée par la stryge

Servantes maléfiques : servantes de Nox qui emportent les âmes perdues dans les royaumes obscurs

Miseriya : déesse de la miséricorde, des pauvres et des désespérés

Hael : dieu de la santé et de la guérison

Teyke : dieu de la chance et des escrocs, lui-même un charlatan, symbolisé par un chat aux yeux vert et or

Mori : dieu de la connaissance, de la mémoire et de l'histoire, symbolisé par le hibou

Anyanke : déesse du destin, symbolisée par l'araignée et les fils de sa toile

---

1. Azurec dans la langue commune.
2. Noct dans la langue commune.

PERSONNAGES HISTORIQUES NOTABLES

Callysta : Amante et commandante en second de Nefyra. Les phénix de Nefyra et Callysta – Ignix, le premier phénix femelle et Cirix, le premier phénix mâle – s'étaient eux aussi choisis.

Génya la Stratège : Épouse de Hellund le Juste, liée à un phénix du nom d'Exiline. Elle défit avec succès les hordes de brigands qui terrorisaient les populations sous le règne de son époux.

Les Cinq Promises : Elysia et ses quatre sœurs (Anya, Rylia, Cara et Darya) permirent, par leurs mariages respectifs, de garantir les alliances politiques nouées lors de la fondation de l'empire et la solidité des traités de paix signés à l'époque.

Les Premières Dresseuses : Quatorze guerrières choisies par Axura pour combattre, aux côtés de Nefyra, l'obscurité répandue par sa sœur Nox.

Rol, roi de Rolène : Ancêtre de Roland de Stel, le gouverneur de Ferro. Resté célèbre pour sa tentative d'assassinat contre Damian, roi de Ferro.

BATAILLES CÉLÈBRES

Les Jours sombres : désigne l'aube des temps, où les phénix d'Axura affrontèrent les stryges de Nox pour éviter au monde de basculer dans une nuit éternelle

L'invasion des Basses Terres : tentative de conquête du reinaume de Pyra par un peuple sans nom qui vivait à l'époque dans la région des Contreforts, au pied du Pyrmont

La Rébellion stellane : alliance passée entre plusieurs seigneurs de la province de Stel dans le but de reprendre

à l'empire le contrôle de différentes grandes villes de la région, finalement réprimée par Avalkyra Pyromaque
La guerre de Sang : conflit qui opposa les deux sœurs héritières du trône, Avalkyra et Phéronia Pyromaque
La Dernière Bataille : livrée à Aura Nova, elle marque la fin de la guerre de Sang

TERMES USUELS
Animage : mage qui pratique l'animagie et peut communiquer avec les animaux
Ombremage : mage qui pratique l'ombremagie et peut lire dans les esprits, voire les influencer
La Horde écarlate : première mobilisation, sous le règne de Lyra la Protectrice, de la totalité des Dresseurs de phénix de Pyra, afin de repousser l'invasion des Basses Terres
Sœurs de sang ou Ombrejumelles : sœurs nées, à quelques minutes d'écart, du même père mais de deux mères différentes
Miséricordes : Dresseuses de phénix qui parcouraient les champs de bataille à la recherche des survivants, mais aussi afin de repérer d'éventuelles résurrections
Ombracœur : maître espion qui œuvrait autrefois à la cour de Pyra, au service exclusif de la reine
Magelle : impôt que devaient payer les animages pour pouvoir faire usage de leur magie
Registre : liste recensant tous les animages de l'empire aurain
Serf : animage condamné aux travaux forcés pour payer sa dette à l'empire ou ses crimes
Magesclave : insulte, équivalent infamant de « serf »

TERMES PYRAÉENS

Aura : cité ou lieu doré, ancienne capitale de Pyra

Aurys : rivière d'or, prend sa source du plus haut point du Pyrmont et redescend jusque dans la vallée de l'empire aurain

maiora : grand-mère

pyr : feu ou flamme

Pyra : cité ou lieu de feu, également connu sous le nom de Terres franches

pyraflora : « Pin de flammes », arbre dont les bourgeons rouges sont le symbole de Pyra et dont on peut tirer un poison mortel ; sa résine est connue pour ses propriétés ignifuges

phoenixaeris (plur. : *phoenixaeres*) : Dresseur – littéralement « Maître » – d'un phénix

phoenovo : œuf de phénix

pétravin : vin de roche, liqueur pyraéenne fabriquée exclusivement dans le petit village de Pétratec, distillée puis vieillie en fût avec un mélange d'herbes et de fleurs

sapona : arbre à savon, dont les fleurs sont utilisées pour la toilette

Sekveia : chemin très ancien qui traverse les étendues sauvages du Pyrmont, la « Deuxième Route » est censée mener à un trésor perdu

xe : préfixe signifiant « cher » ou « adoré », qui peut aussi prendre le sens de « frère » ou « sœur » suivant le genre du nom auquel il est accolé

xe xie : terme d'affection générique qui peut se traduire par « celui » (xie) qui est « cher » ou « adoré » (xe)

Remerciements

Pour exprimer ma gratitude comme il se doit, j'imagine qu'il me faut commencer par le commencement. Merci à mes parents : à ma mère qui m'a transmis ses beaux cheveux et sa curiosité, à mon père, de qui j'ai hérité mon amour de la gastronomie et mon fantastique teint méditerranéen. Merci aussi de m'avoir donné la vie.

Merci à mes frères, Robin et Jason, qui m'ont endurcie dès le plus jeune âge et m'ont souvent laissée pour compte… Sans ces heures passées seule, jamais je n'aurais développé ma singularité, mon imagination, ni ma capacité à me divertir par moi-même. Je dois aussi les remercier pour mes belles-sœurs, Melissa et Jenny, ainsi que pour mes nièces – Brianna et Ella – et neveux – Alexander, Everett et Oliver. Ils ont apporté tant de rires et de chambardements dans notre famille ! Grâce à eux, j'ai appris à apprécier le silence (et les siestes).

Merci à John et Angela, mes parents grecs, qui représentent depuis mes seize ans une part essentielle de ma vie. Je ne pourrais jamais vous remercier assez pour votre amour et votre soutien inconditionnels. Je ne les mérite pas et je ne les oublierai jamais. Merci de veiller sur mon Rocky, qui n'aurait pu rêver meilleurs tuteurs.

Merci à Bruce (qui n'arrêtait pas de demander à me lire, même quand je n'arrêtais pas de lui dire d'attendre que j'aie terminé d'écrire), à ma marraine, Isabel (avec qui je partage un prénom, en plus de l'amour de la lecture), et à tous mes cousins et ma famille, proche ou lointaine.

Merci à Shannon, ma meilleure amie depuis mes dix ans, et à Joel, qui comprend ces trucs de geek que sont les cartes de mondes imaginaires et exprime à leur égard l'enthousiasme adéquat. Les amis, vous m'avez toujours nourrie et abreuvée, et vous n'avez jamais manqué de venir me border quand je dormais sur votre canapé.

Merci à Derek, qui n'a jamais douté une seconde que je réussirai à écrire cet ouvrage. Je t'aime.

Je me dois aussi de dédicacer ce livre à tous mes amis critiques et écrivains, qui m'ont soutenue à chaque triomphe comme à chaque contretemps. Ils ont rendu cette route tortueuse un peu moins solitaire. Merci donc à Elly Blake (ma première critique, dans le sillage de qui je me suis engagée en toute sécurité sur le chemin de l'écriture), à Tara Wyatt, mon indispensable (qui me tient la main de victoires en débâcles), à Morgan Rhodes (qui m'a aidée à formuler l'idée première de ce roman), à Eve Silver (qui a toujours réussi à me persuader que ce n'était qu'une question de temps avant que je m'y mette) et à mes amis de la Teen Read Week, Maureen, Julie, Bonnie et Molly. Merci aussi à ma deuxième critique, Jennifer Welker, et à ma sœur agente et éditrice, Akemi Bowman. À Jessi, merci pour le vin, le fromage et les encouragements. Merci également aux compagnons de travail passés et présents que sont Amy, Megan, Lindsay, Rohana, Chelsey et Ashley.

À mon agente, Penny Moore, dure à cuire invétérée, qui défend sans relâche et ses clients et la littérature Young Adults : c'est une vraie chance et un véritable honneur de t'avoir à mes côtés. De même, merci à Andrea, à Sandy et à toute l'équipe d'Empire Literary.

Je ne pourrais sincèrement pas imaginer *Sœurs de sang* publié par une autre maison d'édition ou suivi par une autre éditrice que Sarah McCabe. Merci d'avoir perçu le potentiel de mon histoire, de l'avoir aidée à grandir et de l'avoir façonnée jusqu'à ce qu'en sorte le genre de livre que j'espérais qu'elle devienne. Je suis on ne peut plus fière de ce que nous avons créé ensemble.

Un grand merci à Jessi Smith pour son œil de lynx ainsi que son regard neuf sur ce roman, et à Kekai Kotaki pour sa couverture à couper le souffle qui m'emplit le cœur de joie. Merci à Jordan Saia pour son incroyable carte et à Mike Rosamilia pour ses magnifiques motifs au fil des pages. Merci à tous ceux, chez Simon Pulse et Simon & Schuster, qui ont cru en cet ouvrage et m'ont accompagnée d'étape en étape, tout au long du trajet : Mara Anastas, Chriscynethia Floyd, Liesa Abrams, Katherine Devendorf, Elizabeth Mims, Sara Berko, Chelsea Morgan, Lauren Hoffman, Caitlin Sweeny, Alissa Nigro, Anna Jarzab, Christina Pecorale, et le pôle commercial de Simon & Schuster – Michelle Leo et son équipe, Nicole Russo et Samantha Benson.

Pour conclure, enfin, merci à vous. Sans lecteurs, il n'y aurait tout simplement pas de livres, et quel triste monde ce serait !

Achevé d'imprimer en France en janvier 2020 par Aubin Imprimeur

Le papier de cet ouvrage est composé de fibres naturelles, renouvelables, recyclables et fabriquées à partir de bois issu de forêts plantées expressément pour la fabrication de pâte à papier.

ISBN : 978-2-37102-259-1
Dépôt légal : février 2020

Loi n° 49-956 du 16 juillet 1949 sur les publications destinées à la jeunesse, modifiée par la loi n°2011-525 du 17 mai 2011

Numéro d'édition : 089-042-01-01

Numéro d'impression : 1910.0043

LUMEN